MW01223616

Bubi Volkmann

# Angst kann man nicht küssen

Liebesroman

**Impressum**

Bibliografische    Information    der    Deutschen    Nationalbibliothek:
Die Deutsche Nationalbibliothek verzeichnet diese Publikation in der Deutschen Nationalbibliografie; detaillierte bibliografische Daten sind im Internet
über http://dnb.dnb.de abrufbar.

© 2022 Bubi Volkmann

Herstellung und Verlag: BoD - Books on Demand, Norderstedt

ISBN: 978-3-7557-7660-4

# Inhaltsverzeichnis

# Einleitung

Mein Name ist Jonas und ich erzähle hier eine etwas ungewöhnliche Story. Eine Geschichte über mich und wie ich meine Freundin kennenlernte. Eine Geschichte über eine sehr ungewöhnliche Jugendherberge, während eines ungewöhnlichen Urlaubes. Gleichzeitig aber auch eine ungewöhnliche Geschichte über Tom, meinem ungewöhnlichen Nachhilfelehrer und seine ungewöhnliche Beziehung zu Iris, einer ganz ungewöhnlichen Amerikanerin. Und über meine spätere Freundschaft zu diesen beiden. Eigentlich erzähle ich hier zwei völlig unabhängige Geschichten, die aber zusammengehören und im Laufe der Zeit auch zusammenschmolzen. Genau genommen - Geschichten, die so ungewöhnlich sind, dass sie schon fast unglaubhaft sind. Und doch sind sie passiert.

Irgendwann, während unseres Urlaubes, erzählten Tom und Iris, mir und meiner Freundin, ihre Erlebnisse. Jeder für sich, so wie er sie erlebt hat. Aus diesem Grund beschloss ich, die beiden in diesem Buch selbst erzählen zu lassen, was und wie sie diese Zeit erlebten.

Aber erst mal alles zum Anfang.

## Nachhilfe

Es begann vor einigen Jahren. Ich war 16 Jahre alt und total in ein Mädchen aus der Parallelklasse verliebt. Sie hieß Sandra, hatte lange blonde Haare und war ein Stück kleiner als ich. Sie hatte ein Lächeln, das einem das Herz erweichen ließ. Und natürlich, wie sollte es auch anders sein, hatte sie keinen Blick für mich. Aber eine Gemeinsamkeit hatten wir. Wir waren beide im Englischunterricht keine Leuchten. Unsere Schule war eine Gesamtschule, und so kam es, dass wir beide im gleichen G-Kurs landeten. Also im Kurs für dumme Schüler, wie es einige der Lehrer ausdrückten. Eigentlich plante ich das Abitur zu machen, aber meine Englischnote ließ dies nicht zu.

Doch dann, nach den Sommerferien, kam die Überraschung. Gleich am ersten Samstag im neuen Schuljahr, wurde ein Infotag für Eltern organisiert, deren Kinder im G-Kurs gelandet sind. Da es um uns Schüler ging, durften wir auch mitkommen. Doch schon am Anfang, kam mir etwas seltsam vor. Nicht alle aus unserem Kurs waren da, sondern wir waren nur sechs Schüler, aus zwei verschiedenen Gruppen. Warum, sollten wir bald erfahren.

Der Rektor begrüßte uns mit dem üblichen Geplapper. Natürlich redete er nur mit den Eltern, wir saßen eigentlich nur dabei. Schlechte Schüler, faule Schüler, Lernschwäche und so weiter. Alles Wörter, die uns schon hundertmal gesagt wurden und unseren Lerneifer nicht unbedingt ankurbelten. Und wenn man immer wieder gesagt bekommt, dass man dumm und faul ist, dann glaubt man es irgendwann selbst. Ich weiß nicht, wie es bei den anderen Schülern in meinem Kurs war, aber faul war ich nicht. Ich hatte in den anderen Fächern fast nur gute Noten. Nur dieses blöde Englisch, wollte nicht in meinen Kopf. Ich habe des Öfteren zu Hause gesessen und die Englischbücher durchgesehen. Immer und immer wieder. Verstanden habe ich es trotzdem nicht. Klar, es stand alles da, aber mir fehlte jemand, der mir erklärt, warum das so ist. Warum gibt es zwei Zukunftsformen und welche nehme ich wann? Das gleiche bei der Vergangenheit. Und gibt es einen Satz, bei dem das Verb ‚to get' nicht verwendet wird? Warum sollte ich das nicht verstehen? andere verstanden es doch auch. Mit dem Vokabellernen hatte ich ja auch keine Probleme, die Grammatik jedoch schaffte mich.

Der Direktor redete und redete. Hätte er an diesem Abend nur die Hälfte gesprochen, hätte er das gleiche gesagt. Doch dann kam er endlich auf den Punkt. „Ich möchte Ihnen nun jemanden vorstellen, der glaubt, Ihren Kindern helfen zu können", sagte er, und deutete auf einen Mann, der ganz an der Seite stand. „Das ist Herr Wagenklein. Herr Wagenklein hat angeboten, Ihren Kindern Nachhilfeunterricht zu geben, damit sie nicht noch mehr absacken. Er ist der Meinung, dass mit den richtigen Methoden, auch dem schlechtesten Schüler zu helfen ist". Er sah zu ihm hinüber. „Vielleicht erklären Sie selbst, was sie vorhaben."

Unser Lehrer in spe ging lässig in die Mitte des Raumes, setzte sich auf einen Tisch und stellte den rechten Fuß auf einen Stuhl. Seine Unterarme stützte er auf den rechten Oberschenkel und sah in die Runde. Sein Blick schweifte langsam von der einen zur anderen Seite, so als ob er jemanden suchte. Dann kamen endlich die ersten Worte aus seinem Mund: „Guten Tag. Mein Name ist Thomas Wagenklein und ich hasse es, wenn ein Schüler als dumm hingestellt wird." Schon nach diesem einen Satz, mochte ich ihn. Endlich mal jemand, der es ausspricht. Er redete weiter: „Natürlich gibt es Schüler, die etwas länger brauchen, bis sie ein Thema verstehen. Natürlich gibt es auch Schüler, die überhaupt kein Interesse an irgendetwas haben. Sei es ein bestimmter Lehrstoff, sei es der Englischunterricht oder sei es die Schule ganz allgemein. Bei euch ist das jedoch etwas anderes. Ihr seid heute hier, weil ihr alle das Abitur machen wollt, es wegen eurer schlechten Englischkenntnisse jedoch nicht schafft, von einem Gymnasium aufgenommen zu werden. Die häufigste Ursache, wenn jemand im Englischunterricht nicht mitkommt, ist aber, dass er oder sie irgendwann einmal gefehlt hat." Er machte eine kurze Pause und schaute dabei nochmals alle an, bevor er fortfuhr: „Ich vergleiche die Schule immer gerne mit einer Fernsehserie. Dort gibt es immer eine Rahmenhandlung, die in den nächsten Folgen weitergeht und oftmals eine Handlung, die nur in dieser einen Folge stattfindet. Letzteres ist zum Beispiel der Mathematikunterricht. Wenn man ein Thema nicht versteht, dann verhaut man die Klassenarbeit. Anschließend beginnt ein neues Thema und alles startet wieder bei null. Der Englischunterricht ist jedoch die Rahmenhandlung, es geht immer weiter. Einmal nicht mitgekommen, geht oft gar nichts mehr". Erneut schaute er in die Runde. Anders als der Direktor, band uns Herr Wagenklein in seiner Rede mit ein. Doch nun redete er nur noch mit uns Schülern: „Ich habe kein Patentrezept. Ich möchte einfach nochmals den ganzen Stoff mit euch im Schnelldurchlauf wiederholen, um die Stellen, die ihr nicht versteht, intensiv zu erklären. Wie ihr bereits gemerkt habt, rede ich hier von der Grammatik. Für die Vokabeln ist jeder selbst zuständig. Wichtig ist aber, dass wir dabei Spaß haben. Der Humor darf dabei nicht zu kurz kommen".

Spaß? Humor? Er sah nicht so aus, als hätte er im Leben schon mal Spaß gehabt. Seine ganze Rede hatte er völlig trocken und ohne ein Lächeln heruntergeleiert.

Ich saß neben meinem Vater. Daneben saß Sandra mit ihrer Mutter. Herr Wagenklein stand auf und ging direkt auf mich zu. „Welche Noten hattest du im letzten Schuljahr, in Mathe und Deutsch?", fragte er mich. Ich sah ihn an. „Eine zwei in beiden Fächern", teilte ich ihm mit. Er ging einen Schritt zur Seite, sah Sandra an und fragte nur: „Und du?" Man sah, dass Sandra etwas nervös war. „Eine zwei in Mathe und in Deutsch eine eins", stotterte sie etwas. „Aha", sagte er, „das ist genau das, was ich meine. Wie kann jemand dumm sein, der in den anderen Hauptfächern gute Noten schreibt? Wir werden das zusammen ändern, wenn ihr wollt".

Nun war der Rektor wieder an der Reihe und sprach, wie gewohnt, unsere Eltern an: „Herr Wagenklein ist bereit, Ihren Kindern dienstags und freitags, jeweils zwei Unterrichtsstunden, Nachhilfe zu geben. An diesen Tagen geht der Unterricht nicht so lange, sodass dafür noch genügend Zeit zur Verfügung steht." Gemurmel brach aus. Nach der Schule nochmal zwei Stunden Nachhilfe? Muss das sein? Das Gemurmel schlug in Diskussionen um. Die Eltern waren dafür, wir Schüler größtenteils dagegen. Da war uns unsere Freizeit doch wichtiger, als uns erneut erzählen zu lassen, wie dumm wir eigentlich sind. Der Rektor versuchte immer wieder, uns davon zu überzeugen, wie wichtig dieser zusätzliche Unterricht für uns sei. Doch die Diskussionen rissen nicht ab.

Plötzlich hörten wir einen lauten Pfiff. Alle waren ruhig und schauten nach vorne. Herr Wagenklein nahm gerade Daumen und Mittelfinger aus dem Mund und sagte sehr laut: „Das ist euer letztes Jahr auf dieser Schule, und ich bin eure letzte Hoffnung auf eine gute Englischnote, und somit auch die letzte Hoffnung, auf die Aufnahme an einem Gymnasium. Also überlegt es euch." Wieder schaute er alle an. Es herrschte völlige Stille. Dann fügte er genauso laut hinzu: „Ihr müsst euch nicht jetzt entscheiden. Ich warte am Dienstag, nach der sechsten Stunde, in Raum B115. Wer kommt ist da, wer nicht kommt, dem kann ich nicht helfen. Ich wünsche allen noch einen schönen Tag." Dann ging er durch die Tür.

„Wow, der ist ja direkt", hörte ich jemanden sagen. Ich schaute zur Seite. Sandra stand plötzlich neben mir und fragte mich: „Und? Gehst du hin?" „Natürlich geht er hin!" Mein Vater mischte sich nun ein. „Und du auch!", kam eine Stimme von der Seite. Sandras Mutter gab jetzt auch noch ihren Kommentar ab. Sandra und ich sahen uns an und ich lächelte ihr zu. „Dann müssen wir wohl hingehen", bemerkte ich. Sie nickte. „Ja, das müssen wir wohl", sprach sie und lächelte zurück.

Nein, Lust auf Nachhilfe hatte ich nun wirklich nicht, aber die Möglichkeit, Sandra etwas näher zu kommen, wollte ich auch nicht verstreichen lassen. Immerhin hatte sie mich wahrgenommen und sogar mit mir geredet. Und sie hatte mich angelächelt.

Dienstagmittag - Die Schule war vorbei und ich wäre jetzt normalerweise nach Hause gegangen. Gedanken schossen mir durch den Kopf: „Wer weiß, was mich da erwartet. Kommt Sandra wirklich? Oder hatte sie es geschafft, sich gegen ihre Mutter durchzusetzen?" Ich ging die Treppe zur ersten Etage hinauf. Es war alles so ruhig hier oben. Ich lief zu dem Raum, den Herr Wagenklein uns nannte und ging hinein. Unser neuer Lehrer stand am Fenster und schaute hinaus. Sonst sah ich niemanden, außer… Ja, sie war gekommen. Sandra saß an einem Tisch und kramte in ihrer Tasche herum. Als sie mich sah musste sie lachen: „Na, konntest du dich zu Hause auch nicht durchsetzen?" Jetzt musste auch ich lachen. „Nein, nicht wirklich." Dass ich das auch gar nicht wollte, musste sie ja nicht wissen. Sandra klopfte mit der flachen

Hand auf den freien Stuhl, der neben ihr stand: „Komm, setz dich zu mir!",
forderte sie mich auf. Ich schluckte. Nur langsam bewegte ich mich auf sie
zu. Ja, genau das wollte ich eigentlich - dass Sandra mich bemerkt. Ich wollte
ihr nahe sein. Doch plötzlich schlotterten mir die Knie. „Was ist? Ich beiße
nicht", witzelte sie und so setzte ich mich neben sie und stellte meine Tasche
auf den Boden. Mein Herz ratterte wie ein Güterzug. „Meinst du, wir schaffen das? Eine gute Note in Englisch?", fragte sie mich. Ich sah sie an. Unsere
Blicke trafen sich. Ich sah ihr in die Augen. Oh ja, das waren die schönsten
blauen Augen, die ich je gesehen hatte. Mein Blick ging nun etwas weiter
hinunter. Vorbei an ihrer süßen Stupsnase, bis zu ihren vollen Lippen, die
zum Küssen einluden. „Jonas", hörte ich sie plötzlich sagen, „bist du eingeschlafen?" Ich schreckte hoch: „Was ist? Nein. Bin wach. Gute Note? Ja.
Glaube ich". Mir wurde plötzlich bewusst, dass ich mich gerade zum Affen
machte. Aber Sandra lachte nur: „Nur die Ruhe, ich beiße nicht", wiederholte
sie sich. Ich spürte plötzlich, wie mir heiß wurde. „Bleib ruhig Junge", dachte
ich bei mir und schaute nach vorne. Herr Wagenklein stand noch immer am
Fenster, aber er schaute nun nicht mehr hinaus, sondern zu uns. Ein leichtes
Grinsen zierte seinen Mund. Oh je, er hatte das alles mitbekommen. Ich hätte
im Erdboden versinken können. Das war alles so peinlich. Als ich noch überlegte, wie ich mich aus der Affäre ziehen könnte, hörte ich hinter uns Tumult.
„Ey, Alter", rief jemand hinter mir, „seit wann sitzt du bei den Mädchen?"
Ich drehte mich herum und erkannte Sven und Tobias, zwei Jungs, mit denen
ich manchmal abhing. Sie setzten sich an die Seite des Klassenraumes. Da die
Tische in diesem Raum wie im Halbkreis standen, konnten sie dieses Mal
nicht in der letzten Reihe sitzen, so wie sonst. „Los, komm rüber zu uns",
forderte mich Sven auf. Mist! Was sollte ich nun tun. Ich schaute zu Sandra,
dann zu den beiden, anschließend wieder zu Sandra. Sie lächelte mich an:
„Ist schon gut, geh nur", meinte sie. Sie schien dafür Verständnis zu haben,
obwohl man in ihrem Blick Enttäuschung sehen konnte. Ich nahm meine Tasche und setzte mich zu Sven und Tobias, den alle nur Tobi nannten. Normalerweise verstanden wir uns gut, aber heute hätte ich die beiden gegen die
Wand werfen können. Hatten sie mir die große Chance versaut, neben meinem Schwarm zu sitzen. Aber immerhin schien Sandra auch für mich etwas

zu empfinden. Die Aufforderung, mich zu ihr zu setzten, dieser enttäuschte Blick, als ich wieder ging. Nein, ich musste handeln. Solch eine Chance darf ich mir nicht nehmen lassen. Ich beschloss, mich wieder neben sie zu setzen, als zwei Mädchen die Tür hereinkamen und ausgerechnet die beiden Plätze neben ihr belegten. Ich kannte die sie nicht direkt, wusste auch ihre Namen nicht, aber ich wusste, dass Tobi auf eine der beiden stand. Das konnte man auch sehen. So wie ich dauernd zu Sandra schaute, so sah er ständig zu diesem Mädchen. Ich sah Tobi an, grinste und fragte ihn: „Wie heißt sie?" Er zuckte leicht zusammen. „Wer?", fragte er zurück. „Na, das Mädchen, dass du dauernd anschaust", klärte ich ihn auf. „Das weiß ich doch nicht", raunzte er mich an. Ich musste lachen: „Komm, in jeder Pause schaust du ihr hinterher. Du siehst sie jetzt andauernd an und willst mir erzählen, dass du nicht weißt, wie sie heißt?" „Ja Alter", mischte sich Sven ein „das stimmt, du bist verknallt in die Kleine." „Quatsch", kam es nur aus seinem Mund, sonst sagte er nichts mehr. Ich legte meine Hand auf seine Schulter: „Das kannst du mir nicht erzählen, dass du ihren Namen nicht weißt". Er sah mich an und sagte leise: „Sie heißt Melanie und das Mädchen daneben, ist ihre Freundin Carola. Mehr weiß ich aber wirklich nicht". Ich ließ es erst mal dabei, glaubte ihm aber nicht. Sven hat von Letzterem nichts mitbekommen, da er damit beschäftigt war, in seinem Rucksack nach einem Kaugummi zu kramen. „Den kannst du gleich wieder wegstecken", hörten wir jemanden sagen. Wir schauten hoch und sahen Herrn Wagenklein vor uns stehen, der Sven streng ansah und erklärte: „Das ist die erste Regel hier im Unterricht, keine Kaugummis. Und es gibt noch eine Regel - hier ist Mobbing verboten. Sollte ich mitbekommen, dass jemand einen anderen Schüler mobbt, dann fliegt er hier hochkant raus, und zwar direkt vor die Tür des Direktors". Er sah jeden einzelnen von uns an, bevor er wieder zurück an seinen Tisch ging. Genau wie beim Informationsabend, setzte er sich auf den Tisch, stellte einen Fuß auf den Stuhl und stützte seinen Oberkörper auf dem erhöhten Bein ab. Nochmals sah er uns alle an, bevor er sagte: „Eure Sitzordnung gefällt mir nicht. Stellt bitte immer zwei Tische zusammen und lasst zu dem Tisch daneben etwas Platz." Wir standen auf und taten was er uns auftrug. Als wir uns wieder setzen wollten, hielt er uns zurück: „Ich sage jetzt, wer wo sitzt. Jungs untereinander lenken sich nur gegenseitig vom Unterricht ab. Außerdem bin ich der Meinung, dass Jungs und Mädchen sich beim Lernen ergänzen können." Er stand auf und teilte unsere Plätze ein. Von vorne gesehen, ganz nach links setzte er Tobi und Melanie. An das mittlere Tischpaar schickte er Sandra und mich und zuletzt kamen noch Sven und Carola zu ihrem Pärchen-Tisch. War das Zufall? Ich glaubte es nicht. Er hatte das bestimmt alles mitbekommen. Anders konnte es nicht sein.

Nachdem wir nun alle so saßen, wie er es wollte und, ganz nebenbei, auch wie Tobi und ich es wollten, fing er an zu erklären: „Jungs haben ihre eigene Art zu lernen, Mädchen ebenfalls. Ich finde es daher besser, wenn Jungs und Mädchen zusammen lernen, auch zu Hause. Ich möchte euch daher bitten, so wie ihr hier jetzt zusammensitzt, euch auch zu Hause gemeinsam euren Hausaufgaben zu widmen. Also nicht nur hier in der Schule gemeinsam lernen, sondern auch zu Hause. Die Betonung liegt hier natürlich auf *lernen*" Er grinste und machte eine Pause. Sandra und ich sahen uns an. „Wir sollen gemeinsam lernen", wiederholte ich die Worte unseres Lehrers. Sandra nickte und lächelte. Sie wollte gerade etwas sagen, als Tom fortfuhr: „Aber ich stelle mich am besten erst einmal vor. Ich heiße Thomas Wagenklein, aber das wisst ihr ja. Da ich meinen Nachnamen nicht mag, bevorzuge ich, dass ihr mich mit meinem Vornamen anredet. Und da ich Fan von Amerika bin, bitte mit der Kurzform. Ich bin also einfach nur Tom". Sandra hob die Hand: „Sind Sie auch Country-Fan? Ich höre gerne Country-music". Tom lachte: „Das haben wir dann wohl gemeinsam. Ich finde, bei nichts anderem, kann man so gut entspannen, wie bei guter Country-music".

An diesem Tag erklärte Tom uns noch einige andere Dinge. Zum Beispiel, dass er es überhaupt nicht mag, wenn jemand bei einer falschen Antwort ausgelacht wird. Und weiter sagte er noch, dass wir es nur schaffen könnten, wenn wir alle Freunde werden und uns gegenseitig unterstützen würden. Auf diese Art, nämlich auf die Freundschaftliche, unterrichtete er uns dann auch und wir bemerkten ganz schnell, dass Tom gar nicht der harte Brocken war, für den wir ihn hielten. Im Gegenteil. Er war locker und machte seine Späße. Der Unterricht bei ihm machte sogar richtig Freude und wir lernten wirklich sehr viel bei ihm. So liefen die ersten sechs Wochen. Sandra und ich lernten natürlich nicht zusammen. Irgendwie traute sich keiner, den anderen einzuladen. So blieb es dabei, dass ich meinen Schwarm nur zweimal in der Woche sah.

Irgendwann aber meinte es das Schicksal gut mit mir. Tom meinte nämlich, dass wir uns doch mal besser kennen lernen sollten. Er schlug einen Country-Abend in seinem Schrebergarten vor. Okay, das war jetzt schon etwas ungewöhnlich, aber die ganze Person Tom, war es ja auch. Wir sagten schließlich zu.

# Freud und Leid

Es war ein warmer Samstagabend im September. Wir trafen uns alle in Toms Garten. Mein Vater fuhr mich dorthin. Ich war zwar viel zu früh dran, aber Tom war zum Glück schon da. Er war noch mit den Vorbereitungen beschäftigt und schüttete gerade Holzkohle in den Grill. „Hallo Tom", rief ich ihm zu, „ich weiß, ich bin ein bisschen zu früh." „Ein bisschen?", fragte er und schaute auf seine Armbanduhr. „Aber doch nur eine halbe Stunde", witzelte er, „du kannst es wohl nicht abwarten, Sandra endlich zu sehen." Er stellte den Sack mit der Holzkohle in die Ecke und grinste mich blöde an. Ich schluckte und ich glaube, ich wurde sogar etwas rot. „Sie wissen Bescheid?", fragte ich. Jetzt fing er laut an zu lachen: „Jonas, jeder der sehen kann, weiß Bescheid. Wenn Sandra zur Tür hereinkommt, dann strahlst du, dass der ganze Raum hell erleuchtet". Schockiert sah ich ihn an. „Was ist?", fragte er. „Wirklich alle wissen es?", erwiderte ich, „Das ist jetzt wirklich peinlich. Am besten ich gehe nach Hause, bevor die anderen kommen, sonst bin ich heute Abend die Lachnummer hier." Tom überlegte kurz und kam dann zu mir. Er legte seine Hand auf meine Schulter und sagte: „Weißt du, wir leben in einer scheiß Welt, in der fast nur noch Geld und Macht zählt. Aber an dem Tag, an dem Liebe peinlich wird, sollten wir den Planeten noch mal durchkehren, uns vom Acker machen und die Erde den Ratten überlassen. Die könnten es auch nicht schlechter machen". Dann drehte er sich um, ging wieder zum Grill und versteckte ein paar Anzünder in den Kohlen. Recht hatte er ja. Aber das war alles leicht gesagt. Und was ist, wenn Sandra es mitbekommen würde? Oder wusste sie es auch schon? „Was ist mit Sandra?", rief ich zum Grill hinüber, „Glauben Sie, sie weiß es auch?" Er sah kurz zu mir herüber, wusch seine Hände in einem Regenfass und trocknete sie an einem alten Tuch ab. Langsam kam er wieder zu mir. „Wenn es gehen würde, dann würde ich dir den Rat geben, in den Spiegel zu sehen, wenn du sie ansiehst. Falls sie deine verliebten Blicke noch nicht wahrgenommen haben sollte, dann muss sie blind sein." „Auch das noch", kam es aus mir heraus. Doch er lächelte nur und meinte: „Sage es ihr. Gehe mit ihr, hier im Garten, in eine

Ecke und sage es ihr einfach." „Sie weiß es doch schon", entgegnete ich, „warum soll ich es ihr dann noch sagen?" Jetzt schüttelte er den Kopf: „Weil Mädchen so etwas hören wollen, Jonas. Auf was wartest du? Das ein anderer kommt und sie fragt?" Ich nickte: „Okay, sie haben Recht. Trotzdem ist so etwas nicht ganz einfach. Was ist, wenn sie nein sagt. Davor habe ich die meiste Angst." Tom sah mir streng in die Augen: „Das gehört dazu. Du möchtest mir ihr zusammen sein, also gehe zu ihr und frage sie, ob sie das auch will. Und merke dir eins - Angst kann man nicht küssen, ein hübsches Mädchen dagegen schon." Er drehte sich um und ging wieder zum Grill. Ich überlegte einen Moment, dann rief ich zu ihm hinüber: „Das stimmt. Trotzdem habe ich Angst, dass Sandra nein sagen könnte." „Wozu sollte ich nein sagen?", hörte ich plötzlich eine Stimme hinter mir. Ich erstarrte. Mein Herz setzte aus, meine Muskeln verweigerten jeglichen Befehl und mein Gehirn rief mir zu: „Bin dann mal weg." Oh nein. Lass es irgendjemand anderes sein, der die gleiche Stimme wie Sandra hat. Langsam drehte ich mich herum und sah in zwei wunderschöne Augen. Sandras Augen. Ich schnappte nach Luft. Das war heute wohl nicht mein Tag. Was sollte ich nun sagen? „Was willst du hier?", kam es aus mir heraus. „Wie bitte?", fragte sie zurück. „Nein… nicht… ich... ich… bin... ich meine… ich habe… ich will…" Oh mein Gott, was für ein Gestammel. Sie musste mich für total bescheuert halten. Doch sie lächelte, nahm meine Hand und flüsterte: „Frag mich doch einfach". „Ich… ich…", fing ich wieder an. Keinen klaren Gedanken konnte ich fassen. Plötzlich stand Tom neben mir. „Jonas, Angst kann man nicht küssen", betonte er nochmals. Mein Herz raste. Tausend Gedanken schossen durch meinen Kopf. Ein brauchbarer war allerdings nicht dabei. Sandra lächelte mich noch immer erwartungsvoll an. Plötzlich hörte ich jemanden sagen: „Ich wollte dich fragen, ob du fest mit mir zusammen sein willst?" Erst kurz darauf bemerkte ich, dass das meine Stimme war, die diesen Satz sagte. Ich habe es wirklich getan. Ich habe sie gefragt. Aber sie sagte nichts. Warum sagte sie denn nichts? Es sind doch seitdem schon Stunden vergangen. Nervös zog ich mit der freien Hand an meinem T-Shirt herum. Doch dann macht Sandra einen Schritt auf mich zu. Sie hielt noch immer meine Hand. Unsere Gesichter waren jetzt ganz dicht beisammen. Wieder vergingen Stunden, bis sie endlich sagte: „Ja, das will ich". Wow, sie hat tatsächlich ja gesagt. Mein Herz setzte gerade zu einem Freudensprung an, als Sandra mir einen Kuss auf den Mund gab. In diesem Moment wollte mein Herz wieder an seinen Platz, fand diesen jedoch nicht. So fühlte es sich an, als würde es Kreuz und Quer durch sämtliche innere Organe kugeln. „Auf diese Frage habe ich schon so lange gewartet", klärte mich Sandra auf. Ich strahlte. Ich war glücklich und starrte sie andauernd an, bis ich neben mir eine Stimme vernahm: „Erde an Jonas - ist jemand zu Hause?" Ich zuckte zusammen und drehte meinen Kopf. Tom stand neben mir. „Ist alles in Ordnung oder soll ich einen Arzt rufen?", fragte er. Sandra lachte laut und zog mich an der Hand, die sie immer noch hielt: „Komm, Jonas! Lass uns an den Tisch setzen, die anderen müssen bald da sein." Ich ging mir ihr zum Tisch. Wir setzten uns nebeneinander und machten - nichts. Sandra wartete wohl, bis ich den Anfang machen würde, mit dem, was Paare halt so machen. Aber was? Sandra war meine erste Freundin. Ich hatte absolut keine Erfahrung und so benahm ich mich dann auch. Ich saß einfach nur da und ließ meinen Blick durch den Garten gleiten. Sie rettete die Situation wieder einmal. Sie nahm meinen Arm und legte ihn sich um die Hüfte. So langsam taute ich etwas auf, konnte es aber gleichzeitig auch nicht glauben. Ich saß an einem herrlichen Samstagabend, bei Vogelgezwitscher und Sonnenschein, an einem Gartentisch und hatte ein Mädchen im Arm. Und nicht nur irgendein Mädchen. Nein, ich hatte das schönste Mädchen der ganzen Schule im Arm. Oder sogar der ganzen Welt. Das war heute mein Tag.

So nach und nach kam dann auch der Rest des Kurses, was ich aber zuerst gar nicht richtig mitbekam. Erst als ich ein „Das gibt es ja nicht" vernahm, sah ich, dass Sven und Tobi vor uns standen. Und Sven polterte auch gleich los: „Ey Alter, das wurde auch Zeit. Wir dachten schon, das wird nie etwas mit euch." „Einfühlsam wie immer", sagte Tobi und deutete zu Sven, „Ich gratuliere euch beiden jedenfalls. Ich freue mich richtig für euch." Sandra und ich bedankten uns bei ihm und Sven holte erneut aus. Er sah zu Tobi: „Und? Wie ist es bei dir? Wann fragst du deine Schnalle?" „Schnalle?" fragte Tobi entgeistert zurück. „Wen oder was meinst du mit Schnalle?" Sven grinste blöde: „Na deine Melanie natürlich." Tobi wurde sichtlich verlegen.

„Ich hole mir mal etwas zu trinken", sprach er und verschwand. Ja, Sven musste man kennen. Ein wirklich guter Kumpel, von dem man alles bekommen konnte, aber seine Ausdrucksweise und sein Auftreten, schwankten manchmal von peinlich bis voll daneben. Trotzdem wurde dieser Abend noch sehr schön. Sandra und ich waren natürlich unzertrennlich. Tom grillte selbstmarinierte Schweinesteaks. Tobi und Melanie saßen zwar den ganzen Abend zusammen, mehr war aber auch nicht. Und natürlich gab es Countrymusic bis zum Abwinken. Alles in allem gesehen, war dieser Abend, bis dahin, sogar einer der schönsten meines Lebens. Vor allem aber wegen Sandra.

Am darauffolgenden Montag hatte uns der Alltag wieder eingeholt. Wir saßen erneut in der Schule, aber ich konnte nun endlich wieder Sandra sehen. Am Vortag war dies leider nicht möglich, da sie ihrer Mutter erst noch beibringen musste, dass sie nun einen Freund hat.
Doch wo war sie. Natürlich hatte ich großes Verlangen, sie endlich zu treffen. Das war jedoch gar nicht so einfach, da wir nicht in der gleichen Klasse waren. Also nutzte ich die Pausen, um nach ihr zu suchen. Doch Sandra war nirgendwo zu sehen. Auch am Dienstag blieb sie verschwunden. Nun hatte zwar in dieser Zeit schon jeder ein Smartphone oder zumindest noch ein normales Handy, und jedes Handy besaß eine Handynummer, die man anrufen hätte können. Ja, hätte, wenn man die Nummer wüsste. Uns ging an diesem Samstag alles Mögliche durch den Kopf. Wir lagen uns in den Armen, wir küssten uns, wir himmelten uns an. Keiner von uns dachte jedoch einmal daran, dass wir mal unsere Nummern austauschen könnten.
Dienstagmittag. Ich kam etwas spät zum Nachhilfekurs, da ich bis zur letzten Sekunde nach Sandra suchte. Nun hoffte ich, sie hier zu finden. Doch sie war nicht da. Als Tom gerade mit dem Unterricht beginnen wollte, ging die Tür auf und Sandra kam herein. Wortlos setzte sie sich neben mich und kramte in ihrer Tasche herum. Sie holte ihr Englischbuch und ihr Heft heraus und ließ den Beutel zu Boden sinken. Sie schaute nach vorne zu Tom und ich sah sie an. Doch sie hatte keinen Blick für mich übrig. Tom bemerkte dies. „Oh, oh, Ärger im Paradies?", fragte er nur. Sandra schwieg. Ich stieß sie leicht am Arm an: „Was ist denn mit dir?", fragte ich sie. „Später" zischte sie, ohne

mich anzusehen. Nun mischte sich Tobi ein: „Ich denke, das solltet ihr jetzt regeln, sonst bekommt ihr vom Unterricht nicht viel mit und wir auch nicht". Noch immer sah ich sie von der Seite an. Sie verzog keine Miene. Tom nahm seinen Stuhl, stellte ihn direkt vor unseren Tisch und setzte sich. Er sah Sandra an. Ganz einfühlsam fragte er: „Sandra, was ist mit dir?" Nun verzog sich ihr Gesicht etwas, dann fing sie leise an zu schluchzen. Tom bohrte weiter: „Willst du uns nicht erzählen, was los ist? Am Samstag habt ihr beiden noch ganz anders nebeneinandergesessen. Komm, erzähle, wir sind doch deine Freunde." Sandras Gesicht verzog sich immer mehr. Plötzlich brach sie in Tränen aus und fiel mir um den Hals. Schon halb brüllend, kam sie gleich auf den Punkt: „Ich darf dich nicht mehr sehen. Meine Mutter möchte nicht, dass ich einen Freund habe". Dann rann ein Wasserfall aus ihrem Gesicht, der mein Hemd ordentlich einnässte. Aber das war mir egal. Ihr komisches verhalten hatte nichts mit mir zu tun. Sie liebte mich immer noch und wollte auch noch immer mit mir zusammen sein. Tom stand wieder auf. Mit den Worten: „Shakespeare lässt grüßen", trug er seinen Stuhl wieder an seinen Tisch zurück und setzte sich. „Shakespeare?", fragte Sven. Tom sah ihn nur an: „Romeo und Julia. Schon mal gehört?" Er lehnte sich zurück, verschränkte die Hände vor der Brust und schüttelte den Kopf: „Das es in der heutigen Zeit noch Eltern gibt, die meinen, so etwas könne man verbieten. Unglaublich. Dabei machen sie es mit Verboten nur noch schlimmer". Plötzlich kehrte absolute Ruhe ein. Niemand sagte etwas, bis Tobi die Stille unterbrach: „Zum Glück kann uns das nicht passieren." Alle schauten zu ihm und sahen, wie er Melanie in den Arm nahm. Ab da waren Sandra und ich kein Thema mehr. Jeder sah nur noch auf die zwei. Sven fand als erstes wieder Worte: „Ey Alter, erzähle", forderte er Tobi auf. Und Tobi strahlte: „Na ja, als wir euch am Samstag so sahen…" Er deutete dabei auf Sandra und mich, „wir waren schon etwas neidisch und dann, … Na ja, …" Melanie übernahm das Reden: „Dann habe ich ihn gefragt, ob wir am Sonntag nicht mal eine Cola zusammen trinken wollen. Ich kann das halt nicht so direkt wie Jonas das gemacht hat, und Tobi bekam ja die Zähne nicht auseinander." Dann wandte sie sich zu ihrem neuen Freund und küsste ihn völlig schamlos. Wir applaudierten sofort und Tobi wurde sogar ein bisschen rot. Okay, fast alle applaudierten. Sandra hielt sich zurück. Sie wandte sich Melanie zu: „Und deine Eltern? Haben die nichts dagegen, wenn du einen Freund hast?" Man konnte aus ihrer Stimme schon etwas Neid heraushören. „Nein, gar nicht", erwiderte Melanie, „im Gegenteil. Meine Mutter fragte mich schon, ob ich noch keinen Freund hätte. Es würde ja mal Zeit werden." Sandra senkte den Blick. Ich rückte mit meinem Stuhl etwas näher zu ihr und legte meinen Arm um sie. Sie erwiderte meine Zärtlichkeit, indem Sie ihren Kopf an meine Schulter lehnte. Leise sagte sie: „Dann müssen wir uns halt heimlich treffen." Tom meldete sich zu Wort: „Wie soll das denn auf Dauer gehen?" Das war eine berechtigte Frage und plötzlich hatte jeder einen Ratschlag. Alle gaben ihre Kommentare ab. Von ‚ganz gut' bis ‚völlig indiskutabel', war auch alles dabei. Wir diskutierten fast die ganze Nachhilfestunde hindurch. Schlauer waren Sandra und ich danach nicht. Wir hatten an diesem Tag kein Englisch gelernt, aber was wir in Zukunft tun sollten, wussten wir auch nicht. Bevor uns Tom entließ, wandte er sich nochmal an Melanie: „Übrigens. Melanie, du sagtest vorhin, dass du Tobi nicht so einfach fragen konntest, ob er mit dir zusammen sein will. Du hast es aber getan." Melanie sah Tom aus großen Augen fragend an und Tom erklärte. „Weißt du, wenn du einen Jungen auf eine Cola oder ein Eis einlädst, dann heißt das, dass du etwas von ihm willst. Aus welchem anderen Grund, würdest du ihn sonst einladen? Deine Art und die Art von Jonas, sind im Prinzip identisch."

Bis zu den Herbstferien lief es erst einmal so, dass wir uns fast nur in der Schule sahen. Manchmal erfand Sandra bei ihrer Mutter eine Ausrede, damit wir uns auch mal nachmittags treffen konnten. Aber das wahr schwierig, da ihre Mutter jeden ihrer Schritte kontrollierte. Wenn sie sagte, dass sie zu einer Freundin ginge, dann rief ihre Mutter dort an und überprüfte es. Sandra erzählte mir, dass sie fast wie eine Gefangene gehalten wird, seit sie ihrer Mutter etwas von einem Freund erzählte.

In den Herbstferien fuhren die beiden dann zu irgendeiner Verwandten. Wir konnten uns noch nicht einmal schreiben, da selbst ihr Smartphone kontrolliert wurde.

24

Nach den Herbstferien ging das ganze so weiter. Es war fast nicht mehr zum Aushalten. Wenn wir uns heimlich trafen, vermuteten wir hinter jedem Busch, hinter jedem Haus ein Spitzel. Doch wir zogen es durch. Das wir das aushielten, verdankten wir auch Tom. Er ließ es zu, dass wir uns im Unterricht umarmten und küssten, solange wir aufpassten. Zusammen mit seiner lockeren Art und seinen Späßchen, hatten wir sogar richtig Freude.

Dann kam der Dezember und schnell waren wir kurz vor den Weihnachtsferien. Es war die letzte Nachhilfestunde für dieses Jahr. Als wir in den Klassenraum kamen, trauten wir unseren Augen kaum. Dort stand ein kleiner Weihnachtsbaum mit LED-Beleuchtung. Und sogar Kuchen, Mandarinen, Nüsse und so einiges mehr, lag auf den Tischen herum. Tom sah unsere verwunderten Blicke. „Das habt ihr euch verdient", sagte er, „Ihr habt so wahnsinnig gebüffelt im letzten halben Jahr und euch sehr stark verbessert. Das bestätigte mir sogar euer Englischlehrer. Ich dachte mir, eine kleine Weihnachtsfeier kann nicht schaden." Natürlich setzten wir uns gleich und fielen über die Lebensmittel her. Außer Sven. Er ging zu Tom, reichte ihm die Hand und sagte in ganz ruhigem Ton: „Das haben wir alles Ihnen zu verdanken. Vielen Dank dafür." Wir hörten sofort auf zu essen. Was war denn das? Und vor allem - wer war der Junge, der da vorne stand? Sven? Ich konnte es nicht glauben. Dann drehte er sich um und ging auf seinen Platz. Wir schauten ihm den ganzen Weg nach, bis er wieder saß. Er schaute ganz ernst zu uns und meinte nur: „Das musste doch mal gesagt werden." Wir brauchten noch eine Zeit, bis wir verarbeitet hatten, was gerade dort vorne geschah. Dann stand auch Carola auf und ging zu Tom, dicht gefolgt von ihrer Freundin Melanie. So nach und nach gingen wir alle zu ihm und bedankten uns. Tom war sichtlich gerührt. Ich glaube, ihm standen sogar ein paar Tränen in den Augen. Die Sinneswandlung von Sven, hielt aber nicht lange an. Kurz darauf schon, haute er den Satz heraus: „Hätten wir gar nicht gebraucht, sie werden dafür schließlich bezahlt." Tom setzte sich wieder, schälte sich eine Mandarine und sagte dabei, ohne aufzusehen: „Ich werde dafür nicht bezahlt." Stille im Raum. Wir warteten, bis er weiterredete, doch er sagte nichts mehr. Sandra fing sich als erste: „Sie werden dafür nicht bezahlt? Sie machen das umsonst?" „Ehrenamtlich" sagte Tom nur kurz und schob sich ein Stück der

Mandarine in den Mund. Wieder dauerte es eine kurze Zeit, bis nun Tobi nachhakte: „Ein Lehrer, der nicht bezahlt wird? Das verstehe ich nicht." Tom schob sich ein weiteres Stück Mandarine in den Mund und schmatzte: „Ich bin kein Lehrer." Wir waren immer verwirrter. Schließlich sagte ich zu ihm: „Also, Sie sind kein Lehrer und Sie werden für diesen Unterricht auch nicht bezahlt. Eigentlich wissen wir gar nichts über Sie. Erzählen Sie doch mal etwas, damit wir Sie näher kennenlernen können." Tom schaute hoch und ließ auch das letzte Stück Mandarine im Mund verschwinden. „Du hast Recht, ihr wisst gar nichts über mich", sagte er breit grinsend und lehnte sich zurück. Carola wurde unruhig: „Jetzt spannen Sie und doch nicht so lange auf die Folter. Erzählen Sie doch mal etwas über sich." „Warum?", kam es nur zurück. Er grinste immer noch. Dann stand er auf, ging zum Fenster und schaute hinaus. „Also", begann er zu erzählen, „ich heiße Tom und ich mag es, wenn die Sonne scheint." Sein grinsen wurde noch breiter. Gerade trieb er uns zur Weißglut. So kannten wir ihn gar nicht. „Sie wollen uns veräppeln", stellte Sven fest. Jetzt lachte Tom los: „Endlich habt ihr es kapiert." Er lief wieder zu seinem Tisch, setzte sich darauf und fing an zu erzählen: „Okay, im Ernst, ich bin geschieden und seit einigen Jahren, aus gesundheitlichen Gründen, auf die ich nicht näher eingehen möchte, Frührentner. In den Schulen werden immer wieder Leute für Vertretungsstunden gesucht, wenn ein Lehrer ausfällt. Da ich Zeit habe, dachte ich, ich sollte das mal ausprobieren und ich musste feststellen, dass es mir sogar Spaß machte. Allerdings war es nicht so schön, ständig andere Klassen vor mir zu haben. Aus diesem Grund wollte ich wieder aufhören und ging zum Direktor. Dieser bot mir dann einen festen Englischkurs für hoffnungslose Fälle an." Wieder ging ein breites Grinsen über sein Gesicht. Weiter erzählte er: „Wie sich nun herausstellte, sind diese hoffnungslosen Fälle gar nicht hoffnungslos, sondern sehr nette Schüler, die schon lernen können, wenn sie wollen." „Sie meinen uns, oder?" Solch eine Frage konnte natürlich nur von Sven kommen. Tom schaute ihn nur kurz an, als Sandra fragte: „Was machen Sie in den Weihnachtsferien?" Unser Lehrer, der keiner war, schaute nach oben, setzte ein leichtes lächeln auf uns schwärmte: „Ich fliege in die USA, miete mir dort ein Wohnmobil und cruise gemütlich, mit Country-music und bei warmem

Wetter, an der Küste entlang." Ich weiß nicht genau warum, aber irgendwie entwich mir der Satz: „Ich will mit." Tom lachte: „Mach du dir lieber ein paar gemütliche Tage mit deinem Schatz." Sandra und ich schwiegen. Tom sah uns an, immer abwechselnd: „Seid ihr nicht mehr zusammen?" „Doch", sagte ich, „aber Sandra fährt mit ihrer Mutter zu ihrer Tante. Die ganzen Ferien." „Und warum fährst du nicht mit?", hakte er nach: „Ihr seid doch schon lange genug zusammen." Sandra senkte den Kopf: „Mama weiß doch nichts von Jonas." Tom schaute, als hätte er gerade ein gepunktetes Einhorn gesehen: „Wie bitte? Sie weiß es immer noch nicht? Das kann doch so nicht weitergehen. Wann willst du es ihr sagen?" Sandra wurde etwas sauer: „Dieses Thema hatten wir schon mal. Ich darf keinen Freund haben, also kann ich ihr auch nichts von Jonas erzählen. Punkt-Ende-Aus." Und genau wie beim letzten Mal, waren wir für den Rest der Unterrichtseinheit das Gesprächsthema. Einen guten Ratschlag hatte aber auch dieses Mal niemand.

Dann war auch der letzte Unterrichtstag für dieses Jahr zu Ende. Tom wünschte uns noch schöne Ferien und einen guten Rutsch ins neue Jahr. Anschließend gingen alle nach Hause. Fast alle. Sandra und ich verabschiedeten uns noch auf dem Schulhof. Fast eine Stunde lang, sagten wir uns, wie sehr wir uns lieben würden und dass wir uns vermissen würden. Dabei küssten wir uns immer wieder. Dann gingen auch wir nach Hause und ich bereitete mich auf die schlimmsten Ferien meines Lebens vor, in denen ich Sandra 14 Tage nicht sehen konnte.

# Honey und Darling

Iris:

Was macht man mitten im Winter in Florida? Richtig, man legt sich an den Strand. Bei Temperaturen von etwas über 20 Grad war das zwar kein Problem, aber es war einsam. Mein Vater starb bereits vor vielen Jahren und hinterließ mir drei Firmen und einen Haufen Geld. Ebenso eine Villa und eine Halbinsel mit einem riesigen Wochenendhaus über zwei Etagen. Nun gehörte diese ganze Insel mir alleine. Doch nicht nur diese. Insgesamt waren es fünf Inseln. Die anderen vier waren unbewohnt und nicht ganz so groß wie die, auf der ich lebte.

Die ganze Inselgruppe hieß Miller-Island. Benannt nach meinem Vater Robert Miller. Die größte dieser Inseln benannte er nach mir - Iris-Island, da ich sein einziges Kind war. Die anderen vier hatten keine Namen. Ich solle mir später für sie einen überlegen und eintragen lassen, erklärte er mir.

Anfangs versuchte ich noch, seine Firmen zu führen, merkte aber schnell, dass dies gar nichts für mich war. Also verkaufte ich sie und war auf einen Schlag steinreich. Ja, Geld hatte ich genügend. Zudem lebte ich an einem Ort, an dem jeder Urlauber glaubte, im Paradies zu sein. Außer viel Geld, hatte ich noch tolle Freunde, einen kilometerlangen Strand nur für mich alleine und alles was man brauchte, um glücklich zu sein. Und trotzdem war ich es nicht. Die Einsamkeit fraß mich auf. Ich beschloss noch drei weitere, exakt gleiche Häuser bauen zu lassen, die in einer Reihe standen, und ließ alle meine Freunde darin wohnen.

Im hintersten Haus wohnte Jeanette. Sie hatte sich den schönsten Platz ausgesucht. Nur ein paar Meter vom Bootshafen entfernt, an dem Vaters Yachten lagen. Jeanette war Single, genau wie ich. Wenn wir alle gemeinsam etwas unternahmen, waren die Zärtlichkeiten der Paare leichter zu ertragen. Jeanette nervten diese ständigen Liebkosungen genauso wie mich. Wir taten uns dann immer zusammen und lästerten über sie. Ihr Haus stand auch etwas dichter an meinem, da der Platz nicht ausreichte, das Haus in gleicher Entfernung, wie die anderen Häuser zu bauen. Jeanette und ich waren oft zusammen. Wir waren schon fast wie Geschwister.

Daneben stand das Haus meines Vaters, welches ich bewohnte. Eigentlich viel zu groß für mich. Oben befand sich ein großes Schlafzimmer mit Doppelbett, ein angrenzendes Ankleidezimmer zu einer Seite und ein intergiertes Badezimmer zur anderen. Zwei weitere Zimmer gab es im Obergeschoss auch noch, die aber nicht genutzt wurden. Unten gab es ein Wohnzimmer, ein Gästezimmer, ebenfalls mit integriertem Bad und Terrasse, eine Küche, noch ein Bad, sowie eine Gästetoilette, eine Küche und ein Esszimmer. In letzterem trafen wir uns zum Mittagessen, wenn das Wetter schlecht war. Ansonsten aßen wir draußen. Ein paar Meter von meiner Terrasse entfernt, befand sich unser großer Tisch, für die Allgemeinheit. Dort aßen wir meist zu Mittag. Außerdem machten wir dort unsere Feiern, Grillabende oder saßen einfach nur so da und redeten.

Auf der anderen Seite meines Hauses wohnte Mary mit ihrem Freund Deacon und im ersten Haus waren Nancy und Bill zu Hause.

Mary war meine beste Freundin und gleichzeitig auch meine Psychologin. Ja, meine Psychologin, denn Reichtum alleine macht nicht glücklich. Mir fehlte einfach ein Lebensgefährte. Wie gerne wäre ich, wie die anderen beiden Pärchen auch , mit einem Mann, Hand in Hand am Strand entlanggelaufen. Wie gerne hätte ich bei ihm im Arm gelegen und den Sonnenuntergang am Meer beobachtet. Doch das war mir alles vergönnt.

Vor vielen Jahren hatte ich einen Freund. Wir lebten damals noch in einem kleinen Haus am Stadtrand, welches mein Vater damals für mich bauen ließ. Ich war jung, ich war verliebt, und merkte viel zu spät, dass mein Freund der falsche für mich war. Irgendwann begann er, mich zu schlagen. Ich war manchmal so mit blauen Flecken übersät, dass ich wochenlang nicht das Haus verlassen konnte. Immer wieder erfand ich Ausreden, warum meine Freunde nicht zu Besuch kommen konnten, und warum ich keinen Besuch empfangen wollte. Nicht ein einziges Wort der Entschuldigung kam über seine Lippen. Im Gegenteil - es schien ihm sogar noch Spaß zu machen. Nach einiger Zeit war ihm das aber nicht mehr genug. Dann fesselte er mich ans

Bett und vergewaltigte mich brutal. Insgesamt ging das etwa zwei Jahre so. Und wahrscheinlich hätte es auch noch viel länger gedauert, wenn mein Bruder, während einer solchen Aktion, nicht zufällig vorbeigekommen wäre. Er war bei der Armee und in Deutschland stationiert. Wir hatten uns seit Monaten nicht gesehen und plötzlich stand er im Zimmer, vor dem Bett. Ich war, wieder einmal, blau geschlagen ans Bett gefesselt. Weinend bettelte und flehte ich meinen Freund an, aufzuhören. Ohne Erfolg. Bis mein Bruder ihn überraschte. Er nahm ihn und prügelte ihn durch die ganze Wohnung, bis er irgendwo bewusstlos in der Ecke lag. Dann machte er mich los und ich fiel in seine Arme. Auch nach so vielen Jahren fällt es mir noch sehr schwer, darüber zu reden.

Seit dieser Zeit, kann ich mich von keinem Mann berühren lassen. Entweder ich haue ihm eine runter oder ich schreie los. Was auch immer mein Körper in einer solchen Situation gerade mit mir macht. Einzig mein Bruder darf das. Aber genau genommen, ist er nur mein Halbbruder. Wir hatten zwar die gleiche Mutter, die noch vor meinem Vater verstarb, aber nicht den gleichen Vater. Das ist auch der Grund, weshalb ich das ganze Vermögen erbte, während er leer ausging. Natürlich habe ich ihm aber einiges abgegeben und vor allem, schenkte ich ihm später mein Haus. Denn dort konnte ich nicht mehr leben. Viel zu groß war die Erniedrigung und die Erinnerung, an meinen ehemaligen Freund, wenn man ihn überhaupt so nennen konnte.

Während der Ermittlungen der Polizei und der folgenden Gerichtsverhandlung, hatte sich mein Vater so stark aufgeregt, dass er einen Herzinfarkt bekam und verstarb. So zog ich in sein Ferienhaus auf die Insel und war plötzlich völlig alleine. Mein Vater war tot, mein Bruder war in Deutschland und meine Freunde wohnten nun alle viel zu weit entfernt. So beschloss ich ihnen anzubieten, ebenfalls auf der Insel zu wohnen. Was ich nicht bedachte - sie mussten ja alle arbeiten und sind nur abends zu Hause. Mit anderen Worten, es war tagsüber genauso einsam und langweilig, wie vorher auch. Aber was sollte ich tun? Wochenlang zerbrach ich mir den Kopf darüber, bis eines Tages Verwandtschaft von Nancy zu Besuch kam. Nancy war keine richtige Amerikanerin. Sie wurde in Spanien geboren und zog später erst in die USA, als sie Bill kennenlernte. Nun kam ihre Mutter zu Besuch und brachte ihre

Enkelin Corina mit, die Tochter ihrer jüngeren Schwester. Corina war 16 und lernte, wie fast alle Kinder in Westeuropa, Englisch. Leider mit mäßigem Erfolg. Sie bekam zwar Nachhilfe, das reichte jedoch nicht. Einige Tage dachte ich darüber nach. Sie, und bestimmt sehr viele andere Kinder, taten sich mit der englischen Sprache schwer. Ich hatte Geld, ich hatte Zeit. Dann kam mir der Einfall. Ich mache eine Schule auf, für Kinder, die Nachhilfe in Englisch brauchten. Ja genau, das war es. Eine Nachhilfeschule in dem Land, dessen Sprache sie lernen mussten. Jetzt brauchte ich nur noch ein Konzept.

Als erstes weihte ich Jeanette in meine Pläne ein. Jeanette war Lehrerin, genauer gesagt Englischlehrerin. Ich bot ihr an, ihren Job an der Schule zu kündigen und nur noch für mich zu arbeiten. Natürlich zu einem Gehalt, das sie nicht ablehnen konnte. Doch Jeanette war das am Anfang noch zu unsicher. „Wir müssen alles ganz genau durchplanen", sagte sie. Und das machten wir dann auch. Wie wäre das Ganze zu bewerkstelligen? Schnell wurde uns jedoch klar, dass dies nicht so ganz einfach sein würde. Jeanette war es auch, die mich darauf hinwies, dass wir keine Möglichkeit hatten, die Jugendlichen unterzubringen. Wo sollten sie essen, schlafen und lernen? Welche Freizeitaktivitäten könnten wir ihnen anbieten, denn wochenlang nur lernen, das würde wohl kein Jugendlicher mitmachen. Meine Lösung dazu stand schnell fest - eine Jugendherberge musste her. Eine Jugendherberge mit allem: Komfortable Zimmer mit eigenem Bad, Speiseraum, Lehrraum, Fitnessraum, Freizeitraum und ein Schwimmbad. Je länger Jeanette und ich darüber nachdachten, desto mehr brannten wir für diesen Plan. Doch alleine war diese Aufgabe natürlich nicht zu stemmen, so dass wir Mary noch mit an Bord holen wollten. Mary als Psychologin und Jeanette als Pädagogin, was sollte da noch schief gehen. Aber auch sie war vorerst skeptisch. Eines Tages saßen wir wieder zusammen und grübelten über unseren Plan, als Marys Freund Deacon vorbeikam, unserer weiteren Planung zuhörte und sofort einen Einwand hatte. „Direkt vor unserer Tür ist das Meer", sagte er, „Wenn ihr so etwas macht, dann habt ihr die Verantwortung für die Schüler. Ihr braucht mindestens einen Rettungsschwimmer." Ein breites Grinsen zog sich über sein Gesicht, denn er war Rettungsschwimmer. Er arbeitete an einem Strand in Miami. Kurzerhand unterbreitete ich ihm ein Angebot, als Rettungsschwimmer und Allroundkraft, welches er ebenfalls nicht abweisen konnte. Dann konnten Mary und er, auch tagsüber beieinander sein. „Dann arbeiten wir in Zukunft zusammen", stellte Mary fest und sah ihren Deacon verliebt an. Es kam was kommen musste. Eine Ladung Küsse. Einer nach dem anderen. „Dieses Geschnäbel nervt", flüsterte Jeanette mir zu und wir mussten lachen.

„Dann fehlen nur noch Bill und Nancy", stellte Jeanette fest, „und wir können alle zusammen hier arbeiten." Deacon überlegte kurz, um uns anschließend auch für dieses Problem eine Lösung zu unterbreiten: „Bill ist doch Koch. Dann könnten doch die beiden, zukünftig für uns und die Jugendlichen kochen und die Herberge führen. Dann muss dort allerdings noch eine Küche rein." Wir waren begeistert über diesen Vorschlag. Alles schien perfekt zu sein.

Am nächsten Tag gingen Jeanette und ich zu Nancy und Bill und erklärten unser Vorhaben. Bill war sofort dabei. Schon lange hatte er keine Lust mehr, in diesem Restaurant, in dem er kochte, zu arbeiten. Ständig schimpfte er über seinen Chef. Auch bei Nancy dauerte es nicht lange, bis wir sie überzeugt hatten. Sie arbeitete bis dahin in einem Büro. Und wie bei ihrem Mann, machte es auch ihr, seit längerem, dort keinen Spaß mehr. Unser Plan stand. Jetzt mussten wir Nägeln mit Köpfen machen.

Die nächsten Wochen verbrachten wir gemeinsam damit, diese Pläne mit Fachkräften zu perfektionieren. Architekten, Ämter und alles, was man dafür so brauchte. Sogar Werbeagenturen hatte ich schon beauftragt, denn dieses Projekt, sollte weltweit bekannt werden und vielleicht auch von anderen Ländern kopiert werden.

Bereits ein halbes Jahr später war alles fertig. Ja, nur sechs Monate brauchten wir dafür. Es kann alles so einfach sein, wenn man Geld hat und die richtigen Leute kennt. Diese kannte ich noch von meinem Vater, bei dem ebenfalls alles immer sehr schnell ging. Und so wohnten meine besten Freunde seitdem nicht nur bei mir auf der Insel, sondern arbeiteten sogar noch für mich. Für jeden hatte ich eine Aufgabe. Für jeden? Nein, denn mich hatte ich wieder einmal vergessen. Was sollte ich tun? Ich machte zwar die ganze Organisation, aber das war ja nun wirklich keine Herausforderung. Ich brauchte bei diesem Projekt auch irgendeine Tätigkeit. Aber welche?

Eines Morgens, unser Bauprojekt war gerade abgeschlossen, kamen Mary und Deacon zu mir. „Hallo Kleines", sagte Mary, „kommst du mit auf einen Spaziergang? Wir wollen mal runter in den alten Wildpark." Spaziergang? Mit Deacon und Mary? Da hatte ich nun wirklich keine Lust drauf. Sie gingen ständig Hand in Hand, was ja noch ginge. Aber sie blieben oft stehen und küssten sich, bis sie schließlich Arm in Arm weiter gingen. Dann wieder dieses geküsse. Das ging jedes Mal so. Ich kam mir dabei immer wie das fünfte Rad am Wagen vor, oder besser gesagt, wie das Ersatzrad eines Motorrades. Ja, ich weiß. Ein Motorrad hat kein Ersatzrad, aber genauso kam ich mir eben vor. Wie nicht vorhanden. Natürlich wollte ich deshalb auch nicht mit, sagte ihnen den Grund aber nicht, um sie nicht zu verletzen. Dadurch hatte ich aber auch keine Ausrede parat. Was blieb mir anderes übrig, als gute Miene zum bösen Spiel zu machen. So sagte ich eben zu.

Wir fuhren mit Deacons Wagen von der Insel runter und zum Wildpark. Zum Glück war der Weg nicht weit, denn auch wenn Mary dabei war, fühlte ich mich mit einem Mann im Auto, nicht sehr wohl.

Der Morgen lief zuerst ab wie erwartet. Während wir durch den Wildpark gingen, musste ich das alles wieder ertragen. Küsschen, Händchen halten. Das nervte ganz extrem. Zum Glück hatte ich das alles bald überstanden. Zum Mittagessen wollten wir wieder auf der Insel sein. Unser Projekt hatten wir zwar erfolgreich abgeschlossen, jedoch hatten wir noch keine Schüler. Natürlich muss sich so etwas erst herumsprechen und so kochte Bill eben erst mal für uns. So machten wir uns schon bald wieder auf den Rückweg zum Auto. Normalerweise ging ich immer hinterher. An diesem Tag aber, konnte ich die heile Welt der beiden, nicht mehr ertragen und ging voran. Ich war wohl etwas schnell unterwegs. Vielleicht hatten die zwei aber auch wieder einmal eine ihrer langen Kusspausen gemacht. Irgendwann hörte ich hinter mir, in weiter Ferne, Mary rufen. Ich wollte nicht warten, nicht wieder ihre Knuddeleien ertragen müssen. So lief ich immer weiter, bis ich hinter mir rasch herankommende Schritte vernahm, gefolgt von einem Handgriff an meine Schulter. Ich erschrak, drehte mich schnell herum und sah, dicht vor mir, in zwei Männeraugen. Bevor ich noch erkennen konnte, wem diese Augen gehörten, schlug ich auch schon zu. Erst dann erkannte ich Deacon, der mich mit großen Augen ansah und sich die Wange hielt. Was hatte er sich auch dabei gedacht? Er wusste, dass er mich nicht anrühren darf. Er kannte mich lange genug. Diese Ohrfeige hat er sich redlich verdient. Gut, er hatte nur die Hand auf meine Schulter gelegt, weil er mir etwas sagen wollte, er wusste aber auch, dass er das bei mir nicht machen durfte. Etwas beleidigt, lief er dann hinter mir. Mary tröstete ihn. Sie waren schon seit sechs Jahren fest zusammen und immer noch ein echtes Traumpaar, wie ich fand. Es gab absolut keinen Streit, das hätte Mary mir erzählt. Auch äußerlich passten beide gut zusammen. Figur, Größe, alles passte. Oft genug beneidete ich sie, manchmal war ich sogar etwas eifersüchtig auf die beiden. Was heißt manchmal, eigentlich immer. Wenn ich nur diesen Tick mit den Männern nicht gehabt hätte, das Leben wäre vermutlich viel schöner gewesen. Wir hätten zu viert etwas unternehmen können. Dann wäre ihre gegenseitigen Zärtlichkeiten auch auszuhalten gewesen.

„Musste das wirklich sein?", rief mir Mary nach. Ich drehte mich um. Sie waren bestimmt 15 Meter hinter mir. „Tut mir leid", rief ich etwas verzweifelt zurück, „aber ihr wisst doch, dass…" Oh, da saß ein kleiner Frosch auf der Straße und von weitem hörte ich Motorengeräusche. Ohne auf den Verkehr zu achten, ging ich auf die Straße. „Komm her mein kleiner, sonst wirst du noch überfahren", sagte ich zu dem Frosch und hob ihn auf. Im gleichen Augenblick spürte ich einen heftigen Schlag gegen die Hüfte und knallte in den Straßengraben.

Tom:


Einmal Winterurlaub im warmen. Einmal mit dem Wohnmobil durch die
USA. Das wäre toll. Warum nicht beides miteinander verbinden. Weih-
nachtsbäume unter Palmen sehen. Barfuß am Strand, statt mit Winterstiefeln
im Schnee. Solche Gedanken gingen mir schon seit Jahren durch den Kopf.
Doch in diesem Jahr, hatte ich es wirklich getan. Zwei Wochen lang, während
der Weihnachtsferien. Ich habe schon von Deutschland aus alles vorbereitet.
Reisepass, internationaler Führerschein, Flüge gebucht, Wohnmobil reser-
viert und natürlich online recherchiert, was ich in Florida zu beachten hatte.
Denn da wollte ich hin, nach Florida. Durchschnittliche Tagestemperaturen
im Dezember und Januar 15 -25 ° C. Also nicht zu warm und nicht zu kalt,
obwohl die Temperatur, nachts auch schon mal bis knapp vor dem Gefrier-
punkt gehen kann. Aber nachts hatte ich eigentlich auch vor zu schlafen. Ich
flog also nach Miami und holte, neben dem Flughafengelände, das Wohnmobil ab. Eines mit Automatikgetriebe, da ich schon seit Jahren, Probleme mit
dem linken Knie hatte. Dieses ständige Kuppeln, machte mein Knie nicht
mehr mit.
Ich hatte mir schon zu Hause eine ungefähre Reiseroute zusammengestellt.
Ich wollte von Miami, erst mal nach Westen bis zum Golf von Mexiko. Dann
am Meer entlang, nach Norden. Wie weit, wusste ich noch nicht. Je nachdem
wie weit ich kam, denn ich wollte ja nicht zwei Wochen lang Auto fahren,
sondern in erster Linie etwas von dem Land und den Stränden sehen. Nachdem ich in den ersten drei Tagen aber fast nur gefahren bin, entschloss ich
mich, schon früher wieder an die Atlantikküste zu fahren, um dort die
Strände zu genießen und richtig Urlaub zu machen.
Ich ging an Heiligabend, in irgendeiner Kleinstadt, in die Kirche. Ansonsten
feierte ich Weihnachten nur für mich alleine. Entweder am Strand oder im
Auto. Keine Hektik, kein Weihnachtsstress. Die Tage einfach nur genießen.
Die Füße hochlegen und eine Tasse heißen Pfefferminztee trinken. Wie lange
ist das her, dass ich an Weihnachten mal richtig zur Ruhe kam. ‚Das besinn-
liche Fest', hieß es von den Kirchen immer. Ich wusste noch nie, was daran

so besinnlich sein sollte. Schon der Stress in der Adventszeit nervte mich gewaltig. In den Geschäften herumrennen und Geschenke kaufen. Und jeder erwartete natürlich, dass er das Geschenk, welches er sich wünschte, auch bekam. Aber woher weiß man, was sich andere wünschen?

Dann der Einkaufsstress für die Feiertage. Noch kurz vor Heiligabend im Supermarkt Lebensmittel einkaufen. Bei Schlangen vor den Kassen, dass man hoffte, bis Silvester wieder zu Hause zu sein. Geschenke einpacken. Natürlich heimlich, denn niemand darf sie sehen. Weihnachtsbaum kaufen und schmücken, um ein paar Tage später, die abgefallenen Nadeln mit der Pinzette aus dem Teppich zu zupfen. Nein, das war nichts für mich. Ich wollte es nur noch gelassen angehen und dieses Fest gebührend feiern.

Nach Weihnachten fuhr ich wieder Richtung Süden, Richtung Miami. Aber dieses Mal wesentlich langsamer. Ich hatte ja noch so viel Zeit. Es war gerade mal die Hälfte meines Urlaubes vergangen, und ich befand mich schon wieder auf dem Rückweg. Ich kam erneut durch eine Kleinstadt. „Hier hältst du jetzt an und genießt die Sonne", sagte ich zu mir. Ich fuhr auf einen Parkplatz, der auch für Wohnmobile geeignet war. Von dort aus sah man schon den Strand. Ich stieg aus und schloss den Wagen ab. Es war der 29. Dezember. Vielleicht konnte ich ja hierbleiben und Silvester feiern. Ich beschloss, erst einmal zum Strand zu gehen und danach mir das Städtchen anzusehen.

Der Strand war toll. Der feine Sand und überall Palmen. Nach einiger Zeit rebellierte allerdings mein Magen. So versuchte ich, ein Lokal oder etwas ähnliches zu finden. Ich ging zur Straße zurück und dort in die Richtung, die mir am erfolgversprechendsten aussah. Ich lief auch nicht weit, als ich einen Hotdog-Verkäufer fand. „Das reicht auch", dachte ich bei mir. Ich ging zu ihm und bestellte einen Hotdog. Da sonst niemand da war, unterhielt ich mich, während des Essens, mit dem Mann. Ich erzählte ihm, woher ich kam und dass ich hier Urlaub machen würde. Im Gegenzug erklärte er mir, wo ich bis Übermorgen überall hingehen sollte. Plätze die man gesehen haben musste, Lokale, Bars, und so weiter. Selbst einen Nachtclub hat er mir empfohlen. „Ein Nachtclub ist nicht meins, ich bin eher der ruhigere Typ", erklärte ich ihm, „aber wissen Sie was meins wäre? Ein zweiter Hotdog." Er musste lachen: „Wenn Sie das Feuerwerk beobachten wollen, dann kann ich

Ihnen einen alten Aussichtsturm empfehlen. Er liegt etwas außerhalb. Gehen sie einfach hier die Straße hinunter, aus dem Ort heraus. Dann sehen sie ihn schon auf der rechten Seite." Ich aß noch meinen zweiten Hotdog, bedankte mich, bezahlte mein Essen und ging los. Natürlich wollte ich wissen, wo dieser Aussichtsturm ist, bevor ich dort in der Silvesternacht im Dunkeln herum tapste.

Ich ging die Straße hinunter und war auch nach kurzer Zeit am Stadtrand angekommen. Es gab keine Bürgersteige mehr. Allerdings sah ich auch keinen Aussichtsturm. Auf der anderen Straßenseite bemerkte ich zwei Personen. Ein Mann und eine Frau. Beide waren etwas dunkelhäutig, was ja in Amerika nichts Ungewöhnliches ist. Außerdem war noch eine Frau dabei, die ein großes Stück weiter vorne lief, und sich mit den beiden anderen zu streiten schien. Schlank mit langen roten Haaren. Genau meine Farbe. Ich weiß nicht warum, aber irgendwie haben es mir rothaarige Frauen angetan. „Die müsste ich mal kennen lernen", dachte ich scherzhaft, nichtsahnend, dass die Erfüllung dieses Wunsches nur noch Sekunden entfernt sein würde. Denn plötzlich hörte ich laute Motorengeräusche. Und dann ging alles rasend schnell. Um die Ecke kamen zwei Autos geschossen, die wohl ein Rennen fuhren. Ich schaute auf die Straße und sah, wie die Rothaarige wohl irgendetwas auf der Straße aufhob. Ohne nachzudenken, sprintete ich los. Ich stieß die Frau in den Straßengraben und flog hinterher, als das erste der beiden Autos auch schon an uns vorbeidonnerte, dicht gefolgt vom zweiten Wagen. Vor Sekunden hatte ich mir noch gewünscht, sie kennenzulernen, jetzt lag ich auf ihr. Ich erhob mich etwas, damit sie ihren Oberkörper aufrichten konnte. Sie setzte sich ebenfalls. Ich drehte leicht den Kopf und schaute sie an, als sie mir eine schallende Ohrfeige gab. Dann schaute sie mich an. Ihr Blick strahlte Entsetzen aus, bei gleichzeitiger Neugierde. Auch ich sah sie an. Sie hatte nicht nur rote Haare, sondern zusätzlich noch weitere Merkmale, auf die ich stand - Sommersprossen und leichte Grübchen um die Mundwinkel. Sie war mein Traumgirl, mein Traumgirl, das mir gerade eine geklebt hatte.

„Iris, was tust du", rief die dunkelhäutige Frau und eilte zu uns, „Der Mann hat dir gerade das Leben gerettet." Iris hieß sie also, genau wie meine erste

Freundin. Iris sagte jedoch nichts und starrte mich weiter an. Erst jetzt bemerkte ich, den stechenden Schmerz in meinem Bein. Der Wagen muss mich wohl doch noch erwischt haben. Ich schaute hinunter und sah, dass mein Bein, kurz über dem Fuß, etwas zur Seite weg stand. Wirklich kein schöner Anblick und langsam wurde mir auch übel. „Ist wohl gebrochen" ,stellte der dunkelhäutige Mann fest, holte sein Telefon heraus und wählte den Notruf. In der Zeit, in der wir auf die Ambulanz warteten, stellte er sich vor. „Ich heiße Deacon, das ist meine Freundin Mary." Er deutete auf die dunkelhäutige Frau. Dann zeigte er auf Iris, die mich, weiterhin auf dem Boden sitzend, noch immer seltsam anblickte. Er erklärte weiter: „Die Lady mit dem kräftigen Handschlag heißt Iris", was ich aber schon wusste. Er erzählte mir noch so einiges, was ich aber nicht richtig mitbekam, da mir langsam schwarz vor den Augen wurde. Ich hörte nur noch ein weit entferntes Blablabla, dann war ich auch schon weg.

Aufgewacht bin ich erst wieder auf einer Liege, in einem Krankenwagen. Ein Schlauch steckte in meinem Arm und über mir baumelte, an einem Halter befestigt, ein Beutel mit einer Flüssigkeit. Ich blickte an mir herab. Mein Bein lag in einer Art Luftsack. Der Sanitäter, der an meiner Seite saß, sah wohl meine Blicke und erklärte kurz: „Zur Stabilisierung. Wir fahren Sie jetzt ins Krankenhaus." Ich sah mich im Krankenwagen etwas um und bemerkte erst jetzt, dass Iris neben mir stand. Ich lächelte sie an und ein „Hello" entwich meinem Mund. Sie sagte weiterhin kein einziges Wort, drehte sich um und ging aus dem Krankenwagen. Die Türen schlossen sich und wir fuhren los. Ich hatte sie gefunden - meine Traumfrau. Und genauso schnell, wie sie da war, war sie auch schon wieder weg. „Die siehst du nie mehr wieder", dachte ich und schlief wieder ein.

Iris:

Was war denn das? Ich bekam einen heftigen Stoß und lag auf dem Rücken. Ich öffnete die Augen und hob meinen Kopf etwas. Ein fremder Mann lag halb auf mir und schaute mich an. Sogleich erhob er sich aber, sodass ich mich setzen konnte. Er drehte seinen Kopf wieder zu mir. „Kein Mann darf mich anrühren", schoss es mir durch den Kopf und ich gab auch ihm eine Ohrfeige. Mary und Deacon kamen angerannt. Mary sagte etwas, was ich allerdings überhörte. Ich schaute ihn an. Er saß vor mir, rieb sich seine Wange und schaute mich verwirrt an. Natürlich war ich mächtig sauer auf ihn, aber er hatte auch irgendetwas magisches an sich. Irgendetwas, das mich daran hinderte, wegzusehen. „Wer bist du? Was machst du hier?", grübelte ich. Hatte ich den Frosch versehentlich geküsst? Wo war dieser überhaupt?

„Ist wohl gebrochen", hörte ich Deacon plötzlich sagen. „Was ist gebrochen?", dachte ich und schaute dorthin, wo auch Deacon hinsah. Oh ja, das war es wohl. Doch das interessierte mich im Moment nicht. Ich schaute ihn erneut an. Er schien gar nicht richtig da zu sein. Sein Oberkörper schwankte leicht, bevor er dann erneut auf mich viel.

„Deacon, hilf mir", rief ich entsetzt. Dabei war es gar nicht so unangenehm. Er lag mit seinem Kopf auf meiner Hüfte und trotzdem spürte ich nicht dieses Panikgefühl, das sonst bei mir aufkam, wenn ein Mann mich berührte. Während Deacon den Fremden behutsam von mir herunterzog, fragte ich mich erneut: „Wer bist du? Wie schaffst du es, dass ich keine Angst vor dir habe?"

Mittlerweile war Mary bei mir und half mir hoch. „Was ist passiert?", fragte ich. „Was passiert ist?", fragte sie erregt und gleichzeitig laut zurück, „Dich hätte beinahe ein Auto ein paar Hundert Meter weit weggeschossen. Vielleicht würdest du aber jetzt auch noch auf der Motorhaube stehen, dann wärst du aber wahrscheinlich jetzt schon in Arizona. Was hast du dir dabei gedacht, einfach auf die Straße zu laufen?" Ich schluckte: „Und er?" Ich deutete auf den Fremden. „Er hat dich in letzter Sekunde von der Straße gestoßen", rief sie verärgert und umarmte mich. „Du dummes Ding", schluchzte sie und drückte mich noch fester. „Wer ist das?", fragte ich. Sie lies mich los:

„Ich weiß es nicht, aber danke Gott, dass er da war." Deacon, der sich die ganze Zeit um meinen Retter kümmerte, sah mich an und sagte, wohl immer noch sauer auf mich: „Da sieht man, wo man hinkommt, wenn man dir hilft." Ich reagierte nicht auf diese Äußerung, stattdessen sah ich erneut den Fremden an. Er wirkte sogar mit geschlossenen Augen magisch auf mich. Ich konnte meinen Blick nicht von ihm nehmen. „Mary", sagte ich zu meiner Freundin, „er rettet mich und ich knalle ihm eine. Was habe ich getan?" „Was du immer tust, wenn dich ein Mann berührt", entgegnete sie, „draufhauen oder schreien, je nachdem, was du scheinbar gerade für richtig hältst."

Nach einiger Zeit hörten wir endlich die Ambulanz und Deacon winkte mit den Armen, damit sie uns schnell finden konnten. „Jetzt wird dem Armen endlich geholfen", sagte ich zu Mary. Sie sah mich mit weit aufgerissenen Augen an: „Hast du das jetzt wirklich gesagt?", fragte sie. Auch ich blickte sie an: „Ja natürlich habe ich das gesagt, jemand muss sich doch um diesen Mann kümmern." Immer noch schaute sie verwirrt zu mir, sagte aber nichts mehr.

Endlich waren die Sanitäter da, und das übliche Prozedere begann. Blutdruck messen, Puls fühlen, abhören, ich wusste es nicht. Ich hatte davon keine Ahnung. Dann legten sie sein linkes Bein, zur Stabilisierung, in so einen komischen Luftsack oder wie man diese Dinger nennt und brachten ihn in ihren Wagen. Die Sanitäterin blieb bei ihm im Wagen, der Sanitäter kam zu mir und fragte, ob mit mir alles in Ordnung sei. Ich bejahte diese Frage, ohne überhaupt zu wissen, ob das auch stimmte. „Darf ich Sie mir kurz ansehen?", fragte er und versuchte meine Hand zu ergreifen. Ich zog meinen Arm weg und ging einen Schritt zurück. „Nur ansehen, nicht anfassen", rief ich. „Iris", versuchte mich Mary zu beruhigen, „der Mann will dir doch nur helfen." Er schaute mich von oben bis unten an. Dann ging er hinter mich und tat dort das Gleiche. „Da haben Sie ja eine ordentliche Schramme", sagte er und versuchte erneut, meinen rechten Arm zu nehmen. „Nein, nicht anfassen", rief ich und ging wieder einen Schritt nach vorne. Mary kam mir zur Hilfe: „Könnte das vielleicht Ihre Kollegin übernehmen? Meine Freundin lässt sich nicht von Männern anfassen." Er nickte und ging in den Wagen. Kurz darauf kam seine Kollegin zu mir, nahm meinen Arm und sagte: „Oh je, vielleicht ist es besser, wenn sie mit ins Hospital kommen." „Nein", entgegnete ich, „ich habe nichts." „Sie haben nichts?", fragte sie, knickte meinen Arm im Ellenbogen ein und zeigte mir meinen Unterarm. Okay, er war etwas aufgerissen und blutete leicht, aber das war nun wirklich kein Grund, gleich mit der Ambulanz mitzufahren. „Dann kommen Sie aber bitte mit in den Wagen, damit ich Sie wenigstens notdürftig versorgen kann", wandte sie ein. Damit war ich einverstanden.

Als wir in den Wagen stiegen, sah ich, dass der Mann noch immer nicht bei Bewusstsein war. Die Sanitäterin reinigte meine Wunde, schmierte irgendeine Salbe darauf und legte mir einen Verband an. Ich habe von all dem kaum etwas mitbekommen. Viel zu sehr war ich damit beschäftigt, den Fremden anzusehen. „Wie geht es ihm?", fragte ich den Sanitäter. „So weit ganz gut", antwortete er, und fügte hinzu: „Ein gebrochener Knochen kann einen schon mal umhauen." Langsam schien er jetzt aber aufzuwachen. Es dauerte einen Moment, bis er die Augen öffnete. Er sah sich etwas um, bis sein Blick mich traf. Er lächelte etwas und ein schwaches „Hello" entkam seinem Mund. „Wir müssen jetzt los", erklärte mir die Sanitäterin und schob mich sanft zur Wagentür. Ich stieg aus. Die Türen der Ambulanz schlossen sich und der Wagen fuhr davon.

Ich schaute ihm noch etwas hinterher und begann gerade wieder zu überlegen, warum mich der Fremde Mann so verwirrte, als ich neben mir eine Stimme vernahm: „Miss Miller?" Ich drehte mich zur Seite und sah einem Police Officer in die Augen. „Oh, ich habe Sie gar nicht kommen hören", sagte ich zu ihm. „Können Sie mir erzählen, was passiert ist?", fragte er mich. „Nein", antwortete ich wahrheitsgemäß, „fragen Sie die beiden da." Ich deutete auf Deacon und Mary, die bei einem anderen Police Officer standen. „Sie wissen nicht, was passiert ist?", fragte er mich erneut. „Nein, ich stand auf der Straße, hob einen Frosch auf, verspürte einen Stoß gegen die Hüfte und lag im Straßengraben. Mehr weiß ich nicht." Nach einem kurzen „Okay", ging er wieder zu den anderen.

Deacon und Mary, die wohl alles mit angesehen hatten, schienen zu erzählen, was passiert ist und nach einiger Zeit, fuhren die Officer auch wieder weg.

Dann kamen meine Freunde zu mir zurück. „Iris, du Armes." Mary legte ihren Arm um mich und schob mich langsam nach vorne: „Wir bringen dich jetzt nach Hause. Du scheinst ja völlig unter Schock zu stehen." Es waren nur noch ein paar hundert Meter, die ich wortlos bis zum Parkplatz durchstand. Deacon und Mary fuhren mich nach Hause. Völlig verwirrt im Kopf, schloss ich die Haustüre auf, ging durch das Haus und setzte mich auf eine Bank, auf der Terrasse. Mary setzte sich zu mir: „Was geschieht gerade mit mir?", fragte ich sie. „Was meinst du?", fragte sie zurück. Ich sah sie an: „Der Fremde, wer ist das? Warum verwirrt er mich so? Und warum fühle ich mich so zu ihm hingezogen?" Mary lächelte etwas: „Das ist der Schock Liebes. Weißt du was? Du legst dich jetzt etwas drinnen auf das Sofa und ruhst dich aus." Ich nickte. Auf dem Sofa angekommen legte ich mich hin und schloss die Augen. Kurze Gedanken schossen mir durch den Kopf, die ich allerdings nicht zuordnen konnte und immer wieder sah ich das Gesicht des Fremden, bis ich endlich einschlief.

Als ich erwachte war es später Nachmittag. Ich versuchte meine Gedanken zu sortieren, was mir allerdings nicht sonderlich gut gelang. Hatte ich das alles nur geträumt? War das alles gar nicht passiert? Ich sah mich um. Mary saß auf der anderen Seite des Tisches in einem Sessel und schien ein Buch zu lesen. Ich setzte mich auf. Meine Freundin klappte das Buch zu und fragte: „Na, geht es dir jetzt etwas besser?" „Oh, Mary", entgegnete ich, „ich hatte einen seltsamen Traum, von einem Fremden, der mich vor einem heranrasenden Auto gerettet hat", ich lachte, „So einen Blödsinn habe ich lange nicht mehr geträumt." Mary sah mich etwas seltsam an. Sie erhob sich, kam zu mir herüber und setzte sich neben mich. „Hast du dich in diesem Traum auch am Arm verletzt?", wollte sie wissen. „Ja, hab ich", entgegnete ich, „Woher weißt du das?" Sie nahm meinen rechten Arm und hob ihn etwas an. „Darum" bemerkte sie. Ich blickte auf meinen Arm und sah daran einen Verband. Ein leises „Oh!" kam mir über die Lippen, und die gleichen Tausend Gedanken, die ich vor meinem Nickerchen schon hatte, kamen wieder. Ich verstand die Welt nicht mehr.

„Mary, was ist heute passiert?", fragte ich sie energisch. „Was ist mit *mir* passiert?" „Nun, du standst auf der Straße, als ein Auto kam und…" „Das meine ich nicht", unterbrach ich sie forsch, „Ich meine, was ist mit *mir* passiert? Warum sehe ich das Gesicht des Fremden ständig vor mir? Warum war es angenehm, als er auf mir lag? Ich bin total verwirrt." Sie versuchte eine Erklärung zu finden: „Er hat dir sehr wahrscheinlich das Leben gerettet und du bist ihm dafür sehr dankbar. So etwas verbindet." Oh nein, das war es nicht. Als er im Straßengraben auf mir lag, wusste ich noch nichts von seiner ‚Heldentat' und trotzdem war ich wie verzaubert. Mary würde das wohl nicht verstehen, egal auf welche Art und Weise ich versuchen würde, ihr es zu erklären. Es gab nur einen Weg für mich das herauszufinden - ich musste ihn im Krankenhaus besuchen.

Tom:

Am nächsten Tag wachte ich in einem Krankenhausbett auf. Ich erhob meinen Oberkörper und sah, dass das Bein in Gips lag und die Jeans fehlte. Bei genauerem Hinsehen musste ich feststellen, dass auch der Rest meiner Kleidung nicht mehr an meinem Körper war. Lediglich eine Art OP-Hemd hatte ich an. Ich lag alleine im Zimmer. Es war weit und breit niemand zu sehen. Das Zimmer war sehr groß und sehr luxuriös. Ich sah einen Fernseher, einen Kühlschrank, Tische, Stühle. Alles war in Holz-Chrom Optik gehalten. Ich lehnte mich wieder zurück und begann den gestrigen Tag Revue passieren zu lassen. Doch ich sah in meinen Gedanken immer nur ein Bild - Iris. Ich erinnerte mich wieder daran, wie ich auf ihr lag, an ihr hübsches Gesicht und dachte plötzlich, ich könne ihr Parfüm riechen. Bei dem Gedanken an sie, verlor ich jegliches Zeitgefühl.

Irgendwann kam eine Schwester zur Tür herein. „Was ist mit meinem Bein?", fragte ich sie, „und wo ist meine Kleidung?" Sie stellte mir ein Tablett mit meinem Frühstück auf den Wagen, der neben mir stand: „Der Arzt wird später zu Ihnen kommen und alles erklären." Sie nahm meine Decke, schüttelte sie auf und legte sie wieder über mich. Dann war sie auch schon wieder weg. „Dann frühstücke ich halt zuerst", unterhielt ich mich mit mir selbst. Was soll man auch schon in einem Krankenhaus machen, wenn man gar nichts hat.

Nach dem Frühstück versuchte ich, mich auch an den Rest des vorherigen Tages zu erinnern. Doch da war nur eine große Leere. Ab dem Zeitpunkt, an dem Iris den Krankenwagen verließ, hörte die Erinnerung auf. Also versuchte ich eine Lösung für meine Probleme zu finden, die ich haben würde, wenn ich aus dem Krankenhaus entlassen werden würde. Kann ich mit einem Gipsbein das Wohnmobil überhaupt fahren? Wo stand das überhaupt? Und wo war ich hier eigentlich? Klar, in einem Krankenhaus, aber wo? Noch in der gleichen Kleinstadt? Kann ich mit solch einem Bein überhaupt zurückfliegen?

Als ich so vor mich hin simulierte, ging plötzlich die Tür auf. Deacon und Mary kamen herein. „Hallo Fremder", begrüßte mich Deacon. Er kam an mein Bett und gab mir die Hand. Auch Mary gab mir anschließend die Hand und bedankte sich bei mir: „Wenn du nicht gewesen wärst, dann wäre unsere Freundin jetzt vielleicht Tod. Vielen Dank für deine Hilfe." Ich grinste und erwiderte: „Das hat eure Freundin wohl etwas anders gesehen, oder haut sie jedem, der ihr hilft, eine runter?" „Natürlich nicht", fing sie zu erzählen an, „du musst das verstehen. Iris hat eine schwere Zeit hinter sich." Sie senkte den Blick zum Boden und erzählte weiter: „Sie war mal mit einem Mann zusammen und diese Beziehung war für sie der blanke Horror. Ihr Freund hat sie geschlagen und immer wieder vergewaltigt. Über zwei Jahre ging das so und niemand von uns, hat es bemerkt." Sie sah wieder zu mir: „Kein Mann darf sie seither anfassen. Am besten, noch nicht mal in ihre Nähe kommen. Seit fast 20 Jahren geht das jetzt so." Sie legte ihre Hand auf meine: „Als du gestern auf ihr lagst, war ihr das zu viel." Und sie ergänzte: „Viel zu viel." Sie ließ meine Hand wieder los. Okay, das war natürlich eine gute Erklärung für ihr Verhalten. „Aber warum hat sie nie etwas gesagt?", fragte ich zurück, „Ihr seid doch Freunde". „Sie hat sich geschämt", erklärte sie, „und wir danach auch. Weißt du, wir sind Freunde und haben nie etwas mitbekommen." Sie erzählte mir die ganze Geschichte. Wie ihr Bruder sie gefunden hatte, über die Schlägerei mit Iris Freund, bis zu ihrem Verhältnis heute. „Bill, unser Nachbar und Freund, und ich", fing nun Deacon an, „sind die einzigen Männer, die sich ihr nähern dürfen, da sie über all die Jahre wieder etwas Vertrauen zu uns aufgebaut hat." „Aber auch nur nähern", fügte er hinzu, „berühren dürfen auch wir sie nicht." „Und wenn ihr mal zufällig gegen sie stoßt?", fragte ich nach, „Ich meine, ganz vermeiden lässt sich das doch nie." „Das stimmt", sagte Deacon, „dann aber kann alles passieren. Vom Schreien bis zum wilden Umherschlagen ist alles möglich. Gestern, kurz vor dir, habe auch ich mir wieder mal eine abgeholt." „Die Arme", sagte ich und ergänzte: „Und ich lag auf ihr, unsere Gesichter kaum eine Handbreit auseinander." „Aber dafür war sie sehr gefasst", stellte Mary fest. „Gefasst?", fragte ich zurück, „Ich dachte, sie haut mir den Unterkiefer weg". Wir mussten lachen, aber sie tat mir doch sehr leid. So etwas wünscht man niemanden. Mary sagte mir noch, ich solle sie auf keinen Fall anfassen, sollte ich sie nochmal wiedersehen. Das hatte ich auch nicht vor. Einmal war schon genug. Wir unterhielten uns noch ein paar Minuten, als sich plötzlich die Tür öffnete und... da war sie - Iris. Sie kam ins Zimmer. Bekleidet mit einem Jute-Minikleid, das von einem roten Band um die Hüfte, an ihren tollen Körper gepresst wurde. Dazu, absolut passende, braune Mokassins, die sie ohne Socken trug. Dazwischen befand sich eine knallenge Jeans, die ihren super Körper noch mehr betonte. Mir blieb für einen Augenblick die Luft weg. Denn auch, wenn ich ihre Geschichte nun kannte, war ich immer noch ein Mann und solch ein Anblick, machte wohl jeden Kerl schwach. Sie kam zu mir ans Bett, hielt mir ihre Hand entgegen und flüsterte, „Iris". Ich zögerte ein wenig. Ich hatte noch Marys Warnung im Ohr. „Fasse sie auf keinen Fall an." Doch ich hörte nicht auf sie. Ich ergriff Iris Hand und sagte: „Tom, Hallo." „Toll", sagte Deacon, „dann kennen wir deinen Namen jetzt auch endlich", und lachte. Stimmt, ich hatte mich ja noch gar nicht vorgestellt. Das war mir in diesem Moment aber auch egal. Der Gesichtsausdruck von Iris war todernst. Sie sah mir tief in die Augen und sagte mit leiser Stimme: „Danke", gefolgt von einem „Sorry". Sonst sagte sie nichts. Sie schien auch von ihrer Umwelt überhaupt nichts mitzubekommen. Hatte sie überhaupt realisiert, dass ihre Freunde auch da waren? Wir sahen uns einfach nur tief in die Augen. Ich weiß nicht wie lange. Waren es nur Sekunden oder sogar eine Stunde? Die Zeit war in diesem Moment zweitrangig. Als ich mich endlich von ihrem hypnotischen Blick lösen konnte, merkte ich, dass ich immer noch ihre Hand hielt. Das schien auch Mary zu verwundern. Sie stieß Iris leicht an: „Iris, ist alles in Ordnung mit dir?" Es dauerte einen Moment. Dann flüsterte sie, ohne den Blick von mir zu nehmen: „Ja, natürlich." Es hörte sich schon ein wenig wie stöhnen an. Dann zog sie ihre Hand zurück, setzte sich neben mich auf das Bett und legte ihre Hand auf meine. Sie sagte kein Wort, blickte mich nur an. „Iris", sagte Mary erneut und schüttelte sie leicht an der Schulter, „du hältst seine Hand." Iris sah zu Mary hoch. Bevor sie jedoch etwas sagen konnte, kam der Arzt herein. „Ah, die Ehefrau ist da", sagte er scheinbar gut gelaunt. „Das Bein ist nur gebrochen", berichtete er, „so konnten wir es ohne Operation richten. Sechs Wochen Gips, dann ist alles wieder in Ordnung". „Was ist mit meiner Kleidung?", fragte ich nach. „Die Sachen sind im Schrank", erwiderte er, „die Hose mussten wir allerdings aufschneiden, sonst wären wir nicht ans Bein gekommen." „Na toll", sagte ich, „die einzige Hose, die ich im Moment besitze." Im Wohnmobil hatte ich natürlich noch mehr Hosen, aber wie sollte ich dorthin kommen? Der Arzt drehte sich zu Iris: „Morgen können Sie Ihren Mann wieder mit nach Hause nehmen. Dann können Sie ihm ja eine neue Hose mitbringen." Dann drehte er sich um und verschwand. Ich sah Iris an, lachte und sagte: „Hast du gehört, Honey? Wenn du mich morgen holst, musst du mir eine neue Hose mitbringen." Noch immer lag ihre Hand auf meiner. Sie sah mich ernst an und flüsterte: „Das mache ich. Welche Größe?" Ich sagte sie ihr. Dann stand sie auf und ging wortlos aus dem Zimmer. Zurück blieben zwei Personen, die neben meinem Bett standen und über deren Köpfe riesige Fragezeichen zu schweben schienen. „Ich schüttelte leicht den Kopf: „Scheint doch ganz normal zu sein, eure Freundin."

"Wer war das?", fragte Deacon und zeigte zur Tür. "Keine Ahnung", antwortete Mary und fügte noch hinzu: „Ich bin absolut sprachlos. Das war nicht die Iris, die ich seit dreißig Jahren kenne." „Naja, jedenfalls ist es schwer zu glauben, was ihr mir über sie erzählt habt", warf ich ein. „Okay," sagte Deacon plötzlich, „ich glaube, wir sollten nach Hause fahren und nach ihr sehen." Mary sah ihn an, nickte nur kurz und drehte sie sich zu mir um: „Keine Sorge, du bist Morgen nicht alleine. Wir werden dich abholen. Du bleibst erst mal ein paar Tage bei uns." Dann waren auch diese beiden weg und ich war wieder alleine.

Irgendwann später kam das Mittagessen. Es war schon irre, was hier in Amerika aufgetischt wurde. Schon das Frühstück war so reichlich, dass ich davon eigentlich noch satt war. Aber das Mittagessen übertraf alles. Suppe als Vorspeise, einen üppigen Hauptgang und sogar ein großes Eis als Nachtisch. Und gut geschmeckt hat es auch noch.

Nach dem Essen kam die Schwester herein und räumte alles ab. Danach gab sie mir die Fernbedienung, für den Fernseher. Jemand anderes kam mit einem Wagen mit Büchern und Zeitschriften herein. Ich nahm mir einige Hefte. Doch trotzdem ich etwas zu lesen und auch den Fernseher hatte, stellte ich mich auf einen sehr langweiligen Nachmittag ein. Aber ich staunte schon nicht schlecht, was man in amerikanischen Krankenhäusern geboten bekam, im Gegensatz zu den deutschen Kliniken.

Ich zappte durch die Programme. Nichts lief, was mich interessierte. Das hatte Amerika mit Deutschland gemeinsam. Hunderte von Kanälen, aber es lief nur irgendein Müll, den niemand Interessierte. Ich wurde müde. Ich drückte den Ausschalter und wandte mich einer Zeitschrift zu, als sich wieder einmal die Tür öffnete. Ich drehte gelangweilt den Kopf und war mit einem Schlag hellwach. Iris kam herein. Ganz alleine. Wie schon heute Morgen, setzte sie sich auf mein Bett. „Es tut mir leid, dass ich vorhin wieder so schnell gegangen bin", entschuldigte sie sich, „Weißt du, ich bin so verwirrt, weil ich…" Sie machte eine Pause. „Weißt du, ich habe eine schwere Zeit hinter mir. Mein Freund damals…", wollte sie gerade fortfahren. Doch ich unterbrach sie: „Deacon und Mary haben mir schon davon erzählt. Du musst dich nicht noch Quälen, indem du noch einmal alles aufwirbelst." Doch sie ließ sich nicht davon abbringen. „Ich möchte es dir aber erzählen. Vielleicht verstehst du dann, warum ich dich geschlagen habe", sagte sie, und erzählte alles noch einmal. In allen Einzelheiten. Viel ausführlicher, als ihre Freunde das vorher taten. Bestimmt zwanzig Minuten redete sie von ihren Qualen, die sie erleiden musste. Gelegentlich rann ihr auch mal eine Träne die Wangen herunter. Längst schon hatte ich das Kopfteil meines Bettes hochgefahren und saß neben ihr. Ich nahm ihre Hand und sie erwiderte meinen Händedruck. Es schien ihr etwas zu helfen. Sie beendete ihre Ausführung mit dem Satz: „Vielleicht verstehst du jetzt meine Reaktion von gestern." „Das schon", sagte ich, „und trotzdem sitzt du hier auf meinem Bett, ganz nahe bei mir, und hältst meine Hand. Und das, obwohl ich ein völlig Fremder für dich bin." Sie nickte: „Das wundert mich auch, aber bei dir ist das irgendwie etwas völlig anderes. Und deshalb muss ich mich nochmals bei dir entschuldigen. Du rettest mir das Leben und ich haue dir eine runter. Das… nein…" Sie suchte nach den richtigen Worten, während ihr schon wieder Tränen über die Wangen liefen. Ich ließ ihre Hand los, breitete die Arme aus und sagte: „Komm her, Iris." Und sie tat es wirklich. Sie kam zu mir und wir umarmten uns. Sanft strich ich ihr mit der Hand über den Rücken." Nach einiger Zeit erhob sie sich wieder und sagte: „Ich gehe jetzt lieber. Ich habe dich schon viel zu sehr gelangweilt." Ich schüttelte den Kopf. „Nein Iris, bitte bleib, du langweilst mich nicht. Im Gegenteil, ich finde deine Anwesenheit sehr angenehm." „Wirklich?", fragte sie und lächelte sogar ein wenig. Ich antwortete ihr: „Ja, ich weiß nicht warum, aber es kommt mir fast so vor, als würde ich dich schon lange kennen." Sie schaute mich ernst an. Unsere Hände fanden wieder zueinander, als sie sagte: „Das geht mir genauso." Wir schauten uns erneut lange in die Augen: „Erzähle mir von dir", forderte sie mich auf. Ich erzählte ihr im Schnelldurchgang meinen Lebenslauf. Auch, dass ich schon Frührentner bin, dass ich einigen Schülern Nachhilfe gebe, und auch, warum ich in Amerika bin. Sie hörte mir aufmerksam zu.

So lief das noch den ganzen Mittag. Von der gefürchteten Langeweile keine Spur. Noch nie hat mir reden so viel Spaß gemacht. Je später es wurde, desto vertrauter wurden wir miteinander. Wir sprachen, bis das Abendessen kam. Eine riesige Wurstplatte mit jeder Menge Brotscheiben. Gurken, Tomaten, alles war dabei. Ich deutete auf das Abendessen und sagte: „So müssten die deutschen Krankenhäuser sein, dann würde man auch mal satt werden. Hoffentlich bezahlt das auch alles meine Krankenkasse." Ich lachte, doch Iris blieb ernst und sagte: „Diesen Krankenhausaufenthalt bezahle ich. Mit dem besten Essen, dass auf die Schnelle aufzutreiben war. Das ist das Mindeste, was ich für dich tun kann." In diesem Moment war ich sprachlos. Iris legte ihre andere Hand auf meinen Handrücken und sagte: „Ich muss dann mal gehen. Ich verspreche dir, dass ich dich morgen Früh abholen werde." Sie ließ meine Hand los, stand auf und ging zur Tür. Sie drehte sich noch kurz zu mir um, warf mir einen Kuss zu, lächelte noch einmal kurz und ging dann hinaus. Was für eine tolle Frau. Sie sah nicht nur aus, wie meine Traumfrau, sie war auch gebildet und intelligent. Und sie hatte eine so liebevolle Art an sich. Eines hatte ich an diesem Mittag gemerkt - ich hatte mich wieder verliebt.

Am nächsten Morgen durfte ich tatsächlich das Krankenhaus verlassen, doch niemand war da. Weder Mary und Deacon noch Iris. Aber es war ja auch noch früh. Die Schwester hatte mir bereits am Vortag ein Paar Krücken gebracht. Dann saß ich da - auf dem Bett. Mit gebrauchten Sachen. Unterhose, T-Shirt und Socken. Plötzlich öffnete sich die Tür und Iris trat ins Zimmer. Sie lächelte, als sie mir ein zärtliches „Good morning" entgegenwarf. Sie stellte eine Tasche auf das Bett: „Ich habe dir einige Sachen gekauft." Sie kramte in der Tasche, zog eine kurze Jeans heraus, ein T-Shirt, eine Unterhose und ein Paar Socken. „Komm, ich helfe dir", sagte sie. Noch bevor ich etwas sagen konnte, zog sie schon mein Hemd aus und ließ es in der Tasche verschwinden. Ebenso einen der frischen Socken, denn ich brauchte ja nur einen. Dann wechselte sie mir, leicht naserümpfend, den Strumpf. Plötzlich stand sie vor mir. Die Unterhose in der Hand. „Nein, die wird doch nicht...?", kam es mir in den Sinn. Sie musste meine Gedanken wohl erraten haben, denn plötzlich lächelte sie und hielt die Unterhose vor mich. Mit den Worten: „Das machst du wohl besser selber", drehte sie sich um. Als ich endlich frisch eingekleidet war, räumte sie noch die Sachen aus dem Schrank in die Tasche. „Bringst du mich jetzt ins Tierheim?", fragte ich sie. Iris lachte herzhaft. „Nein, zu mir nach Hause", teilte sie mit, „ich habe ein schönes Gästezimmer, da kannst du wohnen, bis du wieder fit bist. Dann gingen, beziehungsweise humpelten wir zu ihrem Auto.

Wir fuhren aus der Stadt heraus über eine Landstraße. Genauso, wie ich auch meinen Urlaub geplant hatte, nur ohne Wohnmobil, dafür mit Gips. Plötzlich bog sie ab. Wir fuhren über eine lange Brücke direkt auf eine Insel. Wir fuhren an zwei Häusern vorbei, die weit voneinander entfernt standen. Beim dritten Haus hielt sie an. „Hier wohnst du?", fragte ich sie, „Der Kasten ist ja riesig." „Hält den Regen ab", lächelte sie und drückte auf einen Knopf im Auto. Ein riesiges Garagentor öffnete sich und gab den Blick auf ein kleines Parkhaus frei. Hier hatte wohl jeder Besucher seinen eigenen Parkplatz. Wir fuhren hinein. Das Licht schaltete sich ein und das Tor schloss sich hinter uns wieder. Schon jetzt war ich völlig überrascht. Sie wohnte auf einer Insel, in einem riesigen Haus und mit eigenem Parkhaus. Was würde mich hier noch alles erwarten?

Sie holte die Tasche aus dem Kofferraum, schaute mich an und sagte leise: „Komm mit!" Dann gingen wir durch eine große Tür direkt ins Haus. „Wir gehen erst mal auf die Terrasse", sagte sie, „ich habe dort etwas vorbereitet."

Oh ja, das hatte sie. Allerdings nicht auf der Terrasse, sondern noch ein Stück weiter. Irgendwo im Grünen. Große Bänke mit dicken polstern auf den Sitzen und in den Rückenbereichen. Dazwischen ein massiver Holztisch. Die Möbel sahen aus, wie in der Länge durchgesägte Baumstämme. „Setz dich und ruhe dich erst mal ein bisschen aus", sagte sie liebevoll. Ich setzte mich auf den Platz, den sie für mich vorgesehen hatte. Auf die vordere Bank, ganz nach links, sodass ich das Haus im Rücken hatte. Sie schob einen großen Hocker vor mich, nahm meinen Gipsfuß und legte ihn darauf. Anschließend legte sie eine Decke darüber. „Damit das Bein nicht kalt wird", erklärte sie mir, was bei einer gefühlten Temperatur von 25° gar nicht so einfach gewesen wäre. Mit den Worten: „Bin gleich wieder da", verschwand sie, um kurz darauf mit einem prallgefüllten Servierwagen zurückzukommen. „Bediene dich, fühl dich wie zu Hause", sagte sie und lächelte mich erneut an. Ich schaute mir den Wagen an. Sah ich wirklich wie ein Alkoholiker aus? Gin, Whiskey, Wein, Brandy und so weiter. Alles was man gewöhnlich so trinkt um 10:30 Uhr. Ich scherzte: „Ein Bier hast du nicht da?" Wortlos rannte sie davon, um kurz darauf mit einer bereits geöffneten Flasche Bier neben mir zu stehen. „Danke, willst du dich nicht zu mir setzen?", fragte ich. „Später", sagte sie, „ich will mich erst mal umziehen, ich finde Jeans so ungemütlich". Dann ging sie und streifte dabei mit ihrer Hand über meine Schulter. Eigentlich war das mit dem Bier nur ein Scherz, aber jetzt hatte ich eine geöffnete Flasche in der Hand. „Na dann, rein in die hohle Birne", sagte ich zu mir, „man gönnt sich ja sonst nichts", als ich hinter mir eine Stimme vernahm: „Trinkst du immer alleine?" Ich drehte den Kopf und sah Deacon auf mich zu kommen. „Oh, ich würde dir gerne eins geben, aber ich kenne mich hier nicht so gut aus", scherzte ich, „und mit dem tragen von Flaschen habe ich es im Moment auch nicht so." Ich zeigte auf meine Krücken. „Lass mal", sprach Deacon, „ich hole mir eine." Dann war er wieder weg.

Jetzt hatte ich endlich mal Gelegenheit mir anzusehen, wo ich eigentlich war. Oder auch nicht. Ich war doch etwas verwirrt. Wir gingen vorhin durch das Haus über die Terrasse und waren im Park. Und dieser war riesig. Man sah keine Zäune oder ähnliches. Dafür überall Wege mit Laternen und Bänken. Bäume standen auch jede Menge herum. Lediglich in weiter Entfernung erblickte ich einen kleinen Hügel. Circa 400 Meter entfernt, schätzte ich. Vom Haus führte direkt ein Weg dorthin. Deacon kam zurück und setzte sich mir gegenüber. „Cheers", sagte er und hielt mir die Flasche hin. Wir stießen an und tranken einen Schluck. „Deacon, warum ist man hier gleich im Park, wenn man aus dem Haus geht", fragte ich ihn. Er lachte laut: „Das ist kein Park, sondern Iris Garten." „Ich schluckte: „Und der geht bis zu diesem Hügel da?" „Nein weiter", sagte Deacon und fügte hinzu: „Dahinter kommen Dünen und dann der Strand." „Strand?", fragte ich. „Ja, wir leben auf einer Insel und somit direkt am Meer", erklärte er, „Ihr Strand ist genauso lang, wie das ganze Anwesen." Ich sah ihn fragend an: „Und wie lange ist das Anwesen?" Er sah zu mir herüber: „So etwa eine Meile." Erneut musste ich schlucken. Das waren umgerechnet über eineinhalb Kilometer. Ich brauchte erst mal einen Schluck aus der Pulle. „Sie hat das alles von ihrem Vater geerbt, der leider zu früh verstarb." „Das alles hier gehört ihr?", fragte ich ihn erstaunt. „Ja, die ganze Insel", erklärte er. Wollte ich noch mehr wissen? Nein. Das reichte erst einmal. Ich nahm noch einen Schluck, bevor ich versuchte etwas abzulenken: „Wie alt ist Iris eigentlich? Ich kann sie ja nicht fragen." „Das könntest du schon", klärte er mich auf, „sie ist sehr unkompliziert, das wirst du auch noch merken. Iris ist Vierzig. Wir sind hier alle zwischen achtunddreißig und Zweiundvierzig." „Alle?", fragte ich nach, „Wer sind alle?" „Na alle die hier wohnen", bemerkte er, „Alle ihre guten Freunde. Mary und ich wohnen direkt hier nebenan." Er zeigte einen Weg hinunter. Tatsächlich, da stand noch ein Haus, das ich zuvor gar nicht bemerkte. Wohl eines der beiden, an denen wir gerade vorbeifuhren. Sie standen aber alle so weit auseinander, dass ich nicht erkennen konnte, wie viele es insgesamt waren. Deacon fuhr fort: „Hinter uns wohnen noch Nancy und Bill und auf der anderen Seite von Iris, wohnt Jeanette. Du wirst noch alle kennenlernen, aber hüte dich vor Jeanette. Sie ist zwei Jahre jünger als Iris und die jüngste von uns. Und", er trank einen Schluck aus der Flasche, bevor er fortfuhr, „sie testet gerade ihre Ausstrahlung auf das männliche Geschlecht. Das kann dich umhauen, wenn du verstehst, was ich meine." Er grinste mich schelmisch an. „Wie alt bist du?", fragte er mich anschließend. „Zweiundvierzig", sagte ich beiläufig, „und ich hoffe, dass ich mit den Reizen eurer Freundin keine

Probleme haben werde." Ich setzte die Flasche an und kippte den Rest hinunter. „Oh du Ahnungsloser", entfuhr es Deacon, mehr in sich selbst gekehrt. „So, ich habe euch Nachschub mitgebracht", erklang es plötzlich neben uns. Iris stand da und hatte zwei weitere Bierflaschen in der Hand. Deacon nahm ihr eine Flasche ab. Ich jedoch konnte nicht. Sie stand beinahe wie ein Engel da. Immer noch das gleiche Kleid tragend, jetzt jedoch ohne Gürtel, ohne Jeans und ohne Schuhe. Unterhalb ihres Kleides ragten stattdessen unglaublich hübsche und, wie der Rest ihres sichtbaren Körpers, gebräunte Beine hervor. „Möchtest du kein Bier mehr?", fragte sie mich. Irgendwie konnte ich mich nicht von diesem Anblick lösen. „Was?", rief ich erschrocken und schaute zu ihr hoch. Iris grinste. Sie musste bemerkt haben, wie ich ihre Beine fixierte. „Ich… ich… doch…", stotterte ich irgendetwas zurecht und griff nach der Flasche. „Gefallen dir meine Beine?", fragte sie leicht lächelnd und streckte ihr rechtes Bein direkt vor mir aus. Ich musste abermals Schlucken, hielt Deacon die Flasche hin und befahl: „Aufmachen!" „Die ist doch schon offen", erwiderte er. Ich sah auf die Flasche und bemerkte, dass er recht hatte. Ich blickte zu Iris und sah, dass sie mich noch immer anlächelte. „Oh mein Gott. Ich mache mich hier gerade völlig zum Affen", dachte ich bei mir. Sie setzte sich neben mich. Mary setzte sich neben Deacon. „Oh, du bist ja auch hier", stellte ich fest, „Ich habe dich gar nicht bemerkt." Sie schmunzelte: „Du warst wohl zu sehr mit Iris Beinen beschäftigt." Oh man, wahr das peinlich. Dann fügte sie noch hinzu: „An diesen Anblick musst du dich gewöhnen, so läuft sie hier immer herum." Ich fing mich wieder etwas und drehte mich zu Iris: „Sorry, dass ich dich so angegafft habe." Sie rutschte etwas näher an mich heran und kam mit ihrem Gesicht dicht vor meines. Sie legte ihre Hand auf meinen Oberschenkel und hauchte: „Macht nichts. Ist ja auch ein Kompliment für mich." Mir wurde heiß. Sehr heiß. Mein Herz pochte so laut, dass ich dachte, sie müsse es hören. Plötzlich nahm sie ihre Hand wieder weg und lehnte sich an die Rückenlehne. Mary guckte völlig verwirrt. Sie wusste wohl auch nicht, was Iris da machte. Deacon muss dies bemerkt haben und nahm sie in den Arm. Ich sah zu ihnen hinüber. Die beiden waren schon ein tolles Pärchen. Auch Iris schaute zu ihnen und seufzte leicht. Es schien als wäre sie etwas eifersüchtig. „Sag mal Iris", wollte ich sie ablenken, „was hast du eigentlich mit mir vor? Du kannst mich ja nicht sechs Wochen lang hier beherbergen und versorgen." „Natürlich kann ich das", meinte sie nur kurz und sah wieder zu den beiden hinüber, die sich jetzt küssten. Wieder kam ein kleiner Seufzer über ihre Lippen. Ich grinste sie an: „Eifersüchtig? Ich kann ja meinen Arm auch um dich legen." Ich wollte einen Scherz machen, doch sie sah mich an und sagte nur: „Mach das!" Dann hob sie meinen rechten Arm und rutschte ganz an mich heran. Mir blieb ein bisschen die Luft weg. Mary und Deacon sahen zu uns herüber. Marys Mund stand etwas offen, als Iris mich aufforderte: „Na los, mach schon." Ich nahm sie, unter lautem Protest meines Herzens, in den Arm. Oh ja, fühlte sich das gut an. So weich und warm. Gerade als ich dachte, dass mein Herz sich wieder etwas beruhigen würde, legte sie ihren Kopf auf meine Schulter und ihre Hand auf meine. Letztlich fing sie auch noch an, mit ihrem Daumen über meinen Handrücken zu streicheln. Ich erwiderte dies, indem ich mit den Fingerkuppen, leicht ihren Oberarm streichelte. Ich spürte sogar eine kleine Gänsehaut bei ihr. Deacon sah wohl, wie verkrampft ich dasaß. „Tom, vergiss das Atmen nicht", lachte er los. Iris hob den Kopf: „Warum lachst du über uns, Deacon? Kann ich nicht auch mal Glück haben?" Mary konnte noch immer nicht den Mund schließen: „Geht es dir wirklich gut?", fragte sie. Iris schaute sie an: „Mir ging es noch nie besser." Dann legte sie ihren Kopf wieder zurück, auf meine Schulter.

„Das glaube ich jetzt nicht", tönte es auf einmal von der Seite, „Ist das Iris?" Ich schaute hinüber und sah zwei Fremde Menschen. „Ja, das ist sie wirklich", antwortete Mary. Sie setzten sich noch neben Deacon und Mary und stellten sich vor: „Ich bin Bill und das ist meine Frau Nancy." „Tom", sagte ich nur, hob die rechte Hand leicht hoch und winkte hinüber. „Du bist also der Held, der unsere Iris gerettet hat", stellte Nancy fest. „Naja, Held ist vielleicht etwas übertrieben", versuchte ich richtig zu stellen, „Ich habe nur…" Iris Kopf schoss hoch und ihre Augen schauten mich streng an: „Doch genau das bist du für mich, ein Held." „Und wann habt ihr euch ineinander verliebt?", fragte Bill, „Viel Zeit hattet ihr ja nicht dafür." Er lächelte, was ihm aber gleich wieder verging. Denn Iris sah ihn böse an und sagte sehr laut: „Wir sind nicht ineinander verliebt." Deacon mischte sich ein: „Da sieht mir aber gerade so aus." Sie sprang hoch und brüllte die anderen an: „Warum gönnt mir keiner mal ein bisschen Glück? Ihr seid so gemein." Dann rannte sie ins Haus. „Ich gehe zu ihr", sprach Mary und verschwand ebenfalls. „Ich glaube, das hast du dir etwas anders vorgestellt, oder?", meinte Deacon und sah mich an. Ich fragte zurück: „Was meinst du?" „Du bist doch bis über beide Ohren in sie verliebt. Also wer das nicht sieht", stellte er fest. Ich blickte etwas verlegen nach unten. „Wenn du meinst." „Nun komm, dass…" Er wurde von einem fröhlichen „Hallo zusammen" unterbrochen. Ich schaute nach rechts. Eine wunderschöne Frau stand dort. Schlank, leicht dunkelhäutig und mit langen, schwarzen Rasta-Locken. Sie trug ein gelbes, bauchfreies Top und knallenge kurze Jeans. „Das ist Jeanette", sagte Deacon zu mir. Jetzt wusste ich, was er meinte. Den Reizen dieser Frau zu entgehen, dürfte in der Tat schwierig sein. Aber ich stand ja auf Iris. Natürlich hatte Deacon recht. Ich hatte mich schon beim ersten Anblick in sie verliebt, aber das musste ich doch nicht herausposaunen. Jeanette setzte sich zu mir. „Und du musst Tom sein", sagte sie und gab mir die Hand. „Bin ich", bemerkte ich kurz und erwiderte ihren sanften Händedruck. „Was hast du getan, dass Iris so begeistert von dir erzählt?", fragte sie. „Eigentlich habe ich sie nur in den Dreck geschubst", sagte ich lachend und fragte nach, was sie denn über mich erzählt hatte. „Nur Gutes", sagte sie und schaute mich, von oben bis unten, an. „Ist was?", wollte ich wissen. „Nein", antwortete sie, „ich habe nur gerade festgestellt, dass sie einen guten Geschmack hat." Deacon warf ein: „Nun mach mal halblang, Jeanette. Übrigens kannst du seine Hand jetzt loslassen." Er drehte leicht den Kopf in meine Richtung und sprach: „Ich habe es dir ja gesagt."

„Wo ist den Iris?", fragte Jeanette. „Sie ist mit Mary ins Haus gegangen", untertrieb ich bewusst", und Deacon erzählte ihr, was kurz zuvor geschah. Sie konnte es wohl irgendwie nicht glauben und sah zu mir: „Sie hat wirklich in deinem Arm gelegen?", wunderte sie sich. „Hat sie", sagte Deacon, „wir haben es alle gesehen." „Vorsicht sie kommt", rief Nancy plötzlich leise zu uns herüber. Ich konnte Iris nicht sehen, da sie von hinten kam. Aber hören konnte ich sie. „Hau ab, das ist mein Mann", brüllte sie Jeanette an. Diese erschrak so heftig, dass sie sogleich aufstand und ihr Platz machte. Iris setzte sich wieder zu mir auf die Bank und Jeanette daneben. „Bitte entschuldige meinen Wutanfall", bat mich Iris, „aber ich mag es nun mal gar nicht, wenn andere meinen, sie würden meine Gefühle besser kennen als ich selbst." Ich lächelte sie an: „Ist schon okay. Wenn man bei jemandem im Arm liegt, dann fühlt man sich geborgen, das muss nicht unbedingt Liebe sein." Sie sah mich ernst an. Ich fügte noch hinzu: „Du kannst jederzeit zu mir kommen, wenn du jemanden brauchst, der dir das Gefühl von Geborgenheit gibt." Sie wandte ihren Blick nicht von mir ab und sagte leise: „Jetzt wäre so ein Zeitpunkt." Ich lächelte sie erneut an: „Dann komm." Ich hob meinen rechten Arm hoch und sie legte sich wieder genauso hin wie vorher. Ich schaute nach rechts zu Jeanette. Jetzt war sie es, die ein großes Fragezeichen über der Stirn hatte. Sie stand auf. „Ich bereite dann mal das Essen vor", sagte sie und ging in Richtung Haus. „Warte, ich helfe dir", rief Nancy ihr hinterher und ging ihr nach. Wie schon zuvor, fing ich nun wieder an, den Oberarm von Iris leicht zu streicheln. Sie stöhnte leise. Es schien ihr zu gefallen. Aber mir ging eine Sache nicht aus dem Kopf: „Iris, ich hätte mal eine Frage", sagte ich zärtlich zu ihr. „Sie schaute mich an. „Dann frag doch", forderte sie mich auf. Ich sah ihr in die Augen: „Ich bin dein Mann?" Sie zuckte zusammen. „Ich... ich..." stammelte sie. Dann fasste sie sich und entschuldigte sich mit den Worten: „Ich wollte doch nur, dass sie ihre Finger von dir lässt, Darling." „Darling?", wiederholte ich und ergänzte: „Und warum soll sie ihre Finger von mir lassen?" Nun wurde sie arg verlegen. Sie sprang plötzlich auf, rief: „Ich muss den beiden helfen." und verschwand.

„Da hat es aber bei jemandem mächtig gefunkt", bemerkte Deacon. „Unsere Iris ist tatsächlich verliebt", fügte Mary hinzu, die kurz zuvor mit ihr zurückkam und nun fassungslos den Kopf schüttelte.

Kurze Zeit später wurden wir zum Essen gerufen. Wir gingen in Richtung Haus. Da bemerkte ich erst so richtig, wie groß es eigentlich war. Von der Terrasse führten drei Türen hinein. Ich war etwas verwirrt. „Die Linke", gab mir Bill die Anweisung, der mein Erstaunen bemerkt haben musste und anschließend hinzufügte: „Die mittlere führt ins Wohnzimmer und die rechte ins Gästezimmer." Gut zu wissen, falls ich auf diesem riesigen Areal mal alleine unterwegs sein sollte. „Wartet doch alle mal einen Moment." Mary stand plötzlich vor uns und hielt uns an. „Was hast du denn?", fragte Deacon. „Nun ja", erklärte sie, „Iris war das eben sehr unangenehm und ich möchte euch einfach nur bitten, dass ihr, wenn ihr jetzt hinein geht, nichts sagt und euch nur an den Tisch setzt. Starrt sie bitte nicht an und macht auch keine dummen Bemerkungen. Ich glaube, sie ist auf sich selbst schon sauer genug. Das Letzte, was sie nun braucht, sind irgendwelche dummen Sprüche." Ich gab ihr Recht: „Das stimmt! Wir sollten Rücksicht auf sie nehmen. Kommt, lasst uns essen gehen, aber ich muss noch kurz mit ihr reden."

Das Essen stand schon auf dem Tisch. Etwas Abseits stand Iris und wartete, bis alle saßen. Ich nutzte diesen Augenblick und ging zu ihr. Es war ihr sichtlich unangenehm. Ich beschloss, diese angespannte Situation etwas aufzulockern: „Du bist ja richtig schlagfertig", sagte ich und grinste sie an. Etwas fragend schaute sie mir in die Augen. „Du, wegen vorhin…", sagte sie. „Genau das meine ich", fiel ich ihr ins Wort, „Darling. Mein Mann. Das war doch eine Anspielung, auf die Worte des Arztes, der uns für ein Ehepaar hielt, oder?" Sie überlegte kurz, atmete auf und bestätigte: „Ja genau. Der hielt uns doch tatsächlich für Mann und Frau und du nanntest mich Honey." Wir standen voreinander und lachten beide. Man fühlte, wie ihr ein riesiger Felsbrocken vom Herz zu fallen schien. „Tut mir leid, dass ich so lange gebraucht habe, das zu kapieren", entschuldigte ich mich. Ich stellte meine rechte Krücke kurz an der Wand ab, nahm sie in den Arm und sagte bewundernd zu ihr: „Du bist eine tolle Frau." Bevor sie etwas erwidern konnte, nahm ich wieder meine Krücke und humpelte zum Tisch.

Iris:

Jetzt hatte ich ihn tatsächlich alleine abgeholt, obwohl mir alle davon abrieten, weil ich ihn überhaupt nicht kennen würde. Aber Deacon und Mary wollten ja gleich hier sein. Ich stellte seine Tasche ins Gästezimmer und ging mit ihm in den Garten. „Komm, setz dich hier hin!", sagte ich zu ihm. Ich hatte einen Platz für ihn vorbereitet. Einen Platz mit Hocker für sein Bein, einer Decke und etwas zu trinken. Einen ganzen Servierwagen voller Getränke, die er aber nicht zu mögen schien. „Ein Bier hast du nicht da?", fragte er. Oh, wie dumm von mir. Er kam ja aus Deutschland und mochte bestimmt andere Sachen als wir Amerikaner. Ich rannte zum Haus zurück. Obwohl mir Deacon und Mary am Vorabend alles erzählten, was sie über Deutschland wussten, war es mir teilweise schon wieder entfallen. „Ruhig" sagte ich zu mir, „das ist die Nervosität". Ich zuckte zusammen. Warum war ich überhaupt nervös? „Ich muss mich umziehen", dachte ich und rannte die Treppe hoch. Auf halbem Weg fiel mir ein, dass er ein Bier wollte. Ich rannte wieder herunter, in die Garage und dort an den Getränkeschrank. Ich nahm eine Flasche heraus, öffnete sie und brachte sie ihm in den Garten. Er fragte, ob ich mich nicht ein bisschen zu ihm setzen wolle, doch ich musste mich erst umziehen. Ich mochte in meiner Freizeit keine engen Klamotten. Ich lief wieder zum Haus. Ich rannte die Treppe hoch und ins Schlafzimmer. Dort zog ich mir erst einmal die Hose, den Gürtel und die Schuhe aus. So fühlte ich mich normalerweise am wohlsten, aber heute war alles anders. Warum? Nur weil er hier war? Ich verstand mich selbst nicht.

Es klopfte und Mary kam herein. „Hallo Liebes", begrüßte sie mich. „Ich habe keine Zeit", erwiderte ich, „Ich muss zu ihm, er sitzt alleine im Garten." „Nein, ist er nicht", klärte sie mich auf, „Deacon ist bei ihm. Was ist den los mit dir?" „Ich weiß es selbst nicht", antwortete ich wahrheitsgemäß, „Mary, als ich ihn abholte, war alles noch in Ordnung. Ich war ruhig und gelassen, aber seit wir beide hier sind, ist alles so anders. Meine Gedanken fahren Karussell, meine Hände zittern und mein Magen fühlt sich an, als wolle er sich umstülpen. Ich bin völlig von der Rolle." Mary setzte sich zu mir auf das Bett und sah mich lange an. „Was ist?", fragte ich sie. Sie antwortete: „Oh mein Gott, du bist ja wirklich verliebt." Was wollte sie? Ich verliebt? Nein, garantiert nicht. Ich schaute sie an, hob meinen Arm und tippte mit dem Zeigefinger ein paarmal gegen meine Stirn: „Du spinnst ja", gab ich ihr zu verstehen. Sie griff nach meinen Händen, drehte die Handflächen nach oben und fragte: „Was siehst du da?" Ich schaute auf meine Hände. „Nichts sehe ich da", teilte ich ihr mit, „Was bitte sollte ich dort sehen?" Sie lächelte: „Deine Hände zittern. Die Handflächen sind ganz feucht und deine Augen leuchten, als sei ein Lagerfeuer dahinter. Iris, du bist verliebt."

War ich das wirklich? Nein, das konnte nicht sein. Wie sollte das gehen? „Mary", antwortete ich, „das ist ein Mann. Du weißt, wie ich zu Männern stehe. Es ist völlig ausgeschlossen, dass ich mich verliebt habe." Sie schüttelte den Kopf. „Warum denn nicht?", fragte sie, „Erinnere dich daran, was deine Therapeutin damals sagte." Ja, natürlich erinnerte ich mich. Sie sagte, dass es möglich wäre, dass ich wieder relativ normal werden könnte, wenn die große Liebe kommt. Doch war das die große Liebe? „Ist er das?", fragte ich Mary, „Ist das der richtige Mann?" Mary schmunzelte: „Gehe nach unten und finde es heraus." „Ich habe Angst, Mary. Kannst du das verstehen?" Sie nickte: „Kann ich, aber du musst es trotzdem versuchen. Du willst doch nicht noch mal zwanzig Jahre so weitermachen, wie bisher." Sie hatte natürlich Recht. Aber so einfach war das nun auch nicht. Versuchen - ein schönes Wort. Aber wie sollte ich das anstellen. Sollte ich zu ihm gehen und fragen, ob ich ihn mal testen kann? Wohl eher nicht. Vielleicht würde ich es schaffen, mich nochmals mit ihm alleine zu unterhalten. So wie ich ihn bisher kennen gelernt habe, scheint er sehr verständnisvoll zu sein. Und reden konnte man auch gut mit ihm, das habe ich am Vortag festgestellt. „Iris, was grübelst du?", fragte Mary. „Du hast recht, Mary", stellte ich fest, „aber ich habe trotzdem Angst. Was ist, wenn er mich auslacht, oder so etwas?" Mary nahm meine Hände: „Liebes, du musst nichts überstürzen. Du hast Zeit. Der Gips ist noch ein paar Wochen dran, er kann nicht wegrennen. Gehe es langsam an. Taste dich Stück für Stück vor." „Das sagst du so einfach", erwiderte ich, „aber was ist, wenn…?" Mary ließ mich nicht ausreden: „Hast du schon mal darauf geachtet, wie er dich anschaut?" Sie hielt noch immer meine Hände:

„Ich denke er ist genauso in dich verliebt, wie du in ihn." Sie ließ nun meine Hände los und befahl: „Auf in den Kampf! Wir gehen jetzt nach unten, du setzt dich zu ihm und lässt es einfach auf dich zukommen." Ich atmete noch mal tief durch. Dann gingen wir hinunter.

„Ich bringe den beiden noch ein Bier mit", informierte ich meine Freundin. Ich holte noch zwei Bier aus der Garage. Mary wartete auf mich. Sie bemerkte mein Zögern. „Komm", sagte sie, „das ziehen wir jetzt durch", legte ihre Hand auf meinen Rücken und schob mich langsam vorwärts.

Im Garten angekommen, hielt ich Tom und Deacon mit den Worten: „So, ich habe euch Nachschub mitgebracht", die Flaschen hin, worauf Deacon auch gleich zu griff. Tom aber nicht. Scheinbar gierig, schaute er auf meine Beine. Ja, ich hatte schöne Beine, aber dass er von diesem Anblick so besessen war, konnte ich nicht ahnen. Hatte Mary wirklich recht? War er in mich verliebt? Ach quatsch. Wenn man jemanden hübsch findet, muss man ihn ja nicht gleich lieben. Er schaute immer weiter auf meine Beine. „Möchtest du kein Bier mehr?", fragte ich ihn. Er zuckte zusammen und stammelte irgendetwas vor sich hin, bevor er endlich nach der Flasche griff. Und dann machte ich was völlig Blödes. Ich hob mein Bein und hielt es direkt vor ihn: „Gefallen dir meine Beine?", fragte ich ihn. Was hatte ich da gerade gemacht? In diesem Moment hätte ich mir die Zunge abbeißen können. Wie kann man eine so dumme Frage stellen. Der Arme war doch sowieso schon fertig und dann mache ich noch solch einen Mist. Ich ging um die Bank herum und setzte mich neben ihn. „Ich muss mich bei ihm entschuldigen", schoss es mir durch den Kopf aber er war schneller: „Sorry, dass ich dich so angegafft habe", sprach er. Er sah mir in die Augen. Oh, dieser Blick, gepaart mit dieser sanften Stimme. Ich wurde weich wie Wachs und murmelte so etwas wie: „Macht nichts." Wir sahen uns noch etwas an. „Hast du schon mal darauf geachtet, wie er dich anschaut?", kam mir Marys Satz von vorhin wieder in den Sinn. War er wirklich in mich verliebt? Nur schwer konnte ich mich seinem Blick entziehen und lehnte mich wieder zurück. Ich unterhielt mich noch etwas mit ihm. Man konnte so gut mit ihm reden, selbst wenn es nur belangloses Zeugs war.

In der Hoffnung, Mary könnte mir irgendein Zeichen geben, was ich nun tun sollte, schaute ich über den Tisch zu ihr hinüber. Oh nein. Sie taten es schon wieder. Wie ich das hasste. Deacon nahm Mary in den Arm und küsste sie. Sie mussten doch schon längst mitbekommen haben, dass ich neidisch auf sie bin. Seit Jahren musste ich mir das nun schon anschauen. Ich seufzte leise. Oje, das war nicht leise genug, denn Tom schaute plötzlich zu mir und sagte lächelnd: „Eifersüchtig? Ich kann ja meinen Arm auch um dich legen." Wie ein Blitz durchdrangen mich diese Worte. Nie hätte ich das erwartet und sagte, ohne überhaupt nachzudenken: „Ja, mach das." Ich schob seinen Arm weg und rutschte ganz dicht an ihn ran. Ich wartete, bis er seinen Arm um mich legte, doch es geschah nichts. Ich sah kurz zu ihm herüber. „Na los, mach schon", forderte ich ihn auf. Dann endlich tat er es. Oh, welch schönes Gefühl. So lange Zeit habe ich mich nach diesem Augenblick gesehnt. Wie im Rausch, legte ich meinen Kopf auf seine Schulter und meine Hand auf seine. Dann fing ich an seine Hand leicht zu streicheln. Er erwiderte meine Zärtlichkeit, indem er mir vorsichtig über meinen Oberarm strich. Ich bekam eine Gänsehaut. Er war so zärtlich, so gefühlvoll und er roch so gut. Dieser Tag darf nie enden. Alles was mein Körper an Glückshormonen produzieren konnte, schoss nun hervor. Es schien mir, als hätte er die letzten zwanzig Jahre nachholen wollen. Es kam mir vor, als würde ich in Tom versinken. Ich war wie in Trance, als ich irgendwelche Sprüche vernahm. Ich versuchte alles von mir abzublocken. Warum machten sie überhaupt Witze über mich, über uns. Ich war glücklich, das mussten sie akzeptieren. Irgendwo, weit in der Ferne, hörte ich Nancy und Bill kommen. Oh nein, bitte nicht noch mehr dumme Kommentare. Ich wollte nicht hören, welche Bemerkungen sie losließen und versuchte wegzuhören, indem ich mich ganz meinem Tom widmete. Ich glaubte, ohnmächtig zu werden vor Glück, als ich plötzlich Tom reden hörte: „Held ist etwas übertrieben." Ich war schlagartig wach. Wie konnte er es abstreiten. Ich hob den Kopf. „Doch genau das bist du für mich, ein Held", schrie ich ihn schon fast an. „Und wann habt ihr euch ineinander verliebt?", fragte Bill, „Viel Zeit hattet ihr ja nicht dafür." Verliebt? Ich? Wohin waren plötzlich alle meine Glücksgefühle? Wohin war auf einmal die ganze Romantik? Ich verspürte nur noch Wut und Hass. Ich mault Bill an, als ich noch einen dummen Kommentar von Deacon ertragen musste, der das Fass zum Überlaufen brachte. Ich brüllte einfach in die Runde, ohne jemanden speziell zu meinen: „Warum gönnt mir keiner mal ein bisschen Glück? Ihr seid so gemein." Ich drehte mich um und rannte ins Haus. Ich schaffte es gerade noch auf das Sofa, als ein Wasserfall aus meinen Augen schoss. Ich weinte so laut, dass es eigentlich alle hören mussten. Aber das war mir völlig egal.

Plötzlich fühlte ich einen leichten Druck auf meinem Rücken. Ich drehte mich um und sah Mary. „Was machst du hier?", fragte ich sie. „Na, was wohl?", antwortete sie, „Meine beste Freundin trösten." Sie lächelte und ich fiel ihr um den Hals: „Warum sind alle so gemein zu mir?", fragte ich schluchzend. Doch sie versprach mir: „Niemand ist gemein, wir wollen alle nur dein Bestes. Dich plötzlich in den Armen eines Mannes glücklich zu sehen, ist auch für uns etwas viel. Das musst du verstehen. Wir sahen dich Jahrelang leiden und nun bist du verliebt." Verliebt? Sie fing schon wieder mit diesem Wort an. „Ich bin nicht verliebt", erklärte ich ihr aufs Neue. Sie sah mich sehr verständnisvoll an: „Doch das bist du, Iris. Und das ist auch schön so, aber solange du dir deine Gefühle nicht eingestehst, wirst du nicht glücklich werden können." Ich sagte nichts. Sie würde es sowieso nicht verstehen, dass ich nie einen Mann lieben könnte. „Ist Tom sehr sauer auf mich?", fragte ich. „Nein", erwiderte sie, „warum sollte er denn sauer sein?" Ich fragte weiter: „Meinst du, er würde mich noch mal so in den Arm nehmen? Es war so schön." „Ganz bestimmt", entgegnete sie, „komm und finde es heraus." Ich lächelte ein wenig und wir gingen wieder zurück zu den anderen. Auf dem Weg dorthin gingen mir wieder die Tausend gleichen Gedanken durch den Kopf. War ich vielleicht doch verliebt? Wenn ja, warum gestand ich es mir dann nicht ein? Oder war es nur ein Verlangen nach Zärtlichkeit? Oder nach Anerkennung? Oder sogar nach beidem? Ich sah nach vorne. Und warum saß Jeanette neben ihm und hielt seine Hand? Ich konnte es nicht fassen. Wut kochte in mir hoch. Sofort rannte ich los und brüllte sie an: „Hau ab, das ist mein Mann." Sie machte mir schnell Platz, sodass ich mich wieder zu Tom setzen konnte. Ich sah in an und entschuldigte mich, für meinen Wutanfall zuvor. Er lächelte. Dann sagte er einen Satz, der meine Glückshormone wieder etwas zum

Vorschein brachte: „Ist schon okay. Wenn man bei jemandem im Arm liegt, dann fühlt man sich geborgen, das muss nicht unbedingt Liebe sein." Dann bot er mir an, mich im Arm zu halten, wann immer ich es brauchte. Natürlich brauchte ich es sofort, was ich ihm auch mitteilte. Er legte seinen Arm um mich und wir kuschelten wie vorher. Es war so schön. Dann gingen Jeanette und Nancy ins Haus, zum Essen machen. Eigentlich war abgesprochen, dass ich auch mithelfen sollte. Ich war aber der Meinung, dass ich im Moment in Toms Armen besser aufgehoben war.

„Iris, ich hätte mal eine Frage", sagte er plötzlich, während er mir sanft über den Arm streichele. „Ich schaute ihn an: „Dann frag doch", sagte ich glücklich. „Ich bin dein Mann?" wiederholte er meine Worte. Jetzt schlug der Blitz direkt in meinem Kopf ein, drang durch das ganze Rückenmark und kam irgendwo an den Füßen wieder heraus. Mein ganzer Körper zitterte. Hatte er das wirklich gesagt? Warum hatte er das gesagt. Es war doch gerade so toll mit uns. Und warum habe ich das gesagt? Was antworte ich jetzt? Ich stammelte irgendetwas zurecht, in der Hoffnung, diese Worte nie gesagt zu haben. Aber das war Blödsinn. Dann versuchte ich irgendeine Ausrede und beendete den Satz mit dem Wort „Darling". Jetzt war alles aus. Noch mehr kann sich ein Mensch nicht blamieren. Mir fiel ein, dass ich Nancy und Jeanette helfen sollte. „Ich muss den beiden helfen", rief ich und rannte schnell ins Haus.

Da stand ich nun. Blamiert bis auf die Knochen. Irgendwann würde wohl auch er hereinkommen und auch alle anderen, die meine Äußerungen mitbekommen hatten. „Was soll ich jetzt machen?", schoss es mir durch den Kopf. Ich zitterte am ganzen Körper und an helfen war überhaupt nicht zu denken. Im Gegenteil. Ich war diejenige, die nun Hilfe benötigte. Aber wo war Mary? Ich brauchte sie, gerade jetzt in diesem Moment, ganz besonders. Doch sie kam nicht. Stattdessen rief Nancy die anderen zum Essen. Mir stockte der Atem. Gleich kamen sie alle. Ich wäre am liebsten im Erdboden versunken. Was jetzt? Nach ein paar Minuten kamen sie zur Tür herein. Ich bereitete mich auf das Schlimmste vor, doch seltsamerweise blickte mich niemand an. Alle gingen zu Tisch. Auch als sie saßen, schaute keiner zu mir herüber. War das vielleicht doch nicht so schlimm, was ich sagte? Ich senkte den Kopf, schloss die Augen und dachte nochmals über alles nach. „Du bist ja richtig schlagfertig", hörte ich plötzlich jemanden sagen. Ich schaute hoch und sah Tom vor mir stehen. Ich riss die Augen auf. Der Moment war gekommen. Ich musste ihm jetzt irgendeine Ausrede liefern, aber welche. Außer in Selbstmitleid zu versinken, fiel mir die ganze Zeit über nichts anderes ein. „Was jetzt?", brüllte ich mich in Gedanken selbst an. Mir musste jetzt einfach spontan eine Lösung einfallen: „Du, wegen vorhin", fing ich nun etwas zu stottern an. Mein ganzer Körper zitterte. Ich atmete noch mal tief durch. Ohne jeglichen Plan, wollte ich nun etwas zusammenspinnen, doch er fiel mir ins Wort. „Genau das meine ich", sagte er: „Darling. Mein Mann. Das war doch eine Anspielung auf die Worte des Arztes, der uns für ein Ehepaar hielt, oder?" Ich sah ihn an. Was? Was redete er da? Ich versuchte in meiner Erinnerung nach einer Lösung zu kramen. Ach ja, genau. Der Arzt im Hospital hielt uns für Mann und Frau. „Richtig" sagte ich nur kurz und er erwiderte: „Tut mir leid, dass ich so lange gebraucht habe, das zu kapieren." Er legte seinen Arm um mich und fuhr fort: „Du bist eine tolle Frau, entschuldige bitte". Dann humpelte er zum Tisch.

Was er da sagte, war auf jeden Fall besser als das, was ich mir zurechtgelegt hatte. Nämlich gar nichts. Dabei hätte mir das auch einfallen können. Das hätte ich doch schon draußen am Tisch sagen können. Kurz gelacht und alles wäre gut gewesen. Aber nein, er musste auf diese Idee kommen. Aber nicht nur das. Er ließ es so dastehen, als würde die Dummheit bei ihm liegen. Er stellte sich vor alle anderen hin und nahm die Schuld auf sich. Laut genug war es jedenfalls, dass sie es mitbekommen mussten. Irgendwie war ich hin und weg von dem Mann. Ich mochte ihn. Ich mochte ihn sogar sehr. War er es, mit dem ich noch mal neu beginnen könnte? Und das, nach einer so langen Zeit? Immerhin, er durfte mich anfassen. Ich lag sogar in seinem Arm. Und es war schön. Ich musste es auf jeden Fall probieren, denn so weitermachen, wie in den letzten Jahren, wollte ich natürlich nicht. Oder hat er sich einfach nur lustig über mich gemacht? Mir kamen auch Zweifel: „Mary", rief ich zum Tisch hinüber. Mary schaute zu mir. „Kannst du mich bitte kurz nach draußen begleiten?", fragte ich sie, in einem leichten Befehlston. Mary sah mich an: „Nein Liebes, jetzt esse ich. Auch ich habe irgendwann mal Pause."

Endlich hatten alle aufgegessen. Die Männer gingen wieder nach draußen, während Jeanette und Nancy den Tisch abräumten und die Spülmaschine fütterten. Ich schnappte mir Mary und zog sie ins Wohnzimmer. Sie stellte sich vor mich und sah mich an. Sie sagte kein Wort, sah mich einfach an. „Du irritierst mich", sagte ich zu ihr. „Warum?", fragte sie nur. Ich meckerte sie an: „Du stehst nur da und sagst gar nichts." Wieder kam nur eine Frage: „Was soll ich denn sagen? Du wolltest mich doch sprechen." Sie sagte das in einem so ruhigen und gelassenen Ton, dass ich langsam wütend wurde. Ich maulte sie an: „Hast du das eben nicht mitbekommen, wie er sich über mich lustig gemacht hat?" „Doch, ich habe euer Gespräch mitbekommen", sagte sie, „aber warum sollte sich Tom über dich lustig gemacht haben?" Oh, sie machte mich noch wütender. Noch etwas lauter, machte ich ihr meinen Standpunkt klar: „Ich habe da draußen Wörter gesagt, die ich niemals hätte sagen dürfen. Und er kommt hier herein, und sagt nur…Ich meine er, er … sagt einfach…" Ich redete mich in Rage, obwohl ich eigentlich gar nichts zu sagen hatte. Ich schrie weiter: „Ich habe mir die größten Vorwürfe gemacht und du fragst nur, warum er sich über mich lustig gemacht haben soll? Ich… ich… ich…"stotterte ich. Sie sah mich ernst an: „Ja, genau das frage ich mich." Dann wurde sie etwas lauter: „Hör mal zu. Tom hat etwas sehr Anständiges getan. Er hat dich weder ausgelacht, noch hat er irgendeine dumme Bemerkung von sich gegeben." Sie nahm mich an den Schultern und sprach dann wieder leiser: „Dieser Mann liebt dich, Iris und du hast Gefühle für ihn, das sieht man. Mach jetzt bitte nicht alles kaputt." „Aber ich…", flüsterte ich. Sie unterbrach mich: „Du liebst ihn auch und das weißt du. Du musst dein Leben jetzt nicht umstellen, wie man es mit einem Schalter macht, aber du kannst es langsam lernen. Gib ihm eine Chance. Aber gib vor allem dir eine Chance." Ich sah sie fragend an. „Und was soll ich jetzt machen, deiner Meinung nach?" Sie lächelte: „Geh wieder raus. Setz dich zu ihm, kuschele mit ihm, wenn dir danach ist und mache einfach das, was dein Herz dir sagt."
Ja, vielleicht hatte sich Recht. Vielleicht sollte ich das wirklich tun. Ich versank kurz in Gedanken. Ich dachte an vorhin, an die Zärtlichkeiten mit ihm und an so manche Glücksgefühle, die mich dabei überkamen. Natürlich war es schön, in seinen Armen zu liegen. Und als er mich sanft am Arm

streichelte, das war überwältigend. Wann hatte ich das zuletzt erlebt? Hatte ich so etwas überhaupt schon mal erlebt? Doch irgendetwas störte mich. Ich fragte Mary: „Wenn ich doch in ihn verliebt wäre und Gefühle für ihn hätte, dann müsste ich doch irgendetwas merken." Sie sah mich an: „Wie meinst du das?", fragte sie zurück. „Na ja", sprach ich, „Schmetterlinge im Bauch und so ein Zeugs." Sie lachte: „Ich denke, das hast du auch, aber dein Körper sträubt sich noch etwas dagegen. Lass dich einfach gehen. Gib deinem Körper Zeit, der Rest kommt von alleine. Wichtig ist, dass du nicht absichtlich dagegen ankämpfst. Aber ich glaube, das machst du gerade." Ich nickte nur kurz, ließ sie stehen und ging wieder raus zu den anderen. Mary folgte mir. Tom saß wieder auf seinem Platz ganz links mit dem Rücken zu mir. Ich zögerte. Sollte ich mich wieder neben ihn setzten? Auf der anderen Seite saßen nur Deacon und Bill. Ich beschloss, mich neben Bill zu setzten, so saß ich ihm nicht direkt gegenüber. Da Mary auf dieser Bank fast keinen Platz mehr hatte, setzte sie sich nun neben Tom und ich hatte etwas Zeit zum Nachdenken.

Tom:

So, das mit Iris war geklärt. Das hoffte ich zumindest. Und ich hoffte natürlich auch, dass sie sich wirklich etwas in mich verliebt hatte. Umso verwunderlicher war es aber, dass sie sich nicht zu mir, sondern neben Bill setzte. „Was willst du denn heute Abend machen?", fragte mich Bill. Etwas verwundert sah ich ihn an. „Was ist heute Abend?" Deacon und er lachten: „Silvester", sagte Deacon. Das hatte ich ja in der ganzen Aufregung total vergessen. „Äh, weiß nicht", gab ich als Antwort. „Du kannst doch mit uns feiern", bemerkte Mary und Bill gab ihr recht: „Na klar, dann haben wir an Silvester endlich mal einen Gast." Er wandte sich Deacon zu. „Du hast doch hoffentlich noch ein Steak übrig?" „Klar", antwortete Deacon und Bill erklärte: „Deacon macht öfter mal seine berühmten Schweinesteaks. Also was ist?" Er schaute mich an. „Ich weiß nicht. Ich will nicht stören", äußerte ich mich. „Du störst überhaupt nicht", rief Iris plötzlich. „Du bist herzlich willkommen." Deacon hakte nach: „Also was ist? Feierst du mit uns?" Ich sah zu Iris hinüber. Ich hatte den Eindruck, dass sie mich mit ihrem Blick anflehte, ja zu sagen. „Also gut", sagte ich, wohl zur großen Freude von Iris. Denn plötzlich stand sie auf und kam zu mir herüber. Mary wusste gleich, was sie wollte und machte ihr Platz. Iris setzte sich zu mir, nahm meinen Arm und legte ihn sich über ihre Schulter. „Du wirst es nicht bereuen, es ist schön bei uns", hauchte sie mir schon fast entgegen und kam mit ihrem Mund ganz nah an mein Ohr. Sie flüsterte, so dass es kein anderer hörte: „Kannst du mir noch mal den Arm so streicheln, wie heute Morgen?" Ich lächelte sie an und gab ihrer Bitte nach.

„Wie machst du denn die Steaks?", fragte ich Deacon. Er antwortete: „Ich lege sie zwei Tage vorher in einer Marinade ein, damit sie richtig durchziehen können. Aber frage mich nicht in was, das Rezept ist geheim." Er grinste mich blöde an und fuhr fort, „Dazu gibt es Marys selbstgemachte Wedges." „Ach, es gibt schon Kartoffeln", stellte ich fest, „Schade, sonst hätte ich einen deutschen Kartoffelsalat dazu gemacht, mit selbstgemachter Mayonnaise." Es wurde ruhig am Tisch. Ich fügte noch hinzu: „Obwohl das auch

blödsinnig wäre, ich kann ja, mit dem Bein, sowieso nicht viel machen." Iris
Kopf schoss in die Höhe. Sie sah mich an und stellte hektisch fest: „Ich werde
dir helfen. Du sagst, was ich machen soll und ich werde es tun. Ich wollte
schon immer mal deutschen Kartoffelsalat essen." Sie drehte den Kopf und
schaute fragend in die Runde. „Das wäre mal etwas anderes", stellte Mary
fest, „dann hätte ich heute Abend auch mal frei. Was meint ihr dazu?" Jeanette und Nancy kamen mittlerweile auch wieder zurück und standen nun
am Tisch. Sie hatten die letzten Sätze mitbekommen. Alle nickten. „Wann
müssen wir anfangen?", fragte mich Iris. Ich lachte: „Eigentlich vor fünf Stunden, aber ich hoffe, es geht auch so noch. Vorausgesetzt natürlich, es sind alle
Zutaten da." „Was brauchst du denn?", fragte Bill. „Bill ist unser Koch",
klärte mich Deacon auf. Ich sagte ihm die Zutaten, die ich benötigen würde
und Bill lief los. „Wo geht er jetzt hin?", wollte ich wissen. Deacon erklärte:
„In seine Küche, in der er immer für uns kocht." Scheinbar machte ich einen
fragenden Eindruck, denn Iris klärte mich auf: „Bill kocht für uns alle. Jeden
Tag. Er hat seine Küche in der Jugendherberge." „Jugendherberge?", fragte
ich nach. „Ja, wenn du willst, dann zeige ich sie dir heute Mittag", bot mir
Iris an. „Wir sind doch sowieso heute Abend da", erinnerte Jeanette an den
Silvesterabend. „Wo ist denn diese Jungendherberge?", wollte ich wissen
und fragte einfach in die Runde. Iris klärte mich auf. „Sie ist in die Dünen
gebaut, auf der Höhe von Nancys und Bills Haus." Nach der Beschreibung,
die mir Deacon gab, müsste es dann das erste Haus sein, an dem wir am Morgen vorbeifuhren. „Das ist ewig weit weg", stellte ich fest, „Trägt Bill dann
jedes Mal das Essen hierher?" Iris schüttelte den Kopf: „Er hart einen kleinen
Wagen, mit dem er das Essen, in Warmhaltebehältern, hierherschieben
kann." Pommes warmhalten? Na, dann Mahlzeit. Die werden so was von
matschig. Jetzt schüttelte ich den Kopf. „Hier ist alles so modern und dann
habt ihr wieder Methoden, wie aus der Steinzeit." Iris sah mich entsetzt an,
doch ich machte weiter: „Warum esst ihr nicht in der Herberge. Schafft euch
doch so kleine Elektrowagen an, dann könnt ihr dorthin fahren, wenn es euch
zu weit ist. Schweigen. Man konnte Iris Kopf rauchen sehen. Aber auch die
anderen waren am Grübeln. Deacon war der erste, der wieder Worte fand.
Er sah Iris an und meinte: „Das ist überhaupt keine schlechte Idee. Dann

würden wir dein Haus nicht immer so versauen." Darüber wurde dann noch kräftig diskutiert, als Bill endlich mit einer Tasche zurückkam, in der sich die Zutaten für den Salat befanden. Ich wandte mich Iris zu: „Geh doch schon mal in die Küche, schäle Kartoffeln und koche sie, damit es schneller geht. Ich komme gleich nachgehumpelt." Wieder kam sie mit ihrem Gesicht ganz nah an mich heran. Mir zog es leicht durch den Magen: „Küss mich endlich", dachte ich. Doch stattdessen flüsterte sie: „Ich warte auf dich", sprang auf und verschwand. „Ich werde ihr helfen", sagte nun Mary, „die ist im Stande und lässt das Wasser noch anbrennen." Sie stand auf und ging hinter ihr her. Ich sah zu Deacon: „Kochen ist nicht ihre Stärke?" „Nein", antwortete er, „Iris ist lieb und nett, du kannst alles von ihr bekommen, aber lasse sie niemals an den Herd. Was dabei herauskommt, das kannst du nicht essen." „Weiß sie das auch?", fragte ich lachend. Deacon nickte: „Das weiß sie und sie ist normalerweise die letzte, die an einen Herd geht, umso mehr wundert es mich, dass sie dir jetzt so eifrig helfen will." Jetzt fing Nancy an zu lachen und wandte sich an Deacon: „Das wundert dich? Überlege mal, was du alles gemacht hast, als du Mary kennen lerntest. Da waren auch einige Sachen dabei, die du lieber gelassen hättest." Sie wandte sich zu ihrem Mann: „Wir müssen dann auch gehen." „Stimmt", erwiderte Bill, „wir müssen noch einige Besorgungen machen. Wir sehen uns später." Er stand auf und die beiden verabschiedeten sich von uns. „Ich muss dann auch", teilte ich Deacon und Jeanette mit, schnappte mir meine Krücken und humpelte langsam in Richtung Küche.

Als ich innen ankam, waren Mary und Iris beim Kartoffelschälen. Das heißt, Mary schälte und Iris köpfte sie von allen Seiten. So sah es zumindest aus, irgendwie waren sie eckig. Zu dritt war der Salat relativ schnell fertig, sodass er bis zum Abend durchziehen konnte. Und er sah auch lustig aus, mit diesen runden und eckigen Kartoffelscheiben darin. Ich lehnte mich, ohne Krücken, an den Küchenschrank und gab die Anweisung: „Jemand von euch müsste den Salat kaltstellen." Ich mache das", sagte Iris und brachte den Salat in den Kühlschrank, in der Garage. Mary sah mich an: „Bin gespannt, wie der schmeckt." „Gut", sagte ich, „zumindest uns Deutschen."

Iris kam langsam zurück. Sehr langsam. Sie hatte den Blick gesenkt und schien über irgendetwas zu grübeln. „Hast du ihn fallen lassen?", fragte ich lachend. Sie schaute wieder nach oben, lächelte etwas und kam dann zu mir. Sie stellte sich direkt vor mich und nahm meine beiden Hände. Schließlich sah sie mir tief in die Augen. Mary stand neben uns. Sie dachte wohl, dass sie stören würde. Mit den Worten: „Ich geh dann mal wieder zu meinem Freund", verließ sie uns. Iris und ich standen noch eine Weile da und starrten uns an, bevor sie sagte: „Weißt du…?" Weiter kam sie nicht, da es von der Seite plötzlich: „Na, ihr Turteltäubchen" hallte. Keiner von uns sah dorthin. Iris und ich hatten uns im Visier. Wir wussten eh, wer dort stand. „Hallo, Jeanette", sagte ich nur, ohne den Kopf zu drehen. Iris war es scheinbar völlig egal, wer und ob da jemand war und fing von vorne an: „Weißt du, dass ich dich sehr gerne habe? Ich würde dir jetzt am liebsten einen Kuss geben." „Was hindert dich daran?", hörte ich mich sagen. Immer noch sah sie mir tief in die Augen. „Ich habe Angst." flüsterte sie: „Ich habe seit über zwanzig Jahren keinen Mann mehr geküsst." „Dann musst du es mal wieder versuchen", sprach ich. Ich befreite meine Hände von ihrem Griff, sprang mit dem gesunden Bein einen Hops auf sie zu und nahm sie in den Arm. Ich fuhr fort: „Natürlich nicht gleich, wenn du nicht willst. Nimm dir Zeit." Sie schaute mich erneut an und nickte nur. Dann sank sie wieder in meine Arme. Mir fiel etwas ein: „Komisch, das letzte Mal, in solch einer Situation, sagte ich genau das Gegenteil." Ich sagte diesen Satz und hätte mir dafür die Zunge abbeißen können. Ich dachte, sie brüllt mich an und rennt weg, doch sie wurde irgendwie neugierig, schaute zu mir und befahl: „Erzähle!". „Oh ja, erzähl mal", schallte es nun wieder von der Seite. Jeanette wollte nun auch die Geschichte hören. Ich versuchte, es noch abzuwiegeln: „Das ist jetzt nichts, was hier hingehört. Ich erzähle sie später." Doch Iris ließ sich nicht abwimmeln: „Nein, jetzt! Ich möchte die Geschichte hören." Obwohl es eigentlich, wie ein Befehl klang, sagte sie die Worte leise und gelassen.

„Okay, aber das hat jetzt hier mit uns überhaupt nichts zu tun", erklärte ich und fing zu erzählen an: „Also, es ist so. Ich habe in meiner Klasse einen Jungen und ein Mädchen, die ineinander verliebt sind. Jeder konnte es sehen, jeder wusste es, nur diese beiden kapierten das nicht. Ständig sahen sie sich

an, aber abwechselnd. Wenn der Junge das Mädchen anschaute und sie sich zu ihm umdrehte, dann schaute er schnell weg. Umgekehrt genauso." Iris sah mir die ganze Zeit tief in die Augen. Längst schon hatte sie wieder meine Hände genommen. Aber sie sagte keinen Ton. „Erzähle weiter!", meinte Jeanette. Ich fuhr fort: „Irgendwann sagte ich zu dem Jungen, dass er, wenn er sich in ein Mädchen verliebt habe, es ihr auch sagen müsse und dass er damit nicht zu lange warten sollte, da die Konkurrenz nicht schläft. Außerdem schadet Liebeskummer der Gesundheit." Jetzt musste ich selbst etwas grinsen. „Weiter!", befahl nun Iris wieder, während sie mir weiterhin pausenlos in die Augen starrte. Ich erzählte weiter: „Er äußerte nun sein Bedenken, dass er Angst hätte. Angst vor einer Abfuhr oder sogar noch mehr. Angst, dass sie ihn auslachen könnte. Dann sah ich den verliebten Jungen an und sagte: „Angst kann man nicht küssen, ein Mädchen dagegen schon." Iris riss etwas die Augen auf und ließ meine Hände los. „Als ob das so einfach wäre", entrüstete sie sich. Ich gab ihr recht: „Natürlich ist es nicht einfach. Aber wenn man sich traut, dann kann es das pure Glück sein. Zumindest gefühlsmäßig." Die beiden Frauen sahen mich an und schwiegen. Vorerst zumindest. Nach einiger Zeit fragte Iris nach: „Was hat das mit mir zu tun?" Sie schien etwas sauer zu sein. Ich antwortete ihr: „Nichts, aber das habe ich ja von Beginn an schon angemerkt." Iris schien sehr nachdenklich. Es dauerte eine Weile, bis sie endlich sagte: „Lasst uns wieder nach draußen gehen."
„Okay, geh schon mal vor, ich muss noch mal zur Toilette." teilte ich ihr mit. Iris ging nach draußen. „Das hast du dir ja toll zurechtgelegt", bemerkte Jeanette und grinste. „Habe ich nicht", rechtfertigte ich mich, „das stimmt wirklich." „Das stimmt wirklich?", fragte sie noch mal nach, „was wurde aus den beiden?" Ich erzählte weiter: „Nachdem ich das gesagt hatte, fast er sich ein Herz und fragte sie endlich, ob sie mit ihm zusammen sein wolle. Seitdem sind sie ein Paar." Jeanette lachte: „Du bist ja ein richtiger Verkuppler." „Mag sein", sagte ich, „aber jetzt muss ich wirklich auf die Toilette, ich komme gleich raus."
Als ich wieder an den Tisch zurückkam, starrten mich alle an. „Wo ist Jeanette?", fragte ich. Deacon antwortete mir: „Sie ist gegangen. Sie kommt heute Abend wieder. Aber bevor sie ging, sagte sie uns, dass wir uns deine

Geschichte anhören sollen. Du weißt schon, die du den Mädels drinnen erzählt hast." Ich setzte mich wieder an meinen Platz und erzählte alles noch einmal. Doch dieses Mal bekam Iris nun auch das Ende mit. Sie legte sich, wohl etwas erleichtert, wieder in meinen Arm. Scheinbar hat sie vorher, ohne das Ende zu wissen, etwas falsch verstanden.

„Angst kann man nicht küssen, ein Mädchen dagegen schon?" Deacon riss die Augen auf. „Wie bist du den darauf gekommen?", fragte er mich. Ich antwortete ihm, dass es mir gerade so einfiel. Er lachte. Ich fragte in die Runde: „Gibt es bei euch am Silvesterabend einen bestimmten Ablauf?" „Nicht wirklich", bemerkte Mary, „wir treffen uns zum Abendessen. Nach dem Essen gehen wir oft nach drinnen, weil es zu dieser Jahreszeit, abends meist nicht mehr so warm ist. So um 23:30 Uhr gehen wir dann zur Jugendherberge und schauen uns von dort aus, das Feuerwerk über Miami an." Deacon ergänzte: „Und dort darfst du auch keine Angst vorm küssen haben. Zum Jahreswechsel trinken wir ein Glas Sekt und küssen uns gegenseitig, als Zeichen unserer Freundschaft." Mary sprach weiter: „Und du gehörst ja jetzt auch zu unserem Freundeskreis, deshalb bist du auch dabei." Ich überlegte kurz, deutete zu Deacon und sagte: „Den Kerl da küsse ich nicht." Alle lachten und Mary klärte auf: „Nein, brauchst du auch nicht. Die Männer untereinander machen das nicht, wir Frauen schon." Ich sah zu Iris: „Aber du machst doch da bestimmt nicht mit, oder?" Sie schaute zu mir und sagte mit leiser Stimme: „Nur bei meinen Freundinnen, nicht bei den Männern." Das war natürlich schade, hatte ich doch kurze Zeit, so einen kleinen Funken Hoffnung.

Ich sah Mary an: „Du sprachst eben schon wieder von einer Jugendherberge." „Ja", sagte sie, „Iris hat ein Projekt gegründet. Schüler aus aller Welt, die aus irgendwelchen Gründen schlecht Englisch lernen, dürfen gerne zu uns kommen. Bei uns bekommen sie dann einen dreiwöchigen Englisch-Crashkurs, der garantiert die Schulnoten wesentlich verbessert. Die Schüler wohnen in dieser Zeit in der Jugendherberge. Dort ist auch der Klassenraum, der Speiseraum und die Küche, in der uns Bill immer unser Mittagessen zubereitet."

„Dann arbeitet Bill also für dich?", fragte ich Iris, doch die schaute mich nur an. Deacon erzählte weiter: „Wir arbeiten alle für Iris. Bill und Nancy leiten die Jugendherberge, Jeanette ist die Lehrerin, Mary ist die Psychologin für die jugendlichen und für Iris und ich bin Rettungsschwimmer und Mädchen für alles." Mary war also Iris Psychologin und ihre Freundin. Das erklärte natürlich, warum die beiden so oft zusammenhingen.

„Wow", entfuhr es mir und fragte nach „Komme ich da mit den Krücken hin?" „Das schon", meinte Deacon „aber du wirst vielleicht etwas frieren, mit den kurzen Hosen. Hast du nichts anderes zum Anziehen?" Ich lachte: „Frieren? Die letzten Nächte hatten wir um die 16 Grad, wie soll man denn da frieren? Aber natürlich habe ich noch andere Sachen dabei. Die sind aber im Wohnmobil und wo das steht, weiß ich noch nicht mal". Deacon beruhigte mich: „Aber ich weiß es. Am besten ist es, wenn wir beide morgen zusammen dorthin fahren und es holen, wenn du fahren kannst. Für heute Abend leihe ich dir einen Jogginganzug von mir." Das waren gleich zwei gute Ideen die er da hatte.

Iris saß die ganze Zeit neben mir und sah mich nur an. Irgendwann fragte mich Mary: „Und was machst du so? Ich meine beruflich und auch sonst? Bist du verheiratet? Hast du eine Freundin?" Iris hatte ich ja bereits alles am Vortag berichtet. Nun klärte ich auch Mary und Deacon auf: „Ich war fast 20 Jahre verheiratet und seit zwei Jahren geschieden. Ich habe zwei Söhne und im Moment keine Freundin. Beruflich mache ich gar nichts mehr. Ich bin Frührentner und helfe zweimal in der Woche ehrenamtlich in der Schule aus." Iris ließ keinen Blick von mir. Dann fragte mich Deacon: „Was heißt aushelfen?" „Ich gebe Nachhilfeunterricht in Englisch", teilte ich ihnen mit, „In dieser Schule werden die Schüler in drei Leistungskurse eingeteilt. Die schlechtesten sind dumm und werden fallen gelassen. Das dies nicht so ist, versuche ich gerade zu beweisen, denn niemand ist automatisch dumm, nur weil er in einem Fach nicht mitkommt. Wir haben es uns zum Ziel gesetzt, dass die Schüler nach einem Jahr Nachhilfe, auf einem Gymnasium aufgenommen werden."

Deacon applaudierte: „Sehr lobenswert, aber ist ein Jahr dafür nicht etwas knapp?" „Es sollte eigentlich reichen", sagte ich: „Das Problem ist halt, dass ich jetzt für längere Zeit ausfalle. Diese Zeit wird uns wahrscheinlich am Ende fehlen." Doch Deacon hatte einen Vorschlag: „Rede doch heute Abend mal in aller Ruhe mit Jeanette. Vielleicht kann sie dir ein paar Tipps geben, wie du es doch noch schaffen kannst." Da hatte er Recht. Wenn mir eine Englischlehrerin nicht weiterhelfen könnte, wer dann? „Stimmt, das mache ich", teilte ich ihm mit. Ich drehte meinen Kopf leicht zu Iris. Sie sah mich immer noch an. Langsam nervte es etwas. Als schien sie etwas sagen oder fragen zu wollen und sich nicht traute. Auch Mary beobachtete Iris die ganze Zeit und versuchte wohl ihre Gedanken zu erraten. Dann schaute sie zu mir und fragte: „Hast du vor, irgendwann wieder zu heiraten, oder dir wenigstens wieder eine Freundin zu suchen? Oder hast du nach deiner Scheidung die Nase voll von Frauen?" Ob das wirklich die Frage war, die Iris so brennend interessierte? Ich zweifelte erst daran, aber der Gesichtsausdruck, der sich plötzlich bei ihr breit machte, zeigte, dass Mary damit wohl ins Schwarze getroffen hatte. Ich lachte: „Die Nase habe ich nicht voll, aber ich nehme auch nicht mehr jede. Ich muss schon sicher sein, dass ich mit dieser Frau sehr lange, wenn nicht sogar den Rest meines Lebens, zusammen sein kann." Als ich das sagte, schaute ich dabei die ganze Zeit Iris an. Sie blickte noch einen Augenblick zu mir, um dann, scheinbar zufrieden und lächelnd, ihren Kopf auf meine Schulter zu legen.

Ich sagte diesen Satz zwar ruhig, wenn auch bestimmend, aber trotzdem musste ich über meine eigenen Worte nachdenken. War es wirklich Iris, mit der ich den Rest meines Lebens zusammen sein wollte? Irgendetwas in mir sagte, dass es die Frau ist, die ich schon lange suchte. Allerdings kamen auch Zweifel auf. Ich kannte sie noch nicht mal einen Tag. Klar, so etwas wie ‚Liebe auf den ersten Blick' soll es wohl geben, aber war es das wirklich? Kann mir so etwas passieren? Ich stutzte kurz in meinen Gedankengängen. Ich blickte zurück. Ich blickte wieder auf diesen Tag, an dem ich sie vor dem Auto rettete. An diesen Augenblick, an dem wir uns das erste Mal in die Augen sahen. Der erste Blick von ihr und ich war weg. Ja, ich war verliebt. Das wurde mir jetzt richtig bewusst. Und sie, jetzt in diesem Moment, in meinem Arm zu halten, dass wahr ein Glücksmoment, der gerne bis zum Lebesende andauern konnte. Je länger ich darüber nachdachte, desto glücklicher wurde ich. Ich wusste nicht, was im Kopf von Iris vor sich geht, aber in diesem Moment legte sie ihren rechten Arm über meine andere Schulter. Sie kuschelte sich richtig in mich hinein. Mir fiel ein, dass solche Glücksmomente bis dahin sehr selten in meinem Leben waren, als ich plötzlich spürte, wie eine Träne über meine Wange lief. Eine Träne des Glücks und der Zufriedenheit. Ich ließ mich dermaßen davon hinreißen, dass ich Iris einen Kuss auf die Stirn gab. Ich erschrak. Oje, was hatte ich getan? Ich wusste doch, dass Iris so etwas nicht wollte und auch nicht duldete. Es dauerte noch eine kurze Zeit, dann erhob sie Ihren Kopf und sah mich erstaunt an: „Was tust du da?", fragte sie. Was sollte ich ihr jetzt antworten? Mir musste schnell eine Ausrede einfallen. In meinem Kopf ratterte es. Aber schließlich sagte ich nur: „Nichts besonderes, sorry. Ich wollte dir nur zeigen, dass ich dich mag." Sie lächelte mich kurz an, um dann ihren Kopf wieder auf meine Schulter sinken zu lassen. Puh, Glück gehabt. Mit jeder Reaktion hätte ich gerechnet, aber nicht mit dieser.

Wir unterhielten uns noch eine Zeit lang über alle möglichen Sachen. Mit den Worten „Bis heute Abend", gingen schließlich auch Deacon und Mary nach Hause. Jetzt war ich mit Iris alleine. Nun, da uns keiner mehr beobachtete, schienen auch bei ihr die Hemmungen etwas zu fallen. Sie fing plötzlich an, mir meinen Nacken zu streicheln. Gänsehaut fuhr über meinen ganzen Körper. Sie hob erneut ihren Kopf, um mich anzusehen. „Das scheint dir wohl zu gefallen", stellte sie fest, während sie mich anlächelte. Ich lächelte zurück. Unsere Gesichter waren wieder einmal ganz dicht zusammen. Oh, wie gerne hätte ich sie jetzt geküsst. Wie gerne hätte ich ihr gesagt, dass ich sie liebe. Bei jeder anderen Frau wäre das wohl auch kein Problem gewesen, aber Iris war halt anders. Trotzdem wagte ich etwas. Ich nahm meine linke Hand und streichelte zärtlich über ihren Kopf, über ihre Stirn und Wange, bis hinunter zu ihrem Kinn. Sie sah mich mit einem Blick an, den ich nicht richtig zuordnen konnte. Ich bildete mir ein, dass sie mich verliebt ansah, alles andere hätte auch die Romantik mit einem Schlag vernichtet. Dann sagte sie: „Es tut mir leid, aber weiter bin ich noch nicht." Ich lachte laut. „Was heißt weiter bin ich noch nicht?", fragte ich „Wir kennen uns gerade mal einige Stunden. Du liegst in meinem Arm und wir streicheln uns gegenseitig. Ich finde, wir sind eher schnell unterwegs." Wir mussten beide lachen. Ich fragte sie: „Sag mal, Deacon erzählte etwas von einem Strand. Würdest du ihn mir mal zeigen?" „Natürlich zeige ich dir den Strand, komm mit!", erwiderte sie, stand auf und hielt mir ihre Hand entgegen. Sie wollte wohl Hand in Hand mit mir zum Strand laufen und vergaß völlig, dass ich auf Krücken angewiesen war. „Sorry", sagte ich zu ihr, „wenn ich das nächste Mal hier bin, dann können wir das gerne machen." Ihr Gesichtsausdruck wurde mit einem Mal sehr ernst. „Was heißt das, wenn du das nächste Mal wieder hier bist? Bleibst du nicht?" Ich hatte mittlerweile meine Krücken sortiert und humpelte zu ihr. „Ich kann nicht, ich habe in Deutschland Verpflichtungen. Ich kann nicht einfach so wegbleiben." Den Gesichtsausdruck, den sie nun zeigte, konnte ich diesmal gut zuordnen. Es war Traurigkeit. Ich lehnte eine Krücke an die Bank an und nahm sie in den Arm. „Sieh mal", sagte ich zu ihr „ich bin noch einige Wochen hier. Wir haben also noch jede Menge Zeit, uns erst mal richtig kennenzulernen. Danach sehen wir weiter." Sie sah mich einige Sekunden an, bis sie mit sehr ruhiger Stimme sagte: „Komm, ich zeige dir den Strand." Dann gingen wir los.

Wir mussten schon ein ganzes Stück gehen. Wir liefen allerdings nicht auf direktem Wege dorthin, sondern erst einmal bis zum Haus von Mary und Deacon. Erst dann bogen wir zum Strand ab.

Mit Gipsfuß über den Deich zu humpeln war schon eine kleine Herausforderung. Etwa in der Mitte blieb ich stehen, um eine kleine Pause einzulegen. „Was ist?", fragte mich Iris. Ich schnaufte: „Kann nicht mehr", und sah zu ihr. Sie grinste: „Heute Abend musst du diesen Weg nicht mehr machen. Die Jugendherberge ist in den Deich eingebaut." Das war gut, denn bis kurz vor Mitternacht habe ich auch bestimmt schon etwas getrunken. Den gleichen Weg, zusätzlich mit Alkohol, musste nun wirklich nicht sein. Als ich endlich oben ankam, traute ich meinen Augen nicht. Feinster Sandstrand mit Palmen, Liegen und jeder Menge Sitzgelegenheiten. Etwas weiter rechts, sah ich in der Ferne ein Beachvolleyball-Feld. Schräg unter uns, war irgendein Gebilde, welches ich nicht zuordnen konnte. „Was ist das da?" fragte ich Iris und deutete darauf. „Das ist eine Strandmuschel", antwortete sie: „Man kann sich reinsetzten oder sie ausziehen. Dann wird es zu einem Bett. Das halbrunde Dach kann man dann nach vorne ziehen und die Muschel komplett schließen." So etwas hatte ich zuvor noch nie gesehen. „An jedem Strandabschnitt steht so eine", ergänztes sie noch. „Okay, lass uns nach unten gehen", sprach ich zu ihr. Sie schaute mich entsetzt an: „Bist du sicher? Du musst dann auch den ganzen Weg wieder zurück gehen." Ich nickte. Das war es mir wert. Ich wollte unbedingt zum Strand. Ich wollte einfach mal in solch einem feinen Sand liegen. Ich würde wahrscheinlich eine Ewigkeit brauchen, bis ich dort unten war. Doch es ging ganz schnell. Ich ging los. Drei oder vier Schritte schaffte ich, dann rutschte eine der Krücken weg und ich rollte, sehr unsanft mit einigen Überschlägen, bis nach unten in den Sand. Dort lag ich auf dem Rücken. Über mir hörte ich, wie Iris angerannt kam. „Darling nein", rief sie unterwegs. Als sie ankam, legte sie sich zu mir: „Darling, geht es Miller gut? Sag doch etwas." Ich schaute sie an und lächelte gequält: „Ich war eher unten", sagte ich nur. „Wie geht es dir? Hast du Schmerzen?", wollte sie wissen. „Mein Kopf brummt etwas, aber sonst ist alles in Ordnung", beruhigte ich sie. Sie sah mich an. Unsere Gesichter waren, wieder einmal, nur wenige Zentimeter auseinander. „Ich hatte solche Angst um dich", flüsterte sie und gab mir einen Kuss auf die Wange. Sie legte ihren Kopf auf meine rechte Schulter und ihren Arm auf die linke. Sie hielt mich ganz fest. Ich spürte, dass sie leicht zitterte. Ich strich ihr mit der rechten Hand leicht über ihre Schulter: „Iris, es ist alles gut. Ich lebe ja noch." Daraufhin drückte sie meine Schulter noch etwas fester, bis sie nach kurzer Zeit ganz losließ und in Tränen ausbrach. Ich strich ihr zärtlich über den Kopf und über ihr langes, rotes Haar.

Nach einiger Zeit hatte sie sich etwas beruhigt. Sie setzte sich und wischte ihre Tränen weg. Ich blieb zwar liegen, stütze meinen Oberkörper aber auf den Ellenbogen ab. Ich versuchte, sie etwas abzulenken: „Erzählst du mir etwas über den Strand? Über eure Arbeit mit den Jugendlichen? Das würde mich interessieren." Mein Ablenkungsversuch funktioniert. Sie quälte sich zuerst ein Lächeln hervor und erzählte mir dann, ganz stolz, alles über ihr Projekt. Von der Übernachtung über die Verpflegung, bis hin zum Unterricht. Längst hatte sie sich ebenfalls auf ihre Arme gestützt. Wir unterhielten uns eine gefühlte Ewigkeit. Nicht nur über ihr Projekt, sondern über Gott und die Welt. Man konnte sich richtig gut mit ihr unterhalten. Es schien, als ob das Eis bei ihr gebrochen war. Alle möglichen Themen diskutierten wir und das, ohne irgendein kuscheln oder streicheln. Nicht, dass es nicht

angenehm gewesen wäre, wenn sie in meinen Armen lag, aber es machte mir
schon langsam etwas Kopfzerbrechen, dass sie dies so forderte. An diesem
Mittag war jedoch alles anders. Wir unterhielten uns wie gute Freunde. Oder
eher noch, wie alte Freunde, die sich alles anvertrauen konnten, als sie plötzlich aufsprang. „Wir kommen zu spät, wenn wir uns nicht beeilen", rief sie.
Ich schaute auf die Uhr. Es war schon fast 18 Uhr. „Okay", sagte ich, „dann
gehe du schon mal vorneweg, ich komme nachgehumpelt." Doch sie war besorgt: „Und wenn du auf der anderen Seite wieder hinunterfällst?" Ich schüttelte den Kopf: „Das werde ich schon nicht. Nicht zweimal hintereinander.
Pass auf! Wenn ich in zwanzig Minuten nicht da bin, dann schicke einfach
Deacon oder Bill zum Nachsehen." Sie zögerte, doch dann war sie einverstanden. „Pass auf dich auf!", sagte sie, strich mir leicht über die Wange und
rannte los. Ich blieb erst noch ein bisschen liegen. Ich wollte noch mal über
den Mittag nachdenken. Was sie so sagte, wie meine Gefühle zu ihr sind und
vor allem, welche Gefühle sie zu mir haben könnte, denn diesbezüglich war
ich mir noch nicht so ganz sicher. Doch plötzlich stand sie erneut neben mir:
„Hier, deine Krücken, die lagen irgendwo auf dem Deich." Sie legte die Stöcke neben mich, lächelte mich nochmals kurz an und rannte davon. Auch ich
machte mich, kurze Zeit später, wieder auf den Weg über die Düne und den,
für mich, langen Weg zum Haus zurück.

Iris:

Eigentlich hatte ich diesen Tag sehr genossen. Ich war seit heute Morgen mit einem Mann zusammen, den ich sehr mag und dem ich auch irgendwie vertraute. Warum wusste ich selbst nicht. Eigentlich ein Mann, wie jeder andere und doch nicht, wie alle anderen. Ich lag in seinen Armen. Wir unterhielten uns. Ja, er streichelte mich sogar. Ich hatte ein seltsames Gefühl, wenn ich ihn ansah. Ich konnte dieses Gefühl aber nicht beschreiben. Irgendwie ein Kribbeln im Bauch. Ich hatte komische Glücksgefühle, die ich nicht verstand. Glücksgefühle, die ich schon seit Jahren nicht mehr hatte. Mary meinte ja, ich wäre verliebt. War ich das wirklich? Ich wusste irgendwie nicht mehr, was Liebe ist. Viel zu lange war es schon her. Aber wenn sich Liebe so anfühlt, wie jetzt gerade, dann war ich es wohl. Ich musste es herausfinden. Nur wie? Ich beschloss, den Tag so fortzuführen, wie er begann. Indem ich viel Zeit mit Tom verbringen und abwarten würde, was passiert. Dazu bekam ich jetzt die Gelegenheit. Bill, Nancy und Jeanette waren schon gegangen. Nun verabschiedeten sich auch Mary und Deacon und wir beide waren alleine.

Er schlug vor, ich solle ihm den Strand zeigen. Eine gute Idee, denn außer meinem Garten, dem Wohnzimmer und dem Esszimmer kannte er ja noch gar nichts. Er kannte noch nicht mal einen Bruchteil meiner Insel. Wusste er überhaupt, dass er auf einer Insel ist? Wusste er, dass diese Insel mir gehört? Ich hatte keine Ahnung, was die anderen ihm erzählt hatten. Ein Spaziergang am Strand war dafür der richtige Augenblick. Ein Gespräch nur unter uns, ohne die anderen. So, wie schon am Tag zuvor. Ich stand auf, sagte zu ihm: „Natürlich zeig ich dir den Strand, komm mit!", und hielt ihm meine Hand entgegen. Das war allerdings sehr dumm von mir, da er auf Krücken angewiesen war. Hand in Hand am Strand mit ihm, das wäre es jetzt noch gewesen. Tom schien wohl meine Absicht erraten zu haben: „Sorry", sagte er, „wenn ich das nächste Mal hier bin, dann können wir das gerne machen." Das nächste Mal? Wie ein Blitz zuckte es durch meinen Körper. Ich fragte ihn was das heißen würde und ob er nicht hierbleibe. Er erklärte mir, dass er in Deutschland Verpflichtungen hat und wieder zurückmüsste. Natürlich musste er das. Wie dumm von mir. Er kann doch nicht einfach so von zu

Hause wegbleiben. Wir befanden uns schließlich nicht in einem Märchen, auch wenn es sich manchmal so anfühlte. Ich war einfach in solch einem Glücksrausch, dass ich daran überhaupt nicht dachte. Das zog mich jedoch wieder etwas auf dem Boden der Tatsachen zurück.

Wir liefen in Richtung Strand. Ich war sehr aufgeregt. Wir beide waren, seit ich ihn am Morgen aus dem Krankenhaus holte, zum ersten Mal richtig alleine. Was sollte ich ihn fragen? Was sollte ich sagen? Ich hatte plötzlich Angst, alles zu vermasseln. Gedanken schossen mir durch den Kopf. Mir musste irgendetwas einfallen. Ich musste doch irgendwie ein Thema finden, über das ich mit ihm reden konnte.

Auf etwa halbem Wege blieb er plötzlich stehen und schaute mich an: „Du bist so ruhig", stellte er fest, „ist irgendetwas?" Ich schluckte. Mir ist immer noch nichts eingefallen, über das ich mit ihm reden konnte. „Nein, nichts", sagte ich nur, „schönes Wetter haben wir heute." Schönes Wetter haben wir heute? Was Dümmeres fiel mir nicht mehr ein. Er musste mich für völlig irre halten. Ich traute mich noch nicht mal, ihn anzusehen. Doch er meinte: „Stimmt, wenn ich an das Wetter zu Hause denke, dann habe ich, mit diesem Urlaub, alles richtig gemacht. Das Wetter ist toll und die Menschen hier sind ebenfalls toll. Und eine Frau davon ganz besonders." Er lächelte mich von der Seite an. Dieser Blick und diese Worte dazu, brachten ein neues Gefühl in mir hervor, welches ich bis dahin nicht kannte - ein ziehen, von einer Brustseite hinüber zur anderen und von dort, hinunter zum Bauch. Ich zuckte sogar leicht zusammen. Nun konnte ich gar nichts mehr sagen. „Ich, äh…", stammelte ich völlig verlegen. Wir schauten uns eine kurze Zeit an. Dann sagte er: „Komm, lass uns weiter gehen. Erzähle mir doch mal etwas über das Wetter des ganzen Jahres." Über das Wetter soll ich erzählen? Nun ja, zumindest hatte ich jetzt Gesprächsstoff und es schien ihn sogar zu interessieren. Zumindest hörte er aufmerksam zu.

Wir liefen bis zur Düne hinauf. Dort blieben wir stehen und er schaute sich um. Ich erklärte ihm noch, was eine Strandmuschel ist, die er scheinbar noch nie gesehen hatte. „Du wohnst ja hier im Paradies", sagte er. Dann wollte er weiter. Er wollte unbedingt zum Strand. Obwohl ich ihm davon abriet, ging er los. Doch er kam nicht weit. Nur ein paar Schritte. Dann rutschte er aus und kullerte mit einigen Überschlägen die ganze Düne hinunter. Die Krücken flogen ebenfalls quer über den Deich. Ich stand oben und konnte mich nicht bewegen. Ich sah ihm zu, wie er bis unten rollte. Erst als er unten liegen blieb, löste sich meine Starre und ich rannte schreiend hinterher. Ich war mir in diesem Moment sicher, dass er sich das Genick gebrochen hatte.

„Darling nein", schrie ich und rannte zu ihm. Doch schon bevor ich bei ihm war, sah ich, dass er sich bewegte. Dass er also noch lebte. Ich warf mich auf ihn und fiel ihm um den Hals, als meine Nerven wohl nicht mehr mitmachen wollten. Die ganze Erleichterung darüber, dass er noch lebte, ließ nun alles aus mir herausbrechen. Ohne jeglichen Schamgefühls, lag ich halb auf ihm und weinte. Ich weinte meine ganze Angst heraus. Er hielt mich dabei die ganze Zeit fest in seinen Armen. Ich weiß nicht, wie lange ich so dagelegen habe. Irgendwann ließ ich wieder von ihm ab und wischte mir die Tränen aus dem Gesicht. Mein Auftreten war zwar einerseits etwas peinlich, aber andererseits wusste ich nun Bescheid. Mary hatte recht. Ja, ich hatte mich in ihn verliebt.

Ich legte mich entspannt neben ihn. Mir fiel ein, dass ich ihn wieder einmal Darling genannt hatte. Würde er mich wieder darauf ansprechen? Genau wie vorher, hätte ich auch in dieser Situation keine Antwort gehabt. Oder sollte ich ihm einfach die Wahrheit sagen? Sollte ich ihm sagen, dass ich mich in ihn verliebt hatte? „Ja, ich mache es einfach", war mein fester Entschluss. Er muss es wissen. Vielleicht würde er dann das gleiche zu mir sagen. Er schaute mich die ganze Zeit an und ich wartete darauf, dass er mich auf das Wort „Darling" ansprechen würde, doch es kam nichts. Stattdessen wollte er etwas über unsere Arbeit mit den Jugendlichen wissen. Warum fragte er nicht. Nun, wo ich all meinen Mut zusammengenommen hatte. Enttäuscht berichtete ich ihm etwas genauer über dieses Projekt. Dann schweiften wir vom Thema ab und erzählten über uns. Über unsere Lieblingsfilme, Lieblingsmusik, und so weiter. Als er erzählte, sah ich ihn die ganze Zeit an. Er hatte auf mich eine sehr anziehende Art. Ich hörte teilweise seinen Ausführungen gar nicht zu. Als ich meinen Blick endlich von ihm losreisen konnte, schaute ich kurz auf die Uhr und erschrak. Schon fast 6 Uhr abends. Wir wollten um 6:30 Uhr essen. Wir mussten uns beeilen. Aber wie? Er war mit seinen Krücken nicht sehr schnell. Außerdem musste er ja noch die ganze Düne hoch.

Aber er beruhigte mich. Er meinte, ich solle schon mal vorgehen und er komme nach. Ich rannte los, um gleich darauf wieder zurückzulaufen. Ich fand seine Krücken irgendwo auf dem Deich. Ohne die käme er gar nicht zurück. Ich brachte sie ihm, um dann schnell nach Hause zu eilen. Doch dort angekommen, erlebte ich eine Überraschung. Der Tisch war noch gar nicht gedeckt. Sie alle saßen nur da und unterhielten sich. Gläser, Teller, Besteck – alles lag noch auf dem Servierwagen. Deacon hatte noch nicht einmal mit dem Grillen angefangen. Hatte er wenigstens schon die Kohle angezündet? Ich warf einen Blick zum Grill. Zwar war alles vorbereitet, aber die Kohle brannte noch nicht. Als ich am Tisch ankam, strahle Mary mich an: „Da bist du ja endlich. Hattest du einen schönen Nachmittag?", und Deacon bemerkte: „Dann kann ich ja jetzt anfangen", stand auf und lief zum Grill. Ich sah Mary an: „Was ist hier los? Wir wollten doch früh essen." Sie lächelte, nahm meinen Arm und zog mich ein paar Metern von den anderen weg. „Ihr habt euch beide so gut verstanden, da dachten wir, wir lassen euch mal etwas alleine. Der Abend ist ja noch lang." „Das stimmt," erwiderte ich, „ist ja auch egal, wann wir…" Ich stutze: „Woher wisst ihr, dass wir uns gut verstanden haben?" Sie grinste verschmitzt: „Glaubst du, wir würden dich den ganzen Nachmittag mit einem Fremden alleine lassen, ohne mal nach dir zu sehen? Deacon und ich haben, hin und wieder, einen Blick über den Deich riskiert. Und jetzt erzähle. Wie war es?" Ich schaute Mary noch eine Zeitlang an. Das waren meine Freunde. Freunde auf die ich mich immer und überall verlassen konnte. Ich strahlte Mary an: „Es war toll. Man kann so gut mit ihm reden. Wir haben uns richtig gut verstanden. Und Mary, ja, ich bin verliebt. Heute Mittag wurde es mir bewusst." „Wie hast du es bemerkt?", fragte sie. „Ich habe ihn angehimmelt. Ich habe nur auf ihn geschaut, und manchmal gar nicht verstanden, was er sagte. Außerdem möchte ich am liebsten immer mit ihm zusammen und keine Minute von ihm getrennt sein. Das ist doch Liebe, oder?" „Ja, das ist Liebe", sagte sie und fragte nach: „Und wo ist deine große Liebe jetzt, mit der du immer zusammen sein und die du nie mehr alleine lassen willst?" Ich erschrak. „Oh nein, er ist noch da. Ich muss ihn holen",

86

rief ich, drehte mich herum und rannte los. Hinter mir hörte ich noch das laute Lachen meiner Freundin. Etwas mehr als die halbe Strecke bin ich wieder zurück gerannt, als er mir entgegenkam. Ich war völlig außer Atem. „Warum hechelst du so?", fragte er. „Bin gerannt", schnaufte es aus mir heraus. Nun standen wir direkt voreinander. Fragend sah er mich an: „Bin ich zu spät?" Wieder konnte ich nicht anders, als ihn in seine hübschen Augen zu sehen. Es war, als würde er mich damit hypnotisieren. „Wir essen später", sagte ich nur. Noch immer starrte ich ihn an, als es plötzlich über mich kam. Ich ging einfach einen Schritt nach vorne und umarmte ihn. Wir standen da, Wange an Wange. Erst jetzt wurde mir bewusst, was ich eigentlich gemacht hatte. Wie sollte ich aus dieser Nummer wieder herauskommen? Ich begann zu überlegen, als er plötzlich seine rechte Krücke fallen ließ und ebenfalls seinen Arm um mich legte. „Irgendwann brauche ich diese Dinger nicht mehr", sagte er. Wir ließen leicht voneinander ab. Unsere Gesichter waren nun ganz dicht voreinander und er sprach weiter: „Dann freue ich mich darauf, mit dir Arm in Arm am Strand entlangzulaufen. Unsere Lippen waren nur Zentimeter auseinander, als er diese Worte sprach. Meine Beine wurden wie Pudding. Mein Körper zitterte. „Ich muss ihn jetzt küssen", schoss es mir durch den Kopf. Jetzt oder nie. Stück für Stück kamen sich unsere Lippen näher. „Jetzt", dachte ich „jetzt wird es passieren". Es konnten nur noch Millimeter gewesen sein, als ich mich ruckartig von ihm befreite. „Wir müssen los", rief ich nur, und drehte mich schlagartig herum. Ich hatte mich wieder einmal blamiert. Mit diesem Gedanken im Kopf lief ich wieder los. Dann etwas schneller. Ich drehte mich noch nicht einmal zu ihm herum. Dann noch etwas schneller, bis ich schließlich wieder rannte. Bald war ich wieder bei meinen Freunden angekommen, schnappte mir Mary und nahm sie mit ins Haus.  Ich erzählte ihr, das soeben erlebte. Die wackeligen Beine, das Zittern des Körpers und das Verlangen ihn zu küssen. Und ich erzählte ihr ebenfalls, von der Angst ihn zu küssen und meinem ruckartigen Abgang, als ich von der Seite eine Stimme vernahm: „Angst ist manchmal gut, aber du hast ja gehört, was er heute Mittag sagte - Angst kann man nicht küssen." Ich drehte mich herum. Erst jetzt sah ich Jeanette auf meinem Sofa sitzen. „Na, du hast gut reden", sagte ich zu ihr: „Könntest du vielleicht einfach so einen Mann küssen?" Die Antwort kam prompt: „Ja, warum denn nicht. Und ihn sowieso. Aber wenn du ihn nicht willst, ich nehme ihn auch." Ich wurde wütend. Gerade Jeanette, die jeden Mann um den Finger wickeln konnte, hatte Interesse an Tom? Ich ging einen Schritt auf sie zu: „Das würdest du nicht tun", sagte ich barsch. „Natürlich würde ich das. Bevor er einfach so wieder heimfährt, weil du die Zähne nicht auseinanderbekommst." „Lass deine Finger von ihm", zischte ich sie an. Ich wandte mich wieder Mary zu: „Und du sagst gar nichts dazu?" Sie schüttelte leicht den Kopf: „Sie hat recht. Das Glück steht vor der Tür. Du musst es aber auch ergreifen." Entgeistert sah ich sie an. „Das ist nicht so einfach." „Doch das ist es", mischte sich nun Jeanette wieder ein: „Du musst nur endlich mal über deinen Schatten springen. Und natürlich musst du es auch wollen. Du willst doch, oder?" Welch eine Frage. „Natürlich will ich es, ich habe aber auch Angst davor." Jeanette stand nun auf und kam direkt zu mir: „Dann sage ich es dir jetzt noch einmal - Angst kann man nicht küssen." Sie drehte sich herum und ging durch die Terrassentür hinaus. Ich sah erneut zu Mary. Sie lächelte mich an: „Gehe zu ihm. Erzähle ihm von deinen Gefühlen. Ich bin sicher, er wird es verstehen und dich zu nichts drängen." Dann ging auch sie wieder hinaus. Und schon wieder schossen mir hunderte Gedanken durch den Kopf. Soll ich ihm wirklich alles erzählen? Natürlich, Mary und Jeanette hatten recht. Hätte er mich am Strand auf das Wort ‚Darling' angesprochen, dann wüsste er jetzt schon von meinen Gefühlen zu ihm. Zumindest hatte ich vor, es ihm zu erzählen.

Ich bin, während meiner Gedankengänge, in die Küche gegangen und stützte mich auf die Theke derKücheninsel. Ich überlegte, auf welche Art und Weise ich es ihm erzählen sollte. Sage ich es direkt heraus? Sage ich es ihm durch die Blume? Sage ich es ihm überhaupt? Ja, an diesem Punkt war ich auch schon wieder angekommen. Sollte ich es ihm sagen? Ich grübelte in mich hinein, als ich plötzlich hinter mir eine Stimme hörte: „Hello, Honey." Ich schoss herum und sah Tom dicht vor mir stehen. Schlagartig fiel mir mein unrühmlicher Abgang wieder ein. Das hatte ich völlig vergessen. Ich musste mir auch dafür eine Ausrede einfallen lassen, was jetzt allerdings ziemlich schwierig sein würde, so auf die Schnelle. Ich sah ihn mit großen Augen an. Was jetzt? Ich druckste herum: „Also, das vorhin… das… ich will damit…" Weiter kam ich nicht. „Pssst", sagte er nur und legte seinen Zeigefinger auf meinen Mund. Er sah mir tief in die Augen und sagte mit ganz ruhiger Stimme: „Du musst dich weder rechtfertigen noch eine Erklärung abgeben. Ich weiß, dass du dich in mich verliebt hast. Und das freut mich, denn ich habe mich auch in dich verliebt." Er nahm seinen Finger von meinem Mund und fuhr fort: „Ich weiß aber auch, dass es schwer ist für dich und dass du vielleicht noch etwas Zeit brauchst. Nimm dir diese Zeit, ich warte auf dich, Honey." Er legte kurz die Hand auf meinen Hinterkopf, zog meinen Kopf etwas an sich heran und gab mir einen Kuss auf die Stirn. Anschließend drehte er sich um und humpelte zur Tür. Dort drehte er sich noch einmal herum und wiederholte: „Ich warte auf dich. Egal wie lange es dauert." Dann ging er hinaus.

Was war denn das? Er weiß, dass ich ihn liebe? Und er liebt mich auch? Und er sagt das einfach so? So leicht kann das sein? Welche Gedanken werden jetzt durch meinen Kopf kreisen? Ich versuchte mich zu konzentrieren, doch da waren keine. Keine komischen Gedanken. Keine Selbstvorwürfe. Ich musste keine Ausreden suchen. Seine Worte waren für mich so etwas, wie eine Befreiung. Ich musste sogar etwas lächeln. Nun musste mir nur noch eines einfallen. Wie gehe ich damit um und was mache ich jetzt?

Völlig gelöst, schlenderte ich durch die Terrassentür hinaus. Ich sah Mary, die mir entgegenkam: „Mary, ich wollte dich etwas fragen. Ich…", weiter kam ich nicht, da mir ein scharfes „Nein" entgegenschoss. Sie legte ihre Hand auf meine Schulter und ihr Ton wurde etwas sanfter: „Hör zu. Ab jetzt kann ich dir nicht mehr helfen. Du hast es selbst in der Hand. Höre auf dein Herz und mache etwas aus dieser Situation." Dann ließ sie mich stehen und ging ins Haus. Was meinte Sie? Welche Situation? Ich dachte nicht länger nach und ging zu den anderen an den Tisch. Tom saß wieder an seinem Platz und hatte das Bein hochgelegt. Neben ihm saß Jeanette. Sie schienen sich zu unterhalten. Wollte sie doch etwas von ihm? Ich beschloss, nichts zu sagen und mich stattdessen an einen anderen Platz zu setzten. „Komm setz dich!", forderte sie mich auf, während sie aufstand und auf den nun freien Platz neben Tom deutete. Ich war in diesem Moment überhaupt nicht eifersüchtig. Ich lächelte sie sogar etwas an. Dann machte ich es mir neben Tom bequem und rutschte ganz dicht an ihn heran. Ich sah ihn an und er erwiderte meinen

Blick. Ohne von ihm wegzusehen, ergriff ich seinen Arm und legte ihn mir, wie schon am Morgen, über meine Schulter. Dann sah ich über den Tisch und bemerkte, dass alle schnell den Kopf wegdrehten. Ich war also wieder einmal die Attraktion. Aber das machte mir in diesem Moment gar nichts aus. Ich war glücklich und ich fühlte mich irgendwie frei. Frei von jedem Ballast.

„Wann gibt es denn Essen?", fragte ich in die Runde. „In etwa zehn Minuten", schallte es aus einer Rauchwolke herüber, die den Grill umgab. Deacon musste irgendwo darinstehen, zumindest kam seine Stimme dort heraus. Dann sah ich wieder zu Tom. Ich lächelte ihn an und ein leises „Danke" entwich meinen Lippen. Er lächelte zurück, sagte aber keinen Ton. Lediglich seine Hand, die meinen Oberarm umfasste, zog mich noch etwas näher an ihn heran.

Tom:


Aus dieser Frau schlau zu werden, war nicht leicht. Erst rannte sie vom Strand nach Hause. Kurze Zeit später rannte sie wieder zu mir zurück, um dann wieder nach Hause zu rennen. Was passierte mit ihr. Was ging in ihrem Kopf vor sich? Vielleicht sollte ich doch die Finger von ihr lassen. Das war schon sehr anstrengend. Und das zusätzlich noch mit Gipsbein und tausenden Kilometern von zu Hause entfernt.

Doch was war passiert? Sie fiel mir um den Hals. Ich war mir sicher, dass sie mich küssen will. Dann stieß sie mich wieder weg. Ich verstand die Welt nicht mehr und schon gar nicht verstand ich Iris. Ich beschloss, nicht mehr großartig darüber nachzudenken, sondern den Weg zum Haus fortzusetzen. Als ich dort ankam, erwartete mich schon Mary: „Ich habe es schon gehört", sagte sie zu mir, „du hast wieder einmal solch ein Typisches Iris-Erlebnis hinter dir." Ich nickte: „Das kann man wohl sagen. Schlau werde ich aus dieser Frau nicht." Mary lachte: „Das kann man auch nicht. Gib ihr ein bisschen Zeit. Ich denke, dass sie in den nächsten Tagen etwas auftauen wird." Jeanette stand die ganze Zeit neben uns und hörte zu. Nun mischte sie sich ein: „Was gibt es daran nicht zu verstehen?", sagte sie, „Ihr seid ineinander verliebt und keiner traut sich, den ersten Schritt zu tun. Das kann nicht gut gehen." Oh ja, da hatte sie Recht. Wir waren verliebt und keiner traute sich, es dem anderen zu sagen. Das konnte so nicht weiter gehen. „Du hast recht", sagte ich zu Jeanette, „Ich gehe jetzt zu ihr und mache Nägel mit Köpfen. Ich werde es ihr sagen." Mary stand mit großen Augen vor mir. „Wirklich?", fragte sie nur. Ich nickte und ging los. Hinter mir hörte ich noch Jeanette rufen: „Viel Glück."

Im Wohnzimmer angekommen, suchte ich nach Iris. Doch sie war nicht da. Ich ging weiter in das Esszimmer und von dort in die Küche. Da war sie. Sie stand an der Kücheninsel, an der wir heute Morgen noch den Kartoffelsalat gemacht hatten. Sie stand mit dem Rücken zu mir, sodass sie mich nicht kommen sah. Leise ging ich zu ihr und stellte mich dicht hinter sie. „Hello Honey", sagte ich nur kurz. Ich wählte absichtlich dieses Wort, da sie schon ein paar Mal Darling zu mir sagte. Iris wirbelte herum. Sie fing leicht an zu stottern. Man merkte sofort, dass es ihr unangenehm war. Sie schien nach einer Erklärung für ihr Handeln zu suchen, doch ich beschloss, ihr zuvorzukommen. Ich legte ihr meinen Zeigefinger auf den Mund und gestand ihr meine Liebe. Gleichzeitig erklärte ich ihr noch, dass ich weiß, dass auch sie in mich verliebt sei. Ich gab ihr noch einen Kuss auf die Stirn und ging wieder aus dem Zimmer. Ich wartete erst gar keine Antwort ab. Kurz bevor ich wieder am Tisch ankam, fingen mich Mary und Jeanette ab. „Und?", fragten beide gleichzeitig, wie ein eingespieltes Duett. Wahrheitsgemäß antwortete ich den beiden: „Ich habe ihr gesagt, dass ich sie liebe, dass ich weiß, dass sie mich auch liebt und dass sie sich die Zeit nehmen soll, die sie braucht." Während Mary die Augen groß aufriss, fragte mich Jeanette hektisch: „Was hat sie gesagt?" „Nichts", erwiderte ich, „ich habe sie erst gar nicht zu Wort kommen lassen, damit sie nicht in Verlegenheit kommt. Ich habe mich umgedreht und bin gegangen." „Und sie hat gar nichts dazu gesagt?", fragte nun Mary, „Auch nichts mehr hinterhergerufen?" „Nein", antwortete ich nur, ließ die beiden stehen und setzte mich an den Tisch. Kaum saß ich und hatte mein Bein hochgelegt, kam auch schon Deacon vom Grill herüber, kippte den Rest Bier aus seiner Flasche herunter und fragte: „Was war denn los?" Ich schüttelte den Kopf: „Später", sagte ich nur, schaute zu Bill und erklärte: „Gut, dass es hier keine Neugierigen gibt." Er lachte: „Ja, hier kannst du nichts machen, was nicht gleich alle wissen." Jeanette, die sich mittlerweile neben mich gesetzt hatte, schaute mich von der Seite an. Ich drehte den Kopf zu ihr: „Ist irgendwas?", fragte ich. „Nein", sagte sie nur und starrte mich weiter an. Ich wurde so langsam etwas sauer: „Du hast doch irgendetwas." „Ich habe nichts", bemerkte sie und ergänzte, „ich bewundere nur deinen Mut." „Meinen Mut?", fragte ich. Nun erklärte mir Mary: „Ja, deinen Mut. Mit Iris macht man so etwas normalerweise nicht." Ich schaute zu Mary: „Was kann denn passieren? Im Idealfall habe ich eine neue Freundin, wunderbare neue Freunde und lebe bald in Florida. Und wenn es ganz schlecht kommt, bin ich bald wieder zu Hause und habe Liebeskummer." Ich lachte und stellte noch fest: „Egal was passiert, so wie bisher konnte es nicht weiter gehen." Jeanette aber ließ nicht locker: „Und was glaubst du…" Jäh wurde sie von Mary unterbrochen: „Achtung, sie kommt!" Kurz darauf stand Iris auch schon am Tisch. Alle starrten sie an. Was würde wohl gleich passieren? Wieder ein Tobsuchtsanfall, wie heute Morgen? Oder eine Standpauke? Niemand wusste es. Auch ich wartete gespannt. Iris sah zu Jeanette, die sich aber bereits mit einem breiten Grinsen auf den Lippen erhob und ihr Platz machte. Dann kam Iris zu mir. Besonders gut fühlte ich mich in diesem Moment nicht im Magen. Ich vermied es auch, sie anzusehen. Doch alles lief ganz anders. Sie setzte sich zu mir und schaute mich an. Auch ich sah jetzt zu ihr: „Oh je, jetzt geht's los", dachte ich bei mir. Doch statt einer Moralpredigt, nahm sie meinen Arm und legte ihn sich um ihre Schulter. Sie rief noch zu Deacon hinüber, der scheinbar gerade versuchte den Grill in Brand zu setzen, wann das Essen fertig ist, als sie sich plötzlich zu mir umdrehte und einfach nur kurz „Danke" hauchte. Danke? Für was? Hat meine Ansprache gefruchtet? War das Eis nun endlich geschmolzen? Nein, bestimmt nicht. Nicht bei dieser Frau. Ich verstand es erst einmal, als eine Art Waffenruhe. Mal abwarten, was der Abend noch so mit sich bringen würde.

Nach dem Essen, kam dann der gemütliche Teil des Tages. Iris legte sich, wie konnte es auch anders sein, in meinen Arm. Mary und Nancy machten es ihr nach, und kuschelten sich an ihre Männer. Lediglich Jeanette blieb alleine sitzen. Sie konnte einem schon etwas leidtun, wie sie so, ohne einen Partner, dasaß.
Plötzlich hatte ich eine Idee. „Hat jemand einen dicken Filzstift?", fragte ich in die Runde. „Ja", sagte Iris, „in der Schublade im Esszimmer habe ich einige. Was willst du damit?" „Ich möchte, dass ihr alle auf meinen Gips unterschreibt, oder sonst irgendetwas draufschreibt", erklärte ich. „Ich weiß wo die Stifte sind", rief Jeanette und rannte davon. Sie kam zurück mit einer ganzen Handvoll verschiedenfarbiger Filzstifte. Einer nach dem anderen verewigte sich auf meinem Gips, der danach sehr bunt war. Anschließend plätscherte der Abend so dahin. Mit kuscheln, reden, trinken. Kein alltäglicher Silvesterabend also. Das ging so weit, bis wir anfingen uns über Musik zu unterhalten. „Welche Musik magst du so?", fragte mich Deacon. „Also, ich höre am liebsten Country-music", erklärte ich ihm. „Country-music?",

Deacon war begeistert und Nancy meinte: „Dann passt du ja gut zu uns. Wir hören hier fast nichts anderes." Iris erhob nun den Kopf von meiner Schulter und befahl: „Deacon, geh rein und dreh die Anlage auf!" Ab da wurde es eine richtige Party. Deacon schaltete einen Sender ein, der nur unsere Musik spielte und drehte die Anlage auf. Wen will man auf einer Insel auch schon stören. Bobby Sue von den Oak Rich Boys dröhnten aus den Boxen. Wir fingen gerade an, zu dem Lied mitzugrölen, als Iris und Jeanette plötzlich aufsprangen, um auf dem Rasen nebenan, passend zum Song, ihren Line-Dance zu präsentieren, zu dem sich dann noch Mary und Bill anschlossen. Nancy kam zwischenzeitlich mit einer neuen Fuhre Bier aus der Garage. Ein schneller Country-Song nach dem anderen lief zu dieser Zeit auf diesem Sender. Fast eine Stunde Country-Party. Fast eine Stunde Spaß und Stimmung, fast eine Stunde, in der uns die Frauen etwas vortanzten, denn Bill hielt nicht lange durch. Dafür reihte sich Nancy noch ins Tanzensemble ein. Und wie die vier Frauen dort tanzten, das war wirklich sehenswert. Nicht nur, dass alle vier einen perfekten Körper hatten, nein, sie konnten ihn auch großartig bewegen. Aber ich starrte sowieso die meiste Zeit nur auf Iris. Eigentlich eine tolle Frau, wenn sie nur diese Macken nicht hätte. Aber vielleicht war es auch gerade das, was mich an ihr reizte. Als ich mich etwas meinen Gedanken widmete, während ich gleichzeitig meiner Traumfrau zusah, klopfte mit jemand auf die Schulter. Erschrocken sah in nach oben. Deacon stand neben mir: „Bist du noch da?", fragte er mich, „Du bekommst ja gar nichts mehr mit." „Ach Deacon", fing ich zu schwärmen an, „diese Frau ist so toll. Trotz Gipsfuß freue ich mich auf die nächsten sechs Wochen." Fast regungslos starrte er mich eine Weile an: „Man, dich hat es ja voll erwischt", stellte er fest. Ich antwortete ihm jedoch nicht, sah stattdessen erneut zu den Frauen, die jedoch gerade im Begriff waren, die Rasentanzfläche zu verlassen. Iris ließ sich, mit einem riesigen Seufzer, neben mich plumpsen: „Puh, ist das anstrengend", lächelte sie zufrieden und schenkte sich ein Glas Wein ein. Sie trank ein paar Schluck davon, lehnte sich anschließend an mich, um plötzlich wieder in die Höhe zu schießen: „Oh nein", rief sie: „ich stinke jetzt bestimmt. Ich gehe mich kurz waschen." Ich hielt sie jedoch am Arm fest. „Nein Honey, du stinkst nicht. Bleib bei mir." In diesem Moment sah sie mich so richtig verliebt an, was sie offensichtlich auch war. Sie setzte sich wieder zu mir, schaute mich an und in diesem Moment lief ‚Meet me in Montana' von Dan Seals und Marie Osmond im Radio. Ein Lied, welches ich gefühlt schon tausend Mal gehört hatte, weil es mir so gut gefiel. Auch konnte ich es mittlerweile auswendig. Also fing ich einfach an, mitzusingen. Ich übernahm den Kompletten Part von Dan Seals. Den Refrain sangen dann alle mit. Dann kam der Part von Mary Osmond und ich staunte nicht schlecht, als dieser von Iris übernommen wurde. Sie sah nicht nur umwerfend aus, sie hatte auch eine enorme Stimme. Ich sah ihr beim Singen zu. Als erneut der Refrain einsetzte, umarmten wir uns, sahen uns in die Augen und sangen gemeinsam. `Meet me in Montana, I wanna see the mountains in your eyes`. Wir sangen das Lied gemeinsam bis zum Ende durch. Die anderen hatten sich schon längst ausgeklinkt. Auch als der Song schon längst zu Ende war, sahen wir uns noch immer an.

Neben uns hörten wir eine Stimme: „Wow, ihr beide seid der Hammer." Wir rissen uns voneinander los uns sahen hinüber. Jeanette saß dort mit offenem Mund. Aber auch die anderen starrten uns an, doch keiner sagte irgendetwas, bis Deacon uns mitteilte, dass wir so langsam mal zur Jugendherberge aufbrechen sollten, wenn wir noch rechtzeitig ankommen wollten. Ich sah auf meine Armbanduhr. 23.30 Uhr. Zur Herberge waren es schon ein paar Meter. Ich nickte, stand auf und machte mich mit meinen Krücken auf den Weg. „Ich gehe schon mal los, bin eh der langsamste", teilte ich meinen neuen Freunden mit. „Warte", rief Iris hinter mir her, „ich komme mit dir." Dieses Mal gingen wir einen anderen Weg. Gut das Iris mit mir kam. Ich wäre, ohne nachzudenken, wieder an den Ort gegangen, an dem wir heute Mittag waren.

Nach einiger Zeit hatten uns auch der Rest der Inselbevölkerung eingeholt und nach wenigen Minuten standen wir vor einem hell beleuchteten Luxushotel. So sah es zumindest von außen aus. „Wow!", rief ich erstaunt und fragte nach, „und das soll eine Jugendherbe sein?" „Ja, das ist es." Mary stand plötzlich neben mir und ergänzte: „Unsere Freundin hat es halt gerne etwas luxuriöser." Doch Iris verteidigte sich. „Das stimmt nicht", konterte sie, „aber wenn jemand zu uns kommt, dann soll er sich auch wohlfühlen." Ich hatte es zwar noch nicht von innen gesehen, aber wenn es dort auch nur annähernd so elegant wäre wie Außen, dann konnte man sich darin bestimmt wohl fühlen. Iris sah mich an: „Komm, lass uns hinein gehen", forderte sie mich auf und lächelte mich dabei an. Sie konnte es scheinbar kaum erwarten, mir alles zu zeigen. Drinnen angekommen, liefen wir am Empfang vorbei und standen in einem großen Gemeinschaftsraum. Eine breite Treppe führte von dort hinunter. „Wo geht es dort hin?", fragte ich, während ich zur Treppe zeigte. „Da geht es zum Schwimmbad und zum Fitnessraum", sagte Iris stolz. „Komm, ich zeige es dir." Doch Deacon mahnte: „Das kannst du doch nachher machen. Wir haben nur noch zehn Minuten." Sie sah mich an: „Okay, nachher. Wir müssen ja auch noch in den zweiten Stock. Schaffst du das?" Ich nickte, dann gingen wir hoch.

Oben angekommen, ging der Luxus weiter. Dort sah ich einen weiteren Aufenthaltsraum und viele Türen. „Was ist dahinter?", fragte ich, während ich auf eine Tür zeigte. „Das sind ein paar Zimmer für unsere Gäste, die meisten sind aber im ersten Stock", antwortete Iris stolz. Man merkte richtig, wie es ihr unter den Nägeln brannte, mir endlich alles zeigen zu können. Sie deutete auf zwei Türen: „Dahinter sind die Klassenräume. Ich zeige dir nachher alles." Wir gingen in den Aufenthaltsraum. Erst jetzt sah ich den riesigen Balkon mit Glasdach und weggeklappten Glaswänden. „Hier werden wir das neue Jahr begrüßen", hauchte sie mir ins Ohr. Ich drehte meinen Kopf. Ihr Gesicht war dicht neben meinem: „Du trinkst doch ein Glas Champagner mit, oder?", fragte sie. „Gerne", erwiderte ich, obwohl ich dieses Zeugs überhaupt nicht mochte. Warum wurde das überhaupt erfunden? Anstoßen mit Sekt oder Schampus. Warum nicht mit einer Flasche Bier? Das würde wenigstens schmecken. Ich hatte noch nicht richtig zu Ende gedacht, da kam Bill schon mit einem Tablett, voll mit Gläsern dieser Millionärsbrause. „Ist es schon so weit?", fragte ich. Ich hatte in letzter Zeit gar nicht mehr auf meine Uhr geschaut. „Noch zwei Minuten", hörte ich von der Seite. Jeanette stand neben mir und grinste mich an. „Jeanette, nein", zischte Iris plötzlich. „Doch", giftete sie zurück, „er gehört jetzt zu uns." Was war denn nun los? Erst jetzt fiel mir wieder ein, was Deacon mir heute Morgen erzählte. Die Küsserei an Neujahr. Oje, das konnte ja heiter werden. Der Blick von Iris zu Jeanette, verriet die momentane Stimmung. Nancy hatte dies wohl auch bemerkt. Sie kam zu mir, legte ihre Hand auf meinen Rücken und drückte mich leicht in Richtung Balkongeländer. „Komm mit!", sagte sie knapp. Ich gab ihrem Druck nach und wir gingen beide dorthin. Ich lehnte mich an das Geländer und stellte meine Krücken neben mich. „Von hier hat man den besten Blick auf Miami", sagte sie. Feiert ihr jedes Jahr hier oben?", wollte ich von Nancy wissen. Sie lachte und klärte mich auf: „Nein, das ist das erste Mal. Das Gebäude ist doch noch ganz neu." Dann stand Bill neben uns. Irgendwie hatte er es geschafft, 3 Gläser dieses Prickelwassers, in nur zwei Händen zu tragen. „Frohes neuen Jahr", rief Deacon plötzlich. Es war Mitternacht. Nancy, Bill und ich wünschten uns gegenseitig ein frohes neues Jahr und tranken einen Schluck. Bill küsste seine Frau. Dann kam Nancy noch näher zu mir und gab mir ebenfalls einen Kuss. „Du gehörst ja jetzt zu uns, wie Jeanette schon richtig bemerkte." Mit Bill stieß ich zum Glück nur an. Und dann kam es so, wie Deacon mir am Morgen berichtete. Jeder küsste jeden. Ich stand noch immer am Balkongeländer und schaute zu. Natürlich war es eine schöne Sache, seine Freundschaft auf diese Weise nochmals zu zeigen. Und auf der einen Seite fand ich es auch toll. Andererseits aber war es schon ein bisschen seltsam, wenn der Ehemann zusieht, wie seine Frau einen anderen küsst. Und umgekehrt natürlich auch. Als ich meinen Gedanken über Sinn und Unsinn einer solchen Aktion nachging, hörte ich neben mir Marys Stimme. „Ich wünsche dir ein frohes neues Jahr", sagte sie. Noch bevor ich etwas sagen konnte, küsste auch sie mich. „Danke, das wünsche ich dir auch", erwiderte ich anschließend und fragte nach: „Was ist mit Iris?" Ich deutete in die Ecke hinüber, in der eine traurige, rothaarige Frau stand. „Das ist jedes Jahr so", erklärte mir Mary. „Sie hat zwar nichts dagegen, wenn wir das machen, aber recht ist es ihr auch nicht. Sie fühlt sich halt etwas außen vor." Dann grinste sie mich an: „Geh doch rüber und heitere sie ein bisschen auf", schlug sie vor. Ich nickte und griff nach meinen Gehhilfen, als plötzlich Jeanette vor mir stand. „Du willst doch wohl nicht vor mir flüchten?", fragte sie. Natürlich wollte ich das nicht. Genauer gesagt hatte ich an Jeanette gar nicht mehr gedacht. Auch wir wünschten uns ein frohes neues Jahr und auch wir küssten uns. Dieser Kuss war allerdings etwas intensiver als bei den beiden zuvor. Er war, genauer gesagt, etwas zu intensiv, so dass ich Jeanette leicht von mir stieß. Doch sie umarmte mich fest und ließ nicht locker. „Ist sie schon eifersüchtig genug?", fragte sie mich. Natürlich wusste ich, wen sie meinte. Und nun wurde mir auch bewusst, was sie vorhatte. Aus den Augenwinkeln sah ich zu Iris: „Ja das ist sie. Genauer gesagt, kocht sie vor Wut." Ich ergriff Jeanettes Arme, um mich von ihr zu befreien. Bevor sie mich jedoch losließ, gab sie mir noch einen Kuss. Dann nahm sie kurz meine Hand, und sagte laut: „Bis nachher mein Süßer." Sie schnappte sich mein leeres Glas und verschwand. Alle schauten zu mir herüber. Iris, die immer noch zu platzen drohte, kam mit langsamen Schritten zu mir herüber. Sie stellte sich vor mich und senkte den Kopf: „Dann habe ich dich wohl an sie verloren", wollte sie wissen. Sie wollte sich gerade wieder herumdrehen, als ich sie an der Hand nahm und zu mir zurückzog. Ich legte meinen Zeigefinger unter ihr Kinn. Der leichte Druck meines Fingers nach oben forderte sie auf, den Kopf zu heben. Sie folgte dieser Forderung und ich sah ihre traurigen Augen, in denen schon etwas Flüssigkeit stand. „Hör zu", sagte ich, „ich will nichts von Jeanette und sie will nichts von mir. Der einzige Grund für dieses Schauspiel von ihr ist, dich eifersüchtig zu machen." „Warum?", fragte sie nur, während ihr die erste Träne die Wange herunterlief. „Ich glaube sie will dir helfen", vermutete ich, „Sie bemerkt dabei aber gar nicht, dass sie damit eher das Gegenteil erreicht." In der Zeit, in der ich das sagte, wischte ich ihr mit dem Daumen die Träne weg. Ich versuchte sie etwas aufzuheitern. „Die einzige Frau, mit der ich mir meine weitere Zukunft vorstellen kann, bist du." Sie lächelte etwas. „Komm, lass uns auf das neue Jahr anstoßen", schlug ich vor. Sie nickte, drehte sich herum und ging zum Tisch. Kurz drauf kam sie mit zwei Gläsern Sekt zurück, wovon sie mir eins gab. Das Zweite hielt sie mit den Worten: „Alles Gute im neuen Jahr" vor mich. Ich wünschte ihr das gleiche und wir stießen an. Beide tranken wir einen Schluck daraus, dann sagte ich zu ihr: „Ich nehme an, du willst keinen Kuss", und grinste etwas. In diesem Moment fiel mir erst die Stille auf, die zu dieser Zeit auf dem Balkon herrschte. Ich sah zum Tisch hinüber. Sie standen alle da und schauten zu uns. Und sie alle waren Zeugen meiner dummen Äußerung. Wie konnte ich sie so etwas nur fragen? Wenn sie es gewollt hätte, dann hätte sie es schon längst tun können. Möglichkeiten gab es den ganzen Tag über genügend. Umso mehr wunderte ich mich, als ich von meinem Gegenüber ein „Doch" vernahm. Ich sah sie an: „Du willst…?" Weiter kam ich nicht. „Ja, ich will einen Kuss von dir." Sie stellte ihr Glas auf das Geländer und kam ganz nah an mich heran. Ich legte meine freie Hand auf ihren Rücken, während sie mit ihrem Gesicht ganz nah an mich herankam. Ich kam ihr entgegen, bis sich unsere Lippen leicht und nur kurz berührten. Es durchzuckte meinen Körper, als sie erneut ihre Lippen auf die meinen legte. Ebenfalls nur kurz. Wir sahen uns in die Augen. Auch sie umarmte mich nun. Dann küsste sich mich erneut. Dieses Mal nicht mehr so zaghaft und auch länger. Darauf hatte ich den ganzen Tag gewartet und natürlich auch gehofft. Dieser Kuss war sehr intensiv. War es das endlich? War das Eis gebrochen? War Iris jetzt offiziell meine Freundin. Gedanken schossen mir durch den Kopf, als sie plötzlich abrupt von mir abließ. „Du Schwein", brüllte sie, holte aus und gab mir eine schallende Ohrfeige. Das Glas, das ich eben noch in der Hand hielt, flog in hohem Bogen über den Balkon und zersplitterte beim Aufprall auf den Boden. „Du bist genau wie alle anderen", schrie sie noch, drehte sie sich um und rannte zur Tür hinaus. „Was war denn das?", fragte Deacon und Mary kam zu mir herüber: „Was hast du denn getan?" Ich zuckte mit den Schultern. „Nichts", verteidigte ich mich, während ich mir mit der Hand über die Wange rieb, „ich kann wohl nicht küssen." Jeanette sagte gar nichts. Stattdessen ging sie nach nebenan, um kurz darauf mit Schaufel und Besen auf dem Balkon zu stehen. Wortlos fegte sie die Scherben auf. „Schlechtes Gewissen?", fragte Nancy. Jeanette sagte immer noch nichts. Als sie fertig war und beim Rausgehen an mir vorbeilief, nuschelte sie ein kaum hörbares „Tut mir leid" in meine Richtung. Das brachte mich aber auch nicht weiter. War sie überhaupt schuld daran? Hatte sie es etwas übertrieben, als sie versuchte, Iris eifersüchtig zu machen? Vielleicht habe ich ja auch etwas falsch gemacht. Aber was? Oder es war einfach mal wieder eine von ihren Launen. Eines wusste ich aber mit Gewissheit - weder das Eis war gebrochen, noch konnte ich Iris meine Freundin nennen. Ich wusste nur eines - ich werde jetzt sofort zu ihr gehen und sie zur Rede stellen. So langsam aber sicher, wurde ich nun wütend. Ich teilte meinen Freunden meinen Entschluss mit. Ich kippte mir noch ein Glas Champagner die Kehle hinunter, schüttelte mich und humpelte los. Ich wollte nun endlich wissen, woran ich bin.

Voller Zorn schaffte ich den Weg zurück zu ihrem Haus, in fast der Hälfte der Zeit. Das Licht im Wohnzimmer war noch eingeschaltet. Ich ging zur geschlossen Terrassentür und schaute durch die Scheibe. Iris lag auf dem Sofa und weinte. Sie weinte so laut, dass ich es sogar bis draußen hören konnte. Ich klopfte an die Scheibe. Nichts geschah. Ich wartete einen Moment und klopfte erneut. Dieses Mal etwas fester. Iris hob den Kopf und sah zu mir heraus. Sie hatte völlig rote, verweinte Augen. Als sie mich sah, wischte sie sich mit einem Tuch über die Wangen. Dann stand sie auf, ging zur Terrassentür, sah mich an und… betätigte den Schalter für den Rollladen, der anschließend langsam herunterfuhr und sich vor mir schloss. Kurz darauf erlosch das Licht auf der Terrasse, sodass ich nun im fast völligen Dunkeln stand. Ganz toll, und was nun? Nach kurzer Überlegung beschloss ich, wieder zurück zur Herberge zu gehen. Mit Wut im Bauch und einer großen Enttäuschung. Und trotzdem verspürte ich so etwas wie Mitleid. Mitleid mit Iris und dem, was sie wohl gerade durchmachte. Oder war es eher Selbstmitleid? In diesem Moment hätte ich es nicht sagen können. Als ich zur Jugendherberge zurückkam, war bereits alles dunkel. Ich sah mich um. Nirgendwo war Licht zu sehen. Lediglich die spärliche Wegbeleuchtung war noch eingeschaltet. „Nächster Plan, Herr Wagenklein. Was hast du jetzt vor?", sagte ich laut vor mich hin. Ich kannte hier ja nichts. Und im Dunkeln die Insel zu erkunden, schien mir in diesem Augenblick nicht sonderlich angebracht. Also ging ich wieder zurück zu der Stätte, die ich auf dieser Insel am besten kannte - zum großen Tisch aller Feierlichkeiten.

Als ich dort ankam, sah ich mich nach etwas trinkbarem um. Der lange Weg hatte mich durstig gemacht. Alles stand noch da, wie wir es verlassen hatten. Die Weinflaschen, die Kühltasche mit dem Bier, der Likör, den die Frauen tranken. Alles war da, nur kein Wasser oder ähnliches. Ich nahm mir noch eine Flasche Bier und schüttete sie in mich hinein. Auch die nächste Flasche hielt nicht lange. Ich nahm mir noch eine und setzte mich wieder auf meinen gewohnten Platz. Ich öffnete die Flasche, legte mein Bein wieder hoch und bemerkte, dass es ziemlich kühl geworden war. Deacon wollte mir ja eigentlich einen Jogginganzug ausleihen, was aber irgendwie in Vergessenheit geriet, da es an diesem Abend recht warm war. Zum Glück lag die Decke noch da, die mir Iris am Morgen für mein Bein gab. Ich wickelte mich darin ein und ließ mir den ganzen Tag noch einmal durch den Kopf gehen. Ich wurde aus dieser Frau nicht schlau. Rein in die Kartoffeln, raus aus den Kartoffeln, wie es so schön heißt. Ich nippte noch ein paar Mal an der Flasche, grübelte noch etwas vor mich hin und schlief ein.

Irgendwann, aus einer weit entfernten Galaxie, vernahm ich plötzlich eine Stimme. „Tom", rief irgendjemand. Ich hob den Kopf und sah Captain Kirk. „Wir werden angegriffen", rief ich ihm zu, als wir plötzlich einen Treffer abbekamen. Das ganze Raumschiff schwankte. Da, wieder diese Stimme. „Tom wach auf", hörte ich nur. Ich suchte Captain Kirk. Doch dort, wo er eben noch stand, befand sich ein großes Loch in der Schiffswand. In diesem Moment bekamen wir wieder einen Schlag ab. Das Schiff war wohl nicht mehr zu retten. Es schüttelte sich so stark, dass ich zu Boden ging. „Versenkt", rief ich laut und öffnete die Augen. Ich lag unter dem Gartentisch. Über mir das hübsche Gesicht von Jeanette. Noch völlig benebelt und noch teils in meinem Traum gefangen, fragte ich sie: „Bist du Uhura?" Mit großen Augen und irgendwie auf dem Kopf stehend, sah sie mich an. „Was hast du den geträumt?", fragte sie mich. Langsam kam ich wieder etwas zu mir. Während ich mich auf die Bank hochzog, klärte ich sie auf: „Ich kämpfte mit Captain Kirk, auf der Enterprise, gegen ein überdimensionales Raumschiff, das aussah, wie der Kopf von Iris. Sie schoss uns ab." Jeanette Grinste: „Ich glaube, heute Abend hast du dich selbst abgeschossen. Wie viel hast du denn getrunken?" Wieder auf der Bank sitzend, sagte ich nur: „Viel zu wenig. Ich kann mich noch an Iris erinnern" „Was machst du eigentlich hier?", wollte sie noch von mir wissen. Ich erzählte ihr meine Erlebnisse von vor… Ja, wann? Wie viel Uhr hatten wir eigentlich? „Hier wird es aber spät hell", bemerkte ich, immer noch nicht so ganz wach und sah auf die Uhr. Es war zwei Uhr nachts. Dann konnte ich höchstens eine Stunde geschlafen haben, eher weniger. „Komm mit mir", forderte Jeanette mich auf. „Hier zu schlafen ist viel zu kalt." Ich nahm meine Krücken, trank noch den Rest aus der Flasche und humpelte mit ihr. Vom restlichen Ablauf weiß ich nicht mehr viel. Die Nerven machten an diesem Abend nicht mehr mit, ich zitterte vor Kälte und den Rest erledigte der Alkohol.

Am nächsten Morgen wachte ich auf. Wo war ich? Ich lag in einem Bett, in einem Zimmer, welches ich noch nie gesehen hatte. Die Sonne schien warm durch das Fenster und mein Helm brannte. Langsam kam ich wieder zu mir. Schnell fiel mir alles wieder ein. Der schöne Silvesterabend und der völlig vergeigte Neujahresanfang. Doch wo war ich hier? Ich sah an mir herunter. Nur mit einer Unterhose bekleidet lag ich auf einem Bett. Darunter sah ich meine vier Beine. Vier? Ja es waren vier. Ein weißes, ein Gipsbein und zwei dunkelhäutige. Ich ahnte schlimmes. Langsam drehte ich meinen Kopf zur Seite. „Guten Morgen", schallte es mir entgegen. Neben mir lag Jeanette. Ebenfalls nur mit einer Unterhose bekleidet. Mit einer sehr eng sitzenden, knallgelben Unterhose. „Gut geschlafen?", fragte sie gut gelaunt. „Das kommt darauf an", erwiderte ich und starrte auf ihre Brüste. „Haben wir…? Naja, du weißt schon. Ich meine…"Jeanette lachte: „Nein, haben wir nicht, beruhige dich." Sie stand auf. Mit den Worten: „Ich gehe erst mal duschen", zog sie auch noch ihre Höschen aus und verschwand in einem Loch in der Wand. Eine Tür gab es dort nicht. Vom Bett aus, erkannte ich einen Spiegel und ein Waschbecken. „Wie praktisch, ein Badezimmer, direkt im Schlafzimmer", dachte ich bei mir, als ich auch schon das Rauschen der Dusche vernahm. Scheinbar gab es auch in der Dusche keine Tür, denn alles klang sehr nahe. „Weißt du?", rief Jeanette, „mit dir war letzte Nacht nichts anzufangen. Aber wenn du noch willst…" Sie lachte laut. Nach einigen Minuten kam sie wieder ins Schlafzimmer. Splitternackt stand sie vor mir und rubbelte sich mit einem Handtuch über ihre Rasta-Locken. Ich deutete mit dem Finger auf sie: „Du weißt aber schon, dass du nichts anhast, oder?" Erneut lachte sie: „Wir sind hier nicht so. Wir laufen auch schon mal nackt am Strand entlang oder gehen alle zusammen zum Nacktbaden." „Alle?", fragte ich nach. „Na ja, fast alle. Iris natürlich nicht", erklärte sie etwas abwertend. Plötzlich wechselte sie das Thema: „Ich habe da was für dich." Sie ging zur anderen Seite hinüber, machte eine Schublade an einer Kommode auf und kramte darin herum. Sie zog einen Gummiartige Schlauch heraus und hielt ihn vor mich. „Der ist für dich", sagte sie. Ich hatte keine Ahnung was sie da in der Hand hielt, aber es sah etwas merkwürdig aus. Bezugnehmend auf ihre Äußerung unter der Dusche, sagte ich scherzhaft: „Der ist zu groß, so lang ist meiner nicht." Wir lachten beide. „Der ist für dein Bein, nicht für dein Teil", erwiderte sie und noch bevor ich mich versah, stülpte sie diese Gummiding über meinen Gipsverband und verschloss es oben und unten, mit einem Band. „Das habe ich noch von früher", klärte sie mich auf: „Ich hatte mir auch mal das Bein gebrochen und das hier bekommen. Damit kannst du jetzt duschen gehen. Komm ich helfe dir." Sie gab mir die Hand und half mir vom Bett hoch. Noch bevor ich reagieren konnte, hatte sie schon meine Unterhose heruntergezogen. Sie gab mir meine Krücken und wir gingen zusammen zur Dusche. Es gab dort wirklich keine Tür, nur einen kleinen Spritzschutz zur Toilette hin. Ich stellte mich unter den Duschkopf. Jeanette nahm meine Stöcke, stellte sie an einen sicheren Ort und drehte den Hahn auf. Ich schloss die Augen und hielt den Kopf in den Duschstrahl. Oh ja, das tat gut. Als ich die Augen wieder öffnete, stand Jeanette ebenfalls in der Dusche und schüttete mir Shampoo auf den Kopf. Dann fing sie an, mir den Kopf zu waschen. „Glaubst du nicht, ich könnte das auch alleine?", fragte ich sie. Sie grinste frech: „Natürlich kannst du das, aber so macht es doch viel mehr Spaß." Sie holte das Duschgel und wusch mir auch noch den Rest meines Körpers. Nur eine einzige Stelle ließ sie aus - meinen Gipsverband.

Nach dem Duschen zog ich mich wieder an. Frische Klamotten wären jetzt nicht schlecht gewesen. Die Tasche mit meinen neuen Sachen stand jedoch bei Iris. Oh, Iris. Erst jetzt fiel sie mir wieder ein, so sehr hatte mich Jeanette abgelenkt. Ich schaute aus dem Fenster. Irgendwo dort, hinter den Büschen, müsste ihr Haus stehen. Was sollte ich tun? Würde ich sie an diesem Tag noch sehen? Und wie würde sie reagieren? Ich stand einfach nur da und grübelte. Ich war so in Gedanken, dass ich gar nicht mitbekam, dass Jeanette neben mir stand. Sie legte ihre Hand auf meine Schulter. „Du denkst an sie, oder?" Immer noch in Richtung Iris Haus schauend nickte ich nur. „Du bist so ein toller Mann", sagte sie, während sie mir leicht über die Schulter strich,

„schade, dass du so auf sie fixiert bist." „Was ja wohl nichts bringt", ergänzte ich barsch. „Weißt du, Jeanette", fuhr ich fort, „ich habe, extra für solche Fälle, eine Versicherung, die dafür sorgt, dass ich bei Unfall oder Krankheit nach Hause gebracht werde. Ich werde dort gleich morgen früh anrufen. „Du willst aufgeben?" Sie schaute mich überrascht an. „Das kannst du nicht tun, ihr zwei gehört zusammen." Ich schüttelte den Kopf: „Das dachte ich auch erst, aber dem ist wohl nicht so." Ich ließ sie stehen und ging aus dem Raum. Ich quälte mich irgendwie die Treppe hinunter, lief durch das Wohnzimmer und setzte mich auf die Terrasse. Ich überlegte. Sollte ich wirklich nach Hause fliegen? Was spricht dafür, was dagegen. Wenn ich jetzt fahre, sehe ich sie nie wieder. Aber ich kann sowieso erst Morgen anrufen. Ich beschloss, noch einmal mit Iris zu reden. Ob es Sinn machen würde? Keine Ahnung, aber so müsste ich mir später keine Vorwürfe machen.

Irgendwann kam dann auch Jeanette. Sie fuhr einen Servierwagen auf die Terrasse und stellte ihn so neben dem Tisch ab, dass wir beide uns bedienen konnten. „Wir frühstücken erst mal", sagte sie, „d er Kaffee ist auch gleich fertig." Sie setzte sich mir gegenüber und sah mir in die Augen: „Bleib doch hier bei mir. Dann hast du noch sechs Wochen Zeit, Iris besser kennenzuler-nen und sie kann dich besser kennen lernen. Vielleicht wird doch noch alles gut. Danach kannst du dich immer noch entscheiden." Ich schüttelte den Kopf: „Ich habe keine Lust, ihr dauernd hinterher zu rennen. Ich habe be-schlossen, noch einmal mit ihr zu reden, davon mach ich meine Entscheidung abhängig." Jeanette nickte: „Das ist eine gute Idee. Warte aber bitte noch, bis du nicht mehr so wütend bist." Sie erhob sich und holte den Kaffee aus der Küche.


Wir waren gerade fertig frühstücken, als ein lautes „Guten Morgen" durch den Garten schallte. Wir schauten in die Richtung, aus der ein scheinbar gut gelaunter Mann kam und erkannten Deacon. „Hallo Deacon", sagte ich, „wo-mit haben wir deine aufdringliche Laune verdient?" Jeanette stand auf und bot Deacon ihren Platz an. Er setzte sich mir gegenüber und berichtete: „Ein-fach nur so. Es ist ein schöner Tag und ich habe heute Nacht gut geschlafen." Jeanette, die gerade dabei war, das schmutzige Geschirr auf den

Servierwagen zu stellen, legte ihre Hand auf meine Schulter, sah zu Deacon und meinte: „Wir beide auch." Dann schaute sie mich an: „Nicht war?" Sie grinste Deacon schämig an, um dann mit dem Servierwagen im Wohnzimmer zu verschwinden. Deacons Mund stand die ganze Zeit offen. „Ihr beide? Ihr habt…?" Sein Zeigefinger wedelte dabei ständig zwischen mir und dem Wohnzimmer hin und her. „Frag lieber nicht", gab ich ihm zur Antwort, als Jeanette auch schon wieder zu uns zurückkam. Sie setzte sich nun neben mich. Deacons Blick ging abwechselnd zu mir und zu ihr: „Läuft da was zwischen euch?", fragte er. „Nein", fauchte ich ihn an, „außer, dass wir die Nacht, halb nackt, im gleichen Bett verbachten. Wenn Iris das erfährt, dann ist alles aus." „Ihr habt was?" Deacon konnte es nicht fassen und so erzählte ich ihm, was ich in der letzten Nacht noch erlebte und Jeanette erklärte ihm, wie sie mich gefunden und mit zu sich nach Hause genommen hatte. „Was hätte ich machen sollen?", fügte sie hinzu „Ein Gästezimmer habe ich nicht und so nahm ich ihn mit in mein Bett." „Das Sofa hätte auch gereicht", erklärte ich ihr etwas unfreundlich. Deacon schüttelte fassungslos den Kopf: „Iris hat dich wirklich in der Kälte zurückgelassen?" Ich versuchte das Thema zu wechseln.

„Wo ist denn deine Frau?", wollte ich von ihm wissen.

„Wer?", fragte er zurück.

„Deine Frau"

„Welche Frau?"

„Wie viele hast du denn?"

„Keine"

„Und Mary?"

„Ist meine Freundin."

„Oh"

Die zwei waren gar nicht verheiratet. Das hätte mir auch mal jemand sagen können. „Mary ist bei Iris. Ihr geht es wohl nicht so gut", erklärte er. Dann fuhr er fort: „Jetzt wäre eigentlich der beste Zeitpunkt, um das Wohnmobil zu holen." Da hatte er recht.

Mit seinem Wagen fuhren wir an den Ort, an dem ich Iris in den Graben stieß. Alleine hätte ich diese Stelle niemals gefunden. Aber wie auch, lag ich ja, beim Wegfahren, im Heck einer Ambulance. „Wo ist denn nun dein rollendes Haus?", fragte er. Ich deutete die Straße hoch: „Irgendwo dort oben muss ein Parkplatz sein." Da wusste Deacon Bescheid und brachte mich dorthin. Unversehrt und nicht aufgebrochen, stand das Wohnmobil noch da. Ich schloss die Tür auf, quälte mich irgendwie in den Wohnraum und sah nach, ob alles in Ordnung ist. Alles war Okay. Also ging ich in den Fahrerraum und setzte mich irgendwie ans Steuer. Es ging. Ich startete den Motor und gab Deacon ein Zeichen. Dann fuhr er los und ich folgte ihm. Als wir über die Brücke zu Iris Halbinsel fuhren, überlegte ich, wo ich denn eigentlich parken könne. Die große Garage, in der alle Ihre Fahrzeuge abstellten, war für dieses Gefährt definitiv zu niedrig. Mir fiel ein, dass ich beim Wegfahren bemerkte, dass es neben jedem Haus noch einen Autoabstellplatz gab. Diese waren nicht überdacht und auch breit und lang genug. Es sollte kein Hindernis darstellen, das Wohnmobil auf einem davon zu parken. Aber auf welchem? Sollte ich Iris dieses große Teil einfach vor die Nase stellen? Deacon fuhr in die große Garage neben dem Haus von Iris. Ich fuhr am Haus vorbei und sah den Parkplatz. Ich hielt an und überlegte. Da kam mir die Lösung. Ich fuhr weiter und stellte das Wohnmobil auf dem Parkplatz von Jeanette ab. Hier werde ich erst einmal wohnen, beschloss ich, denn so viel wusste ich, auf Dauer, mit Jeanette in einem Bett, das würde nicht lange gut gehen.

Ich schaffte mich erst einmal aus dem hohen Wagen heraus und humpelte zum Hintereingang. Die Vordereingänge waren in diesen Häusern ja scheinbar nur Attrappen, keiner nutzte sie. Ich ging ins Wohnzimmer und rief nach Jeanette - keine Antwort. Ich setzte mich auf die Terrasse, nahm mein Tablet, welches ich ja jetzt wieder hatte, und suchte nach den digitalen Unterlagen meiner Versicherung. Ich wusste nicht, wie Iris reagieren würde, wenn ich sie am Mittag besuchen würde, aber ich wollte für alle Fälle vorbereitet sein. Mein Finger drosch schon eine ganze Weile auf das Display des Tablets ein, als ich eine Stimme vernahm: „Ist das dein Monstrum da draußen?" Ich drehte mich herum und sah, dass Jeanette vor mir stand. „Ja, meinst du, ich könnte das Gefährt für zwei oder drei Tage dort stehen lassen?", fragte ich.

Sie lächelte: „Klar, das stört mich nicht", und setzte sich zu mir, „Solange du nicht darin wohnen willst." Sie lächelte immer noch, was ihr aber schnell verging. „Doch, genau das wollte ich", machte ich ihr klar. Schlagartig sanken ihre Mundwinkel nach unten. Ihre eben noch so freudige Mimik schlug ins Gegenteil um und über ihrem Kopf, sah ich Gewitterwolken aufziehen. „Du willst also wirklich meine Gastfreundschaft ausschlagen", rief sie sehr erbost. „Du willst…" Ich unterbrach sie. „Nein…, nein das würde ich nie machen", verteidigte ich mich, „Es ist nur so, dass ich nachts gerne dort schlafen möchte, wenn du verstehst." Ihr Gesicht hellte sich wieder etwas auf: „Du schlägst meine Gastfreundschaft nicht aus, sondern möchtest nur nicht mit mir in einem Bett schlafen. Ist das richtig?" Ich zuckte mit den Schultern: „Wer weiß, was passieren würde." Erwiderte ich. Sie lachte und ich sah die Gewitterwolken über ihrem Kopf wieder abziehen. „Okay, das war deutlich." Man konnte ihr die Enttäuschung anmerken. Sie überlegte kurz: „Das ist mir noch nie passiert, dass mich jemand zurückgewiesen hat. Das ist für mich eine neue Erfahrung." Sofort versuchte ich sie aufzumuntern. „Oh glaube mir, das würde ich auch nicht, aber…" „Iris, ich weiß", unterbrach sie mich. Ich hoffe für euch beide, dass ihr zusammenkommt. Jeder kann sehen, dass ihr zusammengehört." Sie legte kurz ihren Arm um mich und gab mir einen freundschaftlichen Kuss auf die Wange. Dann wünschte sie mir noch viel Glück und verschwand im Wohnzimmer.

Ich hatte mein Tablet mittlerweile zur Seite gelegt. Was ich wissen wollte, hatte ich schon herausgesucht. Jetzt machte ich mir eher Gedanken, was ich Iris eigentlich sagen sollte. Oder vielleicht auch fragen. Sollte ich mich gar entschuldigen? Aber für was denn? Ich wusste nicht, was ich falsch gemacht haben könnte. Sollte ich sie fragen, was das letzte Nacht war? Nein, dann würde ich sie in Erklärungsnot bringen. Sollte ich ihr einfach sagen, dass ich sie liebe? Das wusste sie auch schon und gebracht hat es mir nichts, außer ein paar Fingerabdrücken, neben dem Ohr. Es war nicht einfach, sich etwas zurechtzulegen und so beschloss ich, es einfach auf mich zukommen zu lassen. Ihre Reaktion abzuwarten, wenn sie mich sieht und darauf zu reagieren. „Wir müssen auch bald", sagte plötzlich eine Stimme. Ich drehte mich herum. Jeanette stand wieder neben mir und klärte mich auf, dass wir wieder zu Iris zum Essen gehen mussten. „Warum denn das?", wollte ich wissen. Sie erklärte mir erneut, dass sie sich jeden Tag dort zum Essen treffen. Ich sollte jetzt einfach zu Iris rübergehen, mich dort hinsetzen, als wäre nichts passiert und essen? Nein. Das mache ich nicht. Einen kleinen Funken von Stolz besitze ich noch. „Ich gehe nicht mit", machte ich ihr klar. „Nicht zu Iris." Sie setzte sich wieder zu mir. „Bill wird enttäuscht sein, wenn du sein Essen abschlägst." „Bill wird nicht enttäuscht sein", widersprach ich ihr, „er war heute Nacht dabei und wird meine Entscheidung verstehen." Doch Jeanette redete unaufhörlich auf mich ein. Irgendwann hatte sie mich überzeugt, denn schließlich ging ich ja nicht zu Iris, sondern ich setzte mich zu meinen Freunden an einen Tisch. „Unter einer Bedingung", sagte ich zu Jeanette, „die Sitzordnung wird geändert. Ich möchte nicht neben Iris sitzen." Jeanette lächelte: „Das bekommen wir hin", sagte sie nur und reichte mir meine Stöcke. Dann gingen wir los und der letzte Funke Stolz flog davon.

Als wir ankamen, saßen schon alle am Tisch. In der einen Reihe - Deacon, Mary, Nancy und Bill und gegenüber nur Iris. Wir liefen zum Tisch. Man konnte deutlich erkennen, wie nervös Iris war. Natürlich erwartete sie, dass ich mich gleich zu ihr setzen würde. So, wie wir auch am Vortag saßen. „Setz Dich einfach neben mich", flüsterte Jeanette mir zu. Wir gingen in Richtung Iris. Schon von weitem konnte man ihren erhöhten Herzschlag erkennen. Doch wir liefen an ihr vorbei. Jeanette setzte sich neben sie und ich mich neben Jeanette." Während mir Nancy aus einem der Töpfe etwas auf meinen Teller schöpfte, schielte ich kurz zu Iris hinüber. Sie schaute mit einem Gesichtsausdruck zu uns herüber, den ich von ihr bisher nicht kannte. Irgendetwas zwischen Verwunderung und Zorn und ich glaube, etwas Verachtung war auch dabei. Aber sie sagte kein einziges Wort. Ich vermied dies ebenfalls und irgendwie schlossen sich die anderen an. Es war eine Stimmung, als hätte nebenan ein Begräbnis stattgefunden.
Schon bald waren wir mit dem Essen fertig und standen auf. Nancy, Mary und Jeanette räumten den Tisch ab. Ich ging mit Deacon und Bill zur Terrassentür hinaus. „Wie geht es dir?", fragte mich Bill. Ich antwortete ihm: „Nicht so besonders. Ich habe…" Weiter kam ich nicht, da ich plötzlich eine Hand

an meinem Oberarm spürte. Ich drehte den Kopf und erkannte Iris. Sie sah mich an. Nur eine kurze Zeit, bevor sie sagte: „Gib mir noch etwas Zeit oder ist es schon zu spät?" „Zu spät?", wiederholte ich. Sie nickte zu jemanden hinüber. Ich drehte den Kopf in die andere Richtung und stellte fest, dass sie auf Jeanette anspielte. Im gleichen Moment löste sich der Druck von meinem Arm. Während ich meinen Kopf drehte, sagte ich: „Hör mal, ich habe nichts mit…" Doch Iris war schon wieder weg. Ich sah sie gerade noch die Treppe hochrennen. „Das ist mir zu kompliziert mit euch", stellte Deacon fest. „Mir auch", gab ich ihm Recht. Dann gingen wir zu dem großen Tisch im Garten, an dem wir auch am Vortag schon fast den ganzen Tag saßen. Der Hocker für mein Bein war allerdings verschwunden. Ebenso die Decke, in die ich mich in der Nacht eingewickelt hatte. Ich saß nur kurz. Irgendwie fühlte ich mich hier nicht mehr willkommen. Ich kann nicht genau sagen warum. Es war mehr so ein Gefühl. Und es war auch eine ganz komische Stimmung. So gedrückt. Kein Vergleich mehr zu gestern Abend. „Mir geht es nicht besonders gut", teilte ich den anderen mit, „ich werde mich etwas hinlegen." Dann ging ich wieder in Richtung Jeanettes Haus. Ich stieg in mein Wohnmobil ein und legte mich dort auf das Sofa. Ich grübelte noch etwas über Iris Worte und was sie damit gemeint haben konnte, als ich tatsächlich einschlief.

Ich erwachte durch heftiges klopfen an die Tür. Halb verschlafen rief ich: „Herein". Die Tür öffnete sich und Deacon und Mary traten ein. Deacon schaute sich kurz um. „Schön hast du es hier", meinte er. Ich lachte höhnisch: „Ja, wahrscheinlich wäre es das, wenn ich nicht diesen blöden Aussichtsturm gesucht hätte. Dann würde ich jetzt wahrscheinlich am Strand liegen oder im Meer schwimmen, stattdessen liege ich hier mit Gips und lasse mir ständig eine runterhauen." „Und Iris wäre tot", ergänzte Mary. Na und, ich hätte sie ja nie kennengelernt. Wäre deswegen also auch nicht traurig und müsste mir auch keine Vorwürfe machen. Doch ich behielt meine Gedankengänge lieber für mich. Mary setzte sich zu mir und nahm meine Hand. „Hör zu", begann sie zu berichten, „ich habe heute Morgen mit Iris gesprochen. Sie weiß, dass sie letzte Nacht falsch gehandelt hat. Aber sie hat auch gemerkt, dass sie für eine richtige Beziehung noch etwas Zeit braucht. Die musst du ihr geben. Was sie heute Nacht getan hat, tut ihr leid." „Meiner Wange auch", stellte ich fest, während ich mit der Hand darüber rieb. „Was denkst du, was ich jetzt machen soll?", fragte ich Mary „Hierbleiben und mir jeden Tag eine reinhauen lassen, bis sie weiß was sie will? Ich warte noch bis morgen. Wenn sie bis dahin nicht bei mir war und mir das selber sagt, dann bin ich weg. Sag ihr das." Mary nickte nachdenklich: „Wahrscheinlich hast du recht. Den nächsten Schritt muss sie jetzt machen. Aber gib ihr etwas Zeit, ich habe sie noch nie so glücklich gesehen, wie gestern." Ich nickte. Deacon schlug mir leicht auf die Schulter: „Komm! Kein Trübsal blasen, gehen wir ein Bier trinken." Ich nickte abermals.

Den Mittag verbrachten wir bei Jeanette auf der Terrasse. Nur Deacon, ich und natürlich die Gastgeberin. Mary kümmerte sich derweil wohl um Iris. Irgendwann am Abend ging ich dann ins Bett. Trotz mehrfacher Einladung von Jeanette, aber in das Bett im Wohnmobil.

Am nächsten Morgen ging ich wieder auf die Terrasse. Jeanette hatte mich zum Frühstück eingeladen. Sie hatte frische Brötchen besorgt und gab sich richtig mühe, mich zu verwöhnen. „Hast du gut geschlafen?", fragte sie. Ich verneinte: „Dieses Wohnmobil ist wirklich sehr komfortabel und vor allem sehr praktisch, aber das Bett ist eine Katastrophe." Sie grinste verwegen: „Hättest ja bei mir übernachten können." Ich grinste zurück: „Vielleicht ein andermal."

Der Morgen verlief dann in etwa genauso, wie der Abend endete. Nur ohne Alkohol. Deacon kam vorbei und wir redeten bis zum Mittag, dann war es auch schon wieder so weit - die Höhle des Löwen rief.

Nach dem Mittagessen ging ich wieder mit Deacon und Bill nach draußen auf die Terrasse. „Iris hat heute beim Essen kein Wort geredet", meinte Deacon. Und Bill stellte fest, dass sie das am Vortag auch schon nicht tat. „Vielleicht sollte ich lieber abhauen, damit Iris wieder ganz die Alte wird", bemerkte ich. „Das ist sie doch schon", berichtigte mich Bill, „So wie jetzt ist sie schon seit 20 Jahren." „So?", fragte ich erstaunt. Deacon nickte mit dem Kopf: „Deswegen haben wir uns so gefreut, dass sie bei dir gestern so glücklich war." Ich konnte es kaum glauben, was ich da hörte. Ich wollte gerade noch etwas sagen, als Bill uns warnte: „Pst, da kommt sie." Ich drehte mich herum und sah, dass sie direkt auf mich zukam. „Lasst uns alleine!", zischte sie meinen Gesprächspartnern zu, die daraufhin auch wirklich gingen. Sie schien ja wirklich alle im Griff zu haben. Sie nahm mir die Krücken ab und stellte sie neben sich an den Tisch. Dann kam sie langsam auf mich zu und umarmte mich. Ich erwiderte dies. Sie ließ wieder von mir ab, nahm meine Hände und sagte mit leisem Ton: „Ich mag dich sehr gerne und ich bin dir sehr dankbar für das, was du getan hast. Gestern war, glaube ich, der schönste Tag in meinem Leben. Aber das mit uns beiden wird nichts." Ich schluckte, konnte jedoch nichts sagen. Sie fuhr fort: „Es ist auch nicht gut, wenn wir uns jeden Tag sehen. Ich möchte deshalb, dass du, so schnell es geht, die Insel verlässt." Sie ließ meine Hände los und sagte kurz und knapp: „Lebe wohl." Dann drehte sie sich herum und verschwand im Haus.

Deacon und Bill, die alles mit ansahen, aber nichts hören konnten, kamen angerannt. „Na also", meinte Bill, „dann ist ja wieder alles in Ordnung mit euch beiden", und Deacon kommentierte: „Das hätte auch anders ausgehen können." „Ist es auch", klärte ich die zwei auf, „das war ein Abschied. Sie hat mich gerade der Insel verwiesen." Ich ließ sie stehen, sprang auf einem Bein zum Tisch und holte meine Krücken. Dann lief ich, ohne die anderen zu beachten, zu meinem rollenden Haus, wie Deacon es nannte.

Ich saß auf dem Sofa, sicher meine Traumfrau nun endgültig verloren zu haben. Tränen liefen an meinen Wangen herunter, als es an der Tür klopfte. Ich sagte nichts, die Tür öffnete sich trotzdem und Jeanette kam herein. Sie setzte sich zu mir und legte ihren Arm um meine Schulter. Auch sie sagte keinen Ton. Wir saßen eine ganze Weile so da, als sie mich fragte: „Deacon hat mir alles erzählt. Was willst du jetzt tun?" Ich wischte die Tränen weg, sah sie an und sagte: „Heim fahren natürlich, was sonst." Sie schüttelte den Kopf: „Aber das kann nicht das Ende zwischen euch sein." „Doch", erwiderte ich, „wenn es so sein soll, dann ist es halt so." Ich ließ sie auf dem Sofa sitzen, ging aus dem Wohnmobil und nahm mein Handy. Jeanette folgte mir: „Was hast du jetzt vor?", wollte sie wissen. Ich antwortete ihr: „Das, was ich schon vor zwei Tagen hätte tun sollen, die Versicherung anrufen." Was ich dann auch endlich tat. Ich erklärte der netten Frau am anderen Ende der Leitung, was passiert ist und wo ich mich genau befand. Sie notierte sich alles und wollte schnellstmöglich einen Heimflug für mich arrangieren. Mit den

Worten: „Ich melde mich bald bei Ihnen", beendete sie das Gespräch. Jeanette lud mich anschließend ein, den Rest des Tages bei ihr zu verbringen. Ich sagte zu und so saßen wir bald wieder auf ihrer Terrasse. Auch Deacon kam noch einmal vorbei. „Das tut mir so…" Ich fiel ihm ins Wort. „Ich möchte nichts mehr davon hören." Deacon schwieg, aber irgendwie schien er nach Worten zu suchen. Das Klingeln meines Smartphones erlöste ihn. Es war erneut die nette Frau der Versicherung. Ich redete eine Zeitlang mir ihr und legte dann wieder auf. Jeanette und Deacon sahen mich neugierig an. „Morgen früh seid ihr mich los", erklärte ich ihnen, „Ich muss schon sehr früh aufbrechen. Ich habe noch eine große Strecke zu fahren bis Miami. Dort wartet ein Flieger auf mich."

Niemand sagte etwas. Deacon fand als erster wieder die Worte: „Ich muss nach Hause, das erstmal sacken lassen. Morgen früh bin ich auf jeden Fall da." Dann stand er auf. „Deacon", sagte ich, „bitte sage zu keinem etwas. Noch nicht einmal zu Mary. Sonst stehen morgen früh alle hier, und ich hasse Abschiede." Er nickte, dann ging er. Den restlichen Nachmittag und den Abend verbrachte ich mit Jeanette. Wir redeten viel, vertrauten uns Sachen an, die vielleicht kein anderer wusste. Wir machten unsere Späße und lachten viel. Warum wir das taten, wussten wir wohl selbst nicht. Und ich machte ihr Komplimente, über ihren tollen Körper. Natürlich auf Deutsch. Das sind die Vorteile eines Ausländers, der in seiner Landessprache spricht - es versteht kein anderer.

„Ich muss morgen früh raus", erklärte ich, „Ich gehe dann mal lieber schlafen." Sie lachte: „In dein Katastrophenbett?" „Ich lachte ebenfalls: „Naja, ich habe kein Anderes." Jeanette sah mich an. Dann kam sie ganz nahe an mich heran und flüsterte mir ins Ohr: „Aber ich." Ihre Zunge spielte raffiniert mit ihren Lippen und ihre Hand lag inzwischen auf meinem Hintern. „Hältst du das für richtig?", fragte ich, was sie mit einem zärtlichen Kuss beantwortete. „Was hast du denn noch zu verlieren?", säuselte sie. Über den Rest des Abends, hülle ich lieber den Mantel der Verschwiegenheit.

Am nächsten Morgen ging ich schon früh nach draußen und machte mich startklar. Deacon hielt sein Wort und kam zur Verabschiedung. Ich sah ihn ernst an: „Du hast hoffentlich niemandem etwas gesagt." „Natürlich nicht, noch nicht einmal Mary, was ich noch bereuen werde", erklärte er. Ich gab ihm einen Zettel: „Meine Mobilnummer, nur für alle Fälle." Dann umarmten wir uns. In der Zwischenzeit kam auch Jeanette zu mir: „Ich werde dich sehr vermissen, ich habe viel von dir gelernt." sagte sie. Ich legte die Stirn in Falten: „Von mir?" „Ja von dir", erklärte sie, „durch dich weiß ich jetzt, dass man mit dem richtigen Partner, ein neuer Mensch werden kann." Anschließend sagte sie hemmungslos heraus, „…und dass es viel schöner ist, wenn man morgens bei einem lieben Mann im Arm aufwacht, anstatt bei einem unbedeutenden Sexpartner." Sie kam zu mir und gab mir noch einen letzten Kuss. Deacons Ohren wurden groß wie Rhabarberblätter. Zu gerne hätte er jetzt wohl Einzelheiten gehört. Doch ich sah ihn nur an und wiederholte den Satz, den Jeanette am Vorabend zu mir sagte: „Was habe ich denn noch zu verlieren." Dann setzte ich mich ins Auto. Ein letzter Gruß und dann ging es wieder in Richtung Heimat.

Iris:

Er hat mich geküsst. Er hat mich tatsächlich geküsst. Diese Ohrfeige hatte er sich selbst zuzuschreiben. Wie konnte er es wagen. Nun lag ich auf meinem Sofa und weinte. Alle Gedanken dieser grausamen Zeit damals, kamen wieder auf.

Gut, sie waren nicht ganz so schlimm wie damals und der Kuss war anfangs auch schön, aber… Es klopfte. Ich sah zur Terrassentür. Er war es wirklich. Er kam mir nach, was wollte er mit mir machen. Ich hatte Angst. Er stand draußen vor meiner Tür und ich war alleine. Ich sprang auf und rannte schnell zur Tür. Ich drückte den Schalter für den Rollladen, der sich gemächlich absenkte. Viel zu langsam für mein Empfinden. Wenn er hereinkommt, bevor der Rollladen ganz unten ist, was dann. Ich versteckte mich hinter dem Sofa. Als das Rollo endlich heruntergefahren war, sprang ich auf und rannte zu den Lichtschaltern. Ich drückte auf alle Schalter. Alles musste dunkel sein, damit er mich nicht finden konnte. Ich versteckte mich und wartete. Er durfte mich auf gar keinen Fall finden.

Doch es blieb ruhig. Bestimmt eine Stunde lang, lag ich im Wohnzimmer hinter dem Sofa. Dann nahm ich all meinen Mut zusammen und rannte im Dunkeln die Treppe hinauf, schnell ins Schlafzimmer und verschloss die Tür. Oder war er schon hier drinnen? Ich schaltete das Licht ein. Mein Herz raste. Vorsichtig sah ich unter das Bett. Dort war nichts. Der Rest des Schlafzimmers war einsehbar. Außer… Oh mein Gott. Der begehbare Kleiderschrank. Im Nachttisch lag eine große Taschenlampe. Ich holte sie heraus, nahm all meinen Mut zusammen und ging zum Kleiderschrank. Ruckartig öffnete ich die Tür, schaltete das Licht ein und durchsuchte jeden Winkel. Nichts. Ich ging wieder hinaus und sah den Durchgang zum Badezimmer. Auch dieses durchsuchte ich mutig, fand aber auch hier nichts. Ich legte mich auf das Bett. Die Taschenlampe fest in der Hand. Wenn er gekommen wäre, ich wäre bewaffnet gewesen. Ich wartete was passiert und - schlief ein.

Als ich am nächsten Morgen aufwachte, war die Welt wieder einigermaßen normal. Ich hatte letzte Nacht wieder eine dieser Panik-Attacken. Warum sollte mir Tom etwas antun. Nein, er ganz bestimmt nicht. Er war einer dieser

Menschen, denen man sofort vertraute, wenn man sie zum ersten Mal sah. Er würde mir bestimmt nichts tun. Und trotzdem war er es, der mit seinem Kuss diese Attacke ausgelöst hatte.

Ich hatte noch die Kleidung vom Vortag an, in der ich letzte Nacht auch schlief. Also zog ich mich erst mal aus und ging unter die Dusche. Als ich fertig war und mir frische Sachen angezogen hatte, ging ich die Treppe hinunter und ins Wohnzimmer. Ich drückte auf einen Knopf und der Rollladen fuhr hoch. Das Rollo war gerade mal zur Hälfte hochgefahren, als ich Mary mit einem Buch auf der Terrasse sitzen sah. Ich öffnete die Tür und ging zu ihr. Sie wusste schon was los war. Sie stand auf und ich sank in ihre Arme. „Wieder ein Anfall?", fragte sie. Ich nickte nur. Dann sah ich sie an und erklärte ihr, dass Tom diesen auslöste, weil er mich einfach geküsst hatte. „Moment", sagte sie energisch, „das stimmt so nicht. Du hast ihn geküsst und nicht umgekehrt. Wir waren alle dabei und haben es gesehen." „Aber nur weil er darauf drängte", versuchte ich mich zu verteidigen. „Auch das stimmt nicht", schimpfte Mary nun: „Er hat dich gefragt, ob du einen Kuss von ihm willst. Dann hast du ja gesagt und hast ihn geküsst. Genauer gesagt, sogar drei Mal." Ich dachte nach. Das stimmte. Ich hatte ihn geküsst, nicht umgekehrt. „Du hast recht", bestätigte ich ihre Aussage. Erneut dachte ich nach. „Mary, wenn ich ihn aber küssen wollte, wieso habe ich dann eine dieser Anfälle bekommen? Ich wollte es doch." „Weil du noch nicht so weit bist", sprach sie nun in sanftem Ton. „Lass dir Zeit, er wird es verstehen."

In diesem Moment kam Nancy. Sie stellte sich vor mich: „Wie geht es dir?", wollte sie wissen. Ich nickte: „Dank Mary wieder besser." Sie strich mir leicht über den Arm und lächelte. Dann wandte sie sich Mary zu: „Wollen wir?" Mary nickte und die zwei gingen hinein. Sie wollten den Tisch für das Mittagessen vorbereiten. An Neujahr schläft man gerne etwas länger und so war schon bald Mittag und somit Essenszeit. Dabei fiel mir ein, dass Tom auch kommen würde. Wie sollte ich mich ihm gegenüber verhalten? Es wird bestimmt eine komische Situation geben, wenn er später neben mir sitzt.

Dann war es so weit, Bill brachte das Essen und wir setzten uns alle an den Tisch. Ich sah zu Mary. „Wo habt ihr denn Tom gelassen?", fragte ich. Mary antwortete: „Ich weiß nicht, wo er ist?" Sie schaute zu Deacon: „Weißt du, wo er ist?" Bevor Deacon antworten konnte, fragte ich nach: „Aber er hat doch heute Nacht bei euch geschlafen, oder?" Mary schüttelte nur den Kopf. Ich schaute zu Bill und Nancy. „Bei uns auch nicht", meinte Nancy. „Wo hat er denn dann geschlafen?", fragte ich in die Runde. „Er war bei Jeanette", zischte Deacon etwas sauer. „Sie hat ihn heute Nacht draußen schlafend gefunden, nachdem du ihm die Tür vor der Nase zugeknallt hast." Diese Worte, wurden von einem sehr vorwurfsvollen Unterton begleitet, was mich aber in diesem Moment nicht weiter störte. Ich sah Deacon an. „Aber Jeanette hat doch gar kein Gästezimmer", stellte ich fest. „Das ist dann halt dumm gelaufen", fauchte er mich an, was ihm einen Stoß von Marys Ellenbogen in die Seite einbrachte. Bevor ich noch etwas sagen konnte, kamen die beiden durch die Tür. Was sollte ich jetzt tun? Sollte ich ihn anlächeln? Oder sollte ich ihm die kalte Schulter zeigen. Zu einer Entscheidung kam es nicht, da Tom einfach wortlos an mir vorbei ging und sich neben Jeanette setzte. Was sollte das denn. War er beleidigt? Das würde erklären, warum er mich dabei nicht einmal ansah. Oder hatte ich ihn schon an Jeanette verloren. Tausend Gedanken schossen durch meinen Kopf. Ich hatte plötzlich keinen Hunger mehr. Ich brauchte Klarheit. Doch ich konnte sie ja nicht einfach fragen, ob sie ein Paar sind. Ich musste sie im Auge behalten und ihren Umgang miteinander beobachten.

Nach den Essen ging Tom mit Deacon und Bill nach draußen. Jeanette half, den Tisch abzuräumen. Ich ging zu ihr. „Hast du mit ihm geschlafen? Willst du ihn mir wegnehmen?", brüllte ich sie an. Sie sah mich ernst an: „Tom braucht dir niemand wegzunehmen. Du schafft es ganz alleine, ihn zu vergraulen." Sie drehte sich um und ließ mich stehen. Was sollte das den nun wieder heißen? Mary, die unseren Disput mit anhörte, kam zu mir. „Geh hin, rede mit ihm", meinte sie. Ich nickte und ging raus. Er unterhielt sich gerade mit Deacon und Bill, als ich hinauskam. Die drei lachten. Das war mir jetzt egal. Ich atmete noch einmal tief durch, ging zu ihm, nahm ihn am Arm. Dann bat ich ihn, mir noch etwas Zeit zu geben, falls es, in Bezug auf Jeanette, nicht schon zu spät sein sollte. Er sagte noch irgendetwas, dass ich aber nicht mehr verstand, da ich bereits die Treppe hochstürmte. Ich rannte ins Schlafzimmer und setzte mich aufs Bett. Ich musste nachdenken. Doch je mehr ich dachte, desto verwirrender wurde alles. Ich weiß nicht mehr, wie lange ich auf dem Bett saß, als es an der Tür klopfte. Mary kam herein und setzte sich zu mir. „Mary, was läuft da, zwischen Jeanette und Tom? Hat sie ihn mir ausgespannt?" „Nein", erwiderte sie, „ich habe gerade mit Jeanette gesprochen. Sie hat ihn lediglich mit zu sich nach Hause genommen, weil es draußen zum Schlafen viel zu kalt war. Zwischen ihnen läuft gar nichts." Das beruhigte mich erst einmal. Zumindest ein kleines bisschen. „Ich muss jetzt gehen", sagte sie und ergänzte: „Bill und Nancy wollten an den Strand gehen. Geh doch mal mit, das wird dir guttun." Ich nickte. Dann war sie verschwunden.

Mary hatte Recht. Ein bisschen frische Luft wird mir guttun. Ich ging nach unten und schloss mich den beiden an.

Als wir am Strand ankamen, blieb ich kurz stehen und schaute auf die Stelle, an der wir gestern lagen. Ich sah den Deich, den er hinunterfiel. Ich erinnerte mich wieder an die Angst, die ich um ihn hatte. Automatisch lief der ganze Abend wieder vor meinem Auge ab. Wie in Trance, lief ich in Richtung Wasser und legte mich in den Sand. Dann sah ich wieder, wie wir uns umarmten und gemeinsam sangen. Wie ich seinen Armen lag. Wie wir den Gips bemalten. Der ganze Abend kam wieder. Was wäre, wenn er noch länger bleiben würde? Wenn ich noch mehr schöne Erinnerungen mit ihm teilen könnte und er dann wieder wegginge. Oder noch schlimmer. Wenn er und Jeanette ein Paar werden würden und ich die beiden jeden Tag sehen müsste. So oder so. Schlimm wäre Beides. Und so traf ich einen Entschluss. Er muss gehen.

Am nächsten Tag ging ich meinen Plan noch einmal durch. Ich überlegte alles nochmals ganz genau. Aber ich kam zu dem gleichen Entschluss. Er muss gehen. Das konnte so nicht weiter gehen. Ich wartete bis nach dem Essen, dann ging ich zu ihm. Eigentlich riet mir Mary, die ich natürlich nicht in meinen Plan eingeweiht hatte, mit ihm zum Strand zu gehen und dort in aller Ruhe über uns zu reden. Genauso, wie an Silvester. Doch ich wusste, das gibt noch mehr Erinnerungen an ihn, und ich hatte schon genügend gesammelt. Und das an nur einem Tag. Nein. Lieber kurz und schmerzlos. Ich stellte mich vor ihn, nahm ihm die Krücken weg und umarmet ihn. Anschließend dankte ich ihm, für das, was er gemacht hatte und verwies ihn der Insel. Kurz und schmerzlos. Dann rannte ich wieder in mein Schlafzimmer. Von wegen schmerzlos. Ich heulte wie ein Schlosshund. Was hatte ich getan? Das Richtige, sagte eine Stimme in mir. Gehe und mach das wieder rückgängig, sagte eine andere. Wie schon die letzten Tage, war ich auch in diesem Moment hin und hergerissen. Ich legte mich etwas hin und schlief ein.

Als ich am Nachmittag erwachte, ging es mir noch schlechter. Ich beschloss an den Strand zu gehen. Lange lag ich dort im Sand. Ich grübelte und grübelte. War es wirklich richtig, ihm hier Hausverbot zu erteilen?
Während ich versuchte, meine Gedanken zu sortieren, hörte ich hinter mir eine Stimme: „Ach hier bist du. Ich habe dich überall gesucht." Ich drehte mich herum. Mary kam zu mir und setzte sich neben mich. Ohne ihr davon zu berichten, dass ich Tom schon der Insel verwiesen hatte, erzählte ich ihr meine Gedanken: „Mary, wenn Tom noch hierbleibt und ich noch mehr schöne Erinnerungen an ihn habe…" Ich schwieg. „Und, was ist dann?", wollte Mary wissen. Ich sah sie ernst an: „Wenn er dann irgendwann geht. Das verkrafte ich nicht." Ich senkte den Kopf und machte eine Pause. Auf den Sand blickend fuhr ich fort: „Aber wenn er mit Jeanette zusammenkommen würde, das wäre noch schlimmer." Ich sah ihr wieder in die Augen: „Ich glaube das Beste wäre, wenn er gehen würde." Mary lächelte: „Du siehst immer nur die schlechten Dinge", sagte sie. Fragend sah ich zu ihr. Sie setzte die Unterhaltung fort: „Stell dir aber doch mal vor, ihr beide würdet ein Paar werden. Du würdest morgens in seinem Arm aufwachen. Ihr würdet vielleicht zusammen duschen und anschließend auf der Terrasse frühstücken. Danach hier an den Strand gehen und Arm in Arm oder Hand in Hand durch die Wellen laufen, bevor er dich in den Arm nimmt und zärtlich küsst." Ich schluckte. Daran hatte ich nicht gedacht, dass auch alles gut werden könnte. Aber ich sagte ihm bereits, dass er gehen soll. Was hatte ich getan? Die Sonne ging schon langsam unter. „Lass uns gehen", sagte ich zu Mary, und wir liefen zurück. Morgen früh, muss ich gleich zu ihm gehen. Ich werde mich bei ihm entschuldigen und einen schönen Tag am Strand mit ihm verbringen. So war mein Plan.

Am nächsten Morgen wachte ich auf. Die Sonne strahlte in mein Schlafzimmer. Richtig gut gelaunt sprang ich aus dem Bett, und hüpfte unter die Dusche. Heute wird ein richtig guter Tag. Das wusste ich. Ich werde noch gemütlich frühstücken, dann werde ich zu Tom gehen. Ich werde ihn an den Händen nehmen und mich bei ihm entschuldigen. Ich werde ihn umarmen und vielleicht werde ich ihm sogar einen Kuss geben. Oder nein, lieber doch nicht. Wer weiß was dann wieder geschehen würde. Aber an den Strand werde ich mit ihm gehen. Wir werden nebeneinander im Sand liegen. Ich werde mich in seine Arme kuscheln und das schöne Wetter genießen. Ich plante den Tag genau durch und machte das, was mir Mary am Vorabend noch riet. Positiv denken, das war die Devise. „Negative Gedanken bringen dich kein Stück weiter", erklärte mir Mary am Vorabend noch.

„Das wird ein schöner Tag", dachte ich nochmals, als ich nach dem Frühstück zu Jeanettes Haus rannte. Gut gelaunt kam ich dort an und sah Mary, Deacon und natürlich Jeanette am Tisch auf der Terrasse sitzen. „Guten Morgen zusammen", rief ich fröhlich, erhielt jedoch keine Antwort. Stattdessen sahen mich sechs Augen böse an. Ob das doch kein so guter Tag wird, wie ich vorhin noch dachte? „Wo ist denn Tom?", fragte ich in die Runde. Ich sah, wie sich Deacons Stirn in Falten legte. „Weg", brüllte er sehr zornig. „Was heißt weg?", fragte ich vorsichtig nach. „Nach Hause", brüllte mich nun Jeanette an und ergänzte. „Das hast du super hinbekommen, du blöde Kuh." Sie sprang auf und rannte ins Haus. Nun stieg Mary auf. Sie kam bedrohlich auf mich zu. Sie hatte einen sehr strengen Gesichtsausdruck und ich konnte mir eine Moralpredigt anhören. „Du hast ihn tatsächlich von der Insel geworfen? Bist du jetzt total durchgedreht. Seit Jahren versuche ich das zu tun, was Tom in noch nicht mal einem Tag geschafft hat. Er war der Einzige, der dich wirklich hätte heilen können. Und weißt du auch mit was? Mit Liebe. Er liebt dich und du liebst ihn. Und anstatt, das Beste daraus zu machen, wirfst du ihn von der Insel?" Sie machte eine kurze Pause. War aber noch nicht fertig, denn dann kam die Höchststrafe, wenn das überhaupt noch ginge. „Ich kündige hiermit meinen Job bei dir. Sieh zu, wer dir in Zukunft hilft", brüllte sie mich an und ging wütend weg. „Aber Mary…", rief ich ihr hinterher. Sie reagierte nicht. Ich drehte mich zu Deacon. „Deacon, du bist doch..." Weiter kam ich nicht. Er schaute mich kurz verachtend von der Seite an und lief Mary hinterher. So ganz realisierte ich noch nicht, was ich getan hatte und was passierte. Mary, Jeanette und Deacon wendeten sich von mir ab. Mir blieben nur noch Nancy und Bill. Oder waren die auch sauer auf mich? Ich beschloss nach Hause zu gehen. Dort blieb ich auch den ganzen Tag alleine. Niemand besuchte mich an diesem Tag. Noch nicht einmal an dem großen Tisch im Garten hatte jemand gesessen, obwohl dort abends fast immer alle versammelt waren.

Erst am nächsten Tag realisierte ich, was am Vortag geschah. Ob sie mich heute immer noch meiden würden? Aber eigentlich konnten sie das nicht. Immerhin war ich ihre Chefin. Sie taten es aber. Sie machten zwar, was ich ihnen auftrug, von großer Freundschaft konnte aber keine Rede mehr sein. So ging das viele Wochen. Erst nach und nach kam unsere Freundschaft wieder zurück. Mary arbeitete inzwischen auch wieder für mich, aber „nur weil es mir so schlecht ging", sagte sie. Eigentlich war alles wie früher und doch war es das nicht. Viel zu sehr vermisste ich Tom. Immer wieder lief der Silvestertag, wie ein Film, vor mir ab. Dann konnte ich auch mal lächeln und dann sah ich Tom, wie er neben mir saß und mich liebevoll anlächelte. Ein Spruch sagt: „Wie sehr du jemanden liebst, merkst du oft erst, wenn du ihn vermisst." Das stimmte wohl. Und wenn man Vermissen und Lieben ins Verhältnis setzen konnte, dann liebte ich ihn wirklich sehr.
Das waren die schönen Momente der Erinnerung. Aber es gab auch andere. Nämlich dann, wenn ich mich fragte, wo er jetzt wohl sein mag und was er gerade machte. Vielleicht hatte er ja schon längst eine andere und hat mich schon lange vergessen. Dann ging ich meistens an den Strand und schaute einfach nur auf den Ozean. Natürlich mit Tränen in den Augen, wackeligen Knien und keinerlei Lebenswillen mehr. Leider erlangten diese Momente immer mehr die Oberhand. Ich machte auch meinen Freunden immer mehr das Leben zur Hölle. Sie versuchten zwar alles, damit ich wieder Lebensfreude bekam, doch vergebens. Bis ich es eines Tages nicht mehr aushielt. Ich lief ins Meer. Wie in Trace, zog es mich immer weiter hinaus. Ich konnte nicht mehr

klar denken und lief und lief. Gleichzeitig weinte ich mir die Seele aus dem Leib. Irgendwann konnte ich nicht mehr stehen und schwamm noch etwas weiter. Aber ich kam nicht weit. Mein Kleid saugte sich so mit Wasser voll, dass es mich herunterzog. Ganz automatisch, versuchte ich gegen das ertrinken anzugehen. Ich versuchte nach oben zu schwimmen, ich paddelte mit den Armen, ruderte mit den Beinen. Alles half nichts. Dann wurde es schwarz vor meinen Augen.

Wach wurde ich wieder am Strand, als ich auf dem Rücken liegend, einen Schwall Wasser aus mir heraus hustete. Ich atmete heftig. Verschwommen sah ich Jeanette vor mir knien. „Willkommen zurück im Leben", sagte sie. Eigentlich hatte ich viele Fragen an sie, doch die nächsten Minuten war ich mit atmen und husten beschäftigt.

Mittlerweile waren auch Mary und Deacon eingetroffen. Jeanette hatte sie angerufen, als sie sah, dass ich ins Wasser ging. Dann rannte sie mir hinterher, zog mich wieder an Land und machte Wiederbelebung, wie ich später erfuhr. „Kleines, was machst du für einen Mist", wollte Mary wissen. Ich gab keine Antwort, stattdessen brach ich erneut in Tränen aus. „So geht das nicht weiter, wir müssen jetzt handeln. Und zwar schnell", sagte Deacon. Ich hatte keine Ahnung, was er damit meinte. Eigentlich war es mir auch egal. Keine Minute war ich seitdem mehr alleine. Sogar nachts durfte ich nicht mehr alleine schlafen. Manchmal tuschelten sie auch, wenn sie mich sahen, oder hörten auf zu reden, wenn ich dazukam. Eines Tages stand ich am Strand und schaute wieder mal den Wellen zu. Jeanette war dieses Mal bei mir. Ich ging wie immer meinen Gedanken nach und redete nur das notwendigste, als ich hinter mir eine Stimme vernahm. „Hello Iris", schallte es in mein Ohr. Tom? Es war Tom, da war ich mir sicher. Ich drehte mich schnell herum und… Es war nicht Tom. Es war mein Bruder, den ich seit fast einem Jahr nicht mehr gesehen hatte. Erst jetzt viel mir auf, dass mein Bruder Dan und Tom fast die gleiche Stimme hatten. Etwas enttäuscht und doch glücklich, rannte ich zu ihm und viel ihm in die Arme. Wir hatten uns so lange nicht gesehen. Er war Soldat und in Deutschland stationiert. Wir sahen uns höchsten zwei Mal im Jahr. Natürlich musste er mir alles erzählen, was er erlebt hatte, seit wir uns zuletzt sahen. „Komm mit mir, wir gehen ins Haus", rief ich ihm zu, nahm ihn an der Hand und zog ihn mit mir.

Zu Hause angekommen, musste er mir natürlich alles erzählen. Aber wie immer, wiegelte er ab. „Was gibt es beim Militär schon Großartiges zu berichten. Ein Tag ist wie der andere", sagte er immer. „Hast du eine Freundin?", wollte ich wissen. „Naja, ich habe eine Kollegin, mit der ich ab und zu etwas abhänge, aber so etwas wird dort nicht gerne gesehen", erklärte er und fügte hinzu: „Und du? Hast du in der Zwischenzeit einen Freund?" Er lachte. Ich wurde still. Und ich wurde wieder ernst. „Ich hatte einen, aber ich habe ihn vergrault", sagte ich nur. Er kam näher und legte seinen Arm um mich. „Erzähle!", forderte er mich auf. „Was soll ich erzählen?", fragte ich zurück. „Alles", sagte er: „ich will alles wissen." Und so erzählte ich ihm von Tom. Dass er mich anfassen darf, ich in seinem Arm gelegen hatte und ihn sogar geküsst hatte. Dan konnte es kaum glauben. Ich erzählte alles von Tom. Vom ersten sehen bis zum Abschied. Ich redete voller Begeisterung von ihm. So, als wäre gerade erst alles passiert. Dan merkte das. Er lächelte die ganze Zeit und unterbrach mich nicht ein einziges Mal. Ich war plötzlich wieder glücklich. Bis ich zu dem Punkt kam, an dem ich ihn vergraulte. Da brach ich wieder in Tränen aus und fiel Dan um den Hals. „Dan, ich muss ihn einfach wiedersehen", sagte ich ihm. „Was hindert dich daran?", fragte er. Ich erzählte ihm, dass niemand weiß, wie er zu erreichen ist. „Das Einzige was wir wissen ist, dass er in Deutschland wohnt und Thomas heißt." Ich sah ihn an: „Kennst du ihn?", fragte ich erwartungsvoll. „Deutschland ist doch nicht so groß, oder?" Dan lachte. „Naja, Deutschland hat auch über 80 Millionen Einwohner und Thomas heißen dort auch viele", klärte er mich auf. So groß ist Deutschland? Das hätte ich gar nicht gedacht. Da war es wohl aussichtslos, ihn dort ausfindig zu machen. „Dan ich vermisse ihn so", erklärte ich meinem Bruder und kuschelte mich an ihn. Anschließend redeten wir noch den ganzen Abend weiter.

Fünf Tage war Dan nur bei mir. Dann musste er wieder nach Deutschland zurück. Länger bekam er nicht frei. Es war der vorletzte Tag. Wir standen Arm in Arm am Strand und sahen auf den Ozean hinaus. „Ich finde es schade, dass du wieder wegmusst", sagte ich ihm. „Im Sommer habe ich

Urlaub, dann bin ich drei Wochen bei dir", beruhigte er mich und gab mir einen Kuss auf die Stirn. „Bringe deine Freundin mit, wenn du kommst", hörte ich mich sagen. Aber ich hörte noch jemanden anderen reden. „Hello Iris", rief mir erneut jemand entgegen. Genau wie vor einigen Tagen und mit der gleichen Stimmlage. Ich schaute zu Dan. Er war doch schon da. Das wird doch nicht…?

Tom:

Ich war wieder zu Hause. Der Rücktransport hatte gut geklappt. Aber was sollte ich nun hier machen, alleine und mit Gipsfuß. Immerhin hatte ich ein eigenes Haus in Ordnung zu halten. Zwar nur ein kleines, aber es war ein Haus. Wie sollte ich es Putzen. Die zwei Wochen ohne meine Anwesenheit hinterließen Spuren. Es war zwar nicht allzu viel Staub, der überall herum lag, aber noch 5 Wochen Gips, und man könnte auf den Möbeln Notizen hinterlassen. Ich musste mir etwas einfallen lassen. Ich rief bei der Krankenkasse an und prompt wurde mir eine Putzfrau bezahlt. Na also. Das nächste Problem - wir hatten Januar. Was wäre, wenn es schneien würde? Ich hätte den Schnee nicht wegräumen können. Also rief ich bei einem Hausmeisterservice an. Auch dieses Problem war gelöst, was aber eigentlich gar keines war. Die Nachbarn hatten sich bereit erklärt, für die Zeit, in der ich in Amerika war, bei mir mitzukehren. Sie hätten das bestimmt auch die nächsten fünf Wochen noch gemacht. Wir hatten ja ein gutes Verhältnis. Aber ich suchte mir Probleme und versuchte dann, eine Lösung für sie zu finden. Und warum das alles? Alles nur, um mich abzulenken. Um nicht dauernd an Iris denken zu müssen. Manchmal gelang es mir, oft aber auch nicht. Aber ich musste nach vorne sehen. Die Zeit mit Iris würde nicht noch einmal kommen, und dass ich sie noch einmal sehen würde, war bestenfalls Wunschdenken aber nicht realistisch. Und so kam es, dass ich schon zwei Wochen bevor der Gips abkam, wieder zur Schule ging. Mit Krücken unterrichtet es sich ja auch nicht wirklich schlechter.
Als ich zum ersten Mal im neuen Jahr den Klassenraum aufschloss, war noch kein Schüler zu sehen. Es war allerdings auch noch sehr früh. Ich kramte meine Sachen aus meiner Umhängetasche, die ich mir extra für die Schule besorgte, und legte alles, was ich für den Unterricht brauchte, auf den Tisch. Ich setzte mich auf den Stuhl und legte mein Bein auf einen Zweiten. Ich sah auf den Gips, auf die Unterschriften, die Gemälde und Sprüche, die dort standen. „Für den Besten Mann der Welt", war dort unter anderem zu lesen. Das hatte Iris dorthin geschrieben. Erinnerungen kamen wieder hoch. Erinnerungen an diesen wundervollen Silvestertag, den ich mit meiner Traumfrau im

sonnigen Florida genießen durfte. Die Erinnerungen daran waren so schön wie hart. Es war nur ein einziger Tag aber einer der schönsten meines Lebens. Ich spürte, wie mir das Wasser in die Augen kroch, als ich Stimmen aus dem Flur vernahm. Die Schüler kamen. Und zwar alle zusammen. Wie eine Clique kamen sie herein und schon erreichte mich der erste Schrei: „Wow, was haben Sie denn gemacht?" Es war natürlich der großmäulige Sven, der dies fragte. Ich antwortete nichts. Die Schüler setzten sich. „Wollen Sie uns nichts erzählen?", fragte Tobias. Ich schüttelte den Kopf: „Wir haben viel zu viel Zeit verloren, lasst uns also gleich anfangen." Doch die Schüler merkten natürlich, dass mit mir irgendwas nicht stimmte. Das ganze Verstellen half nichts und so hakten sie immer wieder nach. „Sie sagen doch immer, dass wir alle Freunde sind und uns alles erzählen könnten", meinte Melanie und Sandra ergänzte: „Wir sehen doch, dass sie nicht der gleiche sind, wie der, den wir kennen." „Kommen Sie, erzählen Sie es uns", forderte mich Jonas nun auf. Ich wurde schwach und fing an zu erzählen. Von Anfang an. Also schon mit der Ankunft auf dem Flughafen. Nach und nach kamen die Schüler, mit ihren Stühlen näher und setzten sich um mich herum. Sie hörten gespannt zu. Die ganze Zeit. Niemand sagte etwas. Niemand fragte dazwischen. Alle lauschten den Klängen meiner Stimme, die immer zittriger wurde, je weiter ich zum Schluss kam. Ich erzählte das Notwendigste. Den Schluss mit Jeanette ließ ich natürlich aus.

„Wow", sagte Sven erneut, als ich fertig war. „Da haben sie ja was erlebt", meinte nun Melanie. Sandra starrte auf den Gips. Schade nur, dass das alles bald weg ist, wenn er abkommt." Das stimmte. Vielleicht sollte ich den Gips verewigen. Ich gab Jonas, der am nächsten an meinem Bein saß, mein Smartphone, mit der Bitte, alles rundherum zu fotografieren. Was er auch tat. Ich drehte mich auf sein bitten hin sogar zur Seite damit er auch die hintere Seite, die ich nicht sah, als Bild festhalten konnte. „Da steht doch gar nichts", erklärte ich ihm. Jonas wurde ruhig und schaute mich an. „Was ist?", fragte ich ihn. Er sah mich etwas komisch an. „Sie wissen nicht, was dort steht?" „Nein, steht da überhaupt etwas?" Jonas gab mir mein Handy und ich schaute auf das zuletzt gemachte Bild. Ich bekam eine Gänsehaut. „I love you, Iris", stand dort mit rotem Filzstift geschrieben. Mein Unterkiefer zitterte. Dieses Mal konnte ich die Tränen nicht zurückhalten.

Zwei Wochen später war es dann so weit, der Gips kam ab und damit das letzte Souvenir meines Winterurlaubes. Denn auch die Kleidung, die mir Iris nach meinem Unfall gekauft hatte, hatte ich schon längst entsorgt. Ich wollte keinerlei Andenken an diese Zeit. Ich musste endlich alles abhaken. Lediglich die Bilder behielt ich.
Danach kam die Physiotherapie. Wieder laufen lernen war angesagt. Doch auch das ging recht schnell. Auch meinem Hobby, dem Kochen, konnte ich mich wieder mehr widmen. Nur Kartoffelsalat habe ich lange Zeit nicht mehr machen können.

Ostern kam näher. Die Erinnerungen an meinen Urlaub wurde mit der Zeit weniger und ich dachte auch lange nicht mehr so oft an Iris. Irgendwann hatte ich es geschafft, unsere Beziehung nur als Urlaubsflirt zu sehen. Auch in der Schule lief es gut. Die Schüler lernten freiwillig zu Hause, da wir, durch meinen längeren Ausfall, etwas zurückhingen. Deshalb beschloss ich, unseren damaligen Country-Abend zu wiederholen. Und nicht nur das. Ich wollte ihn sogar auf einen ganzen Country-Tag erweitern. Einen ganzen Tag nur Englisch sprechen. Nur so kann man eine Fremdsprache richtig lernen. Ähnlich, wie es Iris mit ihrer Jugendherbe tat. Und schon wieder dachte ich an sie.
Ich organisierte einen Tag in einem amerikanischen Camp. Mit Electric-bull, Cowboy-Essen, vielen Freizeit-Aktivitäten und natürlich vielen Amerikanern. Abends wollte ich den Tag dann, wie schon im Herbst, im Garten, bei einem Grillabend ausklingen lassen.
Es waren noch zwei Wochen bis zu den Osterferien. An diesem Samstag fuhren wir in das Camp und der Tag wurde ein voller Erfolg. Das Wetter spielte mit, die Schüler hatten Spaß und das Essen war wirklich gut. Gegen Abend fuhren wir in den Garten. Ich hatte am Vortag schon alles vorbereitet, so dass ich den Grill schon gleich anzünden konnte. Ich schaute zur Sitzgruppe hinüber. Sandra und Jonas saßen dort und knutschten wild herum. Erst jetzt viel

es mir wieder ein. Wusste Sandras Mutter nun von Jonas? Ich war so mit mir selbst beschäftigt, dass ich die beiden völlig vergaß. Irgendwann musste ich sie danach fragen. Aber nicht jetzt, waren sie doch gerade sehr beschäftigt.

Nach dem Essen gingen wir zum ruhigen Teil über. Ich schlug vor, dass wir den Rest dieses Abends in deutscher Sprache verbringen sollten. Natürlich ist es wichtig, dass man die Sprache, die man lernen will, so oft wie möglich sprich, aber dies ist auch sehr anstrengend. Als erstes wollte ich von Sandra wissen, wie ihre Mutter reagierte, als sie von Jonas erfuhr. Sie schaute mich nur an, sagte aber nichts. „Sie weiß es immer noch nicht", erzählte nun Jonas. Ich bekam große Augen. „Sie weiß es immer noch nicht?", wiederholte ich den Satz. „Ihr seid jetzt schon ein halbes Jahr zusammen. Wie lange wollt ihr denn noch verstecken spielen?" Sandra wurde verlegen: „Sie hatte mir letzte Woche erst wieder gesagt, dass ich für einen Freund noch viel zu jung sei." In diesem Moment musste ich einfach den Kopf schütteln. „Was für eine mittelalterliche Einstellung", entfloh es meinen Lippen. Ich schaute zur Seite. Dort saßen Tobi und Melanie. „Und was ist mit euch?", fragte ich Sie. „Alles Gut", sagte Tobi und Melanie ergänzte: „Tobi darf sogar bei mir übernachten." Ich sah wieder zu dem ersten Paar. „Dann seht ihr Euch immer noch so selten?", fragte ich. Sandra sah ihren Jonas verliebt an und sagte. „Meine Mutter hat jetzt eine andere Arbeit und ist den ganzen Tag nicht zu Hause. Jetzt können wir uns öfter sehen." Dann küssten sie sich und ich hörte auf, den Beziehungsexperten zu spielen. In Bezug auf meinen Aufenthalt in Amerika, war ich wohl auch nicht die richtige Person für so etwas.

Wir hatten noch einen schönen Abend zusammen. Wir unterhielten uns, tranken zusammen etwas und hörten wieder Country-music. Ich konnte diese Musik lange Zeit zu Hause nicht hören. Nun versuchte ich es wieder einmal. Fast eine Stunde ging es gut, dann bemerkte ich, dass ich die Musikauswahl auf diesem Speicherstick besser überarbeitet hätte. Nämlich zu diesem Zeitpunkt, an dem Dan Seals und Mary Osmond ihr „Meet me in Montana" sangen. Sofort war alles wieder da. Ich sah plötzlich den Kopf von Iris vor mir. Ich hörte ihre Stimme wieder und spürte ihren warmen Körper. Ich spürte ihre Hand auf meinem Rücken und ihren heißen Atem, der beim Singen meine Wangen streifte. Ich war völlig in Gedanken, als mich jemand schüttelte. Ich hob den Kopf. Sven stand neben mir und fragte: „Müssen wir uns sorgen machen, wenn Sie geistesabwesend grinsen?" Alle sahen mich an. Ich schüttelte nur den Kopf und Jonas fragte: „Ist dies das Lied, von dem Sie uns erzählten?" Dieses Mal nickte ich nur. „Es wird langsam Zeit, eure Eltern kommen gleich", erklärte ich den Schülern gerade, als mein Handy klingelte. Es lag auf dem Tisch. Sven gab es mir zwar, aber natürlich nicht, ohne vorher einen Blick auf das Display zu werfen. „Ey, was ist das für eine komische Nummer?", brüllte er durch den Garten. Ich nahm das Telefon und schaute ebenfalls auf das Display. Ich stellte fest, dass Sven Recht hatte. Eine seltsame Nummer. Ich drückte auf den Annahme-Knopf und anschließend auf Lautsprecher. „Hallo", sprach ich kurz in Richtung Handy. Normalerweise meldete ich mich immer mit meinem Namen, aber bei einer solch schrägen Nummer, unterließ ich das lieber. Von der anderen Seite hörte man nichts. Ich wiederholte mein „Hallo" noch einmal. „Auflegen", forderte Sven, als eine Stimme aus dem Lautsprecher kam: „Tom?", hörten wir, dann war wieder Ruhe. „Ja, hier ist Tom. Wer ist denn da?" „Tom, hier ist Deacon", hörten wir zusammen. Mir blieb fast das Herz stehen. Meine Vergangenheit hatte mich wieder eingeholt. Die ganzen Versuche Iris zu vergessen, die Versuche, alles zu verdrängen und die Versuche, nie mehr an Amerika zu denken - alles war in diesem Moment dahin. Meine ganzen Fortschritte, die ich bis dahin gemacht hatte, waren mit einem Schlag alle weg. Mein Herz klopfte bis zum Hals. „Deacon, was ist los?", rief ich, nun in Englisch, in das Telefon. Die Verbindung war nicht gerade die Beste. „Du musst sofort kommen, Iris hat heute versucht, sich das Leben zu nehmen." Plötzlich steckte mir ein Kloß im Hals. Ich brachte erst einmal keinen Ton heraus. Doch Jonas wäre mir sowieso zuvorgekommen. „Wie bitte?", schoss es aus ihm heraus und Deacon erzählte, was an diesem Tag passierte. Als er fertig erzählen war, brauchte ich noch etwas, um das alles zu verdauen. „Tom? Bist du noch da?", hörten wir aus dem Smartphone." Ich schluckte kurz, und gab ihm Antwort: „Ja, ich bin noch da. Aber Deacon, was soll ich denn tun?" Und Deacon erzählte weiter: „Schon als du noch da warst, hat sie gemerkt, dass sie einen großen Fehler gemacht hatte. Sie kam zu Jeanette rüber, um dir ihre Liebe zu gestehen. Leider kam sie zu spät und das hat sie sich nie verziehen. Es ist viel schlimmer

geworden mit ihr, als es war, bevor sie dich kennen lernte. Tom, sie liebt dich und sie braucht dich. Und du liebst sie doch auch." Ja, ich liebte sie. Oder doch nicht? Ich hatte sie ja mittlerweile als Urlaubsflirt eingestuft. Einen Urlaubsflirt liebt man nicht wirklich. Ich wusste in diesem Moment nicht, wo mir der Kopf stand. Ich erklärte Deacon, dass ich hier nicht alles stehen und liegen lassen könnte, um nach Amerika zu fliegen. „Deacon, meine Schüler sind mir sehr wichtig. Sie müssen ihren Abschluss schaffen, das habe ich mir zum Ziel gesetzt", teilte ich ihm mit. „Warte bitte einen Moment", rief Jonas plötzlich ins Telefon. Er sah mich an und sagte: „Wir haben Ihnen so viel zu verdanken. Wir werden unser Abschluss auf jeden Fall schaffen, wenn auch mit einer weniger guten Note. Und vielleicht können wir ja noch was nachholen. Aber jetzt sind Sie und ihre große Liebe wichtiger." Dann sah er zu den anderen Schülern und rief: „Oder was meint ihr?" Alle gaben ihm Recht. Die sonst so ruhige Carola legte plötzlich ihre Hand auf meine Schulter, sah mir in die Augen und meinte: „Sie sind immer für uns da  und jetzt sind wir mal für sie da. Wenn sie nicht zu ihr fliegen, dann kommen wir nicht mehr zum Nachhilfeunterricht." Das waren Worte, die mir eine Gänsehaut über den Rücken trieben. Ich überlegte kurz. Dann nahm ich das Telefon, stellte den Lautsprecher ab und unterhielt mich alleine mit Deacon. Ich erklärte ihm, dass ich kommen werde, aber noch nicht wüsste, wann genau und dass er mich am Flughafen abholen müsse. „Deacon, sobald ich einen Flug bekommen habe, rufe ich dich an und erzähle dir Einzelheiten", erklärte ich ihm. Dann legte ich auf. Ich saß am Tisch, den Kopf leicht gesenkt. Ich hatte den Eindruck, dass tausende Gefühle gleichzeitig durch meinen Körper rasten. Gute sowie schlechte. Ich wusste nicht, ob es wirklich gut war, dass ich zusagte. Und wie lange würde es wohl dauern, bis ich einen Flug bekommen würde. „Packen sie schnell", forderte mich Sven auf. Ich sah zu ihm auf. Er saß inzwischen auf dem Tisch. Neben ihm Carola. Diese ergänzte dann auch: „Morgen Nachmittag geht ihr Flug. Wir haben gerade für sie gebucht."
Diese Jugendlichen waren noch verrückter als ich. Nun gut, eine Einreisegenehmigung hatte ich noch. Diese war nach Ausstellung zwei Jahre gültig. Mein Reisepass war auch noch nicht abgelaufen. Was hinderte mich also daran, erneut in die USA zu fliegen und mir vielleicht die dritte Ohrfeige

abzuholen. Immerhin hatte mich Deacon eingeladen und nicht Iris. Ich wusste also gar nicht, ob sie mich überhaupt sehen wollte.

Am nächsten Nachmittag saß ich also im Flieger. Ich war tatsächlich auf dem Weg zurück zu Iris. Und ich war nervös - sehr nervös. „Was ist, wenn sie mich gar nicht sehen will?", dachte ich bei mir. Vielleicht freute sie sich, wenn sie mich wieder sieht, vielleicht wirft sie mich auch gleich wieder von ihrer Insel, wie schon einmal. Bei Iris war alles möglich. Ich beschloss, die Überlegungen zu beenden und stattdessen etwas zu schlafen. Denn wenn ich in Miami ankommen würde, wäre es sechs Stunden früher als in Deutschland. Das würde also ein sehr langer Tag werden. Andererseits ging der Flug auch sechs Stunden. Ich kam also etwa um die gleiche Zeit in Miami an, zu der ich in Frankfurt abflog.

Der Flieger kam pünktlich an und so stand ich nun hier am Zoll. Meine Koffer wurden durchsucht und ein Mann der amerikanischen Grenzschutzbehörde fragte mich, ob ich zu touristische Zwecken einreisen wolle. Ich bejahte dies und erzählte ihm, dass ich meine Freundin besuchen möchte. „Aha", machte dieser nur „und wo wohnt sie?" Ich lachte und erklärte ihm, dass ich das nicht genau wisse. „Irgendwo auf einer Insel, die ihr wohl auch gehört", erklärte ich ihm, „Ich würde diese auch nicht mehr finden. Ich werde hier abgeholt." Seine Bewegung stoppte abrupt. „Wie heißt ihr Freundin?", fragte er. Ich sagte ihm ihren Namen. Allerdings nur den Vornamen, da ich den Nachnamen gar nicht wusste. Er sah mich kurz an und nickte. Anschließend schloss er sofort meinen Koffer, schob ihn mir wieder zu: „Ihre Ankunft wurde uns mitgeteilt. Viel Spaß in den Vereinigten Staaten, Mister Wagenklein." Ich wollte gerade meinen Koffer nehmen und weitergehen, da packte mich die Neugierde. Ich wandte mich erneut an den Grenzer und fragte ihn: „Warum wurde ihnen meine Ankunft mitgeteilt?" Er wunderte sich etwas über meine Frage. „Iris Miller ist ein angesehenes Mitglied unseres Landes und als Besitzerin der Miller-Inseln und Sponsorin der Polizei von Florida, sind auch ihre Freunde hier jederzeit willkommen." Ich sah ihn etwas ungläubig an. „Sie reden doch von Iris Miller, der Multi-Millionärin, oder?", fragte er. Ich schüttelte den Kopf. „Iris ist doch keine Millionärin", entgegnete ich. Er nickte nur und ließ mich dann stehen, um sich den nächsten Passagieren zuzuwenden. Das brachte mich etwas ins Grübeln. Iris sollte Multi-Millionärin sein? Ich grinste in mich hinein. Keine Ahnung, wen er gemeint hat, aber *meine* Iris bestimmt nicht.

Ein paar Meter weiter vorne, sah ich Deacon stehen. Wir begrüßten uns innig. „Lange nicht gesehen, Kumpel", stellte er fest. „Ja, zu lange", gab ich ihm Recht. Deacon war von Anfang an derjenige, mit den ich mich am besten verstand. Er nickte in Richtung Zoll. „Was war denn da eben los?" Ich lachte: „Die haben mich verwechselt. Meine Ankunft wurde ihnen mitgeteilt, und so durfte ich einfach einreißen." „So", sagte Deacon fast regungslos. Ich erzählte weiter: „Ja, ich als Freund der Muli-Millionärin Iris Miller, wäre jederzeit in diesem Land willkommen." Deacon blieb ernst und gab mir darauf keine Antwort. „Fahren wir, Iris braucht dich", meinte er nur und nahm einen meiner beiden Koffer.

Auf dem Weg zur Insel, erzählte er mir nochmals die Geschichte mit Iris und dass sie sie seitdem nicht mehr alleine lassen. „Mary und Nancy schlafen abwechselnd bei ihr und am Tage wechseln wir uns alle ab, sie zu beaufsichtigen", erklärte er mir, „Das wird jetzt endlich ein Ende haben, wenn du wieder bei ihr bist." Ich sah zu Deacon hinüber: „Du weißt doch gar nicht, ob sie mich überhaupt sehen will. Immerhin hat sie mich von der Insel geworfen." Doch er schüttelte den Kopf: „Das hat sich alles geändert. Sie vermisst dich total. Ich würde sogar so weit gehen zu sagen, dass sie ohne dich nicht mehr leben kann." Immer noch schaute ich ihn von der Seite an. Er schien dies zu merken „Doch wirklich, ich mache keine Scherze", versicherte er mir. Dann fuhren wir in die große Garage ein. „Was hast du geplant?", fragte ich, „Ich kann doch nicht einfach so vor ihr stehen." Doch Deacon nickte: „Doch, genau so war es gedacht."

Wir stiegen aus dem Auto. Wo ist das Empfangskomitee fragte ich ihn grinsend. Er sah mich an: „Niemand weiß, dass du kommst." Dann lachte er laut „Das wird vielleicht eine Überraschung werden." Oje, keiner wusste, dass ich komme. Würden sich wirklich alle freuen? Ich bezweifelte es etwas. Immerhin habe ich hier ein absolutes Chaos hinterlassen. Wir gingen in Iris Wohnung. Ich schnaufte noch einmal tief durch. Würde sie sich wirklich freuen mich zu sehen? Ich würde es wohl bald merken. Vorsichtig schaute ich mich um. „Keine Angst, sie ist nicht hier", klärte mich Deacon auf. „Sie ist fast den ganzen Tag am Strand und sieht den Wellen zu. Lass uns dorthin gehen." „Warte", forderte ich Deacon auf, „ich will mich anpassen." Schnell zog ich Schuhe und Strümpfe aus. Auch die lange Hose flog in die Ecke. Im nu hatte ich, aus meinem Koffer, eine kurze Jeans geholt und angezogen. Keine Schuhe, keine Strümpfe und kurze Hose bzw. ein Kleid, das schien hier die Devise zu sein. Auch mein Freund stellte seine Badelatschen auf die Terrasse. Dann gingen wir los. Mein Herz klopfte immer heftiger, je näher wir dem Strand kamen. Endlich waren wir auf dem Deich angekommen und ich sah… „Deacon, ich bräuchte jetzt mal ein paar Informationen", sagte ich zu meinem Freund. Iris stand am Strand. Arm in Arm mit einem Mann. Ihren Kopf hatte sie an seiner Schulter angelehnt. Deacon lachte „Richtig, ihr beiden kennt euch ja noch gar nicht. Keine Angst, das ist ihr Bruder. Wir haben ihn, gleich nachdem sie ins Wasser ging, angerufen." Ich war beruhigt. Alles kam mir in diesem Augenblick in den Sinn, nur das nicht. Wir gingen weiter zum Strand. Die zwei starrten auf das Wasser, so dass sie uns nicht kommen sahen. Leise gingen wir zu ihnen. Deacon blieb irgendwann stehen. Ich ging noch ein paar Schritte weiter. Ich war jetzt noch etwa 5 Meter entfernt von ihnen, als ich ebenfalls stehen blieb. Ich wollte gerade etwas sagen, als ich einen Kloß im Hals spürte. Keinen Ton brachte ich heraus. Ich drehte mich herum und sah zu Deacon. Mit wedelnden Armen machte er mir verständlich, dass ich mich bemerkbar machen solle. Ich drehte mich wieder zu Iris und ihrem Bruder herum, nahm meinen ganzen Mut zusammen und rief: „Hello Iris." Ich konnte sehen, dass ihr Körper leicht zuckte, dann schaute sie zu ihrem Bruder. Es dauerte eine Zeitlang, bis sie sich zu mir umdrehte. Ihre Augen wurden groß. Erneut dauerte es einen Moment. Dann brüllte sie: „Tom", und rannte wie eine Verrückte auf mich zu. Direkt in meine Arme. Eng umschlungen standen wir nun da, begleitet von Iris heftigem Geweine. Gleichzeitig erzählte sie mir irgendetwas, von dem ich nur Bruchstücke verstand. „Nie mehr weg" und das Wort „bleiben" kamen mehrfach vor und waren auch das Einzige, was ich verstand. Es dauerte eine ganze Weile, bis sie sich gefangen hatte. Schließlich erhob sich ihr Kopf und wir schauten uns an. Eine ganze Zeitlang sahen wir uns in die Augen, als sie plötzlich laut und deutlich: „Ich liebe dich", zu mir sagte. „Ich liebe dich auch, Iris", hörte ich mich sagen. Dann senkte sie ihren Kopf wieder und starrte auf meine Brust. Ihr Brustkorb hob und senkte sich merklich. Sie atmete sehr schnell. Noch immer umarmten wir uns. Dann sah sie mich wieder an. Es schien, als wollte sie mir etwas sagen und würde die richtigen Worte nicht finden. Sie schaute mir tief in die Augen und atmete kräftig durch. Anschließend sagte sie leise: „Angst kann man nicht küssen, aber einen wundervollen Mann." Dann gab sie mir einen langen Kuss.

Sie legte ihren Kopf wieder auf meine Schulter und flüsterte mir ins Ohr: „Ich habe dich so vermisst." „Ich habe dich auch sehr vermisst", antwortete ich und ergänzte, „Ich habe es fast nicht ausgehalten." „Ich auch nicht", säuselte sie mir fast unhörbar ins Ohr. Wir standen noch eine ganze Zeit eng umschlungen da. Irgendwann ließen wir voneinander ab. Erst jetzt bemerkten wir, das Deacon und ihr Bruder direkt neben uns standen. Dann stellte Deacon mich ihrem Bruder Dan vor. „Ich kann es immer noch nicht glauben, meine kleine Schwester ist verliebt", stellte dieser anschließend fest. Iris grinste ihn breit an: „Ja, das bin ich, ist doch toll, oder." Dan nickte nur lächelnd, und Iris fuhr fort: „Dan, das müssen wir feiern heute Abend. Deacon, bereite alles vor, wir machen ein Fest." Total aufgeregt hüpfte sie vor uns herum und hörte kaum Deacon sagen: „Ist schon alles vorbereitet." Völlig hibbelig nahm sie meine Hand, rief mir zu: „Komm, wir rennen durchs Wasser", und zog mir am Arm. Ich hörte gerade noch Dan sagen: „Wie schnell sich ein Mensch verändern kann, ist schon toll." Hand in Hand rannten wir, wie verliebte Teenager, durch das Wasser. Wieder am Strand angekommen, gab sie mir einen Stoß und ich plumpste in den warmen Sand. Iris ließ sich auf mich fallen. Ich hielt sie fest, wir sahen uns kurz in die Augen und küssten uns innig. Nach einiger Zeit ließ sich Iris von mir herunterrollen. Wir lagen nebeneinander auf dem Rücken im Sand und sie sah mich ernst an „Weißt du, was ich vorhin gesagt habe, das habe ich ernst gemeint", teilte sie mir mit. Ich drehte mich auf die Seite und lächelte sie an: „ Iris, um ehrlich zu sein, du hast beim Erzählen so geweint, dass ich so gut wie nichts verstanden habe. "Sie blieb ernst: „Ich sagte vorhin, dass du mich nie mehr alleine lassen darfst. Ich möchte immer bei dir sein, hörst du?" Ich lächelte sie nur an. So einfach konnte ich natürlich nicht hierbleiben. Ich hatte ja Verpflichtungen in Deutschland. Und ich hatte ein Haus. Ich konnte natürlich nicht einfach von heute auf morgen nach Amerika ziehen. Aber ich beschloss, ihr das jetzt noch nicht zu sagen. Sie war gerade so euphorisch. Ich beugte mich vor, um ihr einen Kuss zu geben, als wir jemanden rufen hörten. „Iris", schallte es von weitem über den Strand. Das hörte sich nach Nancy an. „Komm, wir verstecken uns", kicherte Iris und sprang  hinter die kleine Düne, neben uns. Ich folgte ihr. „Iris, wo bist du?", rief die Stimme noch einmal. Sie war schon ganz nahe. Kurz bevor sie uns erreichte, sprang Iris aus dem Versteck. Wie gewollt, erschrak Nancy. Sie war es wirklich. „Warum erschreckst du mich so", schrie Nancy aufgebracht. Doch Iris antwortete nicht, sondern fiel ihr um den Hals. „Nancy ich bin so glücklich", rief sie dabei und lachte laut. Nancy wusste nicht, wie ihr geschah. Sie hatte mich immer noch nicht bemerkt. Ich beschloss diesem Rätsel ein Ende zu bereiten und kam hinter der Düne hervorgekrabbelt. Ich stand auf und begrüßte sie. Nancy blickte mich an, als hätte sie einen Geist gesehen. „Tom", stellte sie fest. Dann gab es die inselübliche Begrüßung - eine innige Umarmung und einen Kuss.

„Tom bleibt jetzt für immer", teilte sie Nancy fälschlicherweise mit. „Wirklich?", fragte sie mich. Erneut lächelte ich nur. Was sollte ich auch sagen. Die Wahrheit hätte sie in diesem Augenblick nicht vertragen. Ich musste einen passenden Augenblick abwarten, um ihr zu sagen, dass ich wieder zurück nach Deutschland müsse. „Wann bist du denn gekommen?", fragte sie. „Vor etwa einer Stunde", berichtete ich. Wir unterhielten uns noch einige Zeit, dann ging Nancy wieder und Iris zog mich wieder Richtung Ozean. Sie nahm wieder meine Hand und wir rannten erneut durchs Wasser. Dieses Mal ging es leider nicht so gut aus. Sie stolperte und platschte ins Wasser. Da sie meine Hand festhielt, hatte ich keine andere Wahl, als ihr zu folgen. Nun lagen wir nebeneinander im Wasser. Nass von oben bis unten. Wir standen auf, sahen uns an und fingen laut an zu lachen. „Wir sollten uns umziehen", stellte ich fest und Iris nickte.

Wir schleppten uns in unseren Nassen und schweren Klamotten zu Iris Haus. Auf der Terrasse stellte sie fest: „Wir werden das ganze Haus einsauen, wir ziehen uns am besten schon hier aus." Sie drehte mir den Rücken zu und entledigte sich Ihrem Kleid, ihrem BH und ihrem Schlüpfer. „Komm mit!", rief sie und so wie Gott sie geschaffen hatte, rannte sie ins Haus und verschwand hinter einer Tür. „Wow", dachte ich bei mir. Alles was ich jetzt erwartet hätte, aber nicht das. Ich zog mich ebenfalls aus, lief ins Haus und ging ebenfalls durch die Tür, in der Iris vor ein paar Sekunden verschwand. Sie stand im Raum und wartete schon auf mich. Sie hatte zwei Badetücher in der Hand. Eines davon hielt sie vor ihren Körper, das andere streckte sie mir wortlos entgegen. Ich nahm es und begann, mich abzutrocknen. Iris schaute mir dabei die ganze Zeit zu. „Ich habe Vertrauen zu dir", sagte sie plötzlich mit ernstem Gesichtsausdruck. Ich konnte mir zwar denken, was sie meinte und trotzdem sah ich sie fragend an. „Ich weiß, dass du mir nichts tun wirst", sagte sie. Und nach einer kurzen Zeit ergänzte sie: „Du wirst mir doch nichts tun, oder?" Ihre Stimme wurde leicht zittrig. Normalerweise wäre ich in solch einer Situation zu ihr gegangen und hätte sie in den Arm genommen, aber in diesem Moment, schien mir das nicht angemessen. „Iris", sagte ich zu ihr, „niemals würde ich etwas tun, was du nicht auch willst." Sie sah mich immer noch ernst an. Dabei konnte man deutlich bemerken, wie sie nachdachte und nach einem kurzen Moment, nahm sie das Handtuch weg und warf es in die Ecke. Splitternackt standen wir nun voreinander. Wir standen einfach nur da und sahen uns an. Von oben bis unten. Dann kam Iris auf mich zu, umarmte und küsste mich. Anfangs ließ ich es noch zu. Aber schon bald stieß ich sie leicht von mir. Ich wollte nicht, dass sie in ein paar Sekunden, etwas falsch verstehen würde. Ich nahm mein Badetuch wieder, welches ich auf dem Stuhl abgelegt hatte und hielt es untenrum vor mich. Ich tat so, als müsste ich mich dort noch abtrocknen. „Das ist hier übrigens dein Zimmer", erklärte sie mir breit grinsend. „Mein Zimmer?", fragte ich nach. „Ja, das ist das Gästezimmer". Ah, ich war also nur Gast. „Dort ist der begehbare Kleiderschrank und die Tür daneben ist das Badezimmer." Sie deutete dabei auf die beiden Türen an der Wand. An der angrenzenden Wand befand sich eine große Glastür. „Und das ist dann wohl meine eigene Terrasse, auf die ich

mich abends zurückziehen kann", stellte ich fragend fest. Sie lächelte mich
an: „Ich hoffe nicht, dass du dich zurückziehst, ich möchte nämlich gerne bei
dir sein." „Du bist jederzeit willkommen", scherzte ich, „dann bist du zu
Gast, bei deinem Gast." Jetzt musste sie lachen. Sie sah mich verliebt an und
teilte mir mit: „Ich gehe hoch und ziehe mich an", dann ging sie los. Natürlich
ging sie nicht an mir vorbei, ohne mir noch einen Kuss zu geben. „Bis gleich",
sagte sie. Dann rannte sie splitternackt die Treppe hinauf.

Auch ich ging nackt in den Flur. Ich nahm meine Koffer, drehte mich herum
und... Jeanette stand vor mir. Ihr Mund stand weit offen. „Ich glaube es nicht.
Tom, du bist wieder hier", stellte sie fest. Was dann folgte war klar. Die In-
selbegrüßung. Sie umarmte mich und wir küssten uns. Etwas zu lange, meiner Meinung nach. „Jeanette, ich freue mich sehr dich zu sehen, aber ich habe
nichts an", klärte ich sie auf. Sie grinste bis über beide Ohren: „Das macht
doch nichts, ich weiß, wie er aussieht", sagte sie und deutete nach unten.
Endlich ließ sie mich los. Ich nahm erneut meine Koffer und ging in mein
Zimmer. Jeanette folgte mir. Ich beschloss, mir als erstes eine frische Unterhose aus dem Koffer zu holen. Während ich mich anzog, fragte mich Jeanette:
„Warum hast du nicht Bescheid gesagt, dass du kommst? Wir hätten eine
Party für dich gegeben." Ohne zu ihr zu sehen, teilte ich ihr mit, dass Deacon
wohl schon alles geplant hatte. „Jetzt geht mir ein Licht auf", sagte sie, „deshalb musste Mary heute deinen Kartoffelsalat machen." Wir sahen uns an
und mussten lachen. „Aber woher wusste Deacon, dass du kommst", wollte
sie nun wissen. „Er rief mich an und sagte, ich müsse sofort kommen, weil es
Iris so schlecht geht", klärte ich sie auf. Ich erzählte ihr noch, dass ich vor
meiner Abreise, nur zur Sicherheit, Deacon meine Nummer gab. Jeanette
wurde ernst. Sie senkte leicht den Kopf und sagte: „Oh ja. So schlecht wie im
Augenblick ging es ihr noch nie", als plötzlich Iris, freudestrahlend und mit
bester Laune, in der Tür stand. „Hallo Jeanette", rief sie, fiel mir um den Hals
und küsste mich. Sie klärte Jeanette auf. „Tom und ich sind jetzt fest zusammen. Ich habe jetzt auch einen Freund." Jeanette bekam den Mund nicht
mehr zu, als sie Iris sah. „Iris? Bist du es?", fragte sie vorsichtig. „Das ist sie
wirklich", hörten wir plötzlich eine Stimme aus dem Flur. Ich drehte mich
herum und erkannte Deacon, der sich gerade an den Türrahmen lehnte. Ich

merkte schnell, in diesem Haus ist man nie alleine, als wir Mary nach Deacon rufen hörten. „Spontan rief ich: „Immer herein Mary, mein Zimmer ist auch euer Zimmer", als Mary auch schon verwundert um die Ecke kam und ihre Freundin in bester Laune erlebte. Der Rest ist klar. Begrüßung in Inselmanier, Erklärungen, warum ich da war und eine Iris, die jedem erzählte, dass sie jetzt einen Freund hat. Nebenbei muss ich noch erwähnen, dass ich später natürlich auch noch von Bill begrüßt wurde.

Der Abend lief ähnlich ab, wie der Silvesterabend. Nur mit drei Unterschieden. Ich hatte keinen Gips mehr, es war wärmer und, wie gesagt, Iris hatte jetzt einen Freund.

Ansonsten war es fast identisch. Ich saß wieder an meinem Platz, Iris kuschelte wieder und „Meet me in Montana" war wieder *mein* Lied. Ich sagte Deacon auch, dass mich dieser Abend sehr an Silvester erinnerte. Das Bier, die Musik, die Steaks, alles war wie damals. Sogar der Kartoffelsalat, den Mary extra machen musste und den sie super hinbekommen hatte. „Das war meine volle Absicht", erklärte uns Deacon. „Dieser Abend damals, das war euer Abend." Iris erhob den Kopf von meinen Schultern und sah mich an. Sie lächelte leicht, als sie mir einen Kuss gab. „Okay, das habt ihr an Silvester nicht gemacht", sagte er und alle lachten. „Leider nicht", flüsterte sie mir ins Ohr. „Gehen wir etwas am Strand spazieren?", flüsterte ich zurück. Sie nickte nur. „Wir gehen uns mal die Beine vertreten", erklärte ich dem Rest, dann gingen wir los. Hand in Hand verließen wir den großen Gemeinschaftstreffpunkt und gingen zum Strand. Ich hätte nur zu gerne gewusst, was die anderen in diesem Moment über uns tratschten.

Gemütlich liefen wir am Strand entlang. Mal Hand in Hand, mal Arm in Arm. Genau das, was wir ebenfalls an Silvester schon tun wollten und wegen den Krücken nicht konnten. „Iris, können wir uns mal kurz setzten?", fragte ich. „Natürlich" sagte sie lächelnd und wir setzten uns unter eine Palme in den Schatten. Ich sagte zuerst nichts. Aber natürlich musste ich sie fragen, wie sie sich unsere Zukunft vorstellte. Ich überlegte, wie ich es anfangen sollte. Wie sollte ich ihr erklären, dass ich wieder nach Deutschland zurückfahren müsse. „Du, Iris… ich… äh", druckste ich herum. „Du musst mir nichts sagen", unterbrach sie mich. „Sag mir nur wann." Sie nahm meine Hand. „Was meinst du?", stellte ich mich unwissend. Natürlich wusste ich, was sie meinte. Und Iris wusste, was ich wollte. Sie war nicht dumm, auch wenn sie mit ihrer Art manchmal so rüberkommen konnte. Sie fing zu erzählen an: „Weißt du, ich war heute Mittag sehr euphorisch. Ich habe mich wahnsinnig gefreut, als ich dich gesehen habe, weil ich total in dich verliebt bin. Natürlich hätte ich gerne, dass du für immer bleibst. Ich weiß aber auch, dass das nicht geht. Du hast dein Leben und ich habe meins." Sie schwieg und schaute zu Boden. Ich schwieg ebenfalls. Nach kurzer Zeit fuhr sie fort. „Ich weiß, dass du nur gekommen bist, weil es mir schlecht ging. Ich bin dir dafür sehr dankbar. Du bist ein toller Mensch und werde dich immer in Erinnerung behalten. So, und jetzt kannst du Schluss mit mir machen." Ich zögerte einen Moment, bevor ich sie fragte: „Was meinst du?" Sie sah mir in die Augen: „Ich weiß, dass das mit uns keine Zukunft haben kann. Vielleicht ist es besser, wenn du morgen wieder wegfährst." Tränen standen ihr in den Augen und ihre Stimme zitterte, als sie weitersprach. "Wenn du noch länger hier bist, dann…" „Pssst", machte ich nur und legte meinen Zeigefinger auf ihren Mund. „Oh nein", rief ich, „noch einmal lasse ich mich nicht so einfach von dir wegschicken. Das war der größte Fehler, den ich in meinem Leben gemacht habe." Ich sah, wie ihr eine Träne herunterlief, während sie mich etwas verwirrt ansah. Dann klärte ich sie auf: „Ja, es ist wahr. Ich muss wieder zurück. Aber nicht, weil ich dich nicht will, oder so etwas. Ich kann nur nicht einfach so, von heute auf morgen, Deutschland verlassen, das geht nicht." Neugierig sah sie mich an und ich fuhr fort, „Ich muss zu Hause noch vieles Erledigen, vor allem meine Schüler, von denen ich euch erzählte, kann ich nicht einfach so im Stich lassen." Ihr Blick wurde immer fragender. „Iris, ich liebe dich und ich denke die ganze Zeit schon über eine gemeinsame Zukunft mit dir nach. Aber das geht erst im Sommer, ich kann jetzt noch nicht hierbleiben und bis dahin, müssen wir eine Fernbeziehung führen." „Ihr Gesicht hellte sich rasend schnell auf: „Das war alles, was du mir sagen wolltest?", rief sie laut und fiel mir um den Hals, „Und ich dachte, du wolltest mir sagen…" Sie küsste mich erneut. Zum wievielten Male an diesem Tag, konnte ich nicht mehr sagen. Wir unterhielten uns noch lange über unsere Zukunft, bis wir endlich wieder in Richtung Haus gingen.

Die anderen saßen noch am Tisch, als wir zurückkamen. „Na, ihr Turteltäubchen", begrüßte uns Deacon. „Na, Kellner", grüßte ich zurück. „Kellner?" Er sah mich fragend an. „Weißt du, wie lange ich schon hier bin und noch nichts zu trinken bekommen habe?", machte ich ihm zum Vorwurf, „Meine Leber schreit nach einem Bier." Deacon lachte, griff neben sich in eine Kühltasche und zog ein Bier heraus. Während er die Flasche öffnete, fragte Dan: „Und? Schon Hochzeitspläne gemacht?" Er grinste. Doch Iris konterte: „Ja, natürlich. Nimm dir in deinem Urlaub nichts vor." Wir alle schauten zu Dan und lachten. Hätte ich damals schon gewusst, dass sie das ernst gemeint hatte…

Wir ließen den Abend langsam ausklingen. Ich war auch schrecklich müde. Ich hatte zwar im Flugzeug etwas geschlafen, aber der Zeitunterschied konnte brutal sein. Es war erst neun Uhr abends, aber in Deutschland war es jetzt drei Uhr nachts. Ich war also schon lange auf den Beinen. „Geht ihr beiden schon mal ins Haus", befahl Mary, „wir räumen hier noch weg, dann komme ich nach." Wir sahen fragend zu Mary. Sie sah Iris an und meinte: „Du denkst doch nicht, nur weil Tom jetzt da ist, dass ich dich deshalb alleine lasse." Dann schaute sie zu mir. „Oder schläfst du heute bei ihr?" Bevor ich überhaupt antworten konnte, rief Iris: „Ja, er schläft bei mir. Wir sind doch jetzt ein Paar." „Wirklich?", fragte mich Mary. Ich schaute abwechselnd zu Iris und zu Mary und zuckte nur mit den Achseln. „Mary, mein großer Traum ist in Erfüllung gegangen", sagt Iris, „ich habe meinen Traummann gefunden. Wir haben heute zusammen Zukunftspläne geschmiedet. Ich bin die glücklichste Frau auf Erden, da werde ich mir doch nichts antun." Diese Ansprache hat aber nicht gefruchtet. Mary ließ sich nicht beirren und bestand darauf, die Nacht bei ihr zu verbringen. Iris nahm meine Hand und zog mich ärgerlich hinter sich her.

Bis vor mein Zimmer hatte sie mich gezogen. Nun standen wir davor und wussten nicht richtig, was wir machen sollten. Das heißt, ich wusste es schon, nämlich schlafen gehen. Aber Iris zögerte noch. „Du, ich…" stotterte sie. Ich kürzte ihre Rede ab: „Iris, ich bin wirklich müde." „Ja, du hast recht. Gute

Nacht", sagte sie und gab mir noch einen Abschiedskuss. Dann ließ ich sie stehen und ging in mein Zimmer. Ich ging aber nicht gleich zu Bett. Ich setzte mich auf einen Sessel und betrachtete das riesige Himmelbett. Während ich mir mein Shirt auszog, überlegte ich mir, auf welcher Seite des Bettes ich heute Nacht schlafen würde. Okay, Entscheidung vertagt, ich musste noch mal auf die Toilette. Danach wusch ich mich, und stand erneut vor dieser kniffligen Frage - links oder rechts. Ich entschied mich für die Linke, zog auch den Rest meiner Klamotten aus, da ich Nacktschläfer war, und legte mich hin. Ich löschte das Licht und suchte gerade nach der richtigen Schlafposition, als sich die Tür öffnete. Ich rätselte gerade darüber, wer mich jetzt wieder besuchen kommt, als ich eine Stimme hörte: „Schläfst du schon?" „Ja", brummte ich, „Besuchszeit wieder ab Morgen, acht Uhr." Ich schaltete das Licht wieder an. Iris stand in der Tür. Bekleidet mit einem seidenen Bademantel. „Was ist noch?", fragte ich. Sie kam näher und setzte sich neben mich auf die Bettkante. „Wir sind doch jetzt ein Paar", säuselte sie: „Würde es dir etwas ausmachen, wenn ich bei dir im Bett schlafen würde?" Drei-zwei-eins-wach! Ich schoss hoch: „Du willst was?", fragte ich. Erschrocken sah sie mich an. „Das war nur eine Frage. Ich geh dann besser" „Nein, nein", lächelte ich ihr zu. „ist schon in Ordnung. Komm nur her, wenn du willst." Iris ging um das Bett herum auf die freie Seite, als mir im letzten Moment etwas einfiel: „Halt! Moment!

Warte mal!" Sie sah mich mit großen Augen an und ich erklärte ihr: „Weißt du, es ist so, dass ich… nun, ja…ich habe nichts an." „Umso besser", hauchte sie und öffnete ihren Bademantel. Auch sie war darunter unbekleidet. Langsam streifte sie ihn sich von ihrem Körper herunter und ließ ihn auf den Boden fallen. Kurze Zeit blieb sie noch nackt vor mir stehen, dann endlich legte sie sich zu mir ins Bett. Sie drehte sich zu mir in meinen Arm und so schliefen wir zusammen ein.


Am nächsten Morgen wachte ich durch irgendein gepolter auf. Jemand schien die Treppe hinunterzurennen. „Sind wir hier schon wieder nicht alleine?", schoss es mir durch den Kopf. Ich öffnete die Augen. Iris lag noch immer, oder vielleicht auch schon wieder, in meinem Arm. Ihr linkes Bein lag angewinkelt über meinem. Die Decke hatten wir weggestrampelt. Kein Wunder, bei der Wärme. Sie schlief noch fest, als es gegen die Zimmertür hämmerte. Bevor ich noch irgendetwas sagen konnte, flog die Tür auf und Mary kam hereingeschossen. Laut rief sie: „Tom, hast du Iris…" Sie stockte, doch da stand sie schon vor unserem Bett. Mir platzte der Kragen und ich brüllte los: „Ist das hier eigentlich ein Bahnhof oder warum rennt hier jeder in diesem Haus herum, wie er will. Hat man hier den überhaupt keine Privatsphäre." Sofort drehte sich Mary um und entschuldigte sich gleichzeitig. Als sie zur Tür herausging, rief ich noch hinterher: „Schick Nancy noch vorbei, die hat mich noch nicht nackt gesehen." Iris war inzwischen wach. Wäre auch ein Kunststück gewesen, bei diesem Krach weiter zu schlafen. Sie lag da und lachte verschlafen: „Vergiss Jeanette nicht, die hat dich auch noch nicht nackt gesehen. „Doch", zischte ich nur, drehte mich zur Seite und gab meiner Freundin einen Kuss. „Guten Morgen, Honey", sagte ich zu ihr. Doch ich bekam keine Antwort. Stattdessen wollte sie wissen, wann Jeanette mich nackt gesehen hatte. Sie schien etwas sauer darüber gewesen zu sein. Ich beschloss, die beiden Male im Winter nicht zu erwähnen und sagte: „Gestern, als sie ebenfalls einfach in der Tür stand. Ich war im Flur, Links und Rechts je einen Koffer und in der Mitte die Reißleine. Und davor Jeanette." Iris fing laut an zu lachen. „Das machte mich einerseits zwar noch wütender aber andererseits musste ich mitlachen. Wir alberten im Bett herum, bis ich plötzlich auf ihr lag. Ich sah ihr direkt in die Augen und forderte: „Honey, das muss aufhören, dass hier jeder ein und aus geht, wie er will." „Jawohl, Darling", äffte sie und grinste. Was sollte das denn jetzt. „Nimmst du mich nicht ernst?", fragte ich sie. „Gegenfrage", konterte sie: „Nimmst du mich nicht ernst?" Ich war etwas konfus. „Wie meinst du das denn?", fragte ich nach. „Darling", säuselte sie, „du liegst auf mir, wir haben beide nichts an und du regst dich über andere auf. Tzz, tzz, tzz." Dabei schüttelte sie leicht den Kopf. „Oh", sagte ich nur, mehr fiel mir im Moment nicht ein. „Jetzt küss mich endlich", forderte sie mich auf, was ich natürlich auch tat. Dieser Kuss fiel etwas länger aus, als von mir geplant, weshalb ich mich anschließend von ihr herunter drehte und die Decke über die Hüfte zog. Iris stand auf und grinste: „Ich gehe duschen. Du kannst ja nachkommen, wenn es wieder geht."

142

Nach dem Duschen gingen wir auf die Terrasse. Zu unserer Überraschung fanden wir dort einen gedeckten Frühstückstisch vor. Eier, Speck, Wurst, Kaffee und Brötchen. Alles was man zum Frühstücken brauchte, war da und in der Mitte lag ein Zettel mit der Aufschrift „Sorry". „Das war Mary", stellte meine Freundin fest. „sie hat ein schlechtes Gewissen. Ich nickte nur und schenkte uns Kaffee ein. Ich sah zu Iris: „Honey, ich habe das vorhin ernst gemeint. Das geht nicht, dass Tag und Nacht hier alle durchmarschieren." Tagsüber sehe ich das noch ein, wenn die Türen offenstehen, aber nachts geht das gar nicht. Stell dir mal vor, wir hätten vorhin…, na du weißt schon." „Zusammen geschlafen?", vervollständigte sie meinen Satz. Nun sah sie mich ernst an und erzählte: „Das wollte ich dir auch noch sagen. Ich hätte heute Morgen nicht mit dir geschlafen. So weit bin ich noch nicht und ich weiß auch nicht, ob ich es jemals sein werde. Aber du hast es nicht einmal versucht und dafür möchte ich dir danken." Ich lächelte ihr zu und sagte: „Honey, ich habe dir gesagt, dass ich niemals etwas machen werde, was du nicht auch willst. Daran habe ich mich gehalten und werde es auch weiterhin tun. Solltest du aber irgendwann wirklich einmal mehr von mir wollen, dann musst du auch den ersten Schritt machen. Ich werde niemals den Anfang machen." Nun lächelte sie zurück und ein „Ich liebe dich", entkam ihren Lippen. „Ich liebe dich auch", sagte ich, „Du musst aber wirklich sehr viel Vertrauen zu mir haben. Wir waren beide nackt und ich lag auf dir. Alles hätte passieren können." Sie nahm meine Hand: „Wenn ich jemandem vertraue, dann dir, Darling." Wir aßen fertig. „Was machen wir heute?", fragte ich. „Was willst Du denn machen?", fragte sie zurück. Ich zuckte mit den Achseln. Ihr kam eine Idee: „Wir fahren mit der Yacht hinaus." „Yacht?", fragte ich, du hast eine Yacht?" „Ja, von meinem Vater", erzählte sie, „Eigentlich sind es zwei. Die Kleine hat er gekauft, um ans Festland zu fahren, die Große, um aufs Meer rauszufahren." „Okay, dann lass uns zu den Yachten gehen", meinte ich nur. Wir standen auf und räumten den Tisch ab, als Mary und Deacon um die Ecke kamen. Mary kam direkt auf mich zu: „Hör mal, dass heute Morgen tut mir leid. Als ich aufwachte und Iris war nicht da, bin ich total erschrocken" „Ist schon gut", erwiderte ich, „aber nächstes Mal, nach dem Anklopfen, wartest du bitte auf Antwort". Sie sah mich an und nickte: „Ich glaube, es ist wohl besser, wenn ich demnächst nicht mehr einfach so hereinplatze. In diesem Haus wohnt ja nun ein Pärchen, das sind wir hier nicht gewöhnt." Ich hob die Schultern „Das musst du mit Iris ausmachen, es ist schließlich ihr Haus." Insgeheim hoffte ich, dass Iris ihr recht gab. Dass sie ihr sagte, dass sich die Zeiten nun geändert hätten und wir mehr Intimsphäre haben wollten. Doch sie spielte den Ball wieder an mich zurück: „Was redest du da für einen Unsinn", schallte es von der Seite, „wir sind zusammen, und was mir ist, gehört auch dir. Du kannst, ohne zu fragen, alles benutzen, was du willst und du kannst natürlich auch mitbestimmen, was das Haus angeht." Mary sah mich erwartungsvoll an. Ich lächelte und sagte: „Natürlich könnt ihr kommen, wann immer ihr wollt, solange die Türen offen sind. Aber bitte nicht einfach aufschließen und durchs Haus marschieren." „Versprochen", sagte Mary. Dann grinste sie verschmitzt Iris an: „Das heute Morgen sah aber ziemlich vertraut aus, zwischen euch, oder?" Meine Freundin nickte: „Ja, heute Nacht habe ich erst so richtig bemerkt, dass wir zusammengehören und ich habe beschlossen, dass Tom zukünftig mit in meinem Bett schläft." Sie hakte sich in meinen Arm. „Tue ich das?", fragte ich nach.

„Was macht ihr denn heute?", fragte Deacon. „Die Multi-Millionärin Iris und ich, wünschen heute nicht gestört zu werden. Wir verweilen heute auf der Yacht", sagte ich scherzhaft, in einem hochgestochenen Ton. Deacon und ich lachten herzlich, Iris zuckte zusammen und Mary verstand die Welt nicht mehr. „Du spielst auf den Grenzer am Flughafen an, oder?", fragte Deacon. Er sah zu den Frauen und erklärte: „ Er wurde am Flughafen verwechselt und ist somit der Zollkontrolle entgangen." Ich ergänzte: „ Die dachten dort, ich wäre der Liebhaber einer Multi-Millionärin Namens Iris, die die Polizei in Florida finanziell unterstützt und auf den Miller-Inseln lebt." Deacon und ich lachten erneut. Mary und Iris lachten mit, aber sehr gequält. Ich senkte etwas den Kopf und dachte nach. „Was hast du?", fragte mich Mary. Ich schüttelte den Kopf: „Niemals würde ich etwas mit einer Millionärin anfangen. Dieses hochgestochene Gehabe ist etwas schreckliches. Dauernd meinen die, sie wären etwas Besseres." Ich ließ die anderen stehen und ging nach draußen. Deacon folgte mir: „Aber stell dir doch mal vor, du könntest dir alles kaufen, was du wolltest." Ich drehte mich zu ihm um: „Dann wäre das

Leben langweilig. Oder soll ich den Rest meines Lebens auf einem Golfplatz verbringen und Grashalme zählen?" „Du machst dir wohl nichts aus Golf?", fragte mich nun Mary. „Überhaupt nicht", antwortete ich, „man nimmt einen kleinen Ball, haut den so weit weg, wie möglich und geht ihn dann suchen und wenn man ihn gefunden hat, schlägt man ihn wieder weg." Ich tippte mir dreimal mit dem Zeigefinger gegen die Stirn, „Das ist Ostereier suchen für Geldsäcke." Ich drehte mich wieder um und sagte zu Iris: „Kommen Sie Mylady, unsere Yacht wartet auf uns."

Wir gingen los. An Jeanettes Haus vorbei und am Parkplatz, auf dem im Winter noch mein Wohnmobil stand. Es waren nur noch ein paar Meter, als wir an Büschen vorbeikamen. Dahinter sah ich schon eine Anlegestelle. Aber eine breite und sehr lange. Auf jeder Seite davon, war ein Boot festgemacht. Ein Kleines und ein Großes, wie Iris sagte. Das kleinere davon, würde ich allerdings schon in die Kategorie Luxusjacht einordnen. Das große erinnerte mich mehr an einen Ozeandampfer. Man konnte auch schon nicht mehr einfach auf das Deck gehen, wie bei anderen Jachten. Iris kramte in ihrer Tasche herum und holte eine Fernbedienung heraus. Sie drückte einen Knopf darauf. Eine Tür fuhr automatisch nach unten und fungierte gleichzeitig als Steg, in den Rumpf des Schiffes.
Wir gingen hinein. Ein großer Raum erwartete uns. Mit Tischen und Stühlen, einer Theke und einer kleinen Bühne. Darüber war ein Glasdach, welches großzügig das Licht durchließ. Von diesem Raum ging ein Gang ab mit lauter Türen. „Das war Vaters Empfangsraum, wenn er wieder mal eine seiner kleinen Partys für Kunden gab", erklärte Iris. Kleine Partys? Hier gab es Sitzplätze für mindestens 50 Personen." Wir gingen in den Gang. „Das hier sind die Kabinen für die Gäste", erklärte sie weiter und öffnete eine Tür. Ich sah hinein. Es war der pure Luxus. Doppelbett, Fernseher, angeschlossenes Bad und große Fenster. Und alles vom Feinsten. An alles wurde hier gedacht. „Was ist hinter den anderen Türen?", fragte ich. „Die anderen Kabinen, 10 Stück gibt es", gab sie mir zur Antwort. Ich wurde langsam etwas blass. Wir gingen den Gang durch, bis zum Ende. Dort gab es eine große Treppe die nach oben führte. Wir liefen die Treppe hinauf und standen auf einer

Plattform. Hier gab es ebenfalls Tische und Stühle. „Komm mit!", befahl Iris und zog mich an der Hand hinter sich her. Wir gingen in eine Kabine mit Steuerrad und allem anderen, was man wohl zum Fahren eines solchen Bootes braucht.

„Willst du fahren?", fragte mich Iris. „Oh, nein", gab ich zur Antwort, „ich werde hier nichts anfassen. Ich kann doch keinen Kreuzer steuern." Man sah ja noch nicht einmal den Anfang des Schiffes richtig. Ich wandte mich meiner Freundin zu: „Honey, würde es dir etwas ausmachen, wenn wir mit dem kleinen Boot fahren?" Iris sah mich zuerst etwas komisch an, dann aber lächelte sie: „Okay, wenn du meinst." Wir verließen das Schiff und wendeten uns dem etwas Kleinerem zu. Auch dieses war noch groß genug und genauso luxuriös. Wir gingen dieses Mal aber nicht nach unten, sondern sofort zu dieser Steuerkabine oder wie auch immer diese Dinger genannt werden. „Lass uns losfahren", befahl Iris und drückte auf einen Knopf. Das Boot begann leicht zu vibrieren, den Motor hörte man jedoch gar nicht. Sie stellte sich neben mich, und zeigte mir, wie die Yacht gesteuert wird. Sie erklärte mir alle Hebel, alle Knöpfe, auf was ich achten müsse, und vieles mehr. Dann fuhr ich los. Iris stand die ganze Zeit neben mir und überwachte jeden meiner Handgriffe. „Du machst das sehr gut", lobte sie mich.

Wir fuhren aufs Meer hinaus. Dort hielten wir und stellten den Motor ab. Iris nahm meine Hand. „Komm, ich zeige dir, wie es unter Deck aussieht sagte sie, und zog mich hinter sich her. Wir gingen eine Treppe hinunter. Auch unten prangte der pure Luxus. Es gab einen großen Gemeinschaftsraum und dahinter zwei Kabinen. Iris öffnete eine Tür und wir gingen hinein. Die Ausstattung dieser Kabine war ähnlich, wie auf dem großen Schiff, sie war nur etwas kleiner. Mein Honey, kam jetzt dicht zu mir heran: „Wenn du willst, können wir auch mal hier schlafen. Hier sind wir garantiert ungestört", flüsterte sie mir ins Ohr. Ich spürte ihren heißen Atem. Mir wurde ganz anders in der Magengegend und ich merkte, wie ich leicht zitterte. Nur kurz. Aber lange genug, dass auch Iris dies mitbekam. Dann biss sie mir ganz leicht ins Ohrläppchen und hauchte: „Wenn wir es irgendwann einmal tun sollten, dann will ich, dass es hier passiert." Sie drehte mich etwas zu sich und legte ihre weichen und warmen Lippen auf meine. Ich schmolz dahin, wie ein

Schneemann in der Saharasonne. Als sie von mir abließ, lächelte sie ganz leicht und leckte sich vorsichtig über ihre Lippen." Ich lächelte ebenfalls und sagte: „Wenn du es irgendwann einmal willst, dann weißt du auf jeden Fall schon mal, wie du mich rumkriegst." Iris lachte. „Als müsste ich dich rumkriegen", meinte sie nur und sah an mir herunter. Oh je, das hatte sie wohl bemerkt. Aber bei solch einem Kuss, kann ein Mann überhaupt nicht anders."

Wir gingen wieder nach oben. Captain Tom startete den Motor und wir fuhren weiter. Diese Yacht zu steuern, machte mir Spaß. Ich wurde an diesem Morgen wieder zum Kind. Ich fuhr  kreuz und quer über den Atlantik. Längst hatte ich die Orientierung verloren. Ich sah überall nur Wasser. Nirgendwo war Land zu sehen, an dem ich mich orientieren konnte. Ich wollte Iris rufen, doch ich sah sie nirgends. Ich stoppte das Boot und ging nach vorne. Iris lag auf dem Sonnendeck, das ich vom Steuer aus nicht sehen konnte. Sie sonnte sich. Bekleidet war sie nur mit String-Tanga und Sonnenbrille. „Komm her und leg dich zu mir!", rief sie, als sie mich sah. Ich zog mein Hemd aus und tat, was sie sagte. Wir lagen nebeneinander und ich konnte gar nicht anders, als auf ihre Brüste zu starren. „Nicht starren, fühlen", säuselte sie, nahm meine rechte Hand und legte sie auf ihre linke Brust. Sie sah mich an und ich fing an, sie leicht zu streicheln. Sie stöhnte hingebungsvoll. Ich glitt mit meiner Hand zur anderen Brust, als sie mich plötzlich auf sich zog und mich wie wild küsste. Lange Zeit lagen wir so da, küssten und streichelten uns gegenseitig, bis meine Freundin Irgendwann sagte: „Wir müssen wieder umkehren, sonst kommen wir zu spät." Ich nickte und schilderte ihr mein Problem: „Das ist es ja, ich weiß nicht, wo wir sind und wohin ich fahren muss." Während sie ihren BH wieder anzog, meinte sie: „Schaue auf den Kompass und fahre erst mal Richtung Westen. Ich ging wieder zurück zum Steuer. Unterwegs zog ich mein Hemd wieder an." Ich fuhr los und tat, was die Frau Kapitänin mir aufgetragen hatte." Einen kurzen Moment später kam Iris wieder zu mir zurück, legte ihren Arm um mich und ihren Kopf auf meine Schulter. Dann sagte sie: „Weißt du, ich würde gerne, aber ich kann noch nicht." Ich lächelte sie an. „Lass dir die Zeit, die du brauchst. Ich werde dich nicht drängen", erklärte ich.

Nach einiger Zeit erreichten wir wieder die Anlegestelle. Mit Anweisung der Bootseigentümerin, durfte ich das Boot sogar ‚einparken' und kurz darauf, hatte das Kind im Manne wieder festen Boden unter den Füßen. Arm in Arm liefen wir wieder zurück zum Haus und kamen gerade noch rechtzeitig zum Essen. „Aha, die Turteltäubchen geben sich die Ehre", blödelte Deacon, während wir uns setzten und fragte: „Wann ist denn nun die Hochzeit?" Ich lachte laut und ebenso laut antwortete ich ihm: „Iris und ich werden am selben Tag heiraten, an dem du und Mary heiratet. Dann machen wir eine Doppelhochzeit". Alle am Tisch mussten lachen, wusste doch jeder, dass Deacon niemals heiraten wollte. Iris jedoch rammte mir ihren Ellenbogen in die Seite, streckte mir ihre Hand hin und fragte: „Versprichst du mir das?" Ich gab ihr die Hand: „Das verspreche ich dir", bekräftigte ich meine Aussage und sichtlich zufrieden, aß sie weiter.

Nach dem Essen gingen wir wieder nach draußen, an unseren Gemeinschaftstisch. Nur Iris und Dan fehlten. Dan musste wieder zurück und Iris wollte noch etwas Zeit mit ihm verbringen. Wir hatten uns schon von ihm verabschiedet. „Wer weiß, wann sie sich wiedersehen", sagte Nancy. Jetzt war Bill an der Reihe: „Na, das hast du doch gehört, im Sommer bei Ihrer Hochzeit." „Moment mal, langsam", mischte sich nun Jeanette ein. „Iris will im Sommer Tom heiraten. Tom heiratet Iris aber nur, wenn an diesem Tag Mary und Deacon ebenfalls heiraten." Sie deutete zu den beiden hinüber, „Das heißt, dass Iris mal eben eure Hochzeit geplant hat, oder?" Deacon schluckte und Mary ergänzte: „Und wir wissen alle, was passiert, wenn sich Iris etwas in den Kopf gesetzt hat." Wir alle schauten zu Deacon, der gerade mit dem Wort „Cheers", seine Bierflasche leerte. Das war wohl doch etwas zu viel für ihn. Und auch etwas zu viel für mich. Sollte es Iris wirklich schaffen, Deacon zur Hochzeit zu überreden? Hatte sie hier so viel Macht?

Nach und nach gingen alle nach Hause. Iris war noch nicht wieder zurück und so saß ich mit Jeanette alleine da. „Du, Jeanette", druckste ich etwas herum, „das im Winter mit uns und so… ich meine nur…" Sie unterbrach mich: „Wird unser kleines Geheimnis bleiben, versprochen." Ich bedankte mich und erklärte: „Weißt du, Iris und ich waren zwar nicht zusammen, aber ich weiß nicht, wie sie es aufnehmen würde." „Mach dir keine Gedanken darüber", sagte sie, „von mir erfährt sie nichts." Wir tranken einen Schluck. Dann wollte ich von ihr wissen, was sie damals meinte, als sie sagte, dass sie viel von mir gelernt habe. Jetzt druckste sie herum: „Ja… weißt du…", dann fing sie sich: „Ich mag dich halt sehr. Und als wir morgens aufwachten und ich in deinem Arm lag, da wünschte ich mir, das könne immer so sein. Seit dieser Zeit weiß ich, dass ich lieber einen festen Freund hätte, statt immer nur belanglose Abenteuer." „Und?", fragte ich, „schon was in Aussicht?" „Nein", sie schüttelte den Kopf, „mal jemanden für eine Nacht oder ein paar Tage ist schnell gefunden, aber einen richtigen Partner - das braucht Zeit." Ich legte meine Hand auf ihre: „Du bist eine sehr attraktive Frau, Jeanette und eine intelligente noch dazu. Du wirst deinen Prinzen finden." Sie lächelte nur etwas gequält, sagte dazu jedoch nichts.

Iris kam zurück. Jeanette, die die ganze Zeit neben mir saß, wechselte nun auf die andere Seite des Tisches und Iris setzte sich zu mir. „Du warst lange weg", stellte ich fest. Sie nickte. Sie machte einen traurigen aber auch nachdenklichen Eindruck. „Ich habe ihn noch zum Flughafen gefahren", erzählte sie fast weinend. Ich nahm sie in den Arm und tröstete sie: „Im Sommer siehst du ihn wieder und wer weiß, vielleicht sogar mit Freundin." Ihr Gesicht hellte sich etwas auf: „Das wäre schön, ich würde es ihm gönnen." Ich sah Iris von der Seite an. „Ihr beiden mögt euch wirklich sehr", sagte ich. Sie drehte den Kopf: „Woher weißt du das, du kennst ihn doch kaum." Ich schmunzelte: „Iris, das sieht man doch." Jetzt musste sie auch schmunzeln: „Komisch, das sagte er auch von uns." „Das wir uns mögen?", fragte ich scherzhaft nach. „Nein Dummkopf", klärte sie mich lachend auf, „dass wir uns lieben." Ein kurzer Kuss folgte, und sie lag wieder in meinem Arm. Sie legte den Kopf an meine Schulter und flüsterte: „Sehr sogar."

Jeanette schaute uns die ganze Zeit zu. Auch dass sie neidisch auf uns war, konnte man gut sehen. Sie versuchte das Thema zu wechseln: „Wo wart ihr denn heute Morgen mit dem Schiff? Wart ihr auch auf deinen anderen Inseln?" Iris zuckte zusammen. Sie sah Jeanette ernst an und schüttelte hektisch, aber nur mit kleinen Bewegungen den Kopf. Nun zuckte auch Jeanette leicht zusammen. Man konnte erkennen, dass sie sich am liebsten die Zunge abgebissen hätte. Keine der beiden sagte auch nur einen Ton. „Was habt ihr denn?", spielte ich den Dummen. „Ach nichts Darling, alles in Ordnung", versuchte mich Iris zu beruhigen. Doch ich machte weiter: „Dann gib doch Jeanette Antwort. Ich weiß nämlich nicht, wo wir heute Morgen waren, ich kann es ihr nicht sagen." Kurz angebunden sagte sie nur rasch: „Auf hoher See." Das war alles. Dann sah ich Jeanette an: „Welche anderen Inseln meinst du?" „Irgendwelche", sagte sie schnell heraus. Und Iris ergänzte: „Hier gibt es noch andere Inseln, weißt du?" Ach, das machte Spaß, die zwei so in Erklärungsnot zu bringen. Und ich setzte noch einen drauf: „Ja, die habe ich schon gesehen, aber Jeanette sagte *deine* Inseln." Kurze Pause, dann rief Jeanette: „Da musst du dich verhört haben", während Iris zur gleichen Zeit meinte: „Weil ich da gerne bin." „Ach so", sagte ich nur kurz und ließ die Sache erst einmal auf sich beruhen.

So vergingen die vier Wochen. Es war für mich der letzte Abend in Florida. Iris machte seit zwei Tagen ein Gesicht, wie in ihrer Glanzzeit. Wir wollten uns noch einmal alleine verabschieden. Von allen anderen hatte ich das bereits getan. Iris würde mich am nächsten Morgen zum Flughafen fahren. Wir hatten also noch einen Abend und eine Nacht. So liefen wir, wieder einmal, am Strand entlang und unterhielten uns über unsere Zukunft, denn die vier zurückliegenden Wochen, waren als Generalprobe ein voller Erfolg. Eigentlich dachte ich am Anfang nicht, dass ich die volle Zeit hier verbringen würde. Vielmehr hatte ich die Befürchtung, dass Iris wieder einmal ausflippen würde. Aber sie hatte sich richtig gut im Griff und wir verstanden uns von Tag zu Tag besser. Sie erzählte mir sogar, dass sie von der Sache zwischen mir und Jeanette wusste und akzeptierte es. Aber es ging ihr auch von Tag zu Tag schlechter, je näher der Abschied nahte. Wir legten uns in den warmen Sand. Iris lag in meinem Arm und zog mich fest an sich. Ich sah, wie sich eine Träne auf ihren Weg machte. Ich wischte sie ihr aus dem Gesicht und versuchte sie zu trösten: „Honey, es sind doch nur drei Monate, dann können wir für immer zusammen sein." Sie schluchzte: „Drei Monate sind ein viertel Jahr, das hört sich schon viel länger an. Und letztes Mal waren es nur sechs Wochen und uns kam es wie Jahre vor." „Das kannst du nicht vergleichen", versuchte ich ihr klarzumachen, „da dachten wir beide, dass wir uns nie mehr wiedersehen würden. Jetzt ist das etwas anderes." Sie erhob ihren Kopf und sah mich an: „Warum ist das etwas anderes? Du bist in Deutschland und ich bin hier." „Ja, aber wir können jeden Tag miteinander telefonieren", entgegnete ich. „Wenigstens ein kleiner Trost", meinte sie nicht gerade begeistert und senkte ihren Kopf nun auf meine Brust. „Darling?", hörte ich plötzlich aus ihrem Mund: „Was genau machst du in Deutschland." Ich musste lachen. Ihr Kopf hüpfte auf meiner Brust herum. „Also in erster Linie muss ich mich um meine Schüler kümmern. Das wichtigste ist, dass sie ihre Zulassung bekommen", erklärte ich ihr. „Das ist das wichtigste?", fragte sie leicht entsetzt. Ihr Kopf kam wieder hoch. „Deine Klasse ist dir wichtiger als ich?" „Nein, natürlich nicht", entgegnete ich, „aber ich habe ein Versprechen gegeben, dass alle ihr Ziel erreichen und das werde ich halten." Iris sah mich mit großen Augen an: „Du bist sehr ehrgeizig, in dem was du tust, das habe ich schon bemerkt", stellte sie fest, „Du lässt mich also hier sitzen, wegen eines Versprechens, das du halten willst?" „Ich halte meine Versprechen immer, wenn es möglich ist", sagte ich, „außerdem geht es nicht nur um ein Versprechen, sondern um die Zukunft von sechs Menschen." Längst schon hatte sich Iris halb auf mich gelegt. Ihr Bein hing über meinem und ihr Kopf war dicht vor meinem. Eine ganze Zeit lang sah sie mich an, bevor sie sagte: „Das ist auch ein Grund, warum ich dich so liebe. Du denkst nicht nur an dich, sondern bist für alle da. Ich werde die Zeit ohne dich aushalten." Dann küsste sie mich und legte ihren Kopf wieder auf meine Schulter. „Werden sie es schaffen?", wollte sie nun wissen. „Das schon, aber die Note, die sie bekommen werden, wird nicht meiner Vorstellung entsprechen", gab ich zu. Ich erklärte ihr, dass wir, durch meinen Unfall und das vorzeitige Abreisen vor Ostern, viel Zeit verloren hätten. „Ich hoffe, dass wir die Zeit noch irgendwie aufholen können", sagte ich nicht gerade sehr zuversichtlich. „Wieder hob Iris den Kopf: „Sie brauchen also jetzt Nachhilfe für die Nachhilfe." Wir mussten beide lachen, aber im Prinzip war es wirklich so. Ich erzählte meiner Freundin von unserem letzten Country-Tag und dass dort alle nur Englisch sprechen durften. Sie fand das eine tolle Idee und dass ich so etwas doch öfter machen solle. Ich hatte diesen einen Tag schon bezahlt und das riss mir ein gewaltiges Loch in den Geldbeutel, noch einmal so etwas, konnte ich mir nicht leisten. Das erzählte ich dann Iris auch so. Irgendwie sah sie mich bemitleidend an. Ich grinste sie an und fragte: „Weißt du eigentlich, dass du dir einen ganz armen Schlucker geangelt hast?" Sie lachte: „Ja, aber einen sehr lieben, den ich nie mehr loslassen werde." Ein erneuter Kuss folgte. Dann meinte sie: „Wenn du bei mir wohnst, dann brauchst du kein Geld mehr." Sie kuschelte sich wieder an mich.

Es dauerte eine ganze Weile, bis Iris mich fragte: „Sag mal, wie geht das eigentlich bei euch in Deutschland, mit der Hochzeit? Ist das so wie bei uns? Kauft der Mann einen Ring und macht dann der Frau einen Antrag?" Ich lachte: „Honey, mach dir keine Hoffnung, Deacon heiratet nicht." Doch Iris lachte nicht. Stattdessen kam ein: „Na, mal sehen", über ihre Lippen. Ich erklärte ihr in Kurzform, wie es in Deutschland abläuft: „Nein, ganz anders. Manchmal fragt der Mann die Frau und manchmal die Frau den Mann. Manchmal beschließen auch beide einfach nur zu Heiraten. Sehr oft bleibt da die Romantik auf der Strecke. Dann gehen beide Ringe kaufen und verloben sich. Und irgendwann nach ein paar Wochen, Monate oder auch Jahren, wird erst geheiratet. Manchmal aber auch nicht. Dann bleibt die Verlobung ewig bestehen, oder man trennt sich wieder. Du siehst also, teilweise völlig unromantisch. Aber für mich besser." Sie sah mich wieder an. Ihre Augen wurden groß. „Was ist daran besser?", fragte sie. „Na ja", sagte ich, „es ist etwas billiger. Stell dir vor, ich würde dich fragen, ob du mich heiraten willst. Mit was sollte ich den das machen? Mit dem Ring einer Coladose vielleicht? Den Ring, den du verdient hättest, könnte ich mir in 30 Jahren nicht leisten." Den Gesichtsausdruck der daraufhin folge, kann ich nicht beschreiben, aber es sah aus, als ob sie dahin schmelzen würde. Da habe ich wohl ins Schwarze getroffen, aber natürlich meinte ich es auch so. Würde wir in Deutschland den Antrag so machen, wie es in Amerika üblich ist, würden wohl viele Ehen, aus Geldmangel, nicht zu Stande kommen. „Man müsste eine Zwischenlösung finden", sagte Iris. „Ja, aber wie?", gab ich zu bedenken.

Die Zeit am Strand, an unserem letzten Abend ging viel zu schnell vorbei. Wir standen auf und gingen Richtung Haus, als Iris stehen blieb. Sie stellte sich vor mich und umarmte mich. Einfach nur eine Umarmung. Einfach nur dem anderen zeigen, ich gehöre zu dir. Einige Minuten standen wir so da, als Iris sagte: „Ich vermisse dich jetzt schon. Ich werde dich jeden Abend anrufen." Dieses Mal waren wir nicht so dumm. Wir tauschten schon frühzeitig die Telefonnummern und, zur Sicherheit, auch die Adressen. Sie wusste, wo die Schule ist, in der ich meine Nachhilfeklasse unterrichtete und sogar, wo sich mein Schrebergarten befand. „Aber Honey", sagte ich, „wenn du mich anrufst, dann bitte an *meinem* Abend nicht an *deinem*." Fragend sah sie mich an und ich erklärte: „Wenn du mich um acht Uhr abends anrufst, dann ist es bei uns zwei Uhr nachts." „Bin doch nicht dumm", schallte es mir entgegen und endlich gingen wir Arm in Arm nach Hause.

Bald schon waren wir im Schlafzimmer. Wir zogen uns aus und gingen ins angrenzende Badezimmer. So ein Doppelwaschbecken ist schon was Schönes. Man kann zusammen ins Bad und keiner muss auf den anderen warten. Es gibt aber auch genügend Nachteile. So sieht man morgens zwei Zombies im Spiegel, statt nur einem, man kann hören, wie der andere den Mund ausspült und ausspuckt und der allmorgendliche Pups wird zur Belastungsprobe.

Wir gingen wieder zusammen ins Schlafzimmer und ins Bett. Iris wollte natürlich gleich wieder kuscheln, die letzte Nacht nochmal richtig genießen, doch mir brannte etwas unter den Nägeln. „Iris, ich muss noch mal etwas mit dir besprechen", sagte ich. Sie lächelte: „Okay, was gibt es." Ich fuhr fort: „Jetzt mal ohne Jux und so, wir haben von unserer gemeinsamen Zukunft gesprochen und sogar vom Heiraten." Iris Miene hellte sich sichtlich auf. „Ja, und? Was meinst du?", wollte sie wissen. „Nun ja", erklärte ich weiter, „das würde aber voraussetzen, dass wir immer ehrlich miteinander sind, sonst wird das nicht funktionieren." Sie nickte. „Das stimmt. Willst du mir jetzt noch etwas beichten?", fragte sie. „Nein, aber du mir vielleicht?", ging die Frage zurück. Man sah deutlich, dass in ihrem Kopf etwas vorging. Manchmal wünschte ich mir ja, dass die Prozessorleistung bei Menschen auf der Stirn ablesbar wäre. Obwohl ich glaube, dass dort bei einigen nur ‚Error' stehen würde. Bei Iris wäre sie allerdings in diesem Moment, von geschätzten fünf Prozent Standby-Leistung, auf Höchstauslastung hochgeschnellt. „Ich verstehe nicht, was du meinst", wollte sie sich herausreden. „Wirklich nicht?", fragte ich zur Sicherheit nach. Sie schüttelte den Kopf. Mit den Worten: „Na, dann ist es ja gut", legte ich mich endlich hin. Iris löschte das Licht und legte sich in meinen Arm. In diesem Moment glaubte ich, den Prozessor sogar hören zu können. Das Licht ging wieder an. „Also gut", sagte sie, „du spielst auf die Worte des Grenzers an, oder?" Ich nickte: „Ich weiß schon lange, dass ich dort nicht verwechselt wurde." Iris senkte den Kopf. Man sah, wie sie nach Worten suchte. „Weißt du?", fing sie an sich zu rechtfertigen, „ich habe mich von Anfang an in dich verliebt, aber du warst ein Fremder für mich. Ich wusste nicht, ob du so jemand warst, der nur auf mein Geld aus ist. Jetzt weiß ich, dass es nicht so ist, aber ich musste doch vorsichtig sein. Und dann sagtest du noch, dass du Millionäre nicht magst. Das hat mich total verunsichert und ich habe mich nicht mehr getraut, es zu sagen." „Was zu sagen?", wollte ich noch wissen. „Das ich ein bisschen Geld habe", gab sie endlich zu und fragte: „Wie hast du es herausgefunden?" „Das habe ich eigentlich nicht", sagte ich, „aber ich kann eins und eins zusammenzählen. Erst der Grenzer, dann Jeanettes Versprecher und überhaupt ist es sehr unwahrscheinlich, dass dir dein Vater so viel an Sachwerten und Ländereien vererbt hat, aber kein Geld." Ich machte eine kurze Pause, dann fragte ich: „Wie heißt du eigentlich mit Nachnamen? Ich wusste schon längst, wie sie hieß, wollte es aber noch mal von ihr hören. Iris wusste wohl, auf was ich anspielte. Sie druckste etwas herum, sagte aber nichts. Ich half ihr etwas: „Ich nehme an, dein Nachname ist Miller und wir befinden uns hier auf einer der Miller-Inseln." Sie senkte den Kopf. Dieses Gespräch war ihr sichtlich unangenehm. Sie sah mich fragend an: „Da du jetzt weißt, dass ich Millionärin bin, magst du mich jetzt nicht mehr?" Sie versuchte einen Witz zu machen. „Nun, natürlich liebe ich dich noch, aber…" Sie schreckte hoch: „Aber was?" Ich konnte die Angst in ihren Augen lesen, die auch berechtigt war. Ich erklärte ihr, dass ich ein Problem damit hatte, mit einer Frau zusammen zu sein, die sehr viel Geld hat, während ich auf meine Rente angewiesen war. „Verstehst du das?", fragte ich sie, „Ich werde für alle Zeit von dir abhängig sein, und das macht mir zu schaffen. Außerdem, was wollen wir denn den ganzen Tag machen? Wir können nicht bis zum Ende unserer Tage Strandspaziergänge unternehmen." Iris wurde ruhig. Sie legte sich auf den Rücken und sah an die Decke. Ich beobachtete sie und sah, wie sich eine Träne auf den Weg in Richtung Ohr machte. Schluchzend sagte sie: „Dann war es das wohl mit uns." „Wenn uns nicht noch etwas einfällt", ergänzte ich. „Wie meinst du das?", fragte sie mit verweinter Stimme. „Es gibt für alles eine Lösung und garantiert auch für diese Situation", erklärte ich. Immer noch mit verweinter Stimme und auch leicht sauer, fauchte sie: „Willst du vielleicht für mich arbeiten?" Daraufhin sagte ich nichts mehr. Jetzt begann mein Prozessor mit der Arbeit und ich dachte über ihre Worte nach. Es dauerte eine ganze Weile. Dann drehte sie sich zu mir um: „Also ist das jetzt unsere letzte Nacht vor unserem großen Abschied?" Ich wollte die Situation etwas auflockern und scherzte: „Ja, es sei denn, du spendest dein ganzes Geld an Bedürftige und lebst mit mir in Armut. Aber nicht hier, sondern in Deutschland. Und du musst dir natürlich einen Job suchen und…" „Ja, das mache ich", schoss es plötzlich aus ihr heraus. Ich sah sie mit großen Augen an: „Das würdest du für mich tun?" Sie kuschelte sich ganz eng an mich und flüsterte mir ins Ohr: „Ich würde alles für dich tun, Darling." Ich streichelte ihr zärtlich den Arm und klärte sie auf: „Iris, niemals würde ich so etwas von dir verlangen und ich würde dich auch niemals sitzen lassen, nur weil du Geld hast. Aber ich hoffe, du verstehst mein Problem? Ich wäre für alle Zeit nur der Ehemann der Millionärin." Jetzt war Iris wach und schoss hoch: „Du sagst ja?" Jetzt war ich verwirrt: „Zu was sage ich ja?" Strahlend erklärte sie mir: „Du hast gesagt, dass du nur noch der Ehemann einer Millionärin wärst. Heißt dass, du willst mich wirklich heiraten? Oh, ich liebe dich so." Noch bevor ich mich versah, lag sie auf mir und küsste mich." Eigentlich wollte ich die Sache noch richtigstellen, aber aus dieser Nummer wäre ich an diesem Abend nicht mehr herausgekommen. Und so schlief Iris glücklich und zufrieden in meinem Arm ein und ich konnte trotz dieser abendlichen Diskussion am nächsten Tag ohne schlechtes Gewissen nach Hause fliegen. Aber wir wussten beide - dieses Gespräch war noch nicht beendet.

Iris

Nur ein paar Meter von mir entfernt, stand... Tom? Er stand tatsächlich direkt vor mir. Er ist wirklich zurückgekommen. „Tom", brüllte ich laut, ließ meinen Bruder stehen und rannte auf ihn zu. Ich fiel ihm direkt in die Arme. Wir umklammerten uns regelrecht und meine total angespannten Nerven entkrampften sich schlagartig und ließen einen ganzen Bach an Freudentränen fließen. Gleichzeitig erzählte ich ihm, dass er mich nie wieder alleine lassen dürfe und er jetzt für immer bleiben müsse. Ich weiß nicht, ob er es verstanden hatte. Ich hörte mich ja selber nicht richtig. Irgendwann ließen wir leicht voneinander ab, sodass wir mit unseren Köpfen ganz dicht zusammen waren. Wie gerne hätte ich ihn jetzt geküsst, doch wusste ich auch, was letztes Mal geschah. Aber ich musste. Ich würde ihn auch nicht wieder schlagen, überhaupt würde ich ihn nie mehr schlagen. „Küss ihn", schoss es durch meinen Kopf, „los mach schon." Ich war aufgeregt. Plötzlich fielen mir wieder Toms Worte ein, die er damals zu Jeanette und mir sagte. Ohne noch viel darüber nachzudenken, was richtig und was falsch ist, plapperte ich die Worte, mit einer kleinen Abänderung, nach: „Angst kann man nicht küssen, aber einen wundervollen Mann." Dann küsste ich ihn einfach. Und dieser Kuss, dauerte sehr lange. Er war auch sehr intensive, er war leidenschaftlich. Er war... einfach nur schön.

Ich wollte noch mehr von ihm. Und vor allem, wollte ich ihn alleine. Ich nahm seine Hand und wir rannten durch das Wasser. Wie verliebte Teenager benahmen wir uns. Wir legten uns in den Sand, wir kuschelten, wir küssten uns, wir genossen einfach das Leben und unsere Zweisamkeit. Ja, ich war glücklich und ich war richtig verliebt. Das wusste ich zwar vorher auch schon, aber jetzt wurde es mir noch mal so richtig bewusst. Und noch etwas wusste ich - ich durfte ihn nicht mehr gehen lassen. Natürlich war mir klar, dass er jetzt nicht einfach bei mir bleiben kann. Aber auf länger Zeit gesehen, musste ich es irgendwie hinbekommen, dass er bei mir wohnen könnte. Ich wollte mit ihm leben, wie andere Paare auch. Wie Mary und Deacon, wie Nancy und Bill. Mein Haus war groß genug, mein Bett war groß genug. Ob ich dort allerdings auch zusammen mit ihm liegen könnte, war die große

Frage, die es zu erkunden galt. Aber das zu erforschen, dazu war später noch genügend Zeit. Ich wollte mich in diesem Moment einfach nur noch ein bisschen freuen. Ein bisschen kindisch sein.

Wieder nahm ich Toms Hand und wir rannten erneut durch das Wasser. Weit kamen wir jedoch nicht, als ich stolperte und ins Wasser platschte. Sogar mein Kopf machte mit dem kühlen Nass Bekanntschaft. Als ich ihn wieder an die Luft brachte, sah ich Tom der neben mir lag. Wir standen auf, lachten laut und machten uns patschnass auf den Weg nach Hause. Unterwegs fiel mir ein, dass wir im Haus alles dreckig und nass machen würden. Wir mussten uns, bevor wir reingingen, irgendwie unserer Kleider entledigen. Aber wie? Ich konnte doch nicht zu ihm sagen, er solle weit vor dem Haus warten und dann nachkommen. Auch wusste er nicht einmal, wo sein Zimmer war. Wie könnte ich es also hinbekommen, dass wir beide ausgezogen ins Haus gingen, ohne uns zu sehen? Die Zeit wurde knapp. Wir waren fast da, und ich hatte noch keine Lösung. Doch als wir auf der Terrasse standen, war mir plötzlich alles egal. Wir waren ein Paar. Warum sollten wir uns nicht auch nackt sehen. Ohne noch weiter darüber nachzudenken, zog ich meine nassen Sachen aus, rief: „Komm mit!", und rannte in das Gästezimmer. Dort erst einmal ins Bad. Ich holte zwei groß Handtücher, und begann mich rasch abzutrocknen. Tom war noch nicht da. Als er kam, war ich bereits fertig. Dann kam er die Tür herein. Nass und… nackt. Nun wurde mir doch etwas mulmig. Ich mit einem Mann, alleine in einem Zimmer. Ich hielt schnell das Handtuch vor mich. Würde er mir etwas tun? Würde es wieder so sein wie früher? Mein Herz begann heftig zu pochen. Nein, nicht Tom. Er würde so etwas niemals tun, oder? Nein, würde er nicht. Wenn ich zu jemandem Vertrauen hatte, dann zu ihm. Obwohl ich ihn eigentlich gar nicht richtig kannte Und trotzdem, obwohl ich so fest davon überzeugt war, fragte ich ihn: „Du wirst mir doch nichts tun, oder?

Mit großen Augen sah er mich an: „Niemals würde ich etwas tun, was du nicht auch willst." Er war mittlerweile fertig mit abtrocknen und legte sein Handtuch über den Schreibtischstuhl. Ich wusste es. Er war der Richtige. Er war derjenige, der mich als Frau und Partnerin sah und nicht als Sexobjekt. Er war es, den ich wollte. Er war es, der mich wollte und zwar so, wie ich war. Ich beschloss, ihm mein Vertrauen zu zeigen, indem ich mein Handtuch wegnahm und auf das Bett hinter mir warf. Und trotzdem war es irgendwie komisch. Jetzt wo wir nackt voreinander standen. Wir sahen uns an. Es war plötzlich wieder alles wie früher. Ein Mann und ich alleine im Schlafzimmer und ohne Kleidung. Wird es wieder losgehen? Wird es wieder wie früher sein? Ich konnte diese Zeit einfach nicht verdrängen. Nein, nicht mit Tom. Dessen war ich mir sicher. „Probiere es einfach aus", schoss es mir durch den Kopf. Ohne darüber nachzudenken, ging ich zu ihm und umarmte ihn. Ich presste meinen Körper fest an ihn. Ich wollte es jetzt wissen. Es dauerte auch nicht lange, als ich bei ihm eine Regung vernahm. Aber es war dieses Mal alles anders. Er stieß mich leicht von sich und nahm wieder sein Handtuch. Er begann erneut, sich in seinem Intimbereich abzutrocknen. Angeblich hätte er das dort noch nicht gemacht. Jetzt musste ich grinsen. Gleichzeitig war ich auch erleichtert. Viele Männer hätten diese Situation wohl ausgenutzt. Tom aber nicht. Ich konnte ihm also wirklich vertrauen, mein Gefühl hatte sich nicht getäuscht.

Ich sagte ihm noch, dass das sein Zimmer war und zeigte ihm auch den begehbaren Kleiderschrank und das Bad. Anschließend teilte ich ihm mit, dass ich nach oben gehe, um mich neu einzukleiden, gab ihm noch einen Kuss und ging hoch.

Oben angekommen, ließ ich mich auf das Bett fallen und dachte kurz über das nach, was gerade passiert ist. Er hatte mich nicht angetatscht, nicht dumm angemacht. Es kam auch kein blöder Männerspruch. Er hatte sich einfach nur vorbildlich verhalten. Zufrieden sprang ich wieder auf und zog mich an. Ich musste wieder runter. Zu lange habe ich auf ihn warten müssen, nun will ich auch jede Minute mit ihm verbringen.

Als ich unten ankam, war Jeanette schon da. Wir hatten uns alle für einen Grillabend verabredet, den Deacon organisierte. Ich wusste bis dahin nicht, warum er das tat. Eigentlich war er nicht so der große Veranstalter. Wenn wir einen Grillabend machten, dann kümmerte er sich nur um das Fleisch und ums Grillen. Dieses Mal übernahm er alles. Nicht nur die komplette Organisation, sondern auch die ganze Vorbereitung und den Einkauf. Nun wussten wir auch endlich warum.

Ich war kaum wieder in Toms Zimmer, da stand Deacon auch schon da. Dicht dahinter kam Mary. Sie wusste ebenfalls nicht, dass Tom gekommen war. „Du hast es ihr nicht gesagt?", fragte ich ihn leise. Er flüsterte zurück: „Ich habe es niemandem gesagt", und grinste.

Wir gingen alle zusammen zu unserem ‚Festtisch'. Tom hat ihn mal so genannt, als er im Winter bei uns war. Und da war klar, warum Deacon alles alleine organisierte. Er machte quasi eine Kopie des Silvesterabends. „Euer Abend", nannte er ihn und schaute zu Tom und mir. Er dachte sogar an unser Lied. ‚Meet me in Montana', lief im Hintergrund. Dieses Mal sangen wir zwar nicht mit, aber trotzdem löste es Erinnerungen in uns aus.

Nach dem Essen gingen Tom und ich an den Strand. Wir gingen einfach nur spazieren und genossen die Situation. So dachte ich es zumindest. Dieser Traum wurde jäh unterbrochen, als Tom mit mir reden wollte. Und als er anfing herumzudrucksen, war mir klar, was er sagen wollte. Er war nur gekommen, weil es mir nicht gut ging. Weil Deacon ihn angerufen hatte. Und nun will er wieder Schluss machen und nach Hause fahren. Doch es kam völlig anders. Er musste zwar wieder nach Hause fahren, jedoch versprach er mir, im Sommer wieder zu kommen und mit mir zusammenzuleben. Bis dahin müssten wir eine Fernbeziehung führen. Eigentlich war ich den Tränen sehr nahe, als er anfing zu erzählen, aber dann machte mein Herz einen Freudensprung. Er wollte wirklich mit mir zusammenleben. Ich konnte es nicht glauben. Überglücklich ging ich wieder mit ihm zurück zu den anderen.

Einen Augenblick unterhielten wir uns noch, als mein Bruder plötzlich wissen wollte, wann denn die Hochzeit sei. Natürlich hatte er das zum Spaß gefragt. Ich teilte ihm und den anderen mit, dass diese im Sommer stattfinden würde und dass er sich nichts vornehmen sollte. Alle lachten und ich lachte mit. Natürlich war es anfangs nur ein Spaß, fand aber die Idee, je mehr ich darüber nachdachte, gar nicht so schlecht.

„Wir sollten schlafen gehen", sagte ich, als ich Tom ansah. Seit einiger Zeit war er nur noch am Gähnen. „Gute Idee", meinte er und ergänzte: „Ich bin jetzt seit 21 Stunden auf den Beinen." Der Arme. Wir wollten gerade losgehen, als Mary meinte, dass sie gleich nachkommen würde. Sie schlief seit einiger Zeit, im Wechsel mit Nancy, bei mir. Damit ich mir nichts antue, wie sie sagten. Das war lieb gemeint. Sie waren sehr besorgt um mich und ich ließ es mir auch gefallen. Aber nicht heute Abend. Ich versuchte sie abzuwimmeln. Doch ohne Erfolg. Sie bestand darauf, auch diese Nacht bei mir zu sein. Ich nahm Toms Hand und wir gingen zu seinem Zimmer. Ich hatte die Möglichkeit, heute Nacht mit dem besten und liebsten Menschen zu verbringen. Einem Menschen, den ich dazu noch liebe. Eine Nacht mit einem Mann. Oh ja, das war schon sehr lange her. Stattdessen liege ich mit meiner Freundin im Bett. Wir verabschiedeten uns vor seiner Tür und ich ging nach oben.

Ich zog mich aus und machte mich bettfertig. Ich hatte gerade mein Nachthemd übergeworfen, als Mary zur Tür hereinkam. Auch Mary machte sich bettfertig und wir gingen schlafen. Schlafen? Nein. Ich konnte doch jetzt nicht schlafen. Zu viel ist heute geschehen. Es war, als hätte mich jemand mit einem Schlüssel aufgezogen. Mir ging der ganze Tag noch einmal durch den Kopf. Immer wieder sah ich Tom, der plötzlich am Strand vor mir stand. Immer wieder dieser Glücksmoment, als ich ihn sah. Ich beschloss gerade, heute Nacht nicht bei Mary zu schlafen, sondern bei Tom, als ich neben mir ein leichtes Schnarchen vernahm. Mary war ins Reich der Träume unterwegs. Ich wartete noch einige Minuten, bis sie fest genug schlief. Dann stand ich auf, zog mein Nachthemd aus und streifte mir meinen Bademantel über. Ich ging aus dem Zimmer und schloss vorsichtig die Tür. Im nu war ich die Treppe heruntergerannt und ging in Toms Zimmer. „Bist du noch wach?", rief ich in die Dunkelheit. „Nein", kam eine unfreundliche Stimme zurück. Ich musste grinsen. So muffelig ist er also, wenn er geweckt wird. Das Licht ging an. Ich ging um das Bett und setzte mich neben ihn. Ich fragte, ob ich bei ihm schlafen könne. Er schien an diesem Abend aber gar nicht mehr richtig wach zu werden. Nach einem eher komischen Gespräch sagte er schließlich ‚Ja'. Erneut ging ich um das Bett herum, auf die freie Seite. Ich hatte nichts an. Wie würde er reagieren, wenn ich nackt zu ihm ins Bett kommen würde? Ich war jetzt doch etwas unsicher, als er plötzlich „Halt!" rief. Auf einen Schlag schien er wach zu sein. Er riss die Augen auf. Plötzlich stotterte er etwas zusammen, er hätte nichts an, weil er Nacktschläfer sei. „Umso besser", hauchte ich, öffnete den Bademantel und ließ ihn von meinem Körper gleiten. Ich stand noch einen Augenblick da. Er schien diesen Anblick auf seine Festplatte zu brennen, anders konnte ich diesen Gesichtsausdruck nicht deuten. Was er sah, schien ihm zu gefallen. Dann legte ich mich zu ihm ins Bett und in seinen Arm, bevor wir beide erschöpft einschliefen.

Am nächsten Morgen erwachte ich sehr unsanft. Tom war am Schimpfen. Mit wem und warum, wusste ich zu diesem Zeitpunkt noch nicht. Ich öffnete die Augen, sah zur Seite und bemerkte Mary, die vor unserm Bett stand. Jetzt verstand ich. Wir hatten beide nichts an, die Decke lag irgendwo, nur nicht auf uns und Mary kam scheinbar einfach so herein. Tom regte sich unheimlich auf, was Mary dazu veranlasste, möglich schnell das Zimmer zu verlassen. Mein Darling forderte mich sogar auf, dies abzustellen. Es könne nicht sein, dass hier jeder in dem Haus herumläuft, wie er will: „Honey, das muss aufhören", forderte er. Und er hatte ja Recht. Mir fiel das nicht so auf, weil ich es gar nicht anders kannte. Schon seitdem meine Freunde zu mir auf die Insel gezogen sind, geht das so. Sie wollten immer nach mir sehen können, sagten sie. Tom gefiel das natürlich überhaupt nicht, was ich auch gut verstehen konnte. Ich versuchte die Situation etwas zu entspannen und fing an, herumzualbern. Und Tom machte mit. Wir schubsten uns, warfen mit Kissen. Keine Ahnung, wie es genau passierte aber plötzlich lag Tom auf mir. Eine Situation, die ich lange nicht mehr erlebt hatte und die mich etwas verunsicherte. Was hatte er vor? Hatte er überhaupt etwas vor? Oder war es Zufall, dass er auf mir lag? Wir schauten uns in die Augen. Sein Blick hatte etwas Fragendes. Er schien von dieser Situation genauso überrascht gewesen zu sein, wie ich es war. „Küss mich", forderte ich ihn plötzlich auf. Kamen diese Worte tatsächlich aus meinem Mund? Überlegt waren sie jedenfalls nicht. Noch bevor ich weiter nachdenken konnte, kam er auch schon meiner Forderung nach. Es wurde ein langer Kuss. Ein so genannter ‚Ich liebe dich Kuss'. Ich legte dabei meine Arme um seinen Oberkörper und zog ihn fest an mich heran. Doch schon nach kurzer Zeit, spürte ich einen leichten Druck an meinem Oberschenkel. Der kleine Mann wurde wohl wach. Obwohl das in einem solchen Moment wohl völlig normal ist, kam eine leichte Panik in mir auf. „Was jetzt?", schoss es mir durch den Kopf und noch bevor ich irgendwie reagieren oder irgendetwas sagen konnte, ging er von mir herunter und zog die Decke über seine Hüfte. Es war ihm sichtlich peinlich was gerade passierte. „Ich gehe duschen", sagte ich, „du kannst ja nachkommen, wenn es wieder geht." Ich lächelte ihn dabei an. Spätestens seit diesem Morgen wusste ich es endgültig - wenn ich jemandem vertrauen konnte, dann war es Tom.

Nach dem Duschen gingen wir frühstücken. Mary hatte als Wiedergutmachung den Frühstückstisch gedeckt und kam anschließend mit Deacon sogar persönlich vorbei, um sich zu entschuldigen. Dabei klärten wir auch gleich die neue Situation, die Tom im Bett ansprach. Mary verstand dies. Aber anschließend gab es eine Situation, die mir fast das Herz aus der Brust riss - Tom und Deacon machten Scherze darüber, dass Tom bei der Einreiße verwechselt wurde. Angeblich dachten die Leute dort, dass er zu einer Multi-Millionärin namens Iris wollte. Oh, mein Gott. Wusste Tom etwa Bescheid? Aber woher sollte er es wissen? Ich glaubte nicht, dass ihm einer meiner Freunde etwas verraten hatte. Und dann sagte Tom einen Satz, der mir fast das Blut in den Adern gefrieren ließ. Nämlich, dass er niemals etwas mit einer Millionärin anfangen würde. Ich zitterte am ganzen Körper, als Tom mich aufforderte, zu den Booten zu gehen. Er dürfe niemals die Wahrheit erfahren. Komme was wolle. Das nahm ich mir in diesem Moment fest vor. Ein blöder Vorsatz, gingen wir doch gerade in diesem Moment zu meinen Yachten. Ja, das war ich. Eine arme Frau mit eigener Insel, Villa und zwei Yachten. Das würde er mir auch glauben. Nein, ich müsse ihm irgendwann die Wahrheit beichten. Schlimmer wäre es, wenn er es von selbst herausfinden würde.

So gingen wir zum Hafen und fuhren aufs Meer hinaus. Ich zeigte Tom, wie das Boot gesteuert wird und er fuhr los. Er hatte sichtlich Spaß daran.

Pünktlich zum Mittagessen, waren wir wieder zu Hause. Und da kam meine große Stunde. Deacon fragte wieder einmal nach, wann denn die Hochzeit sei. Genau wie am Abend zuvor, wollte ich ihm erklären, dass wir im Sommer heiraten werden, als Tom mir zuvorkam: „Iris und ich werden am selben Tag heiraten, an dem du und Mary heiratet", sagte er zu Deacon. Das war sein Fehler. Diesen Satz hatte ich mir gut gemerkt und beschloss, ihn für mich zu nutzen. Denn Tom wusste zu dieser Zeit noch nicht, welchen Einfluss ich auf meine Freunde hatte, wenn ich mir etwas in den Kopf gesetzt hatte. Als ich ihn auf seine Bemerkung ansprach und fragte, ob er mich das auch versprechen würde, sagte er: „Das verspreche ich dir." Damit war meine Zukunft mit ihm gesichert.

Nach dem Essen ging ich mit meinem Bruder nach draußen. Wir gingen zur Vordertür hinaus und liefen etwas die Straße hinauf, in Richtung Hafen. Dan legte seinen Arm um mich. „Ihr zwei seid ein richtiges Traumpaar", teilte er mir in Bezug auf Tom mit. Ich strahlte ihn an. „Dan, ich bin so glücklich mit ihm. Das mit uns muss für alle Zeit bleiben", hoffte ich. „Ja, das muss es", bestätigte er meine Aussage, „Ich habe dich noch nie so strahlen gesehen und er scheint ein feiner Kerl zu sein." Oh ja, das war er. Ich erzählte Dan, dass wir die Nacht zusammen verbrachten. Das wir nichts anhatten, und dass er noch nicht einmal einen Versuch unternommen hatte, mich doch noch rumzukriegen. „Das war trotzdem sehr gewagt von dir", stellte Dan fest: „Stell dir vor, es wäre anders gelaufen. Niemand hätte dir helfen können." Ich sah ihn an und nickte: „Das war wohl ziemlich naiv von mir, oder?" Dan nickte, doch er sagte nichts. Dann erzählte ich ihm, von unserem Kuss am Morgen und dass ich seine Erregung spüren konnte. „Dan, er ist einfach nur schnell von mir runter und hat sich zugedeckt. Er sagte, dass er mich niemals drängen würde und dass ich, wenn ich mehr von ihm wolle, den Anfang machen müsse." Dan blieb stehen. „Ich glaube schon, dass du den richtigen gefunden hast. Halte ihn fest und werde glücklich", sagte er. Er machte eine kurze Pause und fuhr fort: „Aber das mit der Hochzeit war doch ein Scherz, oder?" Ich sah ihn ernst an: „Nein Dan, mit so etwas mache ich keine Scherze. Ich werde ihn heiraten." Er lächelte mich an und meinte nur: „Du bist verrückt." „Ja, aber herrlich verrückt", bestätigte ich. Lachend gingen wir weiter. Wir waren fast beim Hafen angekommen und drehten um. Wir unterhielten uns noch eine ganze Weile. Ich erzählte von meinen Plänen, die ich bis dahin schon hatte. Schließlich musste ich ja noch Deacon überzeugen. Wenn er und Mary nicht heiraten würden, dann würde es mit unserer Hochzeit wohl auch nichts werden. Dan fand es nicht so gut, dass ich Deacon dazu drängen wollte, aber Mary war schon längere Zeit an ihm dran. Sie hatte ihn schon lange heiraten wollen, wurde aber immer nur von ihm vertröstet.

Schließlich kamen wir an der Garage an. Ich betätigte den Türöffner und das Garagentor schwang sich nach oben. Anschließend fuhr ich meinen Bruder zum Flughafen. „Überlege es dir noch einmal mit der Hochzeit", sagte er, als wir am Flughafen ankamen. Ich schüttelte den Kopf: „Dan, ich habe einen Mann gefunden, der zu mir passt und den ich sehr liebe. Warum gönnst du mir mein Glück nicht." Dan wiegelte ab: „Natürlich gönne ich dir dein Glück. Wenn Ihr euch entscheidet zu heiraten, werde ich natürlich voll hinter euch stehen. Ich bitte dich lediglich, es dir noch einmal zu überlegen. Ich finde es halt etwas zu früh." Er gab mir noch einen Kuss auf die Stirn. Eine letzte Umarmung, dann verschwand er in den Weiten des Flughafens.

Als ich wieder nach Hause kam, sah ich Tom und Jeanette alleine am Tisch sitzen. Obwohl ich volles Vertrauen zu Tom hatte, bekam ich immer noch etwas Magengrummeln, wenn ich ihn alleine mit Jeanette sah. Eigentlich war Jeanette ja meine Freundin, aber wenn es um Männer ging, traute ich ihr nicht über den Weg. Sie hatte so eine Ausstrahlung, der kein Mann widerstehen konnte. Dazu noch eine Traumfigur, und Kleidung, die diese noch richtig betonte.

Jeanette ging auf die andere Seite des Tisches und ich setzte mich zu meinem Ehemann in Spe. Wir unterhielten uns eine Zeitlang über Dan und über uns. Ich lag in seinem Arm. Bei Tom konnte ich gut zur Ruhe kommen. Er hatte so eine beruhigende Art an sich, dass ich meinen Bruder schon fast wieder vergessen hatte. In seinem Arm konnte ich entspannen. Jeder Druck wich von mir. Es schien fast, als würde er alle meine Probleme von mir fernhalten. Zudem streichelte er so gefühlvoll meinen Arm, dass ich jedes Mal eine Gänsehaut bekam. Aber eine angenehme Gänsehaut. Abgesehen von Dans Abreise, war das ein richtig schöner Tag. An diesem Mittag hatte ich gar keine Lust mehr, irgendetwas zu unternehmen. Viel lieber wollte ich einfach nur in seinem Arm liegen. Vielleicht heute Nachmittag noch ein Strandspaziergang mit meinem Freund, Abendessen und dann etwas vor dem Fernseher kuscheln. Es hätte alles so schön werden können, wenn Jeanette nicht ein dummer Fehler unterlaufen wäre. „Wo wart ihr den heute Morgen mit dem Schiff? Wart ihr auch auf deinen anderen Inseln?", fragte sie. Ein Satz, bei dem ich dachte, der Blitz schlägt in mich ein. ‚Deine anderen Inseln'. Sofort fiel mir Toms Erlebnis am Zoll wieder ein. Was würde er tun, wenn er es herausfinden würde? Wir versuchten uns mit Ausreden, aus dieser Situation zu retten, aber wir manövrierten uns nur noch weiter hinein. Irgendwann fragte Tom zum Glück auch nicht mehr nach.

Der restliche Tag verlief so, wie ich es am Mittag geplant hatte. Wir gingen an den Strand und nach dem Abendessen sahen wir ein bisschen fern. Doch eines ließ mir keine Ruhe. Toms Verhältnis zu Jeanette. Ich beschloss, ihn darauf anzusprechen: „Darling?" Er sah zu mir und ich erklärte ihm, was mich bedrückte: „Du und Jeanette. Ist da etwas?" Er sah mich nur fragend an und ich bohrte weiter: „Ihr seid so vertraut miteinander, ist da mehr zwischen euch?" Immer noch sah er mich an. Nach einer Weile sagte er plötzlich „Ja", und drehte den Kopf wieder in Richtung Fernseher. Ein Stich durchzuckte meine Brust. Ich glaube, ich wurde kreidebleich, als er sich wieder zu mir umdrehte und erklärte: „Jeanette und ich sind sehr gute Freunde." Er machte eine kurze Pause, „Nachdem du mich nicht mehr sehen wolltest, kam ich die nächsten Tage bei ihr unter. Ich konnte bei ihr essen und wir haben uns viel unterhalten. Wir verstehen uns halt sehr gut." „Und mehr ist da nicht?", hakte ich nach. „Nein, mehr ist da nicht", antwortete er energisch und wendete sich wieder dem Fernseher zu. Es klang schon etwas sauer, wie er es sagte. Trotzdem machte ich weiter: „Weißt du, Jeanette ist sehr attraktiv und hat eine tolle Figur und…" Er unterbrach mich jäh: „Honey, wann hast du zum letzten Mal in den Spiegel gesehen? Du bist mindestens genauso attraktiv wie Jeanette und deine Figur finde ich sogar noch anziehender. Du bist eine wahnsinnstolle Frau." Das ging runter wie Öl. Ich konnte nichts mehr sagen. Hatte er das ernst gemeint? War ich…? Zum weiteren Überlegen kam ich nicht, denn er redete weiter: „Warum seid ihr Frauen immer so kompliziert? Bei euch sehen die anderen immer besser aus. Was soll das? Ihr macht euch selbst immer schlecht." Dann fing er an zu grinsen und erzählte: „Wir Männer sind da anders. Wir können noch so hässlich sein und eine Kugel vor uns herschieben. Wir sehen in den Spiegel und wissen - ja das passt." Nun musste ich lachen: „So selbstbewusst seid ihr?" Er gab zu: „Das war vielleicht etwas übertrieben, aber im Großen und Ganzen, ist es so", und er fügte ernst hinzu: „Honey, du bist eine wunderschöne Frau. Mindestens so hübsch wie Jeanette. Niemals würde ich dich wegen Jeanette sitzen lassen." „Und doch hast du mit ihr geschlafen", kam es aus meinem Mund. Ich merkte, wie er erschrak. In diesem Moment hätte ich mir die Zunge abbeißen können. Ohne nachzudenken, sagte ich diese Worte. Er nahm die Fernbedienung und schaltete den Fernseher aus. „Du weißt davon?", fragte er. Ich nickte, während er den Kopf schüttelte: „Sie hat versprochen, nichts zu erzählen", teilte er mit. „Hat sie auch nicht", beruhigte ich ihn, „Weißt du, ich kenne Jeanette schon so lange. Ich musste sie damals nur ansehen, und wusste es." Tom versuchte sich zu entschuldigen: „Weiß du Honey, damals als du mich rausgeworfen hast, da…" „Pssst", sagte ich nur und legte meinen Finger auf seinen Mund: „Du musst dich nicht rechtfertigen. Wir waren nicht zusammen und du musstest davon ausgehen, mich nie wieder zu sehen." Er nickte mit dem Kopf und ich fuhr fort: „Sonst hättest du das nicht gemacht." Sein Kopfnicken ging in Kopfschütteln über. „Sag mir nur noch eines", bat ich ihn, „war der Sex für dich bedeutungslos?" Er sah mir direkt in die Augen: „Für mich ja, für Jeanette eher nicht", gab er zu und sagte weiter: „Ich liebe nur dich und darüber habe ich mit Jeanette auch heute Mittag gesprochen. Du musst absolut keine Angst haben", sagte er anschließend und damit war ein Problem gelöst, welches ich schon seit Wochen mit mir herumschleppte. Eine Aussprache kann so befreiend sein. Wäre mein nächstes Problem nur auch so einfach. Wie könne ich ihm schonend beibringen, dass ich wirklich Millionärin bin. Und wie könnte ich es schaffen, dass er trotzdem bei mir bleiben würde. Diese Sache war wohl nicht so einfach aus der Welt zu schaffen.

In den nächsten Wochen waren wir Tag und Nacht zusammen. Ich zeigte ihm die ganze Insel. Zuerst liefen wir am Strand um die halbe Insel und dann quer durch, zurück zum Haus. Am nächsten Tag gingen wir wieder zu dem Punk zurück, wo wir am Vortag aufhörten, und liefen die zweite Hälfte ab. An diesen beiden Tagen aßen wir auch nicht mit den anderen, sondern machten Picknick. Deshalb musste Tom, während der ganzen Reise, den Rucksack schleppen. Doch dieses Picknick machte uns solchen Spaß, dass wir es noch zweimal wiederholten. Einmal auf der kleinen Yacht und einmal sogar auf der Nachbarinsel, die Tom so gut gefiel. Wir fuhren auch mal in die Stadt und machten einen Bummel durch die Geschäfte. Ich zeigte ihm auch endlich die Jugendherberge und erklärte ihm, wie alles irgendwann einmal ablaufen sollte, denn alles war noch so neu. Wir hatten noch keine Gäste, das Projekt musste erst noch bekannt gemacht werden.

Ein paar Mal noch, fuhren wir mit dem Boot hinaus und Tom durfte das Kind im Manne herauslassen.

Natürlich verzichteten wir auch nicht darauf, einfach nur am Strand zu liegen und die Sonne zu genießen. Manchmal kam es mir so vor, als wären wir schon Jahre zusammen. Ich glaubte, in dieser Zeit war ich der glücklichste Mensch der Welt.

Doch auch diese vier Wochen gingen irgendwann zu Ende. Und so kam unser letzter Tag. Ich fühlte mich inzwischen auch nicht mehr wie der glücklichste, sondern eher wie der traurigste Mensch. Tom hatte sich schon von allen verabschiedet. Nun lagen wir im Sand. Zum letzten Mal, für lange Zeit. Irgendwie würde ich die nächsten drei Monate schon überstehen. Die Zeit, bis Tom wiederkommt. Aber genau da lag mein Problem. Wird er denn wiederkommen? Was, wenn er die letzten Wochen nur als eine Art Urlaub angesehen hatte? Ich versuchte diesen Gedanken zu verdrängen. Stattdessen genoss ich die letzten Stunden mit meinem Liebling. Ich ließ mir von ihm erklären, wie man sich in Deutschland verlobt und wie geheiratet wird. Was er erzählte, war allerdings seltsam. Völlig anders als bei uns und irgendwie unromantisch, wie er auch selber zugab. Ich musste mehr darüber wissen. Ich beschloss, im Internet zu recherchieren, denn ich hatte schon so einen kleinen Plan, wegen unserer Hochzeit.

Des Weiteren erzählte er auch von seiner Nachhilfegruppe. Dass sie, durch seinen Beinbruch, viel Zeit verloren hätten und er wäre auch schon vor den Osterferien weggefahren, was sie auch wieder nachholen müssten. Und dass sie ihren Abschluss nun mit einer schlechteren Note bestehen würden. Und…und…und… Er brauchte eigentlich gar nicht mehr weiterreden, denn was ich zu tun hatte, wusste ich längst. Diese Jugendlichen würden unsere ersten Gäste werden. Aber ich hatte noch andere Pläne die immer mehr gestallt annahmen, je mehr ich von ihm erfuhr. Eigentlich brauchte ich dazu nur noch zwei Sachen - Deacons Einwilligung zur Hochzeit mit Mary und Jeanette, ohne die mein Plan nicht funktionieren würde.

Unser letzter Abend war vorüber. Nur eine Nacht trennte uns noch von der Einsamkeit. Schon den ganzen Tag hatte ich überlegt, ob ich mich überwinden könnte, um mit ihm zu schlafen. Ich wünschte es mir so, aber genauso groß war auch meine Angst.
Wir legten uns ins Bett. Was sollte ich jetzt tun? „Ja, schlaf jetzt mit ihm", hörte ich eine Stimme in mir und von der anderen Seite kam ein „Tue es nicht". Ich fühlte mich hin- und hergerissen. „Was mache ich jetzt?", fragte ich mich erneut. Doch diese Entscheidung wurde mir plötzlich genommen. „Iris, ich muss noch mal etwas mit dir besprechen", sagte Tom plötzlich. Anfangs scherzte ich noch, aber bald schon merkte ich, dass er meinem Geheimnis auf die Spur gekommen war. Er hatte es herausgefunden. Er wusste, dass ich Geld hatte und dass ich wirklich die Millionärin war, von der er am Flughafen gehört hatte. Eine Situation, die ich unter allen Umständen vermeiden wollte. Das schlimmste was passieren konnte, war eingetroffen und das auch noch am letzten Abend. Nur ein paar Stunden vor seinem Abflug. Keine Zeit mehr, ihn zu überzeugen, dass ich… Ja, was eigentlich. Das ich anders war als andere Millionäre? Das wusste ich selbst nicht. Von was hätte ich ihn also überzeugen können? Wir redeten noch eine Weile. Natürlich konnte ich ihn verstehen. Hatte er zuvor noch gescherzt, dass ich mir einen armen Schlucker ausgesucht hatte, so wusste er nun auch von meinem Reichtum. Und ja, wahrscheinlich wäre er immer nur der Ehemann einer Millionärin, wie er sagte. Aber genau das war es. Das war die Zusage zu unserer Hochzeit. Er sagte es selbst - der Ehemann. Natürlich teilte ich ihm gleich mit, was er gerade von sich gab. Das er selbst erwähnte, mein Ehemann zu werden. Ich warf mich auf ihn und küsste ihn. Nicht nur, weil mir gerade danach war. Nein, ich wusste, wenn ich ihn mit meinen Lippen den Mund verschließen

würde, könne er zu diesem Thema nichts mehr sagen. Und an diesem Abend, sagte er lange nichts mehr.

Am nächsten Morgen war es dann so weit. Ich fuhr ihn zum Flughafen. Während der ganzen Zeit zu Hause und auch auf der Fahrt, fiel nicht ein einziges Wort über unsere gestrige Unterhaltung. Was einerseits ja angenehm war, andererseits mich aber auch in einer sehr nervenden Ungewissheit ließ. Nein, ich wollte Klarheit. Ich wollte wissen, woran ich bin, denn, von Trennung bis Hochzeit, war im Moment gerade alles möglich. Aber wann wäre der richtige Moment dafür? Viel Zeit hatte ich nicht mehr.

Nun standen wir neben dem Auto. Der Moment der Verabschiedung war gekommen. Noch immer hatte ich nicht den Mut, ihn auf den Vorabend anzusprechen. Er merkte wohl, dass mich etwas bedrückte. „Sprich es einfach aus", forderte er mich auf. „Was denn?", fragte ich zurück. Er lächelte mich an: „Na das, was du mir sagen willst", erklärte er. Doch er ließ mich gar nicht zu Wort kommen. „Ich nehme an, es ist wegen gestern Abend, oder?", fragte er. Ich senkte den Kopf und nickte dabei. Ich konnte einfach nichts sagen. Viel zu groß war meine Angst vor einer Trennung. Doch er drückte mit dem Zeigefinger meinen Kopf wieder nach oben, nahm meine Hände und sagte zärtlich: „Darling, niemals würde ich mich von dir trennen, nur weil du Geld hast. Das Problem, welches ich dir gestern geschildert habe, werden wir in den Griff bekommen. Da bin ich mir sicher." Mir fiel ein Stein vom Herzen. „Wir können ja am Telefon darüber reden", schlug ich vor, doch Tom schüttelte den Kopf: „Am Telefon redet man nicht über Geld, schon gar nicht über so viel. Wir suchen eine Lösung, wenn ich im Sommer wiederkomme." „Ja", hauchte ich nur, mehr brachte ich nicht heraus. Ich hätte auch nichts sagen können. Er umarmte mich und gab mir einen sehr langen Abschiedskuss. Dann drehte er sich einfach um, nahm seine Koffer und ging. Ich sah ihm noch lange hinterher. So lange bis er im Gebäude verschwand.

Das war's. Ich war wieder alleine. Für ungefähr drei Monate, falls mein Plan scheitern sollte. Aber eigentlich hatte ich noch gar keinen richtigen Plan, sondern nur Ansätze. Ich fuhr wieder nach Hause, fest entschlossen, einen Plan zu erstellen, der unsere Probleme lösen wird. Ich fuhr das Auto in die Garage und ging ins Wohnzimmer. Ich sah raus auf die Terrasse, auf der wir immer frühstückten. Dort sah ich ihn sitzen, wie er gerade die Butter auf sein Brötchen schmiert. Von dort sah ich hinüber zu unserem Festtisch. Auch dort sah ich ihn sitzen. Er war überall. Kaum eine Stunde ist vergangen und ich vermisste ihn schon. Es klopfte an die Terrassenscheibe. Ich erschrak. Mary stand dort. „Und? Wie geht es dir?", fragte sie. Ich lächelte gequält, als meinem Auge eine Träne entrann. Mary kam zu mir und nahm mich in den Arm. Sie sagte kein einziges Wort, hielt mich einfach nur fest. In diesem Moment fiel mir ein, das Mary ja eigentlich meine Therapeutin ist. „Mary", rief ich leise, „wir haben seit vier Wochen nicht mehr richtig miteinander geredet." Doch Mary lachte nur: „Du hattest in dieser Zeit eine andere Therapeutin. Eine viel bessere als mich - die Liebe." „Bin ich geheilt?", wollte ich von ihr wissen. „Das kommt darauf an", gab sie mir zur Antwort, „Wenn Deacon heute Abend kommt, dann lässt du dich von ihm einfach mal in den Arm nehmen." „Nein", schrie ich auf, „warum sollte ich mich…" Ich stutzte und ein kurzes „Oh!" entglitt meinem Mund. „Siehst du, du bist noch nicht geheilt, aber du kannst dein Leben wieder leben, wenn auch mit Einschränkungen", erklärte sie. Das stimmte, ich war noch nicht geheilt. Alleine der Gedanke, dass mich Deacon, Bill oder ein anderer Mann umarmen würde, ließ mir einen Schauer über den Rücken laufen. Nur mein Bruder durfte das und seltsamerweise auch Tom. „Warum Tom, Mary", fragte ich meine Freundin. „Warum er und kein anderer?" „Weil du, aus irgendeinem Grund, von Anfang an Vertrauen zu ihm hattest", erklärte sie. „Das habe ich zu Deacon und Bill auch", konterte ich. Mary legte ihre Hand auf meine Schulter: „Aber die liebst du nicht. Bei Tom und dir war es Liebe auf den ersten Blick. So etwas soll es ja geben." Ich nickte, ließ sie stehen und ging nach draußen. Ich setzte mich an den Tisch auf der Terrasse. Mary folgte mir und setzte sich mir gegenüber. Ohne sie anzusehen, fragte ich: „Gibt es auch Vertrauen auf den ersten Blick?" Mary lächelte: „Ja, das gibt es auch und ist der Wissenschaft genauso rätselhaft, wie Liebe auf den ersten Blick. Bei dir ist sogar beides zusammen eingetreten." „Oh ja!", gab ich ihr Recht und erzählte ihr alle meine Erlebnisse mit Tom, bei den wir nackt waren oder zumindest beinahe.

Die Nächte, die er schon auf mir lag oder ich auf ihm und ich seine Erregung spüren konnte. Die Sache auf dem Schiff, auf dem ich nur einen String-Tanga trug, und noch einige andere Male. „Nie hat er etwas versucht bei mir", teilte ich Mary mit. „Und das stärkt noch dein Vertrauen in ihn", erklärte sie, „Tom ist ein toller Mensch. Etwas Besseres hätte dir nicht passieren können." Ich senkte den Kopf, aber Mary ließ so etwas nicht zu: „Auch wenn er jetzt nicht da ist, er wird wiederkommen und er ist sogar bereit, sein Leben hier in den USA mit dir zu teilen. Das ist ein sehr großes Wagnis für ihn." „… welches er nur für mich auf sich nimmt", ergänzte ich. Ich unterhielt mich noch sehr lange mit Mary. Ich erzählte ihr fast jede Einzelheit, die Tom und ich zusammen erlebten. Jedes Einzelne Gefühl, dass ich bei den Verschiedensten Gelegenheiten empfand. Und Mary hörte mir den ganzen Morgen aufmerksam zu.

Mittlerweile trafen Jeanette und Nancy ein und deckten den Tisch. Auch Deacon kam bald und kurz darauf auch Bill, der das Essen brachten. Wie jeden Mittag saßen wir wieder zusammen und aßen. Und doch war es nicht wie immer. Noch im letzten Jahr war ich niedergeschlagen und lustlos, dann kam Tom und alles war anders. Dann wollte ich ihn nicht mehr sehen, und wir mussten doch beim Essen an einem Tisch sitzen. Dann war er weg und alles war noch viel schlimmer als vorher. Plötzlich war er wieder da. Das Leben war wieder schön, es machte sogar richtig Spaß. Jetzt war er wieder weg und trotzdem war es nicht das Gleiche wie vorher. Ich wusste, wir werden uns wiedersehen. Die Vorfreude war riesig. Und ich vermisste ihn sehr. Natürlich wussten das meine Freunde auch und so versammelten sich ihre Blicke, an diesem Mittag, wieder einmal bei mir. Ich versuchte, von mir abzulenken und fragte Bill: „Was hältst du von einem Elektrowagen, mit dem du das Essen hierherfahren könntest?" „Das wäre super", sagte er und schob sich einen Happen in den Mund. Nun richtete ich mich an alle: „Oder wäre es besser, wenn wir in der Herberge essen und mit Elektrofahrzeugen dorthin fahren würden? Es ist ja doch sehr weit." Schweigen und Nachdenklichkeit breiteten sich im Raum aus. Jeanette fand als erste wieder die Worte: „Das hatte doch Tom schon im Winter vorgeschlagen." Ich nickte und erklärte: „Das war aber eine gute Idee, die ich jetzt angehen möchte. Was meint ihr dazu?" Alle waren einverstanden, zukünftig in der Herberge zu Essen. „Was stellst du dir unter Elektrofahrzeuge vor?", wollte Mary von mir wissen. „Solche Wagen, wie sie auch beim Golf spielen benutzt werden", gab ich zur Antwort. „Ein Golf-Cart?", rief Deacon plötzlich: „Lege aber noch Schläger hinten rein, dann wird Tom seinen Spaß haben, wenn er wieder kommt." Er lachte herzhaft. Das stimmte, Tom hasste Golf. Aber er sollte ja auch nur den Wagen fahren, und nicht spielen. Mit den Worten: „Ich werde mich mal beraten lassen", beendete ich dieses Gespräch.

Nach dem Essen räumten meine Freundinnen den Tisch ab und Bill packte seine Warmhaltebehälter wieder zusammen. Das war die Gelegenheit. Ich schnappte mir Deacon und ging mit ihm nach draußen. „Lass uns etwas spazieren gehen", schlug ich vor. Deacon machte große Augen. Du hast mich jetzt nicht zufällig mit jemandem verwechselt?", wollte er wissen. Nein, das hatte ich nicht. Genau ihn wollte ich sprechen, aber ohne die andere. Ich wusste nur nicht, wo ich anfangen sollte. Also stotterte ich erst mal drauf los: „Du… Deacon… was ich wollte…" Ich machte eine kurze Pause. Gerade als ich mir ein paar Worte zurechtgelegt hatte, fing Deacon an: „Ich werde dir nicht im Wege stehen." Ich hielt an. Fragend sah ich zu ihm: „Du weißt doch noch gar nicht, was…" Erneut fiel er mir ins Wort. „Doch, das weiß ich." Es war mit einem Mal absolut still. Deacon sah auf den Boden. Nach einigen Sekunden rückte er mit der Sprache heraus: „Weißt du, Mary und ich sind nun schon eine lange Zeit zusammen. Immer wieder spielte ich mit dem Gedanken, sie zu fragen, ob sie meine Frau werden will. Da du unbedingt Tom heiraten möchtest, werde ich dir dabei nicht im Wege stehen und sie demnächst fragen." Mir stand der Mund offen. Keinen Ton brachte ich in diesem Moment über die Lippen. „Aber kein Wort zu Mary!", befahl er mir. Endlich kam die Sprache zurück: „Niemals würde ich etwas sagen", versprach ich ihm. Fragte aber zur Sicherheit noch mal nach: „Hast du dabei nicht etwas vergessen? Den Ring zum Beispiel?" Deacon lachte: „Den habe ich schon seit Monaten. Seitdem warte ich auf den richtigen Moment." Langsam wurde ich sauer. Warum müssen Männer in manchen Sachen so kompliziert sein. Ich raunzte ihn an: „Der richtige Moment wird nicht einfach so vorbeikommen und sagen, „Hier bin ich". Den richtigen Moment, den musst du organisieren." Deacon sah mich fragen an. Ich musste ihm wohl helfen: „Deacon, nimm die Yacht, fahre mit Mary aufs Meer hinaus und mache ein Picknick mit ihr. In einem romantischen Moment fragst du sie." Deacon überlegte. „Oh, so einfach ist das?" Ich lächelte ihn fragend an. Er fing nun laut an zu lachen: „Da wäre ich nie draufgekommen, das mache ich." Ich hörte nur noch ein kurzes „Danke", dann war er auch schon weg.

Das erste Hindernis war genommen. Natürlich war ich selbst überrascht, wie einfach das ging. Aber im Prinzip, hatte ich nichts anderes gemacht, als einem umständlichen Mann in den Hintern zutreten.

Ich lief noch einige Schritte den Weg entlang. Ich hatte diesen Weg absichtlich zum Spazierengehen gewählt, denn es war der Weg zu Jeanettes Haus. Ich wusste, dass sie nach dem Essen und dem Abräumen meist nach Hause ging. Ich lief immer weiter. Schön langsam. Gelegentlich drehte ich mich um. Und tatsächlich, irgendwann kam sie. Sie war völlig überrascht, als sie mich sah. „Das ist kein Zufall, dass du hier bist, so gut kenne ich dich", zog sie die richtigen Schlüsse. „Wir müssen reden", sagte ich nur kurz und knapp. Jeanette schluckte und versuchte sich zu entschuldigen: „Hör mal. Ich weiß, dass du denkst ich wollte etwas von Tom, aber dem ist nicht so. Vielleicht hat es gestern etwas komisch ausgesehen, aber wir haben uns wirklich nur unterhalten. Niemals würde ich versuchen, ihn dir wegzunehmen." Ich sah sie scharf an: „Komm hör auf. Du hast auch im Januar keine Rücksicht auf mich genommen und hast mit ihm geschlafen." Rums, das hatte gesessen. Jeanette schien nach Luft zu japsen „Das… das weißt du?", fragte sie völlig erstaunt. Ich setzte noch einen drauf: „Ich weiß auch, dass du ihn dir am liebsten geschnappt hättest. Und das, direkt vor meinen Augen." Jeanette sagte nichts mehr. Es schien ihr sehr peinlich zu sein, dass ich davon wusste. Ich beschwichtigte sie: „Deshalb bin ich aber nicht hier. Du musst mir einen großen Gefallen tun, das bist du mir schuldig. Es kam immer noch kein Ton über ihre Lippen. Lediglich ein leichtes Kopfnicken war zu erkennen. „Können wir bei dir in aller Ruhe reden?", fragte ich. Erneut nickte sie nur und so gingen wir zu ihrem Haus.

„Setzt dich!", befahl sie mir und deutete auf die Sitzgruppe, die auf ihrer Terrasse stand. Ich folgte ihrer Aufforderung, während sie nach innen ging.

174

Kurze Zeit später kam sie mit einer Flasche Wein und zwei Gläsern zurück. „Ich weiß, dass du diesen Wein gerne trinkst", stellte sie fest, während sie die Flasche öffnete. Dann fuhr sie fort: „Ich weiß auch, dass das nur eine Entschuldigung sein kann und niemals eine Wiedergutmachung." Sie fing fast an zu weinen und zitterte, als sie den Wein einschenkte. Ich versuchte sie zu beruhigen: „Jeanette, darum geht es doch gar…" Sie ließ mich nicht ausreden. „Lass es mich erklären", unterbrach sie mich. Dann fing sie an zu erzählen. „Tom ist ein feiner Mensch, das weißt du selbst. Als du ihn abserviert hast, tat er mir leid und ich nahm ihn bei mir auf. Und ja, ich habe mich in ihn verliebt. Er hat mir sehr viel bedeutet und ich hätte ihn zu gerne als meinen festen Freund gehabt, doch er hatte nur Augen für dich." Ihre Stimme wurde immer zittriger während sie sich gleichzeitig in Rage redete: „Erst in der letzten Nacht, als er feststellte, dass es mit dir nichts mehr wird, gab er meinem Drängen nach. Für ihn war es ein One-Night-Stand, für mich war es viel mehr. Wenn ich damals gewusst hätte, dass ihr wieder zusammenkommt, dann…" Sie schwieg. Ich setzte mich neben sie und nahm sie in den Arm. „Jeanette, du hast nichts falsch gemacht. Wir waren nicht zusammen und, wie du richtig bemerkt hast, hatte ich ihn von der Insel verwiesen. Es ist alles gut."
Nach einiger Zeit fing sie sich wieder. „Kannst du mir verzeihen?", fragte sie mich und schaute mich mit Dackelaugen an. Ich musste bei diesem Anblick anfangen zu lachen: „Natürlich. Aber wenn du ihn mir jetzt ausspannen wolltest, dann…" „Niemals", rief sie laut dazwischen, „aber wir sind sehr gute Freunde geworden, dass willst du uns doch nicht nehmen, oder?" Nein, nie", beruhigte ich sie und fing ein anderes Thema an. Nämlich das Thema, weswegen ich sie eigentlich sprechen wollte. „Jeanette, du musst mir einen großen Gefallen tun", bat ich sie nochmals. Sie sagte nichts, sah mich nur an. Ich erzählte ihr von Toms Englischkurs, von den vielen Ausfällen und von dem Problem, mit dem Abschluss und der Note. Sie hörte aufmerksam zu. Ich erzählte ihr, dass Tom genau das brauche, was wir hier haben, nämlich eine Jugendherberge, eine Englischlehrerin und alles was man brauche, um einen guten Abschluss zu machen. Noch immer sagte sie nichts. Entgeistert sah sie mich an. Jeanette war nicht dumm. Sie wusste genau was ich meinte

und sagte dann auch: „Da es ziemlich unmöglich ist, die ganze Jugendherberge nach Deutschland zu bringen, nehme ich an, du willst die Schüler einladen, hierher zu kommen." Ich nickte freudenstrahlend. „Was hältst du davon?", fragte ich. „Das ist eine gute Idee. Das werden unsere ersten Gäste sein", stellte sie fest, „Was meint Tom dazu?" „Der weiß es noch nicht, das wird eine Überraschung", teilte ich ihr mit. „Oh!", machte sie nur, „dann sagst du es ihm wahrscheinlich heute oder morgen am Telefon", mutmaßte sie. „Nein", druckste ich etwas herum, „das wollte ich eigentlich nicht." Jeanette hielt den Kopf leicht schief und legte die Stirn in Falten. „Oh nein", rief sie plötzlich, „du willst doch nicht...?" Während sie dies aussprach, nickte ich ununterbrochen. Jeanette war außer sich. „Du willst nach Deutschland fliegen und die Jugendlichen selbst einladen?", rief sie laut. Noch immer nickte ich breit grinsend. „Du willst was?", ertönte hinter mir plötzlich eine Stimme. Ich drehte mich herum. Nancy stand dort. Erfreut rief ich: „Toll, ein Mädels-Nachmittag", während Jeanette schrie: „Die ist irre." Nancy setzte sich zu uns an den Tisch und ich erzählt ihr noch einmal, was ich vorhatte." Nancy hatte mehr Verständnis. „Das finde ich eine gute Idee", meinte sie, während Jeanette nur kopfschüttelnd am Tisch saß. „Aber sei ehrlich", fuhr Nancy fort, „eigentlich geht es dir dabei nur um Tom. Du willst bei ihm sein." Wieder schwelgte ich in Erinnerungen. Ich sah uns beide immer wieder am Strand spazieren gehen, im Sand liegen, auf der Yacht. Überall war Tom, dabei war er noch gar nicht lange weg. Sein Flieger dürfte noch nicht einmal in Deutschland gelandet sein. Er hatte es mir mal so erklärt: „Wenn ich um 9 Uhr hier wegfliege, dann ist es in Deutschland 3 Uhr mittags. Wenn ich dann noch 6 Stunden Flug dazurechne, dann komme ich um 9 Uhr abends an und kann gleich ins Bett gehen." Der Arme. Wegen der Zeitverschiebung, war gleich ein ganzer Tag vorüber. „Iris?", hörte ich plötzlich eine Stimme, aus weit entfernter Galaxie und irgendetwas schüttelte mich. Ich schreckte aus meinen Gedanken hoch. Jeanette und Nancy sahen mich an: „Ist alles in Ordnung?" Ich bejahte diese Frage und gab Nancy endlich eine Antwort: „Natürlich will ich bei ihm sein. Aber nicht nur einfach so bei ihm sein, sondern ich möchte sehen, was er so macht. Seinen Tagesablauf kennen lernen, sehen wie er wohnt, was er für Freunde hat. Ich möchte ihn einfach richtig kennenlernen." Nancy verstand mich und Jeanette gab ihren Protest auf. Sie sagte zwar nichts, aber ich glaubte, jetzt verstand auch sie es. Aber Nancy hatte einen Einwand: „Wie willst du dich in einem fremden Land zurechtfinden, ohne einen Ton dieser Sprache zu verstehen?" Ich klärte sie auf: „Das kann ich nicht und deshalb fährt ja auch Jeanette mit, die kann die deutsche Sprache." Vielleicht wäre es besser gewesen, ich hätte sie vorgewarnt. Den Schluck Wein, den sie gerade zu sich genommen hatte, verteilte sie nun über den ganzen Tisch. „Ich mache was?", rief sie laut. Flehend sah ich sie an: „Bitte, bitte, Jeanette", machte ich. „Ich brauche dich", und fügte noch hinzu: „Du darfst mir auch helfen, die Verlobungsringe auszusuchen." Das hatte gewirkt. Es gibt für Frauen nichts schöneres, als Schmuck zu kaufen. Selbst wenn es für eine andere Frau ist. Und ein Verlobungsring, ist noch mal eine Stufe höher. „Die Ringe? Mehrere?", fragte Nancy nach. Ich erklärte ihr, dass ich mich nach deutscher Tradition verloben möchte und erzählte den beiden alles, was ich von Tom wusste. Ich sagte aber auch, dass ich erst noch recherchieren müsste, denn ich wollte es genau wissen und alles richtig machen. Jeanette grinste mich während meiner Ausführungen die ganze Zeit an. Als ich fertig war, fragte ich sie, was das solle. „Was sagt Deacon zu der ganzen Sache?", wollte sie wissen und grinste bis zu den Ohren. Ich schwieg erst einmal. Das war natürlich eine Genugtuung für Jeanette, der das Lachen aber schnell wieder verging. Ich drehte mich nach allen Seiten um und suchte nach Mary. Doch sie war nirgends zu sehen. Ich wandte mich wieder an Jeanette und Nancy: „Okay, ich erzähle euch jetzt etwas, aber Ihr müsst versprechen, dass ihr nichts sagen werdet." Beide Frauen nickten und Jeanette fügte noch hinzu: „Wir sind doch keine Petzen." Dann erzählte ich ihnen von Deacons Plan und dass er den Ring schon seit langer Zeit zu Hause hatte. Die zwei waren total aus dem Häuschen. Aber ich mahnte zur Vorsicht: „Mary darf davon nichts mitbekommen. Sie darf auch nichts von meiner Verlobung erfahren, sonst könnte sie etwas ahnen. Wir fliegen einfach nur, der Schüler wegen, nach Deutschland." „Und weil du Liebeskummer hast", meinte Jeanette, „Alles klar, wenn das so ist, dann bin ich dabei." Ich sprang auf, rannte um den Tisch und fiel ihr in die Arme. Ich wusste, auf Jeanette war verlass.

Die nächsten Tage war ich damit beschäftigt, herauszufinden, welche Papiere wir für die Einreise nach Deutschland benötigten und diese auch zu beantragen. Gleichzeitig reservierte ich schon mehrere Flüge, denn ich wusste nicht, wann die Einreisepapiere da sein würden. Einen Flug stornieren, konnte man dagegen immer. Ich wollte jetzt nicht mehr großartig Zeit verlieren. Natürlich recherchierte ich auch, wie dort eine Verlobung abläuft. Es war tatsächlich so, wie Tom es schilderte. Ein einziges durcheinander. Alles war erlaubt, nichts war verboten, jeder machte, was er wollte und so beschloss ich, deutschen Durcheinander mit amerikanischer Tradition zu kombinieren.

Als ich mit allem fertig war, lud ich Jeanette und Nancy ein, mit mir die Verlobungsringe auszusuchen. Wir waren alle drei völlig nervös und so fuhren wir in die Stadt, zu einem Juwelier. Die Einzelheiten erspare ich mir lieber, denn wir waren drei Frauen mit drei verschiedenen Geschmäcker - kurz gesagt, es dauerte lange. Aber ich fand wunderschöne Ringe, mit denen meine Freundinnen am Ende zufrieden waren. Allerdings musste ich später noch einmal mit Bill dorthin, da er die gleiche Statur wie Tom hatte. Ich wusste nämlich absolut nicht, welche Ringröße Tom hatte und so musste Bill herhalten. Natürlich wusste ich nicht, ob der Ring auch bei Tom passen würde, aber der Juwelier versicherte mir, dass man ihn auch später noch anpassen könne.

Das war es. Jeanette und ich hatten längst schon gepackt. Die Koffer standen schon in der Garage, neben Deacons Auto, denn er würde es sein, der uns zum Flughafen fahren würde. Wir waren bereit. Die Koffer waren bereit. Mehrere Flüge waren gebucht. Wo waren die Papiere?

Das Warten war unerträglich. Jeden Abend telefonierte ich mit meinem zukünftigen Ehemann. Natürlich ließ ich mir nichts anmerken, und trotzdem war ich sehr nervös. Wie würde er reagieren, wenn wir plötzlich vor ihm standen? Ein bisschen Risiko war bei dieser ganzen Aktion natürlich mit dabei. Vielleicht wollte er uns gar nicht in Deutschland haben? Vielleicht hatte er auch etwas zu verbergen? Oder aber, er schämte sich für seinen bescheidenen Lebensstiel, denn Geld schien er ja nicht zu haben, wie er selbst sagte. Was war noch zu tun? Ich ging, zusammen mit Nancy und Jeanette, alles noch mal durch. Mary durfte davon ja leider nichts mitbekommen. So kamen wir zu dem Entschluss, dass wir bereit waren, aber wo waren die Papiere?

Wir warteten und waren so auf unsere Abreise fixiert, dass wir Deacon und Mary total vergaßen. Schon vor einigen Tagen, hatte sich Deacon den Schlüssel für die Yacht von mir geben lassen. „Nur für alle Fälle", wie er meinte. Aber ich habe das völlig verdrängt. Zu groß war die Freude, Tom endlich wiederzusehen. Und zu groß war die Angst, etwas falsch zu machen. So wunderte es uns nicht, als Mary eines Tages, mit breitem Grinsen vor uns stand und stolz ihren Finger präsentierte, an dem ein Ring mit funkelndem Stein prangte. Deacon hatte es tatsächlich getan. Er hatte sie endlich gefragt. Unsere Reise konnte beginnen. Meine Verlobung stand bevor. Wo waren die Papiere?

Eines Morgens saß ich wieder einmal auf meiner Terrasse und recherchierte, zum wahrscheinlich hundertsten Mal, nach deutschen Verlobungsritualen, als Mary zu mir an den Tisch kam. Sie setzte sich mir gegenüber, schaute mich grinsend an und fragte: „Und? Wann heiraten wir?" Okay, kurze Gedenkpause und… Oh nein! Wir hatten noch gar keinen Hochzeitstermin ausgemacht. Der Pfarrer, die Kirche… Alles musste noch organisiert werden. Ich sprang auf: „Mary, wir müssen uns beeilen. Wir müssen zum Pfarrer. Was müssen wir noch alles machen? Weißt du das? Ich habe von alledem keine Ahnung." Ich sprang herum, wie ein kleines Mädchen, dem eine Wespe in den Hintern gestochen hatte. Mary jedoch lachte laut und blieb ganz gelassen. „Setz Dich wieder hin!", befahl sie nur: „Deacon und ich haben schon alles veranlasst. Wir müssen nur kurz vorher nochmal alles mit dem Pfarrer durchgehen und einige Formulare unterschreiben." Ich fiel Mary um den Hals, auf sie war wirklich verlass.

Zwei Wochen, nachdem Tom nach Hause geflogen war, kamen endlich die Papiere, für die Einreise nach Deutschland. Endlich. Ich durfte Tom wiedersehen. Wir telefonierten zwar jeden Abend, beziehungsweise Nachmittag, doch natürlich war dies nicht das Gleiche. Gefühlte Tausendmal sagten wir uns, dass wir uns lieben. Etwas genauso viele Male, warfen wir uns Küsse zu, aber ein echter Kuss von ihm, wäre mir viel lieber gewesen. Ich rannte an meinen Computer, um die Flugreservierungen zu checken. Es war Freitag. Die nächste Reservierung hatte ich erst für Montag. Sofort rannte ich zu

Jeanette und zeigte ihr die Papiere, auf die wir so lange gewartet hatten. „Und? Wann fliegen wir?", fragte sie ungeduldig. Auch Jeanette freute sich mittlerweile auf die Reise. Deutsch sprechen konnte sie zwar, war aber noch nie in Deutschland. „Wir können erst am Montag fliegen, und zwar sehr spät. Unser Flieger geht um elf Uhr abends", klärte ich sie auf. Sie nickte zwar, wurde aber dann sehr ruhig. „Was hast du?", fragte ich. „Ich habe gerade etwas überlegt", teilte sie mir mit. Ohne groß Luft zu holen, präsentierte sie mir das Ergebnis ihrer Überlegung: „Du hast mir doch erzählt, dass Tom am Dienstagmittag seine Nachhilfegruppe hat." Ich nickte. Sie fuhr fort: „Die Adresse der Schule hast du ja. Dann fahren wir vom Flughafen aus, mit dem Taxi direkt dorthin, dann können wir dort sogar schon den Direktor informieren, was wir vorhaben. Vielleicht hilft er uns ja. Und Zeit haben wir ja genügen. Wenn wir sechs Stunden fliegen, dann sind wir um fünf Uhr morgen dort." Manchmal war Jeanette einfach unbezahlbar. Sie kam auf die tollsten Ideen. Natürlich, das war es doch. Statt Tom zu Hause zu überraschen, wäre es besser, wir würden direkt zur Schule fahren und gleich zu den Schülern gehen, die es betrifft. „Eine super Idee", sagte ich zu ihr: „Allerdings muss ich dich berichtigen. Wenn wir ankommen, dann wird es dort schon elf Uhr morgens sein." Das mit der Zeitverschiebung ist eine Sache, an die man nicht unbedingt denkt. Tom sagte immer: „Wenn du sechs Stunden nach Deutschland fliegst, dann bist du zwölf Stunden durch die Zeit gereist."

Nach erfolgreicher Planung gingen wir zusammen zu Deacon, um ihm mitzuteilen, was wir vorhatten. Er schlug vor, am Samstagabend eine kleine Abschiedsparty zu machen. „Wer weiß, wann ihr wiederkommt", scherzte er. Wir machten auch eine Party und das war auch gut so, denn ich hatte etwas Ablenkung. Die Zeit bis zu unserer Abreise zog sich dahin. Der Sonntag war der reinste Horror. Ein Tag, der einfach nicht vorüber gehen wollte. Ebenso der Montagmorgen. Nach dem Mittagessen legten Jeanette und ich uns hin, um zu schlafen, damit wir in der Nacht einigermaßen fit sind. Und am Abend ging es endlich los. Die Reise nach Deutschland begann.

# Deutschland, wir kommen!

Jonas:

Das lange Warten war zu Ende. Tom war endlich wieder aus Amerika zurück. Und er war anders. Er war wie verwandelt. Er erzählte uns von seiner Freundin dort. Dass er bald dort leben wird, und, und, und. Er machte Späße ohne Ende. Nicht zu vergleichen mit dem Tom, den wir vor seiner Abreise kannten. Aber er sagte uns auch gleich, dass wir, wieder einmal, viel Zeit verloren hatten und uns deshalb etwas beeilen müssten. Schon vom ersten Tag nach seinem Urlaub, drehte er das Tempo auf. „Wir müssen jetzt reinklotzen", sagte er und bat uns, zu Hause noch etwas mehr zu lernen. Aber für eines hatte er immer Zeit - für uns. Als er aus Amerika zurückkam, galt seine Sorge nicht zuerst der verlorenen Zeit. Auch das Erzählen, wie es ihm in den USA erging, stellte er hinten an, obwohl wir darauf natürlich sehr neugierig waren. Nein, zuerst wollte er wissen, wie es uns ginge und vor allem Sandra und mir. „Nichts Neues, alles beim Alten", erzählte Sandra, während Tom nur verwundert den Kopf schüttelte. Als es um das Thema ‚Zu Hause mehr lernen' ging, stellte er sich vor uns und sagte: „Dann gebe ich euch heute zum allerersten Mal Hausaufgaben auf. Ihr lernt zu Hause paarweise, und zwar so, wie ihr hier sitzt." Dann sah er mich an und befahl: „Du wirst in Zukunft mit Sandra lernen und zwar bei ihr zu Hause. Und das ist eine Anordnung eures Lehrers." Er sah zu Sandra: „Das muss auch deine Mutter akzeptieren." Sandra und ich lächelten uns zu, aber Tom reichte das noch nicht. „Ist das alles? Ich will einen Kuss sehen", rief er uns zu. Und so mussten wir uns, mitten in der Klasse, unter den Anfeuerungsrufen der anderen, küssen. „Und das macht ihr auch zu Hause beim lernen", befahl Tom. Sandra und ich schauten Tom mit großen Augen an. Er lachte: „Heimlich natürlich. Immer wieder. Bis es deine Mutter irgendwann durch Zufall einmal sieht. So hast du wenigstens die Erklärungen erspart." „Und Jonas fliegt raus", ergänzte Sandra. Tom ließ nicht locker: „Dann gehst du mit raus. Zeige deiner Mutter, dass ihr zusammengehört, dass ihr unzertrennlich seid." Nun wurde er ernst: „Hört mal. Iris saß in Amerika mit Liebeskummer. Ich saß in

Deutschland mit Liebeskummer. Wir versuchten mit der Trennung klarzukommen, dabei wollten wir das beide überhaupt nicht. Und warum? Weil es nie eine Aussprache gab. Seid nicht so dumm, wie wir es waren, kämpft um eure Liebe." In der Klasse war es absolut still. Keiner traute sich, einen Ton zu sagen. Natürlich hatte er recht, und das wussten wir auch. Und wir wussten auch, dass es so nicht weiter gehen konnte. Doch auch das sagte uns Tom schon seit langer Zeit und was haben wir gemacht? Nichts. Wir mussten jetzt wirklich bald etwas unternehmen. Die Frage war nur, was? Sandra hatte wohl meine Gedanken gelesen und sah mich nun ernst an: „Er hat recht. Du kommst nach dem Unterricht mit zu mir nach Hause und wir lernen zusammen." Ich schluckte laut. Ich glaube, alle haben das mitbekommen. Sandra ließ mich nicht mal zu Wort kommen. Sie legte ihren Arm um mich und befahl mir: „Keine Widerrede, wir ziehen das jetzt durch! Ich habe keine Lust mehr auf diese Versteckspiele."

Nach dem Unterricht ging ich mit Sandra nach Hause. Vor ihrer Wohnungstür spürte ich, wie mein Herz zu rasen anfing. Sandra schloss die Tür auf und drehte sich zu mir herum: „Keine Sorge, sie ist noch nicht zu Hause." Wir betraten die Wohnung. „Wir setzen und am besten an den Küchentisch", meinte Sandra, „Mama müsste bald kommen und sie muss uns nicht in meinem Zimmer antreffen." Wir setzten uns an den Tisch und holten unsere Sachen heraus. Ich schlug mein Buch und mein Heft auf, wobei mir Sandra verwundert zusah. Was hast du?", fragte ich. „Mama ist doch noch gar nicht da", flüsterte sie, umarmte mich und gab mir einen Kuss. Okay, das war natürlich schöner als zu lernen. Wir fingen an, uns wild zu küssen. Unsere Zungen erkundeten den Mund des jeweils anderen. Unsere Hände gingen auf Wanderschaft. Wir waren beide sehr erregt, als Sandra mit ihrer Hand, über die Beule meiner Hose rieb und meinte: „Ich habe keine Lust mehr, noch länger zu warten." Noch bevor ich antworten konnte, hörten wir einen Schlüssel in der Wohnungstür. Schneller als die Beule da war, war sie wieder weg. Mein Herz ratterte und mein Blutdruck hätte einen Kessel zum Explodieren bringen können. Sandra setzte sich schnell von mir weg, auf den Stuhl nebenan und schlug Buch und Heft auf. Gut, dass ich das schon vorher getan hatte. Ich saß dort wie gelähmt, bis mir meine Freundin mit der Faust leicht gegen die Schulter schlug. Ich erwachte aus meiner Starre und wir taten so, als ob wir lernen würden. Aus dem Flur hörten wir leichte Poltergeräusche, als Sandra rief: „Mama, wir sind in der Küche." „Sei doch still", dachte ich: „Vielleicht findet sie uns ja nicht." „Wir?", hörte ich plötzlich sehr nahe, als ihre Mutter auch schon durch die Tür kam. Ich sah ihren verwunderten Blick, als sie uns erspähte. „Mama, das ist Jonas, ein Mitschüler aus dem Nachhilfekurs. Herr Wagenklein hat gesagt, wir sollen zusammen lernen", klärte Sandra die Situation auf. „Ach so?", sagte sie nur etwas verwundert, streckte ihr Hand zu mir und sagte: „Hallo Jonas." Ich gab ihr die Hand. Mehr als ein kurzes „Hallo", kam jedoch nicht heraus. Dann ging ihre Mutter in die Ecke der Küche. Dort stand ein Flaschenkorb, aus dem sie jede einzelne Flasche hochhob und wieder abstellte. „Sandra, gehst du bitte in den Keller und holst Wasser? Ich bin müde, es war heute viel los auf der Arbeit", bat sie „Nein, bitte bleib hier", schoss es mir durch den Kopf. Sandra schien meine Angst zu erahnen und flüsterte: „Ich beeile mich." Sie stand auf, nahm das Körbchen mit den leeren Flaschen und ging hinaus. Ihre Mutter setzte sich nun auf Sandras Platz und sah mich an: „Du bist also auch in diesem Nachhilfekurs?" Ich fing mich etwas und erklärte: „Ja, Sandra und ich sitzen nebeneinander." „Ach, ihr sitzt nebeneinander", wiederholte sie und blätterte in Sandras Englischheft herum. „Möchtest du auch etwas trinken?", fragte sie anschließend, „Wir haben allerdings nur Mineralwasser." Ich nickte, woraufhin sie aufstand und ein Glas aus dem Schrank holte. Sie setzte sich erneut zu mir, und stellte das Glas vor mich. Ich fuhr mit meiner Erklärung fort. „Ja, Herr Wagenklein ist der Meinung, dass Mädchen anders lernen, als wir Jungs lernen und deshalb zusammen lernen sollen, weil wir dann besser lernen können." Oh mein Gott, was war denn das für ein Mist, den ich da zusammen stocherte. Sie musste mich für total bescheuert halten. Doch sie sagte nur: „Da hat er recht, der Herr Wagenklein. Kommst du jetzt öfter zum Lernen hierher?" „Ja, wenn sie nichts dagegen haben", erklärte ich. Sie schüttelte den Kopf: „Was soll ich denn dagegen haben?" Ich bin froh, dass meine Tochter solche Fortschritte in Englisch macht. Bist du auch besser geworden?" Ich nickte: „Ja, viel besser. Herr Wagenklein kann toll erklären."

Endlich kam Sandra wieder zur Tür herein. „Gib Jonas etwas zu trinken, er hat Durst", sagte ihre Mutter und verließ die Küche." Sie störte uns auch den ganzen Mittag nicht mehr, was uns veranlasste, das zu tun, was Tom gesagt hatte - küssen und Händchenhalten. Von da an trafen wir uns öfter bei Sandra. Dreimal in der Woche hatten wir vereinbart. Immer an den Tagen, an denen wir keine Nachhilfe hatten, damit das ‚Lernen' nicht zu viel wird. Eines Tages, im Unterricht, erzählten wir Tom davon. „Na endlich weiß sie es", sagte er nur. „Warum sollte sie es wissen?", fragte Sandra verwundert, „Wir lernen doch nur. Zumindest glaubt sie das." Tom lachte: „Sandra, sie ist deine Mutter. Ich kenne sie zwar nicht, aber wenn sie nicht irgendwann einmal gegen einen Dampfer geschwommen ist, dann weiß sie es." Sandra wurde blass: „Sie meinen, sie weiß, dass Jonas und ich zusammen sind?" „Und trotzdem lebe ich noch", sagte ich ergänzend und lachte. Ich überlegte kurz: „Weißt du was? Richtig oder gar nicht. Wir gehen heute Mittag zu ihr und sagen es ihr." „Bist du verrückt?", schreckte Sandra hoch, „Ich kann ihr doch nicht sagen, dass ich einen Freund habe." „Das musst du sogar", mischte sich nun Tom ein: „Stell dir mal vor, sie spricht dich darauf an. Das könnte peinlich werden. Macht das, was Jonas vorgeschlagen hat." Doch dazu sollte es nicht kommen.

Wir machten mit dem Unterricht weiter. Tom stand an der Tafel und schrieb, wieder einmal, Verben der beiden Vergangenheitsformen an. Dabei erklärte er aufs Neue einige Regeln. Doch plötzlich öffnete sich die Tür und eine wunderschöne Frau kam herein. Rothaarig, schlank, Sommersrossen über der Nase, und ein supersüßes Lächeln. Wir hörten gar nicht mehr, was Tom sagte, wir starrten nur noch auf diese Frau. Sie sah aus, wie aus einem Märchenbuch. Langsam betrat sie das Klassenzimmer und ging Schritt für Schritt weiter. Sandra flüsterte mir ins Ohr: „Hat Tom nicht so seine Iris beschrieben?" Ich nickte mit offenem Mund. Wenn sie das wirklich sein sollte, dann hatte er mit der Schönheit nicht übertrieben. Tom bekam von alledem nichts mit. Noch immer stand er an der Tafel und schrieb. Die hübsche Frau blieb nun stehen und sah zu ihm. Ich beschloss, ihm einen Tipp zu geben und räusperte mich laut. „Jonas was ist? Einen Frosch verschluckt? Oder hast du Sandras Mutter gesehen?", fragte er lachend, ohne sich umzudrehen. Fleißig schrieb er weiter. Ich rief ihm zu: „Sandras Mutter nicht, aber eine wunderhübsche rothaarige, steht gerade hinter ihnen." „Na, klar", rief er und drehte sich langsam um. Schlagartig veränderte sich sein Gesichtsausdruck. Seine Augenlider schossen in die Höhe, der Unterkiefer klappte herunter, die Hand gab die Kreide frei und die Stimmbänder hauchten: „Iris". Dann gab es für die beiden kein Halten mehr. Sie rannten aufeinander zu und fielen sich in die Arme. Lange Zeit hielten sie sich gegenseitig fest. Erst dann ließen sie etwas voneinander ab. Aber nur so weit, dass sich ihre Lippen noch begegnen konnten. Dieser Kuss dauerte mindestens genauso lange. Der Tosende Applaus des Publikums störte die zwei nicht. Die ganze Zeit sahen wir den beiden zu und feuerten sie an, sodass wir zunächst gar nicht merkten, dass noch eine weiter Frau den Raum betreten hatte. Etwas dunkelhäutig, Rasta-Locken, und ein knallgelbes, kurzes Kleid, das ihre langen, hübschen Beine noch richtig betonte. Als Tom sie sah, ließ er kurz von der rothaarigen ab und umarmte die Frau mit dem gelben Kleid. Auch die zwei küssten sich, aber nur kurz. Da wendete sich Tom wieder der ersten Frau zu. Er nahm sie in den Arm und stellte sie uns vor: „Das ist Iris, meine Freundin, von der ich euch so viel erzählt habe." In den noch freien Arm nahm er die andere Frau: „Und das ist Jeanette, eine sehr gute Freundin von Iris und mir." Wir begrüßten die beiden Frauen und Tom klärte uns auf: „Jetzt könnt ihr eure Englischkenntnisse etwas vertiefen, die beiden sprechen nämlich nur Englisch. Ihr könnt gerne etwas fragen." Keiner traute sich. Tom lachte: „Naja, das kommt schon noch." Dann wandte er sich wieder den Frauen zu: „Was macht ihr hier?", wollte er wissen und Iris fing zu erzählen an: „Ich habe es ohne dich nicht mehr ausgehalten. Ich musste dich sehen." Erneut eine Umarmung und ein Kuss, „und eine Überraschung für deine Freunde haben wir mitgebracht. Das sind doch deine Freunde, von denen du uns erzählt hast, oder?" Tom bestätigte das: „Ja, das sind sie. Alles tolle Menschen." Iris redete, wohl absichtlich, extra langsam, so dass wir fast jedes Wort verstanden. Irgendwann nahm sie Tom an der Hand und zog ihn in eine Ecke, neben der Tafel. Jeanette ging mit. Die Frauen redeten auf Tom ein, der immer größer werdende Augen bekam. Fast fünf Minuten dauerte es, bis sie wieder zurückkamen. Tom stellte sich vor uns: „Okay... also... es ist so..." Dann schüttelte er den

Kopf: „Ich weiß gar nicht, wo ich anfangen soll." Er überlegte kurz und erklärte uns: „Also es ist so. Iris fühlt sich dafür verantwortlich, dass wir so viel
Zeit verloren haben, und das möchte sie wieder gutmachen. Wenn ihr mit-
macht, dann können wir die verlorene Zeit aufholen." Die Tür ging auf, und
der Direktor kam herein. Wortlos setzte er sich auf einen freien Stuhl hinter
uns. Wir wunderten uns zwar, doch keiner traute sich zu fragen. Tom sah
aber genauso überrascht aus, und verfolgte ihn mit seinem Blick, bis er endlich saß. Dann fuhr er fort: „Iris lädt euch ein, zu einem dreiwöchigen Englisch-Crashkurs, mit einer erfahrenen Englischlehrerin und garantiert euch
gute Abschlussnoten. Hättet ihr daran Interesse?" Die Begeisterung hielt sich
in Grenzen. Tom merkte das natürlich und erzählte weiter. „Wir werden in
eine Jugendherberge fahren, in der wir ganz alleine sind. Ihr habt Unterricht,
von acht bis sechszehn Uhr. Danach, sowie an den Wochenenden, habt ihr
frei und könnt machen, was ihr wollt. Und ich verspreche euch eines - der
Spaß wird nicht zu kurz kommen." Er sah zu Sandra und mir: „Drei Wochen,
nur ihr beiden, ohne Eltern. Und wenn ihr wollt, könnt ihr sogar ein Doppelzimmer haben." Sandra und ich sahen uns an und strahlten. Noch wussten
wir keine Einzelheiten, aber dass wir dabei sein würden, das stand für uns
schon fest. „Und wir?", tönte es von der Seite. Tobi hatte seine Melanie in den
Arm genommen und schaute erwartungsvoll zu Tom. „Ihr natürlich auch",
beruhigte er ihn. Tom drehte sich zu Carola und Sven und meinte: „Und ihr
bekommt jeder ein Einzelzimmer." „Und wo ist der Haken?", fragte Sven.
Tom wurde etwas kleinlaut. „Der Haken?... Nun ja... Das alles geht nur in
den Sommerferien." Sven zuckte zusammen: „Ich soll drei Wochen von meinen Ferien opfern? Für eine Jugendherberge?" Das Entsetzen war im anzusehen. „Ja," sagte Tom, „für dich, für deine Zukunft und für die beiden da."
Dabei deutete er auf Sandra und mich." Tom erzählte weiter: „Das Ganze
funktioniert nämlich nur, wenn alle mitmachen." Sandra sah Sven an „Sven,
bitte. Tue es für uns", sagte sie und klimperte mit den Augen. „Warum müssen alle mitmachen?", wollte Sven noch wissen. Tom lächelte: „Weil dann
mit Nachhilfe hier und heute Schluss ist." „Sven los jetzt", rief Tobi zu ihm
rüber, „du hast gehört was Tom sagte. Wir werden auch Spaß haben." Tom
nickte: "Ich garantiere euch, dass ihr es keine Sekunde bereuen werdet."

Anschließend gab es noch weitere Diskussionen. Doch Tom hatte auf jedes Problem eine Lösung, auf jedes ‚wenn' folgte ein ‚aber'. Zum Schluss hatte er alle überzeugt. „Und wann fahren wir?", wollte nun Carola wissen. Tom erklärte, dass es noch keinen festen Termin geben würde und dass noch ein Problem anstehen würde: „Eure Eltern müssen natürlich zustimmen, sonst geht gar nichts. Dazu muss es einen Elternabend geben, und das möglichst schnell." Wir wussten ja, wann unsere Eltern abends zu Hause waren und wann sie weg gingen und so konnten wir uns schon auf einen Termin in zwei Tagen einigen. Wir legten diesen Tag erst einmal fest, in der Hoffnung, dass dann auch wirklich alle kommen konnten und auch wollten. Der Direktor sagte zu dem ganzen nichts. Plötzlich schaute Tom auf die Uhr: „Okay, es sind noch zehn Minuten. Dann können wir heute etwas früher Schluss machen. Vielleicht sogar, zum letzten Mal." Iris, die sich die ganze Zeit im Hintergrund hielt, ergriff nun das Wort. „Ist der Unterricht jetzt vorbei?", fragte sie. Tom bejahte und wir standen auf. Doch Iris bestand darauf, dass wir uns noch einmal setzen. „Tom sagte, ihr seid alle seine Freunde und somit sollt ihr das hier alles mitbekommen", sagte sie. Dann stellte sie sich vor Tom und nahm seine Hände: „Tom, du hast mir etwas versprochen", fing sie an. Sie sprach extrem langsam und wir verstanden jedes Wort. Tom guckte etwas ungläubig, doch Iris half ihm auf die Sprünge: „Du hast mir versprochen, dass wir am gleichen Tag heiraten, wie Mary und Deacon. Und nun ist es so weit." Sie machte eine kurze Pause, um Tom danach aufzuklären: „Die beiden haben sich verlobt, und nun sind wir dran". Tom wurde blass und zischte auf Deutsch: „Deacon, dieser Verräter". Scheinbar hilfesuchend schaute er zu Jeanette. Doch diese zuckte nur mit den Schultern. Iris griff in die Tasche und holte ein Kästchen heraus. Sie kniete sich mit einem Bein vor Tom, öffnete das Kästchen und fragte: „Tom Wagenklein, willst du mein Ehemann werden?" Toms Gesichtsausdruck konnte man lesen. Er fühlte sich geehrt, war verunsichert und, wie man deutlich sah, wusste er nicht so recht, was er sagen sollte. Er schaute jeden einzelnen von uns an und anschließend zu Jeanette. Die nickte nur. „Bisher war noch absolute Stille, doch jetzt rief Sandra laut: „Wehe sie sagen nein." Und Sven ergänzte: „…dann sind wir keine Freunde mehr." Iris wurde schon etwas ungeduldig, als Tom endlich laut sagte: „Ja, natürlich. Ja ich will, Honey. Ja, ich will dein Mann werden." Iris strahlte wie die Sonne und stand auf. Sie nahm einen Ring aus dem Kästchen, ergriff Toms rechte Hand und… Tom zog sie wieder weg. „Andere Hand", flüsterte er ihr zu und streckte ihr seine Linke hin. Iris sah ihn verwundert an. „Wir Deutsche sind etwas anders", klärte er sie auf. Iris grinste, als sie ihm den Ring ansteckte. „Davon habe ich im Internet nichts gelesen", gab sie schmunzelnd zu. Anschließend steckte Tom ihr ihren Ring an den Finger. Was kam war klar. Eine innige Umarmung und ein langer Kuss. Jeanette war die erste, die den beiden gratulierte. Natürlich ließen wir uns das nicht nehmen und gratulierten ebenfalls. Iris natürlich nur aus der Ferne, zumindest wir Jungs. Sogar der Direktor kam nach vorne und schloss sich an. „Das habe ich in meiner langen Zeit als Pädagoge noch nicht erlebt", sagte er lachend.

Zwei Tage später kam tatsächlich ein Elternabend zu Stande. Ich dacht zuerst, dass es richtig voll wird, doch außer Carolas Eltern, kam von jedem Schüler nur ein Elternteil. Ich lebte ja sowieso nur bei meinem Vater, der auch das alleinige Sorgerecht hatte, da meine Mutter irgendwann mal abhaute und nicht mehr zurückkam. Sandra lebte mit ihrer Mutter alleine. Sven lebte ebenfalls bei seiner Mutter. Tobis Eltern waren eigentlich auch noch zusammen, an diesem Abend kam jedoch nur die Mutter. Bei Melanie wusste ich es nicht.

Wie schon beim ersten Elternabend, begann der Direktor mit der Begrüßung, und übergab dann an Tom. Dieses Mal zeigte er sich nicht so muffelig, wie am ersten Elterntag. Kein Wunder, so frisch verlobt. Aber seltsamerweise stellte er seine Verlobte nicht vor. Stattdessen kam er gleich auf den Punkt. Er erzählte alles, was er uns bereits erzählt hatte, nochmals. Er betonte auch mehrmals, dass uns das alles keinen Pfennig kosten würde, weil Iris ein schlechtes Gewissen habe und für alle Kosten aufkommen würde. Die Eltern hörten sich alles in Ruhe an. Dann kam die Fragerunde und Tom antwortete: „Wohin fahren Sie mit den Kindern?"

„Kommen wir gleich zu."

„Welcher Lehrer fährt noch mit?"
Erkläre ich ebenfalls gleich."

„Muss das wirklich in den Sommerferien sein?"
Tom sagte nichts und schüttelte nur den Kopf. Diese Frage kam nämlich, wieder einmal, von Sven. Tom sah zu Iris und Jeanette. Während Iris ziemlich unbeteiligt dasaß, grinste Jeanette wenigsten gelegentlich mal. Dann wurde Tom genauer. „Als erstes muss ich mal die Schüler loben. Diese haben sich nämlich bereit erklärt, für ihre Bildung, ihren Abschluss und ihre Zukunft, drei Wochen ihrer Ferien zu opfern, und stattdessen intensiv zu lernen. Und ich möchte Sie bitten, Ihren Kindern das hoch anzurechnen und sie dabei zu unterstützen. Jeanette fing an zu klatschen. Tom machte mit und nach und nach auch die Eltern. „Sie machen es aber spannend", rief Tobis Mutter. „Ja, denn jetzt sind Sie an der Reihe", antwortete Tom. Es verging eine kurze Zeit, bevor er weitererzählte: „Wie Sie wissen, unternahmen wir vor ein paar Wochen einen Tagesauflug in ein Amerikanisches Camp. Wir durften dort den ganzen Tag nur englisch reden und das brachte die Mädchen und die Jungs ganz schön weiter. Ich bin der Meinung, dass man eine Fremdsprache nur in einer Umgebung gut lernen kann, in der das auch die Muttersprache ist. Aus diesem Grund ist die Jugendherbe auch nicht in Deutschland." Er machte eine Pause. Das brauchten wir auch. „Die drei wollen wirklich mit uns ins Ausland? Wahnsinn. „Ins Ausland?", brüllte mir plötzlich Sandras Mutter von hinten ins Ohr. Wir saßen nämlich so, wie im Unterricht auch. Die Eltern saßen hinter uns. Tom beruhigte sie: „Keine Sorge, dort wo wir hinfahren, werden genügend Aufpasser sein. Sogar einer mehr, als es Schüler sind. Verbauen Sie bitte nicht, aus grundloser Sorge, die Zukunft ihrer Kinder. Es wird nichts passieren." Sandras Mutter wollte nun wissen: „Und wohin fahren Sie jetzt genau? Das hört sich ja nach England an." Tom schmunzelte. Wieder sah er zu den beiden Frauen, die neben ihm an der Wand saßen. Auch Jeanette schmunzelt etwas. Tom erzählte weiter: „Ich sage gleich, wo wir genau hinfahren werden, ich möchte nur von Ihnen wissen, ob Sie bereit sind, uns Ihre Kinder für drei Wochen anzuvertrauen, sie drei Wochen mit uns ins Ausland gehen zu lassen. Und bedenken sie bitte eines, die Schüler bringen

189

auch ein großes Opfer." „Oh ja, allerdings", rief jetzt wieder Sven, der sich mit dem Gedanken an die halben Ferien überhaupt nicht anfreunden konnte. Daraufhin brach ein Gebrummel und Gemurmel aus. Die Eltern unterhielten sich untereinander. Tom ließ es zu und schaltete den Beamer an, der zusammen mit einem Laptop auf dem Tisch stand. Fast zehn Minuten dauerte es, bis es wieder etwas leiser wurde. Tom stellte sich wieder vor uns: „Und was hat der Ältestenrat beschlossen?", scherzte er. Jeanette kicherte plötzlich los. Wir sahen zu ihr rüber. Schnell hielt sie sich die Hand vor den Mund. Carolas Vater ergriff das Wort: „Wir denken, dass es in Ordnung ist, es sind ja keine Babys mehr. Wir geben alle unser Okay dazu." Jubel bei uns Schülern. Melanie, die die ganze Zeit ruhig war, stellte eine Frage: „Wohin genau fahren wir den nun in England?" „Wer redet den von England?", fragte Tom in die Runde, „Ich habe nie gesagt, dass wir nach England fahren. Genauer gesagt, fahren wir noch nicht mal." Er sah wieder zu den zwei Frauen an der Wand und sagte auf Deutsch: „Jeanette, würdest du bitte für die Präsentation das Licht ausschalten?" Jeanette sprang auf und lief zum Lichtschalter. Doch noch bevor sie ihn drücken konnte, verharrte sie in der Bewegung. Nun drehte sie sich langsam um und Tom starrte sie böse an. Zuerst wussten wir nicht, was los war. Sandra war die erste die ein: „Oh, oh", über die Lippen brachte. Es herrschte Totenstille im Raum, bevor Tom leise sagte: „Das glaube ich jetzt nicht." So nach und nach, fiel auch bei uns anderen der Groschen. Jeanette reagierte auf eine, in Deutsch gesprochene Anweisung. Jetzt waren wir gespannt. Die Jugendherberge konnte warten. Im Augenblick wollte auch keiner wissen, wo diese Herberge liegt. Wir wollten nur dem Theaterstück folgen, das gerade im Begriff war, zu starten. Die folgende Unterhaltung wurde uns auf Deutsch geboten:

Tom: „Warum Jeanette? Warum hast du nie etwas gesagt?"
Jeanette: „Du sagst doch selbst, im Ausland muss man sich anpassen."
Tom: „Ich wollte ja auch nicht die ganze Zeit Deutsch mit dir reden, aber ein kleiner Hinweis, dass du es kannst, wäre nicht schlecht gewesen.
Jeanette: „Es tut mir leid, Tom." Sie ging auf ihn zu und die beiden umarmten sich.

Jeanette: „Bist du jetzt sauer?"

Tom: „Nein, ich verstehe nur nicht, warum du daraus ein Geheimnis gemacht hast, schließlich habe ich dir…", er stockte und bekam große Augen. Jeanette ergänzte: „…schöne Komplimente gemacht, die du nie gesagt hättest, wenn du es gewusst hättest." Tom stand mit offenem Mund da. „Das hast du alles Verstanden?", fragte er ungläubig. Jeanette nickte. Tom lief zum Fenster und sah hinaus. Er sagte kein Wort. Er stand einfach nur da. Irgendwann drehte er sich herum: „Und du hast wirklich alles verstanden?" Jeanette grinste verschmitzt: „Ich habe es sogar aufgeschrieben", sagte sie. Sie holte einen Block aus ihrer Tasche und las vor: „Erstens - du hast einen geilen Arsch, zweitens - Oh süße, deine Figur macht mich schwach, drittens - du hättest mich auch mal verdient, viertens…" „Das reicht", brüllte Tom, unter dem tosenden Gelächter aller Anwesenden. „Können wir jetzt weitermachen?", fragte er, als es endlich wieder etwas leiser wurde. Er war sichtlich genervt, was Jeanette dazu bewegte, in noch einmal zu umarmen und sich erneut zu entschuldigen. Er wandte sich zu Iris: „Hast du gewusst, dass Jeanette deutsch spricht?" Natürlich fragte er jetzt auf Englisch. „Ja, du nicht?", gab sie zur Antwort. Tom war fertig, das sah man ihm an. Er brauchte noch eine Zeitlang, bevor es im Programm weiter ging. „Das ist Iris, meine Verlobte", stellte er sie nun endlich auch unseren Eltern vor. Sie stand auf und ging zu ihm. Sie standen Arm in Arm vor uns. „Iris hat ein Projekt ins Leben gerufen, welches Schülern hilft, besser Englisch zu lernen. Genau wie ich, ist sie der Meinung, dass man keine Fremdsprache lernen kann, wenn man nach dem Unterricht wieder seine Heimatsprache spricht. Deshalb bietet sie einen Crashkurs an, nach neuesten Pädagogischen Erkenntnissen. Und genau dafür, ist die Jugendherbe gebaut."

Er setzte sich vor den Laptop und startete eine Präsentation. Das erste Bild zeigte einen Flughafen. Er erklärte weiter: „Ich habe euch versprochen, dass der Spaß nicht zu kurz kommt und ich halte meine Versprechen. Das hier ist der Flughafen von Miami. Dort werden wir landen." Ein Raunen ging durch den Raum. „Amerika?", stellte Tobi fragend fest. Tom antwortete: „Ihr werdet dort intensiv lernen, wo andere gerne Urlaub machen würden, aber es sich nicht leisten können - in Florida. Vom Flughafen aus, geht es mit dem

Bus weiter nach da." Tom schaltete auf das nächst Bild um. Es war eine Insel in der Vogelperspektive zu sehen. „Das ist Iris-Island, eine Halbinsel im Atlantik, zwischen Miami und Fort Lauderdale", erklärte er weiter, „Dort werdet ihr drei Wochen hart arbeiten, aber auch genügend Freizeit haben." Er schaltete auf das nächste Bild. Ein großes modernes Gebäude war zu sehen. „Das ist die Jugendherbe, mit allem Schnickschnack", sagte er. Das nächste Bild kam. „Das sind Eure Zimmer. Es gibt nur Zweibettzimmer und jeder hat seine eigene Toilette und seine eigene Dusche. Wer sich mit wem ein Zimmer teilt, ist uns egal. Wenn es die Eltern erlauben, dann gerne auch gemischt." Riesenfreude bei Melanie und Tobi. „Das wird toll", rief Melani ihrem Freund zu. Sandra und ich waren ebenfalls voll begeistert. Wir fielen uns in die Arme, so wie wir es auch sonst im Klassenraum machten, und küssten uns. „Wahnsinn, ich freue mich so darauf", rief Sandra und küsste mich erneut, bevor ihr völlig die Gesichtszüge entgleisten. Langsam drehte sie ihren Kopf und sah nach Hinten. Wir waren so euphorisch, dass wir unsere Eltern, die hinter uns saßen, völlig vergaßen. Ich drehte mich ebenfalls um. Mein Vater strahlte, Sandras Mutter fraß uns gerade mit ihren Blicken auf. „Jetzt weiß ich endlich, wer deine Freundin ist", freute sich mein Vater. Sandras Mutter sagte noch immer nichts. Aber ihrem Blick nach zu urteilen, würde wohl gleich das Donnerwetter losgehen. Doch sie drehte sich zu meinem Vater: „Sie haben davon gewusst?" Mein Vater lächelte noch immer stolz: „Ich habe nur gewusst, dass er eine Freundin hat. Wer sie ist, wusste ich bis jetzt nicht." Jetzt nahm Sandra meine Hand und sagte laut und zornig zu ihrer Mutter: „Und jetzt weißt du es auch. Und ich sage dir noch etwas, Jonas und ich sind schon seit acht Monaten zusammen. Acht Monate haben wir verstecken gespielt, nur weil du so verklemmt bist." Sandra redete sich in Rage: „Und ich sage dir noch etwas, ich lasse mir Jonas von dir nicht verbieten und wir werden uns dort zusammen ein Zimmer teilen." Jetzt war es raus. Und das erfuhr sie auf eine Art, die nicht die Feinste war. Alle warteten wir auf eine große Ansprache von ihr. Ja, an diesem Abend kamen unbeteiligte auf ihre Kosten. Ein Theaterstück in mehreren Akten. Alle schauten zu Sandras Mutter. Doch diese blieb ruhig „Sandra, ich habe nichts gegen deinen Freund, Jonas ist ein netter Junge. Ich dachte nur nicht, dass das schon so

lange geht", sagte sie gelassen. Sandra flippte fast aus: „Du hast es gewusst?"
„Erst seit kurzem, seit ihr zusammen lernt. Ihr seid ein hübsches Paar", sagte
sie und zog die Mundwinkel nach oben. Völlig ungläubig fragte Sandra:
„Wie hast du das denn herausbekommen? Wir haben doch…" Ihre Mutter
ließ sie nicht ausreden: „Sandra, als ihr zum ersten Mal bei uns zu Hause
gelernt habt, und ich zur Tür hereinkam, lag dein Buch auf dem Kopf und
dein Heft war an einer Stelle aufgeschlagen, wo überhaupt noch nichts stand.
Und außerdem…" Sie machte eine kurze Pause. Sandra und ich hielten die
Spannung fast nichts aus. Was hatten wir verkehrt gemacht? Sie fuhr fort:
„Sandra, wie lange wohnen wir jetzt schon in dieser Wohnung? Du weißt
doch, dass man vom Wohnzimmer aus, über den großen Spiegel im Flur, in
die Küche sehen kann." Plötzlich wurde Sandra verlegen. Von der Wut war
plötzlich nichts mehr da. Kleinlaut fragte sie ihre Mutter: „Du hast das alles
gesehen?" „Natürlich nicht alles, ich bin ja keine Spannerin", kam es zurück,
„aber ich habe so viel gesehen, dass ich wusste, da ist nicht viel mit Lernen."
Das war peinlich. Sandra senkte den Kopf, doch ihre Mutter machte weiter:
„Sandra, ich habe nichts dagegen, dass du einen Freund hast, aber ihr beiden
in einem Zimmer? Nein, das geht nicht." Sandras Wut kam langsam zurück.
„Warum denn nicht?", wurde sie wieder lauter. Ihre Mutter versuchte sich
zu rechtfertigen: „Naja, nachher habt ihr zwei noch…" „Sex?", schrie Sandra
durch den ganzen Klassenraum: „Mama, ich bin fast 17 und wir sind seit acht
Monaten zusammen. Natürlich wollen wir zusammen schlafen." Sandra war
so sauer, dass sie ihr Umfeld total ausblendete. Sie redete, als wäre sie mit
ihrer Mutter alleine zu Hause. Nun mischte Tom sich ein: „Wenn die beiden
zusammen schlafen wollen, dann werde sie es sowieso tun und wenn nicht
im Zimmer, dann irgendwo anders auf der Insel." Doch ihre Mutter blieb
stur: „Dann bleibt meine Tochter eben zu Hause." Sandra kochte fast vor Wut
und auch Tom wurde langsam sauer: „Sie können es Ihrer Tochter nicht verbieten. Wenn die zwei zusammen schlafen wollen, werden sie es sowieso tun,
egal wo. Und wenn ich eine Tochter hätte, wäre es mir lieber, sie würde das
mit ihrem Freund zu Hause machen, als irgendwo hinter einem Busch im
Park, wo vielleicht noch irgendein Perverser mitspielen will." Sandras Mutter wurde nachdenklich und Tom setzte noch einen drauf: „Wenn Sie wollen,

dass das erste Mal für ihre Tochter schön wird, dann legen sie eine Packung Kondome auf den Nachttisch und gehen spazieren." Das hatte nun wirklich gesessen. Keinen Ton brachte sie mehr heraus, bis Tom sagte: „Wenn es dafür nicht schon zu spät ist." „Wie bitte?" Sie sprang auf und sah Sandra an: „Du hast schon…?" Sandra schüttelte nur den Kopf und Melanies Mutter hing sich nun ebenfalls hinein: „Komm, nun lass doch den beiden ihren Spaß. Wir waren doch auch nicht anders. Oder muss ich dich an Olaf erinnern?" Melanis Mutter kannte Sandras Mutter offenbar von früher. Und sie schien so einiges über sie zu wissen, was Sandra natürlich brennend interessierte. „Nein, okay, ich habe verstanden", gab sie plötzlich nach. Tom nickte zufrieden: „Dann können wir ja jetzt weitermachen." Während er wieder zu seinem Laptop ging, legte sich Sandra, ganz provozierend in meinen Arm und legte ihren Kopf auf meine Schulter. „Ähm, Moment noch", erklang es jetzt von der anderen Seite: „Heißt das, das andere Doppelzimmer ist für meine Tochter und Sven?", gab Carolas Mutter zu denken. Doch Tom beruhigte sie: „Wir haben zwar nur Doppelzimmer im Angebot, diese können aber selbstverständlich, auch von nur einer Person bezogen werden."

Tom drückte auf eine Taste des Computers. Auf dem nächsten Bild war ein Speiseraum zu sehen, was Tom auch bestätigte: „Der Speiseraum ist im Erdgeschoss. Direkt neben der Empfangs- und Gemeinschaftshalle. Dort befindet sich auch die Küche. Das Essen wird hier täglich frisch, mit Biolebensmitteln gekocht." Er drückte noch einige Male auf die Taste und die Bilder der eben beschriebenen Räume prangten nach und nach auf der Leinwand. In der Gemeinschaftshalle standen Computer, ein Flipperautomat, eine Spielekonsole mit riesigem Bildschirm, und noch so einige Sachen mehr. Außerdem gab es Sofas und mehrere Sitzgruppen. „Das ist ja der totale Luxus", rutschte es mir plötzlich heraus". Tom schmunzelte und meinte: „Es geht aber noch besser." Er drückte erneut auf die Taste und kommentierte die folgenden Bilder: „Das hier ist im Keller. Das ist der Fitnessraum und das hier, ist das Schwimmbad." Das war der Wahnsinn. Ein Fitnessraum mit allem was man sich wünsche konnte, wenn man auf so eine Schinderei stand. Im Raum nebenan, war ein Schwimmbad. Nicht viel kleiner als ein normales Hallenbad. Neben dem Becken standen mehrere liegen und im Hintergrund konnte man eine Sauna erkennen. Melanie äußerte allerdings Bedenken: „Da muss man ja nackt durchs Schwimmbad laufen, wenn man da rein will." „Stimmt", sagte Tom nur kurz, „aber wir sind dort alle sehr natürlich. Wenn ihr wollt, könnt ihr die ganzen drei Wochen splitternackt auf der Insel herumlaufen. Niemanden würde das stören." Carola allerdings raunzte, lautstark: „Das werde ich garantiert nicht tun und ihr könnt auch eure Sachen anlassen." Mit ‚ihr', meinte sie natürlich uns Mitschüler. Wenn sie damals schon gewusst hätte... Tom fuhr fort: „Wir versuchen, dort sehr gesund zu leben. Wie ich schon erwähnte, gibt es nur Bio-Lebensmittel. Und Sport ist ebenfalls wichtig. Deshalb beginnt euer Tagesablauf im Fitnessraum. Danach geht's ins Schwimmbad und nach dem Duschen, zum Frühstück. Ab circa acht Uhr, beginnt der Unterricht im Klassenraum, im oberen Stockwerk und geht bis 15 oder 16 Uhr. Ihr seid also nicht nur schlauer, sondern auch fitter, wenn ihr zurückkommt. Das gilt allerdings nur bei schlechtem Wetter, was aber um diese Jahreszeit eher selten ist." Er machte eine Pause. Sven wollte nun wissen: „Was heißt bei schlechtem Wetter? Was machen wir bei gutem Wetter?" Bei gutem Wetter machen wir einen Jogginglauf und gehen nicht ins Schwimmbad, sondern schwimmen hier." Erneut drückte er auf die Taste des Laptops und das nächste Bild erschien. Ein Raunen ging durch den Raum. Wir konnten es nicht glauben. Auf dem Bild war ein Palmenstrand zu sehen. Einen solchen Palmenstrand, wie man ihn immer nur auf Fotos sieht. Wir waren sprachlos. Tom machte weiter: „Bevor jetzt die Frage kommt, wie weit dieser Strand entfernt ist..." Das nächste Bild kam und zeigte einen Klassenraum mit zehn Computern. „Tom erklärte: „Hier wird keine Tafel und kein Stift benötigt. Alles erscheint auf dem Monitor und was ihr schreibt, könnt ihr anschließend ausdrucken. Und jetzt noch die Frage, wie weit der Strand entfernt ist. Das ist der Blick, von eurem Klassenraum." Er schaltete auf das nächste Bild. Erneut ging ein Raunen durch den Raum. Der Strand begann direkt hinter der Jugendherberge. „Dieser Strand ist, wie die ganze Insel auch, Privatbesitz von Iris. Das heißt, dass nur wir dort sind", fügte er seinem Bericht noch hinzu. Wir kamen aus dem Staunen nicht mehr heraus. Selbst unsere Eltern, sagten lange Zeit nichts. Und Tom setzte noch einen drauf. Als erstes sahen wir Bilder von Leuten, die in Badehose oder Bikini am

Strand posierten. „Damit ihr auch gleich wisst, mit wem ihr es dort zu tun bekommt", erklärte Tom und stellte uns die ganze Crew vor. „Auf diesem Bild seht ihr Nancy und Bill, die beiden leiten die Jugendherbe und Bill ist auch der Koch." Das nächste Bild kam: „Das sind Mary und Deacon, die wohl mit uns heiraten werden." Er schluckte, als er das sagte, weshalb wir uns ein Grinsen nicht verkneifen konnten. Er erklärte weiter: „Mary ist Psychologin. Wenn ihr also mal ein Anliegen habt, könnt ihr euch vertrauensvoll an sie wenden." Tom wollte gerade weiterschalten als von Sven ein Einwand kam" Ey, nicht wegmachen." Er starrte wie gebannt auf die Leinwand und meinte nur: „Geile Alte." Die Eltern schauten alle zu ihm, wir Schüler nicht. Wir kannten ja seine plumpe Art. Tom grinste bis hinter beide Ohren und drückte die Taste. Auf dem nächsten Bild waren zwei Frauen mit Sonnenbrillen zu sehen, Arm in Arm. Den freien Arm zum Himmel streckend und ihre Münder weit offen, als würden sie gerade lachend ‚Hey' rufen. Eine etwas dunkelhäutige Frau mit einem engen, gelben Bikini und eine Weißhäutige Frau mit einem roten, engen Bikini. Ja, das war ein Anblick für unsere Väter, die dies auch lautstark betonten. Ein ‚Wow' kam mal von hier und mal von da. Aber auch uns Jungen ließ das nicht kalt, obwohl die Frauen wohl im Alter unserer Mütter waren. „Ey, was sind das für Schnitten", brüllte Sven durch den ganzen Klassenraum. Ich sah mir die Frauen etwas genauer an. Die eine mit schwarzen Rasta-Locken und die andere hatte langes, rotgelocktes Haar. Das waren doch… Tom bestätigte meine Vermutung: „Gut erkannt Sven, und ich bin mir sicher, Iris und Jeanette nehmen das als Kompliment." „Sven wurde plötzlich ganz blas: „Das sind…?" Er deutete mit dem Zeigefinger auf die beiden Amerikanerinnen. Tom nickte und antwortete ihm: Genau, das sind Iris und Jeanette. Im Übrigen solltet ihr wissen, dass Jeanette auch eure Lehrerin sein wird." Nun trat Jeanette nach vorne: „Richtig, ich werde euch unterrichten." Sie ging langsam in Richtung Sven und leckte sich dabei raffiniert über die Lippen: „Und ich mache das immer im T-Shirt, in dem ich vorher schwimmen war. Das ist dann immer so nass und durchsichtig." Sie sagte das absolut reizvoll und provozierend, leckte sich über den Zeigefinger und legte in sich, mit einem Zischen, auf die linke Brust. Sven war fertig. Nicht nur, dass ihm beinahe der Sabber aus dem Mund lief, er sagte auch den ganzen Abend nichts mehr. Alle anderen mussten natürlich herzhaft lachen. „Spaß werdet ihr jedenfalls haben, wie es scheint", sagte mein Vater. „Da hat er Recht", unterstützte ich ihn, „Iris und Jeanette sind so locker drauf. Wenn die anderen auf der Insel auch so sind, dann kann ja nichts mehr schief gehen." „Sind sie", sagte Tom und zeigte noch einige Bilder. Wir sahen Fotos eines echten Country-abends, mit riesigen Steaks, Lagerfeuer, Line-Dance und allem was dazugehörte.

Der Abend neigte sich langsam dem Ende zu, und eines war klar - unsere Eltern waren neidisch auf uns. Das konnte man deutlich hören. Als wir gerade aufstehen wollten, trat der Direktor noch einmal ins Rampenlicht: „Ich hätte dann auch noch etwas zu sagen. Ich habe mit den Kollegen gesprochen und kann euch eine erfreuliche Mitteilung machen. Da die Notenkonferenz, drei Wochen vor Beginn der Sommerferien stattfindet, verzichten die Lehrer auf Eure weitere Anwesenheit. Deshalb könnt ihr auch schon zwei Wochen vor den Sommerferien fliegen, wenn es denn terminlich passen sollte." Das war nun mal eine Aussage, mit der wir nicht gerechnet hätten. Wir mussten also nur noch eine Woche Ferien opfern, statt drei. Das sollte Sven doch eigentlich freuen, oder? Sven aber schwieg. Das war von Jeanette wohl ein bisschen zu heftig für ihn.

Wir gingen nach draußen. Es war schon ziemlich dunkel, als Sandra und ich uns verabschiedeten. Wir umarmten uns und wir küssten uns. Kein Verstecken mehr, keine Heimlichkeiten. Wir konnten es immer noch nicht fassen. Sandras Mutter kam plötzlich zu mir: „Jonas, wenn du morgen kommen willst, du bist jederzeit willkommen." Sandra und ich schauten uns an. Zufrieden lächelten wir. Dieser Abend war einer der schönsten, in den vergangenen Jahren. Dann mischte sich noch mein Vater ein. Er sah zu Sandras Mutter. „Es wäre vielleicht ganz schön, wenn wir uns alle etwas besser kennenlernen würden. Möchten Sie am Samstag, mit ihrer Tochter, nicht zum Essen zu uns kommen?" „Sehr gerne", sagte sie nur. Dann gingen wir nach Hause. Dieser Abend blieb uns noch sehr lange im Gedächtnis.

Auch der Abend, an dem Sandra und ihre Mutter zu uns kamen. Es war sehr harmonisch. Eigentlich dachten wir, dass wir mitgeteilt bekommen würden, was wir zu tun, oder noch viel mehr, was wir zu unterlassen hätten. Doch nichts dergleichen. Auch störte sich keiner der beiden daran, dass Sandra und ich uns ständig umarmten und küssten. Im Gegenteil, die beiden schienen sich gut zu verstehen.

Es gab dann auch nochmal einen Elternabend. An diesem erklärten uns Tom und Jeanette die Einzelheiten der Reise. Wann wir fliegen würden, wo wir uns treffen und noch lauter solche Sachen. Schon im Vorfeld hatten wir die Einreisepapiere beantragt und was noch alles zu einem dreiwöchigen Urlaub dazu gehörte. Dann endlich war es so weit. Wir flogen nach Amerika.

Iris:


Wir landeten auf dem Flughafen in Frankfurt. Laut Auskunft der Crew, der größte Flughafen Deutschlands. Hier in der Gegend, musste Tom auch irgendwo wohnen. Er sagt: „Wenn du dich in den Zug setzt, dann fährst du fast bis an meine Haustür." Aber in welchen Zug und in welche Richtung. Jeanette und ich beschlossen, wir fahren lieber mit dem Taxi. Wir gingen zum Taxistand und stiegen in eines ein. Jeanette zeigte dem Fahrer den Zettel, auf den Tom die Adresse der Schule geschrieben hatte. „Wo ist denn das?", fragte der Fahrer und fütterte sein Navigationsgerät. Nach einer Weile meinte er: „Ah, da ist es. Dorthin brauchen wir etwa eine halbe Stunde." Dann fuhr er los. Eigentlich wollten wir uns etwas die Gegend ansehen, weil Tom immer sagte, das Deutschland sehr schöne Gegenden hätte. Aber gesehen haben wir keine. Im Gegenteil. Überall war zugebaut. Wenn es mal freie Flächen gab, dann waren das meist Landwirtschaftliche Flächen oder man sah gar nichts, weil neben der Autobahn eine Böschung war. Von schöner Gegend keine Spur. Wir fuhren direkt durch Frankfurt, wie der Fahrer uns berichtete. Jeanette saß vorne neben ihm. Die beiden unterhielten sich und Jeanette rief mir manchmal die Übersetzung nach hinten.
Erst auf der anderen Seite der Stadt, wurde es etwas ländlicher. Aber wirklich schön, war das hier auch nicht. Irgendwann hielt der Fahrer an. „So, wir sind da", sagte er. Erst jetzt sah ich das Schulgebäude, das ringsherum von Hochhäusern umzingelt war. Wir nahmen unsere Koffer, gingen hinein und liefen dem Schild ‚Verwaltung' hinterher, denn ein Schild ‚Direktor' gab es nicht. Wir gingen durch die Tür. Dort erklärte Jeanette, der netten Frau hinter dem Tresen, wer wir sind, woher wir kommen und was wir vorhatten. Sie hörte aufmerksam zu. Dann ging sie durch eine andere Tür in einen Nebenraum. Nach einiger Zeit kam sie wieder zurück. Begleitet von einem Mann. Er begrüßte uns und bat uns in sein Büro. Dort erzählte Jeanette noch einmal alles, was sie zuvor schon der Frau am Empfang erzählte. Der Direktor hörte sehr genau hin und hatte auch sehr viele Nachfragen. Mein Projekt schien ihn zu interessieren. Die arme Jeanette kam mit übersetzen kaum hinterher. Jetzt

wollte ich aber etwas wissen. Wir saßen nämlich hier schon seit gefühlten Ewigkeiten. Wann hat Tom Unterricht? Und wo? Auch dieses übersetzte Jeanette. Der Direktor lächelte und meinte nur, dass noch Zeit sei. Er bat seine Sekretärin, uns den Weg zu zeigen und teilte uns mit, dass er nachkommen würde. „Was hat er genau gesagt, als du ihm erklärt hast, was wir vorhaben", fragte ich meine Freundin. „Er war begeistert", erzählte sie, „und wollte noch mehr wissen. Ich gab ihm unsere Internetadresse." Die Frau, die uns den Weg zeigte, blieb stehen, redete mit Jeanette und deutete auf eine Tür. Dann drehte sie sich um und ging wieder zurück. „Hier ist es", sagte Jeanette. Sie nahm mich in den Arm und sagte leise: „Hinter dieser Tür ist dein Tom." Ich machte einige Schritte auf die Tür zu. Die Türklinke war schon zum Greifen nahe. Ich drehte mich nochmals zu meiner Freundin um. Sie nickte auffordernd. Ich atmete noch einmal tief durch und drückte vorsichtig die Klinke herunter. Dort stand er, mein Tom. Er schrieb etwas an die Tafel. Leise betrat ich den Raum und bewegte mich langsam in seine Richtung. Auf halbem Wege blieb ich stehen. Er hatte mich noch immer nicht bemerkt und schrieb immer weiter, dabei erzählte er irgendetwas. Die Schüler hatten mich schon längst gesehen und jemand sagte irgendetwas zu Tom. Jetzt endlich drehte er sich zu mir herum. Wir standen da und keiner machte etwas. Tom sah aus, als hätte er einen Geist gesehen. Ich machte den Anfang und rannte auf ihn zu. Er kam mir schließlich entgegen und wir fielen uns in die Arme. Wir hielten uns fest, wir küssten uns, wir sagten uns, dass wir uns lieben würden. Etwas mehr als zwei Wochen hatten wir uns nicht gesehen, mir kam es allerdings wie Monate vor. Eigentlich hatten wir vor, nur ein paar Tage zu bleiben, aber in diesem Moment beschloss ich, bei Tom zu bleiben, bis wir wieder zurück in die USA flogen.

Dann sah Tom auch Jeanette. Er ging zu ihr hin und begrüßte sie ebenfalls. Ich nahm Tom und ging mit ihm und mit meiner Freundin in die Ecke. Zusammen erklärten wir ihm, was wir vorhatten. Genau wie der Direktor, war auch er begeistert und erzählte es seinen Schülern. Auch der Direktor kam, wie versprochen, vorbei. Von dem Ganzen bekam ich allerdings nicht viel mit, da ich kein einziges Wort verstand. An diesem Tag beschloss ich - mein zukünftiger Ehemann, muss mir Deutsch beibringen.

Jeanette flüsterte mir irgendwann zu, dass die Schüler bereit seien, ihre Ferien für dieses Projekt zu opfern. Kurz danach sagte sie leise zu mir: „Okay, du kannst." Das war das Stichwort. Ich stand auf und ging zu Tom. Ich erzählte ihm nur kurz, dass Mary und Deacon demnächst heiraten werden und dass *wir* nun damit an der Reihe wären. Er sah mich fragend an. Er wusste wirklich nicht, was ich meinte. Umso überraschender war es wohl für ihn, als ich vor ihm auf die Knie ging und ihm einen Heiratsantrag machte. Er sagte nichts, wirkte irgendwie verlegen. Er schaute zu seinen Schülern und dann zu Jeanette. Ich war mir viel zu sicher, dass er ja sagen würde, doch in diesem Moment zweifelte ich daran. Warum war ich mir denn so sicher? Er sagte doch schon, dass er noch nicht heiraten wollte. Und wenn er jetzt nein sagt? Was dann? Und was…? Zum weiteren Überlegen kam ich nicht, denn in diesem Moment sagte er tatsächlich ja. Eigentlich sogar dreimal. In diesem Augenblick war ich, wieder einmal, die glücklichste Frau der Welt. Wir steckten uns gegenseitig die Ringe an, nachdem er mir erklärte, dass dies in Deutschland an der anderen Hand, als in Amerika geschehen musste. Komisch, darüber hatte ich überhaupt nichts gelesen.

Als der Unterricht zu Ende war, holten wir in der Verwaltung unsere Koffer, die wir für die Zeit des Unterrichts, dort lassen durften und gingen zu seinem Auto. „Passen die Koffer den überhaupt in deinen Wagen?", fragte ich ihn unterwegs. Er schmunzelte: „Die passen und wenn du willst, auch noch ein paar mehr dazu." Wir hatten ja auch jeder nur einen, aber auch die zwei brauchten ihren Platz. Als wir an seinem Wagen ankamen, wusste ich, warum er so zuversichtlich war. Er fuhr einen Hochkombi. Wir warfen unsere Koffer in den dafür vorgesehen Raum des Wagens und stellten fest, dass er recht hatte. Da hätten noch so einige dazu gepasst. Eigentlich ein tolles Auto für eine Urlaubsreise.

Wir stiegen ein und fuhren zu ihm nach Hause. Jeanette saß hinten und schaute sich die Gegend an, als sie plötzlich nach vorne rief: „Tom, du sagtest, Deutschland wäre schön. Wo befindet sich dieser Fleck, den du meintest?" Tom lachte: „Ich bringe euch bald hin." Er bog plötzlich von der Straße ab, und fuhr in eine Einfahrt. Hier wohnte er? Wir stiegen aus und schauten uns sein Haus an. „Darling, das ist…" Weiter kam ich nicht. „Ich weiß,

Honey", erwiderte Tom, „es ist nicht groß und es müsste unbedingt gestrichen werden, aber dazu habe ich kein Geld." Ich sah ihn bemitleidend an. Er stellte sich vor mich und erklärte: „Ich musste mich entscheiden, zwischen Haus anstreichen lassen und Urlaub in den USA. Ich habe mich für den Urlaub entschieden und wenn ich sehe, wer vor mir steht, dann weiß ich, dass ich die richtige Entscheidung getroffen habe." Ich fing an, dahin zu schmelzen. Ein viel schöneres Kompliment kann man kaum bekommen. Natürlich brachte ihm das auch einen Kuss ein. „Ihr bleibt ja nur für ein paar Tage, wie Jeanette mir mitteilte", fügte er anschließend noch hinzu. Er nahm die Koffer aus dem Wagen, trug sie ins Haus und stellte sie in den engen Flur. Anschließend gingen wir in die Küche. „Das ist so etwas wie unser Gemeinschaftsraum", teilte er uns mit. Küche und Esszimmer in einem, aber doch voneinander getrennt und sehr geschmackvoll eingerichtet. „Das ist der einzige Raum hier unten. In den anderen beiden Räumen leben mein Sohn und seine Freundin", erklärte er. Dann nahm er einen Koffer und ging damit die enge Treppe nach oben. Er kam wieder herunter und holte den zweiten. Jetzt gingen auch wir mit hoch. Er zeigte uns seine ganze Wohnung und wir waren doch überrascht. So schlimm wie das Haus von außen aussah, so hübsch war es innen. Auch oben war alles sehr geschmackvoll eingerichtet. Er brachte die Koffer nacheinander in das Schlafzimmer: „Hier könnt ihr es euch bequem machen, ich schlafe auf dem Sofa im Wohnzimmer. Ein Gästezimmer habe ich leider nicht", teilte er uns mit. Jeanette und ich im Doppelbett und mein Darling auf dem Sofa? Das wollte ich eigentlich nicht. Viel lieber, würde ich dort nachts mit ihm liegen. Mir musste bis zum Abend noch eine Lösung einfallen. Tom öffnete den Kleiderschrank. „Diese Hälfte ist leer, hier könnt ihr eure Sachen einräumen", sagte er und ging.

Nachdem wir unsere Sachen ausgepackt und eingeräumt hatten, gingen wir wieder nach unten. Tom war im Hof. Er saß an einem Tisch und stöberte in seinem Tablet-PC. „Kommt, setzt euch!", forderte er uns auf. Wir folgten seiner Aufforderung. Er erzählte weiter: „Da ich nicht wusste, dass ihr kommt, habe ich auch nicht viel zu essen zu Hause. Wir können aber Pizza bestellen." Nach dem Essen musste ich dann noch zwei Dinge klären. Zum einen betraf das die Schlafsituation, mit der ich auch gleich begann: „Darling, ich möchte nicht von dir getrennt schlafen. Ich möchte heute Nacht in deinen Armen liegen. Können wir das irgendwie anders regeln?" Tom scherzte: „Klar, wir können alle zusammen im Bett schlafen. Groß genug ist es." Er lachte laut. „Gut" sagte ich nur und sah zu Jeanette. „Ich habe nichts dagegen", meinte diese und damit war das Problem für uns vom Tisch. Tom aber, dem die Gesichtszüge etwas entglitten sind, fragte nach: „Wir alle drei in einem Bett?" „Hast du damit ein Problem?", fragte ich ihn. „N…, nein", kam es zurück und so erklärte ich dieses Problem für gelöst. Aber die zweite Sache stand noch an. Diese musste ich mit beiden lösen. Zum einen mit Jeanette, die davon ausging, dass wir nur zwei Wochen bleiben würden, zum anderen mit Tom, der uns bestimmt nicht die ganze Zeit, bis zu unserer Heimreise, bei sich haben wollte. Mit ihm fing ich an. Ich nahm seine Hand und erklärte ihm meinen Plan. Er sah mich dabei die ganze Zeit an. Kein Wort entsprang seinem Mund. Ich versuchte ihn damit zu überzeugen, dass wir ja sowieso bald zusammenleben würden. Ich redete und redete und Tom grinste nur. Ich sah ihn fragend an, doch er grinste immer weiter. Irgendwann aber sagte er: „Das freut mich, dass du hierbleiben willst", und küsste mich. Ich war geschockt. Das war viel einfacher als gedacht und Tom war nicht nur einverstanden, nein, er freute sich sogar darauf. Dann sah ich zu Jeanette. Bevor ich jedoch ein Wort sagen konnte, erklärte sie: „Kein Problem. Ich kann nach den zwei Wochen, auch alleine nach Hause fliegen." Auch jetzt war ich wieder überrascht und so sah ich sie auch an. Jeanette erklärte weiter: „Ich sehe euer Leuchten in den Augen, wenn ihr euch anseht. Ich werde euch keine Steine in den Weg legen." Sie sah zu Tom und lachte: „Aber diesen hübschen Ort in Deutschland, musst du mir vorher noch zeigen."

Nach dem Abendessen saßen wir noch etwas in diesem kleinen Hof und unterhielten uns. Mehrmals sah ich mich dort um. Es war wirklich nirgendwo eine Tür, die zu einem Garten führen könnte. Tom schien dies zu merken. „Honey, ich habe nicht so ein großes Anwesen wie du. Ich habe nur einen kleinen Garten", stellte er fest. „Garten?", fragte ich nach. Er lächelte und stand auf. Kommt mit! Wir gehen das Frühstück für morgen holen", forderte er uns auf, und streckte mir seine Hand entgegen. Wir liefen aus dem Hof heraus und ein paar Minuten an der Straße entlang, als wir plötzlich in einen

Feldweg abbogen. Nach ein paar Metern holte er einen Schlüssel heraus und schloss eine Gartentür auf. „Nicht so groß, wie dein Garten aber hübsch", meinte er. Oh, ja. Das war wirklich ein hübscher Garten. Angelegt mit lauter blühenden Pflanzen, von denen ich keine Ahnung hatte. Ein Fischteich war darin ebenso enthalten, wie eine schöne Gartenlaube. Eine Hollywoodschaukel erblickte ich, ein Gewächshaus und… Hühner. Diese sah ich erst zum Schluss, als Tom mit einem Päckchen Eier zurückkam. Jetzt verstand ich, was er meinte, als er sagte, dass wir das Frühstück holen gingen.

Wir blieben den ganzen Abend im Garten. Es gab Strom, es gab fließendes Wasser und sogar eine richtige Toilette. Es war alles da. Erst als es schon dunkel war, gingen wir wieder zum Haus zurück, und probierten dort unsere neue Schlaf-Konstellation aus. Tom war es sichtlich peinlich, mit uns Frauen zusammen, in einem Bett zu liegen. Mit mir, als seine Verlobte und zukünftige Ehefrau und mit Jeanette, als seine kurze Affäre. Doch wir schafften es.

Die nächsten zwei Wochen vergingen wie im Fluge. Mein Fast-Ehemann zeigte uns nicht nur die Gegend, in der er lebte und die schönen Landschaften dort, er brachte uns mit dem Auto auch an andere Orte, die weiter entfernt lagen. Teilweise fuhren wir eine Stunde lang. Er zeigte uns auch jede Menge Bilder von Gegenden, die für Tagesreisen zu weit entfernt waren. Wir mussten feststellen, dass er recht hatte, Deutschland hatte wirklich viele schöne Gegenden.

Wir lernten auch seinen Sohn kennen und dessen Freundin. Außerdem noch seine Nachbarn, mit denen er ein gutes Verhältnis hatte. Und er brachten mir die ersten deutschen Wörter bei.

Dann war der Tag gekommen und Jeanette fuhr nach Hause. Tom und ich brachten sie noch zum Flughafen. Dabei zeigte er mir den Zug, den er mir damals erklärte. So alleine, ohne meine Freundin war es plötzlich ganz anders. Tom und ich waren alleine. Wir hatten das ganze obere Stockwerk für uns und tagsüber sogar die Küche noch mit dazu. Wir lebten schon jetzt wie Mann und Frau zusammen, nur in einem anderen Land. In dieser Zeit machten wir auch die letzten Vorbereitungen für seine Auswanderung, den Urlaub der Schüler und alles, was dazugehörte. Die Flugtickets hatten wir schon ganz am Anfang gebucht und hatten somit jetzt einen festen Termin für unsere Reise. Wir machten noch einen letzten Abend mit den Schülern und deren Eltern, um die letzten Einzelheiten noch zu besprechen und die genauen Termine mitzuteilen. Je näher der Tag unserer Abreise nahte, desto nachdenklicher wurde Tom. Man sah ihm an, dass es ihm nicht so leichtfiel, alles stehen und liegen zu lassen, um mit mir nach Hause zu fliegen. Eines Tages beschloss ich, ihn darauf anzusprechen.

Wir saßen in seinem Garten auf der Hollywoodschaukel. Er hatte seinen Arm um mich gelegt und stieß sich mit seinem Fuß immer wieder am Boden ab. Es war ruhig. Die Vögel zwitscherten und gelegentlich waren auch mal die Hühner zu hören. Ansonsten störte kein Geräusch die Stille. Ich nahm meinen ganzen Mut zusammen und fragte ihn: „Darling, du bist in letzter Zeit so still. Es fällt dir schwer, Deutschland zu verlassen, oder?" Er drehte sich zu mir um. Ein seltsames Lachen drang aus seinem Mund: „Haha, nein, gar nicht. Wie kommst du denn darauf?". Ich ließ nicht locker: „Ich merke das. Und spiele bitte nicht den harten Mann, sondern rede mit mir." Sein Lachen verschwand und er wurde ernst. Aber er redete nicht. „Darling, bitte", forderte ich ihn auf. Er senkte den Kopf und fing endlich zu erzählen an: „Weißt du, ich bin gerne mit dir zusammen und ich freue mich auf unsere Hochzeit und auf unser gemeinsames Leben. Wir leben dann in einem tollen Haus, auf unserer eigenen Insel. Wir haben tolle Freunde, das Meer vor der Tür und werden bestimmt noch viele schöne Feste zusammen feiern. Es wird toll werden." Er gab mir einen Kuss auf die Stirn und lächelte. Ich wartete einen Moment, doch es kam nichts mehr. Ich legte meine Hand auf seine und bohrte weiter: „Darling, rede bitte mit mir. Sage mir, was dich bedrückt." Erneut kehrte Stille ein. Dann endlich: „Weißt du Honey, ich habe auch hier mein eigenes Haus, meinen eigenen Garten, meine Freunde und sogar meine Hühner. Natürlich wird mir das alles in Amerika fehlen. Vielleicht hättest du ja, irgendwo auf der Insel, ein kleines Stückchen Land für mich. Dann könnte ich dort einen kleinen Garten bewirtschaften und Hühner halten, wenn du das erlaubst." Ich musste schmunzeln. Manchmal schien es mir, als würde er glauben, dass ich ihn dort als meinen Sklaven halten wollte. „Darling", sagte ich, „ich habe es dir schon einmal gesagt, was mein ist, ist auch dein. Jeanette lässt zu Hause schon die Papiere fertig machen. Wenn wir verheiratet sind, wird die Hälfte von allem dir gehören. Die halbe Insel, mein Haus, mein Vermögen…" Tom sprang auf. „Bist du verrückt?", schrie er, „Ich möchte nichts von deinem Geld. Ich könnte mich nicht mehr im Spiegel ansehen. Du wirst nichts unterschreiben, sonst fahre ich sofort zurück." „Okay, ich unterschreibe nichts. Setz dich bitte wieder hin", bat ich ihn. Er folgte meiner bitte und senkte erneut den Kopf. „Iris, ich würde mir wie ein Schmarotzer vorkommen. Ich will für das Arbeiten, was ich von dir bekomme", erklärte er mir. Ich fragte: „Was willst du denn arbeiten?" Tom schüttelte verzweifelt den Kopf: „Das ist es ja eben, ich weiß es nicht. Aber ich will auch nicht nur der Ehemann einer Millionärin sein. Dieses Thema hatten wir schon einmal, wenn du dich noch daran erinnerst." Und ob ich das tat. Es war unser letzter Abend, vor seiner Abreise. Es war der Abend, an dem ich dachte, dass alles vorbei sei. Aber ich verstand ihn. Irgendeine Daseinsberechtigung sollte jeder haben und so beschloss ich, ihn in unserem Team zu integrieren. Was er machen sollte, wusste ich auch noch nicht. Ich war mir aber sicher, eine Lösung zu finden.

# Urlaub in Amerika

Jonas:

Amerika war beeindruckend. Bereits als wir am Flughafen von einem kleinen Bus abgeholt wurden und durch Miami fuhren, stellte sich ein Abenteurer-Feeling ein. Nur alleine schon das Wissen, wir sind in den USA, wir sind in Florida, war grandios. Was würde uns noch erwarten? Wie würde unser Urlaub, der ja eigentlich keiner war, werden? Und dann war da noch Sandra an meiner Seite. Monatelang mussten wir uns heimlich treffen, und nun waren wir zusammen in Amerika und würden uns ein Zimmer teilen. Es war traumhaft. Ihre Mutter hatte tatsächlich nachgegeben. Sie hatte mich als Sandras Freund akzeptiert.

Während der ganzen fahrt beobachteten wir alles, was draußen passierte. Alle Menschen, jedes Gebäude und sogar jeder Baum wurden inspiziert. Wir fuhren schon einige Zeit am Meer entlang, als der Bus plötzlich in Richtung Wasser fuhr. Ich wusste, in Amerika war vieles möglich, aber konnte das Ding wirklich schwimmen? Erst kurz vor dem Wasser, sah ich diese ewig lange Brücke. Sie schien irgendwo im Wasser zu enden. „Wo bringen die uns hin?", schoss es mir durch den Kopf. „Ist das Alcatraz?", fragte ich Sandra leise. Sie lachte so laut, dass alle im Bus zu uns sahen. Dann rief sie laut zu mir: „Ich bin richtig glücklich, Schatz", und küsste mich. Schatz? Noch nie zuvor sagte sie Schatz zu mir. Eigentlich hatten wir uns noch gar keine Kosenamen gegeben, aber mit ‚Schatz' hätte ich leben können. Es machte mich sogar ein bisschen stolz. Ich fühlte mich plötzlich erwachsener.

Nachdem wir über diese scheinbar endlos lange Brücke gefahren sind, kamen wir endlich auf der Insel an. Der Bus hielt an und die Türen öffneten sich. „So, wir sind da", rief Tom und stieg aus. Iris ging hinter ihm her und wir folgten ihr. Draußen öffnete Tom die Gepäcktüren des Buses und wir nahmen unsere Koffer. Genauer gesagt, wollten wir das gerade machen, als Carola uns wegdrückte und schrie: „Weg da, ich zuerst." Sie zog hastig ihren Koffer heraus und rief zu Tom: „Wo müssen wir hin? Sagen sie schnell.

Wohin jetzt?" Was war denn mit Carola los? Das sonst so ruhige Mädchen flippte plötzlich aus. Wir schauten natürlich alle zu ihr und wunderten uns gleichermaßen. Auch Tom sah sie nur mit großen Augen an. „Mir nach!", befahl Tom und lief zusammen mit Iris vorneweg. Gleich dahinter Carola. Sie war im Bus schon so seltsam. Rutschte ständig auf der Bank hin und her, so als müsse sie auf die Toilette.

Tom blieb plötzlich stehen und drehte sich zu uns herum. Etwa 100 Meter hinter ihm war ein Gebäude zu sehen. Er erklärte: „Das ist eure Jugendherberge", griff sich Carolas T-Shirt, die gerade im Begriff war, einen Endspurt hinzulegen, und zog sie wieder zurück zur Gruppe. Er erzählte weiter: „Das ist nun, für die nächsten drei Wochen, euer zu Hause. Und diese Sätze, die ihr gerade hört, werden die letzten auf Deutsch sein. Ab jetzt wird nur noch Englisch gesprochen." Er sah uns abwechselnd an und meinte dann: „Da ich ab jetzt nicht mehr euer Lehrer bin, braucht ihr mich auch nicht mehr zu siezen. Nur für den Fall, das ihr mal auf Deutsch reden müsst, weil ihr etwas nachfragen wollt." Er drehte sich wieder herum und ging weiter. Iris stets an seiner Seite und wir hinterher. Als wir an der Jugendherberge ankamen, erwarteten uns schon zwei Leute. „Das sind Nancy und Bill. Sie leiten die Herberge und auf sie ist zu hören!", befahl er. Er wollte gerade weiterreden, als wir einen Schrei vernahmen. Carola hatte ihren Koffer fallen lassen und rannte geradewegs auf das Meer zu. „Mir nach!", hörten wir sie noch schreien. Doch auf halbem Wege blieb die sonst eher prüde Carola ruckartig stehen, entledigte sich ihrer gesamten Kleider und rannte splitternackt ins Meer. „Wer ist das?", fragte uns Tom, der immer noch Deutsch redete und deutete in Richtung Strand. Wir gaben keine Antwort. Auch wir waren sprachlos. „Ich gehe besser hinterher", sagte er zu Iris, jetzt endlich auf Englisch, drehte sich zu uns herum und rief noch: „Und immer schön Pfötchen geben." Dieses geschah wiederum auf Deutsch. Dann rannte er endlich los. Iris, die Tom etwas fragend hinterher schaute, begann erneut, die beiden Herbergsleiter vorzustellen: „Das sind Nancy und Bill, die hier in der Jugendherberge das Sagen haben. Nancy übernahm nun das Wort: „Herzlich willkommen auf Iris-Island. Normalerweise müsste ich an dieser Stelle die Regeln erklären und euch auf die Zimmer bringen, aber in diesem Falle muss ich euch fragen - wollt ihr in eure Zimmer oder auch erst eine Runde baden gehen?" Schweigen. Wir sahen uns gegenseitig fragend an, doch keiner traute sich etwas zu sagen. Plötzlich meldete sich Sven: „Heute ist Freitag und der Unterricht beginnt erst Montag, richtig?" „Richtig" erwiderte Nancy. Sven überlegte einen Moment, bevor er losbrüllte: „Dann lasst uns Spaß haben." Er warf seinen Koffer auf den Boden und zog sich komplett aus. Noch einmal rief er: „Kommt, lasst uns Spaß haben!", und rannte ebenfalls ins Wasser. Ich schaute Sandra fragend an. Ich brauchte auch nichts zu fragen, sie wusste was ich wollte und schüttelte nur leicht den Kopf. „Geh ruhig, wenn du willst", sprach sie und setzte sich auf ihren Koffer. Ich schaute zu Nancy und teilte ihr mit, dass wir anderen lieber auf unser Zimmer gehen wollten, als Melanie und Tobi, ebenfalls wie Gott sie schuf, laut schreiend an uns vorbeirannten. Nancy sah ihnen hinterher und grinste. „Kommt mit, ich zeige euch eure Zimmer", wies sie uns an, drehte sich herum und ging los. „Nur eins, wir wollen nur ein Zimmer", rief ich ihr hinterher. Wir gingen in den ersten Stock und Nancy wies uns ein Zimmer zu. Bill blieb derweil unten am Eingang und wartete wohl auf die Gäste, die es vorzogen, erst noch zu baden. Sandra und ich gingen in unser Zimmer. Als wir an Nancy vorbeiliefen, taten wir das, was Tom uns auftrug. Wir gaben ihr die Hand und stellten uns vor. Drinnen kamen wir aus dem Staunen nicht mehr heraus. Auf den Bildern sah es schon sehr luxuriös aus, aber in der Wirklichkeit, kam es eher einem Luxushotel gleich. Holz vom Feinsten. Keine Ahnung welche Sorte, aber es sah edel aus. Ein riesiger Fernseher hing an der Wand, die Betten standen auf Rollen und hingen in einer Schiene, so dass man sie leicht aneinanderschieben und verriegeln konnte, wenn man das wollte. Wir gingen jeder in ein Badezimmer. Dort ging der Luxus weiter. Überall dunkler Marmor, goldfarbene Wasserhähne, Duschköpfe und Handtuchhalter. Sogar eine selbstreinigende Toilettenbrille gab es. Ich ging wieder aus dem Bad ins Zimmer. Sandra wartete schon auf mich. Sie fiel mir in die Arme und meinte: „Das wird ein toller Urlaub, Schatz." Dann küsste sie mich. Nancy stand immer noch in der Tür. Sie sah zu uns herüber und schmunzelte. Ich jedoch musste über etwas anderes nachdenken, denn von Sandra kam schon wieder dieses

Wort - Schatz. Ich musste sie irgendwann mal danach fragen. Irgendwann, bei entsprechender Gelegenheit.

Wir liefen noch etwas durch das Zimmer und sahen uns alles genauer an. Als ich am Fenster vorbeikam schaute ich hinaus. Sogar ein Zimmer mit Meerblick hatten wir. Und das Meer war wirklich sehr nahe. Für solch ein Zimmer würde man in einem Hotel Unsummen zahlen und wir bekamen hier alles umsonst. Ich sah, dass unsere Mitschüler gerade aus dem Wasser kamen, und mit Tom und Iris zur Herberge gingen. „Ich könnte das nicht, so völlig ohne Kleidung in der Öffentlichkeit herumlaufen", sagte Sandra, die plötzlich neben mir stand. Ich nahm sie in den Arm und lächelte sie an. „Müssen wir auch nicht", sagte ich nur.

Nachdem auch der Rest von uns ihre Zimmer bezogen hatten, sollten wir uns unten in die Halle treffen. Nancy wollte uns endlich die Regeln erklären. Sandra und ich gingen aus dem Zimmer. Tobi und Melanie standen schon im Flur, während auch Sven und Carola gerade aus ihrem gemeinsamen Zimmer kamen. Wir standen dort und bekamen große Augen. Carola teilte sich tatsächlich mit Sven ein Zimmer. Wir waren sprachlos. Als sie unsere ungläubigen Gesichter sah, meinte sie nur: „Was ist? Ich will auch ein bisschen Spaß haben." Dann ging sie die Treppe hinunter und Sven folgte ihr. Nachdem wir unsere Schockstarre überwunden hatten, liefen wir hinterher. Iris, Nancy und Tom warteten schon auf uns und durch die Terrassentür, kamen noch zwei dunkelhäutige Leute und stellten sich zu ihnen. Den einen kannten wir schon, es war unser Busfahrer. Die Frau kannten wir nicht. Die Präsentation in der Schule, bei der uns Tom alle Leute vorstellte, war schon viel zu lange her. Nancy fing zu erzählen an. Sie erklärte uns die Regeln in diesem Haus. Allzu viele gab es nicht. Die meisten bezogen sich auf mutwillige Zerstörung und Lärm. Auch Nancy redete ruhig und langsam, so dass wir fast alles verstehen konnten. Außerdem sprach sie zwar freundlich, aber auch sehr bestimmend. Ihrem Tonfall konnte man entnehmen, dass wir es selbst in der Hand hatten, ob wir hier den Himmel auf Erden oder die Hölle erleben werden. Dann stellte sie die beiden zuletzt gekommenen vor. Sie ging zu der Frau: „Das ist Mary. Mary ist Psychotherapeutin. Wenn euch irgendetwas bedrückt, dann könnt ihr jederzeit zu ihr gehen." Sie wandte sich dem Busfahrer zu: „Das ist Deacon, Rettungsschwimmer und Mädchen für alles. Niemand geht ins Meer, wenn Deacon nicht dabei ist. An den Strand - ja, ins Wasser - nein." Dann kam Iris wieder zu Wort: „Nancy zeigt Euch nun den Rest des Hauses, dann gibt es Essen. Nach dem Essen drehen wir eine Runde und ich zeige euch die Insel." „Wir beginnen unten", sagte Nancy und ging die Treppe hinunter. Wir folgten ihr. Schon von fast ganz oben konnten wir sehen, was uns unten erwartete. Ein großes Schwimmbecken, mit Liegen an den Seiten. Dahinter die Sauna, die wir schon von den Bildern her kannten. Ich musste innerlich grinsen, als ich sie sah und rief meiner Klassenkameradin zu: „Hey Carola, deine Sauna, die du nicht benutzen willst." Sie fuhr herum: „Natürlich werde ich die benutzen. Oder meinst du, das würde mich stören, hier nackt durch die Gegend zu laufen?" Schlagartig blieben wir alle stehen. Außer Carola, die gerade die Absicht hatte, den nächsten Raum zu erkunden. Wir schauten uns verwirrt an. War das wirklich Carola, die hierher mitgeflogen ist? Hatte sie vielleicht eine Zwillingsschwester und diese ist mitgekommen? Die anderen gingen nun auch in den angrenzenden Raum. Ich blieb noch stehen, als ich plötzlich eine Hand auf meiner Schulter spürte. Ich drehte mich herum und sah Tom. „Na, gefällt es dir hier?", fragte er. Ich strahlte: „Ja sehr, danke Tom, für diese einmalige Gelegenheit." Danke nicht mir, danke Iris", stellte er richtig. Ich nickte. Richtig, sie war es, die uns das alles ermöglichte. Tom hatte aber auch gemerkt, dass ich die ganze Zeit über etwas nachdenklich war. „Was hast du, Jonas? Was ist mit dir los?", fragte er mich. Ich schaute zu ihm: „Tom, können Sie mir eine Frage beantworten?" Warum...?" „Du", verbesserte er mich: „Wir waren schon beim ‚du' angelangt. Würdest du englisch reden, wie vereinbart, würde dir das nicht passieren." Er lächelte. Ich lächelte ebenfalls und erzählte ihm, was mir aufgefallen ist: „Weißt du Tom, seit wir hier angekommen sind, sind manche so verändert." „Du spielst auf Carola an?", fragte er. Ich schüttelte den Kopf: „Nicht nur. Natürlich, bei ihr merkt man es ganz deutlich. Aber auch manch anderer. Sven ist so ruhig wie noch nie und Sandra nennt mich dauernd ‚Schatz'. Das kann doch nicht nur an diesem Land liegen." Er klärte auf: „Doch schon. So ein einschneidendes Erlebnis, wir ihr es gerade erfahrt, kann einem schon richtig zusetzen. Bei den einen positiv, bei den anderen eher negativ. Gerade in eurem Alter. Das heißt aber nicht, dass das auch die nächsten drei Wochen anhält. Das kann morgen oder übermorgen schon wieder vorbei sein." „Du meinst, Carola könnte morgen wieder normal sein?", wollte ich von ihm wissen. Er lachte: „Es könnte sein, dass sie morgen in der Ecke steht und sich über das schämt, was sie heute getan hat. Es kann aber auch sein, dass diese Phase die ganzen drei Wochen so weiter geht und erst in Deutschland wieder normal wird. Er wäre aber auch möglich, dass es ihr ganzes Leben verändert hat und sie nun immer so bleibt. Warten wir's ab. Du kannst aber auch gerne mal Mary fragen. Die kann dir dazu besser Auskunft geben."

Wir gingen weiter durch die nächste Tür, durch die meine Mitschüler und auch Nancy verschwunden sind. Dahinter befand sich der Fitnessraum. Nanu, noch keiner meiner Kameraden war auf einem Gerät. Das wunderte mich. Dann hielt Nancy eine Ansprache und ich wusste warum. „Die Geräte, auch dieser Raum, werden nur mit sauberen Turnschuhen oder Barfuß betreten. Für das Schwimmbad gilt - saubere Badeschuhe oder ebenfalls Barfuß", gab sie die Order aus. „Deshalb sollten wir ohne Schuhe kommen", bemerkte Tobi. Nancy nickte: „Ja, aber nicht nur deshalb. Wir laufen hier fast das ganze Jahr über ohne Schuhe herum. Wenn euch Iris nachher die Insel zeigt, werdet ihr feststellen, warum wir das machen." Dann gingen wir drei Stockwerke nach oben. Dort befanden sich, auf der einen Seite, noch mehrere Zimmer. Auf der anderen Seite, zwei Klassenräume. Zwischen den Klassenräumen, war noch ein Aufenthaltsraum, mit großem überdachtem Balkon. Nancy erklärte: „Jeanette, eure Lehrerin, möchte morgens Unterricht im Klassenraum machen. Nach dem Essen will sie dann mit euch an den Strand gehen, um das gelernte noch mal zu vertiefen. Bei schlechtem Wetter, hier auf dem Balkon. Der Aufenthaltsraum ist für die kleinen Pausen zwischendurch, denn keiner kann mehrere Stunden am Stück lernen, ohne eine Pause zu machen." Ich sah mich um. Auch hier handelte es sich nicht um einen normalen Pausenraum, wie man ihn von Schulen kennt. Er hatte auch nicht dieses Typische Kantinendesign. Er war richtig modern, mit viel Farbe an den Wänden. Der Fliesenboden sah ebenfalls richtig hochwertig aus. Genauso die Tische und Stühle und an den Wänden standen sogar Polsterliegen zum Relaxen. Einen Kühlschrank mit Glastür, stand ebenfalls in der Ecke, mit allen möglichen Getränken darin. „Lasst uns wieder nach unten gehen", sprach Nancy.

Sie ging voran. Als wir unten ankamen, lief sie zielstrebig in einen Raum. An den Wänden standen jede Menge Tische. In der Mitte ein größerer Tisch für zwanzig Personen. Nancy erklärte weiter: „Auf den Tischen am Rand, werdet ihr ab morgen ein Frühstücksbuffet vorfinden. Hier frühstücken wir dann alle zusammen, und zwar um 7 Uhr 30, direkt nach dem Frühsport. Und nun setzt euch, das Essen wird gleich serviert." Während Nancy nach draußen ging, suchten wir uns einen Platz. Und tatsächlich, nach ein paar Minuten kam Bill mit einem riesigen Servierwagen herein, der voll stand mit Warmhaltebehältern. Diese stellte er auf die Tische am Rand. Dann kam auch Nancy wieder zurück. Sie schob ebenfalls einen Servierwagen vor sich her, auf dem ebenfalls Warmhaltebehälter standen und jede Menge Teller und Besteck. Sie stellte die Teller ebenfalls auf die Tische und legte auf jeden Platz ein, in Servietten eingewickeltes Besteck. Bill kümmerte sich derweil um die restlichen Behälter. Dann schoben die beiden die Servierwagen auf die andere Seite des Raumes und stellten sie dort ab. Sie setzten sich zu uns. Fast zur gleichen Zeit kamen Iris, Mary, Tom und Deacon zur Tür herein und setzten sich zu uns. Anschließend durften wir uns das Essen holen. Während des Essens fragte Sven, der die ganze Zeit über nichts sagte: „Wo ist denn die geile Tante, mit den Hammermöpsen?" Juchhe, da war er wieder. Sven war zurück. Wir hatten uns schon Gedanken gemacht. Mary setzte gerade an, etwas zu sagen, als Carola rief: „Sind dir meine etwa zu klein?" Okay, Carola war noch nicht wieder die Alte. Statt einer Moralpredigt von Mary, gab es nun Gelächter von allen Seiten. Aber Iris erklärte uns, dass Jeanette nicht zu Hause sei und erst am nächsten Tag zurückkommen würde und dass die ‚geile Tante', ja immerhin unsere Lehrerin sei.

Nach dem Essen gingen wir dann, mit Iris und Tom, über die Insel. Die beiden zeigten uns die Häuser, in denen sie alle wohnten. Wir gingen zum Hafen, an dem zwei Yachten lagen. Zurück gingen wir am Strand entlang. Es war einfach traumhaft. Ich hatte Sandra im Arm. Ab und zu blieben wir stehen, umarmten und küssten uns. Das Wetter war herrlich. Es passte einfach alles zusammen. Und an diesem Mittag verstanden wir auch, was uns Nancy mit dem Barfuß laufen erklärte. Man spürte die Natur viel intensiver. Man fühlte sich als Eins mit der Insel. Und es konnte auch nichts passieren. Nirgendwo lagen spitze Steine, Glasscherben oder Hundehaufen herum. Auch sonst lag nirgends etwas, an dem man sich hätte verletzen können. Auch für die restliche Zeit auf der Insel, zogen wir uns keine Schuhe an.

Als wir zur Herberge zurückkamen, stellte Iris fest, dass es in Deutschland nun schon 11 Uhr abends war. „Ich schlage vor, ihr legt Euch etwas hin. Heute Abend, gegen 8 Uhr, treffen wir uns noch mal kurz, zu einem gemütlichen Abend und gehen dann zur normalen Zeit schlafen", meinte sie. Gesagt, getan. Wir gingen auf unsere Zimmer und legten uns ins Bett. Natürlich erst, nachdem wir die Betten zusammengeschoben hatten. Ich legte mich, nur in Unterhose bekleidet, hin. Auch Sandra ließ ihre Unterwäsche an. Viel zu müde waren wir beide, als das wir an irgendetwas anderes gedacht hätten, als an schlafen. Wir lagen zum ersten Mal zusammen in einem Bett. Sandra lag in meinem Arm und das war einfach schön. Ich stellte noch meinen Wecker auf 19 Uhr 30, dann schliefen wir ein.

Pünktlich, zur eingestellten Zeit, klingelte der Wecker. Knapp vier Stunden hatten wir geschlafen. Das reichte natürlich nicht, um ausgeschlafen zu sein. Andererseits konnten wir natürlich auch nicht durchschlafen. Das wäre viel zu lange gewesen und wahrscheinlich hätten wir irgendwann in der Nacht, kein Auge mehr zugemacht. Wir waren zwar ein verliebtes, junges Paar und hätten schon gewusst, wie wir die Zeit bis zum nächsten Morgen hätten rumbekommen. Wir beide wussten aber auch, dass unser erstes Mal etwas Besonderes sein sollte. An einem besonderen Ort. Ohne Planung. Einfach geschehen lassen. So war unser Plan. Ein Plan ohne Planung. Sandra war der Meinung, wir hätten so lange darauf gewartet, dass es jetzt auf ein paar Tage mehr oder weniger, auch nicht ankomme, aber sie wollte diesen Tag in bester Erinnerung behalten.
Am Abend trafen wir uns alle im Gemeinschaftsraum und gingen mit Nancy und Bill zu Iris. Vor ihrem Haus, war so etwas, wie der Festplatz der

Inselgang. Sie hatten extra für uns noch einen Tisch angestellt, aber wir saßen trotzdem Kreuz und Quer durcheinander. Deacon hatte für uns gegrillt. Es gab Steaks und Salat, den Mary gemacht hatte, und selbstgemachte Wedges. Im Hintergrund lief leise Country-music. Nach dem Essen legte sich Sandra wieder in meinen Arm und spielte mit meiner Hand, während ich mich mit Tom unterhielt. „Ist das einer eurer berühmten Country-Abende?", fragte ich ihn. Ich redete zwar mit Tom, aber Deacon gab mir Antwort: „Nein, das ist ein normaler Grillabend. Wir wollten euch erst mal richtig ankommen lassen. Aber morgen Abend geht es los." Er ballte die Faust und machte einen dazu passenden Gesichtsausdruck. Iris meldete sich zu Wort: „Diese Zeitverschiebung ist brutal, wir sind auch noch ganz fertig." Solange sie das sagte, schaute sie über den Tisch zu Sandra, die sich immer noch an meiner Hand zu schaffen machte. Iris setzte sich nun etwas anders hin. Dabei ließ sie Sandra nicht aus den Augen. Sie setzte sich so, wie meine Freundin saß. Auch Tom wurde von ihr in die richtige Position geschoben. Dann legte sie Toms Arm über ihre Schulter und fing ebenfalls an, mit seiner Hand zu spielen. Wir schauten diesem Schauspiel eine Weile zu, bis Sandra Tom fragte: „Und Tom? Das ist schön, oder? Tom nickte und schüttelte sich leicht: „Das geht aber auch an ganz gewisse Stellen." Ich gab ihm Recht. „Oh ja", sagte ich nur. Sandra schaute zu mir hoch: „Heute Abend noch nicht, Schatz." Tom lachte: „Ein schöner Satz. Vorne englisch und dahinter ‚Schatz'." Sandra konterte: „Kosenamen ändern sich nicht, nur weil man in einem anderen Land ist." „Das ist richtig", bestätigte Tom: „Aber man kann auch Kosenamen aus dem Ausland importieren. Aus Spanien zum Beispiel. Die sagen dort Cariño. Ich finde, das klingt schöner als Darling und Schatz zusammen." Cariño, das fand ich auch schön. „Ich habe einen Kosenamen für dich gefunden", sagte ich zu Sandra, „von jetzt an nenne ich dich Cariño." Sandra lächelte und sah mich dabei irgendwie verträumt an. Vielleicht war sie aber auch nur müde, so wie ich. Iris hatte schon Recht. Diese Zeitverschiebung war brutal.

„Morgen Abend seid ihr fitter, dann machen wir eine richtige Willkommensparty. Ich habe schon alles Organisiert", erzählte Deacon. „Ist das eine Drohung? Müssen wir uns dann wieder deine trockenen Steaks reinquälen", provozierte Bill, was im einen Kronkorken gegen den Kopf einbrachte. Tom schaute zu uns: „Nehmt das nicht so ernst, das sind nur ein paar Kindereien von zwei Möchtegern-Köchen. Die beiden wissen selbst, dass die beste Küche aus Deutschland kommt." Allgemeines Raunen hing über dem Tisch, als Iris zu Tom hochsah und meinte: „Darling, du hast in Deutschland wirklich sehr gut gekocht. Dein Essen war fantastisch." Sofortige Stille trat ein. Die Chefin der Insel hatte gesprochen.

Nachdem noch ein bisschen gealbert wurde, kam die Zeit für das Bett. Wir gingen wieder geschlossen zu unserer Unterkunft und legten uns hin. Der erste Tag in Amerika war vorüber.

Als ich am nächsten Morgen aufwachte, wusste ich erst einmal nicht so genau, wo ich war. Ich sah mich um. Sandra lag neben mir. Langsam kam die Erinnerung wieder. Ein Blick zum Wecker sagte mir, dass wir nicht rechtzeitig zum Frühsport kommen werden. Ich weckte meine Freundin auf, indem ich ihr sanft den Arm streichelte. Langsam wurde sie wach und drehte sich auf den Rücken. Ich gab ihr einen Kuss. Oje, so schmeckt das morgens? Nicht sehr antörnend und der Geruch war in etwa der gleiche. Roch und schmeckte ich morgens genauso? „Sandra, wir müssen aufstehen", sagte ich leise zu ihr und vermied es, dabei in ihre Richtung zu sprechen. Ich beschloss mir erst einmal die Zähne zu putzen, und so ging ich ins Bad. Als ich wieder herauskam, zog sich Sandra gerade aus. „Was hast du vor?", fragte ich. „Ich muss duschen", kam es zurück. Ich erinnerte sie daran, dass wir jetzt zum Frühsport müssten. Sie überlegte. Sie stand gerade nackt vor mir. Ihr schien das überhaupt nichts auszumachen. Noch nie zuvor sah ich sie so. Ich starrte sie an. Sie hatte einen tollen Körper. „Stimmt", sagte sie, „wir machen jetzt Sport, dann gehen wir schwimmen und anschließend duschen. Dann kann ich mir das jetzt ersparen." Jetzt bemerkte sie wohl, dass ich sie so anstarrte. „Was ist, noch nie eine nackte Frau gesehen?", wollte sie wissen. „Doch, aber noch nie dich", gab ich zur Antwort. Sie lächelte verschmitzt und kam dabei langsam auf mich zu. Mir wurde plötzlich so heiß. Dann stand sie vor mir. „Ich dich auch nicht", sagte sie und zog mir die Unterhose aus. Sie blickte nach unten, wo sich eben noch meine Hose befand. Anschließend umarmte sie mich und gab mir einen langen Kuss. „Jetzt wissen wir beide, was uns bei unserem ersten Mal erwartet", sagte sie und verschwand im Bad. Ich eilte derweil zum Kleiderschrank. Es war höchste Zeit, dass ich mir wieder eine Hose anzog. Ich kramte in meinen Sachen, holte meine Badeshorts heraus und schlüpfte hinein. Ich war gerade damit fertig, als meine Cariño aus dem Bad kam und sich ebenfalls anzog. „Hat sich der kleine Mann wieder beruhigt?", witzelte sie. Ich gab keine Antwort, sah sie nur verwundert an. „Keine Angst, ich habe ihn nicht gesehen, nur gespürt", hauchte sie mir verführerisch zu. „Gehen wir?", fragte sie anschließend. Ich nickte nur. Es war auch höchste Zeit zu gehen. Und für Sport. Und für duschen. Für kaltes duschen. Deacon erwartete uns schon unten im Gemeinschaftsraum, aber wir waren noch nicht mal die Letzten. Tobi und Melanie fehlten ebenfalls noch. „Es tut uns leid, wir haben verschlafen", begründete ich unsere Verspätung. Deacon lachte: „Ist schon Okay." Wir atmeten auf. „Kaum wartet man eine Stunde, schon sind sie auch schon da", rief er plötzlich. Ich drehte mich herum und sah Melanie und Tobi die Treppe herunterrennen. Noch bevor sie etwas sagen konnten, gab Deacon lautstark die Anweisung: „Los jetzt. Im leichten Trab hinter mir her." Dann rannte er auch schon los. Wir rannten hinter ihm her. Er joggte zum Wasser und am Strand entlang. Wir, mit hängenden Zungen, immer hinterher. Sven hechelte von der Seite: „Das nennt der leichter Trab?" Von der anderen Seite stöhnte Tobi: „Der war beim Militär, jede Wette." Und dann versetzten uns die Mädchen die Höchststrafe - sie rannten lachend und lästernd an uns vorbei. Worte wie „Waschlappen", „Schluffis" und „lahme Schnecken", waren nur einige von denen, die wir vernehmen konnten. Das war zu viel, ich blieb stehen. Tobi und Sven machten es mir nach. Deacon merkte irgendwann, dass wir nicht mehr mitkamen und blieb ebenfalls stehen. Die Mädchen hatten ihn bereits eingeholt und warteten mit ihm, auf die „muskelarmen Machos", wie er sich ausdrückte. Aber auch wir erreichten ihn irgendwann. Er gönnte uns sogar zwei Minuten zum Verschnaufen, als er plötzlich rief: „Zurück wird geschwommen!" Er rannte ins Wasser und schwamm los. Die Mädchen hinter ihm her. Auch dieses Mal, waren sie viel schneller am Ziel. Als wir ankamen, waren Sandra, Melanie und Carola schon weg. Deacon wartete auf uns. „Auf geht's, die Mädchen sind schon unter der Dusche", feuerte er uns an. „Deacon, das war peinlich", stellte ich fest. Er bestätigte: „Ja, das war es. Eure Freundinnen haben euch ganz schön alt aussehen lassen." Tobi schüttelte den Kopf: „Warum? Wieso hingen sie an dir dran, wie eine Klette." „Das ist mein männlicher Charme", rief er und rannte auch schon wieder los, in Richtung Herberge. Wir schnauften hinterher. Als wir durch die Tür gekeucht kamen, befahl unser Trainer: „Ab unter die Dusche! Frühstück gibt es in 30 Minuten." Den Hohn und Spott in unserem Zimmer, möchte ich hier an dieser Stelle nicht preisgeben. Es war auch so schon beschämend genug.

Beim Frühstück waren alle, außer uns Jungs, bester Laune. „Deacon, machen wir das jetzt jeden Tag?", wollte Melanie wissen. „Ja natürlich", antwortete dieser, „aber jeden Tag etwas länger." Und Carola setzte noch einen drauf: „Und ab morgen, bitte auch etwas schneller." Alle sahen zu uns und lachten. Kann es eine schlimmere Demütigung geben? Wenn ja, möchte ich sie nicht erleben.

Den restlichen Tag hatten wir zu unserer freien Verfügung. Sandra erzählte mir, dass sie mit ihren beiden Freundinnen, schwimmen gehen wolle und ob ich nicht mitkäme. Ich verneinte, denn ich hatte etwas ganz anderes vor. Ich schlich mich aus unserem Zimmer und rannte nach unten. Direkt Tobi und Sven in die Arme. „Ey Alter, wohin?", fragte Sven. „In den Fitnessraum", brummte ich: „So etwas wie heute, will ich nicht noch einmal erleben." Ich ließ sie stehen und ging weiter.

Unten angekommen, stellte ich mich auch gleich auf das Laufband, stellte eine für mich humane Geschwindigkeit ein, und rannte los. Die Tür flog auf. Sven und Tobi standen plötzlich da. Ich ließ mich jedoch nicht beirren und rannte weiter. „Ey Alter, die beste Idee seit langem", stellte Sven fest und setzte sich auf ein Fahrrad ohne Räder. Er strampelte los, während mich Tobi fragte, ob das wohl wirklich etwas bringen würde, so kurzfristig. „Es schadet jedenfalls nicht", erklärte ich ihm schnaufend und drehte die Geschwindigkeit ein paar Stufen höher. Daraufhin entschied er, sich ein paar Hanteln zuzuwenden. „Tolle Idee", raunzte ihn Sven an, „davon bekommst du bestimmt viel Ausdauer beim Rennen." „Ja, Tobi, immer schön die Arme trainieren, damit die Beine stärker werden", rief ich ihm zu. Gut, leise waren wir nicht in diesem Raum, aber wir waren ja auch alleine. Das dachten wir jedenfalls, als plötzlich die Tür aufging und alle drei Mädchen im Bikini vor uns standen. Natürlich laut lachend. „Guckt mal, die Schluffis trainieren" und „Vorsicht, hier gibt es keinen Arzt", war unter anderem zu vernehmen. Dass ich mich mit Fitnessgeräten nicht gut auskannte, konnte nun jeder sehen, auch wenn er mich noch nicht kannte, denn ich blieb vor Schreck einfach stehen. Das Laufband aber nicht, und so katapultierte es mich mit Schwung, gegen die Wand hinter mir, die zu Glück gepolstert war. Noch vor kurzem fragte ich mich, ob es eine noch größere Demütigung geben könne. Ich hatte sie gefunden. Sandra kam zu mir gerannt. „Schatz, hast du dir wehgetan?", fragte sie besorgt. Auch Melanie und Carola standen plötzlich vor mir. „Nein", raunzte ich sie an. Eigentlich wollte ich nur noch im Erdboden versinken. Warum gibt es in einem Fitnessraum keinen Treibsand? Hinter einem Laufband wäre er doch gut platziert. Sandra half mir hoch. Dann sah sie abwechselnd zu uns und meinte: „Kommt, Jungs. Lasst doch den Mist. Das war doch nur Spaß heute Morgen." Melanie schloss sich an: „Kommt doch lieber mit uns schwimmen." „Ich dachte, ihr wärt schon längst da", motzte ich die Mädchen an, während ich mir den Hinterkopf rieb. Sandra klärte uns auf: „Sind wir doch auch, das Schwimmbad ist nebenan, schon vergessen?" „Ich…ich dachte… das Meer…", stotterte ich etwas zusammen. Sandra lächelte: „Du weißt doch, dass wir dort ohne Deacon nicht hindürfen." Oh, ich Volldepp. Daran hätte ich selbst denken müssen. Vieles wäre mir erspart geblieben. „Was ist, gehen wir mit?", fragte Sven. Wir sagten schließlich zu und gingen zur Tür hinaus. „Ich muss noch meine Badehose holen", teilte ich den anderen mit. „Ich auch", ertönte es fast zeitgleich von der Seite. Warum sollten wir Jungs auch mit Badehose in einen Fitnessraum gehen. „Okay, wir warten auf euch im Wasser", sagte Melanie, während Carola eine bessere Idee hatte: „Lasst doch die blöden Badesachen weg. Wir baden nackt", rief sie begeistert. Wir schauten sie etwas irritiert an. „Nein wirklich, das macht solch einen Spaß", fügte sie hinzu. Man konnte das Unbehagen auf so einigen Gesichtern erkennen. Doch Carola ließ nicht locker: „Kommt schon, springt mal über euren Schatten." Wir sahen uns gegenseitig an und nach einiger Zeit stimmten wir sogar zu.

Wir gingen ins Schwimmbad, zogen hastig unsere Sachen aus und warfen sie auf eine der Liegen. Meine Mitschüler sprangen vom Beckenrand ins Wasser, während ich die Treppe bevorzugte. Ich drehte mich um, rannte los und… genau in die Arme von Nancy. Während die anderen schon längst im Wasser waren, stand ich nun splitternackt vor der Herbergschefin. Nein, mein Tag war es wirklich nicht. „Ich habe Krach gehört und wollte nur mal nachsehen. Viel Spaß noch", sagte sie und war auch schon wieder verschwunden. Ich sah ihr hinterher, langsam drehte ich mich um. Meine fünf Mitschüler, darunter drei Mädchen, waren, von mir unbemerkt, nach vorne zum Beckenrand geschwommen und begafften mich von oben bis unten. „Was soll's", dachte ich und sprang zwischen ihnen ins Wasser. Wenn ich an diesem Tag etwas gelernt hatte, dann dass der Spruch ‚Schlimmer geht immer', sich jederzeit bewahrheiten kann.

Trotz alledem, hatte ich an diesem Morgen noch meinen Spaß, die anderen sowieso. Wir alberten im Wasser herum und stellten fest, dass Carola Recht hatte - ohne Klamotten machte es viel mehr Spaß. Man fühlt sich irgendwie freier. Wir schubsten und spritzten mit dem Wasser, bis wir Jungs irgendwann allein waren. Wo waren die Mädchen? Ich sah sie plötzlich vor der Sauna stehen. Alle drei zusammen. Sie tuschelten und lachten und wir sahen ihnen dabei zu. Nach ein paar Minuten sprangen sie wieder ins Wasser und kamen auf uns zu geschwommen. Wir standen schon längst an der Seite des Beckens. Sie kamen aber nicht alle auf einmal auf uns zu. Es schien, als hätten sie irgendein System entwickelt. Aber welches und für was. Carola schwamm vorneweg, direkt auf Sven zu. Sie stellte sich so dich vor ihn, dass ihre Brüste ihn berührten. Ihre Arme legte sie um seinen Hals. „Weißt du eigentlich, dass du ein ganz toller Kerl bist, wenn du dieses blöde Machogehabe weglässt?", fragte sie. Sie öffnete leicht ihre Lippen und sah ihm direkt in die Augen. Sven wurde richtig schwach. Kein Macho, kein Großmaul. Nichts war mehr da. Sie zog sich noch näher an ihn heran, bis sich ihre Körper von oben bis unten berührten. Sogar von der Seite konnte man erkennen, dass sie ihren Unterleib gegen ihn presste und sich damit gekonnt bewegte. Sven wusste nicht wie ihm geschah. Noch bevor er überhaupt etwas erwidern konnte, küsste sie ihn. Am Anfang nur kurz, dann etwas länger. Mehr konnte ich nicht mehr sehen, da auch Sandra inzwischen bei mir ankam. Auch Melanie war schon bei Tobi angekommen und sie machten bei uns das Gleiche, wie Carola bei Sven. Mir wurde so heiß, dass ich dachte, das Wasser müsse komplett verdampfen. Drei oder vier Minuten musste das ganze etwa gedauert haben. „Seid ihr so weit?", rief Melanie plötzlich. Von Sandra und Carola hörte ich noch ein ja, dann waren alle drei verschwunden. Sie gingen auf Tauchstation und schwammen an uns vorbei. Bevor wir Jungs überhaupt verstanden, was los war, war es auch schon viel zu spät. Die Mädels tauchten wieder auf und kicherten. Sie unterhielten sich lautstark, über die untere Größe von uns, denn dass diese Aktion von den Mädchen nicht einfach spurlos an uns vorüber ging, war klar. „Wir gehen wieder in die Zimmer. Kommt ihr mit?", rief uns Melanie zu und lief die Treppe nach oben aus dem Wasser heraus. Sandra und Carola folgten ihr. „Warum kommt ihr denn nicht", rief nun Sandra, begleitet vom Gelächter der anderen beiden. „Haha, lustig", machte ich nur und wurde in diesem Moment stinksauer auf Sandra. Sven machte sich als erster von uns Luft. „Haut ab, ihr Schlampen", brüllte er. Seine Stimme zitterte und ich sah, dass ihm eine Träne die Wange herunterlief. Das Sven nicht dieser harte Typ war, für den er sich ausgab, war Tobi und mir schon lange klar, dass er aber so empfindsam sein konnte, war uns neu. Auch Tobi schrie die Mädchen an, dass sie verschwinden sollen. Ich konnte nichts sagen. Hatte ich mich so in Sandra getäuscht? War sie in Wirklichkeit gar nicht dieses liebenswerte Mädchen, in das ich mich verliebt hatte? Für heute war ich bedient. Wir waren alle bedient.

Wir stiegen aus dem Wasser. Als die Mädchen endlich weg waren, zogen wir, so nass wie wir waren, unsere Kleidung wieder an und gingen nach oben. Im Erdgeschoss sah ich, dass Bill an der Theke im Gemeinschaftsraum saß und in sein Tablet sah. „Ich komme gleich wieder", rief ich zu Tobi und Sven und ging zu ihm. „Bill kann ich dich was fragen?", wollte ich wissen. „Das hast du doch gerade schon", scherzte er. Mir war aber in diesem Moment so überhaupt nicht nach Witzen, was Bill natürlich nicht wissen konnte. Trotzdem sah ich ihn böse an. „Was hast du denn? Irgendwas scheint dir auf der Seele zu brennen", bemerkte er richtig, was mich dazu veranlasste, gleich mit der Tür ins Haus zu fallen: „Ich möchte ein anderes Zimmer. Ist das möglich?" Aus dem Hintergrund hörte ich Tobi und Sven, die fast gleichzeitig „ich auch" riefen. Nun wurde auch Bills Gesichtsausdruck ernst. „Nanu, was ist den passiert?", fragte er. Wir drucksten herum. Diese Sache war einfach zu peinlich. Bill stieg auf, ging hinter die Theke und holte vier Flaschen Bier aus dem Kühlschrank. Er öffnete eine nach der anderen und schob sie zu uns herüber. Bier? Um diese Zeit? Naja, konnte man machen, es war ja immerhin schon 11.30 Uhr und nach diesem Erlebnis, dachte ich über die Uhrzeit auch nicht nach.

Bill setzte sich wieder zu uns. Er nahm seine Flasche, hob sie hoch und sagte nur kurz: „Cheers". Wir taten das Gleiche und tranken alle einen Schluck. Bill stellte seine Flasche wieder ab und forderte uns auf: „Na los, erzählt mal." Wir erzählten ihm die ganze Geschichte, in allen Einzelheiten. Nichts ließen wir aus. Wir redeten uns richtig in Rage. Bis Sven plötzlich in Tränen ausbrach. „Ich dachte wirklich, sie meint es ernst", schrie er mehr, als er redete. „Hast du dich wirklich in sie verliebt?", fragte ich ihn. „Schon lange", kam es zitternd zurück: „Schon seit wir zusammen lernen sollten. Ich dachte, das wäre meine Chance. Und jetzt das." Er legte seinen Kopf auf die Theke. „Ich will nach Hause", sagte er leise. Sven war fertig, doch Bill lenkte uns etwas ab. Er erzählte von seiner Schulzeit. Von guten Streichen, aber auch von Streichen, die völlig daneben waren. Manchmal war er das Opfer, manchmal machte er mit und manchmal war er sogar der Organisator. „In diesem Alter macht man manchmal Blödsinn, ohne auch nur im Geringsten an die Folgen zu denken. Ich bin mir sicher, dass das auch bei euren Freundinnen so war", sagte er im Anschluss. Wir unterhielten uns noch eine ganze Zeitlang und tranken dabei unser Bier aus. Keiner von uns dachte daran, dass wir noch nicht einmal zu Mittag gegessen hatten. Es war auch schon lange über der Zeit, als Bill plötzlich sagte: „Kommt, lasst uns erst einmal essen gehen, nachher reden wir weiter. Und das mit den Zimmern macht Nancy, redet mal mit ihr." Wir folgten seiner Aufforderung und gingen in den Speiseraum. Zu unserer Überraschung, saß dort aber niemand. „Kein Wunder", stellte Tobi fest, „habt ihr schon mal auf die Uhr gesehen? Die sind schon alle fertig." „Nein, sind sie nicht." Mary stand plötzlich in der Tür. Die Mädchen hinter ihr. „Setzt Euch!", befahl sie. Wir folgten ihrer Aufforderung. Sandra saß wieder neben mir. Obwohl wir auf diesen Plätzen erst zweimal saßen, war es schon wie eine Automation. Ich sah aus den Augenwinkeln, dass Sandra mich ununterbrochen ansah, doch ich schaute nicht zurück. Dann legte sie ihre Hand auf meine, die auf dem Tisch lag. Natürlich zog ich diese sofort weg, während Nancy und Bill wortlos das Essen austeilten. Als Nancy mir einen Teller mit Chili con carne hinstellte, lehnte ich dankend ab: „Es tut mir leid Nancy, ich möchte heute nichts essen." Sie sah mich an und nickte leicht mit dem Kopf. Dann nahm sie den Teller wieder weg. Sie hielt ihn in die Mitte: „Möchte irgendwer hier etwas essen?" Die Erwachsenen griffen zu, wir Jungen schwiegen. Nancy saß mir schräg gegenüber. Ich ergriff die Möglichkeit und fragte sie: „Nancy, ich habe Bill schon vorhin um ein anderes Zimmer gebeten. Er meinte ich sollte dich fragen." Ich fühlte, wie Sandra zusammenzuckte. „Wir reden später darüber", sagte sie und aß weiter. Dieses Essen war danach das ruhigste, das ich jemals erlebt hatte.

Als die Erwachsenen fertig waren, räumten Bill und Nancy die Tische ab. Als alles weggeräumt war, standen wir auf. „Sitzen bleiben!". Ein scharfer Ton wehte vom Ende des Tisches zu uns herüber. Alle erschraken, selbst die Erwachsenen. Tom schaute uns böse an. „Ihr bleibt hier!", betonte er nochmals. Die Inselbewohner standen verstört auf und sahen zu Tom. So hatten sie ihn wohl noch nicht erlebt. Vorsichtshalber gingen sie aus der Tür. Wir hatten ihn allerdings auch noch nie so gesehen. Sein Gesicht war rot vor Zorn. Er stand auf, riss die Tischdecke herunter und schnappte sich einen Achtertisch, als wäre er aus Pappe. Er warf ihn schon fast in die Ecke. Danach ging der Kommandoton weiter. „Hier an diesen Tisch setzten, die Mädchen links, die Jungs rechts!" Seine Ader am Hals fing an zu pochen. Er selbst setzte sich nicht. Er lief um den Tisch herum. „Wir reden jetzt hier in Deutsch, damit später keiner sagen kann, er hätte es nicht verstanden." „Na, da komme ich ja genau richtig", hörten wir plötzlich eine Stimme. Wir sahen zur Tür. Jeanette stand dort. Tom ging sofort zu ihr. Ein Kuss, eine lange, innige Umarmung. Eine Begrüßung wie immer zwischen den beiden. Er lächelte wieder. Gott sei Dank. Jeanette kam genau im richtigen Moment. „Du weißt was hier los ist?", fragte er sie. „Ja, Nancy hat es mir erzählt", kam es zurück. Nancy? Woher wusste sie es? Bill war die ganze Zeit bei uns. Die Zeit war viel zu

knapp, als dass er ihr alles erzählt haben könnte. Und Nancy sollte es dann noch Jeanette erzählt haben? Nein, das war nicht möglich. Tom lächelte wieder. „Setz dich hierhin", sagte er zu Jeanette und schob ihr einen Stuhl zurück. Sie setzte sich an eine der Stirnseiten des Tisches. „Halt dir aber die Ohren zu", sagte er leise zu ihr. Warum sollte sie sich die Ohren zuhalten? Er war doch… Noch bevor ich weiterdenken konnte, brüllte er los: „Seid ihr total bescheuert? Seid ihr heute Morgen alle gegen die offene Schranktür gerannt, oder was geht in euren morschen Birnen vor sich?" Er machte eine Pause und ging langsam um den Tisch herum. Endlich setzte auch er sich, auf den noch einzig freien Stuhl. Er sah abwechselnd zu Sandra und zu mir. In einem etwas ruhigerem Ton sagte er dann: „Ihr kämpft monatelang um eure Liebe, ertrag lange Trennungen voneinander, ertragt, dass ihr euch nur heimlich treffen könnt. Jetzt endlich könnt ihr zusammen sein, einen gemeinsamen Urlaub verbringen. Jetzt wo euer Traum wahr geworden ist, da macht ihr eure Beziehung, wegen solch einem Mist kaputt?" Er machte eine Pause. Anschließend sah er zu Carola und Melanie: „Ihr beide habt miterlebt, wie die zwei sich gequält haben. Ihr habt mitgefiebert, dass alles gut wird zwischen ihnen. Und nun wollt ihr das alles wieder zerstören? Warum? Ihr seid in der ganzen Zeit zu einer Einheit geworden. Ihr seid Freunde geworden. Warum macht ihr das jetzt alles wieder zunichte?"
Kurze Pause. Dann sah er wieder zu Sandra und mir. „Gebt euch die Hand!", befahl er uns. Nach kurzem Zögern legte Sandra ihre Hand, mit der Handfläche nach oben, auf den Tisch. Ich zögerte. „Was ist?", raunzte Tom mich an. Ich ergriff Sandras Hand. Wir sahen uns das erste Mal wieder vorsichtig in die Augen. Wir wussten beide, dass er Recht hatte. Trotzdem war es nicht so einfach, ihr zu verzeihen. „Es tut mir leid, Jonas", sagte Sandra mit zittriger Stimme. Ich senkte den Kopf. Tom sah mich an. „Jonas, wie fühlt sich das an?", fragte er und deutete auf unsere Hände. Ich sagte nichts. Ich hätte darauf, in diesem Moment, auch keine Antwort geben können. Tom erklärte mir aber, wie es sich anfühlte: „Dann sage ich es dir. Gut fühlt sich das an. Wie eine Beziehung, mit einem großartigen Mädchen, fühlt sich das an. Es fühlt sich an wie Liebe und das ist es auch. Jonas, mach jetzt nicht alles kaputt, wegen eines falschen Stolzes." Er wartete einen kurzen Moment. Dann

sagte er: „Ihr könnt eure Hände nun wieder loslassen." Doch das taten wir nicht. Sandra strich mit ihrem Daumen vorsichtig über meinen Handrücken. „Es tut mir so leid", sagte sie nochmals. Ich musste nicht mehr lange überlegen. Jedes Wort, das Tom sagte, war richtig. Warum sollten wir jetzt unsere Beziehung beenden, für die wir so lange gekämpft hatten. Ich sah Sandra in die Augen und sagt: „Ich liebe Dich. Ich möchte Dich nicht verlieren." Sandra sprang auf und rannte um den Tisch. Auch ich stand auf und wir fielen uns in die Arme. „Ich liebe dich so. Es tut mir alles so leid", flüsterte sie mir ins Ohr. Unsere Kammeraden klatschten und jubelten. „Ruhe!", brüllte Tom plötzlich. Während Sandra einen Stuhl an den Tisch schob und sich zu mir setzte, sah Tom zu Carola und Melanie. „Und jetzt zu euch beiden. Auf wessen Mist ist das gewachsen? Sandra hat höchsten mitgemacht, aber sie hat das nicht ausgeheckt, so gut kenne ich euch." „Das war ich", gab Carola kleinlaut zu. „Warum?" Nur ein scharfes Wort von Tom und sie fing an zu zittern. „Wegen Sven", sagte sie nur kurz, während Sven zusammenzuckte und sie fragend ansah. Carola schaute zu ihm herüber und erklärte: „Als wir anfingen, mittags zusammen zu lernen, da habe ich gemerkt, dass du gar nicht der große Macho bist, für den du dich immer ausgibst. Du kannst richtig nett sein und…" Sie sah auf die Tischplatte und erzählte ganz leise weiter: „…da habe ich mich ein bisschen in dich verliebt." Jetzt wurde Carola völlig nervös: „Und… und… und da wusste ich nicht, wie ich es… ich wusste nicht, ob du…, weil, ich kann doch nicht einfach… und dann kam mir diese blöde Idee." Sven sagte nichts, doch Tom forderte ihn auf: „Sven, mach jetzt und hier reinen Tisch. Solche Situationen belasten nur unnötig. Sage jetzt gleich, ob Carola bei dir eine Chance hat, oder nicht." Es dauerte noch einen Moment, dann packte auch Sven aus: „Beim Lernen habe ich auch gemerkt, dass du nicht dieses Mauerblümchen bist, für das dich alle halten. Und seit wir hier sind, bist du total verändert. So frei. So sorglos. Ganz anders als zu Hause. Und dann dieser Kuss im Schwimmbad heute Morgen. Ich mag dich auch, aber…" Carola entfiel ihr lächeln. Sven schaute kurz zu Tom, dann wieder zu Carola. „…nicht hier." Setzte er fort. Er sah wieder zu Tom „Dürfen wir kurz rausgehen?", fragte er. Tom grinste in sich hinein. „Haut schon ab", gab er nach und die beiden verschwanden nach draußen. Sven war nicht so der Typ, der seine Gefühle gerne mit anderen bespricht. „Das geht niemanden etwas an", sagte er mal. Und so wusste auch niemand, wie die Sache mit den beiden draußen ausgehen würde. „Und was ist mit euch?", fragte Tom die beiden noch übrig gebliebenen. Tobi stand auf, lief um den Tisch herum, und setzte sich auf den gerade freigewordenen Platz neben Melanie. „Aber das du nicht noch mal so einen Blödsinn machst", sagte er ruhig und irgendwie gelassen zu seiner Freundin. „Nie mehr", sagte diese nur. Es folgte ein kurzer Kuss, eine Umarmung und das war's. So einfach kann das sein, wenn man sich gut kennt.

Tom war sichtlich zufrieden mit sich und seiner Leistung. Aber das konnte er auch. Nur Jeanette fing plötzlich an zu lachen. „Das war Psychotherapie mit dem Holzhammer.", stellte sie fest. Tom nickte und erklärte: „Die hätte ich auch gebrauchen können, als mich Iris damals rauswarf. Aber ich kuschte, schaltete auf stur und fuhr nach Hause. Ich wollte nur nicht, dass die Jungs und Mädchen hier, den gleichen Fehler machen."

Es wurde still im Raum. Die beiden müssen schwer gelitten haben unter der Trennung. Jeanette stand auf und ging zu Tom, der ebenfalls aufstand. „Ich hatte auch Schuld daran", sagte sie, „Ich hätte Iris damals in ihren Allerwertesten treten müssen." Die beiden umarmten sich wieder innig.

Was hatte diese ständige Umarmung zwischen den beiden zu bedeuten? Schon die ganze Zeit viel mir das auf. Ich wollte es wissen. Er würde mich schon nicht auffressen. Ich nahm meinen ganzen Mut zusammen und fragte: „Tom, ich verstehe etwas nicht. Du willst doch Iris heiraten, aber ihr zwei seid so vertraut miteinander." Mehr musste ich gar nicht sagen. Tom fing zu erzählen an: „Weißt du, als mich Iris damals rauswarf, nahm mich Jeanette auf. Ich lebte einige Tage bei ihr und so entwickelte sich eine sehr gute Freundschaft. Wir wissen fast alles voneinander. Wir vertrauten uns damals alles an. Wir waren der Meinung, wir würden uns nie mehr wiedersehen. Und so wurde Jeanette zu meinem besten Freund." „Eine Frau als bester Freund eines Mannes?", fragte Sandra. Tom klärte uns auf, dass eine gute Freundschaft nicht geschlechtsabhängig ist. „Warum sollen ein Mann und eine Frau nicht einfach nur gute Freunde sein. Wenn es mit Carola und Sven nichts wird, dann können sie doch weiterhin gut befreundet sein." Die beiden gut befreundet? Oder gar ein Paar? Nein, an Wunder glaubten wir nicht. Doch die zwei lehrten uns etwas Anderes, denn in diesem Moment kamen beide, Hand in Hand durch die Tür. Applaus, Jubel und alles was dazugehörte, kam ihnen entgegen. Und Jeanette stellte fest, dass sie wahrscheinlich niemals wieder, drei Pärchen auf der Insel unterrichten würde. Ich hatte so langsam den Eindruck, dass auf dieser Insel, Wunder wahr werden können.

Aber auf jeden Fall lebten hier sehr nette Menschen. Das merkten wir auch wieder, als Nancy erneut mit dem Servierwagen hereinkam. Sie hatte das Chili nochmals aufgewärmt. Sie stellte uns Teller hin und meinte: „Ich gehe mal davon aus, dass ihr jetzt mehr Hunger habt." Oh ja, das hatten wir und so hauten wir kräftig rein.

Als die Herbergschefin wieder zurückkam, um den Tisch abzuräumen, fragte Tobi sie: „Nancy, wie konntest du Jeanette von dem erzählen, was wir Bill anvertrauten? Er war die ganze Zeit bei uns und konnte dir gar nichts erzählen." Nancy grinste: „Als ihr es ihm erzählt habt, standen Mary und ich die ganze Zeit hinter euch. Wir haben alles gehört." Und Sandra ergänzte: „Und Mary hat uns anschließend ordentlich den Kopf gewaschen." Schön ist es immer, wenn am Ende alle was zu lachen haben.

Am Mittag gingen wir an den Strand. Deacon hatte sich bereit erklärt mitzukommen. Mary kam ebenfalls mit. Auch Tom und Iris kamen später noch dazu. Zehn Leute, fünf Pärchen. Wir hielten uns fast nur am Strand auf, weil uns keiner sagte, dass es an den Stränden von Florida auch Ebbe und Flut gibt. Und wir hatten gerade Ebbe. Wir hätten trotzdem noch schwimmen gehen können, da es hier nicht so krass ist, wie am deutschen Nordseestrand, an dem das Wasser komplett verschwunden ist. Und da Iris-Island als Insel weiter draußen lag, gab es hier immer Wasser. Aber wir waren an diesem Mittag zu faul. „Heute Abend, 12 Minuten vor 9, gehen wir alle schwimmen", erklärte uns Deacon, „Da ist das Wasser ganz nah. Und es ist auch schon ziemlich dunkel. Außerdem ist heute Vollmond. Optimale Bedingungen also."

Zum Nachfragen, für was die Bedingungen optimal sein sollten, kamen wir nicht mehr. Bill kam plötzlich und setzte sich zu Tom. Ein interessantes Gespräch begann:

Bill: „Was hältst du davon, wenn wir beide für heute Abend ein paar Salate machen. Mich würde es interessieren, wie in Deutschland Salat gemacht wird."

Tom: „Klar. Hast du alles da, was wir brauchen?"

Bill: „Ich denke schon."

Deacon: „Was heißt du denkst?"

Bill: „Na, ich weiß nicht, was die da drüben alles verwenden."

Tom: „Warum glaubst du dann, dass du alles dahast?"

Deacon: „Weil er auch nur glaubt, kochen zu können."

Bill: „So etwas, wie das, was du Steaks nennst, bekomme ich allemal hin."

Tom: „Deacons Steaks sind gut, das Bier schmeckt beschissen.

Bill: „Und der Deutsche meint wieder mal, dass euer Bier besser ist als unseres.

Tom: „Nein, der Deutsche meint, dass es bei uns Bier gibt. Was das hier ist, weiß ich nicht."

Deacon: „Unser Bier ist das Beste."

Tom: „Aber nur, wenn es auf der restlichen Welt keins mehr gibt."

Deacon: „Was heißt eigentlich, so ein Steak bekommst du auch hin. Du bekommst ja nicht mal deinen Fraß hin."

Bill: „Meinen Fraß? Was soll das heißen."

Tom: „Dill"

Bill und Deacon: „Was Dill?

Tom: „Wir brauchen Dill, ohne Dill kann man keinen Salat machen."

Tom stand auf.

Bill: „Wo gehst du hin?"

Tom: „Der Deutsche geht Salat machen. Ihr könnt ja beide nicht kochen."

Dann war er verschwunden. „Warte Darling", rief Iris noch und dann war auch sie weg.

Deacon: „Jetzt hast du ihn vergrault."

Bill: „Hmmm"

Deacon: „Was hältst du jetzt von einem guten amerikanischen Bier?"

Bill: „Kann ich nicht nein sagen. Aber mich würde interessieren, wie das deutsche schmeckt."

Deacon: „Nicht so gut wie unseres."

Dann waren auch die beiden weg und wir lachten uns Schlapp. „Was war denn das?", fragte ich Mary. Sie antwortete: „Das kommt dabei heraus, wenn Männern langweilig ist. Daran müsst ihr euch hier gewöhnen."

Mary überlegte kurz, dann sagte sie plötzlich: „Wie wäre es denn, mit einer Runde Beachvolleyball? Die Jungs gegen die Mädchen. Und danach gibt es ein Eis." Das hörte sich gut an. Alle waren dafür. Besonders wir Jungs. Hatten wir ja auch vom Morgensport noch etwas gut zu machen. Wir waren bereit, für die Revanche.

Nach zwei Stunden Volleyball spielen, kamen wir wieder zurück. Die Mädchen rannten vor und tanzten in die Herberge hinein. Wir liefen mit hängenden Köpfen hinterher. Bill fragte, was denn los sei. Wortlos gingen wir nach oben und unter die Dusche, während die Mädchen noch etwas feierten. Aber wohl nicht lange, denn plötzlich öffnete sich die Tür der Dusche und Sandra kam zu mir herein. „Du bist im falschen Badezimmer", sagte ich schmunzelnd zu ihr. „Nein, bin ich nicht", sagte sie zärtlich und begann, mich überall einzuseifen. Dann gab sie mir die Flasche mit dem Duschgel und hauchte. „Du bist dran." Ich seifte sie ebenfalls überall ein. Auch die Stellen, die ich vorher noch niemals berührt hatte. Dann küsste sie mich und wir rieben unsere glitschigen Körper aneinander. „Kommen jetzt gleich deine Freundinnen herein?", fragte ich. „Natürlich nicht, das ist so etwas, wie eine Wiedergutmachung", sagte sie. Ich habe sie noch nie mit solcher Sexy-Stimme reden hören. Sie sprach weiter: „Und es ist auch ein kleiner Vorgeschmack." „Auf was?", wollte ich wissen. Lass Dich überraschen", säuselte sie und küsste mich erneut. Plötzlich nahm sie den Duschkopf und spülte den ganzen Schaum von uns herunter. Wir stiegen aus der Dusche und trockneten uns gegenseitig ab. Ich war völlig verwirrt. „Gehen wir jetzt ins Bett, oder was hast du geplant?", fragte ich. „Sie lächelte mich zärtlich an. „Nein, das ist mir zu plump, außerdem müssen wir zum Essen zu Iris. Komm, wir ziehen uns an."

Als wir bei Iris ankamen, saßen sie und Tom am Tisch. Deacon feuerte gerade den Grill an. Mehr Leute waren nicht zu sehen. Wir setzten uns an den Tisch, gegenüber von Tom und seiner Verlobten. „Und? Wie lief es mit der Revanche?", fragte er mich. „Woher weißt du das, mit dem Volleyball?", gab ich die Frage zurück." „Mary hat uns davon erzählt", berichtete er breit grinsend. Ich wurde etwas sauer: „Dann weißt du doch, wie es ausgegangen ist." Sein grinsen wurde noch breiter. Auch Iris schmunzelte still vor sich hin, bevor sie sagte: „Wir würden es gerne von dir hören." Sandra fing laut zu lachen an. Ich glaube, die Dampfwolke konnte man sehen, die gerade aus meinem Kopf kam." Bevor ich noch etwas sagen konnte, machte mir Tom aber ein Kompliment: „Vielleich bist du nicht so sportlich wie die Mädchen, aber ich finde, du sprichst von euch allen am besten Englisch. Allerdings dicht gefolgt von deiner charmanten Freundin." Mein Kopf ging wieder um einiges nach oben und Iris bestätigte sogar Toms Lob an mich. „Na, mal sehen, ob das auch so bleibt", stichelte Sandra. Wie ich sie kannte, würde sie mich auch hier wieder besiegen und so sagte ich es auch. Doch Tom war mit dieser Äußerung nicht einverstanden. „Hier geht es einzig und alleine um eure Noten. Das ist kein Wettkampf", meinte er. Doch, seit diesem Abend war es einer. Zumindest für mich. Ich brauchte eine Genugtuung.

Wobei ich hier noch eine Anmerkung machen muss. Natürlich sprachen wir nicht so gut Englisch, wie es hier steht. Oft genug, mussten wir umschreiben, was wir meinten, weil wir das Wort nicht wussten. Wenn Jeanette oder Tom in der Nähe waren, dann halfen sie auch schon mal oder korrigierten uns. Aber ich finde, alles in allem haben wir uns gut geschlagen und wurden immer besser.


Von weitem sah ich Tobi und Melanie kommen. Sie liefen weder Hand in Hand noch Arm in Arm. Sie kamen mir manchmal vor, wie ein altes Ehepaar. Und doch schien bei den beiden alles zu stimmen. Als wüssten sie, was der jeweils andere will, ohne dass dieser schon etwas gesagt hat. Wie ein altes Ehepaar eben.

Auch Tom sah sie kommen und wandte sich schnell uns zu. Auf Deutsch sagte er sehr leise: „Hört mal zu, ihr beiden. Ich möchte euch nur vorwarnen. Heute Abend, wenn es dunkel wird, wird es wieder mal einen Nacktbadeabend geben. Das wird hier öfter mal gemacht." Er schaute sich kurz um und erzählte weiter: „Ich sollte zwar nichts sagen, aber in Anbetracht dessen, was heute Morgen geschah, möchte ich euch lieber vorwarnen. Natürlich müsst ihr dabei nicht mitmachen." „Sandra flüsterte zurück: „Danke für die Vorwarnung Tom, aber wir werden mitmachen." „Werden wir das?", fragte ich. Sandra lächelte nur und meinte: „Schatz, könntest du mir bitte eine Cola holen?" „Natürlich Cariño."

Ich ging zur Terrasse und bediente mich am Getränkewagen. Gläser standen nebenan auf dem Tisch. Ich schenkte ein Glas ein und wollte gerade wieder zurück gehen, als ich Melanie und Tobi bei Deacon am Grill sah. Ich beschloss, kurz „Hallo" zu sagen. Ich schaute schnell zum Tisch hinüber. Mary hatte sich zu ihnen gesetzt und Sandra redete aufgeregt mit den Dreien. Was sie wohl zu bereden hatten? Bestimmt ging es wieder um heute Morgen. Dann hätte ich ja wohl noch ein bisschen Zeit. Ich konnte auch noch erkennen, dass auch Melanie auf dem Weg zum Tisch war. Tobi diskutierte indessen eifrig mit Deacon. Eigentlich wollte ich mich dazustellen, aber meine Freundin hatte bestimmt Durst. So beschloss ich, ihr erst einmal das Glas mit der Cola zu bringen. Ich ging zum Tisch und stellte es vor sie. Absolute Stille umgab mich. Außer einem „Danke" von meiner Freundin, war plötzlich nichts mehr zu hören. Ich merkte sehr schnell, dass ich störte. „Ich gehe mal zu Deacon und Tobi an den Grill", gab ich bekannt. „Mach das, Schatz", sagte Sandra und wartete mit dem Weitererzählen, bis ich weg war. Was war denn da wieder los?

Dann endlich ging ich zum Grill. Tobi kam mir schon völlig aufgeregt ein Stück entgegen. „Deacon kann uns beim Volleyball coachen. Wir werden sie nochmals herausfordern. Dieses Mal werden wir gewinnen", erzählte er hastig. In diesem Moment kamen auch Sven und Carola an. Tobi schickte Carola auch gleich weg. „Hier ist eine Männerrunde, die Mädchen sitzen am Tisch", zischte er und zog Sven mit sich zu Deacon. Ein letzter zufriedener Blick von ihm, zu Svens neuer Freundin, die tatsächlich zu den anderen Mädchen ging.

Dann erzählte er Sven das Gleiche, dass er mir auch schon vorgeschwärmt hatte. Die drei diskutierten eifrig, wie das Training auszusehen hatte und wann die Herausforderung stattfinden solle. Ich aber sah andauernd zum Tisch hinüber. Die vier Frauen diskutierten genauso heftig. Tom und Iris waren mittlerweile nicht mehr dabei. Ich beschloss der Euphorie ein Ende zu setzen. „Deacon, kann Mary auch Volleyball spielen?", wollte ich von ihm wissen. „Oh ja, und wie. Sogar noch besser als ich", schwärmte er von der Leistung seiner Freundin, „Vielleicht kann sie euch ja auch helfen? Wenn wir beide euch trainieren, dann könnt ihr die Mädchen schaffen." Allgemeines Gejubel meiner Freunde brach aus. Tobi schlug mir leicht auf die Schulter: „Hey, freust du dich denn nicht darüber?" Ich schüttelte den Kopf: „Ich glaube Mary hat etwas anderes vor", und bekräftigte meine Aussage mit einem Fingerzeig zum Tisch. Die Vier saßen noch immer dort und schienen sich wunderbar zu amüsieren. Deacon, Tobi und Sven waren plötzlich nicht mehr so recht in Feierstimmung. Böse schauten sie hinüber. „Ich gehe das Essen machen", sagte Deacon und wandte sich seinem Grill zu. Tobi war sichtlich sauer „Und was machen wir jetzt?", fragte er. „Wir werden uns nicht herausfordern lassen", antwortete ich und hielt Ausschau nach Tom. Ich hatte plötzlich das Verlangen, nach etwas alkoholischem.

Ich fand ihn auf der Terrasse vor Iris Haus. Er saß auf der Bank und hielt seine zukünftige Frau im Arm. Ich hielt es für angemessen, mich vorher etwas einzuschleimen: „Ihr seid so ein großartiges Paar und ihr passt so toll zusammen. Tom rollte mit den Augen: „Jonas, bevor du auf deiner eigenen Schleimspur noch ausrutschst, sage einfach was du willst." Iris musste lachen und wusste schon, was ich wollte: „Du willst bestimmt ein Bier trinken", erriet sie. Ich sagte nichts, grinste nur doof in mich hinein und Tom meinte nur: „Gib deinen Freunden auch eines und besauft euch nicht." Aber Iris gab zu bedenken: „Und wenn sie es doch tun? Immerhin haben wir die Verantwortung für sie." Tom lächelte nur kühl und beruhigte sie: „Keine Sorge, Honey, von dieser Brühe trinkt niemand freiwillig zu viel." Iris musste grinsen wurde aber gleich wieder ernst: „Darling, wie wäre es, wenn wir versuchen würden, für unsere Hochzeit deutsches Bier zu bekommen. Das hat mir wirklich besser geschmeckt." „Okay", meinte Tom, „dann müssen wir mal sehen,

wo wir das herbekommen. Soll ich auch noch deutsches Essen besorgen?"
Die beiden lachten und küssten sich anschließend. Doch ich fand die Idee gar
nicht schlecht und machte einen Vorschlag: „Warum eigentlich nicht. Es gab
ja auch schon eine deutsch-amerikanische-Verlobung. Warum macht ihr so
etwas nicht noch bei der Hochzeit?" Iris schreckte hoch. „Das ist eine großartige Idee", lobte sie mich, schaute zu Tom und meinte: „Darling, lass uns
morgen dafür Pläne machen, Ja?" Tom nickte nur. Dann wechselte er schnell
das Thema. „Was war denn vorhin bei Euch da drüben los?", wollte er wissen. Ich erzählte ihnen von unserem Plan mit Deacon und der Enttäuschung,
dass die Mädchen scheinbar die gleiche Idee hatten, und nun von Mary trainiert werden. Tom lachte: „Oh nein, mit Sport hatte das ganze nichts zu tun."
sagte er, überlegte kurz und verbesserte sich: „Naja, zumindest nicht mit Volleyball." Jetzt musste Iris herzhaft lachen. Tom wandte sich erneut an mich:
„Jonas, an dem Tisch dort drüben, ging es um etwas ganz anderes, jedenfalls
als wir noch dort saßen." Trotzdem war ich etwas nachdenklich. „Komm setz
dich zu uns!", forderte mich Iris auf. Ich tat was sie von mir verlangte. Tom
merkte, dass ich noch etwas auf dem Herzen habe. „Komm, schieß los", verlangte er. Ich druckste etwas herum. Tom und Iris schauten mich jedoch auffordernd an und ich erzählte ihnen, was mich bedrückte: „Vorhin lief ein
Country Song. In dem Lied hieß es ‚After you, love will never be the same',
stimmt das? Ich machte eine kurze Pause und fragte dann weiter: „Wenn ich
vielleicht irgendwann, nicht mehr mit Sandra zusammen bin und ein anderes
Mädchen habe, wird dann die liebe zu ihr anders sein?" Die beiden wurden
ernst und schauten sich an. Tom zögerte einen Moment, dann sagte er: „Ja,
das wird es. Du kannst in deinem Leben, in mehrere Frauen verliebt sein,
aber die Liebe zu ihnen, wird immer eine andere sein." Ich schaute ihn fragend an: „Gibt es mehrere Arten der Liebe?" Tom blieb ernst: „Nein, nicht
mehrere Arten, es ist aber immer irgendwie anders." Er machte eine kurze
Pause bevor er fortfuhr: „Weißt du, ich habe meine Frau damals sehr geliebt.
Dann traf ich Iris und bin erneut sehr verliebt und trotzdem ist es irgendwie
anders als damals. Und bei dir kommt noch hinzu, dass Sandra deine erste
große Liebe ist, und die vergisst man sowieso niemals." Ich wurde nachdenklich. Wenn Tom recht behielt, dann würde ich vielleicht noch so einiges

erleben, schob aber den Gedanken, irgendwann mal nicht mehr mit Sandra zusammen zu sein, beiseite. „Sandra und ich werden auf ewig zusammen sein", sagte ich. Tom schmunzelte und Iris sah mich irgendwie bemitleidend an, während sie sagte: „Du bist noch so herrlich, jugendlich naiv. Keine erste Liebe hält ewig." Ich erschrak. Das konnte nicht sein. Hilfesuchend sah ich zu Tom, der diese Aussage noch bekräftigte: „Das stimmt leider. Laut Statistik ist die Wahrscheinlichkeit, dass ihr beiden zusammenbleibt, sehr gering. Und heute Morgen wäre es ja auch bald schon so weit gewesen." Ich nickte bestätigend. „Tom, ich muss dir nochmals danken für heute Morgen", sagte ich zu ihm. Doch Tom gab darauf keine Antwort. Er deutete nur kurz hinter mich und sagte: „Deine Freundin kommt!" Noch bevor ich mich umdrehen konnte, saß sie neben mir. Sie kuschelte sich fest an mich.

„Na dann muss ich ja wohl", sagte Tom und stand auf. Iris fragte ihn, wo er denn hinwolle. „Ich gehe uns ein Bier holen, Jonas ist ja jetzt verhindert", sagte er und verschwand. Der Getränkewagen stand zwar auf der Terrasse, aber das Bier stand zum kühlen im Kühlschrank, in der Garage. Nach einiger Zeit kam er mit drei Flaschen zurück. Eine brachte er an den Grill zu Deacon, die anderen zwei brachte er mit an den Tisch. Er öffnete alle beide und stellte eine vor mich. Ich bedankte mich und trank einen Schluck, als mir Sandra die Flasche aus der Hand nahm. „Lass mich mal probieren", befahl sie und trank einen Schluck. Es schmeckte ihr sogar. Und so tranken wir abwechselnd aus der Flasche. Auch Iris und Tom teilten sich die andere Flasche. Und so nuddelten wir abwechselnd an zwei Flaschen, bis Deacon uns zum Essen rief. Wir standen auf und setzten uns wieder an die großen Tische. Nancy, Mary, Bill und Jeanette, die inzwischen ebenfalls eingetroffen war, hatten schon die Tische gedeckt. Toms Salate und Marys Kartoffel-Wedges standen dort schon, Deacon servierte jedes Steak einzeln. „Wird hier eigentlich jeden Tag gegrillt?", fragte Carola. Bill verneinte: „Eigentlich nur, wenn es etwas zu feiern gibt. Heute feiern wir die Rückkehr von Iris und Tom, sowie eure Ankunft." „Komm", rief Tom plötzlich, „einen Grund zum Feiern findet ihr doch immer und wenn es nur die erfolgreiche Wegüberquerung einer Schnecke ist."

Das Essen dauerte sehr lange. Wir waren auch schon längst fertig, aber Iris erzählte ihren Freunden begeistert, was sie in Deutschland alles erlebt hatte. Von den Tagesfahrten in die ‚schönen Gegenden', vom Einkaufen, von Toms Garten und überhaupt den ganzen Tagesablauf von Tom. Sie redete ununterbrochen und alle hörten zu.

Es wurde langsam dunkel. Wir halfen alle mit, den Tisch abzuräumen. Umso schneller waren wir fertig. Endlich saßen wir wieder am Tisch auf der Terrasse, wie schon vor dem Essen. Eigentlich wollte ich mich mit Tom und Iris nochmal unterhalten. Ich wollte noch etwas mehr wissen, wie sie sich kennenlernten. Es interessierte mich irgendwie. Doch dazu kam es nicht. Mary nickte plötzlich Iris zu. Sie stand auf und gingen zum Grill. Dort wurden sie von allen am besten gesehen. Iris nahm die Grillzange und schlug sie ein paar Mal gegen Deacons Bierflasche. Deacons Augen wurden groß. Wenn Blicke töten könnten. Nun hatten sie die Aufmerksamkeit, die sie sich wünschten. Mary machte den Anfang: „Ich bitte kurz um Aufmerksamkeit", rief sie. Jetzt erlosch auch das letzte Gebrummel. Sie sah zu Deacon hinüber und sagte laut: „Deacon, kommst du bitte zu mir?" Deacon folgte der Aufforderung. Mit fragendem Blick stellte er sich neben Mary. Iris tat es ihr nach und rief ihren Tom, der sich sehr verwundert erhob und zu ihr ging." Die vier standen nun vor dem Grill und Mary übernahm nun wieder das Wort: „Wie ihr alle wisst, sind Deacon und ich verlobt, ebenso Iris und Tom. Wir möchten nun ganz offiziell unsere Hochzeit bekannt geben, die genau heute in drei Wochen, in der Miami Beach Community Church stattfinden wird." Ein Raunen ging durch die Luft, gefolgt von Applaus. Tom und Deacon sahen sich an. Die Armen wussten wohl gar nicht, was ihre Frauen vorhatten und waren sichtlich überrascht. Iris war nun wieder an der Reihe. Laut rief sie: „Natürlich seid ihr alle dazu eingeladen." Sie machte eine kurze Pause und erklärte anschließend laut. „Wie viele von Euch wissen, hinterließ mir mein Vater diese Insel und noch vier weitere. Die Miller-Inseln. Diese hier, benannte er nach mir, Iris-Island. Für die anderen sollte ich mir irgendwann einen Namen ausdenken. Für eine habe ich das in den letzten Wochen schon getan. Nämlich, für die nebenan liegende Insel, die auch die Zweitgrößte dieser Inselgruppe ist. Der Name ist in den Grundbüchern schon eingetragen. Benannt habe ich sie, nach meinem Lebensretter, baldigem Ehemann und liebsten Menschen, den ich kenne. Ab sofort heißt die Insel ‚Toms-Island'." Alle applaudierten erneut, und riefen die verschiedensten Sachen. Tom stand sichtlich gerührt neben seiner Verlobten und wusste nicht, was er sagen oder machen sollte. Wir sprangen auf und wollten ihm gratulieren, doch Iris hielt die Hand nach oben. Sie war wohl noch nicht fertig und wollte noch etwas sagen, aber wir waren schon sehr nahe bei ihnen. In einem Halbkreis standen wir nun um die vier herum. Iris bückte sich und hob einen eckigen aber Flachen Gegenstand hoch, der von einem Tuch verdeckt war. Dann erzählte sie weiter: „Darling, ich möchte dir heute schon ein kleines Hochzeitsgeschenk machen. Ich weiß, dass du sehr deinem Garten in Deutschland hinterhertrauerst. Dein ‚eigenes kleines Stückchen Land', hast du es immer genannt. Ich möchte dir auch hier in Amerika, dein ‚eigenes kleines Stückchen Land' geben. Sie zog das Tuch von dem Gegenstand in ihrer Hand und eine eingerahmte Besitzurkunde kam zum Vorschein. Tom machte riesige Augen, als er darauf seinen Namen las. Und Iris erklärte: „Diese Insel, nämlich Toms-Island, gehört ab sofort dir." Sie überreichte ihm die Urkunde. Unter großem Beifall und Gejubel, fiel Tom seiner Freundin um den Hals. Auch wenn er sie verstecken wollte, seine Tränen, es gelang ihm nicht.

Nun waren wir an der Reihe. Einer nach dem anderen gratulierte den vieren, zur geplanten Hochzeit und vor allem Tom - dem stolzen Besitzer einer ganzen Insel.


Zwischenzeitlich ist es dunkel geworden und der Mond zeigte sich in seiner ganzen Pracht. Doch von Nacktbaden keine Spur. Deacon, der Initiator dieser Veranstaltung war nicht auffindbar. Auch Tom war verschwunden. Erst nach einer ganzen Weile kamen sie aus Iris Haus. Jeder mit einer Flasche Bier bewaffnet. Tom setzte sich wieder zu uns und zu seiner Verlobten. Er schaute etwas komisch. Ein nicht genau auszumachender Gesichtsausdruck lag auf seinem Gesicht. „Darling, geht es dir gut?", fragte Iris ihn. Er lächelte und nickte. „Alles gut", gab er zur Antwort. Er atmete noch einmal tief durch und nahm einen kräftigen Schluck aus der Pulle. Der ‚long-neck-bottle', wie die Amerikaner sagen.

Ich fragte Tom: „Wann beginnt den dieses Nacktbaden?" „Es wird schon bald losgehen", belehrte uns Iris nervös. Auch Tom merkte, das mit seiner Freundin etwas nicht stimmte. „Honey, was hast du?", fragte er. „Nichts", antwortete Iris hastig. Man konnte ihr jedoch die Nervosität geradezu ansehen. Ich sah eine Weile zu Iris und fragte dann Tom: „Macht ihr dabei auch mit?" „Nein", sagte er, „Iris kann das nicht und ich bleibe dann halt bei ihr." Er hatte es noch nicht richtig ausgesprochen, da rief Deacon laut: „Nacktbadeabend", und riss sich die Kleidung vom Körper. Die anderen Erwachsenen taten es ihm nach. Unsere Freunde dagegen schauten nur dumm. Tom hatte es nur uns erzählt, den anderen nicht. „Was ist mit euch?", rief Tom zu ihnen hinüber. Noch immer wussten sie nicht so recht, was sie tun sollten. Auch mir war die Sache nicht ganz geheuer. Doch Sanda sagte schon vor dem Essen, dass wir mitmachen würden. Tom gab nicht nach: „Lasst euch nicht so hängen. Macht mit. So könnt ihr später immer sagen, dass ihr mit alten Leuten nackt geschwommen seid." Er lachte. Wir sahen uns gegenseitig an, was wir machen sollten. Außer Sandra. Sie war fest entschlossen mitzumachen und so stand sie plötzlich, wie Gott sie erschaffen hatte, neben mir und die anderen Mädchen ebenfalls. Dann fingen sie an, uns Jungs auszuziehen. Aber nicht hektisch. Nein, ganz langsam. Auch Iris stand plötzlich ohne Kleider da, was Tom fast die Augen aus dem Kopf quollen ließ. Auch sie fing plötzlich an, Tom ganz behutsam die Kleider vom Körper zu ziehen. Als endlich die letzten Hüllen gefallen waren, sagte Carola laut zu uns Jungs: „Das ist eine kleine Entschädigung für heute Morgen." Die Mädchen nahmen uns an den Händen und so rannten vier Paare, Hand in Hand, vom Haus zum Strand. Nun wusste ich, was sie am Tisch so heimlich zu besprechen hatten. Das Wasser war herrlich warm. Wir planschten und alberten herum. Keine Ahnung, wie lange. Ich verlor dabei jegliches Zeitgefühl. Irgendwann standen Melanie und Tobi sowie Carola und Sven paarweise im Wasser. Jede Gruppe ein ganzes Stück von den anderen entfernt und knutschten wild herum. Das war wohl das Zeichen, denn plötzlich gingen die Erwachsenen aus dem Wasser und liefen wieder Richtung Haus. Sogar Deacon ging mit, obwohl wir nicht ohne ihn an den Strand gehen durften. Das war schon sehr verwunderlich. Ich kam jedoch nicht dazu, große Überlegungen anzustellen, denn Sandra umarmte mich und tat es den anderen gleich. Wir knutschten ebenfalls wild herum, bis ich plötzlich seltsame Geräusche hörte. Ich schaute hinüber und sah bei den anderen beiden Pärchen eindeutige Bewegungen. „Haben die etwa Sex?", fragte ich Sandra erstaunt. „Carola hat es doch schon gesagt, eine kleine Entschädigung für heute Morgen", erklärte mir Sandra, als ich die eben erwähnte Person laut stöhnen hörte. Ich wusste nicht genau warum, aber das machte mich irgendwie an. Sandra nahm plötzlich meine Hand und zog mich zum Strand. „Sandra, ich kann noch nicht aus dem Wasser", erklärte ich ihr und zeigte nach unten. Sie kam wieder dicht an mich heran, küsste mich erneut und hauchte mir ins Ohr: „Deshalb sind wir doch hier." Erneut nahm sie meine Hand. Wir liefen an den Strand und legten uns in den warmen Sand. Wir küssten und streichelten uns gegenseitig. Sandra schaute immer mal wieder zu den anderen. Plötzlich sagte sie: „Sie sind weg", und lächelte mich an. Dann wurde sie ernst. Sie sah mir eine Zeitlang tief in die Augen, zog mich auf sich und flüsterte zärtlich: „Komm schon!" An diesem Abend schliefen wir zum ersten Mal zusammen. An einem Strand in Florida. Im warmen Sand, bei Vollmond und leisem Wellenrauschen. Kann man sich etwas Schöneres für das erste Mal vorstellen?

Als wir fertig waren, rollte ich mich wieder von Sandra herunter. Sie legte sie sich in meinen Arm und wir schliefen glücklich ein.

Irgendwann wurde ich wach. Ich erschrak. Wie lange hatten wir geschlafen? Ein paar Minuten? Ein paar Stunden? Ich wusste es nicht. Behutsam weckte ich Sandra. „Die werden ganz schön sauer sein, wenn wir so lange weg sind", erklärte ich ihr. Sandra sah mich an. Ihr Gesichtsausruck hatte etwas von Müdigkeit, aber auch von Zufriedenheit und Glück. Zärtlich sagte sie: „Ruhig Schatz, die werden uns schon nicht die Köpfe abreißen." Wir standen auf und liefen zurück zum Haus. Das würde wohl etwas peinlich werden, wenn wir jetzt nackt zu all den anderen kommen würden, die sich bestimmt schon längst wieder angezogen hatten. Ich machte mir darüber solche Gedanken, dass ich Iris und Tom fast nicht kommen sah. Sie kamen uns entgegen und waren ebenfalls noch immer unbekleidet. Im Arm trug Tom unsere Kleidung. Oje, das würde wohl ein Donnerwetter geben. Ich entschuldigte mich:

„Es tut uns leid, aber wir sind eingeschlafen." Die beiden schmunzelten. „Ist schon gut, Jonas, alles noch im grünen Bereich", sagte Tom und drückte uns die Klamotten in die Hand. Und Iris meinte: „Geht am besten gleich auf euer Zimmer, es ist schon sehr spät." Tom ergänzte noch: „Es sind schon alle weg, wir sind die Letzten." Dann hatten wir wohl sehr lange geschlafen. Wir wollten gerade das tun, was die zwei uns aufgetragen hatten. Ein paar Meter waren wir schon gelaufen, als uns Iris rief und uns hinterherrannte. Sie stellte sich vor Sandra: „Wie ist es denn so, mit einem Mann, den man liebt? Ist es schön?", wollte sie von ihr wissen. Sandra antwortete schwärmend: „Oh ja Iris, das ist es. Es ist wunderschön", und drückte sich an mich. Iris nickte nur etwas verstört, und ging zu Tom zurück." Wir sahen den beiden noch ein Stück nach und stellten fest, dass sie den Weg zum Strand eingeschlagen hatten. Arm in Arm, fest umschlungen. Sandra und ich sahen uns an und mussten grinsen. Ob sich da wohl noch etwas tat an diesem Abend? Dann liefen wir zur Herberge zurück."

Sonntagmorgen. Der Wecker klingelte. Während ich mir noch den Schlaf aus den Augen rieb, drehte sich Sandra zu mir um und legte sich in meinen Arm. „Guten Morgen, Schatz. Gut geschlafen?", fragte sie. Ich lächelte sie an. „Nach gestern Abend? Aber hallo", stellte ich fest. Wir gaben uns einen Kuss. Am Vorabend hatten wir uns gar nicht mehr angezogen. Wir haben auch nicht mehr geduscht, wollten einfach nur schlafen. Nun lagen wir nackt nebeneinander. Ich zog die Decke, die ich in der Nacht weggestrampelt hatte, wieder über meine Hüfte. Ich war jung, ich bin ein Mann und was sich morgens bei uns dort unten abspielt, musste Sandra ja nicht gleich sehen. Doch sie wusste Bescheid. „Warum deckst du dich zu?", wollte sie wissen. Sie nahm die Decke und warf sie mit einem Ruck von mir herunter. „Das sollten wir doch ausnutzen", flüsterte sie mir ins Ohr und küsste mich zärtlich. Mein Einwand, dass wir wohl zu spät zum Sport kommen würden, ließ sie nicht gelten. „Vor dem Sport muss man sich aufwärmen", stellte sie fest und legte sich auf mich.

So, oder so ähnlich, lief es oft morgens. Auch sonst nutzten wir jede Freizeit, um miteinander zu schlafen. Wir holten quasi die letzten Monate nach. Und es war jedes Mal wieder schön, und es war jedes Mal wieder anders.

Nach der ‚Aufwärmphase' gingen wir hinunter, wo die anderen schon auf uns warteten. Sie sagten keinen Ton als wir ankamen, aber alle grinsten wie die Honigkuchenpferde. Wir verstanden erst nicht warum. „Auf geht's zum Joggen", rief Deacon plötzlich. Die anderen liefen los. Sandra und mich hielt er noch kurz zurück. „Das nächste Mal, vielleicht nicht ganz so laut", sagte er schmunzelnd und zwinkerte mit einem Auge. Dann rannte auch er los. Sandra und ich sahen uns nur kurz an und mussten lachen. Schließlich liefen wir hinterher.

Wenn wir jetzt zu Hause gewesen wären, dann wäre uns das mit Sicherheit peinlich gewesen. Aber hier auf der Insel überhaupt nicht. Wir wussten, es ist die normalste Sache der Welt und so benahmen wir uns auch. Aber nicht nur Sandra und ich. Den anderen Vieren war es am Vorabend doch auch völlig egal, dass wir dabei waren und alles mitanhörten. Warum? Was war hier los? Nicht nur Carola und Sven hatten sich verändert, seit wir auf der Insel waren, wir alle waren, mehr oder weniger, anders als sonst. Was wäre, wenn wir wieder zu Hause sind? Wäre es uns dann im Nachhinein peinlich? Vielleicht sollte ich doch mal mit Mary reden. Irgendwann würde sich die Gelegenheit schon ergeben, dachte ich.

„Ist das Tempo den Herren so genehm?", hörte ich plötzlich eine Stimme. Ich erwachte aus meinen Gedanken. Deacon sah fragend zu uns Jungs. „Besser als Gestern", schnaufte Sven völlig außer Atem und quälte sich weiter. „Okay, dann auf zum Endspurt", schlug unser Fitnesstrainer vor. „Nein…, gut…, so ist gut", hechelte Tobi und japste nach Luft. Die Mädchen sagten nichts. Aber ein grinsen konnten sie sich auch nicht verkneifen. Mir machte das Rennen an diesem Morgen komischerweise gar nicht so viel aus. Irgendwie fühlte ich mich seit letztem Abend fitter, irgendwie männlicher. Ich war jetzt kein Kind mehr, ich war ein Mann.

Mittlerweile waren wir beim Frühstück angekommen. Der Frühsport machte ganz schön hungrig. Wir schlugen an diesem Morgen ordentlich zu. Ich weiß nicht, ob es ein typisches amerikanisches Frühstück war, aber es fehlte nichts. Speck, Eier, selbstgemachter Obstsalat, frischer Orangensaft, Wurst, Käse, Marmelade, Brötchen, Kakao, alles war da. Ich sagte zu Tom: „Das Frühstück ist schon sehr reichhaltig, anders als in Deutschland." „Ja, und trotzdem stört mich etwas", sagte er und biss in sein Brötchen. Wir sahen ihn an. Was könnte einem hieran stören? Sandra fragte nach. „Die Marmelade ist nicht selbstgemacht", brummte es von der Seite. „Ich werde auf meiner Insel viele Erdbeeren anbauen und daraus Marmelade machen", entschied er. Sichtlich zufrieden biss er ein weiteres Mal in sein Brötchen. In seinem Kopf sah man es arbeiten. Einen kurzen Moment war es ruhig, dann fuhr er fort: „Und Aprikosenbäume werde ich pflanzen. Aprikosen und Pfirsiche." Erneut wurde es kurz ruhig. Sven wollte gerade etwas sagen, da fuhr Tom fort: „Und Stachelbeeren. Viele Stachelbeeren und Brombeeren." Seine Begeisterung war kaum zu bändigen, als Sven endlich fragen konnte: „Was ist mit Tomaten?" Toms Gesicht verzog sich: „Willst du mich Ärgern, ich hasse diese Dinger", klärte Tom auf. Er sah Sven strafend an: „Wasser gibt es im Meer schon genügend und das schmeckt bestimmt auch noch besser" „Wenn wir schon bei Wasser sind", mischte sich jetzt Sandra ein: „gibt es auf der Insel auch einen See oder Teich oder ähnliches?" Sie schaute zu Iris. „Nein", sagte diese nur. „Warum einen See? Willst du baden gehen?", fragte Tom und lachte. Sandra lächelte zurück: „Ich nicht, aber deine Pflanzen. Wie gießt du sie, wenn es dort kein Wasser gibt." Tom wurde ruhig. Man sah ihn denken. Man sah aber auch, wie ein Traum zerplatzte. „Gar nichts werde ich anbauen. Im Supermarkt gibt es genügend Marmelade für uns alle", stellte er fest. Er nahm sich noch ein Brötchen und beschmierte es, sichtlich zornig, mit Butter. „Und einen Butterbaum pflanze ich auch nicht", sagte er leicht lächelnd. Er versuchte wohl, sich selbst wieder etwas aufzubauen, was Iris aber viel besser konnte. „Darling, auf der dritten Insel gibt es einen großen Teich. Dort könntest du das alles anbauen." Er sah zu seiner Verlobten, beugte sich zu ihr rüber und gab ihr einen klebrigen Kuss. „Du bist die Beste", sagte er zu ihr, während Iris Zunge die Lippen von der Marmelade befreite.

Mary wechselte das Thema. „Was habt ihr denn heute vor", fragte sie uns. Wir sahen sie an und zuckten abwechselnd mit der Schulter. Carola machte als erste einen Vorschlag.

„Wir gehen wieder alle zum Nacktschwimmen ins Meer", rief sie begeistert. Tobi schaute sie irritiert an. „Du kannst ja gar nicht genug davon bekommen", stellte er fest. Carola nickte und erklärte: „Nein, kann ich auch nicht. Das macht einfach so einen Spaß. Zu Hause können wir das nicht mehr machen." Da hatte sie ja eigentlich auch recht. Ich wollte ihr es auch gerade bestätigen, als Tom plötzlich rief: „Ja genau. Macht hier, was ihr zu Hause nicht machen könnt. Geht nackt schwimmen. Rennt hier von mir aus den ganzen Tag nackt herum. Leute, ihr habt Urlaub. Genießt das Leben."

Damit hatte er ins Schwarze getroffen. Kaum mit dem Frühstück fertig, waren wir auch schon, völlig unbekleidet, in Richtung Strand unterwegs. Deacon hatte sich bereiterklärt mitzukommen. Auch Mary war dabei. Die beiden hatten ebenfalls nichts an. Wie schon am Vortag, tollten wir durch das Wasser und machten noch sonstigen Blödsinn. Wir machten das, was Tom beim Frühstück vorschlug. Wir lebten unser Leben.

Nach dem Plantschen lagen wir am Strand. In diesem Moment wurde mir eines bewusst. Wenn wir jetzt in Deutschland im Schwimmbad wären, dann würde ich mir jetzt natürlich die ganzen nackten Mädchen und Frauen genauestens ansehen. Doch auf der Insel interessierte mich das wenig. Irgendetwas schien uns hier total zu verändern. „Ich komme gleich wieder", sagte ich zu Sandra und ging ein paar Schritte zu Mary hinüber. Ich setzte mich zu ihr und Deacon in den Sand. Ich wollte gerade anfangen, sie nach diesem seltsamen Phänomen zu fragen, als Sandra auch schon neben mir saß. Ich sah sie an. Eigentlich wollte ich Mary gerade etwas fragen", erklärte ich ihr. Sandra runzelte die Stirn und fragte mich: „Hast du irgendwelche Geheimnisse vor mir." „Natürlich nicht", schoss es aus mir heraus und ich wandte mich Mary zu. Ich erklärte ihr, was mir aufgefallen ist, seit wir die Insel betreten hatten. Auch meine neueste Erkenntnis, nämlich dass ich andere Frauen gar nicht ansehe. „Kein Wunder, du bist frisch verliebt", erklärte mir Mary, „aber das hat nichts mit der Insel zu tun. Du schwärmst von deiner Freundin." Ich musste kurz überlegen, dann fragte ich: „Du meinst, wenn ich noch ein paar Wochen oder Monate hier wäre, dann würde ich auch wieder nach anderen Frauen sehen?" Mary lachte und erklärte mir, dass das so lange gar nicht dauern würde und fügte hinzu: „Beim einen früher, beim anderen später, aber es ist auch nicht bei allen. Nicht war Sandra?" Was wollte sie denn jetzt von Sandra? Ich drehte mich nach ihr um und sah gerade noch in ein sehr verlegenes Gesicht. Mary erzählte weiter: „Sandra schaut schon ganz gerne mal nach anderen Jungs und Männern, wenn diese nichts anhaben." „Nein, du schaust doch nicht nach anderen, oder?", fragte ich sie. „Och… Naja…", kam es mir entgegen. Ich wollte gerade mit Sandra eine Diskussion beginnen, als Mary mir zuvorkam. Scheinbar wusste sie schon, was ich sagen wollte. „Jonas, das ist doch ganz normal. Ihr seid Jung, ihr seid dabei, das andere Geschlecht zu erkunden. Und nicht nur das andere. Selbst das eigene Geschlecht wird genauestens untersucht und vielleicht sogar mit sich selbst verglichen." Das schockierte mich und ich musste Sandra fragen: „Wir lernen uns und unsere Körper gerade erst kennen und du schaust schon nach anderen?" „Ich schaue doch nur, ich will ja nichts von ihnen", kam es von ihr zurück." Ich musste mich erst mal wieder fangen. Meine Freundin schaute nach andern Jungs? Und sogar nach anderen Männern? Bevor ich etwas sagen konnte, kam mir Mary schon wieder zuvor: „Jonas, jede Frau schaut sich gerne nackte Männer an. Und umgekehrt natürlich auch. Deacon meint auch, ich würde es nicht merken, wie sabbernd er sich nach Jeanette umdreht." Schlagartig sahen wir alle zu Deacon. „Ich… ich… nein, wie kommst du darauf?", versuchte er sich herauszureden. Mary lachte nur. Zu verdenken war es ihm nicht. Sie hatte auch eine wahnsinnige Figur. Plötzlich sah ich Jeanette vor meinem Auge, nur mit Sonnenbrille bekleidet, am Strand entlanglaufen. Wie ihre Brüste bei jedem Schritt wackelten und ihr Hinterteil jede Bewegung von ihr betonte. Ich fing leicht an zu lächeln. Dieses Bild hatte sich auf meine Festplatte gebrannt und mein Kopf teilte mir mit: „Datei kann nicht gelöscht werden." „Oh, ja", machte ich leise. Doch scheinbar nicht leise genug. „Jonas?" Ich schreckte hoch. Mary sah mich grinsend an. „Weißt du jetzt, was ich meine?", fragte sie. Sandra war entsetzt: „Du schaust nach Jeanette?" Aus dieser Situation könnte sich wohl kein Mann herausreden. Ich sagte lieber nichts. Sandra fing an zu lachen: „Dann kannst du auch nichts dagegen sagen, wenn ich die anderen Jungs anschaue." Abermals schwieg ich. „Mary ich habe noch ein Problem", teilte ich ihr mit, „Zu Hause würde ich niemals so herumlaufen. Die anderen wahrscheinlich auch nicht." Ich sah zu Sandra, die den Kopf schüttelte. Ich erzählte weiter: „Weißt du was ich meine? Mit gleichaltrigen und dann noch Schulkammeraden. Und das in unserem Alter, das ist doch nicht normal, oder?" Mary nickte verständnisvoll mit dem Kopf. „Doch, auch das ist normal. Denn erstens macht man im Urlaub sowieso Sachen, von denen man später zu Hause nichts erzählen will. Zweitens: Wie viele Teenager fahren mit ihren Eltern in den FKK-Urlaub? Das würden sie daheim wahrscheinlich auch nicht tun. Und außerdem denke ich, dass das auch an der lockeren Art von uns, als eure Gastgeber liegt." Oh ja, das auf jeden Fall. Wir waren gerade mal den dritten Tag da, fühlten uns aber schon irgendwie heimisch. Mary fuhr fort: „Und wer mal die Vorzüge des FKK-Urlaubs kennen gelernt hat, der mag am liebsten nie mehr Klamotten am Körper tragen." Da hatte sie Recht. Es war einfach so befreiend ohne Kleidung. „Wir sollten sie ganz weglassen", hörte ich hinter mir plötzlich eine Stimme. Ich drehte mich herum und erkannte Tobi. Er stand dort mit Melanie im Arm. „Ich hätte auch nichts dagegen", sagte diese. „Dann lauft so hier herum, uns stört das nicht", mischte sich nun Deacon ein. „Okay, ab heute Klamottenverbot", rief Tobi, doch Mary hatte etwas dagegen: „Hier draußen von mir aus schon, in der Herberge auch, wenn es Nancy und Bill nicht stört, was ich aber nicht glaube. Aber im Unterricht und beim Essen, zieht ihr Euch bitte etwas an." Deacon schaute verwundert zu seiner Freundin. „Warum im Unterricht?", fragte er. „Weil sonst von Jeanette verlangt wird, dass sie ebenfalls so unterrichtet. Ich möchte nicht, dass sie die ganze Zeit, von einer Herde pubertierender Teenager begafft wird."

Und so machten wir es dann auch. Wobei wir selbst im Unterricht und beim Essen meist nur Shorts anhatten - sogar die Mädchen. Und das begann schon am nächsten Tag.

Nach der üblichen Morgenzeremonie mit joggen, schwimmen und duschen, saßen wir nun zum ersten Mal im Unterricht. Tom war an diesem Morgen auch mit dabei. Die beiden Lehrer sprachen sich vorher noch ab. Tom erklärte Jeanette, was wir noch nicht so gut draufhatten, bevor sie gleich richtig einstieg. Bereits am ersten Tag rauchten unsere Köpfe. Aber unsere Lehrerin hatte unheimliches Feingefühl. Sie merkte, wenn wir überfordert waren. Dann erklärte sie den Stoff noch mal von vorne. Ganz langsam, bis es auch der Letzte verstanden hatte. Wenn es zu viel wurde, machte sie eine Pause und wir gingen nach nebenan in den Pausenraum. Außer der Mittagspause gab es keine feste Pausenzeiten, alles richtete sich nach uns.

Um Zwölf Uhr ging wir zum Essen. Die Mittagspause war bis 12:30 Uhr. Anschließend liefen wir meist an den Strand, setzten uns unter eine Palme und wiederholten, das am Morgen gelernte so lange, bis es saß. Manchmal klappte es nicht. Dann machten wir auch mal länger Unterricht oder machten am nächsten Morgen im Klassenraum weiter. Aber es gab auch Tage, an denen wir viel eher fertig waren, dann durften wir auch früher Feierabend machen. Jeanette gab uns auch immer Blätter mit Vokabeln. Sie hatte am Wochenende mitgeschrieben, welche Wörter wir umschrieben, oder uns sagen lassen mussten. Auch die anderen Inselbewohner machten dabei mit. „Wenn ihr schon abends faul am Strand liegt, dann könnt ihr auch Vokabeln lernen", sagte sie. Tom empfahl uns, nicht mehr nur mit dem Partner zu lernen, sondern mit jedem einmal. So lagen wir nachmittags oder abends, mit weitem Abstand, Gruppenweise am Strand und lernten freiwillig.

Schon am zweiten Tag lag ich mit Carola zusammen. Es ist nicht das Gleiche, mit der eigenen Freundin nackt am Strand zu liegen oder mit einem anderen Mädchen. Es war doch etwas anderes, wenn wir alle zusammen waren, aber so zu zweit - ganz wohl war mir bei der Sache nicht. Zumal ja auch die anderen Mädchen ihre Reize hatten. Carola zum Beispiel. Sie hatte einen Gesichtsausdruck, der einen erweichen konnte. Ähnlich wie es bei Jeanette war. Wenn mich Carola von der Seite anlächelte und mit ihrem Gesicht ganz nahe an mich herankam, dann war ich schon froh, auf dem Bauch zu liegen. Wenn wir alle zusammen waren, dann tat sie das nie. Aber an diesem Mittag, nur mit mir alleine, probierte sie scheinbar, wie weit sie gehen konnte. Man merkte ihr richtig an, dass sie sich in ihrer sexuellen Experimentierphase befand. Immer näher rutschte sie an mich heran, bis unsere Körper komplett aneinander lagen. Und was machte ich? Ich ließ es geschehen. Und je mehr sie merkte, dass es von meiner Seite keine Gegenwehr gab, desto mehr versuchte sie noch. Warum machte ich nichts dagegen? Ich hatte schließlich eine Freundin. Und ich war mir sicher, dass ich sie nicht betrügen würde. War es das Neue. Wollte ich wissen, wie es mit Carola wäre? Wollte ich wissen, wie es überhaupt mit anderen Mädchen wäre? Mein Herz raste bis zum Hals, als sie schließlich ihre Hand auf meine legte. Nun doch etwas erschrocken, drehte ich meinen Kopf zu ihr, was sie ausnutzte und mich küsste. Nur kurz. Wir sahen uns in die Augen. Noch ein kurzer Kuss, und darauf ein etwas längerer. Erst jetzt wurde ich wach. Ich zuckte zurück und zog meine Hand weg. „Was machst du?", fragte ich. Sie flüsterte: „Das, was du scheinbar auch willst." Erneut kam sie mit ihrem Gesicht ganz nah an meines. Noch ein Kuss. Warum konnte ich mich nicht dagegen wehren? Ich hatte doch eine Freundin. Aber irgendwie gefiel mir auch, was Carola da machte. Ich spürte ihre Haut. Sie war so warm und so zart. Trotzdem sagte ich irgendwann zu ihr, dass sie das Unterlassen solle, und dass ich eine Freundin hätte. Sie lächelte mich von der Seite an, als sie mir ins Ohr flüsterte: „Ich will dich ihr ja nicht wegnehmen. Lass uns einfach ein bisschen Spaß haben." Wie ein Ruck, ging es plötzlich durch meinen Körper und ich befreite mich von ihr. Ich rutschte, immer noch auf dem Bauch liegend, ein Stück von ihr weg. „Schade, dass du so verklemmt bist", sagte sie und legte sich auf den Rücken. Ich betrachtete sie von oben bis unten, als sie ihre Beine auseinanderlegte. Ich atmete tief durch, schluckte und beschloss, mich wieder den Vokabeln zu widmen. Natürlich tat ich nur so, als würde ich lernen. Konzentrieren konnte ich mich nicht mehr. Viel zu viele Gedanken, schossen durch meinen Kopf. Ich blieb noch einen Augenblick liegen, dann stand ich auf, ging in unser Zimmer und legte mich auf das Bett. Der Nachmittag zog noch einmal an mir vorbei. Ich war total verwirrt und Carola ging mir nicht mehr aus dem Kopf. Immer noch spürte ich ihre zarte Haut, roch ihren Körper und schmeckte ihre weichen Lippen. Immer wieder dachte ich darüber nach und kam zu einem, für mich wichtigen Entschluss. Ich liebte Carola nicht. Es war nur ihr Körper, der mich anzog. Ich liebte nur Sandra, das wurde mir immer mehr bewusst. Etwa eine halbe Stunde, lag ich so auf dem Bett, als die Tür aufging und Sandra hereinkam. Sie legte sich zu mir und gab mir einen Kuss. „Und, wie war es mit Carola?", fragte sie. Ich erschrak und rief los: „Nichts war da. Es ist alles in Ordnung. Wir haben nichts gemacht!" Erst jetzt wurde mir bewusst, dass sie etwas ganz anderes meinte. „Ihr habt nicht gelernt?", fragte sie. Ich wurde verlegen und verhaspelte mich immer mehr: „Doch, doch, wir haben nur gelernt. Viel gelernt." Sie sah mich verwundert an. „Du hast doch irgendetwas", stellte sie fest. „Nein, ich habe nichts", klärte ich sie nervös auf. Sandra sah mich eine Weile ernst an. Eine blöde Situation. Sollte ich sie auch ansehen? Oder sollte ich lieber in eine andere Richtung schauen? Meine Freundin sah mich immer noch an. Dann sagte sie einen Satz, der mir das Blut in den Adern gefrieren ließ. „Du hast mit ihr geschlafen", ließ sie völlig betonungslos heraus. „Nein, habe ich nicht", brüllte ich erschrocken los. Ich schaute zu Sandra. Sie sah mich böse an. „Habe ich wirklich nicht", fügte ich meinem Satz kleinlaut hinzu. „Sandra, ich wollte das wirklich nicht", erklärte ich ihr. „Was wolltest du nicht", fragte sie in einem scharfen Ton. Ich erzählte Sandra in allen Einzelheiten, was am Strand vorfiel. Kein Detail ließ ich aus. Meine Freundin sah mich dabei die ganze Zeit an. Sie unterbrach mich nicht ein Mal. Selbst als ich fertig war mit erzählen, sah sie mir noch in die Augen. Keine Miene regte sich bei ihr. Sie sagte auch nichts, sah mich ständig nur an. Ich weiß nicht, wie lange das so ging. Plötzlich beugte sie sich über mich und gab mir einen langen, zärtlichen Kuss. „Ich hoffe, der war schöner als der von Carola", fragte sie. „Viel schöner", sagte ich wahrheitsgemäß und entschuldigte mich nochmals: „Sandra, ich weiß nicht was mit mir los war, dass ich diese Küsse zuließ. Es tut mir alles so leid." Sie sah mich noch eine Weile an. Dann endlich lächelte sie. „Ich bin so stolz auf dich, dass du ihren Reizen widerstehen konntest. Ich weiß, das war nicht einfach", sprach sie anschließend und legte sich wieder in meinen Arm. Niemals hätte ich gedacht, dass sie so gelassen darauf reagieren würde. „Aber Sandra, ich…" Ich wollte mich noch einmal rechtfertigen, doch sie ließ mich nicht ausreden. „Hättest du mit ihr geschlafen, wenn wir nicht zusammen wären?", wollte sie wissen. War das eine Fangfrage? Ich nickte: „Ich glaube ja", sagte ich und Sandra lächelte zufrieden. Siehst du?", sagte sie nur und das war's. Sie verwirrte mich immer mehr. Ich wartete noch einen Moment, bis sie weitererzählen würde, doch es kam nichts mehr. „Was meinst du mit ‚siehst du'?", fragte ich zurück und Sandra fing zu erzählen an: „Du hättest mit ihr geschlafen, wenn wir nicht zusammen wären. Du hast es aber nicht getan. Einen viel größeren Vertrauensbeweis hättest du mir nicht geben können. Doch auch, dass du mir das alles erzählt hast, zeigt mir, dass ich dir voll vertrauen kann." Wir sahen uns an. Ich lächelte zufrieden. Sandra hatte noch eine Frage: „Aber der kleine Mann hatte sich doch bestimmt schon gefreut, oder?" Ich wusste nicht genau, auf was sie eigentlich hinauswollte und nickte etwas verlegen. „Dann wollen wir ihn nicht enttäuschen", hauchte sie mir ins Ohr und…

Nach dem Abendessen ging ich mit meiner Freundin noch etwas am Strand spazieren. Wir liefen Arm in Arm, doch das Erlebnis heute Mittag, ließ mir keine Ruhe. „Sandra, kann ich dich mal was fragen?", fing ich eine Unterhaltung an. „Was denn?", fragte sie und lehnte ihren Kopf an meine Schulter. „Heute Mittag. Du und Tobi. War da was?" Ihr Kopf schnellte in die Höhe. Ihr Blick traf mich wie ein Blitz. Schnell redete ich weiter: „Ich meine nur, ob er auch etwas bei dir probiert hat? Du weißt schon. So wie Carola." „Ach so meinst du das", stellte sie fest und legte ihren Kopf wieder an meine Schulter. „Weißt du, Tobi ist ein ganz feiner Junge. Nie würde er versuchen, einem Freund die Freundin auszuspannen. Wir haben einfach nur gelernt", erklärte sie mir. Wir liefen noch ein paar Schritte weiter, bevor sie sagte: „Allerdings…" Ich zuckte zusammen. War doch etwas zwischen den beiden? „Komm, lass uns setzten!", befahl sie und wir setzten uns in den feinen Sand. Sie fing an zu erzählen: „Weißt du, es war etwas komisch heute Mittag, also wir so nackt nebeneinander lagen. Wenn andere dabei sind, dann ist alles okay, aber wir zwei waren völlig alleine. Ich will zwar nichts von ihm und er nichts von mir und er hat auch nichts versucht bei mir." Sie machte eine kurze Pause, um nach den richtigen Worten zu suchen. Dann redete sie weiter, „Obwohl wir beide nichts voneinander wollten, lag so ein seltsames knistern in der Luft. War das bei dir auch so?" „Oh ja", bestätigte ich, „und dazu kam dann noch Carolas Anmache." „… der du eisern standgehalten hast", fuhr sie fort. Sie strich mit ihrer Hand zärtlich über meinen Kopf. „Ich bin so stolz auf dich", fügte sie noch hinzu und küsste mich. „Wirst du sie darauf ansprechen?", wollte ich von Sandra wissen. Sie sagte erst nichts. Es schien, als hätte sie es selbst noch nicht gewusst. Irgendwann schüttelte sie jedoch den Kopf und meinte: „Ich glaube, das bringt nichts. Sie wirft sich im Moment scheinbar jedem an den Hals. Wir können höchstens Melanie und Tobi warnen."

Tobi und ich hatten, seit Beginn unseres Nachhilfeunterrichts, häufig Kontakt miteinander, der immer mehr in Freundschaft umschlug. Wir verstanden uns wirklich gut. Bei Sandra und Melanie war es ähnlich, auch sie freundeten sich an. Und hier auf der Insel, wurden unsere Freundschaften noch intensiviert. Es war also schon unsere Pflicht, die beiden vor Carola zu warnen.

Den Abend ließen wir, wieder einmal, bei Iris ausklingen. Dazu zogen wir uns allerdings wieder unsere Hosen an. Nackt zwischen all den angezogenen Erwachsenen, wäre vielleicht etwas blöde gekommen. Ich weiß bis heute nicht, warum sie angezogen auf der Insel herumliefen. Diese Gegend bot sich doch geradezu an, seinem Körper alle Freiheiten zu bieten. Aber eines hatten unsere Mädchen dort eingeführt. Sie trugen, solange wir auf der Insel waren, nicht ein einziges Mal einen BH und die Inselfrauen taten es ihnen nach.

An diesem Abend gelang es uns allerdings nicht, Melanie und Tobi vor Carola zu warnen. Ständig waren sie und Sven bei uns. So beschlossen wir, dies auf den nächsten Tag zu verschieben.

Am Abend saßen Sandra und ich noch mit Iris und Tom zusammen. Auch zwischen uns, entwickelte sich immer mehr eine Freundschaft. Sandra verstand sich wirklich gut mit Iris. Deacon und Mary kamen später noch hinzu. Wir redeten viel, machten Blödsinn und Sandra und ich, fühlten uns immer mehr zugehörig. Wir fühlten uns plötzlich wie Erwachsene. Sandra wollt auf einmal von Iris wissen, wie sie und Tom sich denn genau kennen gelernt hatten. Denn das hatte uns Tom nie genau erzählt. Iris lachte herzhaft: „Ich habe einen Frosch geküsst", sagte sie. Wir mussten mitlachen, obwohl wir natürlich wussten, dass dies Quatsch war. „Mary sah zu uns herüber, deutete auf Iris und sagte: „Das glaubt die wirklich." Erneutes Gelächter. „Nein, sag mal ehrlich", forderte Sandra sie auf. „Das war aber wirklich so", bekräftigte Iris nun ihre Aussage. Sie dachte kurz nach, sah ihren Tom an und erzählte verträumt: „Ich hob einen Frosch auf, der auf der Straße saß und kurz danach lag mein Traumprinz auf mir." Sie küsste Tom. Dieser sagte jedoch keinen Ton. „Tom, stimmt das? Bist du ein Prinz?", fragte Sandra. Wie schon gesagt, wir machten an diesem Abend viel Blödsinn und hatten viel Spaß. Auch Tom lachte und bekräftigte Iris Aussage: „Natürlich bin ich ein Prinz. Und ich kann zaubern, denn ich habe Euch ja hierher gezaubert." Naja, so konnte man es auch sehen. Nun wollte ich von ihm wissen: „Tom, gibt es die Liebe auf den ersten Blick?" Es wurde für kurze Zeit etwas ruhiger, doch Tom war davon überzeugt. „Natürlich gibt es die. Als ich Iris zum ersten Mal traf, sah ich sie an und es hat es sofort „Peng" gemacht", erklärte er uns. Mary und Deacon lachten los. Iris nahm ihren Tom in den Arm. Mit einen „Tut mir so leid", rieb sie ihm über die Wange, während Sandra und ich dasaßen und kein Wort verstanden. Mary erzählte uns anschließend die Geschichte, wie die beiden sich kennenlernten. Eines muss man Iris lassen. Die Geschichte mit dem verwunschenen Prinzen, konnte man wirklich fast glauben.

Am nächsten Tag, nach dem Unterricht, gingen wir erneut paarweise zum Strand und lernten Vokabeln. Dieses Mal, war ich mit Melanie dran. Doch an diesem Mittag gab es nicht viel zu lernen. Das Blatt, welches uns Jeanette zum Lernen gab, war dieses Mal schnell durch und so unterhielten wir uns noch eine ganze Weile. Melanie war ein tolles Mädchen und ich war froh, dass auch wir uns so gut verstanden. Auch Sandra und Tobi verstanden sich gut. Und so beschlossen wir an diesem Mittag, dass wir uns zu Hause öfter mal treffen und etwas gemeinsam unternehmen könnten. „Auch nackt?", fragte Melanie und wir beide lachten. Nein. Zurück in Deutschland würden wir das bestimmt nicht mehr machen. Wo auch? Aber mir kam eine Idee. Ich fragte Melanie: „Was hältst du davon, wenn wir nächstes Jahr, alle zusammen, hier auf der Insel unseren Urlaub verbringen." Melanie war begeistert. Natürlich mussten wir noch Sandra und Tobi fragen, waren uns aber sicher, dass unsere Partner ebenfalls von der Idee begeistert waren. Das mussten wir ihnen erzählen. Unsere Lernzeit war eigentlich noch nicht vorbei. Die anderen waren vielleicht noch am Lernen. Trotzdem liefen wir los. Aber wohin? Wir wussten überhaupt nicht, wo die anderen waren, und so teilten wir uns auf. Sandra ging den Strand hinunter und ich Richtung Herberge. Doch weit und breit war nichts von ihnen zu sehen. Aber es wäre ja auch möglich, dass sie schon in der Herberge waren. Als ich kurz vor unserer Unterkunft an der Strandmuschel vorbeikam, hörte ich jedoch dahinter Geräusche. Ich blieb stehen. Was war das? In diesem Moment hörte ich Carola laut stöhnen. Oh nein, wir haben völlig vergessen, Tobi zu warnen. Ich rannte um die Muschel herum. Was ich dort sah, wollte ich einfach nicht wahrhaben. Carola lag im Sand und Tobi auf ihr drauf. Wut keimte in mir auf. „Wir wollen doch nur ein bisschen Spaß", keuchte Carola, als sie mich sah. Tobi drehte sich verwundert herum. Er zuckte sichtlich zusammen, als er mich erkannte. „Du Idiot", kam ein Wutschrei aus mir heraus, „du hast eines der besten Mädchen der Welt und machst hier so einen Mist? Was soll das?" Endlich ging er von Carola herunter. Es war ihm sichtlich peinlich und er sagte auch zuerst keinen Ton. Ich wandte mich Carola zu. „Und was ist mit dir? Hast du dir zum Ziel gesetzt, alle Beziehungen zu zerstören?", schrie ich sie an. „Wir haben Urlaub. Wir wollen Spaß", kam es zurück. Spaß? Ich konnte es nicht fassen. Sie machte sich einen Spaß daraus, die Beziehungen ihre Freunde zu zerstören. Bei mir hatte sie es zum Glück nicht geschafft, aber was war mit Tobi und Melanie? War es das Ende ihrer Beziehung. Ich hätte Tobi am liebsten am Kragen gepackt und mitgeschleift. Wo aber nichts ist, kann man auch nichts packen und so nahm ich seinen Unterarm und zog ihn hinter mir her. Kurz vor der Herberge blieb ich stehen. Wütend sah ich ihm in die Augen. Ich wollte gerade anfangen, ihm die Meinung zu sagen, als er abwehrend die Hand hob. „Bitte sag nichts", meinte er nur, „ich weiß, dass ich Scheiße gebaut habe." Er sah zum Boden und schüttelte den Kopf. „Das war's dann wohl, das wird mir Melanie nie verzeihen", bemitleidete er sich selbst. „Und das zu Recht", bestätigte ich. Er setzte sich auf den Boden. Erneut schüttelte er den Kopf. „Was habe ich mir dabei nur gedacht?" Er war fertig. Das nahm ihn doch sehr mit. „So ein Mädchen wie Melanie finde ich nie wieder", stellte er fest. Plötzlich zuckte er zusammen, sein Kopf schoss nach oben und er sah mir direkt in die Augen: „Jonas, sie darf es nie erfahren. Du darfst ihr nichts erzählen", befahl er mir. Ich hätte Melanie sowieso nichts davon erzählt. Wenn, dann musste er das schon selber machen. Oder Carola. Oh nein, wenn sie es Melanie erzählen würde. Wir mussten sie finden, bevor sie es irgendjemandem erzählen konnte. Wir rannten zurück zur Muschel. Sie war noch da und wollte gerade aufstehen, als ich von Tobi ein „Oh nein", vernahm. Ich schaut zu ihm und sah, dass Melanie schon fast bei uns war. Ich sprang zu Carola, die gerade im Begriff war, aufzustehen und warf sie wieder zu Boden. „Ach, willst du auch noch mal?", fragte sie mich mit sexy Stimme. Ohne mich zu bewegen, zischte ich: „Sei leise und hör zu. Melanie darf das, was eben passiert ist, niemals erfahren. Hast du das kapiert?" Sie sah mich verwundert an. Dann sagte sie: „Ich wollte nur ein bisschen Spaß, keine Trophäe." Ich nickte. „Okay, dann haben wir uns ja Verstanden", stellte ich fest. Ich wollte gerade von ihr heruntergehen als ich hinter mir Melanies Stimme hörte: „Jonas, was machst du? Was tust du Sandra an?" Ich schaute herum. Erst jetzt bemerkte ich, dass Carola mit weit gespreizten Beinen unter mir lag.

„Du Schwein. Dir ist doch wohl klar, dass ich Sandra davon erzählen werde", brüllte sie mich an, drehte sich herum und rannte los. Tobi wollte hinterher, schaffte es aber nicht. Das sie schneller war als wir, wussten wir schon, seit unserem ersten Morgensport. „Was jetzt?", fragte mich Tobi. Ich zuckte mit den Schultern. „Keine Ahnung. Wenn wir das so stehen lassen, wie es Melanie erzählt, dann bin ich geliefert. Sagen wir die Wahrheit, dann bist du geliefert", teilte ich ihm mit. Tobi nickte: „Egal was wir sagen, einer von uns ist dran. Vielleicht weiß Tom einen Rat." Wir liefen zu Iris. Tatsächlich trafen wir Iris und Tom an. Sie erwarteten uns schon und sogar drei Flaschen Bier standen schon bereit. Sie hatten uns schon von weitem kommen sehen. „Wir haben Mist gemacht", fing Tobi gleich zu erzählen an. „Wir?", fragte ich nach. Wir erzählten Tom und Iris die ganze Geschichte. Sie ließen uns ausreden. Keiner fragte nach.

Als alles gesagt war, meinte Tom nur: „Oha". Schweigen. „Ist das alles was dir dazu einfällt?", fragte ich ihn. Tom grübelte etwas und fasste zusammen: „Also, wenn ich das richtig verstanden habe, dann kannst du, Jonas, Sandra nicht die Wahrheit sagen, weil du dann Tobi verpetzt. Und du, Tobi, kannst nicht die Wahrheit sagen, weil es dann vermutlich aus ist, mit deiner Melanie." Wir nickten beide und Tom fuhr fort: „Als erstes, muss derjenige dafür geradestehen, der den Mist auch verzapft hat." Er sah zu Tobi. Dann drehte er sich zu mir und sagte: „Deine Loyalität zu deinem Kumpel in allen Ehren, aber du kannst deine Beziehung zu Sandra, nicht wegen des Fehlers von Tobi aufs Spiel setzen." Tobi gab ihm Recht: „Das stimmt, ihr habt so hart für eure Beziehung gekämpft. Danke Kumpel, aber da muss ich jetzt alleine durch." „Du vergisst nur eines", widersprach ich ihm. Er sah mich fragend an und ich klärte ihn auf. „Du musst da nicht durch, weil du gar nicht mit drin-steckst. Melanie hat mich auf Carola liegen sehen und nicht dich." „Dann muss ich das halt richtigstellen. Und zwar schnell", er deutete zur Seite. Ich drehte den Kopf und..." patsch. Sandra stand plötzlich neben mir und hatte mir ordentlich eine geknallt. „Du Schwein weißt hoffentlich, für was das ist", brüllte sie mich an. Sogleich drehte sie sich herum und ging wütend wieder weg. „Sandra warte", rief plötzlich Iris und rannte hinter ihr her. „Das war es dann wohl, Tom", sagte ich zu meinem Freund, nahm eine der Bierfla-schen und trank einen kräftigen Schluck daraus. Dann liefen die Tränen. Ich konnte sie nicht zurückhalten. Viel zu sehr liebte ich Sandra. Und dann verlor ich sie, weil ich meinen Kumpel schützen wollte. Ich pumpte den Rest der Flasche herunter. Tobi stand die ganze Zeit neben mir. Auf der anderen Seite von ihm stand seine Melanie und zischt: „Wehe, du tust mir so etwas an." „Na, wenn die wüsste", dachte ich bei mir. Ich nahm auch noch die andere Flasche Bier, die eigentlich für meinen Kumpel bestimmt war, und ging zu dem großen Gemeinschaftstisch. Dort setzte ich mich hin und versank in Selbstmitleid. Ich saß die ganze Zeit dort und nippte immer mal wieder am Bier. Die Zeit mit Sandra raste noch einmal vorbei. Jede einzelne Sekunde, schoss im Schnelldurchlauf durch meinen Kopf. Werde ich so ein Mädchen noch einmal finden? Wohl kaum. Völlig in Gedanken versunken, spürte ich plötzlich, wie sich ein Arm um meine Schulter legte. Ich sah nicht hin, wem dieser Arm gehörte. Sicher würde dieser jemand gleich etwas sagen, dann wüsste ich es. Und tatsächlich. „Du hast wirklich nicht mit ihr geschlafen?", fragte mich plötzlich eine Stimme. Nun drehte ich den Kopf. Sandra saß ne-ben mir. Ich fing an zu zittern. Was sollte ich ihr jetzt sagen? Ich schwieg. „Nein, hat er nicht", hörte ich plötzlich eine andere Stimme. Carola setzte sich uns gegenüber und erzählte Sandra: „Dein Freund ist viel zu anständig, als dass er dich betrügen würde." „Und was war nun wirklich?", wollte

Sandra von ihr wissen. „Das kann ich dir nicht sagen, aber mit Jonas hat es gar nichts zu tun." Sandra strich mir mit der Hand durchs Haar. „Dann tut es mir leid, dass ich dir eine Ohrfeige gab", sagte sie. Ich schwieg noch immer. Tom und Iris setzten sich zu uns. Tom saß neben mir und legte eine Hand auf meine Schulter. „Ich glaube, für euch beide ist es besser, wenn ihr vorerst nur für euch übt", schlug er vor. Ich nickte und schwieg weiterhin. Sandra sah mich unentwegt von der Seite an. Was würde sie jetzt wohl denken? Glaubte sie Carola? Zweifel hatte sie auf jeden Fall. Iris machte nun einen Vorschlag: „Tom und ich wollten eigentlich gerade mit der Yacht rausfahren. Ich denke, ihr beiden solltet mitkommen." „Das ist eine gute Idee", fand Sandra und sagte zu mir, „und dann erzählst du mir alles." Ich zuckte zusammen. Hilfesuchend sah ich zu Tobi, der sich auf der Unterlippe herumbiss. Nun war guter Rat teuer. Tom erklärte uns: „Iris und ich gehen ins Haus und machen alles fertig." In einer halben Stunde können wir los", dann waren sie verschwunden. Auch Carola ging wieder zurück zur Herberge. „Lass uns gehen, Tobi!", befahl Melanie, und ging mit einem abwertenden Blick an mir vorbei. Tobi tippelte hinterher. Als er an mir vorbeilief, flüsterte er zu mir herüber: „Sage Sandra die Wahrheit." Dann war auch er verschwunden. Nun war ich mit Sandra alleine. Ich traute mich nicht, sie anzusehen. Aber sie schaute unentwegt zu mir herüber, sagte aber zuerst noch nichts. Die Zeit schien stehen geblieben zu sein. Unendlich lange kam mir dieser Moment vor. „Warum sagst du mir nicht, was passiert ist?", wollte sie dann wissen. Ich warf ihr einen kurzen Blick zu, stand auf und sagte: „Ich gehe mir eine Hose holen." Ich ließ sie stehen und ging zur Herberge.
Unterwegs traf ich niemanden. Auch in der Herberge war es ruhig. Es war weit und breit niemand zu sehen. Ich ging in unser Zimmer und schaute aus dem Fenster. Selbst am Strand war niemand. Ich zog mir eine Shorts an und ging wieder zurück. Sandra, Iris und Tom warteten schon auf mich. Mit einem Wagen, auf dem zwei größere Boxen standen, gingen wir los in Richtung Hafen. Unterwegs nahm ich Sandra nicht in den Arm und gab ihr auch nicht die Hand. Ich wusste immer noch nicht, was ich machen sollte. Die ganze Schuld auf mich nehmen? Oder Tobi verpfeifen? Oder alles so dastehen lassen? Nach dem Motto: „Ich bin unschuldig, sage dir aber nicht

warum?" Alles war blöde. Tom stieg als erster in das Boot ein und ich gab ihm die Kisten. Iris stellte den Wagen in eine Ecke des Bootsteges und wir kletterten in die Yacht. Tom startete den Motor, dann wir fuhren raus auf das Meer.

Sandra und ich saßen vorne auf einer Bank. Wir genossen einfach nur die Aussicht. Nein, das machten wir nicht, denn außer Wasser war nicht viel zu sehen. Aber wir taten so als ob, damit wir nicht miteinander reden mussten. Gegenüber von unserer Bank stand noch eine und dazwischen befand sich ein Tisch. Dort legte ich auch meine Hände ab, damit Sandra nicht auf die Idee kommen konnte, meine Hand zu ergreifen. „Möchtest du nicht mit mir reden?", fragte sie irgendwann. Ich sah sie nicht an, schüttelte den Kopf und starrte weiterhin auf das Wasser.

Bald darauf stoppte Tom das Boot. Er schaltete den Motor ab und kam, zusammen mit Iris, zu uns. Sie setzten sich auf die Bank, die uns gegenüberstand und Iris öffnete neben sich eine Klappe. Sie holte zwei Flaschen Bier und eine Flasche Wein heraus. Dieses Boot schien wirklich alles zu haben. Sogar einen Kühlschrank. Darüber befand sich noch eine Klappe, in der sich verschiedene Gläser in einer Halterung befanden. Sie nahm zwei Weingläser heraus und stellte sie auf den Tisch. Tom hatte, in der Zwischenzeit, schon die drei Flaschen geöffnet. Eine Bierflasche behielt er für sich, die andere schob er zu mir herüber. Mit dem Inhalt der Weinflasche, füllte er die Gläser. In dieser ganzen Zeit hat nicht einer von uns geredet. „Prost", sagte nun Iris endlich und erhob ihr Glas. Wir tranken alle einen Schluck und dann geschah das, wovor ich die ganze Zeit die meiste Angst hatte. Alle starrten zu mir und erwarteten, dass ich endlich erzählen solle. Iris übernahm die Initiative. Als erstes sprach sie zu Sandra: „Jonas hat uns erzählt, wie der Mittag heute ablief und wie es zu dieser peinlichen Situation gekommen ist. Tobi hat das alles bestätigt. Allerdings befindet sich Jonas, nun auch in einer misslichen Lage. Er kann dir die Wahrheit einfach nicht erzählen und das verstehen Tom und ich sehr gut." Sandra hörte die ganze Zeit genau zu, doch sie schwieg. Tom erklärte nun weiter: „Sandra, wir wissen das Jonas unschuldig ist. Aber wir verstehen auch, dass du alles erfahren willst. Aber trotzdem bitten wir dich, uns einfach zu glauben und nicht weiter nachzufragen. Jonas hat wirklich nichts getan."

Es wurde wieder still. Es vergingen einige Sekunden, bis Sandra sagte: „Ich wünschte, ich könnte das glauben." Wiederum verging einige Zeit, bis sie zu mir schaute und sagte: „Die Position, in der Melanie euch erwischte, war aber wohl eindeutig." Oh ja, das war sie. Eindeutiger ging es nicht mehr. Aber ich hatte überhaupt keine Möglichkeit, ihr das zu erklären, ohne meinen Freund zu verraten. Ich bevorzugte es, weiterhin zu schweigen. Iris redete auf mich ein: „Jonas, vielleicht ist es besser, wenn du deiner Freundin die Wahrheit sagst." Ich zögerte. Dann schaute ich Sandra an und sagte: „Tut mir leid, ich kann es nicht." Sandra senkte den Blick. Leise sagte sie: „Dann bleibt mir nur noch eines zu tun. Ich mache Schluss." Das überraschte mich nicht. Die ganze Zeit über habe ich schon damit gerechnet. Ich sah sie an und nickte. „Das war's dann wohl", sagte sie und rutschte etwas von mir weg. Ihrem Zittern in der Stimme konnte ich vernehmen, dass sie mit den Tränen kämpfte. Iris und Tom sahen abwechselnd zu Sandra und zu mir. Iris fand als erstes wieder Worte: „Sandra, bitte überlege es dir noch einmal. Jonas ist wirklich unschuldig." Sandra jedoch schaute nur auf den Boden und schüttelte den Kopf. Ein oder zwei Minuten saßen wir so da. Niemand sagte etwas, bis Tom plötzlich losbrüllte: „Das darf doch nicht wahr sein, was seid ihr nur für zwei Sturköpfe." Er stand auf und ging zur Reling. Es dauerte einen Augenblick. Man konnte hören, wie er wütend durchschnaufte. Dann kam er zurück, schlug mit der Faust auf den Tisch und brüllte mich an: „Du sagst Sandra jetzt sofort, was passiert ist, sonst mache ich es." Erschrocken fuhr ich hoch. Ich wollte gerade Widerwort geben, doch Tom ließ mich nicht zu Wort kommen und schrie weiter: „Willst du auf dieses wunderbare Mädchen verzichten, bloß weil dein Freund Scheiße gebaut hat?" Böse sah er mich an. Ich versuchte mich zu rechtfertigen: „Aber ich kann doch nicht…" „Doch du kannst.", sagte er anschließend in einem etwas ruhigerem Ton. Ich zögerte immer noch. „Okay, dann erzähle ich es", sprach Tom und wollte gerade anfangen. Ich ging dazwischen. „Nein Tom, bitte nicht. Ich mache das." Ich atmete noch mal tief durch. Ich sah Sandra an und rutschte etwas näher zu ihr. Ich griff nach ihrer Hand und fing an zu erzählen: „Weißt du noch, dass wir Tobi vor

Carola warnen wollten?" Sandra nickte. „Wir waren zu spät", sagte ich und erzählte ihr die ganze Geschichte. Ich redete und redete. Ich ließ niemand anderes zu Wort kommen. Als ich fertig war, sah mich Sandra entgeistert an. „Du setzt unsere Beziehung aufs Spiel, um den Hintern deines Freundes zu retten?", fragte sie und schüttelte den Kopf. Tom mischte sich wieder ein: „Jonas ist halt sehr loyal, und das ist nicht immer gut." Und Iris fragte: „Was wirst du jetzt machen? Erzählst du es ihr?" „Natürlich erzähle ich es ihr. Das muss ich sogar, sie ist meine Freundin", schoss es aus Sandra heraus. Nun meldete sich Tom wieder zu Wort: „Aus diesem Grund hat Jonas nichts gesagt. Um seinen Freund zu schützen. Kannst du das nicht verstehen?" Sandra grübelte. Dann rutschte sie ganz dicht an mich heran und fragte mich, mit dem süßesten Gesichtsausdruck, den ich von ihr kannte: „Nimmst du mich denn wieder zurück?" Wir fielen uns in die Arme und ein langer Kuss folgte. „Puh", hörten wir plötzlich von der anderen Seite des Tisches. Wir sahen hinüber. Iris grinste. „Ich dachte schon, es wäre alles vergebens gewesen", sagte sie. „Was denn?", wollte ich von ihr wissen. Sie sah zu Tom hinüber. „Jetzt?", fragte sie ihn. Tom lächelte und meinte: „Wenn nicht jetzt, wann dann?" Tom setzte sich wieder auf die Bank und Iris öffnete erneut die Klappe, in der die Gläser verstaut waren. Sie griff hinein, holte ein kleines Schmuckkästchen heraus und gab es Tom. Dieser fing an, uns zu erklären: „Iris war so begeistert, als sie euch beiden zusammen sah. Sie meinte, dass sie so etwas, bei anderen noch nie gesehen hat. Wie ihr miteinander umgeht. Wie ihr Euch anschaut. Was ihr durchmachen musstet. Sie meint, dass ihr füreinander bestimmt seid." Er sah zu seiner Iris und die zwei lächelten sich an. Tom fuhr fort: „Deshalb möchte sie euch etwas schenken, damit ihr beiden Kindsköpfe immer wisst, zu wem ihr gehört." Er öffnete das Kästchen, drehte es und schob es zu uns herüber. Sandra und ich bekamen große Augen. Es befanden sich zwei wunderhübsche Ringe darin. Wir nahmen sie heraus und sahen sie uns an. In den Ringen standen die Namen des jeweils anderen, sowie das Datum des Tages, an dem ich Sandra fragte, ob sie mit mir zusammen sein will. Wir waren sprachlos. Sandra kam ins Schwärmen: „Sind die schön. Sind das Verlobungsringe?" Iris antwortete: „Das sind Freundschaftsringe, aber natürlich könnt ihr sie auch als Verlobungsringe nehmen. Dann müsst ihr aber noch ein Datum eingravieren lassen." „Und jetzt fragt nicht so lange und steckt sie euch endlich an, ihr Matschbirnen!", kommandierte nun Tom, der es scheinbar noch weniger abwarten konnte als wir. Ich nahm Sandras rechte Hand und wollte ihn ihr gerade anstecken, als sie die Hand wieder zurückzog. „Nein, ich will nicht", sagte sie. Ich riss die Augen auf. Hatte sie tatsächlich ‚nein' gesagt? Ich sah sie verwundert an. Sie nahm mir den Ring aus der Hand und legte ihn zu dem anderen auf den Tisch. Dann stand sie auf. „Komm zu mir!", forderte sie mich auf. Verwundert über ihre Reaktion, tat ich, was sie verlangte. Wir standen uns nun, neben dem Tisch, gegenüber. Sie sah mir sehr ernst in die Augen. Es tut mir leid Jonas, aber ich möchte keine Freundschaftsringe tragen", teilte sie mir mit. Ich schluckte. Was war das jetzt wieder? Eben lagen wir uns noch in den Armen, und jetzt das. Immer noch sah sie mir ernst in die Augen. Sie ergriff meine Hände und hielt sie fest. Sie fing an zu erzählen: „Jonas, du bist meine große Liebe. Ich könnte mir ein Leben ohne dich, nicht mehr vorstellen. Noch nie habe ich einen so lieben und aufrichtigen Menschen getroffen. Und genau aus diesem Grund, möchte ich keine Freundschaftsringe mit dir tragen." Sie machte eine Pause, in der sie nach Worten zu suchen schien. Anschließend sprach sie weiter: „Jonas, ich weiß, wir sind erst siebzehn, aber… möchtest du mich heiraten?" Was…? Wie…? Heiraten…? Diese Worte trafen mich wie… ich weiß nicht wie. Ich konnte nicht mehr klar denken. Und genauso musste ich auch geschaut haben. Und so sagte ich, ohne lange nachzudenken: „Ja Sandra, das möchte ich sehr gerne." Tom zögerte keine Sekunde. Schnell holte er ein frisches Taschentuch heraus, breitete es aus und legte es sich über seine Handfläche. Darauf platzierte er die beiden Ringe und stellte sich neben uns. Ich nahm einen und ergriff Sandras linke Hand. Dann begann ich, aus dem stehgreif heraus, einen Treueschwur zu sprechen: „Sandra, ich werde dich immer lieben und ich verspreche dir, immer ehrlich zu dir zu sein und dir immer alles zu erzählen." Dann steckte ich ihr den Ring an. Sandra nahm den zweiten. Ich hielt ihr meine Hand schon entgegen. Sie nahm sie und sagte: „Jonas, ich werde dich immer lieben und dir immer treu sein. Ich werde dir eine zuverlässige Partnerin sein." Sie wollte mir den Ring gerade anstecken, als sie abrupt stoppte. „Und ich werde dich nie wieder schlagen", fügte sie grinsend

258

hinzu. Dann endlich, schob sie den Ring auf meinen Finger. Danach fielen wir uns, unter dem Applaus von Iris und Tom, in die Arme und küssten uns. Verständlicherweise, viel dieser Kuss etwas länger und intensiver aus. Währenddessen hörte ich im Hintergrund etwas klimpern und einen ‚Plopp'. Wir schauten zum Tisch und sahen, dass Tom gerade dabei war, vier Gläser mit Sekt oder ähnlichem zu füllen. Als die ersten beiden gefüllt waren, reichte Iris sie uns. Wir warteten, bis auch sie und ihr zukünftiger Mann so weit waren, doch Iris sagte: „Erst ihr beide." Sandra und ich stießen an, tranken einen kleinen Schluck davon und küssten uns erneut. Dann drehten wir uns zu Iris und Tom, die sich in der Zwischenzeit ebenfalls mit einem Glas bewaffnet hatten. Wir stießen alle zusammen an. Sandra stellte ihr Glas hin und machte einen Schritt auf Iris zu. „Vielen, vielen Dank, Iris", sagte Sandra und umarmte sie. Ich tat es ihr nach. Ich stellte mein Glas auf den Tisch und ging zügig auf Iris zu. Ich breitete gerade die Arme aus, als mich Sandra am Arm packte. Sie nutzte den Schwung, den ich draufhatte, um mich an Iris vorbeizukatapultieren. Ich knallte gegen das Geländer und fiel auf den Boden. „Was war das?", fragte ich meine Freundin voller Entsetzten. Tom lachte laut, als ich mir den Arm rieb. „Sei froh, dass es nur der Arm ist", sagte er. Ich schaute ihn verwundert an, „wenn du sie umarmt hättest, würde dir jetzt etwas anderes weh tun." Irgendwie stand ich auf dem Schlauch. Ich erhob mich und schaute Sandra fragend an. Sie klärte mich auf: „Das ist Iris, die kannst du nicht einfach umarmen." Jetzt erst machte es klick. Natürlich durfte ich als Mann, Iris nicht umarmen, aber ich war dermaßen im Freudentaumel, dass ich darüber nicht nachgedacht hatte. Dieses Mal wäre es sogar noch mal etwas anderes gewesen, da wir alle vier kein Oberteil trugen. Ich entschuldigte mich bei ihr und bedankte mich auch gleichzeitig für die Ringe. Das war allerdings gar nicht so einfach. Wie bedankt man sich bei jemandem, dem man noch nicht einmal die Hand geben konnte.

Wir setzten uns wieder an den Tisch. Ich sah Tom an und sagte auf Deutsch: „Tom, die Ringe sehen nicht gerade billig aus." Ebenfalls auf Deutsch erklärte er uns: „Meine Verlobte macht keine billigen Geschenke. Unter 20.000 Dollar haben die nicht gekostet." Sandra und ich schauten uns überrascht an und Tom scherzte: „Ja, jetzt seid ihr auch mal etwas wert."

Und dann kam eine sehr merkwürdige Szene. Wir unterhielten uns noch ein paar Minuten, als Iris plötzlich aufstand und sich neben mich setzte. Sie schaute mich an, dann sah sie zu Tom. Dieser nickte nur. Was war das nun wieder? Noch eine Überraschung? „Bleib bitte ganz ruhig sitzen und bewege dich nicht", bat mich Tom. Auch Sandra schaute verwundert zu unserer Gastgeberin. Sie rutschte noch etwas näher zu mir. Aufgeregt atmete sie tief durch. Plötzlich rutschte sie ganz an mich heran. Unsere Beine lagen aneinander. Sie drehte ihren Kopf zu mir. Unsere Gesichter waren nun ganz dicht zusammen. Mir wurde etwas komisch. „Tom, was macht sie?", hörte ich Sandra entsetzt fragen „Lass sie, bitte", beruhigte sie Tom. Iris legte nun ihre Hand auf meine Schulter. Sie stöhnte leise. Ihr Atem ging sehr schnell. Der Mund stand etwas offen und ihre vollen Lippen kamen richtig zum Vorschein. Ihre Brüste drückte sie gegen meinen Oberarm. Obwohl meine Verlobte neben mir saß und Iris bestimmt so alt wie mein Vater war, machte mich das an. Auch meine Erregung wuchs. Anschließend legte sie sogar noch ihre Hand auf meine. Plötzlich schloss sie die Augen, und atmete nochmals tief durch. Sie öffnete die Augen wieder, sah zu Tom und lächelte. Ruckartig löste sie sich von mir und sprang auf. Schnell ging sie zu Tom, setzte sich neben ihn und fiel in seine Arme. Er gab ihr einen Kuss auf die Stirn und lobte sie: „Das war toll, Honey." Ich fing wieder an, mit Tom Deutsch zu reden. „Tom was war das? War das Erregung?" Ich dachte, Tom würde laut loslachen, er blieb jedoch ernst. „Das war Angstbewältigung a la Iris", erklärte uns Tom. Sie möchte irgendwann auch wieder normal sein und keine Angst mehr vor Männern haben. Deshalb übt sie." „Bei mir?", fragte ich überrascht zurück. „Du bist jung und zu dir hat sie Vertrauen gefasst", erzählte Tom. Iris war wieder zurück in der realen Welt. Sie entschuldigte sich bei mir und erklärte, dass dies einfach so, ohne jede Vorwarnung, geschehen würde. Aber man merkte ihr an, dass sie noch etwas wollte. Meine Hand lag noch immer auf dem Tisch. „Darf ich noch mal?", fragte sie mich und tastete sich mit ihrer Hand langsam an meine heran. Erneut kamen schnelles atmen und Gestöhne auf. Sie kam immer näher heran, berührte ganz vorsichtig meine Hand und legte ihre schließlich darauf. Dieses Mal zog sie ihren Arm nicht sofort wieder zurück, sondern schaute freudenstrahlend zu Tom. Erst dann nahm sie langsam ihre Hand wieder von meiner. Überglücklich fiel sie erneut in Toms Arme. „Wir sollten jetzt endlich etwas essen", machte sie anschließend den Vorschlag. „Oh nein, das Essen", fiel es mir plötzlich ein. „Bill und Nancy warten bestimmt auf uns." Iris lächelte: „Wir essen heute hier auf dem Boot. Nancy weiß Bescheid." Sie öffnete die Boxen und holte jede Menge an Essen heraus. Eigentlich das gleiche, was es auch in der Jugendherberge gab. Wahrscheinlich hatte sie es auch von dort. Wir schlugen ordentlich zu und tranken unser Bier dazu. Nach dem Essen räumten wir alles wieder weg und stellten die Boxen in die Ecke. Wir gingen ein paar Meter weiter. Dort stand noch eine Sitzgruppe, aber viel gemütlicher. Die Sitzflächen der Bänke waren viel größer und alles war niedriger. Selbst der Tisch. „Vorhin saßen wir in der Küche, jetzt sind wir im Wohnzimmer", scherzte Iris.

Wir setzten uns und die Frauen kuschelten sich an uns, bis Sandra plötzlich fragte: „Hat jemand etwas dagegen, wenn ich mir auch die Hose ausziehe?" Sie schaute in die Runde. Allgemeines Kopfschütteln. Und so tat Sandra, was sie ankündigte. „Das werde ich vermissen, wenn wir wieder zu Hause sind. Diese Freizügigkeit", stellte Sandra fest. „Das stimmt", gab ich ihr Recht, „wenn du dich in Deutschland irgendwo auszieht, kommt gleich die Polizei." „Warum nutzt du es dann hier nicht aus?", fragte Sandra. Das war eine gute Frage. Also zog auch ich mir die Hose aus. „Sandra fing plötzlich an zu lachen. „Noch heute Morgen waren wir nackt, wenn wir uns auszogen, doch ab jetzt sind wir mit einem Ring bekleidet", stellte sie fest. Sie hob ihren Arm etwas an und schaute auf den Ring. „Er ist wirklich wunderschön", schwärmte sie und Iris meinte: „Morgen Mittag, gleich nach dem Unterricht, fahren wir in die Stadt und lassen das Verlobungsdatum eingravieren." Dann sah sie zu Tom und sagte: „Komm Darling, lass uns auch ausziehen." Tom lachte: „Dafür, dass du dich jahrelang geweigert hast dich nackt zu zeigen, machst du es jetzt aber ziemlich oft", stellte er fest. „Sie rückte ganz nah an Tom heran und flüsterte ihm mit ernstem Gesicht zu: „Du hast mir ein neues Leben gegeben, Darling." Dann küsste sie ihn. Auch die beiden zogen ihre Hosen aus. Als Tom vor uns stand, sah ich Sandra aus den Augenwinkeln an. Mary hatte Recht. Sie sah nicht nur nach anderen Jungs, sondern sogar nach erwachsenen Männern. „Dann kann ich auch schauen", dachte ich und sah Iris an. Man konnte bei ihr richtig sehen, dass sie sich noch nicht lange so freizügig zeigte. Um die Brüste herum, war ein weißer Streifen zu sehen, der wohl immer von einem Bikinioberteil verdeckt wurde. Auch unten war ein weißer Fleck, den offenbar ein sehr knappes Bikinihöschen beim Sonnenbaden hinterlassen hatte. Der Rest des Körpers war sonnengebräunt und toll geformt.

Neben mir hörte ich ein räuspern. Ich drehte meinen Kopf und blickte in Sandras Augen. „Wo guckst du denn hin?", fragte sie mich leise. „Ich… äh, nein, nirgends", erklärte ich ihr, „aufs Meer, ich habe aufs Meer geschaut." „Schau lieber auf mich", sagte sie mit einem Grinsen auf den Lippen.

Irgendwann am Abend, kurz bevor es dunkel wurde, fuhren wir wieder zurück. Tom steuerte das Boot. Iris, Sandra und ich saßen wieder an dem hohen Tisch. Meine Verlobte lag in meinem Arm und wir schauten uns die Gegend an, für die wir auf der Hinfahrt keinen Blick hatten. Wir fuhren an den Inseln vorbei und Iris erzählte uns etwas über jede Einzelne von ihnen. Plötzlich deutete sie auf eine davon und sagte: „Das ist Toms-Island." Aus der Ferne konnte man sogar erkennen, dass die Insel ebenfalls einen etwas größeren Bootssteg hatte. Wir standen auf und stellten uns an das Geländer. „Fahren wir dort auch mal hin?", wollte Sandra wissen. Iris nickte: „Wenn ihr wollt, können wir morgen, wenn wir vom Juwelier kommen, dort anlegen." „Wir fahren mit dem Schiff in die Stadt?", fragte ich. „Ist einfacher als mit dem Auto", sagte Iris, nahm Sandra in den Arm und sagte leise zu ihr: „Aber wenn wir in die Stadt gehen, sollten wir uns richtig anziehen, nicht oben ohne gehen." Die beiden lachten. Sie verstanden sich jeden Tag besser und es entwickelte sich mit der Zeit eine richtig gute Freundschaft zwischen den zweien.

Als wir auf Iris-Island ankamen, packte Tom als erstes wieder die Boxen auf den Wagen und unsere Kleidung obendrauf. Dann gingen wir zurück zum Haus. Als wir an Jeanettes Haus vorbeikamen, hielt ich Sandra an. „Was ist?", fragte sie „Du… ich…", ich druckste erst noch ein bisschen herum, um nach den richtigen Worten zu suchen. Doch meine Verlobte wusste, was ich wollte: „Jonas, Melanie ist meine beste Freundin, ich muss es ihr sagen", teilte sie mit, drehte sich herum und ging weiter. Ich folgte ihr. Als wir am Festtisch ankamen, saß Tobi am Tisch und nuckelte an einer Flasche Bier herum. Deacon saß neben ihm und redete auf ihn ein. Sandra und ich setzten uns zu ihnen. Tobi hob noch nicht mal den Kopf, als ich ihn fragte, was er denn hätte. „Ich habe es ihr gesagt", brummelte er in Richtung Tisch. „Und? Wie hart sie reagiert?", wollte ich von ihm wissen. Endlich schaute er nach oben: „Eigentlich gar nicht, sie drehte sich um und ging einfach weg." „Und hat sie Schluss gemacht?", hakte ich nach. Er schüttelte den Kopf: „Nein, sie ist einfach nur gegangen. Ich weiß überhaupt nicht, woran ich bin." Die Antwort darauf sollten wir bald von Nancy erhalten.

Sven kam auf einmal an, und setzte sich neben Tobi. „Fang du wenigstens an, zu meckern", raunzte Tobi Sven an, „oder hau mir wenigsten eine rein." „Warum sollte ich?", fragte Sven. Tobi sah zu ihm und brüllte: „Weil ich mit deiner Freundin geschlafen habe." Sven blieb ruhig. „Carola ist nicht meine Freundin", gab er lässig bekannt. Nun verstand ich gar nichts mehr. Die anderen scheinbar auch nicht, ihren Blicken nach zu urteilen. Iris und Tom standen plötzlich neben uns. Scheinbar wollten auch sie wissen, wie dieses Drama ausgehen würde. „Seid ihr nicht mehr zusammen?", fragte ich Sven. Er nippte an der Bierflasche, welche er sich mitgebracht hatte, und klärte uns auf: „Wir waren nie zusammen. Am Samstag, nachdem uns Tom den Kopf gewaschen hat, meinte Carola draußen, dass es nicht schön wäre für uns, mit zwei Paaren den Urlaub zu verbringen. Sie schlug vor, dass wir uns für die Dauer unseres Aufenthaltes zusammentun, um einfach ein bisschen Spaß zu haben." „Aber du hast dich in sie verliebt", ergänzte ich. Er sah zu mir herüber und nickte.

Aus der Ferne sahen wir Nancy und Melanie kommen. Melanie ging zu Mary, die bei Bill auf der Terrasse saß und Nancy kam zu uns. Sie schaute zu Tom und Iris: „Na, wieder zurück vom Ausflug?" „Scheint so", brummelte Tom und grinste blöde, denn er hatte Nancys Blick bemerkt, der gerade auf den Ring von Sandra fiel. „Wow, was für ein hübscher Ring", staunte sie und zog Sandras Hand zu sich. Ganz provozierend, legte ich meine Hand mit dem Ring in die Mitte des Tisches. Wie beabsichtigt, sah Nancy auch meinen Ring. „Ach nein, unsere Verliebten tragen Freundschaftsringe." Gerade wollte ich etwas sagen, als Tom aufklärte: „Nancy, das sind keine

Freundschaftsringe." Anschließend rief er laut über das ganze Grundstück: „Könntet ihr bitte mal einen Augenblick zuhören?" Es wurde still. Langsam kamen alle etwas näher zu uns und Tom rief Sandra und mich zu sich. Nun standen alle im Halbkreis vor uns. Tom legte je eine Hand auf unsere Schultern und sagte laut: „Die beiden hier, haben etwas zu verkünden." Ich sah Sandra an. Die machte ein Zeichen, dass ich es sagen sollte, doch ich schüttelte den Kopf. So ging das einen Augenblick hin und her, bis wir beide hilfesuchend zu Tom schaute. Der lächelte und rief laut in die Runde: „Sandra und Jonas haben sich heute Mittag ganz offiziell verlobt." Ein Raunen ging durch die Luft. Stimmengewirr kam von allen Seiten. Nach und nach kamen alle zu uns, um uns zu gratulieren. Sogar Tobi gratulierte uns mit einer Träne im Auge. „Was ist denn nun? Weißt du jetzt schon etwas?", fragte ich ihn. Er antwortete: „Nancy war eben bei mir und hat mir mitgeteilt, dass ich ab sofort ein anderes Zimmer habe. Sogar meine Sachen sind schon drin." Er wartete keinen Kommentar von mir ab, sondern drehte sich um, ging zur Terrasse und setzte sich dort auf die Bank. Als letztes kam Melanie zu uns. Sandra und sie umarmten sich herzlich, anschließend umarmte sie mich. Sie schaute mich an und sagte: „Es tut mir leid, dass ich dich in Verdacht hatte, aber die Situation war so eindeutig." Ich stimmte ihr zu: „Allerdings, das war sie." „Was ist mit dir und Tobi?", fragte Sandra. Sie schüttelte den Kopf: „Was soll da sein. Aus ist es natürlich. Aber euch beiden wünsche ich alles Glück dieser Erde. Ihr seid ein Traumpaar", sagte sie und drehte sich um. Von da an ging es Schlag auf Schlag an diesem Abend. „Komm Sven, lass und gehen", rief Melanie extra laut, nahm seine Hand und die beiden gingen in Richtung Herberge. Wir alle sahen den beiden verwundert hinterher, aber mir war klar - das meinte Melanie nicht ernst. Dabei konnte es nur darum gehen, Tobi eifersüchtig zu machen. Tom tippte mir auf die Schulter: „Das ist gut, oder?", und nickte zu Melanie und Sven. „Denke ich auch", sagte ich nur und holte mir einen Rüffel von meiner Freundin ab. „Könnt ihr mir sagen, was daran gut sein soll? Das ist eine Trotzreaktion von ihr. Die passen doch gar nicht zusammen", motzte sie. Doch Tom klärte sie auf: „Das ist keine Trotzreaktion und sie will auch nichts von Sven. Sie will nur Tobi eifersüchtig machen, was zeigt, dass er ihr nicht egal ist."

Jeanette war mittlerweile ebenfalls eingetroffen und gesellte sich zu uns. Das heißt sie wollte, doch Tom nahm sie in den Arm und ging zwei oder drei Schritte mit ihr zur Seite. Ich sah, wie er auf sie einredete. Iris setzte sich in der Zwischenzeit zu uns. Lasst uns wenigstens noch ein bisschen feiern", schlug sie vor, was wir auch taten. Aus irgendeiner Ecke kroch plötzlich Carola hervor. Sie stand neben dem Tisch und wollte gerade fragen, was los sei als Jeanette zu uns kam und gratulierte.

Jetzt bekam auch endlich Carola ihre Neugierde gestillt. Auch sie gratulierte uns. „Darf ich zurück gratulieren?", fragte Sandra erbost und deutete auf Tobi, der noch immer auf der Terrassenbank saß. „Hört mal, das war nicht geplant", versuchte sie sich zu verteidigen, „Es ist halt einfach so passiert." Sie ging um den Tisch und stellte sich neben Tom. Auch Carola war völlig nackt, was aber nichts Besonderes war. Sie war immer die Erste, wenn es darum ging, die Klamotten in die Ecke zu werfen. Sie lächelte ihn an und fragte mit sexy Stimme. Nimmst du mich auch mal auf deinem Boot mit?" Sprach es, und legte ihre Hand auf Toms Hintern. Uns vielen fast die Augen aus dem Kopf und Iris verschoss Blitze aus den Augen. Hatte Carola sie nicht gesehen? Oder war es ihr egal? Toms Kopf fuhr herum und ich hörte ihn schon brüllen aber er blieb ganz ruhig. Er schien sich darüber sogar noch zu freuen. Mit leuchtenden Augen rief er: „Carola meine kleine, geile Schnecke, ich habe dich schon gesucht." Carola strahlte: „Willst du auch ein bisschen Spaß haben?", fragte sie ihn. „Aber natürlich will ich das", antwortete er, „komm, lass uns ins Gästezimmer verschwinden!" Er legte seinen Arm um sie und schob sie etwas nach vorne. Carola strahlte, legte ebenfalls ihren Arm um ihn und die zwei gingen Arm in Arm ins Haus. Iris hatte den Mund so weit offenstehen, dass ich dachte, sie renkt sich den Kiefer aus. „Was…was…", stammelte sie und deutete ihnen hinterher. Jeanette setzte sich laut lachend zu uns und sagte: „Na, in ihrer Haut möchte ich jetzt nicht stecken." „Was meinst du damit? Sie hat meinen Verlobten angemacht und die beiden gehen gerade zusammen in mein Gästezimmer. Und du…" Jeanette ließ Iris nicht ausreden „Du glaubst doch nicht wirklich, dass sich Tom darauf einlassen würde? Carola bekommt da drinnen jetzt ordentlich ihr Fett weg", rief sie zu ihrer Freundin. „Meinst du?", fragte Iris kleinlaut. Jeanette nickte nur." Dann stand sie auf, sagte: „Ich hole den armen Kerl mal zu uns rüber und verschwand." Kurze Zeit später stand sie wieder am Tisch und hatte Tobi im Arm. „Setz dich", forderte sie ihn auf. Er tat was sie sagte. Jeanette setzte sich neben ihn. „Wie geht es dir?", fragt Sandra ihn. Tobi lachte künstlich: „Haha, gut geht es mir. Es gibt auch noch andere Mädchen." Oje, er litt fürchterlich, aber man merkte, dass er sich nichts anmerken lassen wollte. Auch Iris sah nicht wirklich glücklich aus. Nervös rutschte sie auf der Bank umher, als müsse sie auf die Toilette. Jeanette stand auf „Okay, ich gehe nachsehen. 30 Minuten scheint auch mir ein bisschen lang", sagte sie und ging los. Aber sie kam nicht sehr weit. Fast im gleichen Moment kamen Tom und Carola aus dem Haus." Carola kam erst gar nicht mehr zu uns. Vom Haus aus lief sie direkt zur Herberge. Kein Tschüss, kein ‚gute Nacht', kein Ton. Tom ging direkt zu Jeanette und redete mit ihr. Was da drinnen los war, hätte ich zu gerne gewusst.


Am nächsten Morgen trafen wir uns wieder zum Frühsport. Als Sandra und ich nach unten kamen, war nur Deacon da. Wir warteten. Nach ein paar Minuten kam auch Melanie herunter, sagte leise „guten Morgen" und stellte sich neben Sandra. „Und? Noch schön gefeiert?", fragte sie uns. Sandra nickte nur. „Das mit euch beiden tut mir so leid", sagte sie anschließend.
Auch Tobi kam schon bald die Treppe herunter. Mit hängendem Kopf stellte er sich neben mich. Er sagte nicht ein Wort. Wir alle schauten ihn an und sahen, dass er mit den Tränen kämpfte. Die Trennung ging ihm sichtlich nahe. Doch wir sagten nichts. Ich hatte schon am Vorabend in unserem Zimmer, mit Sandra ausgemacht, dass wir nicht Partei ergreifen werden. Sogar Deacon, der sonst immer ungeduldig auf uns wartete, sagte nichts. Abwechselnd sah er auf Melanie und auf Tobi. Plötzlich öffnete sich die Tür und Jeanette kam herein. So hatten wir sie noch nie gesehen. Sie trug eine enge kurze Sporthose und einen Sport-BH. „Guten Morgen", sagte sie, als sie zu uns kam. Wir grüßten zurück. Was wollte sie hier? Zum Fragen kamen wir nicht, da Carola und Sven endlich zu uns stießen. Endlich fand Deacon wieder Worte: „Was gestern passiert ist, zwingt uns unsere Pläne, zumindest für heute, etwas zu ändern. Ich laufe deshalb heute nur mit den Jungs. Die

Mädchen laufen mit Jeanette. Los geht's!" Deacon ging zur Tür und rannte los. Wir joggten hinterher. Keiner sagte etwas. Selbst Deacon gab an diesem Morgen keine Kommandos. Irgendwann bog er ins Meer ab und wir schwammen zurück. Unterwegs sahen wir die Mädchen, die am Strand entlang rannten. Und ich sah Tobis sehnsuchtsvollen Blick zu Melanie. Vom Strand zur Herberge zurück liefen wir. Sven hatte schon den ganzen Morgen kein Wort geredet. Ich unterhielt mich mit Tobi über den gestrigen Tag. Immerhin hat er eingesehen, welchen Mist er gemacht hatte. „Jonas, ich weiß nicht, ob ich das ertrage, jeden Tag Melanie zu sehen. Jeden Tag daran erinnert zu werden, welchen Mist ich gemacht habe", erzählte er mir. Eigentlich war es, als sein bester Kumpel, meine Aufgabe ihn aufzubauen. Aber was sollte ich ihm sagen. Ich war noch einen Tag zuvor in der gleichen Situation. Wie hätte mir da jemand mit Worten helfen können. Auch ich konnte ihm jetzt nur helfen, indem ich ihm zuhörte und für ihn da war. „Du sagst nichts", stellte er fest. Ich blickte zum Boden. „Nein, denn ich weiß ungefähr, wie du dich fühlst. Mein Gelaber kann dir nicht weiterhelfen. Wie wäre es, wenn wir drei heute Abend, ganz alleine, ein Bier trinken gehen würden?" „Gute Idee", fand Sven. Tobi fragte: „Ohne deine Sandra?" Ich nickte. „Sie wird es verstehen", prophezeite ich. „Die können ja auch mal einen Mädels-Abend machen", rief Sven von der Seite. Das war eine gute Idee. Ich würde Sandra, das eben beschlossene, so bald wie möglich mitteilen.

Nach dem Duschen gingen wir frühstücken. Sandra und ich saßen schon, als Tobi hereinkam. Er sah auf seinen Platz, zögerte einen Moment und setzte sich auf seinen Stuhl. Er sah zu mir. „Klappt das heute Abend?", fragte er mich. Sandra kam mir zuvor. „Na klar, geht das", sagte sie und biss in ihr Brötchen. Melanie kam durch die Tür. Auch sie zögerte kurz, sah ebenfalls auf ihren Platz und auf den Stuhl daneben. Dann ging sie zu Carola. Können wir die Plätze tauschen?", fragte sie und giftete: „Da drüben passt du auch viel besser hin." Carola sagte kein Wort. Sie sah Melanie kurz an, stand auf und setzte sich zu Tobi. Melanie setzte sich auf Carolas Stuhl, lächelte Sven an und strich ihm mit ihrer Hand über seine." Mit sehr zittriger Stimme fragte Tobi: „Nancy darf ich auf…" Mehr konnte er nicht mehr sagen, bevor es aus ihm herausbrach. Er sprang auf und rannte weinend hinaus. Eigentlich wollte ich gerade in mein fertig geschmiertes Marmeladenbrötchen beißen, aber mein Freund ging natürlich vor. „Nancy?", fragte ich, doch mehr brauchte ich nicht zu sagen. „Geh!", befahl sie und ich rannte hinter Tobi her. Nach einigem Suchen fand ich ihn auf seinem Zimmer. Er lag heulend auf seinem Bett. Ich setzte mich zu ihm, aber ich sagte nichts. Was auch. Nach einiger Zeit fing er sich wieder. Mit zittriger Stimme sagte er: „Ich kann heute auf keinen Fall zum Unterricht. Kannst du mich entschuldigen?" „Na klar, sagte ich, wohlwissend, dass dies überhaupt nicht nötig war. Die Tür ging auf und Sven kam herein. Er blieb vor dem Bett stehen und sagte zu Tobi: „Also ich wollte dir nur sagen, dass ich da nicht mitmache, bei Melanies Spielchen. Da ist nichts abgesprochen. Sie macht einfach und ich will das nicht. Ich will auch nichts von Melanie." Tobi nickte und ich sagte: „Sven, das wissen wir. Niemand ist sauer auf dich. Wir können ja heute Abend über alles reden." Dann gingen Sven und ich wieder nach unten. Nancy und Bill räumten gerade weg. Jeanette und die Mädchen waren schon im Klassenraum. Auch Deacon und Mary waren schon gegangen. Nur Iris und Tom standen noch da. „Wie geht es ihm?", wollte Iris wissen. Ich sagte die Wahrheit: „Nicht so gut. Er kommt heute nicht zum Unterricht. Aber es müsste jemand nach ihm sehen." Tom nickte. „Wir machen das", sagte er und wollte gerade gehen. Ich rief ihm noch hinterher: „Ach Tom, wir wollen heute Abend, hier im Aufenthaltsraum, einen Männerabend machen, kommt ihr auch?" „Das ist eine gute Idee, ich werde da sein", sagte er und ging mit Iris die Treppe hoch. Wir liefen ebenfalls nach oben und in unseren Klassenraum. Die Mädchen saßen schon, als wir hineingingen. Ich setzte mich wieder zu Sandra und Sven zu Carola. „Melanie bekam wohl Angst. „Sven, kannst du dich bitte zu mir setzen?", fragte sie ihn. „Nein", zischte Sven: „Tobi ist mein Kumpel. Haltet mich aus eurem Streit heraus."

Endlich begann Jeanette mit dem Unterricht. Sie machte die ersten beiden Stunden nur Wiederholungen vom Vortag. Das war eine gute Idee. Neues hätten wohl die wenigsten von uns an diesem Tag verstanden. Aber auch die Wiederholungen fielen uns an diesem Morgen schwer. Plötzlich ging die Tür auf und Tobi kam herein. Gefolgt von Tom und Iris. Tobi setzte sich auch gleich neben Melanie. „Machst du den Unterricht mit?", fragte Jeanette. Tobi nickte: „Ja, mir geht es gut." Keinen Blick würdigte er Melanie. Tom und Iris stellten sich hinter uns an die Wand. Jeanette machte mit dem Unterricht weiter, als Carola aufstand und fragte: „Darf ich kurz unterbrechen?" Jeanette schaute etwas komisch, nickte ihr aber zu. Carola stand auf, stellte sich, neben Jeanette und fing an zu erzählen: „Ich möchte mich bei euch allen entschuldigen. Ich wollte Spaß haben in unserem Urlaub. Ich wollte mich amüsieren und habe dabei nur an mich gedacht. Ich war so egoistisch, dass ich überhaupt nicht an eure Beziehungen gedacht habe. Ich weiß auch nicht, was mit mir los ist. Es ist alles so anders, seit wir hier sind." Sie machte eine kurze Pause und schaute Jeanette an. Diese lächelte und nickte ihr kurz zu. Dann schaute sie kurz zu Tom und Iris, bevor sie weiter machte. Sie kam zu Sandra und mir an den Tisch. „Ich hätte beinahe eure Beziehung kaputt gemacht, für die ihr so lange gekämpft habt. Und das gleich zweimal. Im Schwimmbad und am Strand. Dafür muss ich mich entschuldigen und ich hoffe, ihr könnt mir irgendwann verzeihen." Sie drehte sich um und ging zu Tobi und Melanie an den Tisch. „Auch bei Euch muss ich mich entschuldigen. Bei Euch habe ich wirklich die Beziehung ruiniert. Melanie, ja ich habe mit deinem Freund geschlafen. Aber ich habe ihn so lange verführt, gestreichelt und angefasst, bis er gar nicht mehr ‚nein' sagen konnte. Sei nicht so streng mit ihm, und gib ihm bitte noch eine Chance." Dann ging sie auf ihren Platz und setzte sich neben Sven. „Sven, mit deinen Gefühlen habe ich nicht gespielt. Alles was ich im Schwimmbad gesagt habe, ist war." Sie nahm seine Hand: „Sven, als wir anfingen zusammen zu lernen, habe ich gemerkt, was für ein toller Mensch du bist. Und so blöde es auch klingt, nachdem ich mit Tobi geschlafen hatte, habe ich erst gemerkt, dass ich dich wirklich liebe. Vielleicht kannst auch du mir irgendwann verzeihen." Sven fragte nach: „Wenn du mich so liebst, warum machst du dann ständig mit anderen herum?" „Weil ich mich nicht getraut habe, es dir zu sagen. Außerdem habe ich es verdrängt, weil ich glaubte, keine Chance bei dir zu haben. Das ging so weit, dass ich gestern sogar Tom angemacht habe. Oje, der hat mich gestern aber richtig zur Schnecke gemacht." Sie drehte sich zu ihm um und sagte: „Danke Tom, für den Tritt in den Hintern. Durch dich bin ich aufgewacht." Sie wandte sich wieder uns zu: „Bitte entschuldigt alle mein egoistisches Auftreten." Sie sagte nichts mehr und ließ auch wieder Svens Hand los. Tom fing an zu applaudieren und Iris und sogar Jeanette stiegen mit ein. „Bravo", rief Tom, „für so eine Ansprache braucht man Charakter." Sandra und ich applaudierten mit und sogar Sven. Nur bei Melanie und Tobi regte sich nichts. Allerdings war zu erkennen, dass Melanie Tobi von der Seite ansah. Tobi musste das in den Augenwinkel bemerkt haben, aber er tat, als wäre dem nicht so. Er lehnte sich zurück und starrte auf die Tischplatte. „Ich glaube wir machen erst mal eine Pause", rief Jeanette, „Lasst uns nach Nebenan gehen." Wir wollten gerade aufstehen als Sven „Moment noch!", rief. Wir blieben sitzen und schauten ihn an. Dafür stand er jetzt auf, sah zu Carola und erklärte ihr: „Du wolltest eine zweite Chance von mir, was ich nicht verstehe. Du sagst du liebst mich und schläfst mit meinem Kumpel. Aber ich will dir wirklich verzeihen und dir noch eine Chance geben, weil ich auch in dich verliebt bin. Ich möchte sehr gerne mit dir zusammen sein." Carola sprang auf und fiel ihm um den Hals. Die beiden gaben sich einen langen Kuss." Anschließend sah Sven, wohl nicht zufällig, zu Melanie und sagte: „Schließlich hat jeder eine zweite Chance verdient." Melanie aber stand auf und ging wortlos aus der Tür. Auch wir gingen anschließend nach nebenan.

„Du bist ja doch noch gekommen", stellte ich fest, als ich neben Tobi stand. Er nickte und teilte mir mit: „Tom und Iris haben mir klargemacht, dass verstecken keine Lösung ist. Ich solle den Tatsachen ins Auge sehen und akzeptieren was ich nicht ändern kann, oder so ähnlich." „Das habt ihr euch ja toll ausgedacht", brüllte plötzlich jemand von der Seite. Wir drehten unsere Köpfe und erkannten Melanie. „Glaubt ihr, ich bin so blöde und falle darauf herein?", schrie sie weiter. „Ist das eine Fangfrage?", scherzte Tobi, was Melanie nur noch wütender machte. Sandra sprach nun mit ihr: „Melanie, das war keine Inszenierung, das war echt. Niemand will dich auf den Arm nehmen." Melanie wurde ruhiger. „Sven und Carola? Ein echtes Paar?", fragte sie. Sandra und ich nickten, während Tobi sich herumdrehte und zur Tür hinaus ging. „Wo sind die beiden eigentlich?", fragte sie. Das war eine gute Frage. Wir sahen uns überall im Raum um, doch konnten sie nirgends entdecken. „Wenn ihr die neuen Turteltäubchen sucht, die sind auf dem Balkon", sagte Jeanette, die plötzlich hinter uns stand. Wir gingen zur Balkontür und sahen hinaus. Die beiden waren gerade damit beschäftig, zu ergründen, wie weit man eine Zunge, in einen anderen Menschen hineinstecken kann. „Sind die festgeklebt?", fragte ich. Eigentlich wollte ich die Stimmung etwas auflockern, doch Melanie blieb ernst. „Erst verführt sie meinen Freund, dann schnappt sie sich den Nächsten." „Gib Tobi noch eine Chance", sagte ich zu ihr, „Er bereut was er getan hat und leidet sehr." „Ich weiß", flüsterte sie. Ihr Blick fiel zu mir. „Warum kann ich nicht so einen tollen Freund haben, wie du es bist?", fragte sie leicht sehnsuchtsvoll. Ich antwortete ihr: „Du hast so einen Freund, Melanie und das weißt du auch. Du musst nur zu ihm gehen und ihm verzeihen." Melanie sagte nichts. „Können wir dann weitermachen?", fragte Jeanette und rief aus der offenen Balkontür nach Carola und Sven. Endlich ging der Unterricht normal weiter.

Am Nachmittag gingen Sandra und ich wieder zu unserer Gastgeberin. Iris und Tom warteten schon auf uns. Wir gingen zum Boot und fuhren in Richtung Stadt. Auch am Festland war eine Anlegestelle. Von dort mussten wir etwa noch 10 Minuten laufen. Wir brauchten aber viel länger, weil Sandra unseren Ausflug gleich noch mit einem Schaufensterbummel kombinierte. Dann waren wir endlich angekommen. Iris erklärte dem Juwelier, was wir von ihm wollten. Er sagte, dass er dazu etwa eine Stunde brauche. Wir gingen also wieder hinaus.
Iris schlug vor, in der Zwischenzeit in ein Café zu gehen, was wir auch taten. Wir setzten uns an einen Tisch. Schon von weitem viel mir die Bedienung auf. Sie war etwa so alt wie ich und sehr hübsch. Sie kam an unseren Tisch. „Hallo Iris, wir haben uns ja lange nicht gesehen", sagte sie. Iris stellte uns vor und die zwei unterhielten sich kurz. Das Mädchen hieß Tina und war die Tochter einer Freundin von Iris. Sie nahm unsere Bestellung auf und ging wieder. „Sie ist groß geworden", stellte Iris fest, „wie die Zeit vergeht." Sie war etwas in Gedanken versunken. Tina brachte uns die bestellten Getränke. „Sie stellte Sandra und mir unsere Cola hin und fragte uns: „Und? Schon gut Englisch gelernt?" Sandra antwortete ihr: „Oh ja, das haben wir. Jeanette ist eine tolle Lehrerin." Tina nickte und bestätigte das: „Ja, das ist sie. Ich hatte

sie auch früher in Englisch. Ich würde sie ja gerne mal wieder sehen." Iris hatte eine Idee. „Komm doch heute Abend mal wieder zu uns rüber. Wir haben heute Mädels-Abend, Tom holt dich mit dem Boot ab." Tina war begeistert. Sie vereinbarten eine Uhrzeit und wir gingen so langsam wieder in Richtung Juwelier.

Wir waren von unseren Ringen begeistert. Der Juwelier meinte: „Das Hochzeitsdatum passt auch noch dazu." Und Iris hatte die nächste Idee: „Wenn ihr heiratet, dann aber auch hier bei uns." Sandra und ich sahen uns verliebt an und grinsten. Das war eine sehr gute Idee.


Gegen sechs Uhr ging Tom langsam zum Boot. Sandra und ich blieben bei Iris, zusammen mit Tobi. Wir wollten ihn nicht so lange alleine lassen. Bis zu unserem Männer-Abend waren es ja noch zwei Stunden. „Tom, wann kommst du zurück?", rief ich. Er war schon auf dem Weg zum Hafen, als er sich wieder umdrehte. „Wenn sie schon da ist, bin ich in 15 Minuten zurück", rief er mir zu. Kurzfristig entschloss ich mitzukommen. „Warte, ich fahre mit", schrie ich ihm hinterher und sprang von der Bank hoch. Vorsichtshalber drehte ich mich noch mal zu meiner Freundin um und sah sie fragend an. Sie nickte bestätigend und ich rannte los.

Als wir am Hafen ankamen, machten wir gleich die Leinen los und Tom ging ans Steuer. Wir legten ab und während wir langsam losfuhren, fragte ich Tom: „Ist 15 Minuten für hin und zurück nicht etwas optimistisch?". Tom grinste mich von der Seite an. „Halt Dich fest!", befahl er und drückte den Gashebel ganz nach vorne." Das Boot schoss los, während ich in der Kabine, hinten an der Wand hing. Diese Geschwindigkeit hätte ich diesem großen Kasten wirklich nicht zugetraut. Und tatsächlich. Gerade mal 5 Minuten später legten wir an. Ich sah Tina, als sie angerannt kam. Sie war völlig außer Puste. Sie sprang auf das Boot und Tom rief von oben: „Setzt euch hin, ich fahre wieder." Dann schossen wir wieder los. Sich mit Tina zu unterhalten, war bei dieser Geschwindigkeit aussichtslos, aber vom Hafen zum Festtisch konnte ich etwas mit ihr reden. Sie war 16 Jahre alt, und jobbte nach der Schule ein paar Stunden in dem Café. Sie hatte noch ein Jahr auf dieser Schule und freute sich darauf, Jeanette wieder zu sehen. Tina und ich verstanden uns gut. Zu gut, meinte allerdings meine Freundin, die uns böse Blicke zuwarf, als wir ankamen. „Wo ist Tom? Wart ihr die ganze Zeit alleine?", fragte sie. Oh ja, eifersüchtig war Sandra. Ich setzte mich wieder zu Ihr. Tina setzte sich neben Tobi, der allerdings den Mund nicht aufbekam als sie ihn begrüßte. Ich stellte die beiden einander vor, als auch Iris aus dem Haus kam. Sie begrüßte Tina herzlich und teilte ihr mit, dass Jeanette auch bald kommen würde. Sie kam auch wirklich kurz danach angerannt. Knapp eine Stunde unterhielten wir uns. Auch Tobi bekam so nach und nach die Zähne auseinander. „Du warst lange nicht mehr hier", stellte Iris fest und fragte Tina: „Du hast die neue Jugendherberge noch gar nicht gesehen, oder?" Tina verneinte und Iris machte den Vorschlag, Sandra, Tobi und ich, könnten sie ihr doch zeigen." So langsam kam ein Verdacht in mir auf. Hatte Iris das alles eingefädelt? Wollte sie Tobi mit Tina verkuppeln? Wir gingen los und von Tobis anfänglicher Wortkargheit, war nichts mehr zu spüren. Er zeigte ihr alles. Vom Schwimmbad, über Speiseraum, bis hoch zum Klassenraum, bekam Tina alles erklärt. Sandra und ich waren einfach nur dabei, wir waren Statisten. Wir hörten auch gar nicht, was die beiden redeten, sondern trampelten nur hinterher. Auf einmal drehte sich Tobi zu mir um und befahl: „Sag den Männerabend ab! Ich möchte heute Abend bei Tina bleiben." Dann ging er weiter. Nachdem er Tina alles gezeigt hatte, liefen wir wieder zu Iris zurück. Unterwegs trafen wir Carola und Sven. Wie immer, lief auch dieses Mal Carola wieder ‚oben ohne' herum, aber wenigstens hielt sie sich die Arme vor die Brüste. Tobi stellte Tina vor, als wäre es seine neue Freundin. Dann sagte er: „Kannst du den Männerabend absagen? Ich kann heute nicht. Sven nickt verwundert und Tobi ging mit Tina weiter. Als wir am Festtisch ankamen gingen Sandra und ich erst einmal zu Iris. „Hast du das arrangiert?", fragte ich Iris, „Ich meine, das mit Tobi und Tina." Iris sah uns an. „Anfangs nicht", erklärte sie, „aber als wir Tina dann im Café trafen, kam mir so eine Idee." „Du willst die beiden verkuppeln?", fragte Sandra entsetzt, „Weißt du was los ist, wenn die sich verlieben und Tobi wieder nach Deutschland zurückmuss." Iris zuckte mit den Schultern und versuchte ihre Handlung zu begründen: „Was hätte ich denn machen sollen. Tobi bat mich heute Morgen, ihm ein Flugticket zu buchen, da er wieder nach Deutschland zurückwollte.

Er kann es halt nicht ertragen, den ganzen Tag Melanie zu sehen." Sie machte eine Pause und sah uns abwechselnd an, bevor sie weiterredete: „Er braucht diesen Schulabschluss, den er sich wahrscheinlich versauen würde, wenn er hier jetzt weggeht." Das war natürlich eine Erklärung. Aber ich hatte meine Zweifel. „Das wird nicht gutgehen", sagte ich, drehte mich um und ging zu den anderen an den Tisch. So nach und nach kam auch der Rest zu uns. Sogar Melanie, die verwundert zu Tobi schaute. „Du hast dir ja schnell Ersatz gesucht", giftete sie ihn an und ging weiter. Sie setzte sich an die Tischgruppe auf der Terrasse. „Komm, lass uns mal zu ihr gehen", forderte mich Sandra auf. Wir setzten uns ebenfalls auf die Terrasse. Tom und Iris kamen auch noch hinzu. Tom brachte mir sogar eine Flasche Bier mit. Melanie schäumte vor Wut. „Wo kommt die denn jetzt her", brummte sie. „Iris hat sie eingeladen", sagte Tom und grinste seine Freundin blöde an. Iris verteidigte sich: „Du sagtest, dass du nichts mehr von Tobi willst." „Will ich auch nicht, das habe ich ihm heute Mittag auch noch mal klar gesagt", bestätigte Melanie die Aussage von Iris. „Dann kann es dir doch auch egal sein, was Tobi macht", sagte Tom, der Mann der klaren Worte. Melanie war den Tränen nah. Mit zittriger Stimme raunzte sie: „Ist es mir auch." Es wurde für einen Moment still. Irgendwann legte Iris ihren Arm um sie und meinte: „Melanie, jeder kann sehen, dass du Tobi noch immer liebst. Verzeihe ihm und hört mit diesen Spielchen auf." Melanie drehte den Kopf und sah Iris in die Augen. „Dafür ist es wohl jetzt zu spät", hauchte sie, während ihr eine Träne die Wange herunterlief.

Sandra und ich blieben den ganzen Abend bei ihr. Wir versuchten sie abzulenken. Als Tom später Tina wieder mit dem Boot zurückbrachte, gingen wir mit ihr in die Herberge zurück. Das war auch gut so. Denn als wir am Tisch vorbeikamen, an dem Tobi saß, hörten wir, wie er mit seiner neuesten Errungenschaft prahlte.

Am nächsten Morgen war Tobi bester Laune. Auch an diesem Tag gab er an, wie eine Tüte Fliegen, und erzählte immer wieder, dass ‚seine' Tina, am Abend wieder kommen werde. Iris hatte nur beiläufig erwähnt, dass am nächsten Tag ein Grillabend stattfinden solle und Tobi hat Tina dazu eingeladen. Melanie war genau das Gegenteil von Tobi. Sie konnte einem leidtun. Sie redete fast den ganzen Tag nichts. Wie schnell sich manche Dinge ändern können. Am Vortag war es noch genau andersherum.

Es war Freitag. Jeanette war, trotz dieses ganzen Ärgers, mit unseren Leistungen in dieser Woche so zufrieden, dass sie uns eine Stunde früher gehen ließ.

Nach dem Unterricht rannte Tobi gleich zu Tom und fragte ihn, wann er Tina holen würde. Wir kamen auch gerade dazu. Eigentlich wollten wir mit unseren Freunden, Iris und Tom, noch einen gemütlichen Nachmittag machen. Natürlich mit Melanie im Schlepptau. Tom antwortete auf Tobis Frage zuerst nicht. „Tom, ich habe dich etwas gefragt." Tom druckst erst etwas herum. Dann sagte er sehr bestimmend: „Tina wird heute nicht kommen, ich habe sie quasi wieder ausgeladen." Tobi war außer sich vor Wut. „Was hast du gemacht?", brüllte er Tom an. „Wer gibt dir das Recht dazu." „Tobi hör zu, ich habe…", fing Tom an, doch Tobi ließ sich nicht bändigen. Er schrie sein Gegenüber kräftig an: „Was geht dich mein Privatleben an? Warum machst du mir das jetzt kaputt?" Er wollte sogar auf Tom losgehen, doch der gab ihm eine kräftige Ohrfeige." Tobi stand da, hielt sich die Wange und schaute Tom mit großen Augen an. Dieser fing an zu erzählen. „Als ich Tina gestern nach Hause fuhr, unterhielt ich mich noch eine Zeitlang mit ihr. Ich wollte herausfinden. Ob sie etwas für dich empfindet. Leider hat sie kein Wort über dich verloren, sondern immer nur von ihrem Freund erzählt, den sie heute Abend sogar mitbringen wollte. Ich hielt es für besser, dass sie nicht kommt." Tobi stand da und sah Tom mit großen Augen an. Er rührte sich keinen Millimeter. Ich ging zu meinem Kumpel, und legte meine Hand auf seine Schulter. „Lass mich", zischte er, ohne mich anzusehen. Er drehte sich um und ging. Ganz langsam. Mit dem Blick zum Boden. Wahrscheinlich wusste er selber nicht, wo er hinwollte. Als er an Melanie vorbeikam brüllte er sie an: „Das freut dich jetzt. Nun hast du deine Genugtuung, dass wolltest du doch." Melanie sagte kein Wort und Tobi ging weiter. Er lief ein Stück Richtung Strand und lehnte sich an einen Baum. Melanie lief plötzlich los. Sie wollte zu ihm. Wir wollten sie noch warnen, doch sie hörte nicht auf uns. Sie ging direkt auf ihn zu und stellte sich vor ihn. Sie sprach ihn an, das konnten wir noch erkennen, verstehen konnten wir allerdings nichts. Tobi hob den Kopf und sah ihr in die Augen. Die beiden unterhielten sich eine ganze Weile, bis Melanie die Hand hob und Tobi zärtlich über den Kopf strich. Ein kleiner Moment zog noch vorüber, dann fielen sich die beiden in die Arme. Lange Zeit blieben sie so stehen. Man konnte fast glauben, Iris hätte, um sich an sie zu erinnern, ein Denkmal dorthin stellen lassen. „Meinst du die Leben noch?", fragte mich Tom scherzhaft nach ewiger Zeit. „Wenn ich das gewusst hatte, wäre ich uns ein Bier holen gegangen", antwortete ich ihm. Sie müssen mindesten fünf Minuten dort so gestanden haben. Schließlich ließen sie voneinander ab. Sie nahmen sich an den Händen und kamen zu uns. Melanie erklärte: „Wir ziehen uns auf unser Zimmer zurück. Wir haben viel zu bereden." Sie drehten sich um und liefen Hand in Hand in Richtung Herberge." Tom fragte verwundert: „Auf unser Zimmer? Habe ich etwas nicht mitbekommen?" Ich zuckte mit den Schultern: „Keine Ahnung." Wir sahen ihnen nach, bis sie hinter einer Kurve verschwanden.

Wir gingen wieder zurück an den Festtisch. Sandra war schon die ganze Zeit über sehr nachdenklich. Sie sagte nichts. Ich merkte, dass sie etwas bedrückte und auch Iris und Tom sahen zu ihr herüber. „Hoffentlich wird bei den beiden, alles wieder so, wie es war", sagte Sandra plötzlich. Wunschdenken. Aber diesen Wunsch hatte ich natürlich auch, dass unsere Freunde wieder zusammenkommen würden, und alle wieder glücklich sind. Wie im Märchen. Doch Tom bremste unsere Euphorie. „Das wird nicht passieren", sagte er mit ernstem Ton. Sandra schaute erschrocken zu ihm und auch ich war leicht geschockt. „Was soll das heißen, das wird nicht passieren?", fragte ich nach. Tom grübelte etwas. Irgendwie schien er nicht so richtig zu wissen, wie er es uns sagen sollte. Doch dann erklärte er mir: „Jonas, wenn du deine Freundin oder deine Frau irgendwann mal betrügen solltest, dann gibt es eigentlich nur zwei Möglichkeiten: Sie wird dich verlassen oder sie wird dir verzeihen, aber niemals wird sie es vergessen." Er schaute zu Sandra: „Gleiches gilt natürlich auch andersherum." Das machte mich nachdenklich. Ein kleiner Fehler sollte Auswirkungen auf das ganze Leben haben? Wenn ich zwei Tage zuvor, bei Carola wirklich schwach geworden wäre, was wäre gewesen? Hätte Sandra mir verziehen? Und wenn ja, hätte das Auswirkungen auf unsere weitere Beziehung gehabt? Als ich so am Grübeln war, bemerkte ich, dass auch Sandra ganz ruhig war. Ich sah sie von der Seite an. Plötzlich drehte sie ihren Kopf zu mir und wir schauten uns in die Augen. Als hätte sie meine Gedanken erraten, sagte sie zu mir: „Wenn du wirklich etwas mit Carola gehabt hättest, es hätte mir das Herz zerrissen." „Habe ich aber nicht", sagte ich zu ihr, lächelte sie an und nahm sie in den Arm. Tom meldete sich wieder zu Wort: „Das ist es, was ich meine. Sandra, du hättest ihm vielleicht irgendwann verziehen, aber das Wissen, dass die beiden etwas zusammen hatten, das würde dich nie mehr loslassen." „Und bei Melanie und Tobi?", fragte ich. Iris fuhr nun fort: „Wenn sie sich wieder versöhnen, wird für den Rest ihrer Beziehung das Damoklesschwert über ihnen hängen." Tom fügte noch hinzu: „Und der Faden, an dem dieses Schwert häng, könnte jederzeit reißen." Während er das sagte, wurde er immer leiser. Sein Blick fiel auf den Tisch, als er noch ganz leise hinzufügte: „Dann ist Schluss, einfach so Schluss." Wir alle sahen ihn an. Man konnte erkennen, dass er in diesem Moment, gedanklich in einer anderen Galaxie unterwegs war. Iris wartete noch einen Augenblick, bevor sie fragte: „Darling, was ist mit dir?" Keine Reaktion. Erst als Iris ihre Hand auf seine Schulter legte, zuckte Tom kurz zusammen, um anschließend den Kopf in die Höhe schnellen zu lassen. „Was?", rief er. Als wolle sie ihn therapieren, legte Iris schnell ihren Arm um ihn und sagte. „Es ist alles gut Darling, ist dir so etwas schon mal passiert?" Tom schaute kurz zu seiner Verlobten, um dann schnell abzulenken: „Ich hoffe, alles wird wieder so, wie es war bei den beiden."

Irgendetwas stimmte nicht mit ihm. Wir waren alle ruhig und ließen ihn erst einmal wieder der Alte werden. Doch das passierte noch nicht. Er grübelte weiter in sich hinein. Schließlich sagte er sehr laut zu mir: „Und wenn Sandra dich in dieser Position auf Carola gefunden hätte, das wäre das Gleiche gewesen, auch wenn gar nichts passiert ist." Wieder glitt sein Blick in Richtung Tisch. So verharrte er auch für die nächsten zwei Minuten. Keiner traute sich etwas zu sagen. Iris strich ihm schließlich irgendwann zärtlich durch das Haar: „Darling, redest du von deiner Ex-Frau?", fragte sie ihn. Er schwieg noch einen Moment. Dann drehte er den Kopf zu Iris und sagte in ganz

ruhigem Ton: „Ich habe sie stöhnen und schreien gehört. Ich ging ins Schlafzimmer und dieser Kerl lag auf ihr. Niemals vergesse ich diesen Anblick." Er
starrte wieder auf den Tisch. Keiner traute sich nun etwas zu sagen. Wie ver-
steinert saßen wir da. Plötzlich sagte Tom: „Ich gehe Bier holen", stand auf
und verschwand.

Selbst als er weg war, sagte niemand etwas. Wir sahen uns nur gegenseitig
an. Es dauerte noch eine ganze Weile, dann sagte Sandra ganz leise: „Der
Arme." Sie sagte nur zwei Wörter, die uns aber aufweckten. „So etwas
möchte ich niemals erleben", flüsterte ich und schaute zu Sandra. Sie lächelte
mich an und legte einfach nur ihren Arm um mich. Nur eine kleine Geste,
aber mit großer Bedeutung. Iris meldete sich nun wieder zu Wort. Sie sah uns
an und fragte: „Ob ich ihn mal zu Mary schicken sollte? Vielleicht kann sie
ihm ja helfen?" „Frag sie am besten gleich", schlug Sandra vor, „dort hinten
kommt sie." Iris und ich schauten in die Richtung, in die meine Freundin
zeigte. Ich sah Mary und Deacon, Hand in Hand angeschlendert kommen.
„Setzt euch!", befahl Iris, als die beiden unseren Tisch erreichten. Sie setzten
sich noch neben Sandra und mich. Im gleichen Augenblick sah ich Tom, mit
zwei Flaschen Bier bewaffnet, aus dem Wohnzimmer kommen. Er schaute
kurz an unseren Tisch und drehte wieder um. Iris begann ohne jegliche Ver-
zögerung, Mary zu berichten, was vor ein paar Minuten geschah. Sie wusste,
dass Tom jeden Augenblick zurückkommen konnte und redete sehr schnell.
Zu schnell für mich.

Tatsächlich kam Tom auch gleich wieder. Nun trug er drei Flaschen des Gers-
tensaftes. Eine davon stellte er an seinem Platz auf den Tisch, die anderen
zwei gab er Deacon und mir. „Was habt ihr eben getuschelt?", wollte er von
seiner zukünftigen Frau wissen. Die lächelte ihn an, lehnte sich zu ihm rüber
und küsste ihn. „Nichts Besonderes, Darling", sagte sie nur kurz und sah zu
mir herüber. Sie schaute auf meine Hand. „Darf ich noch mal?", fragte sie
mich und schaute mich flehend an. Ich nickte. „Mary, schau mal", rief sie zu
ihrer Freundin und kam langsam mit ihrer Hand näher an meine heran. Dieses Mal ging es schon viel schneller als noch auf dem Boot. Sie stöhnte dabei
auch nicht mehr so. Schließlich legte sie ihre Hand auf meine. „Und jetzt, gebt
euch die Hand!", kommandierte Mary. Iris erschrak. Mit einem lauten

„Nein", zog sie blitzartig ihre Hand weg. Man sah die Enttäuschung in ihrem Gesicht. Sie hatte sich insgeheim wohl gewünscht, dass Mary sie loben würde. Doch daraus wurde nichts. Noch bevor Mary etwas sagen konnte, streckte ich meine Hand etwas aus und legte sie, mit der Handfläche nach oben, vor Iris auf den Tisch. „Iris, du schaffst das", feuerte ich sie an. Sie schaute zu mir. „Ich tue dir nichts, nimm meine Hand, du vertraust mir doch", fügte ich noch hinzu. Sie zögerte. Ich sah ihr in die Augen und nickte ihr aufmunternd zu. Und tatsächlich. Langsam bewegte sie ihre Hand nach vorne. Sie schaute dabei abwechselnd zu meiner Hand und in meine Augen. Ich lächelte sie leicht an und… tatsächlich. Sie legte ihre Hand in meine. Sie hielt sie sogar fest und ich erwiderte den Druck. Wir schauten uns in die Augen und lächelten uns an. Und nun endlich, bekam Iris ihre Anerkennung. „Das hast du ganz toll gemacht. Weiter so, du bist auf dem besten Weg", lobte Mary sie.

Langsam zog Iris ihre Hand wieder weg und fiel ihrem Tom in die Arme.

„Das solltest du noch mehr üben", sagte Tom zu seiner Verlobten, die ihn daraufhin fragend ansah. Anschließend richtete er sich an Mary und Deacon: „Hört mal, ich habe mir etwas wegen der Hochzeit überlegt." Hochzeit - das ist ein Wort, bei dem Frauen sofort zuhören, selbst wenn sie tief in einem Gespräch sind. Mary schaute auch sofort zu Tom. „Was hast du dir überlegt?", fragte sie neugierig. Iris hing so dicht neben ihrem Freund, dass man denken konnte, sie wolle ihm jedes Wort, durch das Ohr aus dem Kopf ziehen. Tom begann zu erklären: „Nun ja, es ist doch hier so üblich, dass der Vater der Braut, seine Tochter zum Altar führt und sie dort dem Bräutigam übergibt." Er schaute fragend in die Runde. Nun mischte sich Deacon ein: „Das stimmt, aber weder Iris noch Mary, haben noch einen Vater. Das geht bei uns also nicht." „Aber das können auch gute Freunde oder sonst ein Verwandter machen", meinte Mary. Genau das meine ich", bestätigte Tom und erklärte seinen Plan: „Deacon, du gehst mit Iris nach vorne und bringst sie sie zum Altar. Wenn ihr dort seid, bringe ich Mary nach vorne. Vor dem Alter übergeben wir uns gegenseitig unsere zukünftigen Frauen. Was haltet ihr davon?" Kurzes Schweigen, kurzes Überlegen und alle schienen begeistert zu sein. Vor allem Deacon kam aus dem schwärmen nicht mehr heraus: „Das ist eine großartige Idee, genau das machen wir so." Ein kurzer Blick zu Mary dämpfte seine Euphorie. „Und wie willst du Iris nach vorne bringen? Willst du sie am Stock führen? Oder mit Halsband uns Leine?", meckerte Mary. Doch Tom schien sich auch dafür schon eine Lösung gefunden zu haben. „Iris muss halt noch üben. Aber ich denke, das müsste klappen", erklärte er. „Was muss ich noch Üben?", fragte Iris nach und stellte sich wohl absichtlich dumm, denn selbst ich hatte es kapiert. „Die Hand auf Deacons Arm zu legen", klärte er sie auf. Iris riss die Augen auf. Doch noch bevor sie etwas sagen konnte, fügte Tom hinzu: „…der dann von seinem Smoking bedeckt sein wird." Sie sah Tom an. Dann glitt ihr Blick zu Deacon und von dort zu Mary. Wir alle warteten auf eine Antwort von ihr, als sie plötzlich ihre Hand auf meine legte. Sie schaute mir in die Augen und stellte fest: „Das war gar nicht so schwer bei dir." Dann nahm sie ihre Hand wieder weg und in einem Rutsch legte sie diese auf Deacons. Allerdings nur kurz. Ruckartig zog sie sie auch gleich wieder weg." Mary war begeistert. „Iris, kleines, wie du dich verbessert hast ist toll", schwärmte sie. Iris strahlte: „Ich habe einen sehr guten Lehrer", und legte sich bei diesem in den Arm. Tom hielt sie fest und gab ihr einen zärtlichen Kuss auf die Wange.

Danach wurde noch etwas diskutiert, wie alles genau ablaufen solle. Wo sie sich jeweils treffen sollten, denn der Bräutigam darf die Braut ja vorher nicht sehen. Und noch viele weitere Sachen.

„Was ist eigentlich mit dem deutschen Bier?", fragte ich und schaute Iris und Tom an. „Das hat geklappt", sagte Tom stolz: „Wir haben etwas herumtelefoniert und tatsächlich einen Händler gefunden, der deutsches Bier importiert. Der Abend ist gerettet, Jonas.", fügte er noch lächelnd hinzu. „Apropos deutsch", kam Deacon zu Wort: „Wir grillen abends immer Steaks. Aber Iris erzählte uns, als sie bei dir in Deutschland war, hättest du so tolle Sachen gegrillt. Hättest du nicht Lust, das morgen Abend auch zu machen?" Tom musste überlegen. Er wusste nicht mehr genau, was das war, doch Iris half ihm auf die Sprünge. „Dann müssen wir noch Einkaufen fahren, Honey", teilte er seiner Freundin mit. „Lass uns das gleich machen", sagte diese und die beiden standen auf. „Nehmt ihr uns mit?", hörte ich Sandra fragen. Und so machten wir vier, einen Ausflug in den Supermarkt.

Als wir wieder an unseren Tisch zurückkamen, saßen Carola und Sven am Tisch. Auch Jeanette war schon da. Dafür waren Mary und Deacon verschwunden. Als erstes wollte ich natürlich wissen, wie es unseren Freunden geht. Also fragte ich: „Was machen Melanie und Tobi? Habt ihr sie gesehen?" Kopfschütteln. „Keine Ahnung", erklärte uns Sven, „mich wundert, dass Tobi noch nicht hier ist? Seine neue Flamme kommt doch schon bald." Richtig, die beiden wussten ja noch von nichts. Auch Jeanette hatte von alledem, was sich am Mittag hier abspielte, nichts mitbekommen. Also setzten wir uns zu ihnen und brachten die drei auf den neuesten Stand.

Zwischenzeitlich kamen auch Iris und Tom wieder zu uns und als wir fertig erzählen waren, auch Mary und Deacon. Die zwei brachten noch Nancy und Bill mit. Deacon zog einen Wagen hinter sich her, auf dem sich einige Kühlboxen befanden. Dann waren ja fast alle da. Aber nur fast, denn von Melanie und Tobi gab es immer noch kein Zeichen. So langsam begann ich mir doch etwas Sorgen zu machen. Das sagte ich meiner Freundin auch. „Lass uns nachsehen", schlug sie vor und so gingen wir zur Jugendherberge.

Wir hatten nur noch ein paar Meter zu laufen, als sich die Tür öffnete und die beiden Vermissten herauskamen. Wir blieben stehen und warteten auf sie. Sie liefen einfach nebeneinanderher, als sie zu uns kamen. Fragend sahen wir sie an. „Uns was ist?", wollte ich endlich wissen. Sie grinsten uns an und nahmen sie gegenseitig in den Arm. „Wir wollen es noch einmal versuchen", teilte uns Melanie lächelnd mit. Gott sei Dank, das ging wohl gerade noch mal gut. Aber da war ja noch dieses Damoklesschwert, von dem Iris sprach. Mal sehen, wie lange der Faden es halten würde.

Als wir wieder zurückkamen, qualmte der Grill schon. Wir setzten uns zu Carola und Sven an den Tisch. Sie lag in seinem Arm. Auch Tobi und ich nahmen unsere Mädchen in den Arm. Nun waren wir wirklich drei richtige Paare. Und was wir in der vergangenen Woche erlebt hatten, das sollte sich nicht mehr wiederholen. Sandra meinte, dass wir darüber reden sollten. „Wir dürfen nicht so tun, als wäre wieder alles in Ordnung. Es hat Wunden gegeben, und die werden nur langsam verheilen", meinte sie. Und wirklich - nach dem Essen zogen wir uns zurück und diskutierten über die letzte Woche. Es kam mir schon fast wie eine Gruppentherapie vor. Wir luden sogar Mary dazu ein und redeten den ganzen Abend. Aber dieses Gespräch, schweißte uns sechs zusammen. Spätestens von diesem Moment an, waren wir richtig dicke Freunde.


Der nächste Morgen begann, wie die vergangenen auch - mit Frühsport. Aber es war Samstag. Wir hatten also den ganzen Tag für uns und so gingen wir, nach dem Frühstück, an den Strand. Klamotten waren verboten. Diese Anweisung kam, wie hätte es auch anders sein können, von Carola. Wir machten einen Strandspaziergang, lagen einfach nur im Sand und redeten oder gingen ins Wasser. Iris hatte uns erlaubt, auch mal ohne Deacon schwimmen zu gehen, da sie uns alle für vernünftig hielt. Nach dem Strand gingen wir in den Fitnessraum und trainierten bis zum Mittagessen. Während des Essens erzählte Iris, dass sie und Tom, rüber auf Toms-Island fahren würden und lud uns alle dazu ein, was wir auch dankend annahmen.
Diese Insel war richtig schön. Absolut natürlich. Keine Häuser, keine Autos, aber auch keine Straße dorthin. Man konnte sie wirklich nur mit einem Boot erreichen. Und obwohl alles natürlich war, gab es keinen Wildwuchs. Es war alles sehr gepflegt. Iris erzählte uns, dass sie eine Gartenbaufirma beauftragt hatte, dort hin und wieder für Ordnung zu sorgen. Und trotzdem störte etwas. Ich fragte unsere Gastgeberin: „Iris, hier ist alles so natürlich. Aber was ist das dort für eine Hütte? Die passt hier überhaupt nicht hin." Iris nickte und erklärte: „Mein Vater ließ damals zu Iris-Island Stromkabel, Wasser- und auch Abwasserrohre verlegen. Da er diese Insel hier, eigentlich für mich gedacht hatte, ließ er gleiches auch auf diese Insel verlegen. Die Hütte ist eine Übergabestation dafür." Auch nicht schlecht. Eine einsame Luxusinsel. Sven dachte praktisch. „Tom, wenn dich Iris irgendwann von ihrer Insel wirft, dann kannst du hier ein Haus bauen", schlug er vor und lachte. „Das wird niemals geschehen", prophezeite Iris und nahm ihren Tom in den Arm. Doch Tom grübelte. Er schaute nach vorne und nach hinten. Nach links und rechts, bis er schließlich sagte: „Er hat recht." Iris sah ihn verwundert an. „Du willst von mir weg und hierhin ziehen?", fragte sie verwundert. Nun musste Tom

lachen und erklärte seinen Plan: „Nein Honey, nicht von dir weg, aber stell dir mal vor, hier würde eine Holzhütte stehen. Direkt am Meer. Der Strand ist weiter dort unten. Wir würden hier sitzen, auf unserer Veranda. Nur wir beide. Wir würden aufs Meer hinaussehen und gemütlich eine Flasche Wein trinken." Man merkte deutlich, wie er ins Schwärmen geriet. Iris überlegte. Auch sie sah nun in alle Richtungen, bevor sie sich vor Tom stellte und feststellte: „Das ist eine hervorragende Idee." Auch sie kam immer mehr ins Schwärmen. Tom nahm seine Iris in den Arm und machte ihr einen Vorschlag: „Honey, auch wenn es dir vielleicht schwerfällt, wie wäre es, wenn du die große Yacht deines Vaters verkaufst und dafür lieber noch eine kleine anschaffst. Wenn wir öfters hierherfahren, brauchen wir noch eine Zweite." Iris sah ihm in die Augen und nickte nur. Sie sagte nichts. Aber sie wusste wohl auch, dass Tom Recht hatte.

Am späten Nachmittag fuhren wir wieder zurück zu Iris-Island. Unser Grillabend sollte um acht Uhr beginnen und Tom musste noch Vorbereitungen treffen. „Können wir dir helfen?", fragte Sandra ihn. Tom dachte kurz nach und war begeistert von unserer Hilfsbereitschaft. Er erklärte uns genau, was wir zu tun hatten und so waren wir zu acht viel schneller fertig. Wir machten Putenröllchen im Schinkenmantel, Käse-Griller in Bacon und Ofenkartoffeln mit Sourcream. Bereits am Morgen hatte Tom eine große Schüssel Nudelsalat vorbereitet und Bauchfleisch in Kräutermarinade eingelegt. „Mary hat noch einen Kartoffelsalat gemacht", erklärte er uns anschließend. „Heute Abend wir grillen", teilte uns Iris plötzlich auf Deutsch mit. Völlig überrascht schauten wir sie an, aber Tom der Spielverderber, musste sie korrigieren: „Heute Abend grillen wir, heißt das." Iris lächelte und hängte sich dicht vor Toms Gesicht. Ebenfalls auf Deutsch, sagte sie: „Deutsche Sprache ist schwer", und klatschte ihm einen Kuss auf den Mund. Wir mussten alle lachen. Stimmung hatten wir schon mal. Der Grillabend konnte kommen."

Am Abend feuerte Tom den Grill an. Natürlich musste Deacon dabeistehen und nachsehen, dass Tom auch alles richtig machte. Und das tat er natürlich nicht. Zumindest war das Deacons Meinung. „Mehr Kohle", rief er: „wie willst du denn damit Hitze bekommen. Ihr Deutschen könnt noch nicht einmal grillen." Tom schnaufte wütend. „Der Deutsche will die Pute grillen, nicht einäschern", rief er laut zurück. Jetzt mischte sich auch Bill ein. „Würdest du weniger Kohle nehmen, dann würden wir beim Kauen auch nicht stauben", sagte er zu Deacon und ergänzte: „Geh Bier holen, das kannst du wenigstens nicht verbrennen." „Gute Idee", sagte Tom. „und komm erst wieder, wenn ich fertig bin." Kaum war Deacon weg, griff Tom neben sich in die Kühltasche und holte zwei Flaschen, des blonden Saftes heraus. Bill stand schon mit dem Öffner parat. „Der wird sauer sein, wenn er kommt", stellte er fest. Doch Tom wusste: „Bis der kommt, sind die hier leer, Cheers." Die beiden stießen an und leerten die Pullen fast in einem Zug. Und tatsächlich - als Deacon ankam, waren die Flaschen leer und sogar schon weggeräumt. Das Grillen ging wirklich schnell. Nach nur ein paar Minuten war alles fertig und es schmeckte hervorragend. Das sagte ich dem Grillmeister auch: „Tom, das Essen ist superlecker, woher hast du die Rezepte?" Tom überlegte kurz und teilte mir anschließend mit: „Keine Ahnung. Ich habe über die Jahre hinweg, immer wieder Grillrezepte gesammelt." „Wirklich lecker", sagten auch die anderen. „Ich dachte, es muss ja nicht immer Fleisch sein, man kann ja auch mal Pute essen", scherzte Tom und Deacon bestätigte: „Stimmt, Pute ist für Männer kein Fleisch." Als wir mit dem Essen fertig waren, war es bereits dunkel. Das war das einzig schlechte an diesem Urlaub. Es wurde später hell und früher dunkel als in Deutschland.

Ich sah auf die Uhr, die über dem Terrassentisch hing. Dabei bemerkte ich, dass Tom schon die ganze Zeit über, am Grübeln war. Plötzlich drehte er sich zu Iris. „Honey, wie viele von diesen Jutekleidern hast du?", wollte er von ihr wissen. Iris grinste: „Acht Stück", sagte sie: „Warum? Willst du eins?" Tom ging auf die Frage seiner zukünftigen Frau nicht ein. „Und wieviel Gürtel?", fragte er nach." „Auch acht, aber alle in verschiedenen Farben", gab sie zur Antwort. Tom grinste scheinbar zufrieden in sich hinein. „Warum willst du das Wissen, Darling?" Iris schaute ihren Freund fragend an. „Nur so, Honey. Ich erkläre es dir später", brummelte er und grübelte weiter.

„Deacon, begleitest du uns an den Strand? Wir wollen zum Nacktbaden." Sven war es diesmal, der Deacon aufforderte den Aufpasser zu machen, wobei er das Wort Nacktbaden gar nicht hätte zu sagen brauchen. Wir jungen

Leute hatten ja sowieso nichts an. „Ich gehe mit euch", hörten wir plötzlich eine Stimme. Jeanette stand neben uns und zog sich gerade ihr knappes Höschen aus. „Ich gehe auch mit", sagte Tom, der wohl mit seinen Überlegungen fertig war, und fragend zu seiner Iris sah. Diese nickte, stand auf und plötzlich waren auch alle Erwachsenen dabei. Das bisschen Kleidung, dass sie noch anhatten, wurde auf den Bänken verteilt und geschlossen rannten wir zum Strand.

Auch dieses Mal plantschten wir nur irgendwie sinnlos im Wasser herum. Aber an diesem Abend waren wir etwas länger dort. Immerhin hatten wir schon eine Woche hinter uns. Somit waren in zwei Wochen unsere Ferien schon wieder zu Ende. Und wer weiß - vielleicht würden wir nie mehr hierher zurückkommen. Vielleicht würden wir überhaupt nicht mehr nach Amerika kommen. Rückblickend auf die vergangene Woche, konnten wir allerdings nur hoffen, dass die restliche Zeit besser werden würden. Dass wir dort solche Beziehungsprobleme haben würden, hätte wohl keiner von uns gedacht. In Anbetracht der Tatsache, dass wir uns auf dieser Insel sehr verändert hatten, war aber nicht damit zu rechnen, dass die kommenden Tage besser laufen würden.

Als ich so vor mich hin grübelte, spürte ich plötzlich einen Druck auf meinen Kopf und verschwand unter Wasser. Als ich wieder auftauchte, stand Sandra lachend neben mir. Wo bist du denn schon wieder mit deinen Gedanken?", fragte sie mich. Ich lachte nicht mit. Stattdessen ging ich einen Schritt auf sie zu, umarmte sie und sagte: „Sandra, ich liebe dich so. Ich möchte für alle Zeit mit dir zusammen sein." Nun wurde auch Sandra ernst. „Das möchte ich auch", hauchte sie mir ins Ohr, gefolgt von einem sehr langen Kuss. „Komm!", forderte mich Sandra plötzlich auf, nahm meine Hand und zog mich zum Strand. Sie legte sich vor mir in den Sand und sah mich fordernd an. Ich legte mich neben sie und schaute ihr in die Augen. Sandra erwiderte meinen Blick und säuselte: „Hier hatten wir letzte Woche unser ‚Erstes Mal', lass es uns wiederholen." Ich schaute den Strand entlang. Niemand war mehr zu sehen. Ich sah in die andere Richtung. Auch dort war keiner. Verwundert fragte mich Sandra: „Wovor hast du denn Angst? Letzte Woche waren wir zu sechst hier und es hat dir nichts ausgemacht." Ich lächelte sie Liebevoll an. Natürlich hatte sie recht. Ich wusste zwar nicht, wie man ein erstes Mal wiederholen könnte aber ich wusste, was meine Verlobte meinte. Bevor ich die Romantik noch völlig zerstörte, legte ich mich halb auf sie und küsste sie zärtlich und lange.

„Wir dürfen nicht wieder einschlafen", erklärte mir Sandra anschließend. Sie lag völlig außer Atem neben mir und sah zum Sternenhimmel. Sie drehte den Kopf in meine Richtung. „Das machen wir jetzt jeden Samstagabend", meinte sie und grinste mich, noch immer schnell atmend, an. Mein Opa erzählte mir einmal, dass man sich früher, am Samstagabend auf das wöchentliche waschen freute. So ändern sich wohl die Zeiten.

Wir rappelten uns auf und liefen langsam wieder zu den anderen zurück. Als wir ankamen stellten wir fest, dass Tom und die Inselfrauen nicht da waren. Deacon und Bill saßen bei einer Flasche Bier zusammen. Melanie und Tobi sowie Carola und Sven saßen am anderen Tisch und waren auf Kuschelkurs. „Wo sind denn die Frauen und Tom?", wollte ich von Deacon wissen, als wir an ihrem Tisch vorbeikamen. „Tom ist mit unseren Frauen ins Schlafzimmer verschwunden", meinte Deacon. Ich schaute auf die Bank. „Ihre Hosen liegen noch alle hier", stellte ich fest. „Ja, genau", brummte Bill mürrisch und setzte die Flasche an. „Eifersüchtig?", fragte ich Bill und lachte. Eigentlich wollte ich die Situation etwas auflockern, doch die Blicke von Bill töteten mich fast. „Lass uns nachsehen", schlug Sandra vor und so gingen wir ins Haus. Deacon sagte, sie wären ins Schlafzimmer gegangen. Doch wo war das? „Hier unten kann es nicht sein, hier kennen wir jeden Raum", stellte Sandra fest und so gingen wir hinauf. Wir hatten Glück. Bereits hinter der ersten Tür, hörten wir Frauengelächter. Wir klopften und nach einem kurzen aber deutlichem „Ja", gingen wir ins Zimmer. „Hallo, ihr beiden", wurden wir von Iris begrüßt. Wir schauten uns um. Iris hatte ein Jutekleid an und verteilte die gleichen Kleider an die anderen Frauen. Jeanette zog ihres gerade an. Bei Nancy staunten wir nicht schlecht - ihre Hochsteckfrisur war verschwunden. Stattdessen hingen ihre langen Haare herunter und Tom ließ gerade eine Bürste hindurchgleiten. Auch Marys Pferdeschwanz war nicht mehr da. Sie trug das Haar nun offen. Nach und nach schlüpften die Frauen in die Kleider, die Iris ihnen gegeben hatte." Tom, der Nancys Haare fertig gebürstet hatte, verteilte unterdessen die Gürtel. Jede bekam eine andere Farbe. Und plötzlich standen die Frauen in einer Reihe vor uns. Iris hatte sich gar nicht verändert, da sie fast immer so herumlief. Jeanette sah in Iris Kleid toll aus. Nancy und Mary hatten sich sehr verändert. Was eine Frisur und eine andere Kleidung ausmachen können. Tom drehte sich zu uns herum und fragte: „Und? Wie gefallen euch die Frauen?" Mehr als ein „Wow", bekam ich allerdings nicht heraus. Vier hübsche Frauen im Partnerlook, was sollte ich dazu auch sagen.

„Darling, wir brauchen noch zehn Minuten, dann kommen wir", teilte Iris ihrem Verlobten mit. Sie wollten noch etwas üben, sagte sie. Was das war, erzählte sie uns nicht. Tom jedoch schmunzelte und befahl Sandra und mir: „Kommt, lasst uns nach unten gehen!"

„Da bist du ja endlich", rief Deacon, als wir wieder zu den anderen zurückkamen. „Wo sind die Frauen?", wollte Bill wissen. „Die kommen gleich, mit einer kleinen Überraschung", teilt Tom mit. Eine Überraschung würde es für die beiden wohl werden. Nancy und Mary waren zwar hübsche Frauen, aber ihre Frisuren und die Kleidung, die sie immer trugen, waren nicht sehr vorteilhaft. Tom nahm sich ein Bier und setzte sich zu den zwein. Sandra und ich, setzten uns zu unseren Freunden. Kuscheln war bei uns allerdings nicht angesagt. Viel zu neugierig, waren wir auf die Gesichter von Deacon und Bill, wenn sie ihre Frauen sehen würden. Wir redeten auch nicht, sondern beobachteten immer wieder Tom. Dieser wiederrum sah ständig zur Terrasse. Dann, nach einiger Zeit, nickte Tom, stand auf und ging in Richtung Haus. Auf einmal hörten wir leise Country-Music und Tom rief: „Hier sind eure Frauen." Nacheinander kamen Iris, Mary, Nancy und Jeanette eingelaufen. Kaum am Tisch angekommen, ertönte Laut das Lied „Bop" von Dan Seals. Ein richtiges Gute-Laune-Lied, zu dem die Frauen nun vor den Männern, ihren Line-Dance tanzten. Es sah einfach umwerfend aus, was die vier dort absolvierten. Längst waren auch wir jungen Leute dazugekommen. Deacon und Bill fielen fast die Augen aus dem Kopf.

Als das Lied zu Ende war, drehte Tom die Musik wieder leiser und kam ebenfalls zu uns. Er setzte sich mit Iris an den Tisch. Auch Jeanette kam dazu. Nancy und Mary hingegen, blieben noch einen Augenblick vor ihren Männern stehen und ließen sich bewundern. Weder Deacon noch Bill sagten ein Wort. Sie starrten immer nur die Frauen an, die nun wohl zu Teil zwei der Überraschung übergingen. Zeitgleich zogen sie sich erst den Gürtel aus, danach das Kleid und warfen sie über die Rückenlehne der Bank. beide Frauen trugen nichts darunter. Mary hielt Deacon die Hand entgegen und erklärte ihrem zukünftigen Ehemann, mit einer unglaublichen Sexy-Stimme: „Komm mit Süßer, das Bett wartet." Deacon sagte immer noch nichts. Ich konnte noch erkennen, dass er schluckte. Dann stand er auf und die beiden gingen Hand in Hand, den schwach beleuchteten Weg zu ihrem Haus entlang. Sie verabschiedeten sich noch nicht einmal. „Na, ob die beiden es noch bis nach Hause schaffen?", scherzte Tom leise. Dann sahen wir alle zu Nancy. Auch sie hielt ihrem Mann die Hand hin und hauchte ebenso sexy: „Komm mit, deine Prinzessin möchte verwöhnt werden." Auch die zwei liefen den Weg hinunter, bogen dann allerdings in den Weg ab, der zum Strand führte.

Nun war es still. Nur leise Musik war im Hintergrund zu vernehmen. Plötzlich strich Melanie ihrem Tobi mit der Hand über den Oberschenkel und flüsterte ihm zu: „Was ist mit deiner Prinzessin? Willst du die nicht auch verwöhnen?" Tobi sprang auf: „Gute Nacht, bis morgen", rief er uns zu, nahm seine Melanie an die Hand und lief los. „Wartet auf uns", rief Carola ihnen nach und rannte, zusammen mit Sven, hinter ihnen her."

Nun waren wir fünf noch alleine am Tisch. Tom und Iris auf der einen Seite, Sandra und ich auf der anderen. Neben Tom saß noch Jeanette. „Was ist mit dir?", fragte mich Tom: „Willst du deine Prinzessin nicht auch verwöhnen?" Sandra lächelte, legte ihren Arm um mich und ihren Kopf auf meine Schulter. „Das hat er heute Abend schon", teilte sie den dreien mit zarter Stimme mit. Iris Gesicht wurde ernst. Sie sah ihren Tom an „Dann haben heute Abend wohl alle Paare Sex, nur wir beide können nicht", säuselte sie schon fast mitleidsvoll und gab ihrem Tom einen Kuss auf die Wange. Der lächelte seine Freundin nur an und nahm sie in den Arm.

„Dann gehe ich auch mal nach Hause", teilte uns Jeanette mit. Sie zog ihr Kleid über den Kopf und hing es ebenfalls über die Lehne. Ihre Stimme hörte sich etwas neidisch an. Auch Tom schien dies gemerkt zu haben. Er legte seinen Arm um sie und sagte liebevoll: „Jeanette, auch dein Prinz wird irgendwann kommen." Die beiden umarmten sich und gaben sich einen Kuss zum Abschied. Dann ging sie. Tom sah ihr noch einen Augenblick hinterher. „Sie tut dir leid, oder?", fragte ich ihn. Tom nickte: „Ja, Jeanette ist eine tolle Frau. Sie hätte einen Freund verdient." Kurze Zeit wurde es still. Plötzlich sagte Iris: „Du kannst keinen Sex haben und Jeanette auch nicht." Sie machte eine kurze Pause. Sie sah Tom ernst an und fuhr fort: „Darling, wenn ihr nochmal zusammen schlafen wollt, dann macht das. Ich werde nicht sauer sein. Ich hätte dafür Verständnis." Tom viel beinahe die Bierflasche aus der Hand. Er wollte gerade einen Schluck trinken, als er diese Worte vernahm. Auch Sandra und ich staunten nicht schlecht über diese Worte. „Tom drehte sich zu ihr und klärte sie auf: „Honey, ich habe es dir schon ein paar Mal gesagt, Sex muss nicht unbedingt sein. Ich habe dich, und das alleine macht mich schon zu einem sehr glücklichen Menschen." Er gab ihr einen Kuss, doch man sah, dass Iris mit dieser Situation nicht zufrieden war. Ich jedoch hatte ein Wort gehört, welches ich genauer erklärt haben wollte. „Tom, was heißt ‚nochmal' mit Jeanette schlafen?", fragte ich ihn. Ich deutete abwechselnd auf ihn und in die Richtung, in die Jeanette lief. Tom und Iris sahen sich kurz an. Anschließend erzählten sie uns die ganze Geschichte, die sich im Winter abspielte. Jeder der beiden erzählte seine Geschichte. Wie er sie erlebt hatte. Was er dachte und fühlte. Die Zeit der Trennung und der Schmerzen. Sie redeten und redeten. Nichts schienen sie auszulassen. Sandra und ich hörten ihnen aufmerksam zu. Was sie erzählten, klang schon fast wie ein Märchen. Und eines konnte man deutlich heraushören - wie sehr sie sich wirklich liebten.

Ihre Geschichte war so interessant, dass wir völlig die Zeit vergaßen. Ich schaute auf die Uhr auf der Terrasse. Es war bereits ein Uhr nachts. Ich sah zu Sandra. „Wir werden Ärger bekommen", sagte ich zu ihr und sah hilfesuchend zu Iris. Diese beruhigte uns aber. „Ihr könnt heute Nacht in unserem Gästezimmer schlafen", teilte sie uns mit und kuschelte sich eng an Tom. Er beantwortete uns auch noch ein paar Fragen, die wir hatten. Iris sagte nichts mehr. Bestimmt zehn Minuten saß sie nur da und schien in Gedanken zu versinken. Plötzlich stand sie auf und zog ihr Kleid aus. Auch sie hängte es über die Rückenlehne der Bank. Nackt stand sie nun daneben. Schnell atmend sah sie Tom an. Schließlich streckte sie ihm beide Hände entgegen und sagte „Komm! Ich will es versuchen." Tom nahm ihre Hände, stand auf und stellte sich vor sie. „Darling, du musst…", wollte er irgendetwas erklären, doch Iris ließ ihn nicht ausreden. „Wir beide gehen jetzt nach oben und wir werden zusammen schlafen. Los komm!", befahl sie und zog ihn mit. „Macht bitte die Tür zu, wenn ihr ins Bett geht", rief er noch, bevor sie im Haus verschwanden.

„Dann sollten wir jetzt auch ins Bett gehen", schlug ich Sandra vor. Sie lächelte mich an: „Wenn wir heute Abend nicht schon hätten, dann…" „Ich bin fit", teilte ich ihr grinsend mit. Wir standen auf, gingen ins Haus und schlossen die Tür hinter uns. Dann gingen wir ins Gästezimmer.


Am nächsten Morgen wurde ich von einem lauten Knall geweckt, dem ein genauso lautes, in Deutsch geschrienes, „Scheiße", folgte. Langsam stand ich auf. Sandra schlief noch tief und fest. Ich ging aus dem Zimmer und sah Tom einige Scherben aufkehren. „Hab ich dich geweckt?", fragte er, „Tut mir leid. Ich bin es nicht gewöhnt, dass wir Gäste haben." „Nein, ist schon gut", sagte ich und ließ meinen Blick nach einer Uhr suchen. Es war bereits neun Uhr, stellte ich fest, nachdem ich eine gefunden hatte. So langsam wurde ich auch wach. „Was machst du hier?", fragte ich ihn, während ich mir die Augen rieb. „Das Frühstück", bekam ich zur Antwort. Ich sah auf die Terrasse hinaus. Der Tisch war bereits gedeckt. Drei Teller standen dort, der Vierte wanderte gerade in den Müll. „Und Tom? Erzähle. Was war heute Nacht noch?", wollte ich von ihm wissen. Er fing an zu grinsen, drehte sich herum und nahm einen weiteren Teller aus dem Schrank. Immer noch breit grinsend, lief er an mir vorbei und stellte den Teller auf den Terrassentisch. Auf dem Rückweg legte er seine Hand auf meine Schulter und sagte: „Jonas, ich bin froh, dass du nicht zu den neugierigen Leuten zählst." Dann ließ er mich stehen und ging zum Kühlschrank. Manchmal konnte einem dieser Mann verrückt machen. „Tom, entweder erzählst du jetzt was war, oder ich platze vor Neugierde", teilte ich ihm mit. Wieder grinste er. Er kam zu mir, legte erneut seine Hand auf meine Schulter und sagte: „Okay, wenn das so ist." Er machte eine kurze Pause, sah mir in die Augen und meinte: „Dann platze." Anschließend ließ er mich einfach stehen und holte Wurst und Käse aus dem Kühlschrank. Manchmal war es schon schwer, ihm nicht an die Kehle zu gehen.

„Guten Morgen", hörte ich plötzlich eine Stimme hinter mir. Ich drehte mich um. Sandra stand vor mir und gab mir einen ihrer berüchtigten Vor-dem-Zähneputzen-Küsse. „Und was ist? Hast du ihn schon gefragt?", wollte sie wissen und deutete zu Tom. Ich nickte ihr zu: „Das habe ich, bekomme aber keine Antwort." Sandra lächelte: „Lass das mal eine Frau machen." Sie wollte gerade zu Tom gehen, als Iris in die Küche kam. Ohne ein Wort zu sagen, ging sie zu Tom und gab ihm einen langen und intensiven Kuss. „Du bist der Wahnsinn", hörten wir sie anschließend noch sagen, bevor sie auf die Terrasse ging und sich an den Tisch setzte. „Kommt Frühstücken!", forderte uns Tom auf. „Wir kommen, Wahnsinn", sagte ich grinsend als ich an ihm vorbei ging, was mir allerdings einen Tritt in den Hintern einbrachte.

Während des Frühstücks sagte Iris kaum ein Wort, aber immer wieder blickte sie total verliebt und lächelnd zu Tom. Gerade ins Brötchen gebissen, ging ihr Blick wieder zu ihm. Tom stand plötzlich auf: „Es tut mir leid, aber ich müsste mal dringen wohin", teilte er uns mit und verschwand. Kaum war er weg, fing Iris zu reden an. „Es war heute Nacht der Wahnsinn", teilte sie uns mit und erzählte weiter. „Ich hatte solche Angst vor dem Sex, aber Tom war so einfühlsam und zärtlich. Es hat mir richtig Spaß gemacht und…" Und Iris erzählte. Jede Kleinigkeit, die wir nicht so wirklich wissen wollten, bekamen wir beschrieben. Angefangen beim Vorspiel. Wie Tom sie gestreichelt hatte, bekamen wir teilweise noch an ihren Brüsten demonstriert. Bis hin zum Eindringen und die Gefühle, die sie dabei empfand. Sie stöhnte schon fast, als sie so am Erzählen war, und demonstrierte an meinem Arm, wie zärtlich Tom sie gestreichelt hatte. Ich nahm eine Serviette, breitet sie aus und legte sie mir auf den Schoß. Sandra schaute dorthin. „Das macht man doch so beim

Essen", erklärte ich ihr. Sie grinste nur und schaute wieder zu Iris, die immer noch am Schwärmen war.

Tom kam wieder zurück. „Was machen wir heute noch?", fragte er in die Runde. „Wir gehen ins Bett", schoss es aus Iris heraus. Wir alle mussten lachen, doch Sandra fand diesen Vorschlag toll. „Ja, komm Schatz, wir legen uns noch ein bisschen hin", meinte sie und wollte mich mitziehen. Eigentlich waren wir alle längst fertig mit dem Essen, aber aufstehen wollte ich im Moment noch nicht. Ich schenkte mir noch etwas Saft ein und sagte zu Sandra: „Ich habe noch ein bisschen Durst." Natürlich wusste Sandra, warum ich nicht aufstehen wollte. Sie drängte mich auch nicht mehr und ließ mich in aller Ruhe das Glas leertrinken. Ein paar Minuten später, gingen Iris und Tom nach oben und Sandra und ich gingen tatsächlich wieder ins Bett. „Hat dich ihre Erzählung genauso angemacht wie mich?", fragte mich meine Partnerin. Sie wartete jedoch keine Antwort ab, sondern hauchte die Sätze von Iris nach, wobei ihr Körper das machte, was ihr Mund erzählte.

Irgendwann gingen wir aus dem Zimmer. Niemand war da. „Die liegen auch noch im Bett", sagte Sandra lachend. „Iris hat wohl jetzt ein neues Hobby", flüsterte ich ihr zu. Wir beschlossen, uns etwas auf die Terrasse zu setzen. Schon vom Wohnzimmer aus konnte man sehen, dass der Terrassentisch abgeräumt war. Seltsam, denn nach dem Frühstück, ließen wir alles stehen und liegen. Als wir draußen waren, sahen wir den Grund. Es lag ein, in Deutsch geschriebener Zettel auf dem Tisch. „Endlich voneinander losgekommen? Wir sind zum Mittagessen in der Herberge." Wir hatten so spät gefrühstückt, dass wir noch gar keinen richtigen Hunger hatten und somit gar nicht bemerkten, wie die Zeit verging. „Ich muss jetzt nichts essen", sagte Sandra. Ich war ebenfalls nicht hungrig, und so beschlossen wir, am Terrassentisch auf die Rückkehr von Iris und Tom zu warten.

Lange saßen wir nicht, als die beiden zurückkamen. „Na, heute keinen Hunger?", fragte uns Tom, als er am Tisch ankam. Wir schüttelten die Köpfe. „Was macht ihr heute?", wollte Sandra von den beiden wissen. Iris strahlte und meinte: „Wir fahren etwas mit der Yacht raus und machen…" „Honey, so genau wollen es die zwei gar nicht wissen", unterbrach Tom sie. Doch wir verstanden schon, was sie meinte. „Schade", sagte ich, „ich dachte, wir könnten mitfahren." Tom sah Iris an und überlegte kurz. „Honey, wir können auch heute Abend noch", erklärte er ihr. Iris nickte und Tom sprach zu uns: „Und ihr beide hattet ja in den letzten Stunden genug Sex." Fragend schauten wir ihn an. Er klärte uns auf: „Ihr seid dabei ja laut genug." Die zwei hatten uns gehört? Das war nun doch etwas peinlich. Ich sah zu Sandra. Sie war rot wie eine Ampel. Mir ginge es in diesem Moment wohl genauso. „Nicht schlimm, ist natürlich", brummelte Tom und ging ins Haus.

Den Mittag verbrachten wir auf der Yacht. Es geschah an diesem Tag nichts Besonderes. Wir unterhielten uns und machten ein Picknick. Nur eines blieb mir noch gut in Erinnerung. An diesem Mittag schmiedete Tom einen Plan. Er erklärte: „Ich habe heute einstimmig beschlossen, dass der Line-Dance der Frauen, an der Hochzeitsfeier wiederholt wird. Aber dieses Mal machen auch die Mädchen mit." Er wollte, dass sie ihn lernen. Sandra war begeistert. „Und wenn ich es kann, dann bringe ich es dir bei", erklärte sie mir grinsend.


Die beiden Wochen danach gingen tatsächlich ohne Krach und Eifersuchtsszenen vorüber. Sandra und ich unternahmen viel mit Melanie, Carola, Tobi und Sven. Aber auch mit Iris und Tom hingen wir viel herum. Iris hatte immer wieder meine Hand gehalten und geübt. Sie hatte solch ein Vertrauen zu mir aufgebaut, dass ihre Übungen sogar weit über das Händehalten hinaus gingen. So konnten ich sie am Ende sogar in den Arm nehmen. Einmal kam sie sogar zu mir und umarmte mich.

Die Mädchen lernten abends zwei Stunden, meist am Strand, den Line-Dance. Mary unterrichtete sie darin. Okay, um etwas zu lernen braucht man Zeit, aber jeden Abend zwei Stunden lernen, für einen einzigen Tanz, erschien mir etwas viel. Wir durften aber auch nicht dabei sein. Sie wollten alleine üben. Aber das war uns auch ganz recht. Wir hatten nämlich mit Deacon ausgemacht, dass er uns trainieren sollte. Wir wollten die Mädchen am letzten Tag herausfordern und sie im Beachvolleyball schlagen. Tom, Deacon und wir drei Jungs, fuhren dazu immer auf Toms-Island. Dort hatten wir am Strand eine Netzt aufgebaut. Wir konnten es die ganzen zwei Wochen dort lassen und keiner sah es.

Und auch im Unterricht lief alles reibungslos. Jeanette war sehr zufrieden mit uns. Sie konnte aber auch gut erklären. Genau wie Tom, der auch gelegentlich dabeisaß und aushalf, wenn Jeanettes Deutschkenntnisse versagten. Dieser Englischkurs war etwas völlig anderes als das langweilige Geplapper unseres Lehrers zu Hause. Das Lernen mit wechselnden Partnern, hatten wir ebenfalls wieder aufgenommen, allerdings in die Abendstunden verlegt. Und wir saßen so dicht beieinander, dass wir uns zwar alle noch gut sehen aber nicht mehr hören konnten.

Dann kam der letzte Schultag. Jeanette und Tom waren beide anwesend und hörten uns ab. Sogar Iris saß in einer Ecke und wartete gespannt darauf, ob ihr Projekt ein Erfolg werden würde. Aber dieses Mal half uns keiner. Kein deutsches Wort durfte uns an diesem Tag über die Lippen kommen. Kein Spaß war erlaubt. Das war bei weitem der schlimmste Tag im ganzen Englischkurs. Wir waren froh, als es endlich Mittag wurde und wir zum Essen gehen konnten. Jeanette und Tom waren allerdings bei diesem Essen nicht dabei. Wo waren sie? Wir wussten es nicht. Wir stellten auch sämtliche Überlegungen ein. Der Kopf rauchte uns schon genug. Und das sollte am Mittag nochmal zwei oder drei Stunden so gehen? Wir waren alle ziemlich platt. Mit Mühe und Not, schaufelten wir unser Mittagessen in uns hinein. Erst als wir fertig waren, kamen auch Jeanette und Tom zu uns. Sie setzten sich, während Nancy und Bill den Tisch abräumten. Mary und Deacon gingen nach Hause. Erst als die vier weg waren, fing Tom zu erzählen an. Er sprach in Deutsch. „Wisst ihr was Prüfungsangst ist?", wollte er wissen. Wir nickten. Natürlich wussten wir das. Eine Klassenarbeit ist immer anstrengender, als wenn ich die gleichen Aufgaben zu Hause machen würde. Eine Prüfung ist noch mal etwas Anderes. Alleine das Wissen, dass es sich um eine Prüfung handelt, macht die Aufgaben schwerer. Tom fuhr fort: „Das wollten wir euch heute ersparen. Das heute Morgen war eure Abschlussprüfung." Wir waren entsetzt. Unsere Münder standen offen. Das konnten sie doch nicht mit uns machen, uns, ohne jegliche Vorbereitung, zu testen. Tom sah unser Entsetzen und erklärte: „Wir kennen euch und wir wissen was ihr könnt. Deshalb war die Prüfung nicht schriftlich, sondern wir haben euch gezielt mündlich abgefragt." Er machte eine Pause. Nacheinander sah er jeden einzelnen von uns an. Dann öffnete Jeanette eine Mappe und holte mehrere Zettel heraus, die alle nochmal in einer Klarsichthülle steckten. Tom machte weiter: „Sven und Tobi, eure Prüfungen waren leider nicht so gut." Er machte eine böse Miene. Mit den Worten: „Bei euch hat es leider nur zu einer zwei-plus gereicht", übergab er den beiden ihre Zertifikate. Nur zu einer zwei-plus? Das waren doch hervorragende Noten, im Vergleich zu vorher. Bevor wir Tom kennen lernten, standen wir alle auf einer Fünf. Weiter konnte ich nicht überlegen, da Tom fortfuhr: „Alle anderen haben eine glatte eins. Herzlichen Glückwunsch." Allgemeines Gejubel folgte, während Tom uns die Zertifikate überreichte." Iris bat aber nochmals um Ruhe. Sie begann eine Rede zu halten: „Das war es dann. Das war euer Englisch-Crashkurs auf Iris-Island. Ihr habt sehr gut mitgemacht und sogar nach dem Unterricht freiwillig noch gelernt. Mit diesem Zertifikat werdet ihr nun an euren Gymnasien, an denen ihr euch angemeldet habt, angenommen. Wir haben das alles von hier aus schon geregelt, ihr braucht keine Prüfung mehr zu absolvieren." Wir saßen dort, und brachten keinen Ton heraus. Was war denn das für eine tolle Frau. Wir brauchten nichts mehr zu machen, einfach nur, nach den Ferien, in das Gymnasium zu marschieren und das Abitur zu beginnen. Keine Prüfung, kein Stress, die restlichen Ferien einfach nur genießen." Erneut saßen wir mit offenem Mund da und schauten uns nur an. Kein Dank ging an Iris und ihre Mitarbeiter. Ich beschloss das zu ändern. Ich stand auf, ging zu Iris und nahm sie vorsichtig in den Arm. „Danke Iris, vielen, vielen Dank für alles", sagte ich zu ihr und spürte, dass mir vor lauter Rührung und Dankbarkeit eine Träne herunterlief. Das Gleiche machte ich bei Jeanette und sogar Tom nahm ich in den Arm. Sandra machte es mir nach und so langsam aber sicher, erwachten auch die anderen und bedankten sich. Dann fuhr Iris mit ihrer Rede fort: „Die erste Woche war etwas holprig bei euch, wobei ich jetzt nicht den Unterricht meine." Natürlich wussten wir sofort, auf was sie anspielte und wir mussten sogar etwas grinsen. Iris sprach weiter: „Aber gerade diese Gefühle, die ihr in dieser Zeit zum Ausdruck gebracht habt, haben mir sehr imponiert. Auch wie ihr diese Konflikte gelöst habt, zeigt, was ihr für tolle Menschen seid. Für mich war diese Zeit mehr, als nur Schülern zu helfen, ihr

Klassenziel zu erreichen. Ihr seid mir ans Herz gewachsen und es wäre schön, wenn wir uns alle irgendwann noch einmal wiedersehen würden. Ihr alle seid hier jederzeit willkommen." Dafür gab es sogar Applaus von uns, während auch Iris, sich eine kleine Träne wegwischte. Tom nahm sie in den Arm und verkündete: „Heute Abend werden wir einen kleinen Abschieds-abend veranstalten, bei dem ihr natürlich im Mittelpunkt stehen werdet." Er-neuter Applaus folgte. Eigentlich dachten wir, dass die Zeremonie nun zu Ende wäre und wollten gerade gehen, doch Iris wollte noch etwas verkün-den: „Ich sage es noch einmal, ich mag euch wirklich alle sehr." Sie machte eine kleine Pause, bevor sie weitersprach, „aber ihr habt alle gemerkt, dass sich zwischen Sandra und Jonas und uns, also Tom und mir, eine richtige Freundschaft entwickelt hat." Sie kam zu uns und legte ihren Arm um mich und den anderen um Sandra. Dann sagte sie: „Wenn ihr beiden möchtet, dann könnt ihr gerne noch eine Woche länger bleiben und richtig Urlaub ma-chen. Nicht in der Herberge, sondern bei uns zu Hause." Sandra und ich sa-hen uns an. Wir konnten es kaum fassen, wurden aber schon bald auf den Boden der Tatsachen zurückgeholt. „Das macht meine Mutter niemals mit", sagte Sandra und senkte den Kopf. Iris, die uns noch immer im Arm hielt, rieb Sandra über die Schulter und sagte: „Doch, macht sie." Sandra hob den Kopf und schaute Iris fragend an. Tom war nun wieder an der Reihe: „Jea-nette und ich haben eure Eltern schon informiert. Sie sind einverstanden, es liegt jetzt nur noch an euch." Ich schaute zu Sandra. Auf ihrem Mund lag ein leichtes Lächeln. Sie befreite sich von Iris Umarmung und viel mir um den Hals. „Ich fasse das mal als ein ‚ja' auf", bemerkte Tom, ging zu Jeanette und umarmte sie ebenfalls. „Jeanette, du hast super Arbeit geleistet. Auch ich muss mich bei dir bedanken", sagte er ihr. „Und du hast eine tolle Vorarbeit gemacht", gab sie das Kompliment zurück.

Den Mittag verbrachten wir am Strand. Es sollte wohl unser letzter gemein-samer Mittag am Strand werden. Am nächsten Tag würde die Hochzeit sein und bereits am Sonntagmorgen, würden unsere Freunde schon nach Hause fliegen. Etwas melancholisch saßen wir da und unterhielten uns, über das zurückliegende Jahr. Als alles begann, war an Abitur überhaupt nicht zu denken. Und nun, ein Jahr später, hatten wir die Zulassung zum Gymnasium. Eigentlich hatten wir das alles Tom zu verdanken. Wenn er sich damals nicht bereit erklärt hätte, uns zu unterrichten, dann würden wir wohl am Anfang des nächsten Monats, eine Ausbildung beginnen. Kein Abitur, kein Studium. „Wir müssen ihnen etwas zur Hochzeit schenken", teilte ich den anderen meine Gedanken mit. Kurzes Schweigen. Alle schauten zu mir. Melanie fand als erstes wieder Worte: „Natürlich müssen wir das. Du hast recht. Das sind wir ihnen schuldig." „Ja, aber was", wollte Sven wissen. Das war eine sehr gute Frage. Was soll man Leuten schenken, die so viel Geld haben, dass sie sich fast alles kaufen können? „Es muss etwas Persönliches von uns sein", schlug Sandra vor. Melanie schüttelte den Kopf: „Aber komm jetzt bitte nicht, mit einem Gruppenfoto von uns. Das hängen die sich nämlich niemals auf." „Doch genau das ist es." Carola, die die ganze Zeit nur still dasaß, hatte die Idee: „Ein Gruppenfoto von uns. Schön groß und eingerahmt. Auf dem Rahmen lassen wir ein Schild anbringen, auf dem steht ‚Zur Erinnerung an die ersten Gäste' und dieses Bild kommt in unseren Klassenraum." Diese Idee fand ich genial, was ich auch zur Äußerung brachte: „Carola, du bist super. Ich könnte dich küssen." Ein Satz, den man halt so sagt, wenn der andere eine gute Idee hat. Doch Carola nahm das wörtlich. „Dann mach es doch", sagte sie uns sah mich ernst an, während wir alle zu ihr starrten. Sie begründete ihre Äußerung: „Was denn? Die machen das hier schon seit Jahren, um ihre Freundschaft zu zeigen. Ich finde das toll. Warum machen wir das nicht auch?" Es wurde still am Strand. Eigentlich stimmte das ja, aber wenn ich mir vorstelle, morgens Melanie und Carola mit einem Kuss zu begrüßen. Der Gedanke daran, war schon etwas komisch. Und was, wenn die beiden sich morgens noch nicht die Zähne geputzt hätten. „Ich finde sie hat Recht", sagte nun ausgerechnet meine Freundin: „Wir sind so dicke Freunde geworden, dass wir das auch tun sollten, oder?" Sie warf die Frage in die Runde und komischerweise, waren alle damit einverstanden. Eine Zeitlang sagte keiner etwas. Dann meldete sich Melanie zu Wort: „Dann lasst uns gleich damit anfangen." Wir standen auf. Ich war noch nicht richtig oben, da drückte mir Melanie auch schon ihre Lippen auf meinen Mund. Dann ging sie weiter. Zuerst zu Sandra, die neben mir stand, dann machte sie mit allen anderen weiter. Meine Freundin folgte ihr. Wir machten es, wie die Inselbewohner auch - die Mädchen küssten sich auch untereinander, die Jungs nicht. Als wir fertig waren, standen wir alle im Kreis und keiner sagte etwas. Es dauerte eine Weile, dann fragte Carola: „Und? Ist das in Ordnung für euch?". Wir nickten, aber es war schon etwas seltsam.

Sven erinnerte uns plötzlich wieder daran, dass wir ja noch etwas vorhatten. „Wir sollten so langsam mal das Foto machen", schlug er vor und Sandra meinte, dass wir uns dafür etwas anziehen sollten. „Ich möchte nicht nackt im Klassenzimmer hängen", meinte sie.
Wir flitzten in die Herberge, zogen unsere Strandsachen an und rannten zu Mary und Deacon. Die beiden saßen auf der Terrasse, als wir ankamen. Deacon schaute uns von oben bis unten an. „Friert ihr?" fragte er voller Verwunderung über unsere Klamotten. Sogar Mary schaute etwas komisch. „Ein völlig ungewohnter Anblick", sagte sie. Wir erklärten den beiden, was wir vorhatten und baten sie um Hilfe. „Bin dabei", rief Deacon, stand auf und rannte ins Haus. Kurz darauf stand er mit seiner Digitalkamera vor uns. „Dann auf zum Strand", sagte er und wir rannten los. Als wir an der Herberge vorbeikamen, hielt Deacon uns an. „Wenn wir schon ein Foto am Strand machen, dann auch richtig. Die Jungs in Badehose, die Mädchen im Bikini. Auf geht's, umziehen!", befahl er. Wir taten was er sagte, und kurze Zeit später, trafen wir zu unserem Fotoshooting am Strand ein. Wir machten etliche Bilder in den verschiedensten Posen. Deacon gab sich nicht einfach mit einem Bild zufrieden. Wir hatten ihn schon öfter mit diesem Fotoapparat gesehen. Immer wieder schoss er Bilder, aus den unterschiedlichsten Winkeln. Sogar im Klassenraum hatte er uns fotografiert.
„So, und jetzt schnell ins Fotogeschäft. Hoffentlich klappt das bis morgen noch", sagte er. Tobi und ich kamen mit. Wir zogen uns noch schnell Klamotten an, die der Stadt würdig waren, und fuhren los.
Der nette Herr im Fotogeschäft nahm den Speicherchip, auf dem sich die Bilder befanden, aus der Kamera und wir sahen uns gemeinsam die Bilder an. Relativ schnell entschieden wir uns für eines. Er versicherte uns auch, dass das Bild bis zum nächsten Tag fertig wäre, sogar mit der Gravur. Nur einen

Rahmen sollten wir uns noch aussuchen. Doch Tobi, der schon vorher den Laden danach durchsuchte, hatte schon einen gefunden. Einen Rahmen der die deutschen Landesfarben schwarz, rot und gelb, diagonal angeordnet, wiedergab. Normalerweise keine so gute Idee aber hier passte es perfekt, fand ich und sagte es auch: „Iris Gäste sollten ja aus der ganzen Welt kommen, so kann jeder sein Land präsentieren. Natürlich kleiner als unseres. Dann bekommt der Klassenraum mit der Zeit auch Farbe." Deacon und Tobi stimmten mir zu und so wurde ein Plan geschmiedet, den Deacon zukünftig umsetzten musste.

Als wir zurückkamen, wollten wir unseren Einfall gleich den Mädchen und Sven erzählen. Auch Deacon kam mit. Doch es war niemand zu sehen. Da fiel es Tobi ein. „Die haben doch jetzt Probe für ihren Line-Dance." „Stimmt, und wir haben heute nicht trainiert", erwiderte ich. „Lass mal", meinte Tobi: „Nach den zwei Wochen Training mit Deacon, schaffen wir die auch so." „Das denke ich auch", gab Deacon ihm Recht. Bereits am Vorabend hatten wir, wie geplant, die Mädchen herausgefordert und unsere Revanche, für die Schmach vom ersten Wochenende, gefordert.
Mir kam plötzlich eine Idee. „Wisst Ihr was? Wir lunzen mal um die Ecke. Ich möchte mal sehen, wie sie sich beim Tanzen anstellen", sagte ich. „Tolle Idee", gab mir Tobi recht und wir rannten Richtung Strand. Doch kurz vor dem Strand kam uns Sven mit hängendem Kopf entgegen. „Was ist denn mit dir los?", fragte Tobi ihn. Er hob den Kopf, schaute uns böse an und sagte nur: „Kommt mit!" Er führte uns an eine Stelle, von der aus wir die Mädchen gut beobachten konnten. Wir sahen, wie sie übten. Jedoch nicht Lin-Dance, sondern Volleyball. Und Mary trainierte sie. „Wir sind geliefert", sagte Deacon und lief mit hängendem Kopf zurück zum Haus. Wir folgten ihm.

Am Abend trafen wir uns, für unsere Abschiedsfeier, alle wieder bei Iris. Aber etwas Besonderes war es anfangs nicht. Wie sollte man diese gemütlichen Grillabende der letzten Wochen auch noch toppen? Deacon grillte wieder Steaks. Dazu gab es Salate und Toms selbstgemachte Kräuterbutter-Brötchen. Danach gab es noch eine Rede von Iris, die aber schon fast die Gleiche war, wie schon am Vortag. Danach war Tom an der Reihe. Er stellte sich so vor die Tische, dass wir ihn alle gut sehen konnten. Dann fing er an zu erzählen: „Ich wurde immer wieder belächelt, wenn ich davon erzählte, dass ich mehr weibliche Freunde habe als männliche Freunde. ‚Das geht doch gar nicht', wurde mir immer wieder gesagt. Doch das geht. Das geht sogar sehr gut. Was ich aber nicht wusste - auch eine gute Freundschaft mit Menschen ist möglich, die vom Alter weit auseinander sind. Ich habe gleich drei dieser Menschen gefunden - Jonas, Tobias, und Sven." Er rief uns zu sich und wir stellten uns alle drei links von ihm auf, so wie er es anordnete. Anschließend fuhr er fort: „Aber noch erstaunlicher ist es, wenn beides zusammentrifft. Ich habe gleichzeitig drei tolle weibliche Freunde gefunden, die ebenfalls weit jünger sind als ich - Sandra, Melanie und Carola." Auch diese drei holte er zu sich und stellte sie auf seine rechte Seite. Sandra und ich standen ihm am nächsten und so legte er seine Arme um uns, bevor er weitersprach. „Vor einem Jahr habe ich eine Gruppe junger Menschen übernommen, um ihnen noch eine Chance im Leben zu geben. Nur wegen einer schlechten Englischnote, hätten sie das Abitur nicht machen können. Doch mit Fleiß, Ausdauer, Kampfgeist und auch noch etwas Spaß, haben wir es zusammen geschafft. Natürlich mit ordentlich Hilfe von Jeanette und meiner lieben Fast-Frau Iris, die dieses Projekt hier ins Leben gerufen hat. Allen hier möchte ich hiermit nochmals herzlichst danken." Für diese Rede gab es Applaus. Tom hatte sogar Tränen in den Augen, als er jeden Einzelnen von uns umarmte. Wir setzten uns wieder und wir Jungs hielten unsere Mädchen im Arm. Nach solchen Reden merkt man erst, dass schon bald alles vorbei sein wird. Wie wäre es wohl, wenn wir erst wieder in Deutschland sein würden? Würden wir uns wieder verändern? Würden wir sechs auch zu Hause nackt voreinander herumhüpfen, so wie hier? Diese Frage beschäftigte mich am meisten, denn dass ich auf der Insel so freizügig war, wunderte mich selbst. Und ich glaubte, die anderen auch. Vor allem Carola, die zu Hause die Prüdeste von uns war, und in den USA ‚anfing zu Leben', wie sie es selbst nannte. „Im Urlaub macht man Sachen, die man zu Hause niemals machen würde." Dieser Satz von Mary, am Anfang des Urlaubs, ließ mich nicht mehr los.

Als ich meine Gedanken so kreisen ließ, hörte ich plötzlich Deacon reden. Ich schaute zu ihm hinüber und sah, dass er eine Leinwand aufgestellt hatte. Davor stand ein Beamer. „Ich möchte euch nun einige Impressionen der letzten Wochen zeigen", sagte er und schaltete das Gerät ein. Ein Bild nach dem anderen, flackerte langsam über die Leinwand. Ich wusste ja, dass er gelegentlich Bilder von uns machte, aber so viele? Von den meisten bekamen wir noch nicht einmal etwas mit. Bilder von Sandra und mir, als wir mit Iris und Tom in die Yacht einstiegen. Als ich mit Carola nackt am Strand lag. Das war der Mittag, an dem sie mich anmachte. Sogar Bilder von Tobi und Melanie, die sich gerade innig küssten, wenn man das noch so nennen konnte. Nur ein Bild fehlte. Unsere Verlobung. Auf dem Boot war Deacon nicht dabei, folglich konnte es auch kein Bild geben. Aber auch ohne diese Aufnahme, war die Fotosammlung richtig schön. Unser Urlaub im Schnelldurchlauf. Die Gefühle zu diesen Bildern, waren in uns selbst. Natürlich kamen wieder die Erinnerungen hoch. Besonders der Tag, an dem Sandra und ich uns beinahe getrennt hätten und uns kurz darauf verlobten. Mehr Berg- und Talfahrt an einem Tag, ist fast nicht zu überbieten.

Deacon war fertig. Wir applaudierten für diesen Einsatz von ihm. „Gebt mir eure Mailadressen und ich schicke euch die Bilder", sagte er. Er war zwar fertig mit der Präsentation, doch er ließ den Beamer weiterlaufen. Den Grund dafür, lieferte uns kurz danach Tom. Er stand erneut auf, ging zum Beamer und sagte: „Sandra und Jonas, die nächsten 3 Bilder sind eigentlich nur für euch beide." Er drückte auf eine Taste. Auf der Leinwand waren Sandra und ich auf der Yacht zu erkennen, als sie mir gerade den Ring ansteckte. Wir zuckten beide zusammen. Tom musste heimlich Bilder von uns gemacht haben. Iris konnte es nicht gewesen sein, sie stand die ganze Zeit bei uns. Wir konnten es nicht fassen, es gab tatsächlich ein Verlobungsbild von uns. „Tom, wann hast du…? Ich konnte nicht weiterreden. Aber Tom konnte es. „Iris hat immer einen Fotoapparat auf dem Boot und sogar ein Stativ", erklärte er uns und drückte erneut auf die Taste. Das nächste Bild zeigte Sandra und mich, als ich ihr den Ring ansteckte. Ein erneuter Tastendruck, und ein Bild erschien, auf dem wir uns, nach unserer Verlobung, küssten. Auch Sandra war außer sich. „Tom, damit hast du uns eine riesige Freude gemacht", sprach

Sandra merklich gerührt. Aber Tom grinste nur. Wenn er so schaute, dann hatte er noch etwas auf Lager. Und tatsächlich. „Das sind doch nur 3 Bilder, die ich herausgeschnitten habe", klärte er uns auf. „Woraus?", wollte ich wissen. Ein erneuter Tastendruck beantwortete meine Frage. Es kam das komplette Video unserer Verlobung. Und das sogar mit Ton. Nachdem wir uns alle diese Zeremonie angeschaut hatten, drehte sich Sandra zu mir um und umarmte mich. Es war wirklich von Anfang an alles drauf. Sogar die Erklärung von Sandra, dass sie keine Freundschaftsringe wollte und unsere Treueschwüre. Es herrschte absolute Stille im Garten, bis sich Tom zu Wort meldete: „Eigentlich wollte ich nur filmen, wie ihr euch die Freundschaftsringe ansteckt aber ich glaube, dies hier ist schöner." Sandra stand auf, ging zu Tom und fiel ihn um den Hals. „Danke Tom", flüsterte sie und auch ich bedankte mich bei ihm. „Ein schöneres Geschenk hättest du uns nicht machen können", sagte ich.

Ich wollte mich gerade wieder hinsetzen, da fing Sandra an zu reden: „Wenn ich schon gerade hier stehe. Die Jungs haben uns zu einem abschließenden Beachvolleyballspiel herausgefordert. Ich möchte Euch alle einladen, morgen früh um neun Uhr an den Strand zu kommen, um unseren Sieg zu feiern." Diese Aussage war zwar sehr selbstbewusst, aber wohl der Wahrheit entsprechend.

Den Abend ließen wir anschließend langsam ausklingen. Keine große Abschiedsparty. Keine laute Musik. Es war ein eher melancholischer Abend, mit vielen Erinnerungen und Trauer. Trauer darüber, dass diese schöne Zeit nun vorbei sein wird.


Am nächsten Morgen, nach dem Spiel, sahen wir weder Iris und Tom noch Mary und Deacon. Viel zu sehr waren diese mit ihren Hochzeitsvorbereitungen beschäftigt. Das Spiel selber möchte ich nicht kommentieren. Viel zu hoch war unsere Niederlage, als dass ich irgendwie darüber sprechen möchte.

Es war bereits kurz vor Mittag. Wir hatten mit Bill ausgemacht, das Tobi und ich mit ihm das Bild im Fotogeschäft abholen würden. Wir trafen uns bei ihm und gingen zur Garage, um den Wagen zu holen. Als wir dort ankamen trauten wir unseren Augen nicht. Von wegen Hochzeitsvorbereitung. Tom und Deacon standen dort, jeder mit einer Flasche Bier. „Was macht ihr den hier?", fragte Bill. Tobi dagegen wollte wissen, warum die beiden sich noch einen hinter die Binde gießen, wenn sie bald heiraten. „Glaubst du, ich sage ‚ja', wenn ich nüchtern bin?", brummte Deacon und schüttete sich den Rest der Flasche in den Hals. „

Tom, was ist mit dir?", fragte ich. Er grinste nur blöde, sagte: „Ich würde auch nüchtern heiraten, aber so macht es mehr Spaß", und pumpte die Flasche ab. Na, das konnte ja noch heiter werden.

Als wir zurückkamen, waren die zwei verschwunden. Wir gingen sofort wieder in die Herberge, um unseren Freunden das Foto zu zeigen. „Ist wirklich richtig toll geworden", meinte Melanie und Sandra bestätigte, dass unsere Idee, aus dem Klassenraum eine Gedenkstätte zu machen, toll war.

Am Mittag war es dann so weit. Wir fuhren alle mit dem Bus, der uns schon am Flughafen abholte, nach Miami Beach vor die Kirche. Die Frauen gingen zuerst hinein, während wir noch eine ganze Zeitlang vor der Kirche standen. Wir waren noch sehr früh, denn die Bräute wurden in der Kirche Hochzeitsfertig gemacht. Erst viel später, gingen auch wir Männer hinein und setzten uns auf unsere Plätze. Aber viele waren wir nicht mehr. Bill und wir drei Jungs. Tom und Deacon mussten ja zu der Braut des jeweils anderen. „Schaut Euch das genau an, für eure Hochzeit", rief Sven zu Tobi und mir." Oh ja, das hatten wir uns gewünscht. Irgendwann einmal so zu heiraten wie diese beiden Paare. Die Kirche war nicht ganz voll, aber sie war auch sehr groß.

Musik setzte plötzlich ein. Wir drehten uns nach hinten. Mary und Tom kamen langsam den Gang entlang, in Richtung Altar gelaufen. Mary sah in dem Brautkleid richtig hübsch aus. Die Haare trug sie wieder offen und das stand ihr auch viel besser. Ich sah sie mir noch genauer an. Vom Kopf bis zu den Füßen prägte ich mir alles ein. Auch Tom sah ich genau an. Wenn Sandra und ich irgendwann heiraten würden, dann würde es vielleicht helfen, zu wissen, was man bei einer Hochzeit trägt. Als ich so völlig in Gedanken war, stieß mich plötzlich jemand an. Ich drehte mich herum. Tobi flüsterte mir ins

Ohr: „Wo sind eigentlich unsere Mädchen?" Ich erschrak. An die Mädchen, hauptsächlich natürlich an Sandra, habe ich in der ganzen Aufregung überhaupt nicht mehr gedacht. Ja, wo waren sie? Auch Sven blickte mich fragend an. Ich konnte jedoch nur mit den Schultern zucken. Mary und Tom schritten an uns vorbei und… Jetzt wussten wir, wo die Mädchen waren. Melanie und Carola, liefen als Brautjungfern hinterher. Und sie sahen einfach toll aus. beide hatten fliederfarbene Kleider an. Sie grinsten zu uns herüber, als sie auf dem Weg zum Altar, an uns vorüber gingen. Ich sah zur Seite und zu meinen Freunden. Ihnen schienen bald die Augen aus dem Kopf zu fallen. So hatten sie ihre Freundinnen noch nicht gesehen. Als die vier am Altar ankamen, drehten sie sich herum und warteten. Auch wir schauten wieder in die andere Richtung. Iris und Deacon kamen von hinten angelaufen. Iris hatte es wirklich geschafft, sie hatte ihre Hand auf Deacons Arm gelegt. Ihre roten Harre funkelten durch den Schleier, als sie an uns vorüber lief. Dahinter gingen Sandra und Jeanette in türkisenen Brautjungfernkleider. Jetzt vielen *mir* bald die Pupillen heraus. Sandra war einfach wunderschön. Sie lächelte mich an, als sie an mir vorbeiging. Aber auch Jeanette sah klasse aus. Das war das erste Mal, dass wir sie nicht in ihrem Sexy-Outfit sahen, sondern richtig elegant gekleidet. Auch diese vier gingen zum Altar. Deacon brachte Iris zu Tom und dieser übergab Mary an Deacon. Endlich standen sie richtig herum. Die Brautjungfern standen etwas seitlich von ihnen. Von der eigentlichen Zeremonie bekamen wir nicht viel mit, da sehr leise gesprochen wurde. Das war mir aber auch egal, da ich nur Augen für Sandra hatte. Warum trug sie nicht öfters ein Kleid, es stand ihr einfach großartig.

Nach der Trauung schritten die Brautpaare mit den Brautjungfern, wieder an uns vorbei und wir folgten ihnen. Wir gingen zur Tür hinaus und trauten unseren Augen nicht. Da stand wohl die ganze Polizei von Miami mit ihren Autos. Sie blinkten mit den Lichtern und hupten, was das Zeug hielt. Dass sie die hiesige Polizei finanziell unterstützte, erfuhren wir erst später auf Nachfrage.

In den amerikanischen Filmen sieht man, nach einer Hochzeit, immer das Brautpaar in ein Auto steigen und mit einem Schild ‚Just Married', sowie einer Schnur mit scheppernden Blechdosen am Heck, in die Flitterwochen fahren. Das war hier anders. „Wir wohnen doch im Paradies, wohin sollten wir den fahren?", sagte uns Iris irgendwann einmal, als wir nach dem Ziel der Hochzeitsreise fragten. Und da hatte sie völlig Recht. Leute träumten davon, einmal so Urlaub zu machen, wie diese sieben Leute wohnten. Auch hatten die vier frisch Vermählten kein Auto, sondern eine große Kutsche, mit acht Pferden davor, mit der sie zu den weiteren Feierlichkeiten kutschiert wurden. „Bill, wo fahren die eigentlich hin?", fragte Sven und Tobi wollte wissen: „Und was machen *wir* jetzt?" „Die fahren in den Park", erklärte Bill: „Dorthin kommt auch ein Fotograf, der uns für den restlichen Tag begleiten wird. Und genau dorthin fahren wir auch gleich."

„Nehmt ihr mich mit?", hörten wir eine Stimme. Ein Mann stand plötzlich neben uns. „Dan", rief Bill und die beiden begrüßten sich herzlich. „Schade, dass du es nicht geschafft hast, bei der Hochzeit dabei zu sein", sagte Bill. Der Fremde aber entgegnete: „Ich war dabei. Ich habe es gerade noch so geschafft und saß ganz hinten, neben deiner Frau." Dann endlich stellte Bill uns den Fremden vor. Es war Dan, Iris Bruder. Wir hatten schon viel von ihm gehört. Iris redete immer wieder mal von ihm. Er musste einen sehr großen Stellenwert in ihrem Leben haben. Als Nancy auch endlich erschien, gingen wir zum Bus und fuhren in den Park.

Es wurden gerade Fotos gemacht. Mal das eine Brautpaar, mal das andere, mal beide zusammen. Mal mit Brautjungfern, mal ohne. Anschließend winkte uns der Fotograf zu, damit wir ebenfalls verewigt werden konnten. Das gleiche Spiel begann von vorne. Mal Dieses, mal Jenes. Ich wurde mal in die eine Ecke gestellt, dann wieder in die andere. Ich stand mal bei Sandra, dann wieder ein paar Meter von ihr entfernt. Es hätte mich nicht gewundert, wenn er mich noch auf den Kopf gestellt oder an einen Baum gehängt hätte. Als dieses Schauspiel vorbei war, begann der Sektempfang. Sehr viele Leute kamen vorbei, um den Brautpaaren zu gratulieren. Sandra und ich nahmen uns jeder ein Glas Sekt und stellten uns, irgendwo neben einer Hütte, in eine Ecke, in der wir nicht störten. „Wenn ich das so sehe, dann habe ich überhaupt keine Lust mehr zu heiraten", erklärte ich Sandra. Sie schaute mich böse an. „Du würdest mich nicht heiraten, weil das mit etwas Stress verbunden ist?", fragte sie etwas sauer. Ich lachte und versuchte mich herauszureden: „War doch nur Spaß. Dich würde ich überall heiraten, sogar auf dem Mount Everest oder am Fallschirm hängend." Sandra schüttelte nur den Kopf: „Wie romantisch."

Mit der Zeit kamen auch unsere Freunde. Sogar Bill, Nancy und Jeanette gesellten sich zu uns. Dan blieb, nach einer scheinbar nicht enden wollenden Begrüßung, bei seiner Schwester. Uns wurde langsam langweilig. Immer mehr Leute stürmten in den Park. Das Personal, das Iris engagiert hatte, kam mit dem Sekteinschenken fast nicht nach. Bill ging plötzlich in die Hütte und kam mit einer Flasche Bier wieder heraus. Flehend sah ich ihn an. Bill lachte. „Drinnen, im Kühlschrank", sagte er nur. Ich wollte gerade hinein gehen, als mir Bill hinterherrief: „Bring auch eines für Tom mit." Tom? Ich drehte mich herum und sah, wie er von hinten angerannt kam. Ich beeilte mich und kam mit zwei Flaschen wieder heraus. „Na, ihr drei Flaschen", sagte Tom zu mir, nahm mir eine aus der Hand und schüttete sie in sich hinein. Die Leere gab er mir zurück und nahm mir auch die zweite ab. „Oh ja, das Bier ist gut", sagte er und trank einen großen Schluck aus der Pulle. Erst jetzt merkte ich, dass das nicht das Bier ist, welches wir immer tranken. Ich schaute auf das Etikett - Schwarzbier aus Deutschland.

Er hatte es tatsächlich geschafft, deutsches Bier zu organisieren. Schnell rannte ich hinein und holte mir ebenfalls eine Flasche. Diese ließ ich mir nicht mehr abnehmen. „Mit jedem muss man hier Schampus trinken, selbst mit Leuten, die man gar nicht kennt", sagte Tom und fügte hinzu: „Ich kann diese Millionärsbrause nicht mehr sehen." Er schüttete den Rest der Bierflasche in sich hinein und ging wieder zu seiner Frau zurück. „Ich dachte, das wäre Sekt", sagte ich zu Bill, doch der lachte: „Mit einfachem Sekt gibt sich ,Lady-Insel' nicht ab."

Nach einigen Stunden bei Champagner und Häppchen, die später noch dazu kamen, war die Feier im Park endlich vorbei und wir fuhren wieder auf die Insel zurück. Dort erlebten wir eine Überraschung. Hinter Iris Haus, war eine Bühne aufgebaut und über einem Feuer, drehte sich ein Spanferkel. Es standen mehrere Tische im Garten, die alle festlich geschmückt waren. An der Seite standen Kellner, die auf ihren Einsatz warteten. Und viele Leute waren schon da. Ich dachte eigentlich, dass wir an diesem Abend alleine sein würden. Zum Glück blieben die meisten nicht lange. Aber auch zum Essen waren noch viele da. Die meisten waren Freundinnen der Bräute, aber auch von Deacon waren einige Freunde gekommen.

Nach dem Essen begann eine Country-Band auf der Bühne zu spielen und es wurde laut. Weniger wegen der Band, sondern weil überall Leute standen und sich lautstark unterhielten und lachten. Am meisten hörte man Deacon heraus, der mit seinen Freunden, ordentlich feierte. Ich schaute etwas herum und sah Tom. Er saß alleine am Tisch auf der Terrasse und hielt ein Bier in der Hand. Sandra und ich beschlossen, uns zu ihm zu setzten. „Hallo Tom, du sitzt so einsam hier herum", stellte ich fest. Tom stellte die Flasche auf den Tisch und stützte seinen Kopf auf die Handfläche. Nachdenklich sah er mich an. „Jonas, glaubst du, das war richtig, was ich gemacht habe?", fragte er in Bezug auf die Hochzeit. „Natürlich", sagte ich völlig überzeugt, „du liebst doch Iris. Ihr beide gehört einfach zusammen." Mit großen Augen sah er mich an. Den Kopf immer noch auf die Hand gestützt, wollte er nun wissen: „Ja, aber reicht das für eine Ehe? Wir kennen uns gerade mal ein halbes Jahr." Er hob den Kopf und gab somit die Hand frei, damit diese nach der Flasche greifen konnte. Während er trank, versuchte ich ihn zu beruhigen: „Tom, wenn ihr beide kein glückliches Ehepaar werdet, dann gibt es überhaupt keins. Ihr seid füreinander geschaffen." Er sagte nichts, sah mich nur an. Ich machte weiter: „Tom, du kannst Iris in den Arm nehmen. Du kannst sie küssen und sogar mit ihr schlafen. Wenn ein anderer Mann ihr zu nahekommt, dann bekommt er eine geklebt. Überlege mal." Das schien er auch zu tun. „Stimmt", sagte er grinsend, „ich bin ein Glückspilz." Irgendwie klang dieser Satz sehr ironisch. Direkt darauf wurde er auch wieder ernst. „Warum feierst du eigentlich nicht mit?", fragte ich ihn anschließend. „Schau da rüber", sagte er und deutete an mir vorbei. Ich drehte mich um. „Was meinst du?", fragte ich, „Ich sehe da drüben nur Iris mit ihren… ich denke Freundinnen, oder?" Er nickte und erklärte: „Genau Jonas. Das ist es was ich meine. Wer ist das? Ich werde noch nicht einmal vorgestellt. Ich bin Gast auf meiner eigenen Hochzeit." Oh je. Das hatte er wohl recht. „Ich muss dann mal gehen", sagte Sandra plötzlich, die die ganze Zeit über nichts sagte. Ich schaute sie fragend an: „Wohin willst du?" „Na umziehen, für den Line-Dance", antwortete sie, gab mir einen Kuss und verschwand. Richtig, mit Anbruch der Dunkelheit, wollten sie sich treffen. Auch die anderen Mädchen, sowie die Inselfrauen, gingen nach und nach ins Haus. Wo waren Tobi und Sven. Ich ließ meinen Blick durch den Garten schweifen, doch ich konnte sie nirgends sehen. Also redete ich weiter mit Tom. Er erzählte mir noch, dass es überhaupt keine Gästeliste gab. Zumindest nicht für ihn. Er erklärte: „Iris schrieb alles auf. Ich bräuchte mich um nichts zu kümmern. Sie bestimmte, wer in den Park kommen solle, und wer hierhin. Ich weiß nicht, wer das hier alles ist und ich wusste nicht, wer das im Park war. Und weißt du was das schlimmste ist?" Er sah mich fragend an. Ich glaubte, ich wusste, worauf er hinauswollte. „Du erzähltest mal etwas von deinem Sohn, der fehlt hier irgendwie. Meinst du das?", fragte ich ihn. Er nickte und erklärte: „Richtig, aber nicht nur das. Die Tatsache, dass ich hier niemanden kenne, beleg doch, dass weder meine Familie noch meine Freunde eingeladen wurden." Bevor ich noch antworten konnte, saß plötzlich Deacon, mit zwei Flaschen Bier, neben uns. „Hallo Bräutigam", rief er fröhlich zu Tom und schlug diesem leicht auf den Rücken, während er ihm, mit der anderen Hand, ein Bier zuschob. Tom schüttete die halbe Flasche in sich hinein und stand auf. „Wo willst du hin?", fragte ich. Mit den Worten: „Ich gehe meine Familie besuchen", verschwand er im Haus. „Was hat er?", fragte Deacon. Ich erzählte ihm alles und Deacons Fröhlichkeit, war mit einem Schlag verschwunden. „Wir haben ihn komplett vergessen", sagte er anschließend.

Tom kam wieder aus dem Haus. Er hatte seinen Anzug ausgezogen und war wieder in seine kurze Jeans und in ein T-Shirt gehüpft. In der Hand hielt er seinen Tablet-PC und sprach in diesen hinein. Er setzte sich wieder zu uns, stellte ihn mit einem Ständer auf den Tisch und redete weiter. Er hatte seinen Sohn per Videotelefonie angerufen und entschuldigte sich, leicht lallend bei ihm, dass er nicht eingeladen wurde. Überhaupt wurde seine Zunge mit der Zeit immer schwerer. Das viele Bier zeigte langsam Wirkung. Scheinbar hatte er vor, seinen kompletten Kummer darin zu ertränken.

Gerade als er fertig war zu telefonieren, kamen die Frauen und die Mädchen zurück. Alle trugen ein Jutekleid mit verschiedenfarbigen Gürteln und gingen geradewegs auf die Bühne zu. Ich saß mit dem Rücken zu ihnen und drehte mich deshalb herum. Die Band begann ein Lied zu spielen und die Frauen starteten mit ihrem eingeübten Tanz. Das sah schon toll aus. Als sie fertig waren, wurde noch ein Gruppenbild gemacht. Dann kam Sandra wieder zu mir. Ich drehte mich wieder herum. Tom war verschwunden. Ich drehte mich nach allen Seiten, aber ich konnte ihn nicht sehen. Auch Deacon war mittlerweile aufgestanden und ging wieder zu seiner Frau. „Was ist denn mit Tom los?", fragte mich Sandra, und erklärte mir: „Er kam zu uns ins Schlafzimmer und warf seinen Anzug aufs Bett. Dann zog er seine Freizeitklamotten an und verschwand wortlos." Ich erzählte Sandra, was sich in der letzten halben Stunde abspielte. „Wir müssen ihn suchen", sagte sie, dann gingen wir los. Aber wo sollten wir suchen. Wenn jemand so drauf ist, wie Tom es an diesem Abend war, dann geht man normalerweise nicht mitten ins Gedränge, man sucht die Ruhe. Wir beschlossen zum Strand zu gehen.

Unterwegs trafen wir Jeanette. Wir erzählten ihr, was sich zugetragen hatte und dass wir Tom nun suchen würden. „Ich weiß, wo er ist", sagte sie und wir gingen los. Jeanette führte uns an eine abgelegene Stelle. Und tatsächlich - unter einer Palme saß Tom. Wir gingen zu ihm. Seine Freundin setzte sich neben ihn und legte ihren Arm um ihn. Tom sah sie an: „Jeanette, warum habe ich nicht dich geheiratet, wir würden viel besser zusammenpassen", sagte er. Jeanette lachte: „Weil du viel zu viel in Iris verliebt bist." Sandra mischte sich ein. „Tom, können wir dir irgendwie helfen?", fragte sie. Er schüttelte den Kopf: „Weißt du, Sandra", begann er zu erzählen, „wenn man eine reiche, berühmte Frau heiratet, dann muss man sich damit abfinden, dass man nur in der zweiten Reihe steht. Auch die Partner berühmter Schauspieler, interessiert kein Mensch. Das muss ich aber erst noch lernen." Er konnte einem schon leidtun. Tom war ein Gerechtigkeitsmensch und er legte sehr viel Wert, auf eine gleichberechtigte Partnerschaft. Das würde er bei Iris nur haben, wenn sie alleine sein würden. In der Öffentlichkeit würde sich wohl niemand für ihn interessieren und immer hinter Iris stehen. Jeanette strich ihm zärtlich über den Kopf. Komm, wir gehen wieder zurück und du gehst zu deiner Frau", forderte sie ihn vorsichtig auf. Tom sah sie an. „Warum? Hat sie überhaupt gemerkt, dass ich weg bin?", fragte er lallend.

Jeanette gab ihm keine Antwort. Er schaute zu uns, doch auch wir schwiegen lieber. „Seht ihr. Ich glaube, ich habe mit der Hochzeit einen Riesenfehler gemacht", sprach er. Ich wollte ihm gerade sagen, dass dies nicht der Fall wäre, als plötzlich Iris neben uns stand. Sie kam aus der Dunkelheit heraus. Niemand hatte sie bemerkt. „Iris, bist du schon lange hier?", fragte Jeannette. „Lange genug, um alles zu hören, was ich hören musste", erklärte sie und befahl: „Lasst uns bitte alleine." Jeanette, Sandra und ich standen auf und gingen langsam weg. Wir sahen gerade noch, dass sie sich neben ihn setzte."

Als wir zurückkamen, hatte wohl der Tanzabend begonnen. Überall wurde getanzt. Eine Fläche dafür gab es nicht, und so musste der Rasen dafür herhalten. Deacon kam auf uns zu gerannt. „Wo sind Iris und Tom? Habt ihr sie gesehen?", fragte er ganz hektisch. „Warum bist du denn so aufgeregt?", fragte Jeanette zurück. Ich habe ihr alles erzählt. Von Tom und seiner Familie und dass er unzufrieden ist und dass…" Jeanette unterbrach ihn: „Deacon, es ist alles in Ordnung. Die beiden sind am Strand und reden miteinander." Deacon atmete durch. Gott sei Dank, das muss ich gleich Mary berichten", sagte er und war auch schon wieder verschwunden. „Ich hoffe du hast recht, und die zwei gehen sich nicht gegenseitig an die Kehle", erzählte ich Jeanette meine Angst und Sandra meinte, dass es vielleicht ein Fehler gewesen wäre, sie alleine zu lassen. Wir drei sagten daraufhin kein Wort und gingen, wie auf Kommando, zurück in Richtung Strand. Doch unsere Sorge schien völlig unbegründet gewesen zu sein. Etwa auf halbem Weg kamen sie uns entgegen. Arm in Arm. Wir wollten gerade wieder zur Festgesellschaft gehen, da hörten wir aus dem Dunkeln heraus plötzlich eine Stimme: „Iris ich muss mit dir reden, jetzt sofort." Dan stand vor uns, nahm seine Schwester an der Hand und zog sie einige Meter weit weg von uns. Man konnte sehen, wie er mit ihr schimpfte. Verstanden hatten wir nichts. Iris stand auch nur da und hörte zu. Nach einer Weile ging er wieder und wir liefen endlich zurück. Deacon kam wieder einmal angerannt. „Der Fotograf hat vorhin von den Frauen ein Gruppenbild gemacht und möchte das jetzt nochmal mit uns Männern machen. Wir müssen uns umziehen." Er hatte schon alle zusammengetrommelt, sodass wir geschlossen davonlaufen konnten. Tobi, Sven und ich zur Herberge, Deacon und Bill jeweils in ihr Haus. Wir brauchten nicht lange und waren bereits 15 Minuten später wieder zurück.

Wir gingen an einen hell erleuchteten Platz, an dem der Fotograf einige Lampen platziert hatte, und er machte mehrere Bilder von uns.

Iris wartete die ganze Zeit über, bis wir fertig waren. Wir hörten noch, wie sie sagte: „Komm Darling!" Sie nahm Tom an die Hand und die beiden verschwanden in der Menschenmasse.

Die Mädchen, die ebenfalls auf uns warteten, kamen zu uns. „Wir dürfen sie nicht aus den Augen verlieren", sagte Melanie plötzlich. Wir schauten fragend zu ihr. „Carola und ich haben eine kleine Rede erarbeitet, wenn wir das Bild übergeben", klärte sie uns auf. Das Bild. Das hatte ich vor lauter Aufregung völlig vergessen. Während wir Jungs mit den Fotos beschäftigt waren, hatten die Mädchen schon alles vorbereitet. Wir besprachen kurz, wie wir es am besten anstellen, das Bild zu übergeben. Nach kurzer Beratung gingen wir einfach zu ihnen und Carola fing an zu erzählen: „Iris, Tom. Ihr habt uns hierher eingeladen, damit wir besser Englisch lernen. Dafür sind wir Euch natürlich sehr dankbar. Und natürlich haben wir auch unserer Lehrerin sehr viel zu verdanken." Jeanette hatten wir völlig vergessen mitzunehmen. Zum Glück stand sie in der Nähe. Wir winkten ihr und sie kam zu uns. Carola setzte fort: „Wir wollten euch eine kleine Erinnerung an uns dalassen, bevor wir morgen wieder nach Hause fahren. Es ist nichts Besonderes, nur ein Bild. Aber wir dachten, weil der Klassenraum so kahl ist, sollte jede Gruppe, die hier ihr englisch verbessert, ein Bild dalassen. Und da wir eure ersten Gäste sind, wollen wir den Anfang machen." Melanie drehte das Bild herum, und hielt es ihnen hin. „Es ist halt nur ein Bild", sagte sie noch dazu. Tom nickte: „Stimmt, es ist nur ein Bild, aber ein sehr schönes und die Idee dahinter ist Weltklasse." Auch Iris war gerührt. „Dieses Bild kommt in die Mitte des Raumes und die danach kommen, werden etwas kleiner darum gehängt. Das ist eine sehr schöne Idee von euch", sagte sie. Jeanette fügte hinzu: „Dann habe ich euch immer im Blick."

„Iris und Tom, ich habe auch noch eine Kleinigkeit für euch", sagte ich anschließend, „nur zur Erinnerung." Iris sah mich erwartungsvoll an. Ich klärte die beiden auf: „Es ist nichts Materielles. Es ist auch kein Hochzeitsgeschenk aber es passt zu dem heutigen Tag." Ich sah Tom an: „Ich habe es an deine Mailadresse geschickt." „Okay", sagte Tom: „ich habe mein Tablet jetzt nicht bei mir. Ich sehe es mir später an."

Für uns ging die Feier danach nicht mehr lange. Unsere Freunde mussten am nächsten Tag früh aufstehen und zum Flughafen fahren. Da wir in den letzten Wochen eine tolle Einheit waren, zeigen Sandra und ich uns auch an diesem Abend solidarisch und gingen mit ihnen zur Herberge zurück.

Am nächsten Tag war es dann so weit. Unsere Freunde standen mit gepackten Koffern neben dem Bus. Deacon würde sie zum Flughafen fahren. Auch Iris und Tom wollten mitfahren. Sandra und ich hingegen, mussten uns auf der Insel schon von ihnen verabschieden. Wir redeten von Wiedersehen, gemeinsamen Treffen und all solche Sachen, von denen man weiß, dass sie wohl nie zustande kommen würden. Tobi und Sven würden in das gleiche Gymnasium gehen, aber was ist mit dem Rest. Sandra und ich hatten uns für verschiedene Gymnasien entschieden. Ich wäre auf dem gleichen wie Carola. Aber würde man sich dort auch sehen? Vielleich wäre man sogar in der gleichen Klasse, vielleicht würde man sich aber auch völlig aus den Augen verlieren. Vielleicht würden wir einen ganz neuen Freundeskreis haben. Wer wusste das schon?

Wir verabschiedeten uns in Inselmanier, so wie wir es mal beschlossen hatten. Eine Herzliche Umarmung, ein Kuss, dann fuhren sie davon. Sandra und ich standen noch lange Hand in Hand auf der Straße und sahen ihnen nach. Nun waren wir beide noch alleine dort. Als Gäste von Iris und Tom. Eine Woche Urlaub würden wir hier machen. Eine Woche ohne Schule, ohne Stress und - ohne unsere Freunde. Wir hatten uns eigentlich richtig auf diese Woche gefreut, aber jetzt, wo alle weg waren, war es ein komisches Gefühl. Es war einfach nicht mehr das Gleiche. Und das merkten wir schon, als der Bus noch zu sehen war. Wie sollte es dann später noch werden.

Wir gingen zur Herberge. Auch wir hatten schon gepackt. Unser Umzug zu Iris und Tom stand bevor. Als wir mit unseren Sachen aus der Herberge kamen, drehten wir uns nochmal herum. Hier hatten wir wohl die schönsten drei Wochen unseres Lebens verbracht. Eine Zeit, die ich nie mehr vergessen werde. Wir hatten mit anderen Jungs und Mädchen eine Freundschaft geschlossen, die seinesgleichen sucht.

Als ich so zur Herberge sah und überlegte, trat mir plötzlich jemand gegen die Wade. Ich drehte mich herum und sah in Sandras lachendes Gesicht: „Melancholisch können wir werden, wenn wir zu Hause sind. Jetzt machen wir Urlaub", rief sie fröhlich. Wollte sie mich aufbauen oder hatte sie wirklich so gute Laune? Egal. Wir liefen los und waren ein paar Minuten später beim Haus. Wir gingen sofort in das Gästezimmer und richteten uns ein. Viel Umgewöhnung gab es dort nicht. Es stand alles etwas anders als in der Herberge, aber ansonsten war alles gleich. Mit einer Ausnahme, wir hatten unsere eigene Terrasse.

Nach einer Weile kamen auch Iris und Tom zurück. Sandra und ich saßen inzwischen auf der Terrasse, vor dem Wohnzimmer. Meine Freundin hatte sich in meinen Arm gekuschelt und war eingeschlafen. Die beiden setzten sich zu uns und wir unterhielten uns leise. „Unsere Freunde sind gerade mal eine Stunde weg und wir vermissen sie schon", erklärte ich den beiden. Sie nickten. „Das haben wir uns schon gedacht", meinte Iris und Tom erklärte: „Wir haben uns schon etwas ausgedacht, wie wir euch ein bisschen aufheitern können. Aber zuerst sehe ich mir an, was du mir gestern geschickt hast." Er stand auf und holte sein Tablet aus dem Wohnzimmer. Er tippte bereits darauf herum, als er sich endlich wieder neben seine Frau setzte. Er umarmte sie und hielt das Tablet so, dass beide das Video, welches ich Tom schickte, gut sehen konnten. Es war ein kurzer Film, den ich mit meinem Handy aufnahm, als uns Iris in Deutschland, zusammen mit Jeanette, im Klassenraum besuchte. Das Video zeigte Iris, als sie Tom fragte, ob dieser sie heiraten möchte. Also die Verlobung der beiden. Anfangs, als das Video begann, grinsten beide noch erwartungsvoll. Je länger das Video dauerte, desto ernster wurden sie. Als es zu Ende war, starrten sie mich an. Auch Sandra war mittlerweile wieder erwacht und fragte: „Was habt ihr da?" Ich hatte sogar ihr nie erzählt, dass ich das damals aufgenommen hatte. Tom startete den Film erneut und legte sein Tablet vor Sandra auf den Tisch. Sowohl Iris als auch er standen danach auf und kamen zu mir. Auch ich erhob mich. Tom

umarmte mich herzlich und bedankte sich gefühlte hundert Male. Anschließend kam auch Iris zu mir und drückte mich fest an sich. „Du hast das damals aufgenommen?", fragte nun Sandra völlig erstaunt. Obwohl sie damals neben mir saß, hatte sie davon nichts mitbekommen. Viel zu interessant war das, was sich vor der Tafel abspielte. „Wir haben nicht nur einen Film unserer Hochzeit, sondern auch einen von unserer Verlobung", hörte ich Iris leise sagen. Ich sah zu ihr hinüber. Die beiden frisch Vermählten lagen sich in den Armen und küssten sich. Das konnten Sandra und ich uns nicht bieten lassen und taten es ihnen nach, als Deacon mit seiner Frau plötzlich vor uns stand. „Angeber", hörte ich ihn zischen und sah über Sandras Schulter, wie dieser seine Mary zu sich zog und ebenfalls küsste. Ich musste plötzlich lachen. „Wenn uns hier jetzt einer sehen würde", sagte ich und wir lachten alle.
Wir hatten Spaß. Das zog sich auch über die ganze Woche so. Iris und Tom zeigten uns die Stadt. Wir fuhren nach Miami und sahen uns sogar Fort Lauderdale an. „Damit ihr auch etwas von Florida seht und nicht nur die Insel", erklärte sie. Aber wir fuhren auch noch öfters mit dem Boot raus. Das war immer das schönste. Einfach auf der Yacht sitzen und bei leichtem schaukeln, die Küste vom Schiff aus ansehen. Im Arm meine Verlobte, die mich auf diesem Boot fragte, ob ich sie heiraten möchte. Als unsere Freunde abreisten, dachten wir, dass die kommende Zeit nicht mehr schön werden würde, doch unser Urlaub wurde noch richtig toll. Es war genauso schön, wie die Zeit, in der unsere Freunde noch da waren und doch war es ganz anders. Tom sagte dazu: „Das ist das Leben. Trauere nie einer schönen Zeit nach. Was danach kommt kann noch viel schöner werden." Er hatte Recht. Diese Woche war die Schönste für Sandra und mich, seit wir zusammen sind. Aber auch diese ging vorüber.

Es war Freitagabend. Hinter uns lag bereits unser Verabschiedungsabend. Es war mittlerweile schon spät. Deacon und Mary sowie Nancy und Bill waren schon zu Hause. Jeanette saß noch bei uns. Neben dem Tisch brannte ein Lagerfeuer, in einer dieser Schalen, die nach der Hochzeit einfach behalten wurden. Im Hintergrund lief leise Country-music. Sandra und ich saßen am Tisch und hatten Stift und Block bereitgelegt. Wir hatten nämlich etwas vor. Wir wollten alles notieren, was Iris und Tom erlebten. Wie sie sich kennenlernten, hatten sie ja schon mal erzählt. Aber wir wollten mehr wissen. Ihre Gefühle in dieser Zeit, was sie dachten, wie sie die Trennung verkrafteten. Auch das hatten sie uns zwar alles schon mal erzählt, aber dieses Mal wollten wir alles mitschreiben. Wir wussten nur nicht, ob die beiden daran interessiert waren, dass ihre Geschichte, vielleicht irgendwann einmal, in einer Buchhandlung zu finden sein wird, denn Sandra und ich beschlossen, darüber ein Buch zu schreiben. Wir waren schon etwas überrascht, als beide zusagten. „Aber erst nach dem Baden", sagte Sandra. Sie wollte noch ein letztes Mal im Meer schwimmen. Kurzerhand zogen wir uns aus. „Ich lasse meine Hose an", sagte sie. Sie stand da und trug ihr Bikiniunterteil. Verwundert sahen wir sie an. „Habe meine Tage bekommen", sagte sie leise und gemeinsam rannten wir zum Strand. Nur Jeanette nicht. Sie ging nach Hause.

Nach einigem Geplätscher, wurde meine Freundin nachdenklich. „An dieser Stelle haben wir zum ersten Mal zusammen geschlafen", stellte sie fest und deutete wehleidig auf eine Stelle im Sand. „Dann beendet doch euren Urlaub auch so", schlug Tom grinsend vor. „Ich habe doch meine Tage", bekräftigte Sandra nochmals, leicht säuerlich, ihre Aussage von zuvor. Tom ließ das nicht als Ausrede zu und erklärte Sandra: „Ihr liegt hier nicht im Bett, sondern am Strand. Unter dir ist Sand, nebenan gibt es sogar ein paar Liter Wasser." Dabei deutete er aufs Meer hinaus. Sandra schaute mich lächelnd und zugleich fragend an: „Mich stört das nicht", teilte ich ihr mit und schaute zu unseren Gastgebern. Diese verstanden sofort. Sie gingen Arm in Arm und mit einem Lächeln auf dem Gesicht, zurück zum Haus.

Einige Zeit später folgten wir Ihnen. Iris hatte schon auf der Terrasse alles für einen längeren Abend vorbereitet. Dort stand eine Flasche Wein und zwei Gläser. Tom hatte es sich am Festtisch bequem gemacht und ihn mit zwei Flaschen Bier geschmückt. Dann ging es los. Sandra saß bei Iris und ich bei Tom. An diesem Abend erzählten sie uns ihre ganze Geschichte, Iris sogar von Anfang an. Von ihrem Freund und wie er sie behandelte.

Es war schon sehr spät, als wir endlich ins Bett gingen. Ich sah auf die Uhr. Es war 3 Uhr nachts. Aber das machte uns nichts aus. Wir hatten unseren letzten Abend noch einmal richtig ausgenutzt.

Dementsprechend spät frühstückten wir am nächsten Tag. Ich hatte jedoch irgendwie überhaupt keinen Hunger. Der Abschiedsschmerz machte sich schon am Morgen breit. Wir unterhielten uns nach dem Frühstück noch etwas mit unseren Gastgebern. Wir gingen ein letztes Mal am Strand spazieren. An der Herberge vorbei und an unserer morgendlichen Joggingstrecke. Am Volleyballplatz, bei dem Sandra hämisch grinste und an der Strandmuschel, an der unser erster Krach anfing. Wir setzten uns in den Sand und sprachen über Erinnerungen. Sandra lag dabei die ganze Zeit in meinem Arm.

Später gingen wir wieder zurück zu den anderen. Jeanette, Mary, Nancy, Deacon und Bill waren schon gekommen, um uns zu verabschieden. „Müssen wir schon?", fragte Sandra traurig. Iris nickte. Ihr könnt uns jederzeit besuchen, ihr seid immer willkommen", sagte sie. Nun wurde es wieder einmal ernst - die nächste Verabschiedung stand bevor. Die härtere von beiden. Ich wollte gerade von einem zum anderen gehen und den Inselbewohnern die Hand reichen, als Sandra uns mitteilte: „Ich habe mich hier von Anfang an zugehörig gefühlt. Ihr habt uns nie das Gefühl gegeben, dass wir nur Schüler sind, die hier lernen, sondern ihr habt uns aufgenommen. Ich fühle mich nach vier Wochen, wie eine von euch." Sie sah mich an: „Ich möchte mich nach Inselmanier verabschieden, wenn du nichts dagegen hast." Ich schüttelte nur den Kopf und Sandra ging los. Jeder einzelne wurde umarmt und geküsst. Ich ging hinter ihr her und tat das Gleiche. Zumindest bei den Frauen. Als letztes war Iris an der Reihe. Auch sie nahm ich in den Arm und sie erwiderte meine Umarmung. Sie hatte in der Zeit, in der wir auf der Insel waren, riesige Fortschritte gemacht. Ich ließ etwas von ihr ab, hielt sie aber noch im Arm. Ich wollte mich nochmals herzlichst bei ihr bedanken. „Iris, ich muss dir…", „Küss mich", schallte es mir plötzlich entgegen. Ich zuckte etwas zusammen. „Ich soll…?", wollte ich gerade etwas fragen, als sie mich erneut aufforderte. „Küss mich, ich muss es probieren. Tom lachte: „Und wenn es nicht klappt, dann nimmst du ein Veilchen als Andenken mit nach Hause." Ich zögerte etwas, doch Iris kam mit ihrem Mund immer näher. Schließlich fanden sich unsere Lippen. „Ich kann es", stellte sie anschließend fest, „zumindest bei dir." Dann ließ sie mich los. „Fahren wir, es wird Zeit!", sagte Tom. Wir gingen durch das Haus in die Garage. Als wir an der Haustür vorbeikamen, fiel mir auf, dass wir das Haus immer nur durch die Garage oder über die Terrasse verlassen oder betreten hatten. Niemals gingen wir durch diese Tür. War die überhaupt echt? Und wenn ja, funktionierte sie noch oder war sie schon festgerostet? Ich schob meine Gedanken beiseite und warf meinen Koffer, in den dafür vorgesehenen Raum des Autos. Wir stiegen ein und fuhren los. Ein letzter Blick zurück auf Iris-Island, als wir von der Insel herunterfuhren. Würden wir jemals nochmal hierher zurückkehren?

Am Flughafen begleiteten uns Iris und Tom noch so weit es ging. Nochmals eine letzte Umarmung, ein letzter Kuss. Dann gingen wir zu unserem Flieger. Unser Urlaub war vorüber.

## Amore ist wundervoll

Drei Jahre später, lief ich durch die Stadt. Das Abitur hatte ich in der Tasche und das Studium stand bevor. Natürlich sind Sandra und ich nicht zusammengeblieben. Noch acht Monate lang waren wir ein Paar. Viel zu neugierig waren wir auf andere Partner. Würde es das gleiche sein? Oder wäre es mit jedem Partner anders? Wir wollten es ausprobieren. Ich hatte in der Zeit nach Sandra noch drei Freundinnen. Aber keine der Beziehungen hielt lange. Und eines merkte ich bereits gleich am Anfang. Tom hatte recht. Die Liebe zu den Mädchen, ist niemals die gleiche. Wobei ich gar nicht richtig wusste, ob es wirklich Liebe war. Egal was ich mit meinen Freundinnen unternahm, überall war Sandra. Und auch in diesem Punkt behielt Tom recht - die erste Freundin vergisst man nie. Egal, ob ich mit ihnen durch den Park schlenderte, oder mit ihnen Eis aß. Sogar beim Sex dachte ich immer nur an Sandra. Sie hatte so ein liebevolles Wesen. Auch die Art und Weise, wie sie diskutierte, wie sie lachte. Ich hatte damals gesagt, dass sie meine Traumfrau wäre. Später merkte ich umso mehr, dass dies stimmte und dass ich mehr als dumm war, sie einfach gehen zu lassen. Wir haben uns zwar im Guten getrennt und wollten auch Freunde bleiben, doch sahen wir uns nach der Trennung nie wieder. Unser Abitur machten wir ja an verschiedenen Gymnasien.

Am schlimmsten war es aber immer, wenn ich an diesem Juwelier vorbeiging. Bevor wir nach Amerika fuhren, haben wir uns dort aus Spaß, im Schaufenster Verlobungs-ringe angeschaut und sogar schon welche ausgesucht. Auch dieses Mal, führte mich mein Weg dort wieder vorbei. Wie immer blieb ich stehen und schaute mir Ringe an. Warum ich das tat, wusste ich selber nicht. Vielleicht einfach nur der Erinnerung wegen, denn Verlobungsringe hatten wir ja von Iris bekommen und verlobt waren Sandra und ich eigentlich immer noch. Niemand von uns löste die Verlobung und jeder nahm seinen Ring mit. Seit der Trennung von meiner letzten Freundin, trug ich ihn sogar an einer Kette um den Hals.

Ich war tief in Gedanken, als ich hinter mir plötzlich eine Stimme vernahm. „Unsere Ringe gibt es nicht mehr." Ein Stich durchdrang meinen Körper von oben bis unten. Diese Stimme kannte ich nur zu gut. Ich hob den Kopf und sah, im spiegelnden Schaufenster, ein mir sehr vertrautes Gesicht. Ruckartig drehte ich mich herum. Sandra stand lächelnd vor mir. Mein Herz raste bis zum Hals, als ich mich selbst „Sandra" flüstern hörte. Ohne zu überlegen, ob vielleicht ihr Freund, oder sogar schon Ehemann, irgendwo in der Nähe sein würde, ging ich zu ihr und umarmte sie. Sie erwiderte meine Umarmung. „Ein Kuss, gib ihr einen Kuss", schoss es mir durch den Kopf, was ich auch liebend gerne getan hätte. So weit, reichte allerdings mein Verstand noch, um dies zu unterlassen. Ich ließ von ihr ab. „Wie geht es dir?", wollte ich wissen. „Gut, und bei dir?", fragte sie zurück. Ich nickte. „Du musst mir unbedingt alles erzählen, was du in den letzten Jahren gemacht hast", sagte ich zu ihr. „Du aber auch", kam es zurück. Dann standen wir einfach nur da. Niemand sagte etwas. Wir sahen uns eine Weile einfach nur an, als sie mich fragte, ob sie mich zu einer Cola einladen dürfte. Ich erinnerte sie an Tom: „Du weißt was Tom gesagt hat. Im Duett sprachen wir seine Worte nach, die uns in Erinnerung geblieben sind: „Wenn du einen Jungen auf eine Cola oder ein Eis einlädst, dann heißt das, dass du etwas von ihm willst." Wir mussten beide lachen. Doch dann wurde Sandra ernst und fragte: „Also, wohin gehen wir?" Ein leichter Schauer lief mir über den Rücken. Ich zuckte mit den Schultern: „Können wir überhaupt irgendwo hin gehen? Was ist, wenn uns dein Freund zusammen sieht?" Sie sagte nichts, also fragte ich nach: „Du hast doch einen Freund, oder?" Sie schüttelte leicht den Kopf und nahm dabei ihren Blick nicht aus meinen Augen. Sie hatte keinen Freund? Mein Herz machte einen Freudensprung. „Und du?", flüsterte sie mir zu. Auch ich schüttelte nur leicht den Kopf. Ich sah sie die ganze Zeit an. „Du bist noch viel hübscher geworden", machte ich ihr zum Kompliment. Man konnte sehen, wie sie leicht errötete. „Lass uns zu unserem Italiener gehen und ein Eis essen. Der alten Zeiten wegen", schlug sie vor. Ich sah deutlich, dass sie nervös war. Ich weiß nicht, ob sie meine Nervosität ebenfalls spürte, aber mir pochte das Herz im Hals. Wir liefen los. Es waren nur ein paar Meter bis dorthin. Diesen Weg sind wir früher oft gelaufen. Ich dachte zurück, an die Zeit mit ihr und wie selbstverständlich, griff ich nach ihrer Hand. Ich erschrak vor mir selbst und wollte die Hand schnell wieder zurückziehen, doch in diesem Moment erwiderte sie meinen Händedruck. Sie lächelte mich zärtlich von der Seite an.

Ich lächelte zurück. Hand in Hand gingen wir ins Eiscafé und ohne Absprache, setzten wir uns dort auf unsere ehemaligen Stammplätze. „Du hast keinen Freund?", fragte ich sie nochmals. „Nein, ich hatte nach unserer Trennung noch zwei Freunde, aber es war einfach nicht das Gleiche", erklärte sie mir. Ich nickte: „Ging mir genauso, ich konnte dich nie vergessen." Etwas verlegen saßen wir uns gegenüber. Eine ganze Zeitlang ging das so, bis ich all meinen Mut zusammennahm und zu ihr sagte: „Sandra, wenn du mich so vermisst hast und ich dich und wenn wir beide keine Partner haben, dann…" Ja, dann? Dann verließ mich mein Mut. Sandra aber wusste, was ich wollte. Sie nahm ihren Stuhl und rutschte damit um den kleinen Tisch herum, bis sie neben mir saß. Sie legte ihren Arm um mich. „Nichts mehr auf der Welt möchte ich lieber, als wieder mit dir zusammen sein", sagte sie. Erneut lief mir ein Schauer über den Rücken, als sie mit ihren Lippen sehr nahe an meine kam. Doch sie küsste mich nicht. Sie schien zu warten, dass ich es tue. Sollte ich sie jetzt küssen? Wir zögerten beide. Sandra lächelte plötzlich und fragte: „Hast du Angst mich zu küssen?" Ich schüttelte den Kopf: „Nein, denn Angst kann man nicht küssen." Mit diesem Spruch von Tom, fing alles an. Dann endlich fanden sich unsere Lippen. Es wurde ein sehr langer Kuss. Als wir voneinander abließen, sah Sandra den Ring an meiner Kette. Er war die ganze Zeit unter meinem Hemd versteckt und musste herausgerutscht sein. „Was ist denn das?", fragte sie völlig überrascht. „Ich sagte doch schon, ich konnte dich nie vergessen", erklärte ich ihr und fügte hinzu: „Wir waren so dumm, sonst hätten wir uns niemals getrennt." Doch Sandra schüttelte nur den Kopf und entgegnete: „Nein Jonas, das waren wir nicht, denn jetzt wissen wir erst richtig, was wir einander haben." Abermals fanden unsere Lippen zusammen und im Hintergrund hörten wir die Stimme des Kellners mit seinem italienischen Akzent: „Oh, Amore ist wundervoll."

Sandra und ich sind nun schon zwei Jahren zusammen und mittlerweile sind wir auch in eine gemeinsame Wohnung gezogen. Unsere Eltern unterstützen uns finanziell, bis wir mit dem Studium fertig sind. Das Gruppenbild der Frauen, welches nach dem Line-Dance aufgenommen wurde, hängt stark vergrößert über dem Sofa. Daneben das von uns Jungs und den

Inselmännern, welches am gleichen Abend gemacht wurde. Seit wir wieder zusammen sind, tragen wir unsere Ringe auch wieder. Verheiratet sind wir noch nicht. Wir haben immer noch die Worte von Iris im Kopf: „Wenn ihr später mal heiratet, dann hier bei uns." Wir hatten Hoffnung, dass dies irgendwann einmal der Fall sein wird.

Was Iris und Tom jetzt machen, wussten wir nicht. Am Anfang schrieben wir uns, mit den Handys oder per Mail, noch Nachrichten, doch irgendwann brach der Kontakt ab. Wir hörten nie wieder etwas von ihnen. Aber natürlich werden wir sie niemals vergessen. Mary und Deacon, Nancy und Bill, die scharfe Jeanette und natürlich Tom, der uns zusammenbrachte, mit seiner wunderbaren Frau Iris. Auch die Erinnerung, an die Zeit auf der Insel, wird uns Ewig erhalten bleiben. Die Country-Abende, die Steaks, die Hochzeit von Iris und Tom sowie von Mary und Deacon. Die Tage und Nächte am Meer und natürlich unser erstes Mal - am Strand, bei Vollmond und Wellenrauschen. Niemals werden wir ihn vergessen - unseren Urlaub in Amerika.

Ende

Wie geht es weiter, mit Sandra und Jonas? Werden die beiden heiraten? Oder bleiben sie doch nicht zusammen? Werden sie ihre Freunde noch einmal wiedersehen?

Was machen Iris und Tom? Bleiben die beiden tatsächlich zusammen? Kommt Tom vielleicht wieder nach Deutschland zurück? Oder geht Jeanettes Traum in Erfüllung und sie bekommt ihn doch noch?

Was geschieht mit Mary und Deacon, mit Nancy und Bill?

Wird der Faden des Damoklesschwertes halten, welches über den Köpfen von Melanie und Tobi schwebt? Was machen die beiden überhaupt? Sind sie noch ein Paar?

Und was machen Carola und Sven?


Die Antworten, auf diese Fragen
und noch viel mehr, gibt es im zweiten Teil,
der im Herbst 2022 erscheinen wird

Im Verlag: BoD – Books on Demand

CPSIA information can be obtained
at www.ICGtesting.com
Printed in the USA
LVHW082117220322
714114LV00013B/440

9 783755 776604